(增補)

朝鮮文學

二卷

自一九三七年六月

至一九三八年五月

韓國學資料院

朝鮮文學

三卷二号(二月号)

朝鮮文學★新人創作特輯號 • 第三卷第二號次例

詩歌

新人十人集

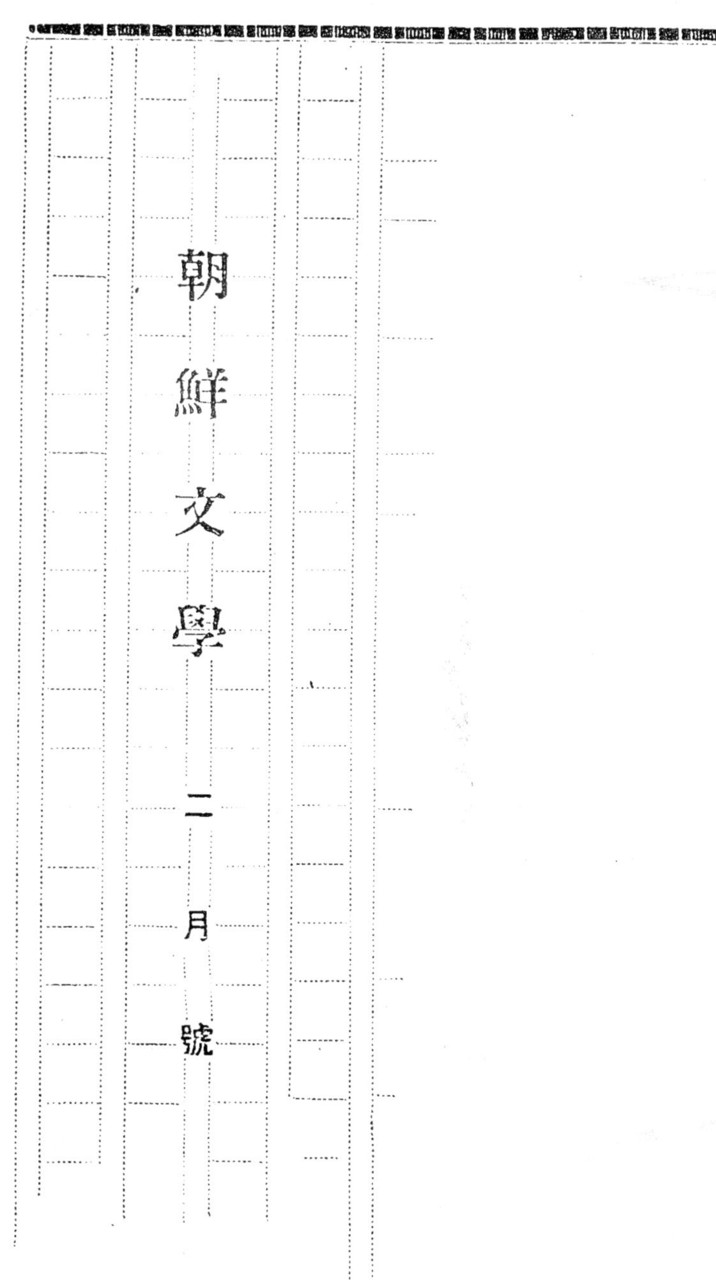

第三卷·第二號

編輯前記

約束한바와같이 이번號는 新人創作特輯號로 내이게되였다。

卓越한水準을 突破하지못한것만은 遺憾이나 新人들의 作品이라고 決코 輕忽히 할것은 아니다。이에 發表된 作品은 다함께 既成作家들의 作品에 比하야 別로 遜色이없을줄 믿으며 오히려 더 生新한 맛을 주는게 아닌가한다。

×

新春懸賞文藝作品도 함께 發表하였다。應募作九十八篇中(期日에 늦어진것도 數十篇있었으나 그것은 손에대이지못하였다)에서 拔擢된것이 短篇小說에는 尹世重氏의 作「그늘밑사람들」이며 戱曲에 있어서는 遺憾이나마 入選된것이 없지만 申湜氏의 作「故鄕없는사람」(原名果樹園)도 웬만한솜씨가 아니였다。

그밖에 選外作으로 數篇을 함께실리게되였지만 모도가 健實한 作品들이다。

×

웬만하면 이번號는 新人號라 했으니 詩와 評論까지도 新人의것을 실고자 하였다。그러나 詩와 評論에 있어서는 한編도 쓸만한것을 골으지못하였으니 두고生覺하여도 섭섭한일이다。

×

그러나 우리는 今年에 있어서 또한번 作品을 募集한다。規定은 別項과같거니와 이때까지 숨어서 많이 文學工程을 닦고있던 분들은 이제부터 漸次로 動員해주기를 바라며 自身이있는 作品이거든 아끼지말고 보내라。

×

끝으로 感謝한말과 未安한말을 한마디만 더하라한다。作品考査에 있어서 몇일밤을 새워가며 嚴選해주신 李無影氏에게 저윽히 謝禮하며 裵斗勳氏의作「貧窮」朴文壽氏作「벙어리」朴仁守氏作「離別」玄鍾駿氏作「解氷」은 不得已한 事情으로 揭載못하게 되였음을 筆者와 아울러 讀者에게 같이 謝罪하는바이다。

(池奉文)

新春懸賞文藝當選

그늘밑사람

尹世重

내일은 좀 가 봐야지 속으로 늘 생각은 가지면서도 못가고 그럭저럭 닷새나 넘어 갔다。

철호와 나는 어느점으로는지 서글이할 사이가 아니다。하로 건너 한번식은 꼭 문병을 해야 할 의무가 있다。

한번 갔다 온 후로 근 열흘이나 되도록 못 갔다。그것도 내생활의 필연으로 보아선 결코 무리가 아니다 변명이 아니지만 생전 해보지 못한 치도판 일을 하자니까 우선 몸동아리가 부서지는것 같고 아춤임즉 이러나서 어두어 캄캄해야 집구석 이라고 드러와보는 관계로 시간도 없다。물론 암만 몸이 곤하드라도 하로만 놀면 어떻게 해서든지 철호의 문병을 하겠지만 몇푼 안되는 임금으로 하로 쉬면 하로ㅅ동안의 생활에 위협을 받지 않으면 안되므로 그것이 두려워서 손쉽게 놀지도 못한다。

일터에서 도라오니까 안해가 편지가 왔다고 하면서 엽서 한장을 내 준다。어서 왔어ㅡ뭍기전에 얼른 뺏는 듯이 안해의 손에서 잡어 챘다。철호의 편지인대 철호가 쓰지 않고 그 안해의 글씨다。인제는 글도 못쓰나 생각하면서 편지내용을 아려냈다。사이 있으면 와달나는 편지다。저녁을 재촉해서 피먹고 마른 수건으로 몬지 투성이 된 얼굴을 두어번 문지르곤 그냥 나와 한참 되는 정류장까지 반다름을 쳤다。상당히 치울것인대 치운지 어쩐지 꿈같다。

철호는 인제 죽는고나 생각했다. 혹 벌서 죽었는지도 모르겠다. 까지 생각이 끄리를 처었다.

철호가 페인이 된줄을 짐작한것은 석달전부터이지만 페인과 죽어 간다는것과는 영 딴판 같이 생각이 되였다. 그래 지금 철호의 죽엄을 생각할때는 새삼스럽게 마음이 울렁거린다. 참말죽는 다면? 나는 불상하다기 보답 애석하기가 짝이없다. 제가 할일을 반도못하고 집어던지고 가는것 같어서 슬그먼이 씨만한 생각도 한편으론 이러났다.

우리들 중에는 제일가는 건강체라고 부러움을 받은 그가 거기드러가 륙년동안 있는 사이에 그만 뼈만 남어 나왔다. 나올때에 질머지고온 페人병이 점점 더 끄리를 피였다. 치료에 구속을 안느길 사람에게도 소생할 여망이 엷으리 만치 철호의 병은 깊이를 가졌었는데 약은 커녕 밥도 겨우 안해의 힘으로 먹어가는 형편이라 철호의 병이 인제는 붙삽을수없게된것도 억으려진 일은 아니다.

왕십리 전차를 중도에서 나려서 골목길로 끄부라졌다. 머리가 뒤숭숭 해지며 숨이 찼다.

철호!·부르면서 대답이 있든 없든 방문을 벌적열었다.

철호가 버쩍 일어앉으며 손을 내민다 나는딱 쥐었다.

『어때』

『구 [illegible]

『뭐? 나서』

웅』

나는 으슴을 터트렸다. 정신[illegible]지의 우슴 소리 처름 이막(耳膜)을 두드렸다. 순간 나는 밀려 오르는 분노와 절망을 억지로 눌려보였다.

뼈와 가죽만 남은 얼굴 킬칠해진 눈모습 움펑한 가슴…… 사러있는 사람으로는 아모리 해도 볼수가 없다. 두두고 있는 이불이 가늘게 들성거리는 곤두 숨을 쉬는고나 했다.

『안해는 어디 갔나?』

머리만 끄덕 끄덕 한다.

『드러 누어!』

고개를 내 두르며 반 감[illegible]였든 눈을뜨며 나를 처다본다. 시선이 마조치자 내 눈뚝경은 뜨거워졌다. 피할려고 눈을돌리어 문을 바라보았다.

『이형!』

팔을 이불속에서 내 뽑으며 이렇게 나를 부르고는 눈을흔든다. 오늘 별 하는사람이 무슨 요건이 있나 싶어서 끄러안을듯싶이 처다 보았다.

『웨 그래?』

『박군 박군 그군의 일이 난 분해서 못견디겠누.』하안 이人발로 아래 입품을 지곤 깨물면서 눈을감

『목수를 하기전엔 난 안죽소 내 행동으로 그군의 이론을 유리쪽 같이 부시여 버리고야 말걸!』

목소리는 날카로 웠다。

『우리 ××이 부서지기전부터 난 그군의 이도교(異徒敎)적 행위와 언사를 자조 보았오。모라가다가 한번 철퇴를 내릴려고 그랬지。그리다가 그만……드러가서드 난 그군을 제일 두려워하고 우려했우 자식! 병신이 지랄 한다구! 판단력 없는 민중에게해독을――최악한 해독을 인테리가 무슨 썩은놈의 인테리요?인테리는 역사를 초월 할수있나?현실은?……이형! 기영고 복수를 하겠수。내 병은 다 나섰우……저 낼 원고지 한권만 갖다주 참을수록 분하오。분해서 못견디겠우。그자식 때믄에 내 병은 점점 더해가우 낼 원고지……』

힘이 지쳐서 말을 잇지도 못하고 한쪽으로 고개를 틀고 쓰러진다。나는 고개를 손으로 받히였다。

『좀 눕지。흥분하면 안되여 병을 위해 침정해야지 그런 미친놈의 존재는 문제도 안되어。암만 떠들어야 누가 드러주나。안심해。우선 몸이 성해야지 미친사람을 상대할 필요가 어데있어!』

나는 우선 철호를 진정시길려고 이렇게 말을 했다。허나 철호가 처음에 박의 이야기를 내자마자마음이 뒤번저지는것같은것을 억지로 눌렀다。그가 떠러젔다는것을 가지고 그리는게아니라 아모것도모르는 천치의 머리를가지고 인간성이나 무엇이나 하고 떠드는것이다。나어린 청년들은 그의 이론에 주시를 하게되고 또 심취 된다는 현상까지 있다는것이 참을수 없는일이다。여기에는 반듯이 해독이크다。다른 사람과 달러 그런 과거가 있는박이 생두나무 트러지듯 트러진게 무슨 엉일수없는 무슨진리나 있지 않는가해서 눈을 다시 뜨고 찾어도는 꼴이란 성한 가슴으로는 보기 어렵다。

박의 글을 잡지 ×××에서 읽고 참다못해 그자의 매장을 하기의해 하나섰다。그래 내아는 ××잡지사에다 꾹하고 매끼였다。두주일이 지난후 편집에있는 차군이 찾어왔다。반갑지 않은 말을 이렇게건했다。

『미안 하게 되였어요』

『왜?』

『이선생 글은 못 실게 되였어요。』

『웨요?』

『검렬이 불통과 이여요。』

『권부 가요?』

『네 권부래도 과언이 아니여요』

『…………』

『다음호의 원고가 부족되든중 선생님의 원고가 드러왔길래 얼른 냈시오。그랬더니 불려 세우고…

왜이런 원고는 디려미냐고 눈을 부라려요。그런리야 없겠지만 우리의 신용관계로 저욱히 불안했어요。다음부터는 우리들을 첫째로 념두하시고 써주셔요 그리지않고는——」

뒤ㅅ말을 얼버무려 버렸다。그리되고 생각하니 통과될리 만무라고 생각되였다。나는 통혀 글을 안쓰기로 맹세를 했었다。이번것도 실상은 안쓸것 이였다。격분한끝에 미친놈 닭매질하듯기 써가지고는 그냥 갖다준것이였다。공연히 쓸데없는 짓을 해가지고 하치않은 잡지엄자들에게 모욕을 당한것같은게 슬그머니 심사가 끄려올랐다。한편 박군의 존새가 불이 낡것같이 괘씸했다。

그때 몇일 동안은 그자식 박을 맞나서 욕박으로 죽두록구타를 하고싶은 생각이 연이여 낳지만 정작해보아야 약한내가 도리여 얻어마질가봐 손쉽게 내보지못하고 그냥 말었다。그런박임으로 철호가 박으로 인하야 최후의 한토막을 격분으로 시드러버리는게 괴이한일도 아니고 개인적 동정도 있을필요가 없다。허지만 땅속에서 곪다가 그대로 땅속으로 꺼저가버리는게 통분한일이다。

안해가 숨을 헐덕이며 급히 문을 열고 드러스며 나를 보고 기달였다는듯시 인사를 준다。한쪽으로피해 앉으면서 시선을 주었다。크다란 보ㅅ구럼이다。무엇을 싼것을 푸르지도 않고 그냥 방ㅅ구석에 치여놓으며

「엽서 받어 보시고 오셨어요?」

그때야 안해를 안것같이 누엇든 철호가 벌덕이러나며

「여보 원고지 가저왔우 원고지! 원고지——」

나는 깜작 놀랐다。혹 병으로 인하야 이러난 정신의 혼동이 아닌가 생각했다。허나 그것은 내가 너무나 사람을 평범하게 보는버릇이 있어 이러난 일시의착각이였다。다음 순간으로 옴저가며 부터 철호의 또박또박 사려나는 힘을 넘저버릴수 없었다。

열한시가 지나서 철호의 집을 나왔다。올저 겁을 집어먹든것과는 철호의 병세는 전에 비하야 별로 달러진것같지 않은게 마음이 놓이였다。

철호의집을 단여올때는 언제나 섭섭한기운이 도랐다。떠나버린 빈집을 도라다니는것도 같고 승리없는 전장터에서 혼자 도라오는것도 같다。하여튼 허터지고 파멸되고 죽어가는것이 사실이니까 나는 몇번이나 이절망되는 기분에서 버서날여고 애를썼다。웬일인지 철호를 생각만하면 암만해도 한쪽으로 섭섭한 생각이 설레였다。공연히 안해를 보고 짜증을 부리는게 한 버릇이 되였다。

안해가 깨는바람에 깨여났다。허리가 아프고 관절이 모도 쑤신다。아츰이 곤해서 늘상 열시전에 잔다。어제ㅅ밤은 그러저럭 열두시가 지나서야 잠이드

렀기때문에 새벽에 이러날려니 몸둥이가 전부 쑤시고 눈이 딱 감기면서 죽어라하고 느러진다……꿈ㅅ속에서 드를나니까 시간이 늦이면 그나마 일도 못하지않어요。어서 이러나서요」하고 재촉하는 안해의 목소리가 들인다。요귀 같이 앉어서 귀찮게 구는 안해게 화가나서 벌덕 이러나며 안해를 쏘았다。어느틈에 이러나서 벌서 밥을 지여 퍼다놓고 상을채려 옆에놓고 이러나기만 기다린다。치운 새벽에 나가 밥을 짓느라고 안해의 발과 귀와 손이 꽁꽁어렀다。그것을 녹히느라고 쪼그리고 앉어서 두발을 버요ㅅ속에다 미러넣고 손은 궁둥이뒤으로 감처놓다。그꼴을 보니까 치미렀든 부애가 담번에 눈녹듯 내려앉으며 정신이 초롱초롱해진다。마음이 엿같이 부드러워진다。화를 가진것이 안해에게 미안한 생각이 치민다。무슨 신몀에 그런다는것보담도 저것은 다만 나를 위해 저렇게 고생을 하겠지……속으로 나는 이렇게 중얼거리며

『아이 멱 곤해 어젯밤 좀 늦었드니 그런가……그리 늦이는 안었지? 밖앝은 아즉 어둡지?……』

하면서 나는 세수를 할려고 나왔다。

『세수 하서요? 가만 있어요 내 더운물 드릴게』

하고 문밖으로 먼저 빠저나간다。

『눈이 으실려고 어젯밤은 그리 치웠든 가봐요』

솜ㅅ덩이 처름 부드러워 보이는 눈이 하이얗게 다당과 건너편집웅을 둘너덮었다。확실이 아즉은 안밝었는데 눈빛때문에 더 화ㄴ하였다。

남산즈회(週回)도로 공사를 시작한지 얼마안되여서부터 나는 여기서 일을 하게되였다。우연한 기회로십장을 알게되여 그다음 속없이 친해지면서 나같은약질이 인부라고 그대로 빼대나간다。벌서 두달이지나갔다。

바람이 꼿꼿하게 부러오고 손끝과 발이 어러드러간다。늘상 내가 가지고 일하는 곡광이를 내힘에부적하기때문에 그중 제일적은것을 골라 내것으로 정했.다。찾어내가지고는 일판으로 나왔다。바람이 부러오면 피부가 째리링저려오는것같고 가슴이 점점 옥으라진다。이러다가는 일을 못할것같어서 다른 인부든과 좀 외떠러저서 곡광이를 땅에다 놓고 학교서하든팔운동을 신호를 속으로 불러가면서 한참했다。등어깨가 눅으러진담 거더치고 곡광이를 들었다。눈이 덮이여 땅은 안보인다。기운있게 한번 휘둘러가지고 땅을 내려찍었다。땅은 어려서 땅땅하고 내팔ㅅ기운은 적었기때문에 곡광이끝이 띠ㅣ ○울면서 옆으로 튕겨났다。옆에 사람들이 쳐다뵈였다 모도 눈을 땅으로 뜨고 찌ㅣㄱ찌ㅣㄱ판다。기게와같이 그들의팔은 올라갔다。내려왔다한다。나는 늘상과같이 정신빠진 사람처름 그들을 처다보는것을 빼놓지안었다。십장이 저

쪽으로부터 엉금엉금 거러오며 나를보고
『리주사 이런날 일하는게 맛이 어때요』
큼직한 입을 벌이고 웃는다。 어떻게된 영문인지모르지만 일처에서 내별명이 리주사로 되여있다。 십상할것없이 이 일판에서 일하고 있는 인부들은 누구나 없이나하고 찜질거린다。 물론 악의의일로는 생각지안으나 나는 결코 자기네들을 경멸하거나 멸하는 사람의 과거가 아니였다는것을 그들이 몰나주는게한쪽으로 섭섭했다。 십상이 내 옆으로 가까이 와서 여전히 웃는얼굴로
『웨 새삼스럽게 이런일은 하셔요 어디가면 이만못해서……』
한두번 듣는말이 아니다。 암만 보아야 십장에게는 내가 이런일을 할사람이 아니라고 짐작되는 모양이다。 그는 이말로 내의 호감을 살여고한다。 실상 내에게는 그말이 아모런 충동도 의기도 안갖어오는것을 나는 안다。 그러나 그의 뜻도 안불수가없어 나는 대답을 한다。
『깨끗해서 하지요 머ㅡ』
『하하하 깨끗해요 흙구뎅이 속에서 괭이질 하는일이 깨끗해요? 하하하』
진정 기가매키다는듯이 껄껄 웃는 그가 천진한것도같다。 그러나 나는 그의 해석을 고칭않고는 못백이였다。
『안여요 마음이 깨끗하다는 말여요。 몸은 쓰면깨끗해지고 깨끗한 몸이라도 검정만 칠하면 금방꺼매지지않어요。 아무것에도 더러워 않지는……하하』
내 말이 그에게 알여질리가 없다。 십장을 무시해서 그리는게 아니라 이렇게 밑드곱드 없는 정신병자같이 들이는말을 하면 그는 검수룩한 눈을 끔먹거리고 입을 담을지도 벌이지도 못하고 멍멍하고서 있는것을 보아 넉넉히 아를수가 있다。
어슬어슬 해서 나혼자 장춘단고개를 넘는다。 한강리 근방으로 장에왔다 도라가는 우차가 드문드문고개를 넘었다。 우차를 맞날때마다 나는 마음이 훈훈이노여젔다。 울울한 솔밭과 시커먼 골작이는 아즉도 더 내 수련을 바라는것이다。 이렇게 늦게 시로드러오는것은 나하나뿐이다。 다른 인부들은 모도 공사장옆에다 임시로 지어논 집에 자고 먹고한다。 집까지 다다르면 등ㅅ작에서 땀이 흐른다。
저녁을 먹은후 안해에게 이렇게 말을했다。
『오늘 저녁은 당신이 철호네집좀 갔다오ㅡ。 가다가 원고지, 두권만 사가지고。 가오。 오늘 저녁에 꼭사가기로 어제ㅅ밤에 약속을 했으니……늦기전에 얼는……』
두말없이 안해는 철호네 집으로 갔다。 철호의 소식은 알어보여고 안해오기만 기다리고 누어있었다。

온 종일 치운데서 고단한일을 했기때문에 밥을먹고 나니 온몸이 노근히 푸러지면서 작고 졸리다。나는 꿈속으로 정신을냈다。금방 드러섰다 나온다해도 도저이 도라올시간은 안되였지만 좋린탓이지 무척오래 된것갈기도 갈고 오다가 죽었나 웨 이렇게 않와ㅡ 하고 갈이 생각되였다。

× ×

오늘은 새벽부터 눈이 몹시 퍼붓기때문에 일을못나갔다。나가기가 시른까닭이 아니라 나가야 일을못한다。

일즉이 이러난김에 그대로 아츰을 먹고 철호네 집으로갔다。눈이 오든지 비가오든지 따뜻한 방안에서 일을하는 사람들은 여전히 출근을한다。전차가 설때마다 웅크려쌓은 외투몽둥이들이 뭉치여오른다。한쪽으로는 나린다。머리를 돌리다 우쪽을 보니 나한(?)테보반기는 얼굴을 가지고 거러오는 사람이있다。그자를 인식함과 함께 가슴에서 불끈 하고 치미는게 있다。박이다 나는 얼른 눈을 돌리며 않볼려고 외면을했다。점점 옆으로 닥어오는게 시뻘얼게 다른외ㅅ덩이가 닥어오듯 한 편 몸이 훅단다。그냥 초닥닥 창문으로 뛰여나릴지경이였다。

「이형 오래간만이요」

내 앞으로 부쩍부쩍 내미는데 않볼수가 없다。그는 반가운듯이 손을 내미렀다。나는 모르는 척하고 두르막이다 손은 던채 머리를 약간 굽이면서 아ㅡ박형ㅡ하고는 얼른 눈을 돌리였다。그냥 손을 내밀고 있는것같어서 좀 어색했다。그는 눈치가 빨렀다。머리가 똑똑하다고 나는 않는다。어디까지든지 눈으로만 살어갈려는 그런눈이다。밖앗을 보누체하고 나는 그의 외투ㅅ깃을 훔처보았다。여전히 내몸을 정면으로 쏘아보고 있는것같다。확실이 그는 엄배진사람처럼 처다보았다。나는 얼른 전차가 할금정까지 갔으면ㅡ했다。

「글세요 아무리 이성이 대립이 되드라도 사람이란 인정으로 얼마든지 친교를 할수가 있을것같은데요 말하자면 과학자와 종교가가 친하듯이」

나는 머리를 머뭇지않고 했다。

「될수있는대로 나도 그렇게 되기를 바라오」

이번에는 진정 머리를 이쪽으로 돌리고 몸도 약간 돌렸다。나는 옆에 사람들이 들시나 않었는가 해서 두서너사람 얼굴을 살피였다。박은 두말없이 도라서는시같드니 저쪽으로 간다。그리자 전차가 서니가 박이뛰여나린다。나는 그때야 자유로운 몸이 된것같어서 유리창에다 얼굴을 바짝대고 내다브았다。그는내려서 얼는 갈여고안하고 우둑허니 서있다。앞을내다보는것같지만 실상 그는 아모것도 않본다。전차가 떠나 밖이않보일때까지 나는 유리창에서 얼굴을 않떼였다。무슨 버르든 일을 다해버린것같은 유쾌함이 느끼여진다。자리가 낳길래 엉치를 쿡 내려박고앉었다。방을 드려스니 자는것같은 철호가 놀래는것처름털덕 이러나 앉는다。그는 해골같은 손을 버쩍 내밀면서

「아 이형 잘왔우 잘왔우 어떻게 오늘은 낮에」

「눈이 오지않어우 눈오는줄도 모르오?」

나는 건강한 사람을 대하듯이 이렇게 대답을 주었다。한순간동안이라도 철호의 병을 부정하고싶은마음에 어망ㅅ쩌레 이런말이 나간다。

「아ㅣ참 원고지 고마웠우 꼭 피료했어우 몸이 부자유한때는 쓰고싶은때 아니고는 못쓰니가」

「그래 쓸건 다 썼우?」

「아니 아직도 머렀우」

머렀다는 말에 나는 이상하게 생간되였다。그것은 지금 쓰는것은 박군의 반박일줄을 알기때문이다。그러나 그가 자기가 쓴것을 내에게 보여줄여는 눈치가 없는것이 전에없든 태도다。기침을 연발하드니 덩이피를 요강에다 뱉고는 맥진해서 누어버린다。나는요강을 밖에서 설거지하는 안해(철호의ㅣ)에게주고 이불을 끄러덮어주고 베개도 바로 비여주었다。철호는 눈을 다시 떳다。

「이형 북쪽에 있는 친구들이 퍽 욕하겠수 편지를 해야 할턴데 편지도 못하오」

「이렇게 아픈줄 아는 며」

「이형! 이형이 영등포로 나가오。좀더 있다가 내가 충남으로 내려가지 거기는 동운와 연수가 있으니 가면 취직이되오……참 전번에 평양에간 권호가 그리로 취직되였다는 편지가 왔오…」

「……」

철호가 중국요리가 먹고 싶다고 하길래 한그릇 시키여다주고 먹은후 나는 나왔다。오정이 지났다。눈은 여전히 펄펄퍼붓는다。

그럭저럭 시월만 늦어지는게 슬며시 짜증이 났다。덮어놓고 영등포로 가기를 결정해야 하겠다。무론 가는거야 거지같은 살림이니 문제도 않된다。그러나이번에는 나에게 있어서 장래의 운명을 결정하는 시기니만큼 경솔이는 않된다。일변나는 무한한 유혹이 있다。몸소림끼치는 과거의 한토막과 아닐과 수민인 것이다。무것보다도 형부소생활의 과거를 생각할때면 나는 거이 기질할것같다。자기의 희생 그것은 이름좋게 불려보는 희생이 아니라 참말로 쓰고 잔인한희생 지금 나를 기다리고 있는 희생은 이런 종류이다。

집으로 왔다。안해는 어디나가고 없다。방문을 열자 싸늘한 바람이 휘ㅣㄱ돈다。뭇숫을 피여놓고 양철화로가 송장이 된채로 구석에 놓여있다。항상 그때면 변도를 먹는 습관두달되나 하지만이있어서 어쩐지벅

고싶다。배는 아즉 곯으지 않은대……안해가 도라오기만 기다리고 벌덕 누어버렸다。

철호는 얼마아니면 죽는다。낼 죽을는지도 모른다 철호가 죽다니 철호가 암만해도 고지가 아들린다。다음 나는 철호가 영원히 안 죽는다는것을 권제로 우리의 장래를 그리였다。 공상이 자즈라지면 자즈라질수록 나는 드문드문 팔을 장적개비같이 뻗히고 주먹을 쥐였다……머리를 움켜쥐고 뜀배질을 하며 방바닥을 이리저리 궁그렀다……끝내 나는 피ㅅ죽이 화화 끓고 이마가 뜨거워지고 눈이 빛갈처럼 빠끔히 떠여졌다……안해가 도라왔다。……

× ×

철호를 홍제원으로 데리고 가서 뭍에 살리버리고 난뒤 하로ㅅ밤을 지난후 나는 철호의 집으로갔다。

「이형! 영등포로 가오 난 좀 있다 홍남으로 갈게」

하고 며칠전 낮에 내에게 당부하는 철호의 목소리가 귀에서 사물거린다……나는 허허 하고 전차속에서 우서 버렸다。

「홍 홍남이 홍제원 화장터야! 겨우」

하고 미친사람 같이 나는 혼자ㅅ말에 흘리였다。

철호의 집을 드러스자 나는 방에 아무도 없는것을 아려채렸다。마침 안방에서는 부인이 나올길래나는 어망결에 철호의 방마루를 올라스며 물었다。

「이방안에서 어디가셨어요?」

「티 아츰에 잠간 와 둘러보고 그냥 나갔어요」

「어제ㅅ저녁에 와서 안잤나요」

「티 어떻게 주무실수 있어요」

그럴듯도 해서 나는 그냥 뒤ㅅ대답을 남기면서 방으로 드러갔다。절명할때 철호가 하든말대로서 우선 가방을 찾었다。시커먼 큼직한 들ㅅ가방인데 오래ㅅ동안 끌고다니여 귀가 모도 허영게 바슬여졌다。쇠를 앗잡거서 얼른 열었다。죄다 내가지곤 원고뭉한데 추리며 참고재료는 재료대로 추리였다。드문드문 원고를 쓰다고 피를 게워 원고지에 피가 튄것이있다。머다가 식어지며 눈뚝경이 뜨거웠다。가방은고대로 두고 알맹이만 신문지에 붓치어 가지고 나왔다。

집으로와서 펴처 놓고 머리를 진정시끼여가며 갈피를 추려가지고 한번내려읽었다。사백매나 넘는 원고인데 최근것이 빠졌다。일천구백십구년부터 삼십사년까지의 조선운동사다。철호의 유언대로 미흡하나마 종결을 지을것을 내가 맡었다。무엇을 못하드라도 이것만은 꼭 철호의 뜻대로 완성해놓을며고 결심을했다。

저녁이면 원고지를 느려놓고 참고류를 뒤적이는게 나의일이다。철호가 언제부터 뜻을 냈는지는 모르나 참고재료는 놀랄만하고 원래로 체게적이 아닌 내머리는 그나마도 끝을 못매질것같이 생각이드렸다。머리를 드러박고 원고지를 만지다가도 천호의생각이 문득문득 튀여나왔다。만일 철호가 사리있으며 한달이면 다 했으리라고 믿어졌다。실증이 날때는 다 팽개치고 싶었다。아조 머리가 좀아질때는 죽은사람이 무얼알어 있는지 없는지ㅣㄴ하고 태워 버리고도 싶었다。또만일 완결했든들 무슨 효과가 있을가하는것이다。물론 조선안에선 출판이 않된다。출판이 안되면 없는것과 다찬가지다。없는것과 마찬가지의것을 가지고시간과 노력을 허비하는것은 결국 어리석은것밖에 아모것도 없다。차라리 치워버리고 딴것을 하는게 훨신 나을것같다。피여놓였든 원고와 참고재료 호딱호딱치워버리고 드러누어 영등포로갈것을 생각하였다。좀처럼 해결이 않나면서도 그생각만 하면 나는 어쩐지 값있는일을 하는것 같다。담배를 한대 피였무렀다 후ㅡ후ㅡ내뿜었다。

× ×

한달이 지난 후 푸근한날 나는남산을 올라갔다。혼자단숨에 제일꼭대이까지 올라갈다。땀이 등을후독독흘렀다。두루막이를 버서제치고 맑은 정기에 부러오는바람을 가슴러지도록 드려마셨다。남서쪽 벌판에 아득하게 보이는 붓대만한 굴뚝들에서는 연기가 구름으로엉키며 오른다。저녁때 나는 집으로 왔다。안해는 저녁을 하느라고 불을 거더넣며 분주히 손을놀리고 있다。나는 방으로 드러와 앉어서 안해를불렀다。

「왜 그러셔요」

「좀 드러와 좋은걸 당신게 줄게」

「좋은게 무엇이요」하며 안해가 드러왔다。나는 안해가 내앞에 앉기를 기하여 그가 앉인후 책상에서원고뭉치를 끄내여주며 말했다。

「다른것이 아니요。이거요。이건 내생전에는 내농지 못다오 내가 죽은후 또 당신이 죽을때에 내여 석호를 주오(석호는 내족하다。아즉 나는 아들이없다) 이안에 모ㅡ든것이 씨여있오。그것을 보면 다 아오。이것은 당신의 생명이상으로 알어야 되오。깊이깊이두오。정말 내생명이고 당신의 생명이오。잊어서는 않되오。누구에게도 뵈여선 않되오。보면 큰일나오。당신이 죽을적에 꼭내주오。그전에는 누구에는지 주면 않되오。아렀소? 단단이 아렀소? 그리고 당신은 또 친정으로 가오。한일년만ㅣ일년만 더가있소。나는 이삼일내로 영등포로 가겠오。취직이되여 안정하면 또 당신을 더려가지…」

어느틈 안해는 머리를 숙이고있다。무식한 반면그는 나를 믿는다。날로하며 받는고생을 그는 달게안다。이윽고 안해는 원고뭉치를 받어들고 이러서 장농쇠를열고 농밑바닥에다 넣고는 다시 쇠를 잠근다。나는 숨을내쉬고 문을바라보았다。철호가 문득생각이 낳다。十二月十七日 (끝)

戱曲佳作

故鄕없는사람(一幕)

申 湜

人物……

相浩 三十歲

그안해 二十四歲

그어머니 五十二歲

그아우(相仁) 二十二歲

農場人(農場에서相浩와같이일하는사람)二十歲假量

때……

現代 가을어떤날

곳……

都會에서한十五里떨어진村果樹園

舞台……

무대우편에 농막(農幕ㅣ相浩가거처하는집)이반쯤보이고 좌편에 출입문이있으며 문이열려있다。집뒤쪽에 철조망이 처인 울타리가보이고 그 후방에는 과수가보이며 능금이더러달렸다。농막은 방이 둘 보이고 칙면과 전면은 퇴마루가있으며 우수로는 안으로통한다。

퇴마루에는 광이가 기대어섰고 그옆에는 낫(鎌)한자루가 놓여있다。막이열리면 農場人 밖에서 거럼을온다。누른양복에 노동자풍을하고 각반(脚絆)을쳤다。

퇴마루에 걸어앉어 각반을 고쳐치며

農場人。에ㅣ마할녀석 그게 다 대학나왔다고…。

(하편각반을다고쳐친다。相浩의안해 안에서나온다。배가좀불으고 임산(臨産)한테가난다)

안해。갔어요?

農場人。누구말이오。그녀석말이오?

안해。네 젊은존 인말이예요。

農場人。네갔어요。공연히와서 잘했느니 못했느니 뭐 비료를 잘못줘서 능금이 자나 다나 눈골이시어참…

안해。그러데이것보서요。

農場人。네?

안해。국광(國光)좀남었어요?

農場人。네 몇나무남었지요。

안해。한열댓개 따주시겠읍니까?

農場人。네 따들이지요。호호(배를보고웃으면서)입맛이없는모양이로군!

안해。호호!(배를감추며)아니예요 손님이오서요。

農場人。아-그렇습니까?

안해。저-제일맛좋고 잘익은것을 따주서요。

農場人。네 염려마시오。특품을 골라들일터이니까。

안해。네 썩좋은것을 골라주서요。

農場人。네네!

(안해 안으로退場。農場人한편각반을마자끼친다。-間-相浩밖으로부터登場。역시누른양복에 로동자풍을하고 우울한빛이보인다)

農場人。(相浩를건너보고)자네참잘하데 잘해。자네속에 그런용기가들았었는줄참몰랐네。

相浩。흥 태지말게。(전면퇴마루에걸앉는다)

農場人。태는게아니라 실상 그녀석이 제가뭘안다고 세상것을다아는척하고 제덕에살었느니 생각해주었느니 아유!참 아니꼬워서……제법 은인인척하고…。

相浩。말말게。요새학교 갓나온인간들은 예사로그런게야 안그런게예일세。(담배를내피운다)

農場人、제애비덕이라면 또[illegible]느지마는 제애비있는대도우리가 도려 은인이아닌가? 묵어잡빠진과수원을 이만치 만들어준게 누구덕인줄아노?

相浩。(비웃는듯)흥!

農場人。정말통쾌하데 자네가 또입을 꼭물고 있을줄알었드니 단연항거하든 자네의기게(氣慨)가 퍽 통쾌하데

相浩。흥 그만두게。

農場人。그녀석은 제가그러면 장래주인이라고 설설하고 아리댈줄알었지。

相浩 아리대? 세상에가장비열한짓은 남에게아첨하는것일세。

農場人。자네도변했네。이제 자네의정체가 들어나는것같네。

相浩。(신경질로 성을내며)변해? 그럼내가언제는비열하게아유 구용을하드란말인가?

農場人 아-니그렇게화낼건없네。자네가지금까지 한일이아유 구용이아니라는것을알었네。사람의속이란 알수없는게야。오년동안한곳에일하면서 자네속에는 용기도 들았었고 기백도 들았었고 자존심도 들았었다는것을 전연몰으고지냈네。

相浩。흥 기백? 자존심? 그런건나는 일홈도몰으네。

農場人。일홈도몰라? 그건자네의주의(主義)가 그렇든게지 자네가처음여기올때와 지금과를비교해서 생각해보면 소양지판일세。목석같이 굴든자네가 비상허예민해졌네。

相浩。그래나 지금이나 조곰도다름없네。외래목석같은

인간이니까。

農場人。나는항상 그때일이 안이쳐지네。자네가처음여기 올때 그때자네손이 어떻던것을알겠지？

相浩。그야물론일을하니까손이 험해지는것은 당연한일이겠지。

農場人。글쎄그때 자네손이 어떻던가？

相浩。뭐 보들보들하고 어린애손같었지。

農場人。그 보들보들하던손에 광이틀들고 처음 일할때 자네손이 부풀지않었겠나？

相浩。음！

農場人。그래 이틀하고 사흘제는 손에피가나서 광이자루가벌겋고 손바닥이떡이돼버렸지。그래도자네는 암은줄몰은다고 그래쟎었나？

相浩。음 정말그때는 암은줄몰랐어。

農場人。그래서그후는 손이터져서 밥은못먹어도 일은 여전히하쟎었나？

相浩。했지！

農場人。그래석달이못가서 자네가주인영감의 신임을독차지해버렸것다。

相浩。응 그래서자네들은 날미워했것다。

農場人 물론이지 자네와같이 살을버혀내면서 일할수는없으니까。

相浩。그래 나를숲에다 몰어놓고 자네들이둘러서서 죽으라고따리고 차고 밟고했겄다。

農場人。응 그렇지만은 결국자네게는 당해내지못했네 죽이랴고한들 무슨반응이있어야지。자네게비옷음만받고말었네。정말그때는사람도아니고 나무둥치었으니까

相浩。그렇기에 내가그러쟎은가？나는 사람이아니니까。사람취급을하지말라고 내몸은 벌서없는것과같다고 그러쟎든가？ 지금도물론그렇지마는…。

農場人。지금은 확실히달러졌네。요 한일주일이래로는 완전히변했네。

相浩。그렇게보이는가？

農場人。자네의그 목석같이보이던 신경이가지끝예민해지고 백지를자부(自負)하든자네가 극도의자존심을 가지게된것을 깨닫지못하는가？ 가령 오날젊은주인녀석에게 한일이라든가 또는근래주인영감이 뭐라고하면 일일히꼬지를따고 반박하는것같은것은 전에없든일이 아닌가？

相浩。그야물론 이치에 엉터리없이 벗어지는소리를하니까 그랬게지。

農場人。전같으면 거저임 만꾹물고 영감이죽을일을시키드래도 그양했을게아닌가？

相浩。일하려온사람이 일안하고어쩌나？

農場人。허허！그렇지만은 요새같으면 못할게세。그게 자네가 변했다는게야。영감은 자네가 이전이나 지금이

나 꼭같은줄만알고 하는소리지만은 목석이화해서영물이됐네。

相浩。뭐? 영물이됐어?

農場人。하하ㅣ그건좀 어폐가있지마는 노하지말게。그래서 요새가마니 생각하니 천날 자네가 몸을 돌보지않고 일하던것은 주인영감의신임을 얻으랴는 아첨이아니고 무슨중대한이유로인하야 자포자기한까닭이라는것을 깨달은것같네。

相浩。흥! 중대한이유라니 무슨이유란말인가?

農場人。그야물론 자네나아는이유겠지。그리고 또요새는 매양우울한기색이보이니 그것도전에없던일이아닌가?

相浩。우울? 나는아모걱정도 근심도없는사람일세。거저 밥먹고 잠자고 일하면 그만인데 우울은무슨우울。

農場人。자네는 작고숨기랴고 들지만은 낯에 들어나는게야 구처가있나? 대개사람의마음이란 바다물이조수하는것과같어서 물결이밀려드려오듯이 마음이 딱찰때도있고 싹빠저서속속이 다빌때도있는게야。

相浩。흥。

農場人。가을이슴여들면 사람의마음이란 퇴조현상이생기는걸세。선뜩지내가는바람 우수수웂떠러지는 소리 그런것들이 공연히마음의 공허를 느끼게해주는게야。

相浩。흥、(생각에잠긴다)

農場人。그럴때면 그 마음의빈자리를 채우가위하야 대개는 시나간옛날을가저오는걸세。부모도생각고 고향도생각고 잃어버린애인도생각고 하하ㅣ그렇지만은자네야 부모형제도없고 고향도없다는 사람이 되니까 문제가아닐세만은。

相浩。흥。

農場人。그러면자네가혹 그 잃어버린애인을 생각는게아닌가? 하하ㅣ어련소리하다가는…。

相浩。쓸데없는소리…。

農場人。마음이빈데는 애인밖에 채위줄이가없는데…。하여간 우울해지는것은 마음이비기때문일세。가을이되면 다 그래지는법이야。

相浩。내맘은빌것도찰것도없네。

農場人。흥 말마는 자꾸그렇게하시 그러나 표면이 들어나는게야 숨길수있나?

相浩。숨기다니? 그럼 언제는 내맘이 차서환히여넘칠때를봤단말인가?

農場人。글세그렇드 지금가만이생각하니 찰때가있었다고는 볼수없지마는 지금까지는 무슨고장으로인하야 정시상태에있었다고보겠네。그렇던것이 지금 그정지상태에서 퇴조(退潮)를 개시한것에틀림없네。가령비유를들면 무슨연고로인하야 진세를귀찮다고 입산한수도승(修道僧)이 어떠한시기가되면 미칠듯이 세상이그리워진다는것을 상상하지못하겠는가?

相浩。허허! 자네가 내속을환히 들어다본다는 셈일세그려。

農場人。그렇지!(고개를끄덕이며)확실히 한 일주일전부터 자네가우울해졌네。나하고 성내(城內)들어갔다온후부터이지!

相浩。원래 촌사람은 그런대 가는게 아니야。

農場人。왜그래?

相浩。탈선하기쉬우니까。

農場人。탈선이라니 뭘어쨋나?

相浩。흥! 수도승이 파게를 한것같어서…。

農場人。오-라 그게로구나! 「향수」(鄕愁)라는 사진(寫眞=映畵)이 혹자네의마음을 건들이지않었나?

相浩。흥。

農場人。그렇지!자네가。고향을 그리워하는모양이로구나。그렇게 그리우면 한번단녀오는게어떤가? 며칠안가면 능금도 다따버릴터이니까。

相浩。나는고향이없네!

農場人。허허!고향없는사람이 어대있단말인가?

相浩。그럼내고향이 어대란말인가?

農場人。그아자네가말을 안하니까남도리가있나? 하며간 그런때는…。

(안해안으로부터登場)

아해、(農場人에게)아까부탁한것…?

農場人。아 참 잊었읍니다。곧 따들이지요。(광이와낫을들고밖으로나가버린다)

相浩。뭘그러나?

안해。능금열댓개 따달라고그랬어요。

相浩。뭘하게?

안해。먹지요。

相浩。먹다니 뭘하는대먹어?

안해。손님이오실것같어서요。

相浩。누가와?

안해。저-。

相浩。손님이 웬손님이오나?

안해。저-어쩨면 아주머니가 오실것같어서요。

相浩。오실것같다니 그럼오시라고그랬구나?

안해。네 저-한번다녀가시라고 그랬어요。

相浩。거기는들지말고살게나 사가지고 오랬드니 또 뭘하려들어갔든?

안해。오래간만에갔으니까 일가도좀 찾어봐야지요。바로 또 길세고한대 그려고 단 한집밖에없는 일가가아니예요?

相浩。그렇기에늦드라고그랬지。아모데도 들지마랬는데 쓸대없이또 쏘댓구나。그래 거기만갔든?

안해。(눈치를보며)네 거기밖에는안갔어요。

相浩。그릇은 뭘하랴고 그렇게많이사왔늬?

안해。손님이 오면 쓰이잖겠어요?

相浩。쓸대없는짓을마러 찾어오는사람이많으면 귀찮어서못써!

안해。이 독가촌에서 고독하지않어요? 이웃도없고 일가도없고 찾어와주는사람도없으니 쓸쓸해서못살겠어요。

相浩。흥 쓸쓸해서못살어?성내를갔다오드니 각중에 맘이변했군! 세상에고독과같이 맘편한것은없어! 일년가야 마음상해주는사람이있나 내골 남안보이고 남의꼴내안보고 이렇게속편한생활이 또어데있담?

안해。편하긴뭐가편해요?난 답답해서못살겠어요? 평생단둘이만 쳐다보고앉었으니 무슨재미가있어요?

相浩。염려말어! 이제 한달만더있으면 또 하나 불을터이니까。

안해。부끼는누가부려요?

相浩。어린애가날터이니까。

안해。호호! 아이참 난 쓸쓸해서여기있기가싫어요。성내가살고싶어요。

相浩。공연히 달떠서야단이로군! 누가또바람을잡어넣었구나。

안해。바람은무슨바람이예요。[illegible]미도성내가서 아주머니내와같이 장사나하고…。

相浩。장사? 장사는해서뭘해?

안해。돈벌지요。

相浩。돈은버러서뭘해?

안해。아이참! 그럼 평생 요모양으로 남의과수원만지켜주고 살작정이예요?

相浩。왜 이생활이부족한가? 굶잖이먹고 춥잖이입고거저그래살면그만이지 돈은버러서뭘한담?

안해。어서 돈모아서 어머님도잘모시고(할금눈치를본다)일가드찾고 그래야지요。

相浩。(약간어기를도두어)공연히 바람든소리마러! 너무편하니까 기름이오、는모양이로군。

안해 편하기는뭐가편해요? 난이독가촌이무서워서 못살겠어요。어서성공을해서 고향에돌아가 일가들도만나고……그저께도신문을보시고 고향이그립다고 그래잖었어요?

相浩。고향에간들 반가히맞어줄사람이 있을줄아늬?

안해。우리가 이래사니그렇지 장차성가를해서 고향에돌아가면 누가무러워하잖겠어요? 내가자랄때를생각하면 어서청공을해서 우선친정일가들에게 좀보여주고싶어요。

相浩。흥 굉장한꿈을꾸고있구나。성내를가면 누가돈을거저준담?

안해。지금 글 가자는것은 아니예요。

相浩。그럼?

안해。그래자면 우선할멈모양도 좀만든고 시재도좀 장만

어야한것이아니예요? 혼자하기보담은 여럿이하면서 쉬

울터이니까 어머님도모서오고 아저씨도와서 거들이

면…。

相浩。(어기를도두어、쓸데없는소리말어!

안해。아주머니도 어째든지 어머님을 속히 모서가라고

그래서요。

相浩。듣기싫어!(좀큰소리로)

안해。어머님이 눈은 어두우신데 싹바느질을하고게시는

걸보니…。

相浩。(노하야)그럽거기도갔구나!

안해。(겁내며)아니 가지는않었어요。아주머니가이야기를

해주었어요。

相浩。듣기싫다! 왜 시키는말을 안들어?

안해。가지는않있어요。아주머니가 어머님지내시는형편

을…。

相浩。나는아주머니는 어머니도없다。

안해。(남편을한참바라보다가 곱곱내속일작정이예요?

相浩。속이기는뭘속여!

안해。결혼할때뭐라고했어요? 어머님과동생을 두고도

부모형제도없고 일가도없다고하잖었어요?

相浩。없는것없다고하지어째람?

안해。아주머니가 찾어와주지않었드면 지금이라도 속을

는지모르지마는 있는어머님 있는며가를 왜 속이랴고

듬니까?

相浩。나는부모도 형제도없다。

안해。내가귀찮어녁일가봐 그랬는지모르지만은 부모를

섬기지않으면 복을못받는답니다。사람의도리가아니예

요!

相浩。듣기싫어!

안해。내가어머님 모시기를싫어합니까?어려서부터 고

독히커나온몸이라 부모가얼마나 그리운지몰라요。일

곱살에어머니를그리고 아홉살에아버지마자 돌아가시

고 일가집으로일가집으로 돌아단이면서 외롭게지내

오든것을생각하면 시부모라도 한번정답게모서보랴고

그러는게 아닙니까? 일가라도올데갈데가 없어눈에

불을떠가며 붙어있던친정일가보다는 말한마듸라도 부

드럽게해주는 아주머니가 시집일가라도 더 정답고 그

리워요。작년만해도 해산(解産)때얼마나 고생을했어

요? 구안해줄사람이없어서 난것까지없애버리지않었

읍니까? 친정이라고 의탁할사람이하나있나 이 독가

촌에서 이웃도없고 또 그고생을어떻게 하라고하래요。

相浩。쓸대없는소리말어!

안해。어머님이라도 몰시하시면모르지만은 우리어머님

은 정말후하신어룬이라고 그래잖어요? 그렇게어진

어룬을 웨 못모시게 합니까?

相浩。듣기싫다!(더큰소리로)

안해。우리는몰래라고 살어도어머님은 아주머니를만나시기만하면 항상우리걱정을하시고 혹몸탈이나 안낫는지 큰물이졌다니 수해나안당했는지 무르신답니다 그리고 아저씨도 요새는 직업이없어서 살기가 떡딱한모양같에요。어머님께서눈은어두우신데 삯바느질을해서 지내나오신다는 소리를드르니 그만죄송해서 못견디겠어요。

相浩。듣기싫다니까곳:。

안해。방도고쳐두었고하니 어머님모서오고 아저씨는 와서농장일이나보시고하면 좋잖겠어요?

相浩。듣기싫어! 없는어머니를 어떻게모시란말이냐?

(벌넉이러나 밖으로나가랴한다)

(相仁과어머니보통이를들고 밖에서들온다。초최한행색을하고 있다。相浩주춤물러서며 둘을노려본다)

안해。아이구 어머님오십니까?(맞으려나간다)

相浩。(안해를뒤로 밀치고나서며 큰소리로)어대로가?

(안해밀려나와서 민망한듯이망서리고있다)

相浩。(노기등등하야)여기는 뭘하러왔나?나가거라!

안해。(미안한듯이)어머님!

相浩。시끄럽다! 들어가거라!(相仁과어머니를보고)어서나가거라! 뭘하러내집에 찾어왔나? 어서나가!

어머니。(나직한소리로)네!이놈!즘생같은놈 즘생도에미를 안다드라。나를이욕을보이랴고 불렀구나。

相浩。부르기는누가불러?

안해。제가어제찾어가서 오시라고그랬어요。당신이모서오라그랜다고사뢌어요。

相浩。응? 누가오라그래! 어서나가거라!

어머니。길가는과객이라도 그렇지못한대 이놈 에미를 쫓아내다니! 네놈이얼마나 잘사는가보자! 이걸 자식이라고 찾어온내가그르지。애비도없는자식을얇돌이고생해가며길렀더니。제절로 큰줄만안다。이놈 하날이나려다본다。

相浩。듣기싫다! 어서나가!

相仁。부모형제를모르는 개돼지같은놈! 이놈을당장…

(벌튼다)

어머니。에미도모르는놈을 잡고말한들무슨소용이있나? 상인아 가자! 자식이아니라 원수다。내가 전생에 무슨죄로 이런자식을낳았든고?(눈물을씻는다)

相浩。이개모도다누구죄줄아노?

相仁。누구죄란말이고?뻔뻔스럽게…。

어머니。상인아 돼지같은놈잡지말고가자!(相仁의팔을끄은다)

相仁。개같은놈!

相浩。(큰소리로)듣기싫어!

어머니。모도다내죄다。내가낳은죄다。상인아가자! 더

러운놈삼고 말할것도못된다。

(어머니 相仁의말을끌고울며걸어나간다。相仁돌아보며 눈을 부르뜨고)

相仁。이놈보자!

(相仁파어머니나가버린다。안해울고섰다)

相浩。(안해를보고격노하야)누가그런소리를 하라그랬나? 응 누가그런소리를하라그랬어? 가지말라는대를 웨 갔드란말이냐?

안해。어머님모서오는게 잘못이예요?

相浩。시키잖은짓을웨하나 응? 성내를갔으면 볼일이나봐가지고오지 쏘대기는뭘하려 쏘대어글세?

안해。집안에어른도없고 이웃도없고…。

相浩。듣기싫다! 들어가거라!

(안해울며 안으로들어간다。相浩다시퇴마루에앉어 머리를숙이고번민한다。—間— 農場人 능금바구니를들고 밖에서들온다。바구니를퇴마루에놓고 기색을살핀다)

農場人。손님이웨나가나?

相浩。아닐세。

農場人。아니라니 웨온다든손님이아닌가?

相浩。응。

農場人。그럼 이제왔든건누구안。

相浩。구경하려온사람일세。

農場人。그래?(기색을살피며 고개를기웃거리고 밖으로나가버린다。—한참동안— 相仁 낮을들고주입문으로뛰여들오며 相浩에게덤빈다)

相仁。부모도모르고 형제도모르는놈은 살려둘수없다。

(相浩 침착한태도로 相仁의앞에나서며)

相浩。오냐 죽여다오! 어서죽을수만있으면 나도편켔다。자어서질러라! 어서!

相仁。이놈!(낮을번듯든채손을벌벌떤다)

相浩。자 어서찍어라 어서!

相仁。이놈! 이놈! (벌으기만한다)

相浩。자! (相仁의앞에옴숙들어선다)

相仁。이놈 개되지같은놈! (주춤물러선다)

—間—

相浩。흥 가련한인간아! 웨푹질러버리지못하나윾?

(기운없이 퇴마루에거러앉으며)상인아!

相仁。돼지같은놈! 부모형제를 모르는 개같은놈! 그래 누구의죄란말이고? 뻔뻔스러운놈! 아버지가 피땀을흘려가며 모와주신돈을 너는장사라하압시고 사업이니뭐니하면서 술과 계집으로탕진해버리고 이몸술구렁에 빠저있는놈으신 어머니와 나에게 모함을쓰이랴는구나。죄는 네가짓고 벌은우리가받고있다。십년동안 혼자어머니가 너를걸르느라고 얼마나고 생하셨다는 것을 너는들었을러이지?

相浩。그래 어쨌단말이고?

相仁。 뻔뻔스러운놈! 한돈한푼이라도 아껴서 너의뒤닥음한다고 너는 좋은음식을먹이면서 배불리한번 자서보지도않었다드라。 아버지가돌아가신뒤에 너를자식이라고 세상에없이바뜰고길렀다드라。 그 은공을갚지는못한들 자식이라고 찾어오는어머니를 쫓어낸단말이냐? 내가 너만치만 배웠든들 어머니를모시고 너를찾어올리가 만무하다만은 내학비까지 다집어쓰고세상이 부끄러우니먹고 살길이없어 헤매는 어머니와동생을 헌신짝같이 내던져두고 숨어와있는게로구나。 나는 너때문에희생을당했다。 너는내피를빨려갔다。 너같은흉이없었든들 남의문전에걸식을하드래도 이같은모욕은 받지않었을것이다。 —間—

(相浩머리를숙이고 정신없이앉었었다)

흥 세상에어리석은것은 남의어머니다。 이개돼지같은것을두고도 자식이라고 바람만불어드 저것이어쩨나 비만와도 저것이어쩨나하고 밤낮타령을했구나。 불과십오리상거에있으면서 오년동안이나 종적을끊는놈을두고 사업에실패를하고 화가나니 나갔는가보다하시면서 도라오기를 기다리셨구나。 이천륜을배반한놈을두고…。 후유ㅣ。 —間—

오십이넘은늙으니가 바느질품파리를하고 전신에피가끓는놈이 길가에서 빵떡(빵)을구어팔어도 굶어죽지는않는다。 설사굶어도 어머니와같이굶고 떨어도어머니와같이 떨것이다。 그래도 나는 세상에 부끄러운것이없고겁날것이없다마는 이놈 천벌이 섭지않으냐? 이땅에 얼마나 더사는가보자!

相浩。 그렇지않어도 나는여기더있고싶지않다。

相仁。 어대로가면 하날밑에사는놈이 천벌을 면할줄아나?

相浩。 옹。 얼마든시 죽이고싶은대로죽여봐라!

相仁。 아ㅣ소용도 없는일이다。

相浩。 그뿐이냐? 그럼내말도좀들어봐라。

相仁。 개같은놈의말은듣기싫다。 (돌아선다)

相浩。 상인아! 너도희생을당했지마는 나는너보다먼저 희생을당했다。

相仁。 (다시돌아보며)뻔뻔스럽게 할말이없으니…희생은무슨희생을당했단말이고?

相浩。 여기앉거라! 내가 이야기를해주마。 지금까지아무에게도 못하든말을들려주마。 나도사람이다。

相仁。 네가무슨사람이냐?

相浩。 그래도사람이다。 남보다 세배나 네배나 더 심각하게부모를그리워하고 형제를그리워하고 고향을그리워하는사람이다。

相仁。 천벌이겁이나나?

相浩。 지금부터십구년전 내나이열한살때 아버지가돌아가셨다。 그때너는세살때다。 아버지가돌아가실때 어머나에게 말씀하시기를「이제내병이몇시간 남지않었다。자네일도딱하거니와 어린자식을 남기어두고가랴하니 더욱가슴이아프다。부대저것들을 잘거두어훌륭한사람을만들어다고。고생스럽지마는 십년만지내면 상호가 커서 시무살이될터이니 그때만되면 형편이 펴일터이지。어쨌든지 저두형제를 잘길러다고」하셨다。그때 나는아직 나이어렸니까 아버지가돌아가시는것이 그리답답한줄을몰랐다。그러나 그때「십년만지내면」하시든 아버지의말씀이 내맘에깊이새여졌든것이다。

「십년만지내면」하시든말씀 그말씀은 내소년시대의모든꿈과모든힘의 원천이되었으며 최고의목표가 되었든것이다。물론그때는 나이어렸으니까 의식적으로십년후에는 내가어떠한일을 한다는것은 아니었지마는 십년후에내가 이집을걸머지고 나설책임을가진――내가이만치중요한자리에있다는것이 어린가슴에 어쩔줄모를만치 기쁜일이고 자랑하고싶었든것이다。

「십년만지내면」「시무살이되면」하는소리를 나는몇번이나 외이고 가슴을울렁거렸는지모른다。

어머니도물론 십년만지내기를기다렸고 일가들도 다 상호가 시무살만먹으면 저집형편이펴이려니하고 주위의모든사람의 기대와촉망을 내 한몸에 실었든것이다

그래서 한해두해지내가는동안에 나도역시 의식적으로 내 책임을느끼게되고 남에게밑시지않는 훌륭한사람이되어 만강(滿腔)의기대를가지고있는 그들에게보여주리라고 생각했든것이다。내가보통학교를졸업하든해 어머니는 날 공부시킨다고 고향을떠나 도회로나왔다。나도 청운의뜻을품고 아버지의「십년만지내면」하시든소리를생각하면서 지독히 공부했다。어머니는몸상할가봐 공부를말리기도 했지마는나는 ,그때와같이 정렬에뒤끓고 희망에타오르든때는없었다。십년이 어서 지내갔으면 어서시무살이되어봤으면하고 어린가슴을울렁거렸다。그러나그것이불과 두해가못가서 아버지가돌아가신뒤에 하날같이믿었든 어머니에대한존경을 잃어버렸다。

相仁。왜존경을잃었단말인고? 왜 어머니를존경하지못한단말인고?

相浩。그것은내가 철이들어가기때문이었다。

相仁。철이들어서 돼지가됐구나。

相浩。거기는말못할사정이들어있다。

相仁。변명은잘한다。

相浩。가히입에담지못할사정이……。(번민한다)그러나 이미결심한것이니 들려주마。(한숨)아버지가 돌아가신지 사년째되든해 추석날이다。그때어머니는 며칠전부터 아퍼누어서 제사도못지냈다。그날밤은 몸시 비가오고 바람이 지동치듯이불었다。밤이 이숙한대 눈을뜨니까 어머니가 불을켜놓고 무슨준비를하면서 명천(明川)내

물이많다드냐고묻드라。 이박중에 십리나되는 명천내물
을 뭐하랴고묻는지몰랐다。 그래 아퍼서일어나지못한
다든어머니가 무슨보따리를안고 그 비바람부는밤중에
밖으로나가버리드라。 나는혼자무서워서 아침까지 잠
을이루지못했다。 그날밤의기억이 내가철이들어갈사록
더욱명요해졌다。

相仁。 흥 자식을생각해서 아픈몸도돌보지않고 밤중에
나가서굼니는 어머니의정성을 너도아는구나。

相浩。 흥 그렇기만했으면 오직좋겠나? 그러나 그것이
자식을망쳤다。 아버지계실때부터 우리집에자조와주고
친절히해주든 사람이있었다。 물론남자다。 아버지돌아
가신뒤에는 더자조오고 친절히해주든사람이다。

相仁。 그래 친절히해주었으면어쨌? 또무슨말을꾸미랴
고…。

相浩。 그이와 어머니와는 불의의…。

相仁。 (큰소리로)듣기싫다! 개같은놈! 할말이없으니 어
머니에게 누명을씌이랴고 이놈!(낫을들어상호를견운다)
어대 그런사람이 있단말이고?

相浩。 (침착히)지금은 벌서고인이되었다。 우리가 고향을
떠나든 바로전해죽었다。

相仁。 무슨증거가있나 이놈!

相浩。 아까말한 그게 증거다。 그후일년이지난뒤에 또한
번전과같은일이있었다。 그와같은수단으로 그들은 불의의 씨를 처치해가면서
더러운굼을꾸고있었다。 그러나세상은 그걸모를만치 신
경이둔하지는않다。 너만은모르지마는 고향사람는다알
고있다。

相仁。 듣기싫다이놈!

相浩。 너는믿어지지않겠지。 그러나사실이 그런것을어떻
게하나? 고향을떠난것은 날공부시길작정이라고 하
지마는 기실은 그이도없는 고향에 더있을필요도 없거
니와 남들의손가락질이 무서워서나온것이다。 생각해
보아라。 우리가 나온후에 십년이되도록 어머니가한번
이라도 고향에다녀온일이있는가? 아버지백골이 그곳
에묻혀있고 일가친척이 모도다 그곳에있지않은가。

(相仁낫을던지고 머리를떨어트리며길게한숨)

존경의대상을 잃어버린나는 마음의파산을당해버렸다。
천지가캄캄해지고 일절의가치를잃어버렸다。 내가훌륭
한사람이되어보여주랴든 대상이없어졌으니 누구를위
하야 공부를하며 무슨소용으로 공부를했겠나? 한
번 더러워진우리집을 다시는본시대로 돌릴수가없다는
것을생각함에 나는서도앉어도 백여낼수가없었다。 그
러나 세월은무심히흘러「십년만지나면」하든 그십년이
지내가고 내가시무살이되었다。 시무살을 맞이하든날밤
에 나는얼마나 울었는지모른다。 소년시대의 굼도이
상(理想)도깨어저버리고 구역이날듯한 치욕을안고 울

었다。 길가는사람이 모도다 내낯을처다보는것같고 아는사람이면 모도가 뒤손가락질을 하는것같어서 낯을들지못했다。 그날부터 학업을전폐하고 억지로술을마셔치욕에젖은 마음을 마취시키랴고했든것이다。 네말과같이 사업을추락하고 돈을갖다가는모조리 술값에넣고고의의방탕을했든것이다。 네게는미안한일이지마는 나는그때미친사람이었다。 그러나방탕을한들 무슨시원한구석이있었겠나? 한번더려워진집안이 다시깨끗해질리(理)는 만무했든것이라。 드디어자살을결심하고 자살할자리를 찾어방랑의길을떠났다。 방안에서라도 죽을수가있으나 나는내죽은시체라도 남의눈앞에내놓기가싫어서 죽거던 재가되어 없어졌으면고도생각했다。 어떤때는 선두에서뛰여나리다가 부뜰리고 어떤때는 달리는기차에 뛰여들다가체지를당하고 전후네번이나결행하랴고했으나 불행히도네번다이루지못했다。 나는죽을권리조차없는것을 탄식하면서 지향없이 오년동안을 방탕과방랑으로세월을보냈다。 이쓸대없는 목숨한개를 처치하지못해서 헤매든끝이란：：하ㅣ

(한숨을한다。 相仁정신을잃고섰다)

할수없이 이살덩이를 깊은산중에나묻어 세상을보지않고 목숨이 떨어지기를 기다려보리라고 절간을향하야 찾어나섰다。 그도중에 마츰 이 과수원을지내게되었든것이다。 지내다가생각을하니 절간에간들 목숨이있는이상 먹어야할것이고 남의신세를 저야할터이니 그것보다도 차라리여기서 일이나 해가며죽을때를기다리리라고생각했다。 그것도벌서오년이지나갔다。 전후십년동안을 나는고향을등지고 어머니를 안보고 형제를그리고 아는사람을피해살었다」 하ㅣ(한숨)

어머니를 여이고사는사람도있는데 없는셈치면될것이아니냐고 할른지모르나 차라리아버지와같이 일즉여이기나했든들 깨끗하고 신성한어머니를 상상이라도해볼것을……내마음속에있는 어머니의칸 —(間)—! 나는무엇으로서 이칸을채운단말인고? 아ㅣ비우지도채우지도못하는 이 칸! 하ㅣ결국나는 산송장이다。

—(間)— 상인아 여기앉거라! 너는 나다려부모형제를 헌신짝같이 내던지고달어난 돼지같은놈이라고하지마는(相仁고개를수긴채 출입문을향한편 퇴마루에가두손으로이마를괴이고앉는다)세상에날만치 어머니를ㅣ결백하고 신성한어머니를 그리워하고 형제를그리워하고고향을그리워하는사람은 드물것이다。 보통사람이십(十)의정도로 그리워한다면 나는이십이나 삼십의정도로그리워한다。 그립고 그리워서몸이바싹타는것같다。 그러나 내가어대가서 깨끗한 어머니를 찾어볼수가있으며 무슨낯으로 고향을찾어갈수가 있을것이냐?고향의 동무는 왼 신문에 떠들어 출세를권하건만 내가 품었든 청운의뜻은 어대로갔을가? 내 정렬은 어

데로갔을가? 그렇게도 기대와촉망을 해주든고향사람들도 나를보면 조소를할것이니 이낯을어대다 든단말인고? (한숨) 어머니를잃고 고향을잃은 사람처럼 불쌍한사람은 없을것이다。 십년만지나면하고 울렁거리든가슴이 이십년이지낸 오날엔 아ㅣ。 (번민) 상인아!

(이때 農場人박에서 급히뛰여들온다)

農場人。 커커! 아까왔든손님이 물에빠저죽었소! 이손님과가치왔든손님이…。

(相浩 相仁놀래며퇴마루에서일어선다。안해안으로부터 登場)

農場人。(相仁에게)어서 가봅시다。

相仁。(황황히)물에빠젔어요?

農場人。네 어서가봅시다。

相仁。어데요 어데?(형을보고)형님 가봅시다。

(相浩정신없이서있다)

안해。(相浩에게 웨이래가만이섰기만해요? 어머님이물에빠젔다는데…어서가봅시다어서!

相浩。(침착한어조로)나는어머니가없는사람이다。

相仁。(짜증을내며)형님은 피도 없는사람같은소리를 하오 어머니가 방금죽었다는대도…。

相浩。나는피가마른지벌서오래다。피있는너의들이나 가봐라!(相仁 農場人 안해속보로退場。相浩여전히서있다)

—間—

相浩。하ㅣ(길게한숨)이 쓸대도없는 목숨을이끌고 이제는 또어대로 간단말이고?

——((幕))——

도야지

孫永睹

글새 요즈음의 내생활을 날날이 적어보내라니 언제는 내가 제법 귀생활이라고 가져본적이 있더냐?

없는놈에게는 담배도 당치 않다든가 담배값이 올라 요즈음은 마코의 구수한 맛과도 인연을 딱 끊구 그저 곰방대에다 히연이나 뻐뻑 빨군 움푹 빠진 눈깔을 멀뚱 멀뚱 굴리고만 있을 따름이지 무슨 신통한 일이 있을턱이 있어야지。누군 한달에 사십원이나 월급을 타면서두 담밸 끊었는데 넌 어쩔랴구 펑펑 놀구만 있으면서 밤낮 방에 들어백여담배만 물고 있누? 이렇게 바가지를 긁는 어머니따위는 한결같이 무시해 버리구 한사코 독한 허연만 사랑했더니 이윽고 얼굴표정까지 독해지는가부다。현데 홀아비 생활이란 정말 못할노릇이지 계집의 매끈 매끈한 몸둥이만 자꾸 생각나서 몸부림을 치는 밤도 한두번이 아니어서 거리에서 만나는 낯익은계집들에게 미칠듯이 수작을 걸어보구 싶으나 구차한 내 살림사리에 생각이 미치자 수작은 커녕 단한마디의 말도 던저보는수없이 그만 풀이 죽어 술생각만 나군하네。허나 몇권 안되는 책들은 팔아 먹은지 오래고 돈될만한 양목과 인두는 전당국에 귀양보내버리고 인젠 돈한푼 구경못하게 되었으니 방금 숨이 넘어간다 할지라도 술사먹을돈은 없다는것을빤히 알고있으니 소주값 오십전을 얻으랴구 갈팡질팡 생대를 태우기보다 그저 꾹 참고 얌전하게 누덕이불이나마 자리속에 들어누워 등이 앗질 앗질 할듯한 불란서의 외설책이나 안고 고약한 공상에나 잠길밖에 이책은 삼봉이가 동경갈때 내한테 잠간 들었다갔는데 그때 내가 강탈한것이다。이야말로 내게는 과거 몇해동안을 두고 어리석게드 숭배하든 서양 아가씨들의 유숙한 책들보담도 세상의 모든 계집들보담도 귀중한 보배덩어리니 죽었으면 죽었지내일평생 이책은 놓질않겠다고 혼자 단단히 결심하고

있다。경쾌하면서두 읽면 텁텁한 그 맛이란 옛날우리조선의 머슴방냄새가 야릇하게도 떠돌고 있어 자네가 밤낮 떠들고 돌아다니는 예술이니 인생이니하는건 뭐이 말른 예술이야? 허구 고함도질러보고 싶을만치 그만치 고마운 책이거든。자나 깨나 마치 애비원수나 만난듯이 이마ㅅ살을 찌푸리고앉은 동양사람들이야 은근히 속을 태우면서도 참아 입밖에내지못할 이야기가 줄기 줄기 쏟아져 나올때는 한참 몸이 달대로 닳은 색쉬 계집의 쌕쌕거리는 입김과도같은 향기가 왼통 사람의간장을 녹이려고도니 애석주ㅣ자네두 왼종일 책만 노려보구는 골머리를 썩히우고있는 못난이들의 본을랑 아예 보지말구 논이 있거든 논을 팔구 밭이 있거든 밭을 팔아서라도기생방출입이나 시작해보게。그때야 비로소 자네모친의 산보다도 높고 바다보다도 깊다는 은혜를 깨달을테니까。

자네도 아다싶이 서울선 살아나갈 방도가없어 제법 버젓하게 살림을 채려놓구 산다는 누이동생에게나 얻어먹으려 가자는 어머니의견에 반대할나위도없이 좋아라구 내지나으리 많은 부산까지 따라왔으나 누이동생이니 옵바니 허구 정다운듯이 부르긴하지만 긋두 속속드리 파헤치고 보자면 요컨대 남입게 틀림없으니 [illegible] 머니 얼굴에서 찾어 보랴구 눈치만 살피는것이 내생활의 중대한일과가 되었네。지금 밤도 늦어 첫닭우는 소리를 들은지 이미 오래거늘 하염없이 빨고있는 히연의 지독한 쓴맛에 입버닥이 아린것두 어쩔수없이 도적전기불의 둔한 빛아래 퍼대기를 꼭둘러 덮고 곰곰히 생각하니 애초에 내가 그릇된 스타ㅣ트를 한것을 이제와서 뉘우쳐 본들 될수없는줄이야 모르는바 아니지만 무시로 일어나는 짜증에는 정말 견디기 힘드는구나。보통학교나 졸업하고 제이름짜나 쓸줄알거든 그만 책같은 것은 죄다 뜰에 살라버리고 꾸벅 꾸벅 돈이나 벌어가지고 장개도 가구 아들낳구 딸낳구 아무소리 없이 죽는날까지 고요히 살아나갔으면 그게 얼마나 좋겠나?

생각하는것을 잊어버리려구 무던히 애도써봤으나 한번 그 몹쓸놈의 버릇에 젖은 마음은 쉽사리 씻어지질 않어 필경은 이렇게 되고 말았으니 이제 새삼스러히 발광을 떨고 돌아다녀 봤댔자 별수없을게구 허니 잔말 긴말 헐것없이 그냥 이 어둔냉방에 백여 마치 돌이나 썩은나무처럼 주면 먹고 안주면 굶고 앉었을밖에 아무런 도리도 없네。헌데 내가오늘 아주 큰마음을 먹구 이렇게 엄청나게 긴편지를 써볼랴구 서두른것은 뭐、길게 그두 [illegible]란거 사람들 [illegible]

편지를 하라는 자네 분부대로 해보자는게 아니라 그저 내신세타령이나 한바랑 해놓구 죽든 살든 하고 싶어 그리는게니 그리알고 들어나 보게。

방이라고는 단 두간밖에없는 조그만 집의 건너방을얻어 살림 이라고 채려놓구 다늙어빠진 어머니가 남의집 품팔이같은것을해서 근근히 끓여드리는 밥을 염치도 좋게 널름 받아먹고는 손한번 움직이는 일없이 밤이나 낮이나 두러누은 나를 안방 사람들이 무슨 병신인줄만 알고 동정도 하고있었다는것도 사실 그리 부당한일도 아니었는데 그러는게 내가 아주 사지가 멀정하구 나이 스물다섯이나 된 건장한 사나히란것을 알게되자 그들은 일제히 나를 힐란하고 경멸하기 시작하였다。 허나 그들이야 욕하나마나 내아랑곳 할배 아니고 설혹 온세상사람들이 모다 나를 비난한다 하더라도 역시내게는 아무런 상관도 없으리라 하고 마음놓고 있었더니 이때까지는 나의 변변치 못한 위인을 다만 슬퍼하고 있을 뿐이던 어머니가 요즈음은 아주 맹렬히 가세를 부리고 대들기 시작하니 이건 바른말이지 처리하기 퍽 거북스럽게 되었다구 어머니 앞에서는 우선 빼빼마른 상통도 찦으리고 걱정하는 시늉도 내 뵈이는때도 있긴 허지만 실상은 여태까지 그러한 문제에마음을 썩힌일은 단한번도 없고 그저 어머니 짜증에는 두귀를 딱 틀어 막고는 배ㅅ상을 내 밀뿐일이 요만하고 끄쳤더라면 아무런 성가신 일도없이 그럭저럭 버텨 나갔을른지도 모르든게 세상에는 별별 친구도 다있어 바루 우리안방 늙은이의 아들이라나 그 일본말 짓거리기를 좋아하는 양반이 『모친 고생하는게 하 딱해서나를 정미소엔가어딘가 소개해줬더이니 따라오라구 그런다구 어머니가 졸라대는걸 내가 돈을 벌다니 그건 어림도없는 소리라고 고함을 버럭 질러 거절했더니 어머닌 이마에 피ㅅ줄을 세워 이산대 사대 원수같으니 아빌 삽어 먹었으면 그만이지 어미까지 마자 잡어먹어야 속이 시원하겠느냐 하며 나보다 큰소리로 고함을 지르며 악을쓰고 대드는걸 그만 성미대로 발길로 차 넘어트리고 톡톡히 욕을 뵈고 싶으나 그러나 어쨌던 오늘날까지 어미 밥을 얻어먹었고 또 이뒤로도 죽을때까지 얻어먹어야 할터이니 참아 그러지도 못하야 저고리도 없이 이한겨울에 여름 와이샤쓰 바람으로 바다ㅅ가에나 뒤ㅅ산으로나 몸을 피하지 않을수 없으니 그꼴을 남들이 봤으면 도시 사람대우날 안헐게지만 그건 사람들의 뜻대로 맡겨두고 난 나대루 어떻거면 조금이라두 오랫동안 현상을 유지해 나갈수 있나 함에만 생각을 잠기게되는것두 누가 정했는지는 모르나 세상사람들이 신봉하고있는 그 얼빠진 선악의표

준을 멸시하기 시작한 나로서는 그리 부자연한일도 아닌게 아니냐? 서울에 있을때에도 그랬지만 이곳에 와서도 내게는 쉽사리 사람들이 붙질않어 여태 동무하나 사귀지 못하고 나역시 친구라는걸 남보다 못하다고 생각하고 있으니 심심하면 동리안의 일곱살이나 여들살이나 그밖에 안되는 아이들을 그 우중충한 방에 모아놓고 실없은 소리만 주고 받고 웃고 떠들고 하니 어머니나 누이를 비롯하야 모다들 나를 패인으로 대우하고 내가눈앞에 있으나 없으나 온갖욕을 다하고는 한달에 다만 십원씩이라도 벌랴거든 집에 붙어있고 그렇지 않거든랑 너야 어딜가든지ㅡ 네길로 나가라고 틈만있으면 귀찮게 구니 내 낯이 여간 안두터워서는 견디지 못할터이니 거기 대한 나의 방비도 요즈음 와서는 패 충실하야 그러한 소리를 들으면 되려 싱글 싱글 웃음을 입가에 떠울때도 있게되었으니 이것도 다 오랫동안의 수련의 덕택이라고 모르는사이에 서글픈웃음이 터져나오기도 하나 그러한일은 오히려 드문편이고 최근에 이르러 갑작이 두터워진 배人가죽을 어루만지며 좋아하는때가 많게된것도 내가 이세상에서 처세해 나가기위해서는 부득이 그러한 태도로 자기자신을 방비하지 않을수 없는 때문인가 생각되나 난 그것을 부끄러워 한적은 아직 한번도 없었고 아마 이뒤로도 그리할것이니 본시 이건 내가 사람과 사람사이에 어쩔수없는 색막한 거리를 느낀때 부터 이러한 결과를 예상하고 자기이외의 모든것에 목살과 모멸로서 대하게된 때문이나 이렇게되면 자기네가 걸핏하면덜먹그리는 소위 량심이란것두 아무 소용이 없게되었으니 그러니 나는 몸은 비록 살아움지긴다 할지언정 량심은 이미 죽은지 오래라고 자네 입과가입을 삐죽그리겠지만 실상알고보면 그런게않이라 다만 량심이라 일커르는것에 대하야 새로운 의견을 고집한다는 단순히 그뿐이니 인젠 다시 별수없다고 제스사로 느끼지 않을수 없는것두 또한 마음 슬픈일이 않이겠나。가진 고생을 다해가며 아들이라고 길러놓은게 돈벌기는 죽기보다 싫어하고 어미를 알기를 오히려 없는것 보다 못하다고만 생각하고 여태골공드려 길른게 아무런 브람드 없게 되였음이 원통해 저 저른때만되면 아궁이앞에 쪼쿠리고 앉어 청성맞게도 애처르웁게 울고 있는것을 보고는 가끔 깨닫지 않고 측한의정을 가슴한구석에 느끼는때도 없잖어 있지만 그렇다고 내가 어머니의 얼마남지않은여생을 안락하게 보냅수있도록 하기는 내 일평생에서는 도저히 바랄수없는일이고 안되는줄을 번연히 알면서도 억지로 애를 쓰고 단이는 것은 확실히 어리석은 짓이라고 반성할때 다다 나는 이렇한 슬때

없는 감상을 가지게되는 자기자신에 한없이 불만을 품으며 무거운 절망속에 빠져 새로운 기쁨을 얻기에 패 오랫동안을 암담한 불안속에서 허덕대지 않을수없으니 이것두 모다 속속디리 따져보면 어머니가 어미와아들의 관개를 오인헨 때문임에 틀림없으니 여기서도 또한 어미가 그아들에게 대하야 범한 많은죄 가운대서 새로운 죄하나를 발견 하고는 우울한표정을 지울따름 그밖에는 아무런 의식도 가저볼수없이 땀냄새 지득한 누덕이속에 파묻쳐 잠오기만 기다리며 어머니의 울음소리를 노래삼아 이웃집 복희의 깊은눈동자를 머리속에 그리면서 혼자좋아라고 바보같은 우숨을 억케할수 없으니 그 복희라는 게집애는 올해 겨우 열셋살밖에 안되는 보통학교유학년인대 언제나 연분홍 저고리를 입고 학교에 가는것을 남몰래 사랑하기 시작하야 일곱점만된면 어떻한 일이 있더래도 누덕이이불에서 기여나와그애가 학교에 가는 길가에 쪽구리고 앉었다가는 아주 점잖은채 하면서도 설멋이 그쌀빛꽁은 뺨을 사뿐 만져보고는 호올로 행복을 느끼는것이 나의 일과중에서 가장 즐겨하는것이니 그가 나를 대할때는 항상 다른 어른들에게 하듯이 수집은 드키 약간우슴을 입가에 띠우고는 아무말도 없이 낮을 붉힌따름이지만 내생활에서 만약 이러한 왼몸의 신경이한꺼번에 흥분되는 순간이 없다면 지금 제법 이렇게 펜을 들고 자네에게 이러한 객소리를 지끄릴만한기력조차 없는 빼빼 말난 고목과 다름없게 되였을것은 분명한 일이라고 생각하면 생각할사록 그열세살의 처녀를 그리워하는 정은 더욱 더욱 간절해짐을 깨닫고 나는마츰내 틈을타서 그를 한번 조용히 달내가지고 언제나 두리 정다웁게 이야기를 주고 받고 할수있는 동무가 되리라 결심하였다。 그러나 넘우 성급히 굴다가는 일을 저질러버릴 염여가 있으니 아주 면밀한 계획을 새워 천천히 그의마옴을얻어야겠다고 몇번이나 속으로 뒤푸리하면서도 그저좋급증이나서 못견디게 애를 태우고있었으나 뜻하지않고 내게 유리한 사건이 생겼으니 그건 바루 한열흘전에 어머니의 군소리석긴 울음소리에 몸쓰리가나서 갈곳몰으는 산뽀를 또 나가지 않을수없어 모진 추옴에 턱이 아들 아들 떨리는것을 무릅쓰고 와이샤쓰 소매안으로 팔짱을 찌르고는 아주 내노라 하고 그만한 낮빛으로 어슬농 어슬농 거리 한복판으로 거리가고 있었드니 일이 잘될랴구 그랬든지 내가 그렇게도 못잊어하는 복희가 학교에서 도라오는 길인지 연분홍저고리를 맙숙하게 채려입고 바루 내앞으로 거러오다가 길바닥에 굴러있든 나무판대기에 뭇이 박혀 있었던것을 모르고 발번는지 그만 아야

하고 소리를 질으드니 길바닥에 풀석 주저앉어 버
린것은 다시없는 좋은 기회라 아니할수없다고 번개
같이 생각되자 나는 서슴지않고 그에게 가까히 달
려들어 못을빼어주고는 피투성이가된 발을 꼭 붙들어
쥐고 돌을 하나 큼직한놈을 집어 죽겠다고 사지를
뜨는것을 들은체 만체하고 발이 그의 감각을 잃케
되도록 두달겨서 얼편 응급치료를 한다음에 그가넉
넉히 거러갈수 있는대도 불구하고 가장 엄숙한말소
리로 내하라는대로 안하다간 반다시 병신이 되리라
고 타일른다 하기보담 오히려 위협하다싶이하야 그
를 두손으로 딱 껴안고 결코 거름을 빨르게하는법
없이 잡깐이라도 이축복된 시간을 길게 즐길 심산
으로 어슬농 어슬농 거러가며 마침 사방이 이미어
두워젔음을 리용하야 나는 남이들으면 변태성을 가
진놈이라고 밖에는 인정치 않을많지 흥분된 목소리
로 그를 달내기시작하였다。 복희는 발도 압프긴 하
겠지만 그보담도 부끄러움에 어쩔줄을 몰라 다만두
손으로 새빩애진 얼굴을 가리우고 내가슴에 낯을파
묻칠뿐이니 그 침침한 머리칼 냄새가 아릇하게도내
관능을 자극하야 나는 그의 소녀답사않은 뜨거운체
온을 안타갑게도 느끼지 않을수 없어 마춤내 나는
그의 입술을 빨고 또 빽았으니 그때부터 그는 가
끔 내방으로 놀너 오게되였고 나종에는 거의 날마

다 단두리만 서로 마조 대하야 담수와 같이 맑은
사랑노릇을 하게 되였던것이다。 그러나 굴속같은 방
안에서 그를 무릎팍에 앉히고 말없이 애부할때마다
그의 너무나 어린것을 한탄하지 않을수 없으며 게
집을 멀니한지 이미 오래인 나로서는 무리도없는일
이지만 가끔 그가 열세살밖에 안되는 어린애라는것
을 제도 모르는사이에 잊어버리고 한개의 성숙한게
집으로 취급할랴는것을 깨닫고는 내스사로 내자신의
젊음을 비옷지 않을수 없으니 그러한 사념이 내얼
굴에까지 나타나서 그에게 적지아니한 공포를 느끼게
하는수도 있을법 한일임으로 고약한 생각이 신경을
괘롭게 하기시작하면 의례히 나는 그를 돌려보내고
손떼묻은 외설책을 어루만지며 누덕이 속으로 들어
갈밖에 아무런 방도도 나지 안는것이다。 복희가 나
하고 사귀게 된뒤로는 급속히 조숙해저서 비록 나
를 단순히 저를 좋아하는 어른으로만 녁이지않고저
를 상대로 무던히 애를태우고있는 사나이로서 대하
게 되였다고는 할망정 그는역시 보통학교 육학년의
철모르는 어린애라는것은 어쩔수 없는 사실이고보니
그를 일치않기위해서는 얼마안되는 돈이나마 군거살
돈이 필요하였고 어머니가 방에들어 오는것이 그를
민망해할가 염여 안되는바도 안임이로 나는 우선이
두가지를 조채해야되겠다고 이[illegible] [illegible]도록 갈며 [illegible]

결심도 해보았으나 이건 정말이지 나에게는 엄청나
게 어려운 문제임에 틀림없으니 다 썩어빠진 골머
리를 부둥켜안고 어리둥절하지 않을수 없었다。허나
복희가 하로만 우리방에 오지않어도 죽을듯이 악을
쓰고 어머니에게만 화푸리를 하게되니 쓸때없는일인
줄은 번연히 알면서도 이렇게 한바탕 발광을 떨고
는 험악한 낯빛을 지어 바다ㅅ가에나가 내가 가장
경멸하는 천박한감상에 스사로 불쾌함을 느낄뿐 아
무런 보람도 찾을수없는것이다。허니 필경은 또 누
이에게 달려 부터 돈 십전만 내노라고 떼를 써보
나 나를 한없이 미워하는 누이가 단 일전이라도 쉽
사리 내여줄리는 만무하니 아무도없는 틈을타서 무
엇이든 값나가는것을 슬그머니 훔쳐내군 함으로서문
제의 하나는 해결되었고 어머니는 꼴만보아도 몸써
리가 나니 볼일이 있어도 방에는 들어오지 말나고
아주 호령을 탕탕하고 한바탕 소동을 이렇기고는드
디어 밥먹을때에도 어머니가 방에 들어오는것을 거
절하고 말었으니 이렇게 되면 내소원이 대강 풀렸
으니 거지반 마음이 진정되여야 할것임에도 불구하
고 나는 한결같이 불안하아 오정만 넘으면 그저조
바침을 쳐서 반시간만에 한번식은 골목끝의 가개에
시개보려 나가군 하는것이니 어서바삐 복희가 그연
분홍저고리를 입고 책보를 옆에낀채 안방에서 행여

나 누가보지나 안나하고 사방을 살피면서 살몃이 들
어와서 은근한 웃음을 눈에 떠우고는 말없이 내무
릎팍에 앉기만 기대리고 또 기대리는것이니 그 끝
없이 깊은 눈에 수집어 하면서도 남모르는 즐거움
이 가득찬 복희가 몸과같이 가지고 오는 일종 안
타까운 분위기를 나는 가장 사랑할 따름이지 내가
밤마다 애독하는 외설책에서 얻은 그 괴상한 지식을
그에게 응용하자거나 하는것은 결코 안이다。허지만
사실은 그를 껴안고 있으면서 언제나 생각하는것은
나이 설흔이나 그밖에안될 젊은 게집의 기름진 몸
동이의 뭉실 뭉실한 감촉이니 그에게 대해서도 ㅡ여
자의 년령과 성적반응에 대한 법측을 무시하고 지
나치게 애부하는일이 없도록 자기자신에 대한 굳힘
없는 경게심이 적지않게 나를 괴롭게 하는것이다。
그러나 하로종일 아무런 하는일도 없이 한결같이 외
설책만 사락하고 따라서 게집에게 대한 탐욕은 심
상한 정도를 지나쳐 것잡을수없는 상태에 일으렀닷
인지 가끔 뜻하지않고 망칙한 곳에 손이 가는것을
내스사로 놀내며 그의표정을 살펴보는일도 한두번이
안이지만 그보다 오히려 내손을 불니칠 생각은 않고
숨만색색그리리며 다홍빛이되는 복희의 얼굴을붉그럼
히 드려다보며 한번 더 그의나이가어림을 안타깝게
녁이게되는 내자신을 측은히 녁이지 않으면 안되는

것이 언제나 불쾌하게도 우울한일이다。 그러나 내가 이렇게 까지 간장을 태우고 있으면서도 하고싶은일을못하고 끈칩만 삽킬 필요가 어디있나 하고 생각이 들자 오냐 나는 다만 내뜻대로 왼갓짓을 하면 그만이다 륜리니 도덕이니 하고 덤비는것은 더 탈할 나위도 없이 어리석은 짓이요 세상사람들의 비위를 마추기 위하야 제 욕망을 죽이는것도 또한얼빠진 수작이다 하고 이렇게 마음을 먹고는 복희의 치마ㅅ끈을 풀어 해치었다。 허나 때마츰 공교로웁게도 안빵영감이 떤지피지하나 써달나고 방문을 왈칵열고 들어 오는때는 염치모르는것을 크나큰 자랑으로 알고있는나로서도 어쩔줄을 몰나 어리둥절 하지않을수 없었고 복희는 터저나오는 울음을 막을줄도 몰으고 누덕이부자리 속에 얼굴을 파묻쳐버리고 영감은 또 영감대로 감히 못들어 올곳에 들어와가지고 남에게 무안한 변을당하게하고 자기도민망한 쳐지에 이르게 되었음에 잠깐동안은 도로 나가버리지도 못하고 그렇다고 또 그자리에 그대로 서있을수도없고 그저 눈만 끔벅끔벅할뿐이였으나 나의 상대자가 올해 열세살밖에 안되는 복희라는것을 왈자ㅣ 그의 낯빛은 순간에 참을수없는 분노의 빛으로 변해지는것도 나에게는 어쩌는수도 없는일이였다。

이러한 상스럽지 못한 변을 당하고 그뒤에 아무런일도 없을리가 만무하나 복희의 부모를 비롯하야 남의 일에 참견하기를 좋아하는 이웃 안악네들이모여들어 한바탕 떠들석하게 나를 척당하고 비웃고왼갓욕을 다 퍼부어 망신을 단단히 시켜놓았으나 단순이 일이 그만하게 끝였다면 나역시 아무런 고통드 없었을것을 그뒤는 도무지 복희를 만날수 없으니 내가 그화푸리를 죄없는 어머니에게 할수밖에 없으니 그드 또한 나로서는 어쩔수없는 일이다。

내가 어린게집애를 다티고 괴상한수작을 걸랴다가실대하고 망신만 톡톡히 당했다는 소문이 퍼지자 좀처럼 우리집엘 오지않는 제매가 나를 찾어와서 하는말이 형님이 이미 이러한 상스럽지못한짓을 했고 어머님도 이 이상 더 형님을 먹여 살릴수 없다하시니 서울이나 상해나 어디든지 가는게 어떠하오? 어머님은 내가 책임지고 보양해 드릴터이니 염려마시오 그러는게 형님의 장래를 위해서 좋을게고 또 그렇게 해야만 형님도 성공할수 있노라 하며 내가 미처 성공의 뜻을 밝히기도 전에 그는 돈 이십원을 내앞에 내놓았다。 그건 물론 나의반대를 예기하고 우선 돈빛을 뵈이므로서 내 입을 막으랴는 수작이다。 아닌게아니라 나도 패 오랫동안 념에도 두지못한 십원짜리 지페 두장을 보고는 가슴이 둘컴하야 맥이 탁풀리는 것을 깨닫사 이러쿵 저러쿵할

새도 없이 그만 넙쥑 돈을 받아버렸더니 그는 내가 자기쳐의에 찬성하는줄만 알고 그러면 내일밤차로라도 떠나도록 하시요 하고 그밖에는 도무지 인사한마디 하는법없이 나가 버렸다 허나 내가 지금 서울이나 상햏 간댓자 손발 하나 '움지기기를 싫여하는 나를먹여줄사람은 없을터이니 내가 이 안일한 생활을 버리고 생판 낯선 곳에 간다는것은 도시말도안된다。창피한 꼴을 당했으니 개낯짝 아니고는어찌 얼굴을 들고 거리에 나설수있느냐 하지만 그런 극성은 다른사람들이나 할일이지 내한테는 아무런상관도없는 일이고 어머니가 나를 인제는 헐수없으니 네밥버리는 네가 하라고 협박하는건 벌서 군소리같이 틈만 있으면 하는말이니 이제 새삼스러히 놀랠것도 없고허니 다만 내가해야할일은 제매가 주고간 이십원을 가지고 어떻게 이걸 잘이용하야 다시 복희를 내 무르팍에 안칠수는 없나 하는 그러한 질거운 공상에나 잠저 혼자 좋아 할뿐이니 제매가그 돈을 구하느라고 얼마나 애를 썼던 그건 내아랑곳 할바아니다。그돈은 권혀 복희를 위해서만 쓰자고굳게 맘먹었지만 밤이 깊어저서 사나운 겨울바람이다 문허저가는 대문을 덜석 거리는 소리를 듣고 홀애비 마음이 어찌 쓸쓸하지 않겠느냐? 그래 내일은 죽든 살든 오늘저녁이나 한번 호화롭게 놀아보자고 오래간만에 들어온 지떼두장을 『포켙』에 집어넣고술가개있는 곳으로 달려가고야 말았으니 어디서 어떻게 먹었는지 곤드레 만드레가 되어 거리를 돌아다니다가 그뒤는 또 어떻게 되었는지 지금껏 생각해낼수는 없지만 하여튼 그이튿날 아침에 내가 누어있던곳은 동래온촌, 어느 기생집 안방의 비단이부자리였으니 불과 이십원의 돈이 아직 남어있을리만무하니 동래서 부산까지 삼십리길을 타박 타박 걸어 오지 않으면 안되었던 것이다。아직 술ㅅ기가남은낯으로 집에 도라와보니 어머니와 누이동생과 이웃 안악네들이 둘러앉어 야단들이였다。어머니의 눈에서는 살기가돌며 일종 처참한 낯빛으로 나를 아래 우도 훑어보매 또 무슨 악담이나 나오지 않나 하고 미리 똥줄이 땡겨 슬몃이 퍼대기속에 기여들어가선 두귀를 딱틀어막고 눈을감고 잡오기만 기대리고 있었으나 어머니는 뜻밖에도 그성가신 군소리는 한마디도 쿤지릉거리지 않고 누이와 모다들 어디로 슬적 나가버리매 이게 대체 웬 영문이냐 하고 속으로 의아하면서도 은근히 안심한것도 사실이였다。한심을 푹ㅣ자고 눈을깨어보니 저녁때가 다되었는대 어머니는 저녁끼니는 어떻게 할작정인지 밥지을 생각도 않고 돌아다니는 모양이였으나 설간 돌아와서 나를 굶기지는 안하려니 하고 마음놓고 누어 있었으나 그이튿날아침이 되여도 어머니는 돌아오지 않는 허는수없이 내가 몸소 밥을지어 먹지않을수 없었다。 그러나 그날도 하로종일 어머니는 보이지않고 점심까지도 굶고 저녁때가 되어 허기장이나서 눈은 십리나 기여들어갔으나 살이라고는 한아름도 남지않었으니 인젠 꼼짝없이 굶을수밖에。

이건필시 어머니와 누이가 나를 미워하는 남어지 어머니는 누이집에가서 묵도록하고 나를 단단히 혼을 띠게 해서 어디든지 내쫓을 생각임에 틀림없다 그래 사흘동안이나 어머니는 돌아오지않고 나는 밥한수깔 먹지못했으나 나는 끝끝내 이방의 누덕이불을 버리고 싶지는않고 누이집엘 찾어가서 밥을 강할해먹을 생각도 나지않었다。 내가 어머니를 부양해야할 의무가 없는것과 같이 어머니 역시 나를먹여살려야할 의무는 없는게아니냐? 어머니가 나를 사랑해준다든가 불상히(?)녁여준다든가하는 그러할리는 절대로 없겠지만, 그러나 어쩐셈인지 여태까지 나에게 밥을 주었으니 또 내한테밥을 가지고、올지 누가아나? 허니 주면먹고 안주면 별수있니? 굶을수밖에。 그러나 나는 절대도 놓고 먹을수있는 이집을 버리지는 않을테야 하고 어디까지 어머니와 싸워볼 결심을 단단히 먹고있다。 온세계의 부모네들이 제자식을 길으는것을 보면 내나 자네나 아무든지 사람의 원수는 그네들의 어버이의 자식을 자기네들의종이나 소유물로만 녁이고 있는 그아니꼬은『어버이의 권리』이니 자기네들이 즐거울때는 마치 개새끼 핥듯이 자식을 핥다가도 좀 기분이 나쁘면 그만 죄없는자식들에게 그화푸리를 하게되고 자기네들의 분부대로 하지않는다고 때리고 차고 꾸짖고 하든 그네들이 늙어빠진 뒤에는 그렇게도 무책임하게 구는자식들에게 부모의 은이니 무어니하고 보은을 강요하니 이세상에 사람의부모들보다 흉악하고도 교갈한것은 없을게다。 자식을 낳으랴거든 일생을 자식의 양육에만바칠준비가 없이는 결국 이러한죄를 범하게되는것이니 자네도 장차 만약 남의 생각을 그대로좇기를 싫어하고 제생각만을 고집하는 자식을 가지게되면 그에게 미움과 원한을 받을따름일것이니 그리짐작하고 자식이 바보가되도록 교육시키는게 자네늙은 뒤ㅅ일을 생각해서 유리 할게다。 허나 이러한개도 안먹을 객소리는 집어치우고 자네에게 꼭한가지의 청이있으니 내지금 배가고파 못견디겠지만 그보담도 더 술생각이 나서 도적질이라도 순사만 없으면 하겠다고 생각할만치 되었으니 소주값 오십전만 보내주게。 꼭 보내주게——。

意欲

金大均

1

——꿈을 잃은청년 그는 자살하여버린 송장이다。

……왜?……꿈은 이상(理想)이니까……그리고 이상은청년의 생명이니까……라고 영하(永河)는 혼자서 중얼거리며 넓으나·넓은 안국동 네거리를 기운좋게 거러간다。

오월의 황혼을타고오는 서느름한바람은 새파랗게 자라난 가로수의 신록을 침략하고있다。

축음기상점에서 줄기차게 흘러나오는 이름모를 행진곡의 오케스트라가 그의발을마추는지 그렇지않으면 그가 이음악소라에 장단을마추는지 몰라도 하여간 영하의발이 신이 날대로나서 오케스트라에 마질뿐더러 그는 휘人파람까지 불면서 거러간다。

아모죄없는 속 적삼을 발기발기 찢고나서 덥수룩한 머리털이 뭉쳐 빠지나도록 쥐여뜯는 우울증이 나다가도 때로는 턱없이 이따위 명랑한 기분이 과격하게도 치밀어오르는것의 우울한봄의 청년 영하의심정일뿐더러 그와똑같은 모ㅣ든 지식청년의 공통된 기분일것이다。

그러므로 영하는 느닷없이 습격하는 이 명랑증(?)을 무한히 사랑했으며 또한 자금의 자기생활로서는 둘도없는 귀중한 손님이라고 믿었다。

그야말로 고관대신보다 출입하기 어려운 이손님이 자기를 찾었을때 그는 젖먹은 기운까지를 불러내여 이손님을 놓지지않으랴고 애썼다。

밤버둥치고 발악을하여가며 이귀중한손님을 따라가기 힘썼다。

간얇는 그의몸집은 길길이높은 별궁(別宮)돌담우에 빛외여 엄청나게도 길고 크다。양초같이 하이얀 그의손은 시커멓다。너털거리는 겨울양복도 뿌ㅣ연 소외투도 모다가 맑숙히 몸에 맞는다。

이것을본 영하는 무한의만족과 자위를 술깃이 느꼈다。

지나가는 사람들이 이상하다는듯이 흘깃흘깃 처다보는것 조차 모르고 그는 미친놈같이 싱글벙글 했다。

——어떠한 동무래도 좋다。안면만있는 사람이라도 좋으니 만나고 싶다。

만나기만하면 그대로 멱살을 잡어끌고가서 차디차게 어름에 채였든 맥주라도 병나발 불겠구만——생각하며 옆을스치는사람들을 차려차례 살폈다。

그러나 아는친구라곤 하나도 지나가지를 않는다。

그는 두세권의책을 옆에낀채 팔을 꼬부려 얄팍한 포장지속에 남실거리는 신선한 『히야신스』를 코밑에 바싹 대였다。

강열한 봄의향기가 활작 찔린다。

코밑에서 꽃을떼인 그는 여전히 회ㅅ파람을 불며 돌담을끼고 꼬부라진 골목길을 올라갔다。

그러나 원래 귀한손님이란 그의 신분이 귀한만치 방문의시간도 짧은것이니 그가 화동막바지 그의처소까지 왔을때는 벌서 아까의명랑증이 씻은듯 없어졌고 언제나와같이 그의어깨와 고개가 축느려졌다。

「아버지ㅣ」

조각문을 밀치고 한발을 드려놓으니 혜란(惠蘭)이가 마루우에서 통통뛰면서 그에게로 달겨들었다。

「엄마 안왔니?」

「응 안왔어 그런데 아버지 오늘 난 센세이(先生)한테 칭찬받었다나 아버지 아르켜내봐 그럼 내뽀뽀해주지」

영하는 다풀다풀하는 딸의단발을 씨다듬으며

「뽀뽀먼저 해야지 그럼 파파가 아르켜내지 자 고개를 들어」하고 혜란이를 덤석안어서 야들야들한입술을 쭉 빠렸다。

「퉤 퉤 싫어 머……그렇게 막하는거……담배내가 막나게」

혜란은 연해연방 침을 내뱉고나서

「인제 뽀뽀했으까 아르켜내야지 응 어서 아르켜내봐」

「글세——가만있자 우리혜란이가 칭찬을 받었다고」

「싫어 싫어 뭐 얼른 아르켜내지도 않고 어름어름 하지」

혜란은 벌서 코먹은소리를 한다。

「그래 그래 아르켜냇게 저ㅣ창가를 잘해서……」

「아ㅣ니」

「그럼 선생님 묻는말에 대답을 잘해서……」

「그것도 아ㅣ니」

혜란의얼굴은 어른같이 새침을떼고 뱅그래 웃는다。

오정이지나자마자 학교에서 돌아와 아모도없는집에서 혼자 쓸쓸히 앉어있던 혜란이가 아버지를 만났고 또 그아버지를 놀릴수있게된것이 퍽으나 자미롭고 안타까웠든것이다。

「글새 그러면 뭘가……다름박질을 잘해서……」

혜란은 또 고개를 옆으로 흔들었다。

「저 아츰에 학교를 늦었다우」

「옳아 그러니까 칭찬을받은게 아니라 야단을 맞었구나 하하……」

「아감매 왜 야단을마저……이봐 아버지 잘들어 응 저 아츰에 학교갈적에 엄마가 수공지사라고 돈일원주지않었수 그것을가지고 만약수공지를 사러들어갈랴고 책사문을 열고보니까 아 돈이 없겠지」

「저 - 런 그래서」

「그래서 도루 오든길로 도라서서 찾어봤지 암만해도 없다우」

「그래 우렀지 길바닥에 펄적주저 앉어서」

「아냐아냐 아버지는 괘니그래…… 그럼난 안할테…」

「그래 아니다 어서해라」

영하는 책과꽃을 마루우에 나려놓고 혜란을 무릎에 올려앉쳤다。

「울기는 좀 우렀어 그래 울면서 암만 찾어도 없으니까 속이상해 죽겠는데 저ㅣ거지애 있지않우 아대궐담밑에말야 그애가 한참 나를 보더니 넵대 쫓아와서 돈일원을 주면서 이게 아까 네가 떨어트리고간것이다 하겠지…… 그래 나는 어찌좋은지 두말도 없이 받어가지곤 다시 책사앞으로 뛰여갔지…」

「저런 고맙단말도 안하고……」

「아이 가만있어」하며 혜란은 고 조그마한 손으로 영하의입을 막고서「그래 가만히 생각하니까 거지애한테 돈을받은게 아됐어……」

「웨 더러워서……」

「아ㅣ니 내가 꼭 고기다가 떨어트렸는지 다른데 떨어트렸는지 누가 아나봐 그런구 그거지애가 나 우는것보고 불상해서 돈을준지 누가알어」

영하는 눈을 크게뜨고 남싯남싯 이야기하는 딸의 얼굴을 노리였다。

「그래 도루갖다주구 내돈은 저기서 찾었다고 그랬지」

이야기를 마친 혜란은 부끄러워서인지 또는 좋아서인지 눈알이 발갛게 눈물을 흘리는것이었다。

「그래서 지각을하고도 칭찬을 받었단말이지」

영하는 다시한번 딸의입술을 죽빨고 순금한테쫓기는 도적놈같이 허둥지둥 책과꽃을 집어들고 방으로 들어갔다。

그도 아지못하게 눈시울이 화끈거리었던것이다。

너저분하게 흩으러진 책상우에 책과꽃을 내던지고 너무나 센치멘탈한 자기를 꾸짖었다。

그러나 바로 다음순간 그는 완강히 자기의감정과 행동을 긍정 했다。

——센치 하다면 무엇이 틀렸단말이냐 나날이 는물을 잃어버리고있는 나는 전력을다하야 이 다감다정한 마음씨를 살려야한다。이것은 나만이아니다。지금세대의 모 든 사람에게 필요하다。더구나 혜란이의 그 순정(純情)이란 영하는 혜란을 옆에 불러다놓고 포장지에 가친『히야신스』를 푸르게하였다。

여러제친 미다지 사히로 눈같은 버들강아지가 날러든다。—

안마당에는 어느듯 때아닌눈——버들강아지가 허ㅡ옇게 땅우를 덮은것을 영하는 넋잃고 바라보았다。

2

「글세 이것봐요 당신도 그만하면 무슨 분수가 좀 있어야지요 책만 봤쌓고 꽃만처다보면 배가불러와요 참딱도하우」

거운 밤아홉점이나되여 데파ㅡ트에서 돌아온 안해 경애(敬愛)가 저녁밥도 안먹고 바싹바싹 그의앞으로 대들며 박아지를 긁는다。

그것도 그럴법한일이지 여지껏 십년너무나 동거하여야 학교다닐때는 한생이라핑게하고 졸업하고나서는 실업자라 내세워가지고 한번도 집안살림을 돌보는일이 없었을뿐더러 글에미친 송생원(宋生員)인지 밤낮 책、책、하고 책반들여다보고 앉었으며 가다가 불상한생각이 들어서 몇푼안되는 월급에서 담배나 사먹으라고 돈원이나 주면 개구리본 구렁이처럼 진고개 헌책사로 줄다름치니 아무리 참을성있는 경애인들 한두번아니고 어찌 가만히있을수있으랴。그래도 여지껏 주리틀듯이 참어나려온 자기가 얼마나 그에 대하야 충실하였으며 또 얼마간 과장해서는 문학자의『파트론』노릇을 한다는 남모르는 자부심이 용솟음처나오는것이었다。

영하는「너하고싶은대로해라 나는 들을넥이다」하는듯이 잠잫고 앉어서 새로사온『발짝크』의 단편집(短篇集)을 뒤적어린다。

「그래 사람의말이 말같지 않다는말에요 웨 싱글싱글웃으며 약만올려요。참속상해죽겠네ㅡ」

경애는 허러통을 비비꼬며 손을 어떻게 주체하여야 좋을는지를 몰라서 쩔쩔맨다。

「예술의사명은 자연을 모사하는것이아니다。자연을 표현하는것이다! 너는 비천한 필경(筆耕)이 아니라 시인(詩人)이여…… 흥! 참 용한말을 하는군」

한술더뜬다는격으로 영하는 소리를내여가며 발짝크

의「알려지지않은傑作」의 한구절을 읽었다。

「아ㅣ니 아이가 어쩔라고 이래、아이참 분해죽겠네 웬이 어쩌고 어째요。예술? 인젠 그놈의예술이니 문학이니 하는소리좀 구만둬요 지긋지긋해서입에서 신물이 날지경이유…… 흥 배ㅅ심도 유하지 사람이 어쩌면 저렇게 준득준득 할까?」

경애는 곧 훔쳐갈길뜻싶게 달겨든다。영하는 손에들었던책을 슬그머니 나려놓고 경애쪽으로 돌아앉었다。

「이것봐 경애 내 좋은 시(詩)를 하나 들려주지……」

경애는 실성한사람의 갈피잡을수없는 이야기같은 남편의말을듣고 하도 어처구니가 없어서 픽 웃었다。

그러나 남편의 얼굴빛과 눈자위에 뚜렷이 나타난 심상치않은기운을 얼른눈치챘다。

——본성(本性)을 또 나타내느라고 저러지——

경애는 짐작했으나 그대로 뒤로물러 스기에는 너무나 분이 치바처올랐기 때문에

「듣기싫어요。그만둬요」하고 쌕 돌라앉었다。

「여기좀봐요。이것은『짠•콕토ㅣ』의 시인데

『나의귀는 조개껍질
바다의 音響을 그리워한다』

알아들어? 경애、산더미같은 파도가 으르렁대이며 쳐들어오는바다、석양의갈매기가나래를 목욕하는 은빛물결의바다、그리고 이국의삼색기(三色旗)가 바람에나붓기여 외롭운 노스탈챠의 가슴을 읍조리는 바다、그바다의 음향을 나의귀는 영원히 그리워하고 있단말야…… 그렇지 진리(眞理)보담 진리를 추궁하야 마지않는마음을 귀히넉인다라고 철인(哲人)의스피노자는 말했지만 나는 이 나는말야 미(美)그것보담 오히려 미를 추궁하여 마지않는 그마음을 사랑하고 있단말아」

경애는 벌떡 일어났다。

살기등등한 경애의팔목은 바르르떨렸다。

「그러니까 나따위 속인의 짓거리는 코로도 안들린단 말이죠。참 어처구니가 없어서……」

「경애 이것봐 책을 즐기고 꽃을 사랑하는마음조차 나에게서 빼서버리고 싶단말이지 너무도 비참하지않어……너무도 가혹하지않어……」

그저 달겨들어서 상파덱이에 춤이라도 뱉고싶도록 밉살머리스러운 남편이 청승맞게 이런말을할때는 어느한구석 가없은생각이들었다。거의 운명적으로 자기남편한테 이끌리는 야릇한 애정이 자기자신으로도찌저죽이고 싶도록 얄미웠다。

——그수단에 또 내가 넘어갈줄알고 흥 어림없다、

——경애는 여름하늘의 구름덩이처럼 뭉게뭉게피여오

르는 남편에대한 애착을 비웃어가며 짜눌르랴고 힘썼다。

그러한 마음의뭉친것이 가슴속 한구텡이에 자리잡고있다면 끝 수술을해서라도 빼여내고 싶었다。

「다ㅣ 듣기싫여요。 나때문에 당신이할짓을 못한단말이죠。어데 나없이 얼마나 잘되나 봅시다。 흥! 끌에다 글을쓴다고 글은 아무나쓰는줄 알어요。 공연히 뱁새가 황새를 따라가랴다는 가랭이만 찢어지는법에요。당신의 소질을 당신은 생전가도 모르리다。 그저 여자몸댑시 유행따라가듯이 『톨스토이엘스키ㅣ』니 『발작크』니 『지ㅣ드』 하고 그야말로 문학적유행 (文學的流行) 을따라가랴고 암만 똥을싸도 다 틀렸어요」

방문을 모질게 닫히고 마루로나아간 경애는 한숨으로 기동을잡고 구두를 신는다。

「문학적 유행? 그럴른지도 모른다。 그러나 나는 새로운 경세에떠러지고 싶지는않다」

영하는 소리를 지르다싶이 한마디 해 부치고 책상에 마조앉었다。

「아이구 어쩌면 저렇게 장할가 그저생전 문학청년 노릇이나하고 쭈크러앉었구려 하하하」

히스테리칼한 우슴을 요망스럽게 웃어붙이고 경애는 대문밖으로 나아가버렸다。

「문학청년! 좋다。 나는 그렇게 되기만을 기도하겠다」

경애가 나아가버린 방안은 싸늘한 바람이 감돌았다。

영하는 원고지쪼각이며 책 나부랭이며 담배꽁초가 너저분하게 느러놓인 책상을 넋잃고 바라보았다。 손상이가 떠러진 화병속에 꽂친 『히야신스』가 더욱이나 마음을 찔렀다。

그는 조고마한 암파문고(岩波文庫)한권을 으스러지도록 덥석잡았다。

좁은문………앙드레、찌ㅣ드、

「힘을다하야 좁은문으로 들어가라」

루가、十三章廿四節、

영하는 발광한사람처럼 책을 벽에다내붙이고 두팔숭이에 머리를 파묻었다。

그의손은 노리께한 머리털을 긁고있다。 책상우에 떠러지는 비듬이 달밤에흔날리는 밤꽃(栗花)같다。

그는 정신없이 머리털을 주여뜯다가 벌떡 일어나서 마루로 나왔다。

몇시가되었는지 모르되 다소곳이섰는 뜰아래 모란송이우에 새파란 달빛이 활작 피였다。

그는 안방으로 들어갔다。

아무도없는방안에 덩그런되 헤란이혼자서 옷도 그

대로읽은채 독본(讀本)으로 얼굴을 가리고 꺼근꺼근 코를 곤다。

「이애가 정말자는것인가? 그렇지않으면 여지껏 아비 어미의 이야기를듣고도 요렇게 자는체를 하는것인가?」의식하며 나이에 얼맞지않게 너무드 영리한 이도희의 어린딸을 걱정했다。

반침에서 베개를 끄내여 비여주고 얼굴을 덮은책을 들어보다가는 못볼것이나 본것처럼 책장을 덮고 일어섰다。

생활

문학

생활과문학……

그는 안방문을 닫히면서 가만히 입안으로 부르짖었다。

3

자기방으로 돌아온 영하는 서쪽들창을 열어제치고 창턱에 기대여 넋없이 밤의 인왕(仁旺)을 바라다보았다。

인왕의 푸로필(横顔)은 영원한 신비와꿈이 가득히 잠겨있으면서도 호기있는 위엄이떠돈다。

향긋한 밤의대기가 도적놈처럼 창문으로 기여든다

달빛에 끄스른 인왕의윤곽은 더욱뚜렷이 더욱 시컴엏게 나타나고있다。마음이 고달플때 애달플때 초조할때 또는 유쾌할때 그는 으례히 이위대한 험북이철인 인왕산을 바라다보는것이었다。

그럴때마다 산은 그에게대하야 무한한 사색의샘을 이였다。

지금도 그는 아름아름하는 생각의실마리를 휘여삽고 올라간다。

이와같은 불안정한생활에서 과연자기가 꿈꾸고있는 그러한 문학이 생산될것인가?

생활을위한문학! 그것은 곳밥버리로서 모-든조건이 구비된 본업(本業)으로서의 문학을 의미한다。

그럼 과연 이나라에서 그런종류의 본업이 가능한가?

여호는 아홉번 재조를 넘어서 사람으로 도섭한다지만 문학은 열번 재조를 넘어도 본업은 될수없을것같다。

소위 대중문학이니 야담(野談)이니하는것으로도 그러하려니 더구나 자기가 생각하고있는 그러한 순수문학으로서야……

그위에 얽친데 덮치느라고 나날이 급박하여가는세상의풍운은 우선 무엇보다도 예술적으로 초조와 불안을 의식하게 하지않는가。

문학을 위한생활——여간이하(人間以下)의 생활을전

제로한다。

『골고다』의길! 문학의길은 고난의길이다。

산넘어 저편에서 우렁찬 최종열차의 기적이 들려온다。

영하는 얼른 책상앞으로 도라와 노ㅣ트를펴고 작달막한 한구절을적었다。

「산은위인이다」

그리고 그밑에다가 『칼•붓세』의 『산 넘어저편』을 꼬리달았다。

막 그때다。

영하는 이번에야말로 보아서는 안될것을 보았다。

오른편 페ㅣ지에 적어놓은 글이눈에 떼이자 집어삼킬듯이 읽었다。

「문학의길이 막달아서

牧野信一 이제 自殺하였나니」

安生의 시(詩)였다。

순간 영하는 자기의가삼속에서 쏴터오르는 파ㅣ란 불꽃을 발견했다。

그는 질겁을하야 노ㅣ트를 집어넣으랴고 책상서랍을 여렀다。

그러나 채 노ㅣ트를 넣기도전에 그는 책상우를 얼골로 덮지않을수없었다。

서랍속에는 날신한맵시의 면도(剃刀)하나이 요녀의 교태를 피우며 간드러지게 손짓을하고 있지않은가?

얼마후 그는 가만히 이면도를 잡아들었다。

그는 감전이나된듯이 손가락끝이 짜르르 하면서도 임맛있게 찰삭붙는것을 느꼈다。

불빛아래의 면도는 청옥(靑玉) 같은 광채를 내고있다。

그와어우러지게 자기의손이 넘어도 창백함을 새삼스러히 깨달았다。

그는 얼굴에바싹대였든 면도를 약간 멀리여가시고 살그머니 날에다 손을 대여보았다。

맥그럽고도 차늘하다。

가슴이 선듯하면서도 한발자국 두발자욱 한거름 두거름 폭풍과같은 힘으로 자기를 습격하고있는 야릇한 의욕(意欲)의 존재를 뚜렷이 느낄수있었다。

그러자 얼마동안 그의가삼속에서는 피를뿜고 불을 토하는 맹렬한 전쟁이 계속되였다。

바우덩이같은 힘으로 자기의 두어깨를 뒤덮어누르는 자기부정(自己否定)의 의욕을 넘겨드리기 의하야 지금、남아있는 유일한 무기까지를 들추어내여

「나는 청년이다。나는꿈을가젔다」。하고 의식적으로 자기가 청년이라는것을 주장했다。

그러나 그것은 술이 얼근히취한 『마ㅣ스』의앞에서 몸동대는 평화의여신과도 같었다。

생에대한회의(懷疑)——그리고 죽엄에대한회의 이회의의 혼돈한 세계에서 어떻던지 흑백을 가릴수있는 결정적 태도를 취하기위하야 최후의 발악을 써가지고 차디찬 방바닥우에 그대로 자빠졌다。

한참동안 두눈을감었다가 눈앞에서 아불거리는 복잡한간 환영을 피하기위하야 다시 눈을떴다

별안 더환하야진것같은 천동갓에서 써ㅣ커스를하며 나려오는 거미(蜘蛛)한마리를 발견했다。

그는 손에들은 면도를 높이올려 한갈에 거미줄을 끊었다。

거미는 바로자기의 팔목에 떠러저 방바닥으로 데구르르 굴러서는 능쳐맛게도 죽은듯이 옴으리고있다。

영하는 면도로 거미의발하나를 잘렀다。발이떠러진쪽에서 가느다란 경련이 이러나더니 그놈이가시고는 또다시 죽은듯 청승을떤다。

두번째 발하나를 또 잘렀다。

그제야 그놈은 잽새게 몸을돌려서 도방질을친다。

세번째 발하나를 또잘렀다。

거미는 경련도 안한다。그놈은 자기의 전생명을유지하고있는 모ㅣ든 정력을 환기시켜가지고 퇴각의길을 줄다름질친다。

네번째는 발을 한거번에 몽탕 잘러버렸다。

콩알만하던 거미가 팟알만하게 뭉처가지고는 때굴때굴 굴렀다。

영하는 가만히 그거미를 노리였다。

거미는 드디여 움직이지도않는다。

최후까지 살랴고 살랴고 애쓰던 거미의 심사를생각하며 그는 엄청난전공(戰功)을세운 면도날을 들여다보았다。

그곳에는 역시 한개의생명을 박탈한승거로서 노리께ㅣ한 액체(液體)가 보힐락 말락 묻어있지를 않는가?

이것을본 영하는 몸서리를 쳤다。

전신에 소름이 쪽끼치며 얼골이 해쓱해졌다。

자기의 가삼속에서 묻어나올 샛빩안피를 생각했든것이다。

그때 빼가닥 대문열리는 소리가나고 뒤이여 쿵쿵하이힐의 발뒤굼치 닿는소리가 들려왔다。

영하는 죽은듯이 눈을감어버렸다。

손에들었든 면도를 오두만히 가삼 한복에 올려놓고……

×

마루에 걸터앉은 경애는 구두를 벗다가 양말앞부리가 뚜러저 발구락이 갸웃이 내다보는것을 달빛아래에서 발견하고 따스롭는 한숨을 내쉬였다。

안방으로들어가 옷을 가라입고서 경대에 마조앉어

약간 부프러오른 머리를 매만지다가 분살아래로 내뵈는 앙편눈가에 가느다란 주름살을 발견하고 손의 맥이 확 풀렸다。

아래묵에 누은 혜란의보드러운 머리를 쓰다듬고나서 경애는 건너방으로 건너갔다。

필연코 남편이 자기의 뒤를따라서 어데론지 나아가버렸으리라는 신염과 의심으로서였다。

방문을 열은 경애는 눈알이 팽돌았다。

「앗!」 소리를 질는것같은데 입으로 바른손의 손구락을 깨물어서였지 자기귀에는 아모 음향도 들리지않었다。

경애는 한참동안 납으로 부어만드른 마네킹처럼 손끝하나 꼼작어리지않고 직립의자세를 취했다。

그러면서 한가지 이상스러운것은 남편의 가삼우에 확실이면도가 올려앉었는데도 불구하고 그 근처에이렇다할만한 아모런 흔적이없다。

그러면 칼모친을… 하고 떠러지지않는 발을 억지로옮기여 남편앞으로가서는 가만히 허리를 굽히여 그의 얼굴을 들여다보았다。

담배내음새를 먹으믄 코김이 드수하게 경애의얼굴을 스첬다。

경애는 빨근 성이치밀러 올라와 당장에 얼굴이홍당무처럼되였다。

끝까지 자기의 조롱하는듯한 남편의심보가 무어라고 이루측량할수없을만치 미웠다。

경애는 면도를 집어서 그래도 미심한마음으로 앞뒤를 검사하야 아모런 이상(異狀)이없는것을 확신한다음 책상우에 올려놓고 다시 남편의 얼굴을 뚜러지도록 드려다보았다。

우물같이 움숙이 드리간 눈우에는 기다란 눈섭이 푹신히 덮이였고、부삽으로 파내인것처럼 깍거내린볼에는 텁수룩이 수염이 자라났는데 그중에는 군데군데 은실처럼 번적이는 힌털이섞였다。

(경애가 남편의 힌수염을 발견한것은 이번이 처음이다)

단지 나여기있노라하고 뽑내는것은 광막한 평야에 옷독소슨듯 날카로운 코잔등이뿐이다。

남편은 백지장같은 손을들어 왼편볼을 극적극적하더니 슬그머니 경애가 앉은쪽으로 돌처눕는다。

그순간 경애는 자기도 아지못하게 눈물이 용소처나왔다。

나도 불상한 안해이지만 그보다도 이불우 한남편을 돌보아줄사람이 과연 이세상에 하나라도 있는가?

그것은 비취같이 맑은 사랑이며 동정이였다。

이순결무구한 동정 자식에대한 어머니의 그것과같은 인민의감 이야말도 사랑의 최고경계가 아닌가。

경애는 납신 이러나서 야기가쳐들어오는 들창문을 닫었다。

그래도 행여남편이 감기나들리면 어쩌나 겁내여 방구석에 둘둘말려있는 이불을 끄러다가 살그머니 덮어준다음 찬란하게 호사를 한머리를 추켜올려서 바다같이 넓은 남편의 이마에다 가만히 자기의 입술을대이고 안방으로 건너왔다。

4

텅텅 이불나려놓는 소리가 난다음 바시락 바시락 옷벗는 소리가 들려오고 얼마동안 쥐죽은듯이 고요하다가 안방의 전등이 탁 꺼졌다。

그제야 영하는 벌ㅣ덕이러나서 얼굴을 뒤덮으랴는 머리를뒤로 추켜올렸다。

책상우에 마조걸린 길다란 거울우에 자기의 놓청스럽고도 쳐승맞은얼굴이 비추자 그는 하마트면 커ㅣ다랗게 소리처가며 우슬번했든것을 이를악물고 억지로 참었으나 억제할수없는 우슴은 미소로 표현되였다。

일시적 기분에의하야 행동、생활이 항용자우되기쉬운 아메리카 영화속의 부부생활같은 자기네들의생활이 픽으나 우수웠다。또한 얄따히 비애로웠다。

행여 감기나들리울가 겁내여 안해가 곱드란히 닫아놓은 들창유리에서는 수없는별들이 생글거리고 있다。

영하는 담배를 붙어물고 멀끄럼히 별들을 바라보았다。

마치 수은(水銀)방울처덤 커ㅣ다랗게 한데뭉쳤다가는 산산조각이나서 가느다란 모래알만큼식 쪼개져버리곤한다。

영하는 야간비행(夜間飛行)이나 하는듯이 코밑이시큰시큰하는 이상한흥분을 느꼈다。

그러자 번개같이 한줄기 모진빛이 잽새게 그의머리에 꽂었다。

「아 됐다!」 속으로 부르짖으며 영하는 원고지를 펴놓고 만년필을 잡았다。마악 첫줄을내리쓰랴고 붓을대일때 그의머리에 박혔든 그모진 생각의빛은 살작 빠져나아가버리고 말았다。

「잡아라 덜미잡이를 시켜서라도 잡어뉘여야한다」

그는 온갓 사색의힘을 총동원시켜서 습격했다。그러나 생각은점점 흐미하여가고 머리속은 쇠뭉치로 마즌듯이 앗질하여진다。

그의눈앞에 완연히 낱아났든 『뮤ㅣ즈』의 사자(使者)는 안개에 가리워저간다。「생각해라」하고 어떤강열한힘이 그에게 명령한다。

영하는 다시별을 바라보았다。

벌서 그동안은 아까와같은 유동미(流動美)를 나타내지않고 오즉 피곤한소녀같이 깜박깜박 졸기만한다。

책상우의 방울시게 소리가 유난히도 똑똑히 들릴뿐……

그는 누르스름한 대통을 엇깍아서 만들은 필통으로 시선을 옴겼다。

그앞에 헤아신스가 비스듬이 꽂혀있다。 영하는 그꽃의정을 빠라올리랴는듯이 우묵한눈에 독기를올려가지고 들여다보았다。

차츰 차츰 몽농하든것이 새로워지며 밝아가고있다

그는 담배까지도 떠러트렸다。

봄의처녀가 읽부러 그를위하야 만들어올린 꽃다발같은 이화병속의꽃은 하나식하나식 애닯게 명멸하는별로변하야가고 있지를않은가。

꽃、별、별과꽃이 한데엉크려저서 별도아니오 꽃도아닌 새로운 형태로 그의눈에 어리는 이 엄숙한순간이 경과한다음 홍수의 도도함과같은 감정의범람(氾濫)이 시작되였다。

「옳다、이때다。이 찰라다」속으로 부르짖으며 쇠붓을높이들어 원고의 줄을 내리 후려갈겼다。

다음순간 「그렇지만 너무 급히서둘면 몹술놈도 뛰여나온다。막어라 이감정의 대하(大河)를 막고 거기서 흘러오는 가느다란 물줄기를 차츰차츰다고 올라가서 나종에는 넓고넓은 저수지(貯水池)속으로 다이뻥하여야한다」라고 펄펄뛸듯싶은 자기의 감정을 억제하기위하야 그는정좌(靜坐)을했다。

눈을 지긋이 감었다。

그렇게 재긋재긋이 들리든 방울시계소리도 어느듯사라졌다。

얼마후 영하는 무겁게 붓을삽었다。 두번째 야경이돌아갈때 그는정신없이 손을놀려가며 조히와만년필과씨름을하고있었다。

한장두장쌓인 원고지가 솔치않은 부피를 이루웠다。

먼데서 전차나오는소리가 은은히 들려올때 그의딸목옆에놓인 사기재떠리에는 수북한 꽁초가 난삽게들어누었었다。

바삭바삭 색색 고요한밤을 꽉거내리는듯 원고지우에서 날른 쇠붓끝의비명은 차차로히 밝어가는 아침을향하야 줄다름질치고있다。

그것은 허허막막한 평원을 돌진하는 『새벽초특급』의 차륜과도 같었다。

지구가 또한바퀴를 굴려서 우주의삼라만상이 밤의턴넬을 유유히 뚫고나오니 부ㅣ붕ㅣ 목쇠인 기적이도회의아침을 통고했다。

떳다 떳다 해가떳다。

둥근 해다 큰 해다。

안방에서 가볍게 울려나오는 명랑한 혜란이의책읽는소리를 들으면서 영하는 원고의최후를 맞었다.

두팔을 높이높이들어 커-다란기지개를 한바탕키고나서 머리를 극적어리며 그대로이불우에 쓰러졌 다.

마즌편벽에서 빈대두마리가 마라손을한다.

한참만에 다시이러나 책상우에 석냥을집어서 담배를 부처물었다.

석냥갑옆에 동그마니 올려앉은 면도가 눈에띠여 힘없는우슴이 저절로났다.

수염이나 좀깎어볼가하다가 무슨생각이 났는지 그대로 서랍속에 집어넣고는 밖으로 나왔다.

오월의 아침——

면사포와같은 엷은안개를 뚫고 힘찬 태양이 일직선으로 빛운다.

비맞은 딸기같이 뿌렛슈한 아침바람은 파라소롬한 마코-연기를 빼자마섭으로 몰아넣어준다.

장독대모서리를 감돌아가며 나란히 늘어놓은 화초분우에는 영농한 이슬방울이 반작이는데 하폭이 모란은 밤새훨신더피인듯싶다.

영하는 새삼스럽게 자기의혈관을 순화하는 생명의피가 용소슴치며 약동하고있는것을깨달아 무한한 히열을 느끼였다.

부엌에서는 달가닥 달가닥 그릇씻는소리가 들려나온다.

그는 스을적 옆눈질을해 정신없이 손놀리고있는 안해의 뒷모양을 추군히 보았다.

그대로 뛰여들어가서 허리통을 덥석 끼여안고싶은 충동이 이러났다.

때마츰 옆집에서 라듸오 체조의호령과 음악반주가 울려나오자 추녀끝에 앉는 참새가 짹소리를 지르고 모르르 날러가버린다.

양철통이를 부엌문앞까지 들고나온 경애가 방긋이 웃는 얼굴로.

「이것보서요 저 수도물이나 좀 기려다즈서요 하고 생글생글 웃었다.

영하는 기다리고 있었다는듯이 껑충뛰여가서 양철동이를 받어들고 부엌문앞 기둥에매여달린 불시게를 끄려나렸다.

그의가삼속에서는 새로운의욕의 새음이 퐁퐁솟아났다. 그것은 어제밤의 모-든부정적인것을 불태워버리는 강렬한 생의 의욕이였다.

「아버지 난 오늘배울건 벌서 다외인다나」하고 혜란이가 안방문턱에 올라앉어서 손뼉을치며 좋와한다.

「어디 엄마듣는데 한번외봐 응 혜란아」

행즈초마에 손을씻스며 안해가 문턱밑에 앉어서 말끄럼히 혜란의얼굴을 처다본다.

떴다 떴다 해가떴다
  둥근해다 큰 해다。
잠꾸러이는 못볼
  맏들은 아침해다。
라듸오 체조 호령과 음악반주에 마춰가며 우렁차게 헤란의작은 입에서 흘러나오는 명랑한 음성을듣으면서 영하는 대문밖으로 나왔다。

그는 이렇게 순진하고 영리한딸의 글외는 소리를 들으므로서 어제밤의 악몽에서 빠저온것이 한층 더 한층 통쾌하였다。

우선 살고 볼일이다。

생은 오ㅡ즉하나의 그리고 가장 굿세인 우리들의 바리케이트다。

오갓 박해와 고난의 화살일지라도 이 바리케이트 앞에서는 좌절될것이다。라고 마음속으로 부르짖으며 물지게를 어깨에매고 골목을 돌아갔다。

영하는 쇠파람까지 분다。

이 쇠파람은 어제저녁 안국동네거리를 그의머리속에 환기시켰다。

그것은 또한 밤을새여가면서 창작한 원고의최후를 장식한 구절이였다。

나는 꿈을 잃지않었다

나는 꿈을 가진 청년이다。

(끝)

顚倒

朴星雲

내가 이집에 가정교사로 뒤비비고 들어온것은 작년이만때——다시말하면 작년가을이었다。나는 애당초에 들어와서는 쏟아놓고말이지 이만저만하게 만족을 느낀배가 아니였다。첫재 케케묵은 한간이될락말락한 그러한 방구석에서 생각만해도 몸ㅅ서리끼치는 둥게버레만ㅅ식한 시꺼먼 빈대떼에게 왼여름동안 피를빨리우다가 이렇게 새로지은 두간반이나 되는방을 차지하게되고보니 내큰입이 아니벌어지곤 못배였고 둘째로는 내가 어데도 옮아가든지 줄곳 마음쓰기를 게을이 아니하는、이른바 공기(空氣)문제인데 이곳은 장안에서도 비교적 공기가 맑다는 효자동인데다가 지대가높고 지대가 높을뿐만아니라 한 삼사분가량 거려올아가면 북악산줄기인 조고마한 언덕우에 올라설수있다。그곳은 소나무가 죽 늘어서고 활엽수들이 단풍이둘어서 다섯가지빛을 서로자랑하며 여기저기 섞여있는것이 수월찮이 아름다워서 내가 무엇보다도 즐기는 밥먹은후의 산ㅅ책지로 이러한곳을 작정할수있으리라고 생각함에 미처서 나는 무척 흡족이 녀였던것아다。주인은 삼사년전에 시내××전문학교를 마쳤다는 그러한젊은사람인데 몸집은직으마하나 혈색좋은얼굴에다 미소를띠우고 나를대해주는것이라든지 신학기학비로쓰라고 돈 삼십원을 척·내여주는것이라든지 모도가 인심이 패 무던한 사람임에 틀림이없다고 생각케하였다。안주인으로 말하드래도 아침저녁으로 나오는내밥상에 주의를 게을리아니한다는 증거로 소고기와 제육과 겨란같은것으로 만든요리가 줄창 떨어질때가 없었고 또한 저녁마다 일부러나와서 방바닥이 차지나않은가하고 만저보곤하였다。그야 자기귀여운 아들을 가르치는 그러한사람에게 대하야 마땅이 함직한일이라고는 생각되었으나 세상사람들은 이 마땅이할일을 하지않는사람이 수ㅅ하게괂다고 생각함에 이르러 나는 그 젊은안ㅅ주인에게 대하야도 적지않은 호의를 가지게 되었던것이다。 끝으로 가르치는 아이놈으로말하면 놈팽이가 쇠통백이처럼 말을잘않는것이 험이라면 험이겠지만 아즉 보통학교 사학년생에 지나지못하는 그러한놈이니 가르치기에 그다지 힘이 들리가 없으리라고 생각하고보니 이것 또한 어즈간이 마음때기가 놓이였다。 이렇게 여러가지로、 말하자면 함박 만족을 느낀나는 어느날인가 동창생인 허군(許君)을 찾어갔다。 그는평소에 늘 학기초가되면 내가 수업료때문에 불난집강아지처럼 짤짤매고 쏴돌아다니는 그러한일을 진심으로 딱하게 마음하야주든 동무인만큼 그날도 주인집이 무던한데 대하야 이야기함으로써 그를안심시키는한편 또한 나같은사람에게 그와같은행운이 돌아온것은 모름즉이 마땅한일임에 틀림이없다는 그러한사실을 그의꿈ㅅ직이도 크마한 골통속에 똑똑이 인식시키기위하야 장황한 열변을 오류월 커덕나절에 거미줄늘이듯이 가로세로 그렇게정신없이 늘어놓고야 얼마큼 내마음이 시원하여졌었다

그러나 얼마안지나서 내가 그렇게도 흡족히 역인것은 서말소꿈이 다없어지기전에는 사람마음을 알수가없다는 그러한말이 있는데도 불구하고 만사를그렇게 제법손쉽게 귀정해버린탓—— 다시말하고보면 내가너무 경솔한탓임에 틀림이없었다는것을 알게되었을때 그것은 나자신을위하야서도 가장 원망스러운 일이였다。 내밥상에나오던 고기찌개가 북어찌개로 북어찌개가 두부찌개로 두부찌개가 쿠쿠한된장찌개나 우거지찌개로 그렇게변하야가서 내가 들어왔을당시를 생각할때는 말하자면 금석지감(今昔之感)이심하다하겠지마는 그래도 출출한판에는 밥한사발이 된장찌개한툭백이와 깍뚝이 한보시기와가치 얼기설기 눈 끔쩍할사이도없이 배ㅅ속으로 쳐들어가는 그러한 판이니 그까자것 구태여 말할것없다하드래도 그 쇠통백이도련님(내가가르치는 아이놈을나는 이렇게부른다)의 황소같이 이해력이없고 낡은곰같이 기억력이없는 그러한골머리통에는 내속이 여름한낮에 뒤엄ㅅ자리 썩어들어가듯이 푹푹썩어드러갈형편이다。 그야 애시부터 문일지십(聞一知十)하기를 꿈에도 바란것이아니지만 그래도 문십지오(聞十知五)는 하리라고 생각하였던것이 두고보자니 문십지오는커녕 문백지십(聞百知十)도 제대로 못할지경이니 어느시레배아둘놈이 하푸염이 아니나오겠느냐말이다。 그끝에다 놈이 좀이라드 알아볼려는 그러한기색은 쇠통없이내가 한참 얼굴양관주에 심줄ㅅ대기를 소고처가며 입에서 거픔이 나오도록 기가나서 그렇게설명을하고있는데도 불구하고 놈은 밤훔처먹는 원숭이새끼모양으로 햅곰햅곰내얼굴만 치여다보다가는 「겁…」

웃어며는 그러한경우에있어서 나는 이놈이 제 선생을개채반으로 알고있음에 틀림이없다는 그러한생각이불현듯 소꼬처오르며 울화가 머리끝까지 확 하고 치밀어올라서 수천병들린 내주먹이 제물로 불끈 튀여올라 놈의네모진 대갈통을 산산이 바시러 하다가도 참아 그러지는 못하고 팔어맸이 탁 풀리고 눈에는 눈물조차 핑 도는것은 내가너무 감상적 인물인탓임에 틀림이없다하지마는 제아무리 너그럽기 대양과갈고 무거웁기 태산과같은 그러한사람의 자식일지라도 순순이 견디여나기는 좀처로 어려울것이다。이렇게 내가 정력과힘을 벌때로내고 속을썩힌대로 썩혀가면서 가르친보내가 없을리만무하야 그 학기말에 청적표가 나온것을보니 평균오십점이든것이 육십점으로 올라서 낙제점만은 면하게되었다。이한점이올랐다는 고 한점이라는것은 비록 하잘것없이적은 그러한 숫자임에 틀림이없다할지라도 그것을 빛어내기까지의 사람의노력, 말하자면 그아이를통하야 이루어진 내정신적노동의 고귀한결증이 바로 고 한점이라는것을 생각해볼때 그렇게 이것을 헐하게 평가할것이 결코 아닌데도 불구하고 젊은주인부부는 단 한점이올랐다는것으로 무척 불만스러웁게 생각하고있다는 그러한사실을 알게되었을때 나는 내값비싼 정신적노력을 무시를당했다는 생각이 복바처올라서 단연코 정말이지 단연코분개하지 아니치못하였다。

날이바뀌고 달이지날수록 이젊은주인부부의 내게대한 태도가 점점 냉냉하아가고 그들의태도가 냉냉해갈수록 내가 그들의 자식에게대한 열성도 점점식어가는것은 어찌할수없는일이며 나역시 딴데 가정교사자리가 좀처로 나오지않는이상 그들의 심상찮은냉대를꼬박꼬박 받어가며, 끌각끌각 지내지아니치못하는것은 그야말로 정신적으로도 비참하기 이를데없는 생활이였다。

올도접어들어서는 주인이 수업료까지도 아니대주니 할수없이 나는 다시 수업료변통을 하기위하야 날이 늦도록 쏘다니지않으면아니될 그러한운명으로 돌아가고야말었다。어느날인지도 나는 이리저리 돌아다니다가 허군의집을 들렸드니 그가그렇게도 구지붙늘어서 저녁까지 얻어먹고 돌아와보니 유지웜 작난에 바짝 귀미가당기신 쇠통백이도련님이 행길바닥에서(나중에 알었지만 그때까지 저녁먹을줄도 모르고)가로세로뛰놀고있는、그런놈을 붙들어가지고 들어서기가 무섭게 또다시 안주인의 앙탈마진 호령이시작되었다。「이놈아! 너는 저녁 처먹을줄도 모르고 밤중까지 어디토 쏘다니는거야 공부도 좀해볼생각이있어야지! 그래 밤낮 여섯점만 마즐테냐 뻔뻔스럽게 사람의자식이 얍치가 좀 있어야지 요놈! 잉!」하고 주인아씨의 하얀주먹이 쇠통백이의 네모진 골통으로 튀여갔다。그러나 이것은 물론 내게 하는말임에 틀림이없다。고 생각할때 나는 쓰디쓴우슴을 웃지아니치 못하였으니 도대체 내가 이런집구석에 들어와서 속을 속속드리 썩혀가며 눈허리가 시큰둥한일들을 꽁꽁참어가면서 지내는것은 오로지 학자를 얻어서 공부를 해보려는 그러한수단에 지나지않는데도 불구하고 주인되는 사람이 수업료조차 아니내준다면 어떤 시러배자식이 저는정학(停學)을마저가면서 그자식을 위하야 완전한힘을 들일수가있겠느냐 말이다。이말을 주인내외가 듣는다면 이구동성으로 발악을할터이지「아ㅣ니! 이놈아! 우리가 월사금을 대줄때는 네가완전한힘을 내여서 만족한결과를 보여즈었단말이냐 네가 여섯컵이상으로 그애성적을 올려준일이 있느냐」이거야말로 똥싹할노릇임에 틀림없다。가르치는사람이 아무리 애를 써도 당자의바탕이 고뿐인걸 어찌하란말인가 마분지에다 틀을 길어오라는 그러한수작이지。그런자식을 세상에내논 그젊은부부도 아마 두뇌가 좀모자라는듯싶다。

그런데 놈이공부에는 쇠통백임에 틀림없다할지라도 놀기위하야 미꾸라지새끼처럼 살짝살짝빠저나가는 그러한재조는 이야말로 천재다。요놈을 붙들고앉어서 공부를시키려면「오좀이마렵고 똥을싸겠고 아버지가이렇구 저렇구 어머니가 다리가쏘시고 배가아프고 애기를낳고…… 등등」그럴듯이 핑계를삼어가지고 나가서는 이내 꿩구어먹은 소식이다。나종에알고보면 십중팔구는 거짓말임에 나는 새삼스러이 어안이 벙벙한적이 한두번이아니였다。한번은 공부하기 시작한지 단 십분이 채못되어서 오좀을 싸겠다고 불낡을움켜쥐고 있는것을 나는 요 앙큼한놈아 내가인제는 안속으리라 그렇게생각하고「군소리말고 어서공부나해ㅣ」하고 위협을내여서 그러한고함을 한번쳤드니 아무리 미꾸라지같은 놈일지라도 할수없다는듯이 제법다소곳하고 연필을놀리기에 흥! 놈이 또나를 속여먹일려고한 게 틀림없다고 속아넘어가지 않은것만을 다행이생각하고 있기가무섭게 무슨물인지 뜨끈하고 내양말을적시는그러한서슬에 깜짝놀라서 일어나보니 아ㅣ하느님맙쇼! 요놈이 어느틈에 쓰봉단추를 빼처치고 자지끝을 빠꿈이 내놓고서 방바닥에다 오좀을 좔좔…… 내깔기고 있지않는야 말이다。이러다가는 이놈이 방바닥에다 똥까지도 거침없이 내질를모양이니 어떤재사가 이놈을 붙들고 앉어서 공부를 시켜먹을수가 있는야 말이다

허기야 백가지중에 다만한가지라도 나흔점이 있다면야 그대로 위안을 얻을때가 있겠지만、그 젊은내외로부터 다섯살먹은(젖먹이는 말할것없으니 그만두고) 어린아해놈에 이르기까지 한번도 (처음들어

왔을당시 서너주일을 제하곤) 그들이 이른바 가정선
생다운 그러한대접을 나에게 해본일이없는데야 어찌랴。
고、쇠퉁백이 제스스로도 나를「선생님 하고 그렇게불
러본적은결단코 없을뿐만아니라 다섯살먹은 아해놈까
지도 말의아래우를 거두절미하고 「선생」하고 나를불
을때에는 사람이 비위가 왈칵 상해서 죄없는 그어
린것 까지도 미웁기 짝이없으니까。그뿐인가 전화ㄴ
가 비러먹을건가 로말하드래도 한달에 많어야 두세번
씩내게걸어올가 말가한놈의것을 그남아 거진 다 거
절을 해버리는데 그 거절하는이유를 전화건사람들에게
나종에 들어오면 미상불요절할노릇이 다많다。가로사대
ㅣ그런사람없오。지금나가고없오 (있는데도물구하고) 이
곳은 안이되여서 말만한계집애들이 있기때문에 들어
오지못하오ㅣ등등이다, 이런것들중에서 딴것는 말할건
덕지도 없다하드래도 말만한계집애운눈의 그러한이유
는 좀 이야기해둘 흥미를느낀다。이집에 젊은처녀가
있다하면 금년봄에 ××여고를졸업한 주인의누이동생과
같은학교삼학년에 재학중인 주인의딸을말함에 틀림없
다。그러나 임이주인내외스스로가 현대교육을받은 그
러한사람들이오 두처녀역시 버젓한 이른바 현대신여
성임에틀림이 없는데도불구하고 그렇게까지 내외라는
얄구진 범도를 지키라는것은 알수없는노릇이며 더
욱이 이집사람들이 똥러러서 기독교신도라는 사실을
알게될때 더한층 그들이 내외라는것과는 인연이 동
떠러지게 멀다는것은 불을보는것보다도 오히려 명백
한일이아닌가。즉 그따위수작은 새ㅅ빨간 거즛말이다
그러면 거기에는 그들이 즉접 말하기를 꺼리는 그
러한무슨 다른이유가, 있음에틀림없다。젊은사내가 안
으로드나들어서 처녀들과 낯이 익는것은 요새흔한 연
애라는 그러한문제라도 혹시 지여내지나 않을가하는
젊는주인부부의 엉뚱한노파심에서 나왔을는지 모른다
하드래도 젊은남녀들이 한번눈이서로맞인바에야 그렇
게쯤 하다고 한집안에있으면서 접근치못한다는법은 결
단코 없으리라는 그러한생각을 그젊은내외가 못하였을
듯싶지도않다。더구나 그두처녀역시 주인내외의뜻을받어
서나를 시굴뚝이고학생 또는 껄렁껄렁한 사립전문학교
학생으로써 멸시하고 있다는것을 나는 짐작하고 있
는배니 (나역시 그까짓 호박통같은아가씨들에게 눈한
번 거들떠본일이없지만) 하물며 젊은 주인부부가 이
러한그들마음씨를 짐작지못할리 만무하다고 생각함에이
르러 결코 이러한 얄뜰한리유도아니라고 생각되였다。
그러면결국 너같은 남의집에 붙혀서 근근이 공부를해
가는 그러한한개의 돈없는 고학생따위도서 그주인집
전화까지도 무엄하게 버려쓴다는것은 너무 과만스런
짓이 아니냐 하는 말하자면 역시 나를 너무나 멸
시하는생각으로좇아 나온일임에틀림이없다고 생각됨에

미쳐서 나는 울분하기 이를데없었다。그래서 어제는 오래간만에 큰마음을먹고 전화를받으라고 아해보는년을 내보낸것을 나는「그사람지금 방금나가고없다」고 말하야꿈어버리라고 그렇게짐짓 좋은말로 일러서 느려보냈든것이다。

× ×

나는 지난밤에「톨스토웨스키ー」의「죄와벌」을 맞어끝까지 읽어바리고 이불속으로 기여들어간때는 자정이 조곰지난후였다。나는 소설에서본 주인공의심리를생각하야 보았다。그의번민은「돈이없다」는그러한사회적관계로부터 시작하었으며 드디여 세상사람들이 말하는 이른바「죄를짓게」까지된것이였다。내지금의번민도「돈이없다」는데있음에 틀림이없다고 생각됨에미처서 과연 내가지금취하려는 수단은 무엇인가하고 그렇게 반성하야보지 아니치 못하였다。그러나 그것은ー내가 딴데 가정교사자리를 구하고있다는 이러한사실은ー가장오당한 수단임에 틀림이없으며 세상사람이말하는「죄」라는그러한것과는거리가 멀다고 생각되어 저윽이 마음ㅅ대기가 뇌이는한편 또한 내지금환경은 결코 세상에서 가장 불우한처지가 아님에 틀림이 없다는것을똑똑이 인식하였다。시계는 한시를 가르킨다。 나는불을꺼다。구월보름날의달은 정원의상나무그림자를 미다지「스크리ー ㄴ」에 빛이어 주었다。바로 그찰나ー상나무한쪽이 갈려저 다라나는듯싶은 그러한꺼먼그림자가「스크리ーㄴ」을횡단하야 사라저갔다。이것이 내착각이아닐가? 나는 그것을 한갓 착각으로 돌리려고 애를쓰는데도불구하고 그시커먼 그림자는 금세、방문을 열어저치고 뛰여들어올것만 같은그러한 아릇한공포에 사로잡히고말었다。상나무그림자까지도 시커먼 털난손을 벌리고 달려드는 그러한야괴같이 보여서 나는 이불을 머리우까지 푹뒤집어써버렸다。이불속에서는 심장이 놀란말처럼 가뿌게 뛰는소리만이 유난이 고막을 흔든다。이우고「깽ー」하는 그러한개(犬)의비명。그것은 무엇으로 입을틀어막은듯싶은 간얇은소리였으나 그러나 저력있는 날카로운 도미(掉尾)의비명임에 틀림없다。(이집개는 누런바탕에 힌점이 여기저기찍힌「세파트」인데 언제든지 쇠사슬로 붙들어매두었었다)나는본능적으로 이불을차버리고 상반신을 이르키였다。그리고 엉금엉금 미다지 앞으로 기여가서 유리(미다지에는 큰유리를 달어놓지 않었음으로 나는 때때로 밖같을 내다보기 위하야 아모도몰래 조고마한 유리쪼각을 미다지조이를 조곰 도려내고 부처둔것이있다)에눈을대고 밖같을내다보았다。달이 구름속으로 들어갔는지 밖같은 으스름하게·훤하였다。모든물체가 어렴풋이나마 내다보인다。두번째 시선을 안마당으로 보냈을때다。다람쥐같이 안마당을 횡단하야

가는그려한사람의 그림자가 보이지않느냐。그는복면을
한듯싶었다。「도적!」나는하마트라면 소리를칠번하였다
정신이 아찔하다。심장이 터저나올듯이 날뛴다。손발
이 벌벌떨린다。나는 부지중에 이불을 뒤집어써버렸
다。그러나「에이、이 비겁한놈ㅣ」하고 어데선지 그
렇게웨친다。「아니다! 비겁해서 그런것은아니다。나
를 그다지도 멸시하는 주인놈이아니냐。돈을 그다지
도아끼여서 내월사금도안내주는 인색한자가 아닌야 그
따위 위인은 도적을 마저야 싸지」나는속으로 이렇
게변명을 해보았다。「아니다。이 비겁자야! 너는 무
서워서 시방 벌벌떨고있지않으냐」양심은 이렇게소리
쳤다。「너는 사내놈…더구나 새파랗게젊은새내놈이아
니냐 너는세상사람들을 다 속일수 있을지라도 네자
신의양심만은 속일수없으리라。너는 이제부터 비겁자
로 자처하고 살어가려한단말이냐」나는 벌떡이러섰다
얼골이 화ㅣㄱ근하고 달아올랐다。나는문을 화닥닥 열
어저치고「도적아ㅣ」하고 그렇게소리를칠가하였다。그
러면 저놈들이 필시、혼이나서 뛰여다라날것임에 틀림
이 없다하드래도 그것은 당당한사내자식이 마땅이취
할짓이못된다고 나의자존심은 도리혀 엄면이 말하는
것이였다。도적과 한바탕격투를한후에 놈을사로잡든지
그렇게 못하는한이 있을지라도 작자의 다리몽둥이를
하나 부러트려 보내는것이 마땅이 나같은사람으로서
함직한일임에 틀림이없으며、젊은나를시골뚝이로 그렇
게도 멸시하는 그젊은주인내외의 코앞에서 이러한 내
담력을 보임으로말미암아 그들의 눈을휩뜨게하는것도
자미스러운일임에 틀림이 없다고、「그렇게생각함에미처
서 나는일종의 알구진 쾌감조차 느끼였다。나는 미다
지를 사르르열고 가만가만 고양이거름으로 문밖에나
가서 그래도 신을 신을경황은없이 마당에나려섰다 반
쯤열려있는 중문턱에서 가만이 고개를 디며밀고 안
쪽의동정을 살펴보았다。아대청 유리영창밑에 두놈이
서서 무슨공작인지 부즈런이 하고있다。현관문이 잠
겼음으로 유리창문을떼고 들어가려는 심산인듯싶었다
마당한복판에는 메리(「세파트」개일홈)란놈이 제 조그
마한집앞에서 쇠사슬에 매달린채 네다리를 쭉뻗고 죽
어넘어저 있지않느냐! 그러면 놈들이 필시무슨무기(武
器)나 약품따위를 가지고있음에 틀림없나부다。나는
다시 주저하였다。내머리속는 혼란하아젔다。얼마큼 진
정되였든 심장은 다시 뛴다。별안간 솥뚜껑같은손이
내입을 막으며 장작가비같는 팔뚝이 내목에 감겼다
「꼼작말어라 찔른다」하는소리를 드르면서 나는 일변
몸을가라앉치며 오른손으로 그자의거디랑밑을 움커쥐
고 웅덩이로 그놈의배ㅅ대기를 터저라하고바드니 그
무거운고기떵이는 내어깨우를 가꾸로넘어서 광 하고
앞에 떠러젔다。내가 자신을가지고있는 「세오히나

게ㄴ(背負投)다。 들창앞에서서 일을하고있든자들은 혼미백산한듯이 튀여달아난다。 들창이 탕 하고 섬돌우에떠러지며 요란한소리를내고 부서졌다。 나는 땅에떠러진놈의위에 올나탓다。 그의손에는 어느틈에 뻔쩍하는것을 쥐였다。 나는「앗」하고 그의칼든손목을 움켜쥐였다。 그러나 어느틈에 벌서 그의몸둥아리는 내우에있었다。 선ㅅ듯하고 칼이 내왼쪽팔에 꽂쳤다。「아ㄱ!」하고나는 본농적으로 소리를쳤다。 두손에 맥이 탁풀며버렸다。 다시 기운을내서 이러났을때는 두놈의뒤를땋아 그놈마저 돌담을 뛰여넘고있었다。 글로쓰자면 이렇게길지만 내가 도적에게 별안간 목을졸일때부터 그도적이 두놈의뒤를땋아 마저、담을넘어갈때까지는 겨우 일분이 될가말가한 그러한짧은동안의일이였다。 집안사람들이 잠자리옷바람으로 눈이휘둥그래서 뛰여나왔다 속옷바람으로 뛰여나온 안잠잭이가 담을넘어가는 도적놈의 대가리를보고「도적아!」하고 질그릇깨지는소리로 웨쳤다。 모도들 나를둘러쌓고 어쩔줄을모른다。 나는주인에게 어서 파출소에 전화면점하라고 재촉을하였다。 오른손으로 상처를 움켜쥐었으나 내팔에서는 선지피가 괄괄 쏟아저나온다。 주인의누이동생인 C자가 약과 가저와 붕대를 가지고와서 내팔에약을 발으고 붕대로 겹겹히감어주었다。 그러나 금시 그붕대는 피에저저버리고 새빨간피방울은 여권이듯는다。

나는 사람들에게 부축을받어서 내방에까지가서 들어누었다。 흥분이 풀리는데따라 상처의고통는 점점심해졌다。 경관이왔다。 의사가왔다。 그호나는「아다린」의 덕택으로 이내느러지게 한잠을자고 이제야 눈을뜬것이다。 미다지를 통하야 쏘아저 들어오는 광선에 눈이 되게 부시다。 나는두어번 눈을 깜적어리고 주위를 둘러보았다。 젊은주인내외가 내옆에 나란이 앉어있다가 내가 눈을뜬것을 보고 얼굴에 미소를띄우며「좀 어떠슈?」하고웃는 낯을보인다。「네 고맙습니다。 쑤시는 기운은 떡가라앉은듯 합니다」 마즌편벽 시게를보니한시십분이다。 기운이 한푼어치도없는것은 출혈을많이한 탓임에 틀림이없다。 내얼굴은 하로밤사이에 백지장같이 그렇게창백해졌을듯싶다。 미다지가 가만이 반쯤열이면서 C자와주인집딸이 빵긋이웃고 들여다본다。「C자! 드러와서 선생님붕대좀 가라드렸으면!」하고주인이 말을하니 (C자는졸업하고 자기 백부가 경영하는 병원에 늘 단이기때문에 이런방면에 경험이 좀 있는셈이다) 두처녀는 아모말도않고 얼굴을 약간붉키며 방으로 들어왔다。 나는 C자가 내팔에 붕대를 갈어매여주는동안 생각하야보았다。 도대체 이집안식구들이 별안간 웨! 나를 이렇게위해주는가? 내가 스스로 피를흘린것은 오로시 자기네의 재산과생명을 보호해주려는 그러한마음으로부터 나왔다고 그렇게그들은생각하며 있음에틀임없다。단지밖같에 날아난 일만을가지고 그렇게 생각하고 있다는것은 그들은 얼마나 어리석은 사람들인가。그것은 마치 내가 자기네자식을위하야 아모리애를썼음에도불구하고 다만 성적표라는 조히쪼각에 날아난 수人자만을보고서 내가넘우도 무성의하기때문이라고 그렇게생각해버리는것과 조곰도 다름이없는 경박한 사람의자식들의 짓이라고 생각하자 나는 도리혀 지금 내팔둑에 붕대를감어주고있는 C자의 백사(白蛇)같은손목을 뿌리치고 그들의 얼굴에 모조리 춤음뱉어주고싶은 그러한 충동을느끼였다。그러나 그것은 한순간 나는 그렇게까지 나를 냉대하든바로그들이 이렇게 나를위하야 둘러 앉어있고 그렇게 나를멸시하든처녀의 포등포등한손이 내팔둑을 지금 어루만지고 있음에대한 알구진 변태적만족이 내왼몸을 휩쌌었다。나는눈을감었다。시커먼 구렁이속으로부터 두다리를 하눌노뻗히고 머리로 거려나오는 물구나무슨 사람들의 가ㅣ다란행렬——그중에서왼쌀에 붕대를감은 내자신의 환영을 찾어냈을때 나는 끝없는 괴로움에 딸아온것도 잊어버리고 두손으로 허공을쥐어뜯었다。

(끝)

어둠의 나라

趙興植

캉캄한 토굴(土窟)속을 배암 혓바닥같이 널름대는 깐데라불이 하나 둘 떠나온다。

쨍쨍 쨍쨍ㅣ

무기미한 철관 뚜들기는 소리가 울려나온다。합빠(發破)의 신호다。

얼굴은 보이지않으나 긴장한 그들의 숨ㅅ결이 등ㅅ불피같이 허덕인다。그들이 신호를 듣고 피신하야 안전한곳에 가까히 오자마자 전산이 묻허지는듯한 큰 소리가 난다。

쾅ㅣ 쾅ㅣ

첫방에 깐데라불이 일제히 꺼졌다。그들은 웅성거리고 앉어서 합빠소리를 세이고 있다。혹 어느사람은 불도 없이 유유히 걸어나간다。열네방이 다 터진것을 듣고 그들은 다시 성냥을 켜서 깐데라에 불을 붙이가지고 항구(坑口)를 향해나간다。조끔만 허리를 피다가는 보기좋게 이마나 혹은 관자머리를 천정바위에 부데친다。그러나 익숙한 그들은 조끔도 꺼림없이 다름질하다싶이 빩리것는다。바위름을 스며떨어지는 물소리가 고요한 이 암굴(岩窟)속에 처량히 들여온다。그러나 이 물떨어지는 소리조차 그들의 귀에는 아무 반향도 주지않으며 아모런 감회도 일으키지않는다。지금의 그들에게는 한시라도 빨리 밖으로 나가고만싶었다。해ㅅ빛이 그리웠다。그리고 배가곯았다。얼마를 나오니 도도(鑛)가 우렁찬 소리를 내면서 굴러드러온다。이천척이 넘는 긴 수평항(水平坑)을 나오니 해ㅅ빛에 눈이 부시다。굴에서 나오는 사람들의 얼굴은 누구나 해쓱해서 핏기가 없고 마치 랍으로 맨든 인형도 같고 죽은 시체도같다。다만 웅죽이니깐 산듯싶다。그들의 입은옷은 옷이라기보다 걸래라할가。누덕이로 비상(砒霜)을 철(鐵)분에 지흙빛이 되고 돌가루(岩粉)에 뿌옇게 되였다。혹은 수건으로 머리를 질끈 동여맨사람 혹은 꺾지 않은 중절모를 푹 뒤집어쓴사람 늙은이 젊은이들이 힘없는 발人걸을 산비탈아래 평지 이곳 저곳에 떼를지어 앉는다。앉기도 무섭게 들고온 밥그릇을 풀어놓고 싸늘한 찬밥덩이를 밋처 씹지도않고색킨다。무짠지쪽에 된장찌거기 혹은 산나물부스럭이들이였지만 산해진미 부럽다않고 맛있어라 집어신다。산천에는 봄이 무르녹아 록음이 욱어지고 먼산의 아지랑이는 졸린듯이 눈을 감고있다。눈아래 가득놓인 물구비에는 월람빛 맑은물이 거울같이 고요하다。다만 이 망산근처만은 백토청석(白土靑石)에 쌓여서 풂한폭이 참어보기 어려운 거칠은 지구(地球)의 살껼을 보이고 있으며 제련장(製錬場) 현양철집들이 울상을 하고 이곳저곳에 서서 긴굴뚝으로 검은연기를 청공에 뿜고있다。

점심먹는 이사람들보다 외떨어져서 동발나무 싸놓은곳에 한 젊은이가 힘없이 앉어서 멍하니 천공만 치어다보고 있다。눈은 켕드려가고 여윈얼굴에 광대뼈만 앙상하게 툭 불거졌다。극도의 영양부족은 그의 얼굴빛을 누렇게 하다못해 푸르죽죽하게 맨들었다。그는 남먹는것을 될수있는대로 보지않으랴는듯이 그들과·외면을하고 앉었다。

한참있다가 모자를 벗고 흙빛이된 수건으로 얼굴을 훔치고 주머니에서 쌈지를 꺼내서 곰방대에 뽕잎담배를 담어 문다。연기도 피우는 주인과같이 힘없는 곡선을 그리면서 유유히 올라간다。

저쪽에서 밥을 먹고 있든 한 늙은이가 문득 이쪽을 보고 소리를 친다。

『여보게 칠삼이 이리 좀 오게。오늘두 점심을 않가주왔나』

『예 괜찮수』

『앗다이사람 그런지말구 같이 한술씩 뜨세나그려』

이르키다싶이하는 여러사람의 정의도 정의려니와 사실 배가곯아 허기가 진 이라 두세번 사양하다 못닉이는체하고 그들곁으로 가서 몇사람이 덜어주는 보리밥을 받어 나무가지로 젓가락을 맨들어 한덩이를 들었다 입에는 넣었으나 참아 넘어가질않는다。지금쯤 집에서 애색기들하고 마누라가 주린배를 움켜쥐고 허공만 처다보고 있을생각을 하니 참아 밥이넘어가질않고 탁탁 목구녕에 걸린다。그러나 여러사람이 준밥을 않먹을수도 없고 가수갈수도 없어 눈물을먹음고 모래알 씹듯 맛모르는밥을 넘겼다。

칠삼이는 어려운 농군의 외아들로 태여낳다。두살때 그아버지는 마름집 역사하다 집웅에서 떨어저서 담이들어 두어달 앓다 죽고 말었다。앓는동안 칠삼이어머니는 가진짓을 다해가며 남편병을 고칠여했으나 돈한푼없는 그들로써는 마음대로 약도못쓰고 마음만 태우고 앓는소리에 뼈를 저리울뿐이였다

물론 그들은 자기잘못으로 그리된것이라 단렴하고 마름네집에 치료비를 감히 달래보지도못했다。되레 약쓰라고 돈이원 한번받고 한약부시럭이 몇번 얻어온것을 얼마나 치하했는지 그들은 자기네생활을 당연한것이니 그저 먹을것이나 떨어지지 않으면 이세상에는 더 바랄나위가 없느니 생각했다。그들이 가을추수때 한번씩 맞나는 읍에서 나오는 지주(地主)를 딴세상사람같이 우러러 보았다。이러한 그들이라마름역시 자기네와는 비할수없는 사람으로 녁여왔다。그럼으로 마름네역사하다 칠삼아버지가 떨어저 죽었으나 말한마디 하지못했다。

남편을 잃은 칠삼어머니는 그만 기가마켜 울음조차 나지않었다。여자손하나로 어찌 농사일을 할수있으리요 그것보다 마름이 이여자혼자에게 땅을 부치게둘리가 없다。

「칠삼어미 여편네손 하나로 어찌 농살질수 있오。날두 차차 치워오니 우리집에 와서 일이나 허우。먹을거야 염려할거있우。사정이 하도 딱해 못보겠구려……」

이런 구수한말로 땅을 떼고 서모살이로 불러드렸다。큰 자선심이나 쓰는듯이 단하나 마음붙일것이란 칠삼이뿐이다。애비없는 자식 남과같이 먹을것도 못먹이고 입힐것도 못입히는 칠삼이 이 칠삼이에게 정을붙이고 저것이 얼른커서 에미힘을 덜어주겠지。떡쇠네처럼 며누리는 언제나 보나。세하고 괴로운일을 밤늦게까지 하고 겨우 자기방에 도라와 앉어서 울다 제풀에 잠든 칠삼이 얼굴을 내려다보면서 이렇게 스스로 위로하며 희망을 느꼈다。이때에는 모든 피곤도 괴로움도다ㅣ잊어버리고 만다。그에게 이러한 순간이나마 없다면 삶에 무슨애착을 가지고 지내리요。벌서 자결기라도 해버렸을것이다。

그러나 하날은 그다지도 사람의 사정을 몰라주는지 불운한자는 끝끝내 불운으로 마치라는게 인생의 운명인지 구만 칠삼이어머니는 실랐같은 희망을 바라고 칠삼이 잘아는것을 기쁨으로 세월가기를 고대하다 결국 그 희망조차 이루지 못하고 비참한 일생을 마치고 말었다。때는 칠삼이가 열다섯살이였다 칠삼이는 그대로 마름집에 머슴으로 눌리있게 되였다。그후 마름집이 패가를 하고 타향으로 떠나가게 되여 칠삼이는 이광산에 드러오게 되였다。먼저는 하로품값이 이십오전밖에 안되였으나 돈주는것만 고맙게 녁이고 그저 묵묵히 하다는 일만 할뿐이였다。공장에서 움직이는 기계와도같이 칠삼이가 스물넷되는

해가을에 이웃마을에 사는 언년이와 혼인을했다。어느듯 열한해는 흘러갔다。그동안에 사내자식들 계집애들을 낳다。

가난한집볶수록 애색기만 흔허다고하는 속담은 칠삽이네집을 두고 이른듯……자식색기는 줄레줄레 달리고 게다가 젖먹이가 매달리니 언년이는 남의집일도 마음대로 해줄수없고해서 귀치않고 역십이 들때는 그저 자식들을 한꺼번에 눌러죽이고도싶은 생각이 들기도하고 어느때는 먹일때 먹이지도못하고 입힐때 입히지도못하는걸 생각하면 측은도한 생각이든다 남편혼자 벌어오는것을 앉어먹을수도 없고 또앉어먹을만큼 벌어오지도 못함으로 어린색기를춥다덥다 축켜업고 여름 또양볍이나 겨울 엄동설한을 덥다춥다않고 부지런이 일꺼리를찾어다녔다。그러나 애색기가 달려있는 여편네에게 할만한일이란 그다지 많지도않고 또 그누가 일꺼리를 줄여고도 하지않는다。여자할일이면 홋몸으로 펄펄날르는 여자가 쌨는데 하필 색기달린 일시키기 어려운사람에게 줄리는 없다。그럼으로 언년이가 애를쓰고 도라다녀도 일다운일도 못하고 몇일에 버리ㅅ되나 얻어오면 잘번심이다。이러한 형편에다 조고만애들까지라도 밥한그릇씩은 내놓여고 하지않오니 그들의 끈이끈이의 곤난도 가히 알바였다。

오날도 칠삽이는 아침에 찬밥한덩이를 얻어먹고 점심도 못가지고 온것이다。주린배창자에 밥알이 드러가니 사지가 녹씬해진다。

「여러분덕에 잘먹었우」

「앗다 이사람 별소릴 다허네 아 그저 없는사람들이 서루 논아먹는게 마땅허지 멀그러나 하하」

늙은 광부가 너털우슴을 웃으면서 칠삽이말을 가로막는다。

담배들을 피여물고 이야기로 드러갔다。이곳저곳에서 나오는 이야기란 거의 전부가 쌀값비싸 못살겠다。먹고 살수없다。돈한뭉치나 생겨야 빗을갚지 그렇지않고는 줄여죽겠다는등 모다 비참한 생활패북자의 하소연뿐이다。자기네가 지금 황금을파는사람인것은 잊어버린듯이……

항구(坑口)로는 도로가 들락날락한다。

「뛰— 뛰—」

지옥으로 드러가라는 독촉의 기적(汽笛)이다。그들의 젖은옷이 채 말르지도 않어서 다시 암굴속으로 드러가지 않으면 안된다。못마땅한 얼굴들을하고 도살장으로 드러가는 소와도 같이 씨적씨적 걸어간다。구뎅이 어구에서 석양불을켜서 깐데라에 부처가지고 굴속으로 하나 둘 살아진다。칠삽이도 남들의 뒤를따러 드러갔다。밝은 고요해지고 저편 선광장(選鑛場)에서 기게도는소리가 들려온다。풀은바다에는 돗

검은 쪽배하나가 떠간다。오후의 해볓은 사정없이내리쪼인다。

× ×

뭉킈이 터진 평야 이곳저곳에는 논가는 사람들이 보인다。농부들의 처량한 노래ㅅ소리도 구슬피 들려온다。거무무트름한 흙의 향기가 그윽하다。멀니 아즈랑이낀 산이 히미하게 보인다。자연은 말할수없이 평화하다。그러나 이 평화한 자연안에 안긴 사람들은 왜그다지도 평화롭지못한가。왜 괴로움에 얽매여 발버둥치지 않으면 안되나。칠삽이의처 언년이는 때ㅅ국이 흐르고 올이안보이는 무명띠로 간난애를 엉덩이에 매달고는 뚜랑에 엎드려서 메를캐고있다。해ㅅ볓에 껌은 흙빛얼골 헙수룩한 윤택없는 머리매디가 뻐드러지고 말러빠진 돌덩이같이 거세고 갈러진 손이 모든것이 언년이의 모양이다。힘없는 손에잡힌 호미가 연한 흙을 파내고있다。가까히 종달새가 자미스러운듯이 지저귀면서 풀은하날을 마음대로 오르고내리고 하지만 언년이에게는 한푼어치 가치없는소리다。그에게는 한뿌럭지의 메만큼도 기쁨을 주지못하는 노래다。그의 표정없는 얼골、움죽이지안는 얼골、근육 그에게는 괴로움도 즐거움도 없는듯 히망도 절망도 없는듯하다。지금의 그의 환경이 숙명적(宿命的)으로 온 당연한 환경이라는듯이——그들에게서 구태여 즐거움과 슬픔을 찾는다면 칠삽이가 품값을 입때까지 삽사십전받든것이 몇년만에 일전이나 이전이 올랐다든가。오래간만에 입살밥을 한그릇이나 차지했다든가 하는것이 그들의 큰 기쁨일것이요 혹 병으로 산에 일을 못가 밥을 몇끼씩 못해서 어린것들이 배곺으다고 애처럽게 부르짖는 소리를 듣는때 혹은 동내부역(賦役)을 언년이가 칠삽이대신 나가서 사내들틈에 끼여서 잘못하느니 어쩌니 휘둘리든가 산으로 나무를가서 산림주사한테 부뜰려 욕을 볼때에 약간 괴로움과 슬픔을 느낄따름이다。

잔등에 매달린 어린애는 고개가 푹 까브러저서코를 졸졸 흘리면서 잔다。태열로 헐는 머리에는 검은딱지가 뒤덮히고 그우에 파리가 몇마리앉어서 진물을 빨아먹고있다。한낮의 해ㅅ볓는 뜨겁게도 내리쪼인다。새벽에 남편조반을 간신히 채려주고 남은찬밥으로 애새기들을 먹이고나니 제입에는 두어수깔도 못들어갔다。큰놈이와 작은놈이는 앞바다ㅅ가로 조개주리내보내고 어린것은 없고 간난이는 걸녀서 이리로 메캐러나왔다。한낮이 바라보니 사정모르는 배ㅅ속은 밥드려오기를 재촉한다。간난이도 조고만 버드나무밑에서 잠을자다 깨서 배곺으다고 찡얼거린다。간난어 찡얼대는 소리에 등에업힌 어린애도 잠이깨서 불칩이나 맞는듯이 악소리를 질르면서 온다。그

래 하는수없이 버드나무 그늘로와서 어린것을 내려
안고 안나는 젖꼭지를 물리고 간난이를 달낸다。
 간난아 우지마라 집이 가면 밥주께 자ㅣ 이거먹
구 놀아라 응」
하면서 여직것 캔 두어줌되는 메를 날거빠진 바구
니속에서 이리저리 뒤적어려서 그중 난놈으로 몇뿌
리 추려서 간난이를 준다。간난이는 울다끈처서 메
를 쫄깃쫄깃 씹는다。언년이도 허기를 면하려고 메
를 먹는다。

저ㅣ편 논속에서 무엇을 쪼아먹든 황새가 우두커
니 이쪽을 바라다보고 섰다。한낮이 훨신넘어서 해
가 서편으로 끼울어질때야 집으로 도라왔다。큰놈은
아즉도 도라오지 않었다。끼울어진 싸리문짝이 주인
도라온것을 맞일뿐이다。쓰러저가는 집웅에 제철맞난
박덩굴이 마음대로 무성했다。주인의 가난하고 쪼그
라진 살림사리를 비옷는듯이 어린것을 흙방삿자리우
에 뉘고 나와서 캐온나물을 추렸다 메는 메대로 질
갱이는 질갱이대로 따로따로 추리고 흙을 털고 떡
닢버레먹은 잎아리를 다듬어서 푹 삶어놓고 한편으
로 보리죽을 쑤어놓았다。

이집 저집에서도 실낱같은 힘없는 연기가 푸른하눌
에 곡선을 그린다。보채는 애를 다시 등에업고 서
성거리면서 밖으로나와 있으랴니깐 저편 바다쪽으로
큰놈이와 작은놈이가 소코리를들고 떠들면서 돌아온
다。작은놈의 우는소리가 점점 커온다。

「온 저놈의새끼들이 또 웨 저야단인고—— 애 큰
놈아 어서 데리구 빨리와 잉?」

큰놈이 짜징을 내면서 뛰여오는 모양이다。작은놈은
더 기가나서 땅바닥에 주저앉어서 발버둥을 친다。

「야 이새끼야 웨 안데리구 오니。어서 붙잡구와。
에이 망헐놈의 새끼같으니」

하면서 먼저 뛰여온 큰놈의 소코리를 받는다。소코
리속을 들여다보면서 또한마디를 쏜다。

「아ㅣ니 하루 종일 나가서 그래 요골줘와? 응?
이 망할년의 새끼같으니 날뛰구 작란만 했구나
에이 어서 거꾸려나저라。괘는 밥덩이만 없애지말
구。에미애비속좀 작작 태라」

큰놈이는 둘재ㅅ손가락을 입에물고 시무룩해서 맒띠
끄름한다。

「놀긴 누가놀아。조개가 없는걸 어째 저놈의 새끼
가 배고프다구 자꾸만 먹었으닌까 적지 멀」

그리고 작은놈의 쪽으로 뛰여간다。다 찢어진 잠뱅
이적삼을 걸친 큰놈의모양이 석양에 더욱 가련이 비
친다。더벙머리가 물에 젖어붙었다。

이뒤ㅅ모양울 바라보는 언년이의 가슴에는 갑작히
측은한 생각이 돌았다。지금 자기도 모르게 나무런

것이 뉘우쳤다。하로종일 조개깨나 먹었다는 저놈들이 얼마나 배가고플고 얼마나 배고펐느냔 말한마디안허고 바라보는 언년이의 눈에는 뜨거운것이 갑작이솟아올라왔다。큰놈이는 작은놈을 억지로 껄고 돌아온다。

『얘 애빈 안오디?』

『안와 암만 있어두 안와』

『작은놈아 배고프지않냐?』

손으로 비벼서 때ㅅ국이 끄지지 흐른 얼굴을 뿌르퉁해서 입을 빗쭉빗쭉하면서 흉명을부린다。

『배고파 밥줘』

『그래 어서 들어가 응 애비오면 밥주지。오놈은 맛난것 많이주게 잉?』

작은놈은 그제야 좀 풀린듯이 머리를 끄떡끄떡하고 싸리문속으로 들어간다。

『얘 큰놈아 너두 들어가서 작은놈이허구 놀어라。간난이 깨지말구 잉?』

『밥줘— 배고퍼죽겠어』

『그래 인제 애비 곧 오면 밥줏게』

큰놈은 씨무룩해서 들어간다。오날은 유달리도 저녁노을이 곱게 물들었다。

조금 떨어져서 있는 두집에서는 약속한듯이 개들이 컹컹 짖는다。

언년이가 한동안 서성거리고 있느랴니까 그제서야 칠삽이의 헙수룩한 그림자가 가까히왔다。

『웨 인제오우?』

마누라의 묻는말은 들은체만체하고 터덜터덜 집안으로 들어가버린다。언제나 말없는 그라 언년이도더 묻고저않고 뒤따러들어갔다。

방안 샛자리우에는 이구퉁이에 간난이 저구텡이에 작은놈이 한가운데 큰놈이가 모다 쪼크리고 잠이들었다。어둠침침한 토방속에 널린 이모양은 마치 산속깊이 암굴(岩窟)속에있는 즘생의 소굴과도같고 서울 오간수다리밑구넉에있는 거지의 거적떽이속과도같은생각을 줄것이로되 칠삽이의 눈에는 아무런감정의 빛도 보이지않는다。당연한、평범한 모양으로 보이는것같다。하로종일 시달린 괴로움이 일시에 돌아오는듯이 큰놈압에 그장대한 몸뚱이를 가로뉘였다。눕자마자 그만 우렁찬 코고는소리가 드르렁 드르렁 온방안 고요한 공기를 깨트린다。

부억에서는 어린것을 엉덩이에 매달고 언년이가부지런이 저녁을 채린다。식어빠진 보리죽 다섯사발에 나물한대접을 담어서 방으로 드려갔다。

『여보 밥드려왔우 얼른 이러나 뜨우——자아 이새끼들아 일어나 밥먹어라』

힘없는 허수애비같이 칠삽이는 몸을 느릿느릿 이르

켰다。 애들은 밥이란 바람에 후다닥들 일어나서 벌떼같이 둘러붙었다。 벌서들 한그릇씩을 안고 떠먹는다 칠삼이와 언년이도 한편에 앉어서 술을들었다。 애들은 나물그릇에 숫가락을 한꺼번에 집어넣고 내가먼저 뜨느니 네가 나중이니하면서 싸움이다。

「이새끼들아 밥먹을때두 쌈이냐。 엔못된놈의 종자들같으니――아차 저걸 잊어버렸네」

언년이는 일어나더니 무슨 귀한것이나 가지고 오듯이 검무르죽죽한 날된장떵이를 사기떨어진 양철대접에 한칠홉쯤되게 가지고온다。

「여보 아까아칩결에 음친이가 이걸 맛보라구 가주왔구려그래。 아니 이게 웬거냐닌깐 음에 들어가서 마름댁에서 주셔서 가주왔다나。 아유 우리두 그런 마름댁이나 알었으면 좀좋겠나――애들아 맛있는걸 주게 쌈말구 노나먹어 응?」하고 두어숫갈 떠서 나붑한편에 더러어놓는다。 애들은 놓기무섭게 떠간다。

황혼은 짙어온다。 캄캄한 속에서 죽사발부시는 숫가락소리가 요란히 들린다。

× ×

칠삼이가 이광산에 드러와서 벌서 십여년이 되였다。 지금은 품값도 올라서 한 칠십전이 되였다。 칠삼이는 그동안 아모런 불평도없이 꾸준이 다뎠다。 자기하는 일이 무엇인지도 잘 모르면서 다만 하라는대로 일하였다。 그가 진심으로 일하면 할사록 그의 노력에 비례(比例)해서 그의 빈곤(貧困)도 심해간다。 쌀값빗싼건 할수없다 치드래도 이 어려운살림사리에도 토막 한간진였다고 무슨 세납이니 무슨세납이니해서 뺏어가는게 엇지않은지 모른다。 그놈의세납내는날은 없는놈의 제사(祭事)도라오듯이 빨니도라오는지 그나 그뿐인가 무슨 부역(賦役)인지 걸핏하면 부역나오라고 야단이다。 자아 남의일 다니는놈이 일안가고 부역나갈수도 없고 그렇다고 언년이를 내보내자니 여편네라 매양 나갈수도 없다。 이러고보니 불가불 하로품값을 내서 사람을 사보낼수밖에 없다 이러다보니 살림사리는 한시반시 길을 펴지못한다。 아츰먹을때면 저녁걱정 저녁때면 아츰걱정 오늘날까지 그저 걱정으로 한세상살어왔다。 아니 한평생 밤걱정으로 지내는게 자기네의 생활인것같다。

오날도 아츰에 보리밥한뎡이 얻어먹고 종일 잔입으로 있다가 저녁때 밤일을 갔다。 각금 잔입으로가 버릇을해서 그다지 허기진지를 모르는데 오날만은 유달리 머리가 휘둘리는것같다。 망치질하는 손이 휘청거린다。 때때로 헛때리기까지 한다。 십년동안 한결같이 해온일이라 망치질은 바눌 구멍이라도 뚫을만큼 눈감고도 아게아나(打上穴)를 서슴지않고뚫을만큼 익숙한 자기가 의심났다。 오늘은 웬일인가 인젠 그남아 낮살이나 먹은 값을 하려나。어떤나히 값은 반갑지않은데 밤낮없는 영원의어둠나라인 지하수백척속이라도 밤이 깊어오니 이상하게 고적을 더욱느끼게 된다。무기미한 야정(夜精)들이 소리없는 노래와 춤을추는것 같다。

새로 한시쯤이나 되였을가 불놓시간(發破時間)이되여서 칠삼이도 다른친구와같이 약을 다다가 두구멍에 다져넣다。밑에서 철관(鐵管)뚜들기는 소리가 들여온다。칠삼이네 패도 불들을 대리고 피신해서 안전한곳에 돌와앉었다。

딱쾅! 딱쾅!

밑에서 부터 터진다。간데라불이 일제히 꺼졌다。캄캄한속에서 자기네 약터지기만 기다렸다。밑에것이 다터지고 조꼼있다가 칠삼네약이 터지기시작한다。

하나 둘 셋 넷 다섯

「어째 한개가 않나나?」

「글세 말일세 아마 심지가 끊어졌거나 젖인모양이지 좀있다 가보지」

한 십분이나 지냈을가 칠삼이가 일어서서 자기가 가서 다시 불붙이고 오겠다구 한다。

「여보게 좀더있다 드러가아지 연기때문에 드러가겠나」

「인젠 괜찮어。아마 내약이 않터진거 같해 가봐야지」

기운없이 약을 다져서 불대린게 아마 불이 잘댕기지않은것같이 칠삼이 자신에게는 생각혔다。

연기가 자욱한속을 칠삼이혼자서 간데라를들고 드러간다。연초(煙硝)냄새가 코를 찌른다。자기자리까지 가보니 과연 한방이 심지가 한대ㅅ치쯤 남은채 걸였다。칠삼이는 휘청거리는 다리로 서슴지않고 심지앞으로 닥아갔다。불을 대리랴고 왼손으로 심지를잡었다。막간데라불을 갔다 대랴할때 힘없는다리가 삐끗하면서 순간 왼손심지를 부지중 잡어다넣다。

쾅!

일대폭음이 일어나면서 암벽(岩壁)이허물어지며 큰돌덩이가 좁은 굴안을 뒤흔들었다。

소리가 먼저났는지。지굴이 먼저 문허졌는지 모른다。아마 동시인것같다。그리고 순간적이였다。다음은 다시 고요하여지며 임때까지 아모일도 없었는것같다。

× ×

머리 팔 다리할것없이 온몸을 붕대로 감은 마치 난목둥치와도같은 칠삼이가 토방안에 두러누었다。얼굴이라고는 코ㅅ구녁하고 입만이 나왔을뿐이요 전부를 붕대로 감었다。젖먹이를 안고 눈이 퉁퉁분 언년이가 옆에앉어 풀없이 드려다보고있다。

「물 물」

팔하나 꼼짝못하고 겨우 실낫같은목숨을 붙이고 앓는소리를하든 그가 물을 찾는다。언년이는 곧 옆에 놓인 물시대접을 들어서 끼울며 몇목음을 흘려주었다。벌서 칠삼이가 다친지 열흘이 넘었다。한때 엿새동안은 죽은듯이 꼼짝안했다。각금각금 소리를 빽빽 질르곤 할뿐이였다。한이삼일전부터 겨우 정신을 채린 모양이다。정신을 채린 다음부터는 앓는소리가 심해젔다。그 신음하는 소리는 옆에앉은 언년이의가슴을 송곳으로 찌른다。

광산에서는 자기과실로 돌려서 치료비만 겨우 치뤄주고 시침을 딱뗀다。광부일동이 몇번이나 그의 생활비와 이후 치료비를 담당해달라고 탄원하였으나 아무런 반응이 없다。회사의 냉정한태도에 극도로 분개한 그들은 탄원을 단념하고 자기네의 품값에서얼마씩을 내기로 의논하고 몇십원되는 돈을걷우웠다。이것조차 탄원을 몇번 거듭해서 선불을 받어서 칠삼이네에게 갖다주었다。저녁때가 되어서 집으로 돌아가는 길에 세사람이 찾아왔다。

『그래 좀 어떠가 정신이 좀 들었다니 다행일세 집안걱정은 말구 치료나 잘허두룩 허게。자네일이라두 남의일같지않어 우리두 언제 실수를할지 아나』

칠삼이는 감격에 넘치는듯이 치하를한다、언년이는 얼마나 고마운지 그저 울고만있다。만약칠삼이도 눈이 성했드면 감사의눈물이 흘렀을것이다。그렇다 그는마음으로 울고 그울음은 눈없는 그에게 떨리는목소리를 타고나왔다。

『고 고맙수 다아 이놈의 잘못으루 여러분에게 걱정을시키구 돈까지 갖다주셔서 참……』

『온 별소릴 다허우。회사에서 그놈들이 정 돈을안준대니 적으나마 우리끼리 모은거지 그저 저놈들의 소양을 생각허면 목덜미들을 끊고싶구 그만그놈의 산에를 모두 가지말구두 싶지만 목구녕이부두청이란 말맞다나 그놈의 먹구사는것때문에 이도못허구 저도못허니 우리들이 똥물에 튀길놈들이지 똥물에 튀길놈들이야。입대껏 그놈들밑에서 압제받어가면서 뼈가 빠지게、일해준것만해두 치가떨리는대 그래제 일해주다 사람이 죽도록 다쳤어두 모른다구 딱 삽어떼여 네가 그따위 심뽀루 잘될줄 아니。흥 내 이눈깔이 부옇게 멀기전에 네놈 망허는걸 보구야말걸』

그들은 흥분이 되어 떠들어댄다。칠삼이는 그들의 이야기를 듣고나서 감개무량한듯이 입을연다。

『당신네들의 말은 나두 다 옳은줄 아우 허나 우리야 무슨수루 그놈들과 맞대겠수……아유 으흥흥……나두 십년너무 그산엘 다녔수。금광이라구 금돌을 이날이때까지 파내긴했소만 사십이 가까워오두룩 금이라군 구경못했수。그저 금이 누렇다는말만들었지 당신네두 아마 그렇거유」

『아무렴 우리들두 그렇구말구 그저 금니라나 누런놈을니빨이에 붙이구 다니는 사람을 몇봤을뿐이유」

『그렇거유 우리야 무슨수루 금구경을 허겠수。그저 돌구녕이나 파다죽으란게지 저어 박감독이나집감독같이 우리두 왜 글이나 좀 배서 저놈들허구말이나 시원시원허게 했으면 감독나부렝이나 될수있을는지 온」

『그럼 우리같은 눈뜬장님이야 평생가니 멀해볼수가있어야지」

『구박을 받어가면서 캄캄허구 음침한 속에서 입대커정 일해온끝이 이렇게 몸둥이하나 온전헌곳없구눈깔하나 뜨지못허는 신세가 되었구려。그저 여러분덕분으로 죽을목숨을 건지구 목구녕까지 축여가게됐으니 뭐라구 고마운말을해야 좋지 모르겠수」

× ×

고통의 세월을 몇달보내니 모진목숨이라 칠삼이도겨우 풍대를 끌려놓았다。그러나 그는 두눈을 잃어버리고 얼굴은 무섭게 찌어매지고 한다리를 통 못쓰게되고 말었다。그저 방안에서 언년이가 뼈빠지게버려오는것으로 그날그날의 목숨을 이여갈뿐이다。어느듯 가을도 저물어가고 싸늘한 겨울바람이 휩쓸어오는 어느날이였다。추수걷고난 벼ㅅ논들은 구슬픈듯이 허정한얼굴로 겨울하늘을 처다보고 있다。참새한떼가 벼이삭을 쪼아먹느라고 이리저리 날른다。이날뒷산으로 나물을하러 갔든 애들이 지고간 지게들까지내버리고 기겁을해서 뛰여내려오더니 칠삼네집으로들어간 마츰 읍에가서 눈약을 얻어가지고 돌아온 언년이를 붓삽고 말들도못하면서 입을 버린채 뒷산쪽만가르친다。

『애들이 왜이래 뭐냐? 뒷산에 뭐가 나왔단말이냐어서 말을해라」

아지못할 불안을 느꼈다。

『크 큰놈이 아버지가 주 죽었어요」

『뭐?』

두눈이 뚱그래진 언년이는 그냥 뒷산쪽으로 뛰여갔다。얘들소리에 놀랜 옆집사람들도 쫓아갔다。

뒷산언덕에 서있는 소나무가지에는 칠삼이의 초라한 몸둥이가 이쪽을향해 매달렸다。조용한 골작이에서는 칠삼이의 죽엄을 조상하는듯이 산새우는소리가처량하게 들려온다。때때로 부려오는 찬바람이 칠삼이의 협수룩한 머리털을 휘날리고 지나간다。

하늘은 눈을내릴듯이 울상을하고 있다。멀리서 사람들의 요란한소리가 들려온다。

보리고개

李載煥

一

물결지는 보리밭우에 엷은 맥향(麥香)이 하늬바람에 풍겨난다。

태양은 두엄덤이의 거름을 부그르 끓여서 괴여흐르게한다。

보습날에 갈리는대로 좌우로 뒤집혀서 흩어지며 굽곡을 짓는 황토흙。

소모는 늙은농부의 힛득 힛득한 머리카락이 바람결에 날린다。

보리밭에는 수건쓴 여인들이 느러앉어서 호미쥔 손을 빠르게 놀린다。

언덕길 잔디밭우에서 꼴을 뜯기는 소먹이아이의 코ㅅ노래가 들려온다。

재ㅅ간 거적문앞에 누렝이가 턱을 땅에다 길게첬드리고 노곤히 잠들었다。송락같은 울집밑에 한가히 쉬고있는 연자방아가 때를 기다리는듯!

또랑을 넘어오는 쇠바리 원구에 걸친 거름 길에는 검붉은물이 방울방울 떠러진다。

복섬이는 만삭된 배를 뒤우뚱 거리며 기음매든 손을멈멈추고 졸라맨 허리빠를 늦추며 숨을돌린다。

『분이네는 몸이 오직가쁘겠소。』

하고 반백이넘은 동리할멈이 복섬이를 돌아 보면서 동정하는듯이 말을한다。

『죽지 못해 사는게 말슴이 아니죠。』

복섬이는 한숨을 길게 쉬더니만 참으로 괴로운것처럼 미간을 찦으린다。

『참 서방님 병환은 좀 어떠우。』

『밤낮 그모양이지요』

『원 가엾어라 아직도 나이가 젊은데。』

그는 자기의 청상 시절을 돌이켜 보며 복섬이를 가엾이 여긴다。

「나도 분이네 같이나이젊었을때 과부가 됐드라우만 분이네 사정을 보니 하도 딱한맘이 드는구려 지내간 일을 생각한들 소용은 없겠지만……」하면서 노파는 지나간 날의 쓰라린 기억이 새로워서 하염없이 눈물을 흐르게 하였다。

「아니 언제그렇게 되셨드라우 그래 지금까지 정절을 해 오셨소」

채소ㅅ병을앓는 오물어멈이 의아한듯이 할멈의 수다를 들어보랴고 그의 사정은 알면서도 던즛이 물었다。

「하다마다 뿐이요 숙향전의 머리털이요 삼국지의 권수는 밑연도 못드리우。스물네살에 세살멕이 아들자식 하나더리고 꽃같은 나이에 청상과부가 됐구려。글세、진시 색주가나 기생이 됐드라면 이런 한 고생방아는 안찧였을것이지만 에그……」

생각만해도 군침이 고이고 몸서리가 처진다는듯이 머리를 설레설레 흔든다。노파는 말끝을 다시 이으며

「수절이니 정절이니해도 오늘날까지 지내보니 별수 없읍디다。수절한다구 누가 밥을주 옷을주 남들이 그저 수절하는 부인야 열녀야!하고 가엾이 칭찬만 할따름이지 소용은 한푼어치 없읍디다。허니까 진시 서방못해 간것이 분하고 원통하기 짝이없구려。생각만해도 그놈의 체면때문에― 참 체면이란 호의 호식 한뒤에나 찾을것이지 벗속에서 쪼르륵 소리가 나는데는 서방 아니해갈년이 누가 있겠소。

한참 기가막혀서 또 말좀 들어보우 숨기로운 눈짓을하는 동탁한 도련님의 낚우는 우슴을 부끄러운듯이 망칙하게 알고 삽작문 뒤에 숨던 그때를생각하면 왼몸이 축느려지는 구려。……

남의뱃속에다 기름끼나 올려주고 제살속에 기여다나는 피를뽑아주는 신세가되었으니 이제 새삼스럽게 생각해 무얼하겠소만 글세 하로밤을 자도 만리장성을 쌓랬지만 한사람에게 맡긴몸 다른놈에게 주지못할게 뭐있겠소。이렇게생각을 하다가도 아서라!도가깨질라 할때에는 은연중 마음이 의롭고… 적적할때는 참으로 남편의 바윗돌같은 품안이 그립적이 한두번 아니였지만 지금도 늙지않고 젊어만 있다면 서방아니해갈 내년 없겠소。」

노파는 한숨을 휘― 내쉬드니 적막한 얼굴에 외로운 흔적이 주름살과 함께 은연히빛난다。

「그렇구 말구요 소용없읍낸다。그저 살구보아야지 그까짓 체면이 무엇에 말라 비트러진개요 장옷쓰고 다니든 시절같으면 몰라도 개화된 세상에 정절이 어데있어요」

「[illegible]서 가순 [illegible]면 보슈 남들은 중서방얻어 갔다고 화냥잡년이니 개만도 못한년이니 하고 침을뱉고 욕들을 하지만 그 훌죽하게 빠졌든 눈이 부떼온것좀 보구려 그래도 전남편에게 맡겨살든 때보다는 얼마나 나뵙디까。』

『그나 그뿐이요 한벌도 없든옷이 지금은 비단옷이 몇벌이요 생전 껴보지도 못하든 구루무(구롬)반질망청 반지를 다 끼고 거드럭거리며 다니는 것좀 봐요。』

『그거보슈。』

『중서방을 해갔든 말든 참 잘돼갔지。』

『잘돼 가구말구요 팔자 고쳐 갔지요。』

하고 오물어멈은 중서방해간 기순어멈의 신세를 부러워 한다。

『동이 할머니、지금이라도 영감님을 얻어가시구료。』

『아이그 망칙해라 원 어느놈이 이늙은것을 얻어가우。 꽃같은 젊은색시들이 수두룩 한데』

노파는 젊었든 마음이 슬어지고 부끄러운듯이 다소곳하게 머리를 숙이고 손을놀리는 복섬이를 힐끗곁눈질해 본다。

복섬이의 얼굴은 간지러운듯 할멈의 돌아보는 시선이 숭칙해 보였다。

사람이란 늙어지면 마음만은 어리고 젊어지는 까닭이다。

그러나 노파의 말을 들어보면 그럽직도하다 사실 그럴게다.

애당초 수절못하고 한놈에게 맡긴몸 다른놈에게 못받칠게없다。

항상 노파의 지나온 내력의 탄식과 기순어멈의 중서방 얻어갔다는 얘기는 자기 더러 들어보라는 말인지도 모른다。

동이할멈은 구겨지고 옷은 넉마에 지나지 않는옷이요。자기는 아직도 화문석의 문의가 또렷한 비단에 비길수 있는옷이 아닌가?

정절과 수절이란 생명이다。생명이면서 생존(生存)의 길을찾는 것이 아닐가? 노파의 말이옳다。그른말은 아니다하고 생각하다가도 앓아 잡바진 남편을 눈앞에 그려본다。이제 남편이 생기를얻어 일어날때를 기다린다 친들 신청부같은 노릇이다。

병든남편을 버리고 박덩이 같이 주렁 주렁 달려있는 자식들을 떨처바리고 다른 놈을 맞어간다는것은 도리여 병든남편의 수명을 재촉하는것이나 다름이없다。하물며 인사에 엇으러지는 일이며 죽어서라도 조상의 낯을 바로보지 못할일이랴?

당장 과부가 되었다면 모르되、병든남편이나마 있는 몸으로서는 죄짓는 일이며 참아 못할일은 그일이였다。

불길한 상중이나 다름없는 예감이 복섬이의 신경속에서 팡란하듯 뛰논다。

내가공연이 쓸데없는 생각을 해。 죄지을 맘을 먹었서! 하고 복섬이는 마치 갈냇길에나 섰는듯이 복잡다단한 괴롬에게 사로잡혀 애를태울때

『첨두룩 무엇들을 했어 일들은 안하고 입때 맨게요거야?

남의일을 보면 짐짓 일들이나 할께 아니라 얘기는 무슨얘기야——』

밭 임자 박첨지는 높은자락 얇은자락을 두루 살펴보드니만

『아 입때 손은 안놀리고 발가락들만 놀렸든가? 원 천금같은 돈받고 하는 일을 어린애 작난하듯 했어!』

하고 침을 탁 뱉으며 못마땅해한다。 조고만 몸을 주체못하고 까딱어리는 골이라니 참으로 구역이나서 못볼지경이다。

그러나 여인들은 『훙』하고 콧방아를 찧면서도 숨하나 크게 쉬지못하고 손을 더욱 재바르게 놀린다 얇은자락은 다 매여놓고 높은 자락은 반이나 넘게 매였다。

그러나 박첨지는 쌀쌀한 말씨로 더리먹은 개 도랭이헐듯 쩔진거리는것이 도리여 일하든 여인들의 십청을 돋는다。 장님이 아닌다음에야 공연이 제눈으로 보면서 재랄하는것은 그로서도 잘안다。 그러면 무슨일로 그랬을가?

복섬이가 제집에와서 일을 보아온후 부러는 마음속에 은근히 그를 사모해왔다。

오늘도 사랑마루에 던짓이 걸터 앉어 앞뜰을 내다보든 박첨지 눈에 요행이 복섬이의 모양이 언뜻 띄였다。

잠시라도 못보면 몸살이 날듯한 박첨지는 참다못하야 일하는데 까지 찾어나왔다。

그러나 다른여인들이 있기때문에 눈짓도 못하고 마음놓고 못본까닭에 불쾌한 생각이들었다 그리고 마음에 꺼림한것은 복섬이의 남편이였다。

복섬이의 남편이 죽기를 은근히 기다리는 사람은 박첨지 하나밖에 없을것이다。

남편을 잃은 복섬이를 돈으로서 낚우랴면 그리어렵지 않은일이라고 자만을 느끼였다。

복섬이의 남편이 지금이라도 어서 죽기만 바랬다 돈이 아무리있다 한들 늙은 페물이되다 싶이한몸으로서 팔닥어리는 청춘의 이성을 낚우기가 쉬운일일가? 갈팡질팡하는 박첨지——

실낫같은 허망으로 마음만은 젊었다。 어쩌면 좋을

가?

이렇게 여러가지로 생각하든 박첨지는 만족한 우숨을 남모르게 입가사리로 띠우며 조고만 몸집을 짧은 다리에 의지하야 살랑살랑、뒷짐을지고 논끄로내려간다。박첨지가 내려가는것을 보고

『제미붙을놈 빨리 매면 지만옥갑지。』

『그리게도 말이요。』

『그래야 일하는데와서 주인된 본때가 있지──』

하고 여인들은 참새같이 쫑알거린다。

복섬이는 여인네들의 말도 들은쳐 만쳐 손만 쉴새없이 놀린다。

해는 어설빛하게 어느듯 봉화人재우에 걸쳤다。

허리는 꼬부라진듯、앞으로 숙어만지며 등살이 꼿꼿해진다。

밭을 다맨 여인들은 흙묻은 치마자락을 툭툭 털고 일어선다。

어둠은 가뭍 가뭍 기여든다。

어슴푸레한 언덕길을 넘어오는 소뒤에 장기를 질머진 늙은농부의 그림자가 희미하게 환영같이 보인다。

남쪽하늘까에는 먹장을 가라분듯한 구름이 금시로 비를 퍼부을듯이 험악한 기세를 보인다。

서늘한 빗바람이 휘ㅣㄱ 모라 부치며 사방은 맥힌듯 암흑세계로 변한다。여인들은 다름질을 친다。

우레소리가 대지를 깨칠듯이 울린다。

회리바람에 신작로의 먼지가 마름을 드러올라 가는듯이보인다。

살때같은 빗줄기가 나리쏘친다。파란 번개불이 번쩍하고 빛났다。

二

추녀끝에 쉴새없이 떠러지는 낙수소리가 몬풍지를 스처 음산한 토방으로 스며든다。도야지 우리같이 지저분한 방속에 병든 남편을 넋없이 내려다보고 앉었는 복섬이의두눈에서도 눈물이 방울 방울 떠러진다。

남편은 내종병으로 몸저누은지 어언간 석달장간이나 지났다。이지음은 밤도 못먹고 미음으로 간신이 실낫같은 목숨을 이여간다。

병증세는 날이가면 갈수록 더했지 요만큼도 이렇다는 차도는 보이지를 않었다。

앓고누어있는 사람도 성화가 되겠지만 곁에서 보는사람은 더한칭 심장의 마디마디를 끊어내듯이 애처러워 못볼지경이였다。

갑분숨을 내쉬는 남편을 내려다보면 볼수록 산간에 놓안개끼듯、회심한 마음이 치밀어 올랐다。

오늘날까지 박첨지네 논 한뙈기와 밭두뙈기를 얻어서 농사를 지어오면서 그의 집안일까지 보아주고 병든 남편과 어린자식들을 건사해서 살아왔다。 남의집 소작을 근근득신으로 해오다가 이같이 되고보니 팔부러진격인 복섬이는 오늘같이 궂인날은 한량없이 마음이 아프고 장차 식구들의 살길이 막막하여진다。

놀러 나갔든(여섯살먹은 큰딸)분이가 사립문을들어온다。어머니의 수심띤 얼굴을보고 그는 마루에 오르지도 않고 기둥모사리에 기대선다。

젖을물릴생각도 없이 안고있든(세살먹은)만수가 불현듯 젖생각이 났는지 킹킹대며 말라붙은 젖꼭지를 조물락 댄다。

『여보』

간신히 부르는 남편의 목소리에 복섬이는 만수를 안은 채방으로 들어갔다。

―『여보 의원을 좀 불러왔으면……』

남편은 목마른 입을 다시면서 안해에게 애걸이나 하듯이 조른다。

『글쎄 요뀐약값을 주어야 온다니 무슨돈으로 불르우 돈이 있어야지』

하고 복섬이는 답답한듯이 눈살을 찡그린다。

복섬이가 집에들어 갔었을때에는 바로종일 두머리가 주고받는것이 애걸과슬픔의 말뿐이였다。

만일 복섬이 손에 돈 일원이 있다면 그것은 한달장간을 살어갈만큼 귀하고만 거불수없는 위대한돈이였다。

『어이구 물이나 좀』

하고 남편은 광대뼈나온 양볼을 불늑어린다。

자기로해서 죽을힘을 다하야 어린것들과 집안을돌바가는 안해가 가엾고 불상해 보였다。 어린애들의 등살과 자기의 졸림을 받는안해가 그얼마나 괴로울가?

번연히 알면서 졸르는 자기 『왜 이다지도 죽지않고 살아있을까』하는 괴로움에 눌려서 수깔로 떠넣는 물이 목속에서 쿨컥어리고 잘 넘지를 않는다。

남편은 안해의 손을힘있게 쥐였다。그러나 어로만지는것같고 총맞은 새다리모양으로 바르르 떨릴뿐이다。

복섬이는 저도모르게 눈물이 솟는다。노파와 오물어먹이 기음매면서 주고 받든 얘기를 생각했다。신거리가 나도록 그러한말이 역역히 귀ㅅ가에들려오는듯―또렷이 들렸다。

그러나 그러한일은 못할것같이 소름이 왼몸으로 옷싹 기여올랐다。

『여보 아가 재달이지』―

「왜애?」

갑작이 우울과 근심이 잠겼든 복섬이의 두뺨에 잠간이나마 붓그러운 열븐 분홍빛이 떠올랐다。

운삼월 즉 새달이 산가다。

몸은 아프고 자기를 조르기는하나 다시말없이 눈물만 흘리는 남편을 볼때 복섬이도 참고참었든 눈물이 소사흘렀다。

어리둥절하고 앉었든 분이도 따라울고 젖꼭지를 쥐여뜯든 만수도 작고작고운다。비는 여전히 나린다。찌그러 진양철대야에 떠러지는 낙수소리가 요란하다。

이집안 이마당 이추녀끝에서 하늘과 사람이 마음껏 실것운다!

않는 남편의몸을 생각하고 어린아해를돌보아 복섬이는 눈물을 치마고름으로 씻으며 설음과비애를 막으랴하나 원일인지 애를쓰면 쓸수록 더욱 느껴지고 눈물이 북바친다。

사람이란 울음을 참고 설음을 누르랴면 더울고싶고 더구나 여자의몸으로 자기남편 앞에서도 어린애가 되고싶은게다。

사실、복섬이는 지금 겨우 스물다섯 더구나 한참 잘먹고 피여날 인생의 꽃봉오리 마루턱이니 그어찌 어린애를 닮지 않으랴。

그러나 복섬이의 가슴속에 고이고이 자라나든 크나큰 희망의 장미화는 아츰새벽서리에 시들어진 애닯은 꽃이되였다。애닯은 상상의 심지를 봉화불 타듯 젊음의 고독이 탁류(濁流)와 같이 뛰돌때다。

허나 그의가슴속에는 그러한 그림자가 자리를 차지할 여유도 남지 않다가도 로파와 오물어먹이 주고받는 이야기를 생각하면 불현듯 외로운적이 없지 아나있었다。

자식색기들을 이끌고 황무지 같은 살음의길을 찾어가랴니 호와로운 사랑의 단꿈을 애틋하게 그려보지 못했다。

뿐만아니라 남편이 한참 건강할 무접에——봉화재 용순이가 스물두살때 남편을 잃고 친가로 와있은지는 작년 사월이였다。

남편은 용순이와 조와지내며 그해 여름 어느달밝은 보름날 밤——

달빛에 비초이는 은빛같은 압내ㅅ뜰을 내다보면서 서로 가닥질을 하다가 밤이이슥해서 도라왔다는말을 수다쟁이인줄은 알면서도 큰기네가 고자해바치든때에도 복섬이는 남편과의 관계를 시기하지않었다。

그역시 남자로 태여난몸이니 오죽못나야 그만작난을 못하랴 하고 제마음으로 누르다가도 빨끈한 질투심이 부지중 속구칠때에는 한량없이 분하고 애룹

하나 혼자 참었고 스스로위로 해왔다。

그럴때이면 눈물이 아플때가 만었다。 분통이나면 복섬이는 시운이 떨어지고 비구통이가 깨여진 거울쪼각을 남몰래 들고서 거울속에 빛이는 자기의 얼골을 이모저모로 뜯어보다가

『에이 이깐얼골을 무얼해……』

하고 손에 들었든 거울을 뜰가운데로 팽개쳤다。 부엌 문 모퉁이에서 흙작난을 하고 놀든 분이가 모친이 내던진 거울을 집어들고 제얼골을 비처보면서 웃고 깔깔대며 방으로 드러오면 으례히 그는머리를 주어박었다。

영양부족에 황이뜬 얼골은 검고 누르고 말른 복섬이나마 남모르게 은근히 박첨지와 덕보의 마음을 있끄는 매력을 갖었다。

그러나 가난에 허덕이는 복섬이에게는 모ㅡ든게 경황이 없었다。

그러다가도 저도모로게 고독을 느끼고 여자의 슬픔을 맛보았었다。

그러든 그때가 멀지않은 지난해 봄이드니 지금은 더욱 남편의 병치레와 가난에 쪼들였다。ㅡㅡ

三

새벽녘ㅡㅡ일흔아츰이다。

복섬이는 남편곁에서 밤을 꼬박이 눈물로 밝혔다 남편도 잠을 못자고 괴로히 새웠다。

말못하고 벙긋이 처다보는 남편을 몸편이 눕혀주고 아츰을 일죽이 끓였다。바야흐로 기우려진 춘궁이다。

복섬이는 박첨지네 집에가서 가진엄살을 다ㅡ해서 현미(玄米)깍어낸 두벌겨를 분이가 발고랑에서 캐여온 메를느어 죽을 끓여서 남편을 이르켜앉히고 숫깔로떠넣어 주어가며 분이와 복섬이는 뜨는둥 마는둥했다。

허둥지둥 상을치우고난후 복섬이는 머리에 수건을 쓰고 호미를찾어들고 불야불야 박첨지네 보리밭으로 나간다。

사립짝문을 나설때 근기네 검둥이와 누렁이가 뒤를 따른다。

동녘 하늘은 물드린듯이 붉으레하게 붓채살을 펴는듯한 햇님이 벙긋거리며 구름을 꿰뚫고 멀리보이는 건너말 솔숲위로 솟아 올른다。

동구앞 우물가에는 열 육칠세되는 처녀들이 발끝까지 닿는 치렁치렁한 머리에 피ㅅ빛같은 붉은 댕기가 꿈을거리는 머리우에 물동이를이고 다름질친다 한참바쁜 아츰이다。

길목 양옆으로 비마저 늘어진 풀잎사귀가 햇발에

반짝인다。

산모퉁이를 도라갈때 건답을 가라엎는 소모는 소리가 들린다。

「어듸여 어듸듸 쯔쯔」

하고 사람은 큰소리로 소를 꾸짓는다。

논뚝밭뚝에는 사람들이 널려서 언덕에 빨래널어논것같이 보인다。 또랑에 물이철철 흐른다。

복섬이는 빠른걸음으로 것다가도 머리속으로 기름먹는 심지에 불이타드러가듯이 옛추억이 활활 달어오른다。

남편과 혼인한지 삼년째 되는해 봄。 남편은 소를 몰아 밭을살고 복섬이는 씨를뿌리면서 속은거려 이아기 하든생각이 은연중떠오른다。

한달같은 긴긴해를 들에서 일을하고 해질녘에야 집으로 도라와서 방안에 단둘이앉어 아픈다리를 주물러주면서 괴로운 몸에도 남편의 따듯한 정열을 가슴에 한아름안고 달콤한 꿈속에서 사랑을힘껏 마음껏 안아보든 그시절이 눈앞에 아련히 떠오르는 머리속에 매처진다。

오늘은 일즉이 나온줄 얼었드니 벌서그이들은 높은자락을 거반다매고 아래人자락에 손을댈려든 때이나 미안한 마음으로 찌그러진 얼골에라도 약간 미소를 띄우며

「아이그 벌서 이만큼이나。」

「에그 분이네요 어서오우。」

반가히 마저주는이는 쇠득이네 뿐이었다。

「언제 오섰길레 형님은 이자락을 다 매섰우 원 미안해라」

매여논 밭을 두루 살펴보며 칭찬겸 치사의 말을 하니

「나온지 얼마나 되나。」

그제야 놀이든손을 멈추고 이마의 땀울씻으며 얼골못된 분이네를 가엾다는듯이 입을 멍하니 버리고 보다가 다시 호미쥔 손을 놀린다。

복섬이는 한자리에 끼여 매기를 시작한다。

건너편 밭에서 근기네와윤섬이네가 수다를 느러놓아가며 기음을 매여간다。

「분이네 남편병이 더하다는 구려 어쩌덕 부터는말까지 못하드래。」

「에그 가엾어라 원 말살하고 기운좋든 그이가 어짜면 그렇게 된담――사람의 수명이란 알수없지만 가엾어라 어쯔쯔」

하고 한 녀인네는 혀를 끌끌차며 애석해 하기도한다。

「죽는사람은 모르고 죽으려니와 나이 수물다섯에 어린자식들 다리고 홀몸도 아닌데……」

하고 수동이비는 낯빛을 찡기며 눈물까지 먹음는다。
『우리 진 댁에는 장을 안담것는데』
『어서 담그라우——농내에 부정이 나면 달을 가서야 담근다는 구료。』
『또 새달이 윤달이지』
『윤달에는 안담근대?』
『그랬다는 구려 원!』
하고 녀인네들은 이편을 바라보며 뒤ㅅ공론하듯 수군거린다。
햇볓은 놉직이 올랐다。
저 앞뜰 냇가에는 어쩌턱비에 물이 부러서 어린애들이 젯바휘랑 혹은 삼태를들고 물고기 잡느라고 야단들이다。
뚝우에는 양철통에 물을 반쯤이나 담어들고 잡는 고기를 기다린다。
허벅다리까지 잠뱅이를 치ㅅ켜올린 삼태든 녀석이 케가흘러내리니가『후룩』하고 드리킨다。
『저기있다 저기 저기』
하고 벼란간 뚝우에 가만이 섯든녀석이 손꼬락질을 하면서 눈이둥그래서 수선을떤다。
『어디 어디ㅅ서 애개 조까짓거!』
하면서 신통치 않다는듯이 삼태를 댈 생각도 안한다。
신이나서 흐들갑을 떨든 녀석이 풀어죽은듯이
『고건 왜 붕어 아닌가?』
『이자식아 송사리 색기를 뭘해』
하고 삼태든 녀석이 악을쓰고 핀잔을 주니까 뚜우에섯든녀석은 아래웃입술을 빨쏙내밀고 아모 반항도 안한다。
점심참이 지나고 젓두리도 지난지 오래였다。
두역볕에 온종일 꼬부리고 앉어서 일하든 녀인들은 저녁때가 되여서야 저마다 허리를펴고 한숨을 쉰다。
어둠이 금단같은 논과밭으로 깃도는 저턱이다。
밭에서 논에서 일하던 사람들은 안식처로 찾어가는때라 온종일 궁금하던 남편과 어린것들을 그리면서 황도ㅅ칠한 맨발을 질질끌며 논또랑 좁은 새ㅅ길을을지나치는 복섬이의 거름이 뛰다싶이 바쁘다。
남편의병은 좀 떠어한가? 얻어것들은 박첨지네집에 가서 무엇이라도 얻어먹었을가? 남편도 무엇좀 먹어을가? 박첨지네 늙은할머니에게 일러는 놓았지만? 마음속에는 다른생각없이 이러한 근심이 심장을 궤뚫고 타는듯이 솟아오른다。
저턱노을이 구름을타고 산우로 들건너로 저마을에도 가득히 차있다。
싸리문앞에 다다른 복섬이는 어둡고 쓸쓸한 뜰앞

에 분이와만수가 무엇인지 손에들고 조용이 노는것을보니 측은한 마음에 귀여운 생각이 앞을선다。

『저것들이 만약 애비없는 자식이 된다면?』

마음속에 그리지아니할 망상을 하며 마루우에 올라서 방문을널고 들어섰다。

남편은 눈앞을 굴리며 입을쫑긋거리는 표정이 벌에서 도라온 안해를 아픔속에서라도 맞는모양이다。

『할머이가 무엇좀 갔다 드립디ㅅ가』

『……………』

머답머신에 턱을 끄떡이는 양을보니 복섬이는 눈물이쏟치는것을 억제하고 남편앞에 앉었다。손을쥐여주니 남편은 아무것도 안먹어도 좋다는듯이 말느고 차되찬 손으로 안해의 손목을 쥐려고 애를 쓴다。

등잔에 불켜놓고 밖으로 나온 복섬이는

『분아。』

『응』

『점심 먹었니』

어린애에게 시달려 앉었든 분이는 머리를 설레설레 흔들면서 안먹었다는 말은참아 못하고 모친에게 매마즐가바 개개 풀인눈으로 눈치를 삶힌다。

분이의 하는양을 보고서야 남편과 어린것이 긴긴해에 아모것도 못먹고 있었다는것을 깨다르니 가슴이 미여질듯하다。

『에그 오죽배가 곺으겠니? 긴긴해를』

피여진 집신짝을 찍찍끌며 그는우선 박천지네로갔다。

박천지집에서 얻어온 겟가루로 또 죽을쑤어 남편과 세식구가 맛없는 요기를 겨우 하구나서 분이가 배가곺아서 메만 패먹고 단였다는 이야기를 들고 을때 동리부인들이 하나 둘식 모여들었다。

마루끝에가 걸터앉어서 그들은 이야기를 주고받는다。

섯돌어머니는 작년가을에 뜯어말려 두었든 도꾸마리 입사귀 담배를 찌그러진 곰방데에 담어 피여문다。

『분이 아버지 무엇좀 잡섰나요』

하고 근기네가 걱정스레히 물으니

『네 좀 삽섰세요。』

하고 복섬이는 한숨을 짓는다。

『올해가 병자년이라고 흉년 흉년 하니 진짜 야단났나봐요。』

하고 수동이네가 복섬이의 한숨짓는것을 보고서 화제를 돌린다。

『흉 말슴마오 병자 정축년 얘기도 못드렀구려、부황이나서 죽은사람이 널비했드라우 먹지를 못해서 흙을 다 파먹었드라는 얘기도 못드렀수 어떤곳에서는 어린애들난 산부가 기겁이나서 어린애까지 뜯어먹었다는 말까지 있었지……』

하고 섬돌어머니는 말끗을 맺지못하고 악쥐나는 담배를 맛있는듯이 뻐금뻐금 연기를 내뿜으며 눈앞을 굴린다。

여러 여인들은 섬돌어머니 입에서 무슨말이 나오나 하고 그의입만 바라본다。

이 이야기 자루만 텃드리면 그칠줄 모르고 신이야 넋이야 하는 섬돌어머니는

「그런데 비가와야 무엇을 심어래도 먹지。 비한방울 안뿌리니 가라엎어논 논에서 몬지가 폴삭폴삭 날지경이니 이런놈의 사람말라 죽을일 있겠소。 아모튼지 둥구안이 가마솟안에 물끓틋 아우성을치며 하날만 처다보고 야단들이라구료。 때는 보리고개人 밑이라 무에 먹을게있나。 마 이만때쯤되였는게야」

그시절에 있어 그러한 광경이나 본듯키 천연스럽게 흐들갑을 떨며 입에 게거품을 북적거린다。

앉었든 여인들은 지금 그참상을 당하고 있는듯이 한숨을 휘유 하고쉰다。

「에그 그놈의 병자년인지 제밀 헐궨지 살기싫는데 무에 흥이겨워서 더살겠다고 걱정을해요

지금먹고 내일아츰 끼니가없어서 애를 태우는 사람이 걱정은 해 뭘해요」

하고 근기네가 화가 나는듯이 툭툭털면서 벌떡 일어난다。

「그리여!」

수동이네가 따라일어서니까 앉었든 사람들도 모다 일어선다。

복섬이는 입때도록 무엇이라고 떠들었는지 귓속에는 한마디 남어있지 않었다。

마실꾼들는 제각기 집으로 도라갔다。

밤은깊이 들수록 쓸쓸했다。

무덤속 같이 적막한 밤이였다。

복섬이의 가슴속은 우울의 보금자리가 다시금 씨여젔다。

넋없이 마루끝에 앉었다가 방으로 들어 가랴할때 거믄그림자가 희미하게 싸리문안 비친다。

「누구요」

복섬이는 무서움에 떨리는 말소리였다。

「아이 이게누구요」

마루 앞으로 가까히 옴을보고 복섬이는 그가 누구인줄을앎었다。

「아이그 이게웬일이요 그래도 살아있으면 만나볼때가 있구려 점순이는 나보다 퍽 젊어보여」

「지켜의라 젊어뵈다니」

하고 점순이는 복섬이의 손을잡고 반가움에 넘처는물을 흘렸다。

어려서부터 울기쟁이라고 놀림을받은 점순이는 반가워도 서러워도 곳잘울었다。

복섬이도 이윽고 눈물을 거두었다。

점순이는 어려서 한동리에서 살구나무밑 울타리아래서 손괄질하며 자라나든 유일무이한 동무였다。

점순이가 싀집을가고 복섬이가 싀집을 온후부터는 그의사이는 멀어졌든 이였다。

주제가 말슴이 아니요。눈은 할닥하게 거더달리고얼골은 거므테테 한것이 아마도 어지간히 주린모양이였다。

점순이가 한가히 복섬이를 찾어온것이 아니였다。

그역시 먹을것이없어 이리저리 굴러다니다가 맛침내 생각하든끝에 복섬이의 도음이나 받을가 찾어왔다。

와서본즉 그역시 말할수없는 궁박한 살림사리에 휘여나지 못할뿐외라 우환에 시달린 복섬이의 얼골을 무어라 바로 치여다보기가 무안했다。

지난해 겨울 점순이 남편이 동리 구장의 집으로 비럭질하러 들어갔다가 머슴녀석이 도적질하라 들어왔다는 억울한 누명을 씨워입고 가막소로 갔다。

남편을 가마사리로 보낸 점순이는 울며 불며 이집저집으로 일이나 해주고 얻어먹으랴고 했으나 그역시 남편과같이 도적질하는 년이라고 동구안에서 쪼낌을 받었다。

저주와공포에 사로잡힌 그는 걸인과 다름없는신세가 되여 할수할수없이 어려서 손에손목을 맛삽고 자라난 복섬이를 찾어왔으나 그도역시 거미줄같는 허망이였다。

「마두로올라와 응!」복섬이는 점순이를 마루우로 끄러올렸다。

「퍽 시장할걸……」

「아니 먹었어。」

하고 점순이는 사양하였으나 군침이 입속으로 돈다。

「무얼?」복섬이는 점순이가 거즛말하는것을 그의눈과입을 보고서 알고 부엌으로나려가 손님앞에 내여놓지 못할것같은 죽을 빈상에 수깔만 올려노아 점순이앞에 내여왔다。

「내여놓기는 부끄럽지만──」

「아이그 원 그건 왜애」

하면서 점순이는 사양하는 듯이 술을 잡었다。

그들은 지나온과거의 고생하든 이야기를 서로 주고 받으며 울었다。

궁박에서 궁박으로 도는 그네둘만이 가질수있는 우정은 복섬이와 점순이의 옛정을 다시금 얼기설기 얼금뿐이였다。점순이는 죽을 게눈감치듯 했다。

밤이 얼마나 이슥했는지 건너집에서 울려오든 다드미소리도 그친지 오래였다。

분이는 시장했다。밤을먹어서 그런지 네활개를 펴드리고 세상모르게 잠이들었다。(次號完)

日曜日

任淳得

C신문사 타이피스트인 강혜영이는 모처럼노는 일요일을 어떻게 보낼까하고 궁리하였다。아침부터 컨부차지한 시간을 주체못하는것같은·자기를 도라보고 책상머리 거울에 빛외이는 포ㅣ즈가 마음을 보글보글 끓게하였다。 아무레도 나가지말고 요새 읽기시작한 어렘부르그의 소설이나 마자읽을까? 성북동에 나가서 스케취나 한장 그려볼까 원남동 사촌동생이나 데리고 책점이나 도라다녀볼까? 두루생각하다가 문득 수입권에 하루결근을하고 형무소에서 취하하여온 윤호의 헌옷을 빨기로 작정하였다。 그래그는 불이나케 이러나서 앞치마를 걸치고 빨내를 시작하였다。 듬듬하게 땟물에젖은 비누거품이 빨내판자고랑에 작고만 밀여나감을보고 혜영이는 그 어두운방의 가진오욕(汚辱)이 무수한 때(垢)의 미분자가 되여서 옷풍틈에 박ㄸ있든것이로구나 하는생각에 마음이 오쏙오쏙 떨리는듯하여지고는 마침내 어찌하면 값싼 비누내음새가 곳 윤호의 체취(體臭)인듯도 하였다。

빨내를 거지반 빨어나갈지음에 B유치원 보모로있는 여학교때의 동창생인 M과P가 청량리로 산보가지않겠느냐고 찾어왔다。 혜영이는 나가기싫다는리유로 간단히 거절하고 빨내를 헤워 줄에 널었다。 M은널어놓은 빨내를 만저보고는

『웨게 모두 남자옷이야 오ㅣ라 오라 너두 띄오니소쓰가 되였구나」 마치 너도 내해야 유치의 욕망앞에는 지고말었구나 나를 그처럼 모멸하더니 기어히 나의길을 따럿구나 하는듯이 확신있는 조소를 입 가장자리에 띠우며 혜영이와 P를 번가려보고있다。

『얘 무슨소릴 그렇게해』 P는 M을 나무라듯이 흘겨보았다。 그러나 혜영이는 언젠가 P가 조용히 속살을 터러놓았을때 하던말——청춘을 괴롭게 지내는 것은 어떤경우라도 무의미한일이라고 하든말이 생각났다。

「그런데 대관절 가례씨는 누구야 언제부터 아무도 몰래 데끼두했니?」

「앤 무슨소릴 또 그렇게해 그것 윤호씨의 옷이아니고 무에냐」

「오ㅣ참 그렇든가。……그까짓건 세탁쟁이에게 맡기지 이렇게 좋은날 품파려가며 빨께 무어람!」

「그게떠 정성인줄 넌 모르니?」

「허긴 그렇기도허지 그렇치만……」 아마 M은 그것은 낡은 이데오로기ㅣ라고 말하고싶었으리라고 헤영이는 그뒤에도 생각하였다。

이렇게 그들은 서로 죽고받고하다가 밖에서 누가 기다리고있다고 그냥가버리였다。 헤영이는 불쾌하였다。

헤영이는 생각하였다。 소꼽쟁이는 수면위에서 잠시라도 유쾌한 맴도리를 끝이어서는 안된다는듯이 돌고만있댜。 소꼽쟁이는 흐르는물우에서는 결코 돌지않는다。 거울같이 잔잔한물이겠지만 생동하는 물결있는 흐르는물우에서는 그쾌활하고 만족할수있는 맴도리를 못한다。 물의 깊이를모른다。 흐름의 정신과 육체를 모른다。 안정된 평면이 현존하면 고만이다。 소솜쟁이의 의욕이란 안온한 순간에대한 욕심뿐이다。 아아、 소꼽쟁이들이여! M이나 P나 소꼽쟁이의 종족이아닌가? 이 일요일의 험없는 향락을 탓하는것이아니라 그들의 소꼽쟁이인 생활에서 계획된 이날의 산보가 미움과 경멸을 무럭무럭 이르키게하는것이였다。

그렇나 아닌게아니라 헤영이 자신이 생각해보아도 이렇게 좋은날 집에드러앉어서 헌옷을 빨고있는 모양은 초라하고 쓸쓸한것이였다。 한울을 우러러보면 정말 가을인듯싶었다。 비개인뒤의 하눌이 씻은듯이 깨끗하고 맑고 푸르고 높고 어찌하면 밑없는 깊이를 디려다보는것같기도 하였다。 이러한날 단한번이라도 좋으니 윤호와함께 교외의 한가한 논두덕길을 거닐어 보았으면 얼마나 좋을까? 그는 혼자 이렇게 입속으로 중얼거리며 끝없이 푸른한울을 한참동안이나 바라보다가 다시빨내를 빨기시작하였다。 윤호의 샤쓰를 비누묻은손으로 이리뒤적 저리뒤적 하면서――어둠침침한 감광에 혼자앉어서 책을읽다 멍하니 앉어있지나않는가? 그곳에서도 저렇고 고흔 한울이 빛이는가? 빛인다해도 아마 마음껏 내다볼수없지나 않은가? 이런생각을하면 할수록 윤호가 못견디게 그리웁고 보고싶고 눈물이 핑돌기까지하였다。

헤영이는 빨내를 다빨고 툇마루에 걸터앉었다。 가을맛을 먹음은 햇볕의 자릿자릿한 자극이 엷은 옷속으로 숨어들었다。 책을 들었으나 눈이 헷갈리고 말었다。 햇볕에상한눈에는 펴놓은 글자가 따랗게 꿈틀거렸다。 가심츠레하게 뜬 눈섭사이로 오색이 영롱한 광선이 무수히 뒤헝클었다。 일종의 로취와같이 의식이 물려난듯하고 무었인가 눈앞에 아른아른하는 것같었다。똑바로보면 시각이 퍼저바리고 어렴풋한 얼골이 윤곽을 지을듯 지을듯 하였다。누굴까 누굴까 하고 혜영이는 의식을 가다듬어 보려하고는 스스로 입굴이 호루해오는것을 느끼였다。윤호? 야냐 아냐 하는듯이 고개를 흔들고 앉인자리를 휘휘 둘러보며 이러서 바리였다。 가슴이 조고만 비들기 같이 두군두군하였다。

「윤호씨——나는 윤호씨의 환영을 보았구나」아무도 모르는 가슴속을 혼자 꼬곤하게 드려다볼수도없는 자기를 끝없이 안쓰럽게 역여지기도하였다。 그렇나 무었인가 치밀리는힘을 혜영이는 또한 느끼지않을수 없었다。 에라 단숨에 인왕산 꼭대기라도 올려가서 윤호의있는 빽안벽돌집이나마 바라보다 올까부다하다가도「그러면 또 무얼하랴」하고 실그머니 도로 자리에 주저앉었다。

이마음 저마음이 씨ㅣ쏘를 하였다。「아아。거리를 쏘다놀까부다」그러나 혜영이는 바로 새하얀 우숨으로 경멸할만한 남의생각인것같이 묻질러바렸다。될수만있으면 그고생을 나누어 하고싶으랴 만치 아끼는 윤호를 그런곳에 남겨놓고 자기혼자 계절의 변화를 즐길만한 마음은 추호도 움즉이지않었다。더구나 윤호는 그의생활의 표식이였다。 지금 극도로얽매인 윤호의 일생을 흔이말하듯이 생활이 아니고 희생이라고한다하여도 혜영이의 생활감정의 초점인것을 진심으로 느끼는것이였다。 그렇기에 그의 사소한 심신의 움직임은 늘 윤호와 결합되지않을수없었다。 그우에다 윤호라는 이름만에서도 혜영이는 마음의 매를 받었다。 그러나 그것은 혜영이에게 윤호와 대등한 인격으로서 꺽이움이 아니라는 확신이 있기때문에 실상 이러한감정은 거리낌없이 자기에게 허락할수있었다。 내가 무엇인가? 나에게 생활이 있는가?이렇게그는 윤호를 중심으로하고 각양각색의 동심원을 그리는것이였다。

혜영이는 푸른한울을 바라다보면 아마세상이 허무한것같기도 하여서인지 긴한숨이 풍겨나왔다。값싼감상이거니하고 도리켜 생각하고 그에게는 마음을 가라안치는 유일한약——객을 읽기시작하였다。

오정이 좀지나서 R여권에다니는 한고향동모 S가 찾어왔다。

「점심 안먹었지? 나가나 돈있어」혜영이는 요새 입맛을 잃어서 잘먹지못하나 갈마음이 없다고 거절을 했다。

「그럼 차나 마시려 안갈테야? 이렇게 좋은날어쩌면 하숙에 붙어있어」

『난 웨들 차ㅅ집에 다니는지 그심리를 모르겠어』
S는 시름없이 마루에 걸더앉었다。
『아아 어데를 가든지 우울하구나。머ㅣ 항해의 길이나 끝없이 떠났으면』 하고 세리프를외이듯이 S는 혼자 중얼거렸다。
둘이는 제각기 돌과같은 서러움을 안은듯이 묵어운 침묵에 잠겨있었다。서로가슴속을 엿볼수있는듯 하면서도 곡담으른 조개처럼 굳게 입술들을 담을고 있었다。서로의 의정이 오랜동안 변함없을 믿음이 묵어논 침묵속에는 스스로 숨어있느니라하는 안심에도 불구하고 모처럼 일요일에 가벼운 기분으로 차한잔 마시려가는 마음을 안주는「때」의 무게에 대하야 조고만한 반항인것을 그들은 또한 절실히 느끼는것이였다。
좁은 마당에 겸손하게도 가늘게 가로놓였던 빨내널은 그림자가 어느새 폭을넓히였다。S는 파라솔을 짝 펴들고 서서 망설거리다가는 사푼 사푼 도라가버리였다。
저녁을 읽직히먹은 혜영이는 겨우 하로를넘긴 안도와 슬픔을 느끼며 들창문을 열어제치고 고래ㅅ재냄새가 배여있는 골목길을 우둑허니 내다보았다。어린애들이 와ㅣ와ㅣ 소리를치며 떼로 몰여다닌다。그렇나 노래부르는 아이는 하나도없었다。노래도 없는 어린이들이로구나 하고 입속으로 중얼거려보고는 그것이 한없는 민족의 비애를 예감케한는것같은 과장된 생각이 제처도 제처도 끈적끈적 달여붙었다。혜영이는 이럴때 누구나 찾어주었으면 하고 기다려지는 자기를 돌보았다。누군지 저편에서 손짓을하며 걸어왔다 그는 윤호의 친우였든(앞으로도 그들은 친우일는지 몰으지만) 지금 주간신문의 편즙을 맡어보는 H였다。
『호오——(H는 다른 나라의 감탄사를 우리말에 수입할 필요가 있다고 주장하는 사람이였다) 웨그리 서글프게하고 섰읍니까? 백마 우즈지는 가을하날에 외로운 코스모스……。』
H는 혜영이의 어설푼 우숨을 보고는 바로 쾌활한 얼굴을 가다듬어 바리였다。그는 창밑에 선채 머뭇 머뭇하다가 W극장에 「유령」을 보러가기를 권하였다。
『평판은 좋찮어도 크레르의 작품이니까요』
『제가 언제 구경 가든가요?』
혜영이는 이대답이결코 자기의 하고저하는것이 아닌것을 잘알었다。그러나 H와같이 진실한 생활태도에서 물러는사람들이 할수없다는듯이 마음에대한 변호의 여지를 조금씩은남겨놓고 또달리 생활이 세워질것같이 믿으려하면서이대로의 사회형태의 문화적기분만을 해면처럼 섞빨리 흡수하랴는 끝에 일종의 반발을 억제할수없기때문이였다。그러면서도 헤영이는 이러한 내자신은 무엇인가 하고 의선할때 어지간히 비뚜러진 자기의마음을 장주하고싶었고 자기가 몹시 얄미워보였다。이겄도 저것도 모두다 목에잡긴 가래침을 배앝듯이 배앝어 바리고싶었다。『그것은 한울을 향하야 칙뱉는골과 무엇이 다르냐。도루 내얼굴에 떠러질것을……』이렇게 입속으로 중얼그려보지만 헤영이는 눈앞에보고있는 H——윤호의 친우이가때문에 더욱히 H가 몹시 보기싫였다。

H는 헤영이의 너무나 냉담스러운 대답에 멋적은듯이 선우숨을치며

『구경가는게 그렇게 못맛당한짓인가요?』하고 조심스러운 어조로 말하였다。헤영이는 아모말도 하지않고 픽— 웃기만하였다。자기의 서급히웃는 웃음속에는「저문은개 똥문은개」의 비유가 섞여있는 초조를 느끼였다。

연잖어 담배를 피우다가 도라서서 끄덕 끄덕 가버리는 H의 뒷모양이 사라진뒤에도 헤영이는 들창밖 좁은 골목을 멍하니 굽어다보았다。

점점 어둠이 깊어갔다。거밀줄로 더렵혀진 가등이 외로히 서있는것을보고 헤영이는 깊은바다밑에서 호젔이 인광(燐光)을갖인 물고기를 만나면 저럴까하는 생각이 드렀다。

헤영이는 언뜻 시골에서 조고만한 가개를 하고있는 그의오빠의 편지가 생각났다。

『…… 나는 한산한 가개머리에앉어서 밤이면 갈피없는 눈으로 별도안보이는 캄캄한 하놀읍 드려다본다。황량한 시골 조고만한 읍의 저녁을 무엇이나 소리 들릴까하고 무엇이나 발소리가 들릴까하고——。

저 하놀에서 먼나라의 요란한 음향과 폭풍과 멀리는 해조음(海潮音)이 행여 날려나릴까하고——。

헤영아 하이네의 카민우에 놓아둔 조개도 들물이 밀여오는 해안의 시각에는 거품을내여 사락사락 움직이기 시작한다하였다。이것은 하이네의 시적으로 형상된 말이겠지만 그러나 내가 젊은 이내가 장식용의 정물(靜物)만도 못하지……? 누구나 입밖으로 소리내여서 그렇게 불러주지는않지만 캄캄한어둠은 칼피없는 눈으로 드려다보면 그렇게 생각켜진다……。』

헤영이는 옵바의 편지를 몃번이고 되푸려 생각하였다。처음 그편지를 받었을때는 박연한 슬픔이 외의 별다른것을 느끼지못하였으나 오늘밤 헤영이의 머리에 되사로온 그편지는 마음을 다시금 쑤시였다。또렷하면서도 역시 늘 막연하게 가슴에 옹글리든 어느 기대를 옵바의 글속에서 똑 고며로의 공작(共

感)이 표현된 쓰라린슬픔에 자기의 마음이 생것으로 부대치는 것같었다。

………입을 달삭 달삭 하면서 한참동안이나 창밖을 내다보았다。

혜영이는 자리를 깔고 누었다。마치 자기의 깊은 비애를 잊게하는것은 잠자는것 뿐이라는듯이。

벼개밑에서 귀뜨라미가 찌릉 찌릉 울었다。이불을 덮었으나 오슬 오슬 치운것같었다。따뜻한 고향집 아랫목도 뒷동산에 익어가는 감나무도 어린 동생들도 어머니도 이런생각 저런생각에 끼여서 그리워왔다。그렇나 윤호가 이러한밤 아직도 홋이불로 얼마나 치울까? 하는 생각에 문득 부대치고는 고만 그의생각이 온마음을 차지하기 시작하였다。그는 별안간 벌떡 이러나서 옷올 가려입고 거리에로 나갔다。털실가개에가서 코발트색 비하이브를 한폰드를 그전부터 원이든 책장을사려고 모아두었든 팔원가운데에서 사게되였다。집에도로오는길로 밤늦게까지 앉어서 대바늘을 움직이였다。한오레기 한구멍을 얽을때마다。윤호에게 보내는 자기의 마음이 얽히는것을 느끼였다。더욱히 윤호가 언젠가 『내마음대로 옷빛갈을 해입어도 괜찮다면 코발트청색으로 해입고싶소 활짝개인 한울빛으로 내몸을 꾸미고싶고 더구나 이러한곳에 있으면 무한히 광대한것의 색채를 내몸에 감고있다는것이나마 늘 느끼고싶소。』하든 그의말이 더혈신 무수한말과 아울너 되사라왔다。혜영이는 팔한짝을 마치고 자리에 누어 잠이들때까지 아지못할 기쁨이 가슴에 벅찼다。

그날밤에 혜영이는 짜다마른 팔한짝의 스에ㅣ타를 두루막이우에 잉은 윤호를 안았다。그모양이 너무우수워서 깔깔깔꿈속에서도 웃기까지하였다。

同志愛

朴北民

一

황혼의 희색날개는 점점 대지를 덮는다。

가을의 붉은해가 아무 미련도 없이 서산을 넘었을때 이곳 H평야의 넓다란 벌판에도 어둠의 조류는 구비처 흐르는 것이었다。

이곳은 조선의 북쪽—동해안을 바라보는 관북의 유일한 H평야! 무르녹어가는 가을—가을의 이평야는 몹시도 바쁘다。

인간이상의 로동과 인간이하의 생활을 하여야하는 이곳 H평야의 농군들은 하로의 생활권에 부대긴 피곤한몸을 이끌어 억세인! 팔뚝—갈쿠리같은 손아귀에 낫을 쥐고 이제야 제각기 안식(?)의 처를 향하야 돌아 가는것이였다。

넓다란 벌판에는 드믄 드믄 볼베ㅅ단을 무저놓은 무지가 우뚝 우뚝 가려저있을뿐 소란스럽던 싸움터는 이제야 줄기 줄기 숨죽어있는것이다。

이때 방축을 타고 송곳거름으로 순이는 얼굴을 폭 가린채로 무엇을 그렇게 생각하며 어디로 줄다름처 가고있는지——。

어둠속에 소리도없이 삽키어버리는 이평야!—적막하여가는 벌판—고요한 공간으로 다만 순이의 자즌발자욱의 차박 차박 하는소리만이 흘러갈뿐이다。

다음 순간! 순이가 폭 숙으린 제얼굴을 처들었을때 그는 자기가 거러가는 방축길 바루저쪽으로는 어떤 사나이의 거츠른 발소리 같은 음향이 분명 들여옴을 깨달었다。

무렵하게 거러가던 그는 어둠속에서 점점 닥어오는 이 뜻하지않은 어떤사나이를 발견하자 한끝 무서운 생각이 들며 아무리 마음을 든든하게 먹으랴하여도 젖가슴이 몹시도 두근거려지는것이였다。

차츰 순이와 그사나이의 사이가 가까워지자 순이는 허줄한 무명옷에 해진 집신짝을 발에걸친 초라한 농군하나를 발견하였다。

바로 순이 앞에 그사나이가 닥어왔을때는 어둠을 뚫고 네눈동자가 서로 부딛히게 되였었다。

그순간! 순이는 또한번 새로히 놀라지 않을수없었다。순이의 머리ㅅ속에는 이제 마주치는 그사나이의 얼굴이 언젠가 본 기억이드는 사나이의 얼굴인듯하기때문이였다。

천천히 머리를 떠러트리고 거러가던 순이는

「그사나이가 글세 누굴가?……」

또한번 것던 발굼치를 멈추고 머리를 갸웃둥거려보며

「언제 본 기억이 있는 사나이의얼굴이 분명한데…」

그는 혀끝으로 몇번이나 종알거리며 저도모르게 고개를 뒤로 돌이켰다。

그순간! 또한번 순이의 시선은 그사나이의 시선과 반대방향에서 마초치게 되였다。

얼마후 알뜻 하면서도 모를 그사나이의 존재는 그냥 어둠속에 사라저버리고 말었다。

순이의 마음은 더한층 궁금하고 안타가웠다。

어덴지 낯익은듯한 그 사나이의 얼굴은 아직도 순이의 머리ㅅ속에 서언하게 남어있었다。그 허여멀숙한얼굴에 불꽃을 풍기는듯한 정기도는 두눈과 성큼한 코ㅅ마루는 아닌밤중 더구나 길가에서 한번 피뜩 지나치며 처다본 사람이라고 간단하게 처리해버리기에는 마음 한구석이 허락지 않는듯 하였다。

얼마동안 거러가던 순이는 갑작이 것던 발굼치를 딱 멈췄다。

그는 무슨 위대한 진리나 발견한듯이 꼭담으렀던 입가장으로 「아ㅡㅅ」하는 외마디소리가 흘러저나왔었다。이말은 분명 기쁨과 놀라움에서 솟아오르는 감탄사였다。

「병찬이!」

「그이가 분명 병찬이에 틀림없어?」

순이는 입속으로 힘차게 부르짖었다。순이의 눈앞에는 다시한번 그 사나이 얼굴모습이 나타나는것이였다。비록 캄캄한 어둠속에서윈망정 옛날 병찬이의 얼굴과 그사나이의 얼굴과를 대조해보면 비슷한점이 많었다。더구나 그 두툼한입술도 똑똑히는 못보았으나 비슷한듯 하였고 거러가는 뒷모양마저 틀림없는 병찬이였다。

순이는 인제 그사나이를 병찬이로 단정해 버리려고 하였다。

「그러면 병찬이가 웨 그런 초라한 차림차림을 했

을가? 그이는 아니야? 그일이야있나!……」

이렇게 또한번 자신있게 부인도 해보았다.

그러나 도모지 갈피를 잡을수없는일 얼떨떨하고 안타깝기 조차 하였다.

하늘높이 가력이의 울음소리만이 넓은H평야의 정적을 깨트리며 한두마리 날려가고있다.

불현듯 순이는 칠관년전 옛일이 생각키워진다.

二

병찬이와 순이는 어려서 보통학교를 가치니였다 그것은 병찬이의집과 순이네집이 개울하나를 사히에 두고 가까운 이웃마을에서 자라났기때문도 되겠지마는 순이네집과 병찬네집은 남달리 가까운 친분을 맺고 있기때문이였다.

자초지종을 캐여올려가면 퍽 복잡하지마는 몇해전까지는 순이의 아버지는 이 고을에서도 유수한 대지주(大地主)였었다. 그러나 권세가 하늘에 다을듯한 순이의아버지도 그거대한 재산을 처리해 나가는데는 자기의유일한 보좌역인 한사욱(韓舍普)—병찬의부친—의 의향이 아니고는 백에 한가지 모든일을 처리해 나가지 못하는위인이였었다.

그러함으로 병찬의부친과 순이의아버지은 남달리가까운 사이였다. 지금까지도 전날의 그의리만은 변치않었었다.

바로 병찬이가 M보통학교 육학년에 다니던해 순이는 한학년 아래인 오학년에 다니였었다. 그러나 늘 아츰이면 가치가고 저녁이면 으례히 앞서며 뒤서며 돌아오곤 하였다. 순이도 총명한축이였시마는 병찬이는 퍽 재조있는 아이라고 학교에서도 평판이 돌았었다

그러한 병찬이도 가난한 자기의 가정을 생각하고는 상급학교를 못갈 케신세를 한탄하며 눈물까지 그연한빰에 흘리든일이 종종있었다.

또 병찬이가 육학년에 다니던해 여름 어느날엔가는 책보를 메고 단둘이 집으로 돌아오든길에 길로 언덕잔디밭우에서 「할미꽃」을 뜯어가면서

「나는 아마도 명년봄 졸업하고는 어데든지가서 내힘으로 고학이라도 해볼작정이다!……」

병찬이의 쓸쓸한 한마디말에 어린 순이의 마음도 어쩐지 언잖어서 그 아롱진 눈초리에 구슬같은 눈물방울이 매처진일조차 있었든것이다.

병찬이는 총명하고 공부만 잘할뿐아니라 그는말도 잘했었다. 육학년때에는 H시읍에서 열린 소년웅변대회에 나가서 일등상까지 탄일이 있었다.

그때 어린순이의 마음은 퍽으나 기뻤었 .

순이와 그렇게 다정하게 지내던 병찬이도 보통학

교를 졸업하던 바로 그해여름으로 기억되고 아모에게도 간다온다는 한마디말이없이 슬며시 어데로인지 다라나버리고 말었었다。

그중 가까웁게 지내던 순이에게 마저 이렇다는 말한마디없이 어데로인지 소식을끊고 멀리멀리 떠나가버렸던것이다。

×

순이는 지난날의 모든일이 한가닥 한가닥 풀리는것이었다。 순이가 이런복잡한생각에 사로잡혔다가 고개를 처들었을때는 어느새 벌서 「성ㅅ재」마을 어구가까히 왔을때이다。

드문 드문히 깜박이는 등잔불빛만이 흘러나오는「성ㅅ재」 마을에서는 개들의 거ㅣㅇ거ㅣㅇ 짖는소리만이 들려온다。 그중에서도 리평의(李評議)의 사랑청앞에서 짖는듯한 말수ㅅ개의 우름소리가 더한층 요란스럽다

어느새 중천에 걸린 둥근달빛은「성ㅅ재」마을의 집집마다 골고루 포근히 내려덮어 주는것이다。

야학방에는 벌서 어린아이들이 모여와서 재잴대는 소리가 마을밖까지 새여흐르는것이다。

순이는 오늘저녁에할 강좌(講座)시간과 토론(討論)시간의 모든「푸랜」을 곰곰히 머리ㅅ속에 그려보면서 한편 그어린것들이 곤한줄도 모르고 열심히 강좌를 듣던일이며 제법 주먹을 불끈쥐고 핏대를 세워가면서 들었는말도 짖거리던 모든일을 생각해보니 어느새 저도모르게 희망에찬 미소가 빙그래 입언저리에 넘처 흐르는것이였다。

순이가 밤늦게야 집에 돌아오니 토방우에 앉었던 삽살개 한마리가 입때까지 집사람을 기다리고나 있었던듯이 꼬리를 회회 내저으면서 순이의 치마앞자에 매달린다。

사방은 쥐죽은듯이 고요한데 밖안에서는 아버지의 코고는소리만이 날카로운 순이의 고막에 간신히 부디치는것이였다。

순이는 살그머니 건넌방으로 들어가 잠자리에 몸을 던졌다。

「병찬이는 그렇게 허줄한 차림차리로 어데로 밧빠걸어갈가……두만강을건너 저ㅣ만주ㄴ가 어데로갔다던그이가!……글세 언제 왔을가?」

말똥 말똥한 순이의 두눈동자는 몬시와 연기에 검으축축하게 꺼스른 천정 한곳에 딱 백혀저 있을뿐이다。

「아이참! 그이가 바로 병찬인줄 진작 알었드랴면 그때 달려들어서 손목을 마조잡고 오랜만에 만나나볼걸!……대체 그이는 지금 무엇을하며……어데있을가?」

순이는 아모리 생각을 돌려보아야 궁금하고 안탁

가운일이였다。

고요한밤 창틈으로 새여드는 달빛은 어수선한 순이의 잠자리를 더한층 어즈럽게 하였다。

「지금도 그이의 말소리는 우렁차고 다정스러울까」

또한번 순이는 잠자리에서 몸을 비틀며 돌아누었다。

「참! 병찬이는 어려서부터 사나다웠지、그리고 씩씩하였지、그는 늘 위대한 희망과 원대한 포부를 가진다고 나를보고도 늘 장담하였겠다!……그런병찬이니까 그동안 북만의 넓은들을 헤매이면서 얼마나 고생을 하였을가? 그리고얼마나 절치(切齒)속에 솟아오르는 설음을 맛보았을가?……그이는 입때까지 줄기찬 의지에 불타고있었을게다! 그러니까 지금의병찬이는 필연!……」

순간 순이는 오늘의병찬이의 생활을 얼마만치라도 아는듯한 느낌이들었다。

三

그후부터 순이의 머리ㅅ속에는 병찬이란 존재가 자주 고개를 쳐들게되였다。

「순이야! 너도인제 게집애 나이 이십세를 먹어가니 어서 시집갈 생각을 해야 안되겠니? 그사람이야 인물로 보든지 재산으로 보든지 어디로 든지하든태드 조금드 나무랄데없는 사람이다。그러니 괜이 쓸데없는 딴생각일랑 다ㅡ집어치우고 거저 마음을 고쳐먹어라!」

어느날 저녁 순이의 아버님은 저녁상을 물여놓고 기ㄴ담배ㅅ대를 털면서 훈게비슷이 또한 약혼문제를 꺼내는것이였다。

순이의 얼골은 새파랗게 질니며 고개를 돌이켜 머리를 수그리였다。

「얘ㅡ순이야! 아까 왔든 바루 그사나히란다。…너만 말들으면 곧 오늘이라도 글세 약혼을하겠다는구나!……」

그의어머님의 말소리가 채떠러지기 전에 순이의얼골에는 열이 오르며 울분이 곽 폭팔하고야 말었든것이다。

「몰라요! 싫여요!」

「누가 지금 시집을 가겠머요!」

순이는 홱 자리에서 일어나 문을 걷어차고 자기방으로 건너가 버렸다。순이의방은 부엌 건너편에있는 외딴방이였다。

순이의 아버님은 대번에 화를 덜컥내며

「저런 쳐쥑일년 같으니라고!……제에미 애비의 말을 거역해! 응……요망한년! 아무리 세상이 다ㅡ된놈의 세상이기로서니……」

요란스럽게 호통하며 그 주름잡힌 얼굴이 붉으락 푸르락해서 떨떨 떠는것이였다。

순이는 분함을 참지못해서 눈물이 그렁그렁하였다

「아ㅣ 조년이 학교지 뭔지는 다니다 채졸업도 못해서 퇴학을맞고 허리가 불러저 빈둥대며 밤이면 야학밤으로반 수란(많은)남자와 몰켜다니면서……아ㅣ그래두 무엇이 잘라서 요년아! 빈중대는거냐!」

순이의어머니는 주인영감이 너무나 세우는바람에 한껏 풀이죽어서 쥐죽은듯 잠자코 방구석에 꾹백혀있을뿐이였다。

「약혼! 마음에 맞지않는 약혼을 하라지!」

순이는 생각할수록 원통한일이였다。

「약혼! 분명히 나를위한 약혼이지! 그런데 웨허기싫은 약혼을 억지로 하랄가!…… 그남자는 돈많은집아들이지! 양반의 자식이지! 더구나 대학을 졸업하고 나온 신사이지!…… 그렇다고 돈과명예앞에는 사랑도 인격도 모두가 다ㅣ소용이없단말인가?」

순이의 가슴속에는 반항의 불길이 일어섰다。

순이의부모가 약혼하기로 권하는 그사나히는 H읍안에 사는 S부호의 맏아들로 금년봄에 동경 모사립대학을 졸업하고 집에돌아와 자기의아버지가 경영하는 사업을 도읍는 청년신사이였다。

그의얼굴은 말쑥하면서도 개기름이 번들번들 하고 머리는 칠반을 갈려붙였는데 기름이 철철흐른다。터글하나 묻지않은 말쑥한 양복에는 금시계줄이 호기스럽게 디느러저있다。권세와 돈으로 사랑을 낚을랴는 신사(?)! 그는 분명이 이사회의 엄연한 존재의 한세포일것이다。

이렇게 생각하는 순이의 두눈에는 그 사나히의 얼굴이 얼마나 능글맞고 뻔뻔스럽게 뵈였을가?

四

조선안에 고향인 H평야에 들어온 병찬이의 지금의 신변는 매우 위험하였든것이다。

H평야를 휩쓰는 ○○××사건으로 말미아마「성人재」마을과 이곤방의 몇동리에는 한동안 대선풍이 일어나고야 말었다。

며칠이 지난뒤 병찬이는 간신이 눈을 피하여 순이네집 건넌방에 숨어있는몸이 되었었다。

그것은 오직 병찬의부친의 노력과 주선이 있어되월이였다。

순이네집 건넌방은퍽 조용하고 으속한 곳이였다。그방 앞으로는 곡간이 가루막혀있고 뒤로는 울타리ㅅ가로 넓다랗게 포푸라나무가 쭉 둘러서 있는것이다。

병찬이는 이집에 숨어있은지도 벌서 며칠이 지나

갔다。그가 이집에 숨어있는줄은 순이네집 세식구 이외에는 아무도 아는사람이라곤 없었다。

병찬이는 늘 밤에만 허줄한 무명옷에 머리를 수건으로 동여매고는 사람의눈을 피하여 출입하였기때문이였다。

한편 이집 순이의 약혼문제는 점점 구체화하여가며 S부호의 황금의마수는 가까워오게되었다。

그럴사록 순이의 머리는 더욱 복잡하여저갔다。날카로운 마수가 점점 닥처오면 올사록 순이의마음은 그와 반비례로 병찬이의 가슴속깊이 파고들어가는 자기의존재를 깨닫게 되었다。

그러나 순이의 어머니와 아버지의 특별한 감시와 주위의 두려운 눈총을 뚫고 순이와 병찬이는 서로 자기들의 속깊은 심정을 토하고 있는것이였다。

오늘도 순이는 책상에 기대여 좁은조이 쪼각에 열심히 연필을 둘르고 있더니 다음순간 그는 곡간으로 들어가는것이였다。곡간에서 건넌방으로 뚤린 작으마한 창 구녕으로 그 돌돌마른 조이쪼각은 떠러트려지고 말었다。

이러한 사실은 병찬이와 순이와의 사이에 자주있는 사실이였다。그러나 이일을 아는사람은 그들이외에는 아무도 없었다。

다음순간 병찬이는 창구녕에서 떠러지는 그 조이쪼각을 받어쥐었다。

「병찬씨가 주신 편지의 뜻은 잘 알어들었읍니다。나의 마음먹은바는 어떠한 고난이 앞에 닥처오드라도 물리치겠어요! 병찬씨가 옆에있는 나는 오직 용기만이 용솟음치고있답니다。나는 아마도 며칠안으로 이 구찮은 집을떠날 결심을 하였어요! 모든 고생을 각오하고 당분간은 여공(女工)의 몸이 되랍니다!……」

병찬이의 마음은 곽 놓여지는듯하였다。

「다난한 나의 앞길의 커다란 반려자(伴作者)이구나!」

병찬은 입속으로 힘차게 부르짖었다。

그러나 자기들 두사람사이의 명암에 전개될 생활의 모든것을 마음속으로 그려볼때 그의 마음은 무어라말할수없는 불유쾌함과 불안함이 떠돌게되었다。더구나 순이를 늘 불안과 공포에 싸여 눈물도 자기의 무릎에 엎드리게할것을 생각하면 한편 자기에게 순정을 기우리는 그가 몹시도 가엾고 애달게 뵈여졌다。

그날밤 깊도록 순이는 말끄럼이 천정만 치어다볼뿐 끝없는 공상에 사로잡혀 한잠도 이루지못하였다

순이는 오늘밤 새삼스러이 병찬이의 ××하여다니는것이 어쩐지 안타가운생각이 들었다。물론 ××하

여 다나는것이 부득이 한일이요 당연한일이였만 앞날에 행복스러울 사람이 장차 고난과 파란만을 거듭할것을 생각하니…… 그런 위험한 ××에 관계하지 않었드라면! 그리고 자기하나만을 사랑하여 주었다면 ××도 ××도 헐 필요가 전연없을것을!……다만 모든것을 차버리고 두몸이 자유롭게 행복의복음자리만을 꾸몃스면 하는생각이 들때 순이의 가슴은 더욱 불붙는듯하였다。 그러나 아무런 가면도없이 그렇게 진심으로 자기에게 새로운 광명과 리상을 가저다주는 그이라는것을 생각할때는 모든 불안은 사러저버리고 다만 기뿜만이 봄물처럼 따끈하게 마음속으로 퍼저흐르는것이였다。 더구나 자기를 진심으로 사랑하여 주는 병찬이에게 대하야 순간이나마 그런 불순한 생각을 가젔든것이 도리혀 미안스러운 생각이들었다。

五

어느날 순이는 부모 몰내 집을 떠났다。

H읍을 한쪽으로 둘너싼 V산밑에 우뚝솟은 연돌에서 끊임없이 토해저 나오는 그연기속에는 순이의 눈물과 한숨이 숨어있었다。

순이의 ××제사공장 생활은 퍽도 고닯었다。 아츰 다섯시반의 요란한 고동소리는 순이의 고닯은 잠자리를 이르켰고 저녁 일곱시반의 싸이렌은 순이의 달과 다리의 피로를 깨우치는것이였다。

인간이상의 로동을 하여가는 순이는 비로소 이사회의 입면을 체험하는듯 싶었다。

순이의 어머님의 근심은 대단하였다。

「아무런 고생도 몰으고 입때껏 곱다랗게 따뜻한제에미의 품안에서 자라나든 순이가 지금은 어데가서 무슨고생을 하고있는지!……제발 몸술 고생이나 하지말었으면!……」

그 인자스러운 어머님의 눈에서는 뜨거운 눈물이 방울방울 떠러젔다。

순이의아버님은 담배만 피우고앉어서 한숨만 푹푹 지울뿐이다。

×

한달이 지난뒤——

순이의집안에서는 순이가 H읍내에 있는 ××제사공장에 있는줄을 어느풍편에서 알어듣게 되였었다。

그의어머님은 그제야 조금 안심이 되는듯 싶었다 그러나 한번 ××제사공장에 들어간 여자들은 어느누구할것없이 다리가 푸둥푸둥 붓는다는둥 황달병에 걸니는둥 피를 토한다는둥……참을수없이된 여자들은 나종에는 하는수없이 기숙사 담을 뛰여넘어 야밤도주한다는 소리를 귀청이 앞으도록 들어오든터이라

한편 순이의 가있는곳을 알게되여 마음이 놓이나 또 한편으로는 이런생각이 떠오르게되여 일시도 안심할 수는없었다。

그뒤부터는 순이를 어떤 꼬임으로든지 그「마굴」에서 빼여내기로 여러날을두고 궁리하였든것이다。

며칠이 지난뒤 순이는 노곤한몸으로 전과같이 제×호실 기숙사 방안으로 힘없는 몸뚱이를 동댕이치랴든 순간 뜻밖에도 자기앞으로 오는 전보한장을방구석에서 발견하였든것이다。

「모친병세 위독 급 귀가……」

간단한 전보의 내용이였다。

순이의 두눈기슭에서는 구술같은 눈물이 조루륵 창백해진 두 볼로 흘러내렷다。복중에 게실 어머님의 해골같은 환영이 순이의 눈앞에 얼는 얼는 하는것같었다。

이튼날 아침 순이는 공장감독을 찾어가서 전보의 내용을 말하고 집으로 돌아가도 좋다는 승락을맡었다。그길로 순이는 작으만 보찜한개를 옆구리에 끼고 허청거려지는 거름으로 몇달만에 집으로 돌아왔었다。

그 윤기 돌든 얼굴이 허여멀숙하게 변하였고 빗시길같든 손구락이 매디매디 룽겡이친것을 바라보든 순이의어머님은 눈물이 가득히 괴인눈으로

「네-……그새 고생 많이 했지?……」

떨린목청에서 울어나오는 한마디 말뿐이였다。

순이의아버님은 무표정한 얼굴로 불끄럼이 앞뜰만 바라보며 담배만 뻑뻑 피우고 앉었을뿐이다。이기회에 기어히 순이를 약혼식힌야는 그부친의내심은 자못 굳세였다。

순이도 이것을 알아차리였고 병찬이 또한 잘알고 있었다。

순이의 뛰여쳐 남을 두려워하는 그의 어머님은 인제 약혼문제를 입밖에도 내지않는다。다만 딸의마음을 안정식히기에만 애썼다。

六

곡간과 건넌방 사히에 뚫여져있는 조고만 창구멍으로는 편지쪼각의 왕내가 자젔다。

어느날 순이의 어머님은 곁동리로 마실을 갔었다 또 술 좋아하시는 그의아버님은 건넌마을 최첨지를 오랫만에 맞나 술삼수려 옷마을 「서울댁」으로 가게 되였었다。

순이와 병찬이——두젊은이들에게는 다시없을 좋은 기회였다。

어느새 병찬이가 있는 건넌방문은 굳게 닫겨져있었다。

「병찬씨!……아버님은 기어코 S청년과 약혼을 식
힐작정인가봐요?……」
순이의 가는말소리는 약간 떨니였다。 그의 빨긋빨
긋한 두뺨은 더한층 복숭아빛으로 물드려젔섰다。 또
한 그의 까만 눈섭에는 비애의 그림자가 헤염치고
있었다。
「순이! 그거야 당신의마음에 들지않는일이면 안하
문 그만이 아니우?……」
「그렇지만 그더려운놈의 마수가 작구 닥어오지않어
요?……」
병찬이의 전신은 용광로에 불타는듯 하였다。 그는
진정으로 며하는 순이에게 무어라 말했으면 좋을런
지를 몰랐다。 더구나 머지않어 ■당연히닥처올 최후의
것■이 검은날개를 벌리고 달려드는것을 생각하면 병
찬이의 가슴은 빠지직 타는듯 하였다。
「병찬씨! 병찬씨?……저는……이제는……꼭 당신의
곁에서……」
「그러나! 현재의 내생활을 돌이켜보면…… 도로혀
순이의마음을 괴롭히지나 않을던지?……」
「병찬씨! 저를 그런여자로 믿으서요?」
「그러나! 내가 ××에 들어가게되면 어찌될는지 모
르지 않어요!」
병찬이는 농담삼어 한 말이였다。

「××에 들어가면 더욱 당신을 잊잇겠어요!」
순이의 얼굴에는 미소에쌓인 자신있는 애교가 보
드랍게 두뺨우에 퍼저흐르는것이였다。
「글세 몃달이면 몰라도 몇해를 들어가있게되면 순
이 자신도 좀……」
몇해라는 말을 들을때 순이의 두눈앞은 별안간 캄
캄하여지는듯 하였다。 더구나, 앞날에 벌여질 모든것
을 생각하면 암담할뿐이였다。
(만약 병찬이가 음침한 벽에기대여 몃해를 지내게
된다면 그동안 자기는 어찌할까? 만약 최후의날까
지 줄기차게 고대만하고 있으면 굳게다처진 장벽이
열여저 다시금 광명의세계가 벌어질것을 알고있지만
그동안까지 자기는 험한 형로(荊路)를 밟으면서 혼
자 걸어가야 하지않는가? 지금도 한시라도 떠러질
수없는 병찬이다。 그이가 오년이나 륙년이나 또는 영
영 차거운벽에 기대여있어 자기로부터 떠러질때에는
벌서 자기의 살 세계는 없어저버리고 말지안는가?)
이렇게 생각할수록 지금까지 명랑하든 순이의 미
음은 갑작이 암흑의 구렁텅이로 떠러지는듯 하였다
「만약그렇게 된다면 나는 어찌해야 될는지 모르겠
어요!」
「모를것이 없지않어요? 나올때까지 꾹 참고만있으
면 그만이 않이우?……그뿐인가요! 꾸준이××나

가아지요!」

병찬이의 굳센손아귀에는 순이의 부드라운 손길이 꼭 쥐여져있었다。

그들의 꼭 쥐여진 손과 손 살과살을 통하여 두젊은이는 비로소 거츠른 이세상에 굳세인 사랑의 첫 부무를 내여드디는 것이였다。

나른한 순이의 손구락이 병찬이 목덜미에 부드럽게 부디치고 불보다도 뜨거운 그의뺨이 병찬이의 뺨에 다붙었을때 병찬이는 코ㅅ속으로 슴여드는 머리카락에서 나는 이상한 내음새와 살속에서 풍겨지는 혼혼한 내음새를 담뿍 느끼게되였다。

뒤ㅅ결 울타리에서 나래를 치며 한나절을 알리는 닭의울음소리만이 고요한 이마을의 정적을 깨트리고 있을뿐이다。

七

세월은 흐르는 물——

병찬이가 잡혀간지도 일년이란 세월이 흘러가버렸다。

H평야의 넓은벌판에는 푸실푸실 함박눈이 쏟아붓는 북국의 십이월——。마천령(摩天嶺)으로 몰아넘는 사나운 눈보래바람이 연한순이의 두뺨에 세차게부디칠뿐이다。

지금의 순이는 등에 어린것을 나어 업고 남편의 의복을 싼 봇짐을 꾸려이고 H평야의 눈길을 걸어 V산밑에 돌려쌓은 벽돌담만을 하염없이 바라보며 허둥허둥 거러가는것이였다。

순이의 홀쭉해진 두볼우로 흐르는 눈물방울이 그냥 얼어붙었었다。

함박눈은 소리도 없이 쌓이고 또 쌓일따름이다。

—(끝)—

〔詩劇〕

어머니와 딸 (全三幕)

朴芽枝

第一幕

새로지은 울타리도없는 조고마한 초가집 건너방과 林浩의農事試驗場의一部。

右手後方으로 건너방이있고 前面으로 퇴마루 마루우의右便에 조고마한書架가놓였는데 和洋書籍이 가득히 꼬처있다。 쌍창은열어제치고 房右便으로 마루를건너 안방에통하는문 後面벽에기대여 크다란書箱 亦是書籍이 가득찼다。 左便에도 크다란쌍창이열여있고 넓은퇴마루가있다。 퇴마루後方으로 테-불、테-불우에 몇卷의冊과잉크、좌종 조고마한 화분이놓여있다。 그앞으로 의자하나 마루아래는 「사이네리아」「히아신스」「카-네-숀」등의 화분이 십여개나 규측있게 놓여있다。

조곰떠러저서 舞台中央에 은행나무한그루 그뒤로 크다란 파초한그루 또그뒤에는 꽃떠러진 벗지나무 左手는 허허벌판、林의農事試驗場、後面은 조고마한언덕 언덕우에는 밤나무숲울 新綠이 바야흐로 무르녹었다 밤나무언덕밑으로 溫床 그옆에 溫床用의窓이 五六介나 쌓여있고 시험장에는 「가지」「양상치」「호단사이」「세루리」「도마도」등속이 몇일전에 溫床에서 갖다가 移植한모양 左手後方 밤나무동산뒤로 도라오는 조고마한 길이있고 길저쪽에 수양버들 버드나무밑에 우물이있다。

씨언히 개인아츰 해볏이 쨍쨍하다。 밤나무동산에서 퍼꼬리우는소리 林浩 누른 즈봉에 힌와이샤즈만입고 파초밑에서 시험장쪽을 향하야 라되오 체조를하고있다 안마루에서 라되오의음악소리 들여온다。 林浩의어머니가 박비를든채 左便퇴마루에나서서 균형된아들의체격의 뒤모양을 만족한듯이 미소를떠우고 멀거니 바라보고섰다。 조곰굽은허리나 몹시삽힌 얼골의주름이 지내치게 고생한자최를 역역히설명하는듯하다。無言의二三分。

林。(체조가끝나자 라듸오의 음악도 끈친다ㅣ길게한번 숨을 더리마시며 빙그르 도라서다가 어머니를보고)

어머니(滿面의우슴)

시언한 아츰이지요。

저ㅣ(숲울속에 패꼬리 소리를 들으세요

보리밭에서 일어나는 종다리노래를 들어보세요

얼마나 유쾌한 아츰입닛가?

저ㅣ푸르른 동산수풀을 보십시오

아츰해볓에 반짝어리는 이슬먹음은 풀들을보세요

얼마나 상쾌한 아츰입닛가?

우물가에 추욱축 느려진 수양버들

가ㅣ느른 가지가지 봄바람에 하느적어림니다。

어느새 나물캐는 마을소녀들의 풀피리소리!

푸르러가는 넓은들에 고요히 고요히 펴지고있읍니다。

금잔디벌판에 접첩히핀 멈둘레꽃줄기로

피리를 만들어 입에다 물고

고요히 고요히 부러보내는 아희들의 한곡조!

봄날의 그윽한기분을 왼누리에채우고 있읍니다

시내건너 논두덩에 네활개펼치고 쉬이는농부

곰방대를 줄머리에 두다리며부는 휘파람곡조만은

어딘지 모르게 끝없는 시름이 있는듯합니다。

아직도 남어서 뫼기슭을 살풋이 싸도라가는 아즈랑이

농촌의봄은 포근하고 다사하고 시언한듯하나

또한 끝없는 애처러운시름이

회색장막속에서 가만가만흐르고 있는듯합니다。

거기서는 빛을찾는 가느다란 부르짖음이 들려옵니다。

(마루아래닥어서며 어머니손을 두손으로잡어다가 자기의뺨에댄다。한참사이를 두엇다가)

어머니도 저소리가 들이심닛가?

母。(의아한듯이)

무슨소리?

林。그렇습니다。

어머니귀는 임이 늙으서서

이렇게 가ㅣ는 소리는 들이실리 없읍니다。

새싹을붓돋는 젊은농부만이 들을수있는 소리입니다。

아무리 젊은 농부라도

늙은뿌리만 가꾸는이에게는 들이지않을것입니다

면면하나마 새싹을붓돋는 농부들만이 들을것입

니다。
새싹이자라서 꽃필때쯤은 누구나들을수있겠지요
그때는 이부르짖음이 우렁차 질터이니까
그러나 열매를맺어 익을때쯤은 아무도 못듣겠
지요
그때는 이부르짖음이 없어질터이니까
그때가 이아들이 성공할때입니다。
꼭 성공을 할것입니다。

母。 (슬몃이 손을떼여 아들의 머리를만지며 아들의말뜻은
알지도못하시면서)
귀여운 아들아! 노력을하여라
그리하야 꼭 성공을 하여라
내 홀몸으로 六十平生 너하나를 바라고
가진고생도 하였느니라
남의집 안잠도자고 행낭도 살고
그러나 내 죽기전에
너의 짝을 보아야 눈을 감을게다。

林。 (명랑한음성으로)
어머니! 玉伊가 있지않읍니까?
어제도오고 오늘도 올것입니다。
玉伊는 나의게
『나는당신의 것이야요』하였답니다。
玉伊가 나의짝이된다면 기뿌시겠지요
(마루에 걸터앉는다 어머니도따라 앉는다)

母。 그러나 浩야! 玉伊는 오지않을게다。
그의어머니는 그딸을 내여놓치 않을게다。
사위를 데리고 산다고 하지않느냐?
네가 그집에가서 산다면……(수연한얼골빛)

林。 내가 어머니를 바리고 어디로 감니까?
안갈것입니다。
玉伊는 꼭 나를따라 오게될것입니다。
나는 그런집에 가서
화초같이 재롱하는 사위는 되지않을겝니다。
나는 나의할일이 있으니까요

母。 그러나 그집에는 돈이 있지않오냐?
가기만하면 호화롭게 살것이 아니냐?

林。 어머니 나는 돈이 있읍니다。
(조봉 호주머니에서 동전서푼을끄내서 어머니앞에내민다)

母。 장이 많은돈이로구나(기가막힌듯이 허허우스신다)

林。 적어도 돈은 돈이지요 (호걸스럽게 허허우서제치다
가 다시정색하고)
그러나 어머니의아들은 돈에팔여가지는 않을겝
니다。
玉伊어머니는 돈의힘으로 人間의全部를 支配하
려하나
나는 굽이지 않을겝니다。

나는 나의意志로 돈의위력을 정복할것입니다。
보십시오
玉伊가 저의어머니의 돈의힘에 붙잡히고 마는가

林。 나의意志의힘에 끌여오고 마는가를——
(밤나무 수풀뒤에서 金九가 어제 玉伊집에서와같은 服色으로 도라온다)

林。 (이러나 마주나가며 쾌활한 목소리로)
金君! 얼마만인가?

金。 (急히거러와서 林의손을 잡어흔들며)
林君! 여전히 건강하이그려

母。 오래간만에 만나보겠구려 (이러서며)

金。 아! 어머니(뛰여와서 모자를벗고 머리를숙인다)

母。 (맨발로 마루아래나려서서 엇개에 손을얹으며)
귀한 손님이 오셨오
이렇게 멀리까지 잊이않고 찾어오셨오
집안이 다 안녕하시고 공부도 잘하시오?

金。 (아무일도 없엇다는듯이 쾌활히 우스며)
네 지내치게안녕하시고 공부도 고작했읍니다。

母。 (젊은이의 말뜻은 못알어드른신모양)
이리 좀앉으시오
이애 浩아! 이리와서 가치앉어라
참으로 반갑구나
이렇케 귀한손님이 우리집에도 오시는구나
난 안에가서 무얼 좀 준비해야겠다。
(어머니는 안방으로 드러가시고 두사람은 마루에 나란히 걸러앉는다)

林。 어제석양에 玉伊씨께서 자네말을들었네
학교도 못가게되고 집안도 말이아니라지
(무릅에 손을얹으며)
그리고 자네는 분연히 나왔다지
급하고 용단있는 자네의 성격이니
다시 집에는 안드러갈 생각이겠지

金。 흥 그렇게되였네(수연히앞을바라보며 한동안침묵)

林。 그러면 집안은 어떻게될것인가?

金。 될대로 되겠지(수심에잠긴듯)

林。 자네얼굴에서 걱정하는빛을 보기는 처음일세
자네도 낙심할때가 있나
세생에 『불능』이란 없다고 뽐내든 자네가——
새로 출발할 용단이 있어야 하지않켔나
학교도 집어치고 일터에 나서겠다든생각은 어찌하였나
이기회에 한번 팔을 걷어봄이 어떠한가?

金。 (그말은 못들은듯이)
참으로 좋은곳일세
자네는 행복된 사람일세

금연부터 실지시험에 착수하였네그려
성공하게ㅣ성공을하게
평생의포부를 실현할때가 되였네。

林。 그렇게 생각되나
나도 그것이 천환의 좋은기회였다고 생각하네
그론문으로 상금은 천원을 받었었지
그결로 집도짓고 이같이땅도 도지를어더
평생의 포부를 시험하게는 되였으나
어머니께서는 학교에서 쫓긴것을
크나큰 수치로 아시는 모양일세

金。 수치? 그것이 수치가될가?
명예일세 아름다운 명예일세
나도 이런곳에와서 할일이없을가?
나도 이기회에 팔걷고 나서야 할것같으니

林。 할일이 있네(반가운듯이)
자네 굳은 결심만 있다면
돈도 지위도 명예도 차버릴 각오만있다면
캄캄한 밝길에 길잃은 이나라사람들!
그들의 앞잡이가될 각오만 있다면
자네는 전부터도 이런생각을 하였으니
이기회에 한번착수하여봄이 어떠한가?
한줌흙이 우리의생명을 축여주는 기름의원천일
세

이황무지를 개척하고 여원땅을 살지게하세
그리하야 새로운창조와 자유로운 생산을 약속
하세
이리함이 우리의 생명을 새롭게함이오
힘과 사랑과 평화를 빚어줌일세
우리는 우리의마음과힘을다하야
땅을파고 나무와풀을비고 소와양을치세
그리고 영롱한 전등빛이 유란히빛이는
좀먹어가는 커자의 살임을 부러워마세
곰팡내나는 인습이짜내인 호화로운 향락의살입
을 꿈꾸지마세
우리는 오직 우리의마음과자유로 창조하고 생
산하세
그리하야 우리는 이창조와 생산가운데 희망을
굳게뻗히고
이희망으로 우리의생명을 새롭게하세
우리는 새로운생명을 사랑하고 사랑가운데 평
화를찾세
거리에는 높고큰 벽돌집이있고 전등이있고 노
래가있네
비행기가있고 대포가있고 군대가있고 라팔이었
네
그러나 그것은 우리의생각할바가아니며 궁굴바

林。 兪。

가아닐세
그것이 인류의생명을 새롭게 하지못하고
오히려 사람의삶에 괴로운 좀을 칠뿐일세
우리마을에는 높은메가 있고
맑은시내가 있고 청초한 초가가있네
농부의 서름을 어렸으나 꾸밈없는 노래가락이
있고
모닥불피우는 목동들의 애처러운 퉁소人소리가
있네
우거진 수풀이있고 새소리가 있고
나비의 춤이있고 폭포의 장단이 있네
우차가 있고 지게가있고 호미와 낫이 있네
이리하여 우리의살림에 필요한 모든것이있고
예술이 있고 사랑이 있네
그러이 우리의마음이 태양을사랑함이 어머니같
고 대지와 정들미 사랑하는 사람과 같을진대
황금과 지위와 명예와세력을 탐하며 부러워하겠
는가?
자네 그런각오가 있어 나와가치 일하여준다면
하늘과땅이 어두어히미할제 벌판의 조고마한길
로토라올때라도
나의마음은 평화의항구에 닷을나리는 뱃사공과
같이 든든하겠네

그때에 누가만일 『그대들은 무엇을알며 무엇을소
유하였는가?』 고묻는다면
우리는 자연과 사랑과평화를 압니다。
그리고 새로운생명과 희망을 갖었읍니다 ― 고대
답하겠네
우리의意志가 씨러저가는 이농촌에서 새로운일
터를 찾었으니까
그리고 우리들의마음은 영원히 흙에서 떠나지
않을것일세
사람의얼굴을 윤택케하는 기름과곡식과 모든것
이 흙에서나고
소와말과 고양이먹는풀이 흙에서나고
새가노래하고 깃드리는수풀과 나비가춤추는꽃이
흙에서나니까
그리하야 끝없이 위대한 새로운예술은 흙에서
나고
흙에서 쓰러지고 다시 흙에서 새로워 질것이
니까
그때에 우리들의마음은 흙을 껴안고
흙을 사랑하고 흙을노래하고 흙에껴안길것일세
이날 이땅에난詩人! 그중에도 젊은詩人들은
소음과 까소린냄새와 네온싸인에 착란된도회의
詩 [illegible]

찢어지는 권동맡에 머리를붇삽고 붓대만을 달리
지않을것일세
낫과호미를메고 어두운광야에서 빛을찾어 헤매며
부르짖는백성
붓대를던지고 이농군의행렬앞에 햇불을들고 나
설것일세
자네부터 어떠한가 결심할수없겠나

金。 그러나 힘이있나 학문이있나
무얼가지고 앞잡이가되나?
그렇게 어려운일에

林。 어려운일이라고 처음부터 하여볼 각오도없다면
성공이란 영원히 없을것일세
이사회의 골수를파먹는 해충이 무엇인것을 자
네는 알겠지
나는 싹트는 이새시대의 소독수가 되려하네
자네는 이시대의 새싹을붓돋는 농부가 되여주
게나
캄캄한밤 길을잃은사람들께
손가락이나 말로가르킨길이 어찌정확하겠는가
우리들은 우리들의몸으로 그들의앞에서야하네
그것이 자세히설명하는 몇천몇만의말보담 나을
것일세
거기에는 물론상당한고통도 참을줄 알어야하네
한때의고통을 이기지못하야 우리들의意志를 굽
힌다는것은
손끝에 가까워오는光明을 스스로 거부하는것과
마찬가질세

金。 그런각오가 있다면?

林。 할일이 있네
저 수풀뒤에또라올때(손을드러가르치며)
새로지은 학교가 있지않은가?
그것이 지난가을내가지은 야학일세
하로동안의 괴롬을 불살을듯한 석양노을이 붉
게타오를때
흙과풀의 구스한냄새를떠나 풀반찬과 장찌개로
차린 저녁을먹고도
거기에서 어린이들이 샛별같은눈을 깜박어리며
나를 기달이고 있음을 생각하면
하로의피곤도 잊어바리고 희망에넘처뛰여 가는
곳일세

(버드나무밑 우물가에 洞里處女(十七八歲)가물동이를
내려놓고 수양버들 느려진가지를 휘여잡고 시름없이먼
산을바라보다가 林浩의눈과 마조치자 약간허리를 굽히
고 두어거름오다가 주저주저한다)

저기 저 처녀를 보게
야학에서 나의 귀여하는 제자일세

그부모가 이춘궁을 못이기여 저귀여운딸을 달
었다네

내일은 떠나간다네 얼마나 기가막힌일인가?

(處女가 또두어거름 오다가 주저주저하고섰다。林浩별
먹이러나나간다。處女반가운듯이 뛰여와서 林浩의앞에
서 다시허리를 굽히며)

處。 선생님 저는 래일떠나갑니다。
부대 안녕히(머리를숙이고 눈물을씻으며 도라선다)

(玉伊밤나무 수풀뒤에서 도라오다가 이것을보고 멈칫
서며 어쩔줄을 모르는듯이 망서린다。林浩쾌활한 우슴
섞인소리로)

林。 아ㅣ 玉伊씨 어서오십시오。
옵바도 계십니다。저리가서좀앉으시오(한손으로마
루를가르친다)

(玉伊 그래도 주저주저하다가 결심한듯이 林浩의곁에
와서말없이 약간 허리를 굽히고 부끄러운듯 불쾌한듯
處女를 곁눈으로 스처보고 지내가 옵바의앞에서)

玉伊。 오빠ㅣ

金、 잘왔다。잘와주었다。
이리좀 앉어라(가르치는 자리에걸터앉는다)

林。 금순아ㅣ 울지마러라
나의제자면 눈물보담 용기가 있을것이다。
그것을 직업으로 생각하여라
직업에 귀천이 어디있느냐
너의마음만 굳게먹으면 갱생할길은 얼마든지 있
을게다。

處。 (얼굴을들어 林을 처다보며)
선생님!
부모를위하야 나의한몸을 희생하여야 옳겠읍니
까?
이길을 벗어날 도리는 없겠읍니까?
나는 나의부모를 원망합니다。
당신들의 삶을위하야 자식을파는 부모가 어디있
읍니까

林。 그길을벗어남에는 너의자각이 필요하다。
그런부모는 이땅이사회에 얼마든지 있다。
자식을 돈에희생하나 값싼인정에희생하나
당신들의 의욕을 만족함에는 매한가지다。
너같이 부모를 위하야 청춘을희생하는여자가
우리가섰는 이자리에도 또하나 있을듯하다。

(금순이 의아한듯이 玉伊를훑깃보고 玉伊는바늘에나 찔
린듯이 몸을 움칠하고 林을훌겨본다 몹시불쾌한표정)

處、 선생님! 나는 좀더생각하여보아야 하겠읍니다
아무리하여도 부모를위하야 나의청춘을 희생하
고싶지는 않습니다。
그러면안녕히

(허리를 굽히고 돌아서간다。玉伊는 몹시겸연하는다。

로 處女의 뒷모양을 바라본다。林은 묵묵히서서 處女가
물동이를이고 숲줄뒤에 살아질때까지 바라보다가 가만
히 한숨을지고 돌아서서는 다시 쾌활하게)

林。玉伊씨 실례했읍니다。(와서앉는다)
金君! 저들에게 빛을 주어야 하지않겠나?
길을 열어주어야 하지않겠나?
자네가 나와가치 이길에 나설각오만 있다면—

金。(분연히 일어나서 林의어깨에 손을얹으며)
결심했네—자네일터에 나같은사람도 필요하다면
몸을 받치지——목숨까지라도——

林。(벌떡일어나 金의손을 잡아흔들며)
고마워! 길동무를하나 얻었네
이렇게 우리들의 길동무가 하나둘늘어
백을넘고 천을넘고 만을넘는다면
우리들의 시대는 반듯이 빛날것일세

金。그런데 玉伊는 어찌하려느냐?
물론 우리들의 길동무가되어주겠지?

林。마음에 결정을짓지못하야 매우고민하시는 모양일세
가엾은 토끼시여! 아이 실례했읍니다。
(쾌활하게 웃어제친다。金도웃는다。玉伊는전색하며)

玉伊。오빠! 어제는 어디가셨어요
아버지는 집에나 가셨는지요
할아버지는 그소중히하시든 족보를 불살워바렸어요
오라지않어 돌아 가실듯해요
어머니는 너무나 무정하였어요
할아버지의 그같은 간청도 물리치시고
또 돈만알오시니 인색하고 잔인하시지—
(玉伊어깨에 손을얹으며 곁에앉어서)

金。玉伊야! 어머니는 위대하셨다
무정도 잔인도 아니다
우리어머니는 참으로 위대하셨다
당신의짓밟힌과거를 완전히 회복하셨다
당당히 승전한 장수와 같으셨다
나는 어제와같은 아버지를 처음보았다
나는 우리의 아버지는 훌륭한줄알었었다
그렇게 비겁할줄은 몰랐었다
조고마한 자존심만알고
의리도 시비도 모르는 아버지였었다
어머니의태도는 너무나 당연하였었다
할아버지에대한 반역도 당연한일이다
우리들이 우리들의시대를 호흡하려는것과같이
어머니는 어머니의 시대를 찾으려한것이다
할아버지의시대를 위하야 끝끝내 희생되지않는것은
너무나 훌륭한 승리이다。빛나는 명예이다
玉伊야!우리들은 그어머니의 피를받은 젊은이다。
어머니가 어머니의 시대를 살린것과같이

우리들은 우리들의 시대를 살려야한다。

母。 (林의 어머니가 과일접시와 과자접시와 찻그릇이 놓인 쟁반을들고 나오시다가 玉伊를보시고 몹시반색하며)

아이 오섰구려

玉伊。 안녕하십니까? (얼른일어나 허리를 굽힌다)

林。 자ㅣ변변치는 않으나

(어머니께서 받어 마루끝에놓고 마루에있는 의자를갖다가 마루앞에놓고 마조앉는다。男妹는마루에 林은 의자에 세사람은 둘러앉고 어머니는 몇번이나 돌아보시며돌아보시며 미소를띠우시고 안방으로건너간다)

余。 玉伊야 林君과의 약속은 어찌되었느냐

林君 玉伊를 바리지는 않겠지(林은빙글빙글할뿐)

玉伊。 오빠 어머니 신세를 생각하여보세요

외로우신 어머니의 신세를——

나까지 어머니곁을 떠난다면——

나는 어머니곁을 떠나서는 안될것 같아요

余。 사람의 인정으로 참아——

너는 인정을 말하고 어머니는권리를 주장하고

그것참 훌륭한 조화다

그래어머니를위하야 너의일생을 희생하겠단말이지

갸륵한 생각이다 •

그러나 어머니는 너의장래보담도 당신의위안을

위하야

재롱보실 사위를 구하실것이다

돈으로 춤추이는 노리개같은 사위를——

그리면 너는 노리개가 소요하는 노리개가 될것이다

가엾은 누이야 그야말로 가엾은 비들기야

너는 너의뜻대로 너의앞길을 개척할용기는 없느냐

林。 그렀읍니다

우리와같이 새시대의 새싹을북돗는 농부가될각오는 없으십니까?

각오만있다면 석양포구에 돛대단 적은배처럼

괴로운마음의 물결우에 희망의우슴을 흩으시며

우리의일터에 고요히고요히 닻을나리소서

짓거리는 병아리떼에 다사한깃을버리는 암닭처럼

피곤한 우리들의일터에 살폿이 깃을버리소서

황혼의 잿빛장막이 세상을남김없이 덮어씌듯이

싹트는 우리의일터에 아물거리는 사랑의포장을

드리우소서

玉伊。 林선생 사랑을위하야 사업을 희생할각오는 없으십니까

당신이 모든사업을 희생하고 나를따라오신다면

얼마나 행복되릿가?

어머니는 얼마나 기뻐하실가?

林。 사랑이 人生의全部는 안입니다。(빙그레웃으며)

사업을떠난사랑 사랑을 의한사랑

그렇게 허공에 뜬사랑을 나는 믿지않습니다。
우리의시대를 살이려는 사업을떠나서의 사랑이
란 나는 생각할수도 없읍니다
우리의사업을 리해하고 그밖에 모든것을 히생
하는사랑
그런사랑이 아이면 나는 믿을수없읍니다。

玉伊。(매우 불쾌한듯이 얼골을 붉키며)
그러시겠지요 저도 그렇습니다
나의처지를 리해하지 못하는사랑
나를위하야 모든것을 히생할각오가 없는사랑
나도 그런사랑은 믿을수없읍니다

金。(조곰 성난듯한말씨로)
그러면 너는 돈의마수에걸려 황금의허영에 취하
야 너의청춘 너의일생을 히생한단말이지

玉伊。돈의마수가아니지요
황금의 허영이 아니지요
어머니의 위대한사랑
나를 위하여서는 모든것을 아끼지않는사랑
그위대한 어머니의 사랑의품에 도라갈것뿐이지요

林。(여전히 빙글빙글웃으며 그러나 조곰빈정거리는듯한
말씨로)
도라가십시오
당신의 어머니는 당신을 위하야
모든것을 히생할것이니까

玉伊。(더욱 불쾌하여 조곰큰소리로 자신있게)
그렇지요
어머니는나를위하야서는무엇이나아끼지않으시니까
그러면 안녕히
오빠도 안녕히 (이러선다)

林。(그래도 빙글빙글웃으며)
玉伊씨 안녕히 영원히 안녕히
당신은 벌서 나의일생의 행노에서
그어느순간 우연히 지내친사람에 불과합니다
우리들의 과거는 한마당꿈을 깨끗이잊어바리지요

金。(다정한 말씨로) 그렇다 玉伊야
어머니는 너를위하여 모든것을 히생하시겠지
그러나 하나만은——단하나만은——

玉伊。(의아한듯이 오빠를바라보며)
하나라니요 옵바 하나만이라니요?

金。생각하여보아라 지극히 인자하신 어머니도
황금의 위력으로 人間을 지배하려는욕망—
그욕망— 차 나만은 히생하지 않을게다
그것까지 히생하실 각오라면
너의 지극한 사랑을 위하야
林君에대한 너의사랑을 위하야
당신의재롱 당신의 위안을 히생하실것이다

그러나 그것만은 너의소원을 안들어주는것이아니냐
그렇다면 너를 리해하는것이 무엇이냐
너를 위하야 희생하는것이 무엇이냐?
역시 당신의시대에서 너를 지배하려는것뿐이다
너는 그아름다운 인정에 얽히여
너의청춘 너의일생을 희생할것 뿐이다
결론은 간단하지않으냐
어머니가 진정으로 너를리해하고
너를 위하야 모든것을 희생하신다면
너의소원대로 림군과의약속을 승락하실것이아니냐
그것을못하신다면 그것은 리해도아니오 희생도
아니다
역시 당신의 의욕을 만족하는것뿐이다
너는 어머니가 하라버지께 반역하는 위대를알
어야한다
인정없고 잔인하나 그것은 역시위대하다

玉伊。 그렇습니다 오빠 그렇습니다
그러면 나는어찌하리까? 나는 어찌하리까?
그래도 역시 인정은 버릴수 없는것을——
(옵시 괴로운듯이 두손으로 얼골을 가리고, 그자리에
주저앉는다)

金。 아직도늦지는않다
어머니의 시대에 희생되지말고
우리들의 새시대에 살여는각오만있으면 언제든
지 오너라
우리들은 언제나 환영할것이다

林。 우리들의 길동무가 되려거든 언제나도라오너라
그렇습니다。봄이 갔다고만 탓하지말고
이제라도 심어야 합니다
씨안이 뿌린곳에 싹이 나나
갈지안은밭에서 무엇을 거둡니까?
우리들은 씨뿌리는농부 가을거둠만 바라는농부
늦다늦다탓하지만 말고 심어놓고 기달려야 합니다
온누리가 잠자는 고요한 새벽하늘에
수없이 총총한 별들의 희미한빛을이고
논으로 밭으로향하야 거름을 재촉하여야 합니다뒤
ㅅ마을에서 흘러오는 새벽닭소리에 조름을날이며
호미를 어깨에걸고 대자연의 무한한 사랑의품
에로——
한덩어리흙속에 생명을붙이고 훨훨피어오르는새싹
희미한 새벽별빛아래 새싹을 부뜨는우리
여름은가고가을은오고 곡식은익고 우리는걷우고
이러한 가을의때는 올것입니다
새벽별빛을이고 벌판에나아가는 우리들에게 가
을의때는 반듯이 올것입니다。——幕——

憤墓

李無影

『作者로부터
이것을本誌昨年十一月에 실린「憤墓」의 繼續인바 作者의私
情으로 이렇것 동이뜬것이다。』

二

『형님! 퍽 기둘렀어유』

이튿날 아침에야 숭택은 택을 알아본 모양이었다。
피석인 가래덩이같은 눈동자가 힘없이 데굴댄다。

『내가 누군지 알아보겠니?』

『택 형님을 내가 못 알아보겠어유。』

『저것봐!』

갓난애가 어른들의 말귀나 알아들은 것처럼 숙모
가 대견해하며 택의 어깨를 잡아흔들었다。

『얘 숭택아 그럼 난 누구나、』

숙모는 자기의 가슴은 두드리었다。

『설마 어머니야 모르겠우』

『어쩌면!』

아침권에 의원이、단여갔다。택은 별수부라는 별명
이 있는 이 의원을 어려서부터 잘 알고 있었다。
나이 육십이 넘었겠것만 아직도 얼굴은 모양 모양
했다。실낫같은 구레나루에는 아직도 흰털이 없었다。

『아 변생원 아니십니까。』

의원을 보는순간 「변주부」를 「별주부」라고 놀려먹
던 어렸을적 일을 회상하며 인사를 했다。

『아、이게 누군가。자네 택이 아닌가?』

『참 장성했네그려。인젠 현다는 군주산데!』

『웨 하필 군수삽니까。도주사감은 안되뵙니까?』

이렇게 우슴의 소리가 나올만큼 방안의 공기는 부
드로웠다。

『변생원님。우리형님이 그래 군주사로밖에 안돼뵙니
까。』

숭택이는 던줏이 웃었다。

『허、이사람들 그만두게나 참 자네네들은 군주사나
면직원이란 소리가 제일듣기싫여 한댔지。잘못했나

베」

변주부는 맥울보고 훨신 호전했다고 좋아하며 김치한쪽에 막걸리 한사발을 좋아라고 들어마시고 나려갔다。

「위인이 막걸리라면 사죽을 못쓰지。 허지만 뭘 알어야지。 그래두 요샌 어디서 얻어들었는지 심장이니 임파선이니 관전역이니하는 양의들 요어를 다 쓰지요」

승택이는 변주부를 이렇게 조롱하면서도 이만한 정도면 인저는 회복됨직 하다는말에 확실히 위안을받는것 같아보였다。 그는 새가슴처럼 뼈만 앙상하니 남은 심장에 손을 대어보며 정말 위험한 시기는 넘긴것같다고 좋아하였다。

「어쨌던 자넬 보았으니 인전 죽어두 한이 없겠네 그려」

숙모가 눈물을 씻으며 나간다。

한동안 방안은 고요했다。 양지빠른 창으로 삼월의 따뜻한 해빛이 스미어든다。 승택은 문구멍을 통해서 마즌편벽에 자주빛 선을 긋고있은 해ㅅ살을 손으로 만저보려고 애를 썼다。 그리더니 갑작이

「형님 나 밖알좀 내다봐유」

하고 애원하듯이 택의 손을 만진다。

「아—니」

그래도 그는 망사리었다。

「하두 오래동안 해빛을 못보니까 못견디겠어유。 잠간만— 그러구 오늘은 퍽 따뜻—하군」

택은 하는수없이 영창은 한쪽만 열어놓았다。 이른 가을처럼 남빛하늘이 처다보인다。 양지쪽 담밑에서 아침잠을 자던 누렁이가 문이 열리는것은보더니 뿌시시 일어나서 어디론지 가버린다。 홀담틈으로 정말 파아란 풀싹이 내다보였다。

승택은 방안으로 몰켜드는 서언한 바람을 마음껏 들어마시는 모양이었다。 그리더니 마치 요지경(搖地鏡)을 드려다보는 아이들처럼 손바닥으로 눈을 가리고 손구락사이로 새어나는 해ㅅ살을 즐기기도 하고 눈을 감았다가 확 떠보기도한다。 두번 세번 손바닥으로 눈을 가렸다가 떼보고 떼보고 하더니만 갑작이

「그래 이렇게 좋은걸 못봤더람!」

하고 고함을 쳤다。

「뭐니?」

택인들 눈치못채지는 않었지만 무의식중에 이렇게 말이 나갔다。

「보슈。 이렇게 허한한걸 못보구 누었다니! 눈을기리니까 캄캄하던것이 손만떼면 별세상이군요! 별

?』

『그만닫자』

택은 홍분을 진정시키고저 말했다。

『아니 조곰만 더! 잠깜만 더』

말소리는 애원에 가까우면서도 그의 표정은 거의 권세(權勢)에 가까웠다。

『저렇게 좋은것을 두고 눈을 감다니 암흑속에서ㅡ 죽엄밖에 보이지 않는 글자 그대로 캄캄한 속에서 악마의 비명소리만이 들리는 지옥속에서 살다니、 형님! 그래 이럴수도 있단말이오』

허허 우슴소리가 곧 들릴직한 표정이었다。

三

그날 하로 승택은 종일 기분이 좋았다。 열도 훨신 나리고 가래도 성하지않었다。 가끔 검붉은 덩이을 토했으나 양치까지 할만큼 정신이 돌았다。

그리워 하던 택이가 온탓인지 잠시도 입을 놀리지 않었다。 어려서 참외서리를 하던 이야기며 쌀을 퍼내다 엿을 사먹다가 들킨 이야기며 교실에 들어있는 참새를 잡아구어먹다 들키어 홍선생한테 벌을 쓰던이야기 대개는 승택이도 아직 기억하고 있는것이었다。 승택이가 까마득이 잊고있던 이야기도 나왔지만 택이가 뱀장어를 생전처음으로 잡고서 좋아서 강변에서 춤을 추는판에 승택이도 좋아 뛰다가 뱀장어를 놓처버리어 뺨을 맞었다는 이야기 같은것은 암만 생각해보아도 기약에 떠오르지 않는 종류의 꿈같은 이야기었다。

『그래 어떻게 분하던지 내가 집에가서 형님한테 편질 썼었우 요전에두 가마니 쳤자니까 그생각이 휙 떠오르겠지。 말두 잊히지 않우。 뱀장어 한마리와 동생과 바꾸는형과는 말도 하지않는다ㅡ 이렇게 썼었지요』

『일테면 절연장였꾸나。』

『그랬죠 흐흐흐흐』

『던 참 기억력두 좋다。 난 그때일이란 하나두 기억하구 있는게 없다。』

『형님 그럼 한문선생님 한테 종아리 맞던 생각나슈?』

『모르겠는데?……』

『흐흐흐흐。 형님이 서울가던 전해 겨울이니까 형님이 열두살때유。 졸업식한담에 학교에 기부한다고 끄낸것이 대나무 뿔뿌리였지라우! 흐흐흐흐』

『옳지 그래 그건 생각난다。』

『생각나우 흐흐흐흐』

그것은 졸업하던 전해 겨울이 아니라 바로 그래 봄이었다。 그때만해도 월사금 이라는것이 없고 되려

학교에서 학용품을 갖다 맡기여 공부시킬때다。그래서 졸업생들이 일이원식 모아서 선생님들에게 기름품은 해 주었다。그는 삼원을 내었다。그 승낙서에 아버지에 도장이 필요해서 도장을 갖다 낸다는것이 어쩌다 파이프가 나 었다。나이 열두살에 담배를피다 들키었으니 무사할리가 없었다。

『흐흐흐흐! 참 웃었더니만―』

이러한 이야기가 한동안 벌어졌다가 화제는 급기어 야학으로 넘어왔다。야학에 관한 이야기는 택이가 은근이 기피하던 것이었다。남달리 야심가인 택은 시골구석에서 아이들이나 더리고 가갸를 아르키는것에 만족지 못하고 매어달리는 승택이와 학생들은 떼치고 동경으로 건너갔었던 것이다。케손으로 아르킨 초등아이들의 편지를 뜨듬 뜨듬 읽다가 몇번이나 울었었다。자기에 의의사표시를 충분히 하지는 못했을망정 그 짧은 글속에서도 그네들의 진의는 해득할만 한것이었다。승택이가 병으로 눕게 되자 우임자가 없어서 문을 닫고있다는 편지를 받은때는 공부고 뭐이고 다 집어던지고 뛰어 나가고싶은 충동을 받은것이 한두번이 아니었다。그러나 그럴때마다 택은 매양 명예욕에 꺾이고 말았었다。문명(文名)으로 온 조선을 아니 온세계를 휘쓰를 택이가 시골구석에서 초동들과 썩다니―이렇게 그는 생각한 것이었다。

『동리사람들은―』

어둠속에서 요동하는 그무엇을 응시하듯이 공간을 노리어 보고있던 승택은 말라비틀어진 호박줄기 같은 손가락으로 택의 손을 만작만작하며 입을 열었다。아까의 흥분도 다 식었을만큼 오란 시간이 지났었다。

『동리사람들은 내가 백묵가루로 해서 폐가 이렇게 악해졌다고들 생각하지만 그렇지도 않아요。허지만―글쎄요 그렇게 말할수도 있지만 내가 이만큼이라도 좀먹은 목숨을 연장시킨것은 백묵가루 턱이었을겝니다』

『그것은――』

『나는 찰이기 주의자였으니까』

택은 승택이의 이기주의자라는 말을 정정하려했다 그러나 승택이는 분앟게 혀의 말은 가로채어

『천만에요 남들은 그렇게들 생각죠―순진한 농촌사람들은―아니 한동안은 나자신도 그렇게 생각했죠 허지만 나는 의의있는 일을 하고있다는 자의식에 나도 모르게 신이 났었어유。그들의 눈을 띠어줌이 큰 일이기도 하지만 그보다도 나는 그러한 자의식에서 위안을 받았고 희망을 갖었었고 좀먹은 목숨이나마 연장시킬 욕망이 비롯오 생겼었어요。』

얼마동안 말을끊고 잃어진 말꼬리를 찾기나 하는 사람같더니 승택이는 천천이 입을 열어 말을한다! 그것은 마치 철리(哲理)를 깨우친 사람의 독백과도 같았다。

「허지만 인저는 아무것도 없읍니다。희망도 진리도 다만 주검을 기다릴뿐이지요」

이때 택은 벌서 아우를 진정시킬 필요가 있다고 생각하였다。택이는 아우의 눈까풀이 격심한 경련을 이르키고 있음을 보았다。아우의 입에서는 단내가 훅훅 내끼쳤다。그것은 입김이라기 보다는 차라리불길이 이었다。

가엽산 골짝에서 뭉게뭉게 피어오르던 황혼이 호젓한 빈촌에 등잔불은 켜고다닐 무렵해서 승택이는 급기어 각혈을 시작했다。승택은 무서울만큼 말끔한 정신으로 병마와 격전을 하고있었다

「내가 죽을줄알고! 내가 제몸한테 질줄알고! 안죽지! 안죽지! 흥 타고난 천명을 네가 끊어? 제가 끊는다구? 누가 그래? 누가」

그것은 악마와 부처와의 싸움이었다。최후의 승과 패를 결정하는 숨막키는 찰라였다。승택은 형의 손을잡고 죽고싶지 않다고 애원하였다。

「형님! 올해만이려도 다 살고싶어! 그것이 안된다면 이달만이라도 비! 형님、어머니! 날좀」

승택은 악마의 머리채나 잡은듯이 제가슴을 짓찌었다。가슴은 쥐어뜯기어 피가 뻘겋게 매치었다。택은 전신의 땀구멍으로 소름이 쏙쏙 비저나옴을 깨달았다。오한이——전율에 가까운오한이 열병환자의 혈액처럼 혈관을 통해서 전신에 확 퍼진다。그는 부르르몸을 떨었다。그리고 자기도 모르게 뭐라곤지 악을 벅쓰며 머리를 얼사안었다。그것은 틀림없이 악마에 대한 조건이었다。택은 그순간 확실하 자기의 목숨에 칼올들고 덤비는 악마의 손을 느끼었던것이다。

밤들면서 세번째 각혈을 치렀다。그랬건만 오히려 정신은 말정한 모양이었다。말소리는 비교적 명확했다。그러나 그것은 꺼지는 초불의 마즈막 밝음과도 같았다。말하자면 주검에대한 인간의 최후의 발악이었을것이다。심지없는불이 마즈막 확 밝었다가 꺼지듯 인간인 승택도 드디어 병마의 손아귀에 들어가고 말았던것이었다。

「형님!

모든것은 끝나나 봅니다。이글을 쓴펜을 나는 다시 잡을기회가 있으리라고 믿지않읍니다。이글의답장을 받지 못하리라는것도 각오하고 있읍니다。

그렇다고 남는 정력이있어 지금 이붓을 잡은것

도 아닙니다, 이글도 쓰다 중도에 버릴지 그것도 모릅니다. 다만 형님께 마즈막 글을 쓰랴고했다는 성의만을 이해해주시면 그것으로 족합니다. 나는모든것을……」

이러한 유지를 발견한것은 승택이를 마재공동묘지에 뭇고오던날밤이었다. 그러나 그의 말대로 그편지는 여기서 그치었었다. 아모리 찾아도 계속은 발견되지 않었다.

사흘되던날 용강 야학원에서는 성대한 승택이의 추도회가 있었다. 전후 칠년간 승택이의 손을 거처나온 야학생 백여명과 대부분의 촌민들이 야학교를 위어쌌다. 택은 그날서야 승택의 싸은공의 위대함은 보았다. 쇠잔한 몸으로 승택이는 야학은 맡아봄에 그치지않고 우매한 촌민들의 복리를 위해서 모든것을 희생했던것이다. 웬만한 판공서와의 교섭일체는 물론 촌민들의 출생신고 사망계 지주와의 계약서에 이르기까지 승택의 손을 빌지않으면 안되었다는것도 그날서야 알았다. 그리고 우매한탓으로 받는 모ㅡ든ㅡ과 얼마나 용감하게 싸웠는가 하는것은 그날서야보았던 것이었다.

추도회 석상에서 R동의 가장 신뢰를 받고있는 M씨는 눈물로 반죽한 추도사를 마춘후에 고인의 유서일통이 랑독되었다. 그것은 너무나 간단한것 이었다. 용감 야학교의 후임책임자로서 택이를 추천한두줄 남짓한 M씨에게 보낸것이었다.

그 유서를 보고 택이는 적잖이 낭패했다. 과연 추도회가 끝나던 이튿날아침 M씨와 학생 세사람이, 교섭을왔다. 택은 두어시간이나 애원하듯이 이를 사절을 했다. 물론 사절할만한 이렇다는 이유가 있는것은 아니었다. 그는 아직도 깨지못한 영웅심을 합리화시기기에 겨를이 없었던 것이었다. 그리하야 세번째의 교섭을 받기전에 살못이 동리를 떠나 경성으로 향했던 것이었다.

『승택아! 나의 몸에도 흙을 덮어다오』

장난감같은 경편차가 마재공동 묘지앞을 지날때, 택이는 이렇게 혼자말을 하는것이었다ㅡ 그러나 택은 승택이의 묻힌곳을 바라보지는 않었었다. 아니 그럴용기가 없었다는것이 옳았을지 모른다.

그는 오직 묻힐사리도 없는 애스팰트의 거리를 찾어 걷을 재촉했었다.

丁丑一月作

北國의 女人

池奉文

五

법에는 조금 탈선된것 같으나 그일에 거의 상습자가 되고 말었읍니다。배운도적질 같아서가 아니라 목구녕이 보두창이여서 그노릇이나마 손을 떼고보면 속절없이 굶는 신세였으니까요。

그러나 꼬리가 길면 밟힌다는 격으로 한번은 이런 일까지 있었읍니다。

도장골에서 나무장사 해먹고 살든 황첨지를 오빠도잘 아시겠지요。그가 어느해겨을 산감에게 쫓기여 산비탈에서 내려 둥그든모양 그대로 였읍니다。

머리와 힘줄이 들어난 바짝말른 막대기를 묶어놓은 듯한 목아지를 흔들흔들 흔들면서 달나재라는 고개를 숨이부치게 넘어오다가 필경 집사대원에게 들켰든것입니다。곁에서 뺨을 친대도 모르리만치 어두운 금음밤에 밝혀준다면 두서넛의 별빛뿐인 언제든지 한결같이 변함없는 그림과같이 고요한 산길을 커다란 배암이 기어가는 것처럼 꿈틀거리며 두근거리는 가슴을 억지로 진정을 시켜가며 조마 조마한 마음으로 요리조리 숲사이를 뚫고 지나올때 별안간 화약터지는 소리가 가까히들리고 계속하야서 협수룩한 사나이가 나타났읍니다。순간 남편은 어떻게 해볼수없는 일이여서 마른나무와같은 손바닥으로 그놈의 볼아지를 쳐부치고는 다름질을 하였읍니다。

눈은 갑작이 어두워지고 실신한 비참한 느낌을 가지고 힘을 다해서 빨리도망질을 쳤읍니다。기막히는 텀불을 밟고헤치며 숲풀인지 뭐인지 분간이없이 그저다름질을 치다가 오십척이나 되는 단애에서 소리도 질르지못하고 머리를 꺼꾸로 데굴 데굴 무참하게도 내려 둥그렀읍니다。그래도 그는 살겠다고 어데가 아픈지 무엇에 찔리었는지 찌끼었는지 깨트리였는지도 모르고 들판가까히 굴러왔을때 다시 정신을 가다듬어서

한팔을 뻗어가지고 더듬 더듬하면서 또한손으로 무릎을 짚고 일어서서 소곰짝은 내동명이를 치고 또다시 다름질을 쳤다나요。헐너벌떡 어리고 맥없이 돌아온 그꼴이라니 흉칙스럽게 보였읍니다。마치 도수장에서 쇠(牛) 목아지를 따고나온 사람의 옷꼴이였으며 얼굴에는 피로 환을치고 남겨둔것 같았읍니다。

황천지는 웨 산에서 나려굴르는 맛자 두골이 빠개저서 죽지않었읍니까。그러나 불행중에도 다행으로 저의 남편은 조금 코가 깨졌을 뿐이였읍니다。

이것이 황천지 보다는 덜 무참하였지요。

그후 우리동리에서 뿐이 아니라 세상에서 말하기를 언청이라고 하였읍니다。그만치 경을 치르고난 뒤에는 물론 나도 말였지만 그도 그까진짓을 고만두고 그대로 호두루 살어가자고 하였읍니다。

그러나 우리가 걸어가고 있는길이란 언제든지 어두운밤이며 울멍 줄멍하는 노한파도가 다만 시컴한 암흑속에서 이리뛰고 저리뛸뿐입니다。하늘에는 회망의별하나 보이지도 않으며 저편쪽 어구에 희미하게 비최이는 깨알같은 등대(燈臺)의 깜박어리는 불도 꺼질때가 있으니 다만 때없는 우울과 비분과 실망과 원망이 뭉텡이가 되고 덩이가 되어 들는이의 귓구멍을 틀어막을듯한 띵하고 머리만 아플 뿐이외다。

더욱이 애달픈 생각이 한결더 몸에 숨여드는 가을이였으니까 먹을것을 가지고도 어쩐지 그저 고달프기만한데 얼마아니있어 설풍이 불고 찬기운이 헐벗은 우리를 위협하기 시작하랴는 때이였으니 마음만 더 졸곳이 음울한 생각의 구름에 잡겨서 확실한 뿌리가없이 그저 생겨났다가 떠러저서 지향없이 죽어가는 것처럼 인생이란것이 아릇하게도 무서워서 견딜수가 없는 때였으니까 더 어떻게 해볼수단도 나지 않었읍니다。

그저 지금쯤은 남에 집에서는 뜨듯한밥을 국에 마러먹거나 있는놈의 주머니에는 지전뭉치가 성가시게 돌아다니거나 하는 생각만 두무릎을 모으고 할뿐이였읍니다。얼마 아니가서 남의 주머니라도 털고 남의 물건이라도 슬그머니 집어올듯한 눈동자마니 허공으로 힘없이 굴러다니 였으니까요。어쨌든 양심은 칼을 빼어들고 그들의 영사(營舍)로 달리라는것 같았읍니다。

六

어떻게 다른일이라도 해서 버려먹고 살어보자고 가진 궁리가 머리를 설레였건만 가을 하늘에 높이 달린 별과같이 부어잡을 묘책이 없고 따나릴도리가 없었읍니다。대체 우리에게 누가 쌀을주며 물을 마시게 하겠읍니까。아니하겠다고 몇번이나 손가락을 거려 맹서 하였읍니다만은 굶다 견디지못하니까 별수없이 또

노릇을 하게됩니다.

오빠! 왜 내가 그때 남편이 고개를 숙이고 몽롱한 의식속에서 함박골을 향하야 힘없이 떠나는 그를 떠말유하지 못하였을가요. 굶어서 죽는한이 있더라도 그처럼 의험한 짓을랑 고만두고 구구로 지나가자고 한마디만 더 그에게 들려주었든들 그러한 허탄한 일을 당하지 않었을것을——

오빠! 마지막으로 한행보만 더 다녀오겠다고 하고 집을 나서든 그가 늦어도 사흘이면 돌아오든 그가 나흘이 되어도 돌아오지를 않겠지요. 집에서 기다리는 사람의 눈에는 가끔가끔 그가 애처러이 끌리어가는 모양이 보이고 이것이 다시 가슴속으로 스처 갈때마다 어두운 가슴속에는 굵은 비방울이 뚝뚝 떠러지는것같았읍니다.

그때가 바로 시월초하롯날 인가봅니다. 그날이 바로 앵맥이를 세워하든 날이며 또 재훈(아들)이가 별안간 병이들든 날이였으니까요 잊지도 않었읍니다.

기다리는 남편은 상가 돌아오지 않지요. 어린아이는 헐없이 보채이지요, 어른까지도 배가 고파서 눈물이날 지경이 였읍니다.

문간에서서 일즉 돌아오랴는지 늦게돌아 오랴는지 오늘도 돌아올수 없는지 잘 아지도 못하고 남편을 기다리는 나는 한시간이 넘도록 서있었읍니다. 어린아이는배가고파서 울다 지쳤는지 등에다 고개를 대이고 코를 골며 잣읍니다. 이마를 나의등에다 대이고 허리를 새우등같이 꼬부리고 자다가 옆으로 떠러질듯하면 반듯이 한번씩 놀라깨여서는 울고 하였읍니다.

가끔 주인집에서 저녁밥짓는 소댕을 덩그렁하고 열면 또 자든 잠을 깨여서 구수한 이밥끓는 내음새를 맡고 입맛을 다시면서 더욱 더 울었읍니다. 어린아이뿐이 아니라 어른까지도 눈물나게 입맛을 다시게 하였읍니다.

나는 깍지손을 다시 단단이 쥐고 주춤하고 한번다시 치켜가지고

「아버지가 저녁에라도 돌아오시면 뜻뜻한 장국밥이나마 한그릇 사주마」

하고 어린아이를 달래이며 그밥끓는 내음새를 피하야 어스레한 길거리로 나섰읍니다.

나는 문밖으로 몇발작 더나가서서 어둠을 대하고우뚝허니 서있다가 한걸음 두걸음을 걸어 앞집 문앞을 지나 또한집 두집을지나 마을 어구에 나서서 건너마을로 건너가는 그중간에 있는 매방아 앞까지 이르렀읍니다. 남편이 그김을 단골로 다니는 길이여서 혹시 그를 맞일수가 있을까하야 게까지 나갔든것입니다. 어대서인지 중얼 중얼 사람의 소리가 들려왔읍니다. 혹시 그아닐까 하야 그리로 찾아갔읍니다.

남편은 아니였읍니다。

새명당에다 식상을 하여놓고 무엇인지 정성을 들여 축원하는 여자의 목소리였읍니다。

아마도 병든 사람을 위하야 마귀에게 식상을 하여 놓고 비는듯 하였읍니다。마귀라도 하나가 아니요 두서넛됨인지 종지밥을 세그릇이나 떠놓고 무어라 알아듣지 못할만큼 가는목소리로 중얼대이다가 일어서서합장을 하고 수없이 절을 하는것이였읍니다。

병든 사람은 누구인지 몰라도 우리보다는 다복(多福)한 사람인것 같았읍니다。그래도 그는 병이 들어서 죽으랴고 하겠지만 우리는 부끄럽게도 불행하게도 굶어서 죽게되는 처지니 세상에 제일 불상하기는 우리와같은 사람위에 누구를들어 말하겠읍니까。그는 세상에서옳은? 죽엄을 하랴는것 같은데 그래도 불상하다고 죽는것이 원통하야서 헛된것임을 알면서도 그러한 짓까지 하는것이 나는 그를 얼마쯤 부러워 하였읍니다。

끝날때까지 나는 서서 그들을 바라보고 있었읍니다。얼마후에 그들은 마지막으로 소지를 올리고는 그대로 뒤도 아니 돌아보고 어대로 인지 가버리였읍니다。

나는 살몃 살몃 조금 무서운 듯도하였지만 귀신이 물켜서 먹는듯한 새명당문 앞까지 다겨서게 되었읍니다。

무엇하나 생각할 여지가 있겠읍니까? 마귀가 붙어있든 마귀가 노하야서 우리를 잡아가든 우선 주린 창자를 적셔보자하니 더욱이 어린 조고만 창자가 말려붙은것이 가여워서 나는 그종지에 담긴 밥세덩이를 치마폭에 싸들었읍니다。

──아무것이라도 먹어야 하겠다고──

마치 도적놈이 남의 물건을 훔쳐가지고 불안한 마음으로 다라나듯이 집으로 줄다름을 하였나이다。

남편이 이때 돌아오지 않는것으로보아 필경 무슨일이 또 있는줄 알었든 그가 지금쯤 다름박질을 하든지 그렇지 않으면 경관에게 주리를 틀리고 있든지하여간 이두가지의 일일것으로 의심하고 적지않은 낙망을 가지게하든 그가 어느때 돌아왔는지 동적(動的)이 아니고 정적(靜的)이며 양기가 없고 음기 뿐인 침묵과 암흑이 이귀퉁이에서 저귀퉁이로 요아한 선무를 추고있는 방안에 쓸쓸한 바람과 섞이어 실음없이 앉어 있었읍니다。아! 얼마나 반가웠겠읍니까? 돌아가신 어머니가 살어오시는것에도 비할배가 아니였읍니다。치마폭에 싸안고 오든 아까 그밥도 내동뎅이치고 방으로 달겨들어갔읍니다。그리고 비록 그러할때는 지나였지만 힘껏 그에게 안기여 둥굴고도 싶었읍니다。얼마간 두새이에는 다만「아이구」「아이구」신음도 아니요 오직 기가 저려서 아무말이 없었읍니다。

얼마후에 남편은 신문지 꾸럼이를 내놓았읍니다。+

는 먹을것이나 사온것인가하야 적지않은 기대를 가지고 펴보았드니 생선(生魚) 대구리와 먹지못할 창자만이 쌓여 있었읍니다。 물어보지 않어도 이번행보 역시실패한것이며 씨래기통을 뒤저온것이 확실 하였읍니다 그리고 미천이 동그라니 떠러진줄을 아자 나는 아까내던진 새명당에서 주서온 밥덩이를 다시 주워들였읍니다。

七

어느때나 되었는지 아지못하게 든잠이 마련운 오좀으로 인하야 어렴풋하게 깨였을 때이였읍니다。 엉거주춤일어선 나의귀에는 어린아이의 갑븐 숨소리가 가끔 괴롭게 신음하는 소리가 들려왔읍니다。

나는 깜짝놀라여 웨 그러나하고 사지를 만저 보았드니 아! 놀라였읍니다。 저틱에 새명당에서 주서온 밥덩이에서 사가 붙었음이였는지 씨레기 통에서 주서온 생선내장에서 병이 따라들었음이 였는지 벌서 사지는 쌓으러졌읍니다。

아! 놀라였읍니다。 인생일생에 가다가도 또 이려한 허란한일이 있을까요。

「재훈아! 재훈아! 너웨 이런느냐?」

어린아이의 손을 만지작어리며 소리처 불러보았읍니다。 아무런 대답이 없었읍니다。 옆에 누었든 남편이아들을 부르는소리에 놀라여서 일어났을 뿐이였읍니다。

일어나든 맞에 남편은 치한 것이라고 말하였읍니다 그말에 약간 안심은 되기는 하였지만 밤에 치한것이면 밥을 태워가지고 물에타서 먹여야만 할러인데 주서온 밥덩이가 남아있을리 만무였읍니다。 엿질금 누룩물도 좋지만…… 혹 고기에 치하였으면 산자를 삶건 먹이든지 힌봉선화(鳳仙花)를 삶아먹으면 즉효이련만 차라리 겨을날에 백사(白蛇)를 붙들어 다니는것이 오히려 쉬운 일일것이외다。

남편은 끝부러진 바늘(똑똑한 바늘이나마 있어야지요)을 찾아들고 사관이람세 하고 손사이와 발사이를 찾아다니며 딱딱질러 주었읍니다。 그리고 나는 얼가아니있어 나으리라는 적지않은 기대를가지고 가슴을 밀어주었읍니다。 그러나 눈은 정기없이 뜨고도 사람을 알아보지 못하는데 숨을 갑부게 모라 쉬는소리만 높았다 낮었다 할뿐이 었읍니다

벌서 때가 지친줄은 몰랐읍니다。 아니 때가 지나치지 않었다면 별수가 있었겠읍니까。 우리에게는 천백(千百)의 병원이있고 수만에 의사가있고 산뎀이 처럼 쌓인약이 있다한들 하나도 없는것만 같지못함이니 공연한 애만 태웠을 뿐이지요。

동이 트기시작하면서 부터 재훈이의 숨소리는 더거칠어졌읍니다。 목구녕에서 가래가 끓는 소리가 그르릉 그르릉 하였읍니다。 그러나 이상스련히도 재훈이의 정

신은 등불이 꺼지려하면 툭하고 반짝하듯이
「아버지? 어머니? 우지말어 응」
하고 또렷하게 부르고는 빠아니 치어다보았읍니다。
하도 기가막혀서 좌우에 앉어있든 우리는
「오냐! 오냐!」
허망도 컸으나 너무도 또렷한 음성과 표정이 차라리 무서워하면서 대답하였읍니다。
그러나 사람이 병이들면 병이 드는쪽쪽 다 죽는것이 아니라는 것으로 아니 병들면 대게가 다ㅣ죽는다 십치드래도 별안간에 병이들어 별안간에 죽지는 않으리라고 믿어졌읍니다。날이나 밝으면 어떻게라도 약을 구해 보겠다고 날밝기만 기다렸읍니다。
「꼬끼요」
하고 시진 닭소리가 흘러올때 변이란 또 이런변이 어데있을까요。남편이 마저 창자가 끊어지는듯이 아프다고 가끔 발버둥을 하겠지요。사실은 나도 입밖에내지는 못하였읍니다만은 손톱으로 박박 긁어내리 듯이 창자는 쓰리고 아펐읍니다。그러고보니 하로 밤사이에 우리집 세생명은 불한당이 채어가든 일족아니 몰아갈랴는지 새명당의 귀신이 세신듯하더니 하나씩 잡아가랴는것인지도 모르는 일이였읍니다。
그렇다고 우리는 두려누워 견딜수는 없었읍니다。시시각각으로 안색이 변하여가는 어린것의 시중을 하지 않을수 없었읍니다。우리는 아들의 좌우손을 논아가지고 문질러 주었읍니다。손을 문지르면 혈액의 순환이 잘되리라는 생각으로 열심이 문질렀읍니다。아ㅣ 이일을 어찌합니까 열심이 손을 문지르는 동안에 아들은 어느새에 운명하고 말었읍니다。

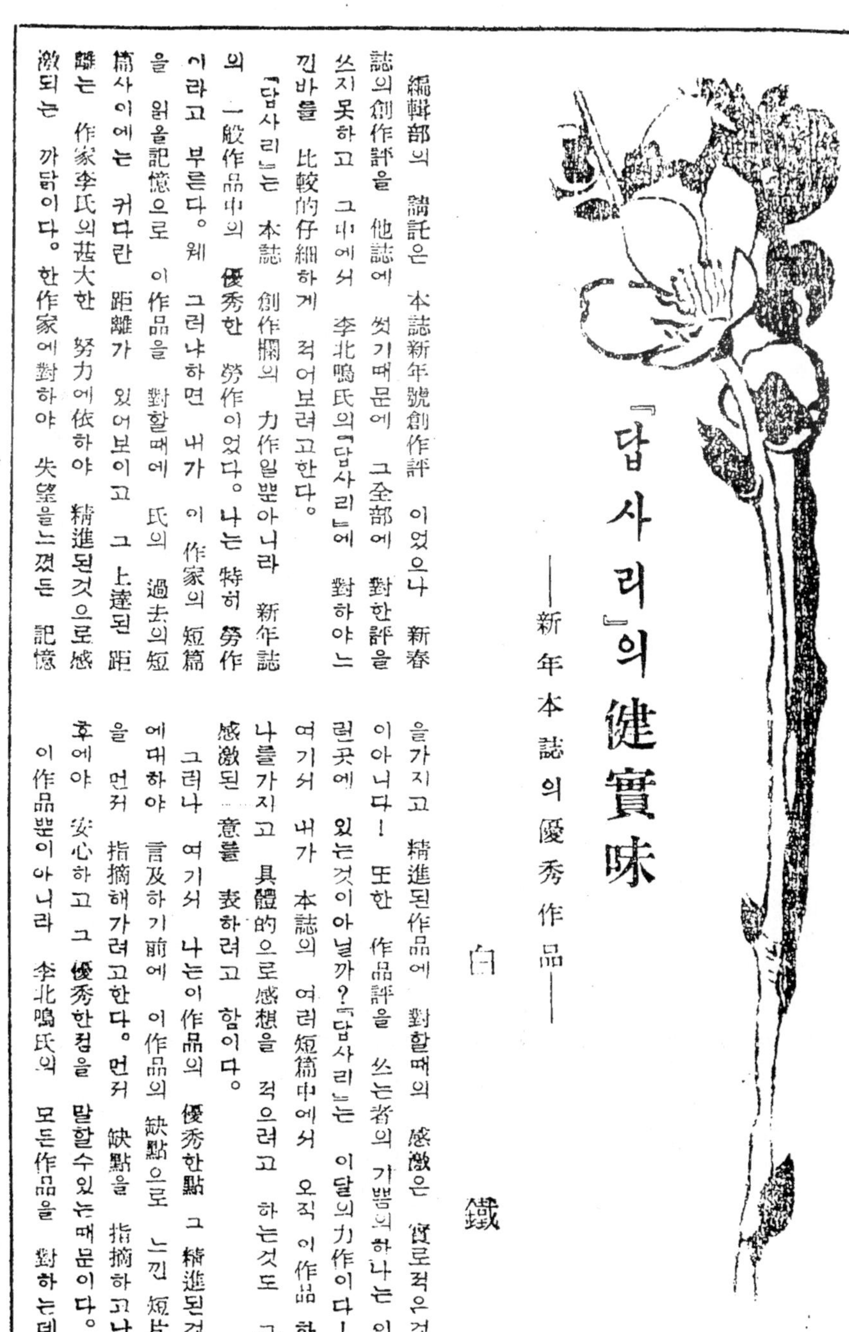

『답사리』의 健實味

—新年本誌의優秀作品—

白 鐵

編輯部의 請託은 本誌新年號創作評 이었으나 新春誌의創作評을 他誌에 썼기때문에 그全部에 對한評을 쓰지못하고 그中에서 李北鳴氏의『답사리』에 對하야느낀바를 比較的仔細하게 적어보려고한다。

『답사리』는 本誌 創作欄의 力作일뿐아니라 新年誌의 一般作品中의 優秀한 勞作이었다。나는 特히 勞作이라고 부른다。웨 그러냐하면 내가 이 作家의 短篇을 읽을記憶으로 이作品을 對할때에 氏의 過去의短篇사이에는 커다란 距離가 있어보이고 그 上達된 距離는 作家李氏의莊大한 努力에依하야 精進된것으로感激되는 까닭이다。한作家에對하야 失望을느꼈든 記憶을가지고 精進된作品에 對할때의 感激은 實로적은것이아니다! 또한 作品評을 쓰는者의 가쁨의하나는 이런곳에 있는것이아닐까?『답사리』는 이달의力作이다! 여기서 내가 本誌의 여러短篇中에서 오직 이作品 하나를가지고 具體的으로感想을 적으려고 하는것도 그感激된 意義를 表하려고 함이다。

그러나 여기서 나는이作品의 優秀한點 그精進된것에대하야 言及하기前에 이作品의缺點으로 느낀 短片을 먼저 指摘해가려고한다。먼저 缺點을 指摘하고난후에야 安心하고 그 優秀한점을 말할수있는때문이다。

이作品뿐이아니라 李北鳴氏의 모든作品을 對하는데

눈에 거슬리는것의 하나는 地名 그他의 名辭를 S라든가 T라든가의 外國語의 알파벳트의 文字를 代用하는것이다。여기서도 S케방이라든가 H地方이라든가의 數多한 英字를 使用하고있으나 그처럼 이作品의 文調를 캐트리고 作品의印象을 不自然케하는目은 없다。作者는 웨 조선 固有의 일홈을 이 英字代身에 부침을 꺼리는것일까? 나는 여기서 그 英字를 쓴 名辭가 極히不自然한 代身에 이作品의 一部에서 婦女의 別名을 「악돌」이 或은「박돌」이라고 부를때에는 떡自然스럽다는것을 對照하야 말하고싶다。地方이나 堤防일홈도 讀者가곳 親面할수있는 朝鮮的인 音色으로 表現하는것이 可할줄안다。名辭뿐아니라 形容文句같은것도 그러하다。이作品의 一場面에서 作者는 「콩크리ㅣ트같이 융통성이 없다」고 쓰고 있으나 作者는 웨콩크리ㅣ트代身에 「바위같이 융통성없다」와 「한미돌」代身에 「한석자가량」이라고 表現을 하지않었을까?

지금말한것은 朝鮮말을 써여야할경우에 外來의것을 쓰는때에 오는 어색한점이어니와 그밖에 같은 조선말의 取擇에 있어서도 特히 形容辭를 取해놓때에 作者는 語感을 서뿔리쓸때가 적지않다 이作品中에서 例를들면 「욕심이 「하늘하늘」불타올랐다」 『무거운 한숨을 「내뿜었을」뿐이다』 『호박모가 「그리웁다」』(傍點ㅣ自)等의 적지않은 例를 들수있거니와 이런것은 모도가 그 場面場面의 情狀을 形容하는데 適發한 文句들이 아니다。이밖에 文章가운데 經濟學說의 論文中의 生硬한 文句가 그미로 튀여나오는境遇 例를들면 「이지구 地區)가 비약적 발전을 한것만은 사실이다」「외래 자본의 진출역에따른 K邑 대화학비료 공장의건설 기하급수적 증가를 보이는 H시부의인구 소시민과 소자본가의 필연적 패북!」等等의 場面도 文學作品의 場面답지 못하다。以上의 指摘한점에서 作者는 一定한 反省을 가지고 考慮하며 적지않은 努力을해주기를 바라고저한다。

이러한 部分의 缺點에 比하야 이作品은 훨신 豊富한 內容과 成果를 거두었다。優秀한 部分이 缺點보다 크게 勝하다。

그 優秀한點과 豐富한 成果에 對하야 말하려고 할때에 作品에 따라서는 一場面 一場面을 뽑아서 그 長點과 빛나는곳을 指摘할수가 있다。하나 이作品에 對하야는 그와같이 팟듯한 一場面을 代表的으로 取하야 優秀한것을 短片과 短片에서 삽어내기는 困難하다。

좋은 場面과 빛나는 短片을 가지고 作家의 天才를 볼수있는 作品은 大槪 그 作家가 技巧와 文章내

빛나는 才能을 發揮하는 境遇요 또는 作品世界에對한 印像도 能히 短章으로 結晶시켜가는 作家의 境遇다. 그러나 李北鳴氏는 文章과 技巧에 天才的인才能을 가친作家도 아니요 作品世界의 印像도 短章가운데 統一하는 타입의 作家가 아니다。作品世界에對한 印像는 銳利한것보다는 魯鈍하고 短句的인것보다는 長句의 連絡과 延長에依하야 困難한努力으로 印像을 統一하는 作家다。그의 技巧는 빛나지않고 그의 文章은 素朴하고 修飾이없다。따라서 이作品이 力作인點도 그것은 이作品의 一片一片이 燐光과같이 빛나는 곳에 있는것이아니라 그全面에 着色되여 있는 地味스럽은 히미한 光彩에 있다。이作品에서 讀者가 얻는 感動이 있다면 그것은 一時의 發作的인 激動에 依하야 받는 숨이 마킬듯한 激感이아니고 긴時間을 두고 肉體를 肉迫해오는 執着的인 壓力이다。讀者가 미처 豫想하지못한 空虛를 逆襲하는때에 오는 意外의 感動이아니고 미리부터 豫想하면서도 避할수없는 重力으로 體內에 받어되리는 宿命的인 影響과 같은것이 있다。

大概의 作品에 있어는 그作品의 어느部分에 든지 반듯이 作家의 放心한 흔적과 粗忽한場面이 보히는 것인데 이作品에는 前後를 通하야 그러한 粗密度가 없고 온갓部分이 同一한 重量과 同等의 權威를 가지고 뻗어갓다。賢明한 讀者는 누구나 이 作品의 背後에 作者의 執着的인 根氣와 一貫不變한 緊張味가 筋骨과같이 貫流되여있는것을 늣길것이다。말하면 이 作品의 優秀한點은 作者의 素朴한 眞摯性과 不屈한 努力과 安息을 모르는 勤勞우에 일우어진 健實味에 있다。健實한것 徹頭徹尾 堅實한곳에 이作品의 成果는 거두어저 있든것이고 이作品에 나오는 作品內容이란 極히 單純하다。都市와 連接한 마을의 조고마한 에피소ㅣ드라고 할까 그마을 堤坊우에 답사리와 호박모가 심거진다 그답사리와 運命을 같이 하고있는 人生 그답사리와 그 人生의 悲劇을 그린것이 이 作品이다。이作品이 그와같이 單純한 事件을 內容으로 하고 있으면서도 이作品의 印像이 單調 稀薄하지않고 도리혀 一種의 複雜한 屈曲은 느끼는것은 그단순한 作品事件우에 그려진 人物性格과 氣質의豊富性과 그들의 憎惡 悲樂이 現實的的 影響과 어우러저 發展 屈曲 畏縮되는것을 그려갓기때문이다。老主人公 「호룡영감」은 답사리와 호박모을 끔즉히도사랑한다。人間보다도 사랑한다。自己生命을 내놓고는다른 사람의 生命보다도 그답사리와 호박모를 사랑한다。웨그러냐하면 그 답사리와 호박모에 自己의 生活

의 全希望이 걸려있고 自己의生命이 달려있는때문이다。그는 그 답사리와 호박도때문에 堤坊을 방황하는 개무리를 저주하고 隣人들과 싸우고 맨나종은 自己의어린아들인「경득」이에게까지 憎惡를 받게된다。답사리때문에 여기서 父子의 情誼는 物質에대한 愛着心 以下에 떠러진다。

이러한 場面을 追求하는데 있어 『답사리』에 對한 作品評가운데서 懷月은 이 作品의 테마가 新舊의 對立에 있는데 「호룡영감」에 對한 아들「경득」의 關係 그 關係에 對한 追述이 여기에 나타난것에 머저지면 경득의 아버지에 對한 不孝밖에 나선것이 없다는말을 했으나 여기에對하야는 나는 懷月과 意見을 달리하고 있다。무었보다도 나는 孝道라든가 不孝라든가의 道德性인 意味에서 文學의 어떤價値라도 決定하는것은 우리들이 取할 態度가 아니라고 본다。우리의 東洋道德으로 보아서는 惡이고 不良한것임에不拘하고 文學에 있어는 善이고 眞인 境遇가 얼마든지있다。그리고 이作品에 있어도 그 不孝된점이 한편으로보면 이作品을 살닌 한基軸이 되어있는줄 안다。여기서 내가 말하고싶은것은 그 不孝된 점이 道德에 背馳되는데서 보지않고 感情 感覺의 論理性우에서 이 作品의 發展을 바라보고 評價하는때다。例를들면 맨나종場面에서 「경득」이가 늙은아버지와 「호룡영감」들에게 對하야 「풍을먹고 모도 죽어라 모도죽어라」하고 咀呪하는 場面이 있거니와 이것은 道德의 基準으로보아서는 容恕할수없는 言辭이나 感情의 論理로보면實로 合理的이고 自然스럽다는것이다。事實 이 過程에있어「경득」이가 자기 아버지의 원수를 갚고「풍」이란 개의간을 求함으로서 아버지의 重病을 고치게할決心을 가지고 집을떠날때에 있어 道德的인 테—마를머리에두고 그것을 생각할때에는「경득」이가 그 道德的인決心 그 孝心을 나종까지 貫徹함을 豫期할것이요或은 社會的、階級的인 테—마를 머리에두고 그 場面을 豫想할때에는 그개를죽이는 事件을通하야 階級的 意義와 反抗을 豫想했을는지 모르고 또그렇게보는것이 우리들이 近世에 흔히 생각하는 定例요 作品을 評價하는 一般的基準이었다。그리고 그 基準이란 具體的情實을 빼여놓고 基準 그것으로만 볼때에는 그것이 언제나 社會的 意義도서 正當하다는 것이다。하나 文學作品에 있어는 그 社會的인 基準의 一般的인 妥當性과 往往히 矛盾的으로 發展이되는데 도리혀 文學的眞實이있다。即 感情的 論理가 公式에 對하야 反逆하는 一例다。그리하야 「경득」은 의례히 미워해여야할 敵의 개를 가엽시 여기고 同情하고 울고 나

좋은 도리혀 자기아버지를 咀呪하게 되는것이다。이것은 「경득」이가 日常에 있어 그 개를 사랑한 事實과 죽이려간 「경득」을보고 도리혀반기는 表情을 가지는 그 無罪한 動物을 생각하면 그場面의 경득의心理變遷이 極히 自然스러운것을 理解할수 있을줄안다
나는 作品에 있어 社會的 階級的 意義를 主張하는것을 不可하다고는 보지않는다。아니 도리혀 一般的으로는 主張하는곳에 作家의 眞實한 人生觀이 反映될줄 믿는다。하나 作者의 그 社會觀이란 作品에있어 살여질 場面과 그렇지못한 場面이있다。그意味에서 作者가 重要한 天才는 그人生觀 社會觀을 作品우에 살리되 그것을 살리는데 適當한 場面과 適當치못한 場面을 賢明이 區別하고 取擇하는데 있는줄안다。말하면 이場面에 있어서는 그 社會的意義를 살린 場面이 아니고 도리혀 그一般的인것과 反對로 發展한곳에이 作品의 좋은점이 있었다。그代身 이作品 가운데서그 社會的階級的意義를 살리는데 適當한 場面이 있다。그리고 그場面을 잘 發展시키지 못한곳에 이作品이크게 失敗한곳이 있었든것이다。그것은「효룡영감」이 堤坊우에서 개에게 물리는場面과 다음에있어 「경득」이가 百貨店에서 解雇되는 두場面을 잘連絡을시키지못한곳에 있었다。「경득」이가 百貨店主人의 아들「창수」에게 트렁크를 빼았기었다는 조고마한 失數 더구나 그것이 本意의 行動이 아닌것이 分明히 나타나있는데 百貨店主人은 그것을 창수와의 共謀로 몰고 解雇를시키는 場面이 讀者에게 不自然하고 어색하게보이는것은 그場面을 前場面과 잘 連結시키지 못한곳에있다。그前場面에서 百貨店主人이 개에물린 報酬로 「효룡영감」에게 돈二圓을 주면서도 內心으로는 그때의 효룡영감의 行動에 대하여야 괴심한 不快를 가지게하고 그 不快가 資本家的 傲慢性과 惡意임을 暗示해두고 그뒤의 解雇場面을 읽는 讀者의눈앞에 그 前場面의 光景을 聯想시켰다면 여기서는 좋은意味에서 社會相이 表現되는 同時에 이場面의 不自然한것을 훌늉히 救해냈으리라고 생각한다。

舊와 新을두고 이作品의 테ㅣ마를 생각해 본다면 그것은 舊와新의 對立에 있지않고 純全히 舊에 對한것에있다。웨 그러냐하면 여기서「효룡영감」만이 舊의 人間이 아니고 그의아들 「경득」少年도 亦是 舊에屬하는 人間인때문이다。나는「경득」은 어데서나 새로운 人間을 代表한性格을 보지못하였다。

하나 이作品이 全혀 舊를 그렸다고해서 作品의價値는 조곰도 減殺될것이없다。作品테ㅣ마에 萬一 積極的意義라는것이 있다면 그것은 반듯이 明確한形式으

로서 新과舊 또는 上과下를 對立시켜서 舊와上에對한 新과下의 優越한점을 提示하든때에만 있는것이아니고 그 積極的인것은 舊만을그리는데도 얼마든지 表現될줄안다。그意味에서 이作品은 徹頭徹尾 舊에執着한作品이다。

그러면 그 舊는 이 作品에있어 어떻게그려젔는가? 物質的인 差異가 現代의 人間性을 畏縮시키고있는 世代에있어「直룡영감」은 그 畏縮을 極度로 當한一種의 狂癖의老人이다。그老人은 普通人間이 의례히 가저야여할 隣人사이의 人情이라든가 甚至히 父子의 情까지를 모르는 人間이다。그리하야 몬저도 말했거니와 그는 호박 와「담사리」몇대 때문에 隣人과 싸우고 자기의 사랑하는 아들을 때린다。그러한 人間的인不幸을 作者는 다음과 같이 말하고있다。「아버지는 후닥닥 뛰어 이러나드니 아들의 중의머리를 보기좋게 두번 갈겼다. 그것은 살기위하야서는 물질외에는、너같은것도 쓸데없다는 최후의 울분과 이상 더참을수없는 분노의 폭발이었다。그러나 아들을 따리고 난 다음순간 아버지는 몹시 가슴이 아펐다。죽지말자고 한일이 아들에게 까지 미움을 받고보니 그「죽」이형체있다면 독기로 패어 버리고 싶었다」라고。

그意味로서 物質的인것에 依하야 變態的 奇癖을자기 性格으로한「直룡영감」의 性格은 始終에 있어잘 나타 나있다。다만 그 性格描寫의 一部로서 氣質의表現은「直룡영감」이 너무 發作的으로 辱說을 마하고 興奮이 爆發하는데 若干誇張된것이 있는듯 하다「直룡영감」에 比하면 少年「경득」은 充實히 그렸다고 볼수없을른지 모른다。하나 그 狂癖에 가까운 老父의行動에 대하야 純眞한 心情으로 바라볼때에 그가 自然히 一種의 憎惡를 느끼는것은 當然하다。웨그러냐하면 그少年은 자라난 環境이라든가 그의 教養이 그 아버지의 狂癖과 頑固性뒤의 現實的 意義를 洞察하지못하는 오직순진한 少年인때문이다。

그밖에 斷片的으로 登場되는 모든人物들에 대할때에 우리들은 모도가 自然스러운것을 느낀다。

作者 李氏는『담사리』에서 그가 過去에 取하든 그 이지보잉한 態度를 버리고 努力과 健實을 보였으며 事件의 平面的인 追述에 머저지지않고 그事件과 現實보다도 그우에 싸어진 人間性의 屈曲과 憎愛의發展에 主力하는데서 이作品을 成功的으로 살렸다。이후에도 作者는『담사리』의 水準을지키고 또 그水準을 突破하기를 나는 期待해서 마지않는다。

新春文藝選後感

選 者

朝鮮文學社에서 新春創作을 募集하여 내게로 가저왔다。내가 그適任者 아님은 該社에서나 나自身이나 共認하는 바겠지마는 지금까지 該誌의編輯者이던 關係로 가장 손쉬울것같이 생각한 까닭이었을 것이오 또 나自身도 그런意味에서 이것을 맡기로 한것이다。

職業上 每年 許多한 文學同好者들의 作品을 읽어왔지 마는 今春만큼 우리네 新人들의 作品水準이 높았던적은 없다。近百篇이나 되는作品中에서 三十餘篇만 뽑아보낸關係도 있겠지마는 三十餘篇이 다함께 現役作家들의 作品에 比하여 別로 遜色이 없다는것은 더없이 기쁜일이다。이렇다고 아주 뛰어난作品이 없는反面에 이렇다고 떠러지는 作品도 없었다。그러고 이것으로 足할것이다。우리는 新人中에서 天才를 發掘키만을 爲해서 新春創作을 募集하지는않는다。天才가 길러질 溫床이 먼저 必要한것이다。그溫床에 우리는 씨를 뿌리는 時代에 놓여저있다。

나만의意見은 特히 當選이라고 한篇만을 내세우고, 싶지않았으나 朝鮮文學社의 要求대로 한篇만을 뽑았다。그러나 當選作以外의 몇篇도 追號發表하도록 同社에 勸誘했다。

『그늘 밑사람들』 무엇보다도 作者의 思想이 健實하다。그리고 作中人物의——에 對한 라는듯한情熱이 全篇에 얽혀있다。個個人物의 性格도 잘

살았고 表現도 確實하다。身邊雜記、痴情關係等으로 一貫한作品이 많은데 對한反感이 選者로하여금 이作品에 눈이어둡게한것일지도 모른다。

申湜君의 『故鄕없는사람』(原名은果樹園)도 좋았다。對話도 流暢하고 事件도 드라마틱하게 끝까지 끌고간것도 웬만한 솜씨는 아니다。다만 크라이막스에가서 相性의 臺詞가 너무 긴것이 좀 험이었다。

이밖에도 『狂女』의作者 永川 全士永 『變轉』의作者 金浩然、『도야지』의作者 孫永嗜 諸君이다。더욱 도야지作者에 選者는 期待하는바가 많다。더욱 精進하기바란다。

文壇消息

◇金文輯氏는 大邱某新聞社長尹炳殷氏를 걸어提訴。

◇姜鷺鄉氏 英陽으로 二個月豫定하고 長篇을 쓰러가섰다고。

◇趙碧岩氏 木浦로부터 上京하셨다고

◇安含光氏 渡東하셨다고

◇安懷南氏 創作集을 風林社에서 發行하셨다고

◇白鐵氏 上京

◇李無影氏 苑西町一五五로轉居

◇李 洽氏 慘戚을當하셨다고

◇韓雪野氏 咸興에서 印刷所를經營하신다고

◇蔡萬植氏 短篇集을내이기로 그準備에多忙하시다고

◇李源朝氏 付岩町으로 移住하셨다고

◇林和氏 入院治療中이시라드니 요지음에는 差度가 게신듯

◇文學案內 二月號는 朝鮮現代作家號로서 李北鳴、玄民、韓雪野、姜敬愛、李孝石、諸氏의것이 揭載된다고。

早春

李燦

매바삐 오르내리든 주판알을 멈추고
우연히 눈을드러 창밖을 내다보니
파아란히 물오른 가로수의 가는아지
쓰치는 바람결에 하ㅣㄴ들 한들

봄!
잊었든 기쁜 삼월의날이여
무어랄가 이렇게 슬몃이 숨여드러
불연듯 건드리는듯 빼ㅅ살이 짜릿

눈을 감다

아 보이얀 안개 나브끼는 요드가와하안에
재빠른 개나리 벗꽃 피여서 흐느대리
하늘맑은 북만주 아득헌 버ㅣ른에ㄴ

이리여디며 밭가리소리 구성도지리
아아 그리웁다 그시절 흘러간 이때여
만리이역 게다가 헐벗고 굶주려도
내마음은 불타는 정열속에 괴롬이라ㄴ 몰라섰다
참으로 침뱉어버리고싶다 오늘의 이생활을
그리고 또다시 내달고싶다 추렁크도없는 그길을
그러나 어이하랴 어이하랴
아쉬히 주먹만 쥐였다 폈다……

季節

尹崑崗

1

발서 옛이야기가 되었다!
수많은 젊은子息들이 太陽의노래를 웨치든 그날은——
지금은 찬바람 몰아치는 季節!

쓸개를 빠트린 젊은子息들이
敗北의 毒酒를 들어마시고
맥없는習性의 되푸리속에 窒息된 地域!

2

오오 멀미나는 習性의 되푸리여!
흘려보낸 어제는 오늘을
닥쳐온 오늘은 다시올 來日을…………
——이렇게 낮과 밤이 되푸리될때
거짓의 씨는 여름날 구데기처럼 새끼를 치노니

窟속처럼 캄캄한 앞길이여!
굼벵이처럼 飛躍을 모르는 生活이여!

3

생각지도 말고
바라지도 말고
탐내지도 말고
이야기도 말고
건드리지도 말리라!

그러나 눈만 뜨면 찾어오는 意識의 靈魂이
소리를 치며 내잠고대를 엿가루처럼 봐쉬버리도다!

4

오! 가슴아픈 過去의回想——
가장 가까웠든 그놈
가장 미워할 그놈!
가장 참되다 믿었든 그놈
가장 더러운 개!

……승리의꿈을 타고
우리가 기쁨에 날뛸때
간사한 애교를 부리며 그놈은 대어 들고
우리가 가시덤풀을 기어갈때
그놈은 꽁무니를 빼고 숨어버리고
화살을 맞고 우리가 쓸어질때
치떨리는 코우슴을 그놈은 선사했다。

5

지금——
기둥은 쓸어지고
대들보는 가란져
식구들은 뿔뿔히 헐어지고
껄껄대는 그놈의 嘲소에 뼈가 녹노니
마음속의 약한 根性아!
차라리 내神經이 白骨처럼 感覺이 없다면

마음의 바다에 波도는 일지않을것을——
차라리 來日이라는 앞날에 무덤이 없다면
나는 永遠한靑春을 希求할必要는 없을것을——

(丙子・十二月末)

蘭草

辛夕汀

蘭草는
얌전하게 뽑아올린듯 갸륵한 잎새가 어여쁘다。

蘭草는
건드러지게 처진 淸秀한 잎새가 더 어여쁘다。

蘭草는
바위틈에서 자랐는지 그윽한 돌내음새가 난다。

蘭草는
山에서 살든놈이라 아모래도 山내음새가 난다。

蘭草는
倪雲林보다도 高潔한 性品을 지니었다。

蘭草는
陶淵明보다도 淸潔한 風貌를 가추었다。

그러기에
사철 蘭草를보고 살고싶다。

그러기에
사철 蘭草와같이 살고싶다。

詩集「燭ㅅ불」에서

바 다

楊 雲 閒

永平 渺茫한 바다에
漁船이……泛……泛……
물새가 날며 ―울어―울어―

쪽빛 바다에 훤언히 동이 튼다 동이 튼다

바다는 넘을뜻 넘을뜻
危트럽게 끼우뚱거린다

나무 조각에 실은 목숨
물결우에 띠워놓은 살넙

漁夫는 바다에서 났단다
물새가 한울 높이 떠올을때——

漁夫는 바다에서 죽는단다
물새가 나즈욱히 물결우에 날을때

永平 渺茫한 바다에
漁船이……………둥………둥……

朝鮮文壇과 新人群

―新人들에게 보내는 『멧세지』―

洪曉民

一

朝鮮文學과 朝鮮文壇은 어느때나 沈滯와 不振을 붓을드는 사람이면 한갈같이 云謂한다。그러나 朝鮮文學과 朝鮮文壇은 어느때나 沈滯이요 不振은 아니다。그렇다고 朝鮮文學과 朝鮮文壇은 어느때이나 興旺해있다는것도 아니다。朝鮮文學과 朝鮮文壇은 붓을들어 隨筆을 쓰거나 評論을 쓰거나 沈滯이니 不振이니 하는것은 거의 常套的인 口吻이되고 있는것이다。그러면 朝鮮文學과 朝鮮文壇은 어찌되는것이냐하는 反問이 곧 올것이다。이것은 一言으로 치워버리기는 좀 輕忽한感이있으나 朝鮮文學과 朝鮮文壇은 마치 深山속에서 潺潺히 흘러내리는 溪谷과같다。그샘(泉)은 비록 적고보잘것없는것 같으나 이것은 四時를 不計하고 어느때나 潺潺히 흘러가고 있는것이다。그렇다! 朝鮮文學과 朝鮮文壇은 적은 샘에서 發源하야 흘러가고있는 溪流인것이다。따라서 저 波濤치는 大海와같이 또는 長江과같이 늠실 늠실하고 怒呼하는 맛은없다。그러나 어듸인지 몰라도 親하고싶고 貴愛하고 싶어 이 錦繡山에 앉어 그溪谷을。逍遙하고 있는것이란 朝鮮人이 아니면 느낄수 없는것이오 또한 朝鮮文人이 아니면 이러한것을 맛볼수없는 그것인것이다。眞實로 朝鮮文學과 朝鮮文壇은 이러한 雰圍氣속에서 잘아가고 있는것이다。이곳에 沈滯이니 不振이니 하는것은 그所謂 既成文人의 性急한 醉後 漫談이거나 自己誤謬 合理化의 前提의利用的 述語의 不過한것으로 그곳에는 이世上을 暗晦하는 『캄푸라쥬』가 伏在해 있는것이다。朝鮮의 政治的 經濟的 社會的 모든 機構가 貧弱하니 만치 文學만이 旺盛할수 없는것은 事實이다。그러나 幾個의 定期出版物이있고 新聞이 數種있으나 그所謂 既成文人의 글은 잘 얻어볼수 없는것이다。그所謂 既成文人은 早老病者인것은 勿論이어니와 人格的 缺陷으로 일어난 現實逃

避가 더 많은것이다。이와 反比例하야 朝鮮文壇에 있어서 新人이란 퍽 느린 速度로 나오고있는 것이다。그것은 雨後에 溝渠가 越漲해 나오는 그러한것이 아니라 亦是 不乾 不潤의 深山의 溪谷을 이어가고 있는 朝鮮文壇의 新人群인것이다。이곳에 朝鮮文壇의 新人으로의 喜悲가 交叉되고 있는것이다。또한 내가 이글을 쓰랴고하는 動機와 出發이 全혀 이곳에 있는것이다。곧 積極的 意圖가 全혀 이곳에 있는것이다。

二

朝鮮안에는 京城帝國大學 法文學部와 京城延禧專門學校 文科와 京城梨花女子專門學校 文科가있다。비록 京城帝國大學의 그것은 純然한 文科는 아니나 何如間 이곳에서도 朝鮮文人이 나오고있는것 만은 事實이다。每年 이 세곳에서 나오는 文學을 하겠다는 사람이 이제 嚴正한 統計는 들수없으나 大略 二十名으로 부터 三十名은 無慮히 될것이다。그런데 이 세곳을 卒業하고 나오는 사람의 比例로 보아서는 朝鮮文壇으로 나오는 新人들은 너무나 적지아니 한가하는 느낌을 주도록 貧弱한 그것인것이다。하기야 누구나 文科를 마치면 곧 文人이 되는것은 아니나 그렇드라도 三十名이 卒業되었다면 그의 三分의一쯤은 朝鮮文人이 되는것은 그렇게 無理한 野望이라고는 할수없을 것이다。

그러나 이 三分의一도 朝鮮文人이 되지못하니 이것이야말로 『데리케이트』한 그것이며 또한 저마다 文人이 못된다는 物的證明이 이곳에 있으며 文學이란 그렇게 쉬운것이 아니라는것을 보여주고 있는것이다。이렇게되면 或者는 朝鮮文壇에는 文壇閥력이 있어서 그렇지아니하냐 할사람이 있을것이다 이것은 千不當 萬不當의 말도서 元來 文學이란 才요 사람(人格的인)인 까닭에 京城帝國大學을 맛치거나 京城延禧專門學校를 맛치거나 또는 京城梨花女子專門學校를 마치거나 어느곳을 莫論하고 그사람이 才가있고 사람이(人格的인)이 되어있지 아니하면 決코 文人이 될수는없는 것이다。이와함께 文學的生産 곧 藝術的 生産이 없이는 또한 그는 아무리 많은 才能을 所有하였고 또한 사람 (人格的인)인 面이 많다고 하드래도 文人이 될수없는것이다。 이말은 무엇이냐하면 文人은 才能을 所有로하고 있는것도 必要로하고 그다음 사람(人格的인)인 面의 多有함을必要로함과 아울러 藝術的인 文學作品을 生産함으로써만 文人이 될수있다는 것이다。

이러한일은 朝鮮뿐만 아니라 日本內地와 其他 歐米諸國에 있어서도 그러한 것으로서 文科大學을 맛치다고 곧 文人이 될수없는것이다。따라서 그所謂 正科를 맛친 文學士와 文人과는 正히 다른배가 많은것이다。文學士는 財力과 時日을 提供하면 文學的 素質이 稀

滿한 사람이라도 그稱號를 얻어가지고 나올수 있는것이다。그러나 이 肩書없는 文人은 그의 才能과 努力과 人格으로서만 얻는것이다。따라서 文學士와 文人이 區別되는것이 이것이오 文學士보다 文人을 社會에서 그 優位에놓고 또는 그들 自身들도 그렇게 생각하고 있는것이다。따라서 朝鮮뿐만 아니라 世界各國에서 數많은 文學士가 年年이 쏟다저 나오지만은 한개의 世界的인 文人과 한개의 그나라를 알리는 文人이 極히듬은것이다。亦是 이 朝鮮文壇에 있어서도 新進 文人을 얻는것은 마치 많은 砂礫속에서 眞珠를 골라내는것과 다름이 없는것이다。따라서 朝鮮에서도 城大에서는 兪鎭午, 李孝石 趙碧岩 崔載瑞 林學洙等 諸氏外에는 알려진사람 곧 朝鮮文人이된 사람을 내 寡聞한 탓인지 모르나 없는듯하며 延專出身으로는 故昇應順 鄭鎭石 崔仁俊 朴榮濬 尹鼓鍾等 諸氏外에는 일려진 사람이 없는것이오 梨專出身으로는 朱壽元 毛允淑 張貞心 朴道恩 盧天命 金慈惠 白菊喜 張永淑等 諸氏外에는 얻어들을수 없는것이다。그렇다고 이들 諸氏가 朝鮮文壇에 있어서 確乎不拔한 그러한 것이냐하면 그러한것은 아니다。이中에서도 朝鮮文壇에서 珠玉같이 貴한 存在로 認定되어가는 사람은 遺憾이지만은 아즉 몇분이 못되는것이다。이것은 우에말을 되푸리하게 됨으로 이곳에는 그것만은 暫間 避하거니와 이 세곳만 아니라 새로운 文人으로 나온분 中에도 벌서 早老病에 걸리어 蟄居해 버리거나 朝鮮文壇에서 脫落하랴고 하는사람이 있는것이다。이렇게된 사람은 벌서 그의 文學的 生命은 中絶되고 있는것이다。實로히 文學이란 決코 一時的 名譽心이나 또는 出世的 野望을 充足시키는 그것은 絶對로 아닌것이다。文學은 그自身의 休戚을 함께하야 그사람 一生의 終身트록 伴侶하는 偉大한 事業인것이다。이 畢生의 偉大한 事業은 決코 그렇게 容易한것이 아닌것을 먼저 認識하고 出發하지 아니하면 아니되는것이다。

三

朝鮮에서는 文人이 되는것이 그렇게 어려운일은 아니다。그것은 朝鮮文人이란 正常的學科 例컨대 專門學校의 文科나 大學의 文科를 卒業하지 않고라도 될수 있다는것이다。이것은 非但 朝鮮文人뿐 아니라 世界的으로 이름난 文人이라도 한갈같이 正常的인 學科를마친사람뿐만이 아닌것이다。하기야 正常的인 學科를 마친 사람이 좀더 나을는지는 모르나 반드시 正常的인 學科를 마침으로서 優秀한 文人이 되는것은 아니다。이곳에 朝鮮에 있어서 文人되기 쉬운 經路의 하나가 伏在해있으나 이것은 決코 누가 指定해논 特典의 그것은 또한 아닌것이다。俗諺에는 쉬웁고도 어려운일이

있다고 하거니와 眞實로 朝鮮文人이 된다는것은 쉬웁고도 어려운일이다。또한 時俗에서는 朝鮮에서는 詩를 한篇써도 文人이오 小說을 한篇 創作해도 文人이오 評論을 한篇 執筆해도 文人이라고한다。이런것으로 보아서는 朝鮮文人은 어떻게 해서라도 自己의글이 活字化해 나오기만하면 文人이 될것이다。이것도 그렇게 無理한 생각은 아니나 이것은 아무렇게나 自己나 또는 自己의 親知의 가장 가까운 사람들이 阿諛하기 위해서 文人을 그야말로 濫製 雜造하는 그것外에는 아무것도 아닌것이다。

이것은 나의 論難을 기다리지않고도 自明되는 일로써 한때 雨後竹筍같이 너도 나도하든 그많은 詩人과 小說家와 評論家들이 다 어데있는가。또한 어떤機會에 詩人이니 小說家이니 評論家이니하는 名譽스러운 花冠을 쓴所謂 某某氏들은 그때나 이때나 아무런 進展이 없고 『멜렛탄티즘』속에서 헤매고 있는것을 보지안는가! 이곳에 그妙味가 伏在되여 있음을 알겠거니와 진실로 朝鮮의 文人되기는 쉬웁고도 어려운 그것이 이곳에 證明되고 있는것이다。따라서 글을많이 發表하므로써 文人이 되는것도 아니오 글을 적게 發表하므로써 또한 文人이 되는것도 아니다。文人은 文人이 가지는바 길이있다。이길이야 말로 名譽스러운 그것으로서 地位와도 바꿀수없는 것이오 財物로도 바꿀수없는 것이오 女色으로도 바꿀수없는 그것이다。

그러면 文人의 길이란 어떠한것인가 이것이야 말로 朝鮮에있어서 한개의詩 한개의小說 한개의評論을 發表하기 보다도 먼저 準備하지 아니하면 아니되는 그것인것이다。

四

文章卽人이라 하는말은 예부터 있는 말이다。또한 이와같이 漠然한 말이있다。文章이 곧 사람이다。이말은 文章은 곧 人格이라는 것이다、이人格이란 果然 어떠한것인가。吾人은 『바이블』을 볼때 基督의 全人格을 보거니와 또한 이와함께 이 『바이블』을 지은 그때의사람 곧 『마태』라던가 『마가』라던가 『누가』、『요한』같은 사람의 人格을 알수있는것이다。곧 『마태』가 쓴『마태福音』에는 『나자렛』『예수』를 그리는데 있어서 『마태가 보는바 『예수』를 그린 그것이오 또한 『마가』가쓴 『마가福音』은 『마가』가 본 『예수』를 그린것이다。또한 『누가』나 『요한』이 쓴 그것도 亦是 그들이본 그것을 써논것이다。이곳에있어 吾人은 좀더 確然히 알게되는것이 있는것이다。그들 四福音이 한갈같이 木手의아들 『나자렛』『예수』의 誕生으로 부터 十字架에 못(釘)박힐 동안까지에 行한事業을 적은것이지만 다 各各 差異가 있는것이다。이곳에는 具體的으로 그것을 말하기는 四福音 批評이 아님으로 避하거니와 이와같이 같은 事件을 取扱하여 自己의보고 듣고 느낀바를 쓴것이 이마만한 差異를내고 이마만한 그 著書들의 性格의 差異를 내고있는것이다。그래서 나는 글이란 사람이라는것을 믿는 一面에 글이란 그의 行動에 있어서 가장 不滅의 그것이라고 하고싶은것이다。따라서 在來『멜렉탄디즘』을 가장 많이 行事한 사람에게는 또한 그만한 그의 人格的 損傷이 있음을 느끼지 않을수없는 것이다。그러고 그러한 글들은 『히틀러』나 『秦始皇』의 焚書의厄을 만나드래도 아까운배가 조금도 없다고 생각되는바이다。

이리하야 文章은 人格을 表現하고 그의人格은 文章을 살리고하야 한때 이곳에 反動의 文人이란 稱號를 받는 한사람의 文人이 있다고 假定하드래도 그가 完全한 人格의 所有者로서 變함이없다면 이는 後世에도 쓸만한일이오 現世에도 그렇게 가벼운 存在는 아닌것이다。그러나 이와反對로 時代的潮流에 善處하고、思想的 前衛로의 自矜하는배 있드래도 그 人格이 보잘것없으면 아무것도 아닌것이다。곧 娼女的인 節操와 猫眼的인 轉變無常는 文人으로서의 取할바 길이 全혀 아닌것이다。

五

朝鮮의 在來 文人이라는사람 곧 오늘에 大家로 自處하고 自矜하는 사람들中에는 많이는 人格的 缺陷을 가지고있는 사람들인것이다。그야 全혀 그들의 無節操와 轉變無常을 그들 自身에마는 돌릴수없으나 그 半分은 그들 自身이 分明히 져야할것인 것이다。朝鮮에서는 『바이론』같은 熱血있는 詩人은 바랄수없는 일이나 그렇다고 揚雲과같은 態度를 取할바는 全혀 아닌것이다。다시말하면 希臘의 小弱國을 위하야、戰爭에 馳驅하다가 陣中에서 목숨을 거두는 그러한熱血과 覇氣는 없다고 하드래도 西漢末의 揚雲과같은 劉氏를 諷歎하다가 그 西漢을 纂奪한 王莽을 諷歎하든 그러한일은 取할바 길이 못되는것이다。文으로의 糊口를 못할진대 그 文을 차라리 버릴지언정 糊口를 위하야 그 人格에 汚點을 낸다는것은 熟考할 餘地도없이 不可한것이다。이리하야 朝鮮의 文人은 반듯이 그대들은 漢末의 揚雲的存在와같다고 끄집어 말하기는 거북하나 何如間 人格的의 缺陷을 많이가지고 있는것이 新進文人 보다는 도리여 在來의文人 그所謂 오늘의 大家然하는 사람이 더많은것이다 이곳에 나는 新進文人에 對하야 좀더많이 囑望을 가지는同時에 앞으로 나갈바 그길을 더욱히 밝히어 말하고저한다。

朝鮮의 新進文人은 于先 이人格的 그틈(缺陷)이 없음을 먼저 그 前提로 하지않으면 아니된다。이것은 그

묵은 論議의『行有餘力이 어떤 即以學問』이라는 한것에서 起因한것만이 아니다。人格的陶冶가 없이는 在來文人이 밟아온 人格的缺陷의 前轍을 또다시 되풀리함에 지내지 않을것이다。이곳에 新進文人으로서는 極히 自己들 스스로가 警戒하고 自省하여 그릇됨이 없어야 할것이다。

朝鮮에있어서 文學의길은 決코 順風에 白帆을 달고 悠悠長適하게 閑暇히 흘러가고 있는것이아니다。深山窮谷에서 그 샘(泉)을 發하야 荊棘의길을 걸어가고 있는것이다。이것은 朝鮮人 自體가 그렇게 되여있으므로 오직 朝鮮文人만이 安閑하게 溫室에서 기르는 花草와같이 成長될수는 없는것이다。이래서 朝鮮文人은 좀더 많이『리알리스트』가 朝鮮文學을 支配하고 있는 形便인지도 모른다。

六

이제『朝鮮文學』誌가 新人號를 出版함에 있어서 나는 먼저 新人에게 如上의말을 잠간 敍述하였다. 이것은 오늘날까지있어 朝鮮文學은 많이는 新人에게 있어서 그남아 깨끗한 文學의길을 걸어 왔든것이오 潺潺한 溪流的인 朝鮮文學의 主潮를 어느程度까지 살려온것도 그들이며 아울러 지금 中堅朝鮮 文人이라는 사람도 몇해前까지도 新人群에 屬한 사람들인것이다。그렇다! 오늘의 朝鮮文學과 朝鮮文壇은 그所謂 旣成大家들은 바랄것이 조금도 없는것이다。썩을대로 썩었고 墮落할대로 墮落하였다。그것은 文學的으로 그렇고, 人格的으로 그렇다。文學이란 人間의 至高 至純한 情緖를 言語로 彫刻한 不朽의 藝術이어늘 또한 生活의 藝術化의 指標이어늘 이것을 저들 旣成大家은 名譽에도 歇價로 放賣해 버리고, 酒色에도 歇價로 放賣해버리어 그들의 文學藝術은 偉大한 人生의 作倡品이 되기前에 그 自身이 濘泥속에서 헤매고 있음과같이 그의 藝術도 濘泥속에서 억망이 되고있는것을 보고있는것이다。이을 打倒하고 文學의 健全한길을 그나마 支續해 가는 사람은 몇사람 中堅文人과 新進文人들인 것이다。따라서 나는 新進文人의 存在를 저들 旣成文人의 存在보다 貴重히 알거니와 新進文人은 在來 旣成文人의 萬身瘡痍의 저꼴로 繼鑑삼아 健全한 朝鮮文學과 朝鮮文壇이되기를 힘씀으로서 이 深山의 溪谷과같이 潺潺이 흐르는 朝鮮文學을 살릴것이다。나는 朝鮮文壇에 對하야 新人에게 말한다。

『新人이여! 奮鬪하라 努力하라!』고 이곳에서만 朝鮮文學과 朝鮮文壇은 빛날것이다。또한 그대들이 中堅이 되는날에는 다음의 新人이 健全히 자라날것이다。나는 이것을 敢히 現代 朝鮮文壇의 新人들을 위하야『멧세지』로 보내는바이다。(끝) 一月十八日夕。

載瑞의 和譯과

洪曉民氏의 新婚評論

金 文 輯

飜 譯 悲

아는이도 많겠지만 畏友崔載瑞氏가 改造誌에 朝鮮短編 들을 譯載한것은 昨年가을의 일이다。그때 街頭에서 遇然히맞나 같이 茶를 하게된氏는 自己의 이번 飜譯工事의 意義와 그 成果에關한 意見과 批評을 무슨形式으로써라도 좋으니 披露해달라는 氏로써는 當然한 提言에 對해서 譯文을 읽지못한나는 그자리에서는 우리 文學의 異域紹介는 大端히 좋을뿐더러 좋은以上으로 必要한 일이라고 即答하고 그 成果에 關해서는 언제에나반다시 한번읽고 한마디 所感을 적겠노라고 言約한채 여지껏 나는——元來가 才人인 崔氏의 所業이라 勿論 相當하게 했을게라는 安心도 있었지마는 될수있는대로 和文雜誌를 읽지않기로 決心하고 그를 實行해온 나 自身의 事情도 있고해서 오늘날까지 그 言約을 果하지못하고 있었는데 어제는 十五年以來의 나의老親友인 大邱圖書館

長狹原氏와 언제나의 버릇으로 長時間 그의 官舍에서 雜談을 交換하는中 言語美學的으로본 玄海이便말과 저便말과의 差違란것이 話題에 오르자 後者 내지말의 繪畫的 拉句的發音美에 對한前者 조선말의 彫刻的 겔만的 精力美의 特殊性을 兩民族의 主로는 食物과의 聯關性아래서 解說해 보인後 문득 생각이나서 나는 前記崔兄의 두飜譯을 읽었느냐고 무러보았다。

「アララギ」(主流的 俳句誌)의 同人이요 原始的自然主義의 信者은 東洋學者(英文科出身의)인 우리 狹原先生의 朝鮮文學觀과 아울러 그의 飜譯藝術感을 試聽함으로써 어떤參考를 얻으려 했던 나의好奇的野心은 읽지못했다는 그의 對答하나로서 完全히 水泡化하고 말었으나 亦是 읽지못한나는 衒れくさい 하기도 했지마는 例의 民族的自尊心에서 反射的으로 다음과 같은 一言을 吐한것이였다。

「일본말은 氣대히게 잘하는 친구지마는 그두 原作이 원체 朝鮮語의 個性美를 깊히파올린 特殊作品들이 였기 때문에 飜譯으로선 到底히 本맛이 않나드군요!」

나는 거즛말 할줄모르는게 唯一의病이지마는 對民族的인 이런境遇에는 적은일에도 이렇게 무척 거즛말을 잘하는 사나다. 그러나 元來가 엉큼스럽지 못한 나는 焦燥를 느끼는채 다됐다고 勸하는 밥을 굿이 辭讓하고는 圖書館으로 쫓아갔다。 한마디 거즛말 바람에 나는 工夫하는 德을 쌓은 것이니 「噓の效用」는 머ー근리 崔兄에게 까지 및이였다 할까!

이로부터 崔載瑞譯에 係한 泰俊의 「櫻は植ゑたが」와 花城의 「旱鬼」와에 對한 批評이 展開될 마당이나 本紙本號의다른原稿때문으로 이미紙數가 過多히 超過한지라 原文과같은 길이의 紙面을 要하는 나의 批評趣味를 여기서 喫遂할 すべ(術)가 없다。

그러나 이왕이니 參考로 簡單하게 한마디 所感을 적어보기로 하겠으나 먼저 告白해야 될것은 나는 빨작크의長篇 한卷을 읽는 努力으로 「櫻は―」를 읽고는 땀을 흘며가면서 只今 그 改造誌를 旅館에까지 빌여가지고 왔시마는 남은 한篇은 設令 崔氏가 改造社로부터받은 稿料를 全部나에게 준다하더래도 정말 나는 읽어볼 勇氣를 享有치 못하는 者이다。

譯者言에 따르면 李源朝氏가 뒤에서 어떤 助力을했다하니 무슨助力을 했는지는모르나 이 두評論家가 如何必이따위 作品들만을 골랐는가에 나는 먼저 疑心을품는다。

내가 尙虛로 부터 얻은 「달밤」이란 單行本에서 읽은 記憶에따르면 「꽃나무는 심워놓고」는 尙虛作品으로서는 第二流以下 三流以上의 作品이다。 그러나 別로表現에 無理가 없고 效果에 있어서는 鮮か한 哀愁가흘러 있었든 것이다。 文壇總決算때에 爲試한 버릇과 그

水準으로 點數를 맥인다면 「꽃나무는ㅡ」은 五十九點의 作品이였다。 그러나 私譯 「櫻は植ゑたが」는 奚스무꽃을 얻기에는 아직 三年의 工夫를 必要로하는 第一期文靑의 習作以前 作品 또는 問題以外的 作品이였다。

땀을 흘려가면서 이作品을읽는 나의 所得은 藝術은 亦是 表現이로구나! 하는 새로운 感嘆하나이였다。 同一한 材題와 內容과 이데오로기ㅡ의 作品이면서 그 表現技術 하나로말미암아 一은 童이되고 一은 문둥이가된다는 眞理를 이처럼 確然하게 例證해보인 實驗이 일즉있었을까?…… 그러한 意味로써나는 나의信念에 拍車를 대여준 載瑞 兄에게 眞心으로 깊은謝禮를 올리는 바이다。

그러나 이러한 나의 謝禮에도 不拘하고 이것이 朝鮮文學이라고 저便社會에 紹介되었다는 事實은 오늘날까지 私的으로나 公的으로나 機會있는대로 現代朝鮮文學의 優秀性을 宣傳해둔 나의 立場이 자못괴롭게 되었다는 事情에 對해서는 아무런 慰安도 없을껀가?

차라리 春園의 「萬爺さんの話」(改造)모양으로 藝術味는 없어도 スラスラ한 이애기글로 쓰이였으면 通俗「物語」라는 認定이나 받었을 게지마는 官立學府를 나온 才人 崔氏의「譯이라고는 到底히 믿을수없는ㅡ 더구나 城大豫科敎授 近藤이란 친구는 國籍이 어디인지는 모르나 그친구가 推敲했다는 글이라고 믿기에는 近藤이란 이름이 너무나 日本이름 같어서 나는 只今 判斷의 方向을 잃은채 바보가 되어버렸다。

아니 冷靜하게 생각하니 바보가된 것은 나의 修養不足의탓이여서 「꽃ㅡ」이 꽃아닌「櫻ㅡ」가된것은 當然한 일이다。 大抵飜譯이란 語學智識으로써 되는게아니고 또 如何한 名譯일지라도 第二의原作이될수는 없는 것이다 그렇다 飜譯된 그 作品은 譯者의 創作이아니면 아닌게다。 그러니 만치 이번의 우리의悲劇은 當然한 歸結였든것이다。 웨?

萬若 創作力이있는 泰俊이 內地의 어떤作品을 조선말로 飜譯했다면 그때는 泰俊이란 技術을通하야 여기에 새로운 作品하나가 生産될것이다。 그러나 朝鮮서는 堂堂한 評論家의 하나이지마는 創作技術은 全然없는 崔載瑞氏가 더구나 異域文學을 自己文學으로 再創造하는게아니라 自己文學을 異域文學으로 再創造하는冒險을 敢히 犯했으니、 이는 마치 호래비장닭이 鷄卵낳기라 에초에 꿈꾼게 妄發이였든것이다。

諸君은 張赫宙君의 代表作「ガルボウ」의 言語藝術的稚拙性에對한 나의若干 文藝科學的인 批判을 記憶하고있는지 모르나 「ガルボウ」는 그러나 이「櫻ㅡ」에 比하면 宛然大家의 作品이란 觀을준다。 當然한 일이다。 張은 崔보다는 國語力을갖었을뿐더러 그에게는 고만한 創作力이라도 있었기때문이다.

그러면 創作力이없는者는 外國作品을 飜譯못한단말인가? 이 詰問에對해서 나는 斷然「못한다!」라 對答한다。물론 純理的으로 하는對答이다。그가 創作을하고않하고는 別問題다。意味만 通하면되는 論文이라거나 文法만 맞이면 그뿐인 教壇飜譯이라거나 하는것들은 語學智識만으로써 足하다。허지만 全體的으로 사라있는 有機體 即 藝術作品의 飜譯에 있어서는 假令어떤部分의 숨(呼吸ㅣ生命)을 다른如何한 部分에도 괴로움을 줌이없이 어떤 다른形態(異國語)로 再表現할수있다면 그재주만으로써 充分 그는創作家의 이름을받을수 있다는것이다。

幸도不幸도 아니겠지마는 崔兄은 드디여 創作家의이름은 얻지못하였다。그러나 우리의不幸한일에는 崔氏가 우리文學을 一部玄海 저便사람들에게 問題以外란 不當한 印象을주었다 는것이다。그 動機는 善의빛난 하나이나 그 結果는 惡의 무거운하나가아니면 아닐것이다。도시 實感이 나질않는 崔氏의 이作品에對해서 藝術的 또는 飜譯의 創作的技巧에關한 實地問題는 따로돌리고 다만 語學的常識으로서만 一瞥한다면 이作品은 다음과같은 여섯가지 種類의 국어로써 造成되어있는것을發見한다。첫재 學校國語 둘제 雜誌國語。셋재。朝鮮國誤。넷재 植民地國語。다섯재 意識的內地國語。여섯재 造作 以上 六種의異民族으로써는 當然한 現象인 悲劇的國語外에 또한가지 眞人자國語이 한줄있었으니 總合七種이라고헤아릴수있다。(그時그마당에서는 그말外에는 다시 더할말이없다면 그말은 곧眞人자國語이다)

第一種例。(ごうしよう!神樣、からも無慈悲でゐらつしやいますか?」(昨年十月號改造、中間讀物部第三六頁上段)(流浪의乞食朝鮮農夫의臺詞인대 이境遇의 이臺詞는 마치에〇〇ㅣ〇八世가 어떤호텔의 룸비ㅣ에서 심〇夫人에게「夫人이시여! 余는 자못 오집이, 매려우니 요강을 좀가저와!」하는것과같다。紙面關係로 다음부터는 一切이런長說明을略한다) 또하나 例를들면 朝な夕な(三二頁上)란말은 教科書에있는文語다。

第二種例。「お金がありませんので—」と云へば、今まで親切だつた彼等は蜂にでも刺されたやうに、逃げ出して行く(同三二頁下段)(蜂云云의俗語는 國文雜誌에 자주나오는말이나 이런곳에서 使用하는말은아니다)

第三種例。金氏(同三五下段)(但박아치들고 乞食하려다니는女人稱) 또는 그「金氏」의말로써「たまには人情のある人もゐるわい(三五頁上段)(이런말은 애초에 國語이아니지마는 젊은女子의말씨는 더욱아니다) 또는 嚴嚴とした堂堂たる道(三〇下)

第四種例。邑の町(三〇、上)(이건마치「국밥의 떡국」이란말과 같다)

第五種例。彼等の鈍い勘では 到底うちわの事情は かぎ付けられなかつた。(三一、上)(勘이라든가 うちわの事情

話 かき付ける한다든가하는말은 意識的으로 여기저기서 國語다운 國語를 모아온것인데 都大體 이런말은 國語工夫에熱心인 シンマイ宣敎師가 아니면 못할語法이다)

第六種例。이例가 가장 많으나 한둘만들자。脚を伸すことも ならずゐ坐り(三三、上)또는 眠りに情容赦もない)(三七上)또는 太い神經ばかりで絡んでゐる方ソバンの胸(同)(이런말들은 勿論崔兄이造作한怪語다)

끝으로 第七種의 眞人자말을들면「然し去る人は去らずにはゐなかつた」(三二上)이것은 小學生이라도쓸수있는 至極히 平凡하고 쉬운表現이지마는 前後의 脈博으로보아 매우調和된 効果的인 一行이였다고 내게는 感受되었다。

特히一言을訴한다면 이作品에는 右記一行보다 훨신더 藝術的이고 實感的인 센텐쓰를 지을機會가 處處에있었으나 譯文의 推敲不足으로 愛惜케도 그를 이루우지못한 例가적지않었다。假令三十六頁 上段中間의「夜つぴて暗闇の中で下痢や小便をやられたので、布團や方ソバンの着物や裾は氷つてかちかちとなつた。」라는데는 잘만쓰면讀者를 웃기만서도 울릴수있는 글이되었을 것이라고 내게는 느끼여지니 이는나의 自惚일까?

쓰면 쓸수록 할말이 많아지는 나인지라 決心하고 여기서 擱筆하기로 하자!하고보니 社交辭令이 아니라 정말나는 崔兄所業에 對해서 너무 苛酷했다는 나自身을 發見한다。마는 그는 나의 崔에의 好意의 發露란것을 理解못할 崔가아닌것을 다시 發見하고 오히려 그에게 너무 溫厚했다는 나自身을 새로히 發見하자 이여서나는 나自身을 責하는 내꼴을 멋없이 나려다보고있다。藝術이란 發表된 그瞬間이 宿命인 것이다。五十九點의 이原作은 鬼神이 飜譯한다드래도 六十點作品으로는 못맨들 것이다。하물며 鬼神아닌 一介新進評論家 崔載瑞氏의 餘技인境遇에 있어서이랴!

오직 原作者倘虛를 怨望할뿐이다。

新婚評論

「미쳐라불」한 두분이 文壇에 있다。文人、文壇의 李箕永氏가 그한분이요「원서ー」文壇의 洪曉民先生이 그의다른 한분이시다 ━━이렇게 見出シ를 먼저 걸어놓고 나는 다음과 같은 文壇監督의 辯을發送한다。

諸君이 책쓰피어 책쓰피어 하지마는 多作家 책쓰피어의 作品으로써 오늘날까지 우리가 不朽의 大金字塔이라고 仰讚할만한 作品은 그의 所產十篇中 一篇도 채 못된다는 數字上의 認識은 全集책쓰피어가 스스로 披露해보이는 告白이며 베ー토벤의 作曲의 境遇에 있어서도 同斷임은 今日의 一般音樂人의 常識으로써 足히推想할수 있을것이다。(第九심포니ー의 裏面에는 두다ー스의 첨지打令이있다!)

詩 小說 評論家한것없이 良心이 資本의 貴한 한條

目인 文學人으로써 어찌 珠玉의 名篇만을 意欲치 않는者 있으리요마는 專屬興行劇場人으로써의 沙翁의 슬픈 事情에는 또는가령 私財없는 愛慾의 大家 빨작크의 슬픈事情에 있어서는 이들一聯의 人氣作家들로 하여곰 無數한 駄作을 生産치 아니치못하게 한것이니 結局은 週圍의 罪요 個人的私情과 環境과의 所致라 그들의 駄作만을 들어 쇡쓰피어 를 河原乞食(カハラコジキ｜德川時代의말)視하고 빨작크 또는 뻬｜토벤을 씨레기통안의 눈물겨운 主人公들이라고만 指摘한다면 그는言者自身의 頭腦의內容을 三流硏究室에 自進提供하는 寸劇에 지나지못하는— 그야말로 씨레기통안의 主人公이라 多事多忙한 今日의우리가 問題삼을바 아님은 勿論이다。그러나 적어도 「일」이 우리文壇에 關한 일이요 더구나 내自身에 걸리는 일일境遇에는 이에關한 한마디의 注意懲戒로써 文壇에 어떤도음이 되겠다는 豫想이 설(立) 때에限하야 提供받은 그 頭腦를 三流硏究室로 運搬해서 한번은 處理해보이는것이 또한나의 作務가 아니면 아닐것이다。

事實인즉 요좀 나는 故鄕인大邱에서 大邱의 惟獨鵑的存在인 朴民天氏의 案內로자조 劇場求景을 단이지만 오늘은 舞臺가 하도 재미가 없어서 幕間을 利用하야 朝文新年號의 몇篇글을읽었는데 맨먼저 읽은尙鎔의 詩는 作者의 信義와 「男性」을 갈아는이가 아니면 그眞味를 理解키 어려울만큼 참된情緖의 表現이라 비록그 技巧가 吾人의 感覺을 刺戟하는바 없다할지라도 國文學의 俳句의 哲味를 賞玩하는者는 누구나 그 冷竅한 街頭의 乞人風景을 通하야 現在社會의 經濟的그리고 階級的現實에 對한 効果的인 諷刺를 沐浴할수가 있었으나 時評이아닌 이글에서는 文藝科學的으로 그를 論爲할 義務가 없다고 생각하고 다만 李箕永氏의 「追悼會」와 洪曉民氏의 評壇一年回顧文과의 對해서만 말하고저 하는바 前者「追悼會」는 文人文壇에서는 가장 常識的인 作家요 作家로서는 또 가장天分과 才能이 不足한 이로써의 李箕永氏의 所産이라 本格的으로 그를 論評할 다음機會에서 具體的으로 그것이 藝術作品이 아니고 어떤 市井讀者의 投稿에係한 한篇의「實話」인것을 證明해 보읽여고 하기때문에 다른意味로써 亦是敬而遠之하기로하고 이短文에서는 오직 後者洪氏글의 低能性에 對해서만 한마디 言及하므로써 文壇掃除의 一助를 짓고저 할뿐이니 미리들 알고 가볍게 읽어주기를 바란다。

洪曉民君을 원써ㅣ文壇의 論客의 하나이라고 머리에서 指稱해두웠다。責任있는 放言이다。원써ㅣ란 映畵界에서 萬年억쓰트라의 씨레기 俳優群을 가르치는 말이지마는 洪君이야말로 文壇의 標本的 원써ㅣ君이란것은 그의 近來의 力作인 이번글 한篇으로써 足히 斷下할수가 있는것이다。

어느나라의 文學社會가 다 그러한것같이 朝鮮文壇도 文人文壇 아마류어文壇 윈쑈ㅣ文壇 그리고 習作文壇이 네가지 文壇으로 大分할수가 있는데 아마류어 文壇이라고、해서 반다시 文人文壇보다 低俗한것은 아니고文人文壇의大家의 作品(創作과評論)이라고 해서 반다시習作文壇의 그것들보다 玄人的이며 優越하다는것은 아니라함은 맛치 富者라고 해서 반다시 가난뱅이보다 肥大漢은 아니며 獨逸사람의 頭腦라고해서 반다시 朝鮮사람의 頭腦보다 科學的인것은 아니라함과 그 範理를같이 한다。

그러나 윈쑈ㅣ文壇의 境遇에 限해서만은 어떤 特殊한 條件을 그의 前提意識에다 衣裳식히게 하는것이니 그는 이 文壇領野의 典型的存在인 洪曉民君의 文學的全貌가 바로 例示해주는 바이다。

윈쑈ㅣ文壇의 特色은 旅館집 밥床의 某種 접시들과 같은것으로 數(カズ)를 채우기 爲해서 놓은것이라 차라리 없었으면 다른반찬들을 더 깨끗하고 맛있게먹을수있는 게지마는 이왕 놓은 접시를 下人들려 도로 가지고 가라고 심부름을 식힐必要까지는 없는——바로말하면 文壇의 埋草(うめくさ)로써 손가까운 설합에 넘치도록 넣어두워도 괜찮다기보다 때로는 그「某種접시」모양으로 必要한적도 있다는 물건이다。

周知와 같이 洪曉民氏는 決코 多作家는 아니면서도 일즉그의 글로써 文壇味覺에 어떤刺戟을 주었다는 記憶는 있을道理도 없지만 事實에 있어서없었다。元來頭腦가 水準以前的인데다가 結局 이친구 무슨말을 할야는가에對해서는 아무런 親心(おやごころ)으로써 애를써봐도 그 志向을 찾아낼수가 없다는것이 一般의 觀察이나 무엇보다도 액색한일에는 低級에는 低級의 美가 있고 따라서 低級一流의 個性과 獨自性이 있는게 普通인대 이친구에게는 그것이 없다는 事實 이事實이 君의 存在的悲劇의 最大要素다。

文學人으로써는 너무나 엉터리가 없다기보다 全然他山之石氏인 이先生이 적어도 文壇에서 꿈을——더구나 꽃다운 꿈을꾸어 먹어도 먹어도 잠오지 않는 갈모친만을 服用한지 于今十年이란 光景은 그얼마나한 文壇自作의 悲慘事일까!

이러한 悲劇의 藁本을 아무런 良心의 苛責없이 使用하고있는데에 劇場으로써의 文壇의惡魔性이 있고 또 事實인즉 그 惡魔性에 文壇支配人의 珠盤이 있기는하나 어떻든 우리의 善良한 洪君으로하야금 這般의「幕裏」事情을 「一應は」가르켜 주는것은 나와같은 알고보면 天使도 惡魔의 文壇劇場에는 섞이여 있다는 事實을또한 證明해 보이는 것이니 이것이 다름아닌 一擧兩得이라나 어찌 그 受苦를 回避하리요。

莫論하고 君의 劃期的大論文「文藝評壇의 回顧와 展望」은 나의 文學的 人格的責任으로서 判決을내리거니와 그글의 意慾的 基潮는 幸福에넘치는 어떤 新婚家庭의 主人公이 「이거 좀봐! 난 朝鮮文壇선 이마큼 壯한 사내야!」란것을 그의 女主人公에게 보일여는데 있다。(우리의 興味는 오로지 여기에 있지만)

그「우왓쪼시」(上ッ調)子하고도 お目出度い한 文章空氣 그 된척하고 아는척하는 말버릇 그 無內容하고 見當違ひ한 綴り方——謂之曰 朝鮮文壇의 稀貴한 文獻——이아니라 正히 實驗心理學의 흔한 材料란 게다。(參考書類엔 프로이드의 結婚心理學 及 性的文章解剖學)

該論에서 그는 多作家 白鐵君의 評論은 十篇中優秀한 것은 二三篇乃至 一二篇밖에 안된다하면서 손쉽게 貶下한다음 超弩級의 우루트라 라는 衣冠을 씌워서 나를 評下하는대 洪君 가로대 그러한點은 金亦是 白과 같으나 白은 그래도 自己글에 조심조심하는 態度가 있어서 덜 미우나 金은 제재주에 넘어서 二十四時間 재주만 부릴나다가 도리혀 재주가 메주 以下의 밀죽이 되고마는 連續悲劇의 主人公이라 따ㄴ은 非常識的일여고 젖먹은 힘을 다쓰고 가진 애를다쓰나 結果에 있어서는 그아무것도 아닌 오직 狂的인 글만을(洪水같이)泄瀉하는 超級的 痴漢인대 이 悲劇의 成果는 東亞日報劇場 六日興行에 上演된 「衣裳의 考現學」-嘉門揚이 그의 代表的이여서 우루트라 評論家 金의 狂的特殊性은 진실로 이劇一幕에서 그 極致를 이루운 것이다-라고。

(勿論 洪君이 이만한 狂的文章으로 나를 辱할수 있었다면 나는 그를 招待해서 거턱한床을 待接하는 同時에 원서ㅣ의卒業狀을 手交했을게다마는 事實은 그 綴り方가 例와같이 너무도 非「狂的」이였기때문에 이機會에 眞人자의狂的 文章을 例示해보이는한便 차라리 狂的文章이 非「狂的」評論보다는 그얼마나 더 재미(効果)가 있는가를 君에게 알리기 爲해서 本稿全文이 要求하는 文字그대로의 狂的表現法으로써 原文을 이렇게 再表現한것이다。)

새삼스레 말할것도 없이 痴漢이니 泄瀉니 劇場이니 또는 메주니 밀죽이니 하는말들은 모도 내가 狂的으로 造作한 옛캬라볼이다마는 「欲巧反拙」이 아니고 欲拙反巧(!)가된 洪君文章에서 그의 主旨를 努力(!)해서 찾아낸다면 亦是前記文例와 같은 內容의글이 되나니即 君의 評眼과 見識에 따르면 쇄쓰피어는 非傑作의 作品數가 傑作의 그것보다 많다는 事實때문에 文靑的習作이나마 佳作몇篇만을 남기고 夭死한 羅稻香이보다도 倭劣한 作家이며 또 假令 빼ㅣ토웬은 어느날 그가 便所에서 偶然히 얼굴에 손을대여 自己의 꼼보를 限했다는 逸話로 말미암아 그는 藝術家가아니고 天下의 大

不孝子라! 身體髮膚는 受之父母하니 云云ㅣ孔子 하는 結論을 얻게된다。

果然 君이 이만한 斷定을 白晝에 내리울勇氣가 있다면 바른말이지 그것만으로써 또한장 卒業狀을 領受하게되므로써 非원써! ㅣ文壇에의 入學權을 獲得했을게다。

「衣裳의 考現學」이란 아ㅣ티클에 對해서 意外에도나는 많은 讚詞를 直接으로 또는 書信으로 그當時 서울서 받었고 半年後인 요즘의 大邱에서도 여러讀者들로부터 擁護를 받었다는 事實은 언제든지 證明과 證據를 해보일수있는 나로써는 偶然한 事實이지마는 여기서는 그事實을 말할 必要는 全然없다。 다만「衣裳의考現學」은 어떤性質과 種類의 글이냐 하는 問題를 푸러보이는게 君에對한 나의親切이 아니면 아닐것이다。

萬若 君이 評論家요 新聞社社員이라면 「衣裳의考現學」은 決코 文藝評論家로써의 나의本領的所業이 아니고 變化를 要求하는 學藝欄저ㅣ나리즘 의 文章商品인것을알것이다。

「服裝論」이라는 意外의 課題를 命令받는나는 恰似히 英語敎授가 鄭芝溶君의 職業이요 校正部事役이 洪曉民君의 職業인 것처럼 文筆勞働이 職業인나로써는 「알」(Arbeit)을 拒絶할 아무런 權利도 義務도 없었든것이다。 그리고 機械工業과는 스스로 다른 文筆工業에 있어서 어떤製品의 注文을 洪君도 鄭君도 아닌 金君이 맡은以上 그時 그마당에서의 金君自身의 設計와 工事로써——다시말하면 金君一流의 製品을 만드러내지 않으면 안될적도또한 事實일것이다。

그時 그마당에서의 나의意圖는 女學校裁縫敎員의 服裝論을 쓸것도 아니고 尹致昊先生과 같은大名士의 服裝論을 쓸것도아니고 다만 所定紙數內에서 이機會에 考現學이란 學을 朝鮮에 처음으로 紹介하는 同時에 一介文學徒로써의내가 考現學的으로 觀察한 朝鮮衣服相과 그의 現代的 民族主義的感情과의 聯關性을 밝히는 一種諷刺的文明批評의 글을쓰되 너무常套的인 또는 漢學者流의 文章으로 表現할게 아니라 좀 어떻게 色다른스타일로써 마름질해보자! 하는데 있었다。

그 結果가 批評家 洪曉民氏눈에는 欲巧反拙의 우루트라 狂的論文으로 비취였다는 것은 나로써는 오히려榮光이라 異議를 둘必要는없다 할지라도 이 短小한服裝論을 가르처나의 代表的 文藝評論이라고 指定하는 洪氏의 病患을 가르처 나는 不足症(人不足)이라고 診斷하고싶다。

내 考察에 따르면 君은 無二의 好人이다。果然 나는 君의 人間的好人性에는 某種好感을 갖는者이나 此種頭腦的 乃至 文學的 好人性에 對해서는 오직 말못할그 무엇밖에는 더 느낄수 없다는게 나의 恨心事다。

못초럽 新婚의 幸福에 넘치는 君인지라 「感激의 新婚一週間」(四海公論)의 筆者요 東京正則英語學校文科出身(朝文正月號九七頁君의 自書略歷)인 그를 云爲하기 에는 나의 不幸과 無識이 너무나 甚하니 다만「お目出度う! お目出度う!」를 속으로 連發하므로써 君의 앞길을 祝福할뿐이다。

君의 職業的 勞役인 記者行爲(君은 校正部에있으나 校正이 아니고 大學敎授또는 和信社長노릇 이라도 좋다)와 나의 職業的勞役인 「衣裳의 考現學」(例컨대 또 「白衣逢變記」같은 것도 좋으다)的一聯의 雜文과를 比較하면 같은밥버리라도 어느便이 더 文學에가까우냐 하는 問題는 내가 풀배가 아니다。다만 文學人으로써의 君의眞面目인 數十다ー스의 그의 文藝評論과 같은 文學人으로써의 내가 發表한 前記의 職業的 雜文以外의 참말로의 나의 各種評論과를 比較해서 어느便이 더 文學으로써 높기 評價받겠느냐 하는 이問題만을 洪君스스로가 푸려보인 後가 아니면 함부로 君이 남의 所業을 云爲할 처모가 못될것이 아닌가고 느끼여지는 바이니 情다운 맘으로 勸告하거니와 앞으로 자조冷水浴을 하시라。

그리고 또 君은 나의 재주過用의 悲劇을 口吻하였으나 元來나는 부릴재주도 없는 사내거니와 비록 小量의 재주가 있다고 假定할지라도 나는 아직 이땅文學社會에서 한번도 재주를 부려먹어본적은 없었다。내가 村土語를 十分마쓰터ー해서 小說이나 쓰게되는 날이 면또或 小才를 부려볼 小人的野心이 생길는지도 모르지만 只今해서는 그런 慾心도 없거니와 있다손치고라도 그는 到底히 可望밖에일이다ー라고 함은 나의 前身이 所謂散論家도 評論家도아니고 더구나 狂的衣裳論者는 아니였다는 事實로써 首肯할 것이다。

이러한 意味下에서는 果然나는 洪君에 못지않는 悲劇의 主人公이다。

끝으로 君을 警戒하거니와 君은 너무나 「귀동량 萬能主義者」란 것이다。되든 않되든 自己의 見解 自己의 說을 세워야 一介 文學人으로써 의存在의意義가 설터인데 茶房에서나 어디서 누구에게 무슨말을 드르면 아무批判도 없이 그말을 그대로 受け賣り해 버린다는 느낌을 주는것이 洪君의 致命的 病勢다。

이 病勢의 典型的 例로써 우리는 君이該稿에서 崔載瑞를 韓植의 亞流라고 斷下한 事實을 들수가 있다。누구에게 들은 귀동량 인지모르나 어쩨서 崔가 韓의亞流란 것에 對해서는 一言의所辨이 없다。내觀察에 따르면 崔를 韓植의 亞流라는 判定은 例컨대 洪君自身을 載瑞의 亞流라고 斷定하는것보다도 더 엉터리「名判決」이다。

그러나 이러한 넌센쓰들은 오로지 洪君의 新家庭

的興奮에서 나온 餘興이라 惡意를 느낄수없다는 것만은 事實이다。

——여기까지 써놓고 다시 생각하니 이글이 그얼마나 나自身의 惡하고 卑劣한性情의 漂白인가하는 짙은 느낌에 빠진다。이글이 發表되면 洪君에게 적지않게同情이갈것이고 내게는 豫想以上의 嫌惡가 올것을 나스스로가 認定한다。果然나는 이글筆者인 나自身에게 形容키 어려운 憎厭을 느낀다。

그리고 萬若洪曉民氏를 원쇄ㅣ氏로 假定한다면 적어도 이稿에서의 나는 원쇄ㅣ의 징가사(陣笠)노릇을 했다는 나自身을 發見한다。

정말 내가 웨이런 글을 썼나? 오ㅡㄹ드미쓰의히스테리ㅣ 아니오ㅡㄹ드뽀ㅣ이 의 허포콘데리ㅣ란진가? 가엾다 나自身이여! 軒求는나를 가르처 文壇怪人的 存在 (朝光)라 하더라 마는 나는나自身을 가르처 人生의 눈물겨운 피에로라하노라。

洪君! 그대도 조선놈 나도 조선놈 上下가어디있으며 辱說이 또한 어디 있을것인가! 이제야나는 이原稿를 眞心으로 찢고싶다마는 小人의 悲哀라 「新婚評論」이란 그題目이 아까워서 羊頭狗肉의 內容인 것을 나自身이 가장 잘 알뿐더러 이글이 나를害함이 클것을 ——아니 커야될 것을 나自身이 主唱하면서도 그냥보낼가하니 우선나의 이 心弱 부터를 侮蔑하시라。

寫實主義의 現代的意義

尹鼓鍾

拙論은 昭和九年가을 『文藝復興』의 聲調가높고 寫實主義文學에對한 熱望聲이喧騷한때 寫實主義文學의 歷史的性格을 究明하야 不純한動機와 意圖의要動을排擊하기를目的하야 起稿한것입니다。

幸이라고할지 不幸이라고할지 發表까지에 많은迂餘曲折을겪고 現在에야 비로소 陽光을보게된것입니다。寫實主義를中心한文學的大潮는 拙論脫稿時와는 懸隔한곳에 變移되고있읍니다。더욱히 最近의寫實主義論爭과는 何等의聯關性이 없는點에있어서 이拙論은 한蛇足일른지도 몰읍니다、그러나 事象檢討의重要한礎石的要件이 事象의歷史的存在에 對한解明이라면은 이와같은 拙論도 意義없는 駁論은 아니되리라고 思惟하는바입니다。

論頭

寫實主義에對한 喧囂를極한論議는 바야흐로 世界의 文學的空氣를支配한 巨大한主流化하고있다。眞實을그리는 寫實主義에對하야 文學的勞役에 關係하는사람은 누구든지 最大한關心을 所持하고있다。

近年의下降階段에서 허덕이고있든 文學이「眞實」의吸入에依하야 새로운生氣를 回復하고 沈滯地帶를 脫出하려고하고있은것이다。滿身瘡痍의 從來의文學이 眞實에依하야 治癒되고 眞實에依하야 새로운健康과 精力을回復할뜻한 觀이 없지아니하다。

이와같이 眞實에對한關心이 擡頭하고 眞實을 文學의 生命水와같이 生覺하야 寫實主義가 問題化한結果 모든 過去의寫實主義的文學行程이 歷史的分野에서 現實의眼前에 再登場하기始作하였다。

『발작크』가問題되고 『쯔로ー벨』과 『모ー팟상』의文學的態度가 檢討되면은 『졸라』의自然主義文學이 机上에上程된다。

『眞實』을찾고 『眞實』에로의길을찾는 企圖는 이 古典에로의再認識 再批判的攝取로부터 具體化하고있다。眞實이 縹緲아廣大에 直面할때 眞實을 엇떻게 藝術的으로 消化할는지 그方途가 茫漠하다。對象으로 文學의眼前에 現前하는 眞實의巨像은 그리로 到達할길을 提示하지아니한다。寫實主義文學의 古典에對한 澎湃한吟味는 여기에서 契期하는것이다。

그러나 이와같은 寫實主義에對한關心은 眞實에對한 文學的行動의 歷史性의 忘却에依하야 過去의寫實主義의 無條件的反覆視할 謬想을醞醸할 危險性이 多分히 包含되여있다。『발작크』와 『쯔로ー벨』等의 文學手法의 模倣視하고 寫實主義의 現代에있어서의 發展階段과 그 未來性을 認識치못하는일이 없지않을것 같다。

오늘에 있어서 旺盛한 古典에對한 關心과 文藝復興的熱情에는 多分의 이와같은 그릇된動機와 感情이 暗流하고있은듯하다。

巨大한眞實의앞에 面前하야 捕捉할수없는 文學的方法에 焦燥한結果 過去의 巨匠의手法을 그대로 踏襲하는데對하야 躊躇하지않는사람이 없지않은듯하다。

더욱히 甚함에이르러서는 寫實主義의古典吟味를 爲한 오늘의 古典熱을 寫實主義文學方法의借用을 目的한일이라고 보고있는일이다。그러나 世界의文學空氣를 貫流하는 이 眞實에對한 努力은 單順한 懷古的復興的 意圖와動機下에 主張되는것이아니고 새로운文學的 新領野에對한 强健한 藝術的意慾에서 原因한努力인것은 속일수없는事實이다。

過去에로의 復歸가아니고 明日에로의 進展을爲함이며 묵은文學의 眞實을 現在에 甦生식히고 그를剽窃함이 아니인 새로운眞實을 發見하려는努力인것을 否定할수없다

더욱히 『발작크』나 『쯔로ー벨』의時代에있어서의 寫實主義文學의 社會的歷史的環境과 오늘의 社會的歷史的모든 要素가 根本的으로 相異한것을 認識할必要가있다。

『발작크』의 雄大한 寫實主義와 『쯔로ー벨』의觀照的寫實主義를 模倣하려고하여도 오늘의 社會的現實은 그것을 提示치않는다。

이와같은 不可能한일을 企圖하는者있다면은 그企圖하

는者의無智를 表明함에不過하다。

寫實主義가 一見 表面上으로는 過去의 寫實主義에로의 回歸와같은 觀을呈하는일이 있을지라도 그內容과性格에 있어서는 오늘의 社會的客觀的現實에 胚胎된 이時代特有의 寫實主義인것을 否定할수없다.

『발삭크』『프로―벨』의十九世紀中葉을 前後한時代의 寫實主義의 文學傾向이 그 時代의 歷史的寫實主義文學을 創造한것과 同一히 오늘에 問題되는 寫實主義도 今日의時代가가진 歷史的特徵을 內包한文學傾向인것을 疑心할수없는것이다。文學은 그 立脚한時代와 社會의 歷史的性格에依存하야 他와 混同할수없는 特殊的性格을 가지게되는法이다。

그러나 이 特殊的性格이란 歷史의主流에서 遊離超然한特殊가아니고 歷史的繼起性을見象한 特殊的性格이다。眞實의强烈한 淸新劑를必要하는 오늘의 沈滯한文學이 文學의 歷史的主流에 屬하는것과같이 오늘의 寫實主義로 歷史的必然性을가진 文學的傾向인것이다。文學의古典에對한再認識을爲한 探求的態度를 古典의單順한 模倣을 企圖하는動機에서 由來한다고 思惟함은 이와같은 文學의 歷史的性格의存在를 알지못하는 無智에起因한다。

文學의 歷史的性格은 어떠한때에는 그것이 새로운樣姿를띄고 表面化하는反面어떠한境遇에는 歷史上에 類似한性格을 發見하고 그로부터 出發하는일이 없지아니하다。

그러나 어떠한境遇를 보든지 文學은 그 生成한社會의歷史的運命과 性格의一環에서 離脫되아 지나간歲月의 反復을 거듭하는일은없다。

非但 文學的行程뿐아니라 人類의 過去의 全行程이 그反復에 있지아니하고 一回的發展에있은것은 呶呶할餘地가없다。

하믈며 文學과같은 自律性과 獨創性이保障되여야할 藝術的行程을 한낱 歷史的循環이라고 보는데는 故意的作爲와 觀念的 反動性이 潛在하고 있다고 볼수있다。

寫實主義를中心하야

寫實主義에對한 오늘의 文學的全樣相을 展望할때 우리는 그 가운데에서 異樣한殺氣와 暗鬪를 目睹할수있다。

寫實主義的古典에對한態度가 寫實主義精神을 曲解와 蔑視로對하는 層이있는데反하야 그를 正當하게 認識理解하려는 層이있는것과같이 寫實主義에對한態度가 各流派에 딿아 一樣하지못하다。

流派에依하야 各異하게 理解(?)되고 各其 特異한文學性格으로 現前하고있는것이다。그러나 여기에서 斷言할수있는일은 寫實主義가 一種의 文學의 『헤게모니―』와같은 對象으로 化한點이다。

寫實主義를戰取하야 自家와 自派의 文學的 正當性을 밝히고 그것으로서 自派의 文學的明日性을 誇示하려은 意

圖가 公然한 暗鬪化하고있는셈이다。

이러한 現象中에도 우리의눈을瞠睹하게 하는것은 最近十餘年間 犬猿의關係下에 相互反噬를 繼續하는 旣成文學과 無産文學의 寫實主義에對한態度이다。

寫實主義文學의 完全한 戰取獨占에 依하야 그 文學의 正當性을 主張하려는 寫實主義를 圍繞한對立은 이 二大의 文學集團의對立에서 보담明瞭하게 確把할수가있다。

이巨大한 對立으로因하야 些小한寫實主義에 對한 論爭은 한날 巨樹의그림자밑에서 그 生長을 다토는雜草의觀이 없지아니하다。

이와같은對立이 存在하는以上 文學的古典의 再吟味에 對한 統一的行動이 없고 그에對한 重複分裂이 있을것은 不可避의 現象이다。

한사람의 沙翁이 두가지視角度와 態度下에 再吟味되고 同一人의「발작크」가 두가지意味下에서 穿鑿되고있는것은 이 文學的對立의激烈性을 表徵하는것이라고할수있다。

寫實主義에對한 모든行動이 統一的集結을 못하는反面 그것이 仔細한行動 적은 보잘것없는問題에 이르기까지 對立과 反駁의分裂로만 結果하는것이다。 圓滿한 藝術的團欒性과 和氣는 喧騷한 오늘의 文學領野에서는 永久히 告別하고 가바린것같은 觀이있다。

이喧騷를極하는 寫實主義에對한 兩派의對立은 그過去가 根本的으로 相異한點에서 由來하는것이지만은 그를 必要하는 過去의 文學行程이 있은것을 잊어서는 아니된다。 그過去에있어서의 確執은 그 文學의誤道에로의 陷入을 表面化하지못하게 糊塗하야 形言할수없는 異様한境地에 文學을 引導하고말었든것이다。

이 過去의 文學的 下降階段이 없었다면은 오늘과같은 文學的興奮期 寫實主義에對한 喧囂는 없었을것이라고 生覺한다。

이와같은 그 誤謬의文學行程은 社會의 文化的動搖가 甚함과 併行하야 그 沈滯를 一層濃厚히 하였든것이다。

旣成文學이든 無産文學이든 모다文學의 正當한軌道에서 脫線하야 異常한 非文學의 荒廢地를 右往左往하고 있었든것은 오늘에야 비로소 意識感知할수있으리만큼 그 脫線이 深刻하였다。

旣成文學은 그文學의前途가 다만 身邊과 心境의變化없고 힘없는 描寫에 停滯하였고 그에 反對하는 無産文學은 政治性의 偏頗에依하야 그 內容의固定에 膠着하고 말었든것이다。

이러한 모든 不美한現象은 最近의 十餘年間 文學의 當爲性에 合致된것과같이 思惟되고 當然視되여왔다。

旣成文學이 그 文學으로서의 廣大한現實에서 背馳하야 文學現實이 狹搾하여지고 作家의身邊과 心境의 冗長한敍述에 墮落한데 對하야 旣成文學 自體에있어서는 아모런 異疑도없을뿐아니라 그것이 도리혀 藝術的으로 當然히

取하야[illegible] 때[illegible]의 것과같이 思惟하면은 無産文學은 그 政略的一翼으로 文學을 動員식히고 階級戰線의 步硝兵으로 化하게하야 固有의 自在한活動을 許容하지않음이 또한 當然한일로 보아왓든것이였다。그結果가 오늘의慘憺하고 荒廢한文學의 零落과 不振을 齎來하고야말었든것이다。文學의가는길은 死滅의길이였고 文學의性格과 樣姿는老婆와같이 衰弱하야 氣息奄奄 그 殘命을 苦痛하는 地境에 到達하고야 말었다。

文學이 內包할수있은것은 文學을 그生命의길에서 逸落케하는虛僞의 跳梁뿐이없었다。腐爛한 殘骸를 維持하고 그 餘命을 延生하여온것이 近年에있어서의 文學의 全面的相貌이였든것이다。

이와같이 文學的零落의 길을 踏歷하면서 表出한 特徵的現象은 自派의 文學的正當性에對한 强辯에서 由來하는 論爭뿐이 었었다。

이論爭은 어떠한 契期와 動機에든지 萌芽하려고하는 潛勢力으로 化하야 새로운 文學行動에는 必要不可欠의觀을 呈하기에 이르렀든것이다。

이와같은 過去에 있어서의主張과 立脚地의相異로因한 論爭이結果한 感情的葛藤이 文學的沈滯가 深刻하고 그의 打開가 焦眉의 緊要事化하였다고 一日이나 二日間에融化될것은 想像할수도없는일이다。

도리혀 現實社會의 組織機構와 그 階級分化的趨勢가陷陷不止하는 오늘에있어서 社會的潮流、勢아 이分裂과 對立은 一層 그 度를深刻하게 하지않을수없었다。自派의文學的誇示와 文學的優越性에 對한野心은 새로운將來性있는 文學의課題가 提起될때마다 그 形相을달리하고 새로운戰鬪을 伴起하여왔다。同一한 文學的沈滯와 萎縮에 苦悶하는 文學的現狀에있어서 寫實主義에 對한態度가 集結統一을 結果하지못함은 이와같은 過去의蹶起的到達로서의 今日에있어 避할수없은일이다。

이와같은 文學的對立은 그것이文學에뿐 局限되지않코 그 根據가 作家의屬하는 生活圈과 그로原因하는 世界觀에 依하야 永遠的樣相을 帶한宿命化하고 있는것이다。

이러한文學的으로分裂되고 그行動이反噬하는 旣成文學과 無產文學의對立은 그 根底에 世界觀의 氷炭不相容的對立이있을때문이다。

이와같은 世界觀의對立과 그로부터 由來하는 文學上의 抗爭은 但至 文學的行動에依하야 結末을지을 것이아니라 보담더 巨大한歷史的運命과 그 未來를同一하할것을 豫想하게한다。即 文學의 階級的分裂은 그것이 社會的根源에서 發起하는것과同樣으로 그 文學的運命도 그 背景한 社會의 運命에 依存한다。

그럼으로 寫實主義를 中心한 確執과 古典復興및 그의 再吟味는 그것이 未來에있어서 意義있는 存在化하려면은 그 文學의依存한 社會的立脚地가 보담未來性있는 歷史的

正當한 擔當者될 社會가 아니여서는 아니된다。
歷史的正當한 擔當者될社會에 根據한 文學에있어서뿐 完全한 古典의 吟味와 그의 歷史的繼承者되고 文學에 있어서 寫實主義에對한 勝利者될 可能性이있는것이다。
이寫實主義的所作과 古典에對한努力은 그努力이正當한 世界觀과 正當한 歷史性에立脚한 社會의文學的位置에 依하지않으면은 失敗에 歸할것도 또한 自明의 事實이다。
그러므로 寫實主義에對한 文學上의 分岐는 그것이 한낱 文學으로서의 正當性에뿐 依據하지아니하고 그根本土臺인 社會的立脚地의 正當性에依據하고 그 運命과 同一히命宿될것도 決定的한事實인것이다。
寫實主義를中心한 이와같은 文學的 諸般動作을 細密히 觀察할때 우리는 이社會에 普遍的인現象의 한개의縮圖가文學에 現象되고있는것을 看取할수있을것이다。

過去의寫實主義

寫實主義에對한 分裂은 爲先 그 古典의 再吟味에있어서 現象하고 古典에對한 態度부터 一致하지못한다。古典에對한 態度가 各異하면서 對象된 古典에있어서 同一한點은 奇異하고 注目할일이다。古典에對한 이와같은 關心은 廣汎한人類의全文學行程에 亘하지아니하고 近代의 寫實主義文學行程에 限定된觀이 없지아니하다。
『섹스피어』에게보담 『발작크』에『파ー테』보담『프로ー벨』의文學에 再吟味의努力은 傾倒되여있다。
그러므로 우리가 寫實主義를 問題의中心으로하고 그 過去를 遡及할때 近代에있어서 文學의高度한 發展階段에位置한 寫實主義의出發點에 視野를 限定하여야된다。
勿論 文學이란것의 原初가 人間의 客觀的眞實描寫에對한 藝術的行動에서 起源하야 그것이 그生存한時代의環境에서 培養되야온것은 否定할수없다。그러나 眞實이 文學에 貫流하였다고 그것을 近代의 意識的文學行動인 寫實主義와 混同할수가없다。
事實 오늘에있어서의 寫實主義文學의 古典에對한關心과 그 關心의範圍가 文學의千載에亘한 歷史的遺物에 廣大되고있는것이아니고 十九世紀의近代文學의 古典的作家에 局限되고있는것이다。
『호ー머ー』나『단테』가 그리問題되지아니하고 『섹스피어』가多少間論議되는反面 許多한『발작크』에對한 研究가 많은것은 이좋은例證이라고도 볼수있다。
이 十九世紀의 寫實主義的文學古典을討할때 爲先 目睹할수있는것은 寫實主義와같이 그 生長한時代의 社會的歷史的特異한性格을 具現한文學이 없는點이다。
그時代가 歷史的으로 必然性있는時代임과같이 寫實主義도 그時代의 人類가 必然的으로 築造하지않을수없는 文學的面貌와 要素를 帶身하였든것이다。
그러므로 寫實主義가 十九世紀에있어서 結實하고 그

것이 判然 文學領域에 特徵있는 頭角을 表出시킴에는 十九世紀라는 人類文化의 爛熟期 膨脹期의 到來가 必要하였다。寫實主義를 理解하는데는 이 十九世紀의 歷史的社會的特異性을 等閑히하여서는 아니된다。十九世紀의 歷史的特異性을 具體的으로 理解할수있을때에 비로소 寫實主義文學의 精粹한意味도 理解할수있을것이라고生覺한다。

오늘에있어 모든 文學的關心의 焦點인 寫實主義를 結實한 十九世紀는 人類史上 最大最高의 發展階段을 占領한 人智의 燦爛時代였든것은 누구든지 認定하는바이다。古代希臘의文化를 凌駕하였고 文藝復興時代의 藝術는 對比할수없는 廣汎과 多採를 包攝하였을뿐아니라 그量에 있어서 前無의發展을 遂한時代가 十九世紀였든것이였다。

佛蘭西革命에뒤이은 이『科學의世紀』는 모든事物의混亂에 燦然한秩序와 分化를 結果하고 人文智識을 多岐한領野로引導하였든것이다。이 十九世紀에있어서의 分化的大潮는 文學에있어서 一層深刻한分岐로 現出하고있다。十九世紀의文學史는 一色으로 塗布할수있는壁畵가 아니이고 多樣한色調에 複雜할 燦然陸離의 一大의壁畵이다。

이와같이 巨大한 十九世紀의文學的樣姿——絢爛한 文學的樣姿中에도 寫實主義와같이 雄壯하게 聳立한文學는없다

그 文學的廣汎에있어서 그 作家에있어서 또한 그位置에 있어서 斷然 諸多의文學傾向을 壓倒하고있다。

그中에있어서 人間의文學行程이 始作한以來 對比할性格의所有者를 發見할수없는巨漢이 그 怪異한姿態를 文學領野에 나타내이고있는것을 發見한다。

그것은 『人間性格의萬華鏡』 『人間타이프의百貨店』이라고하는 『人間喜劇』의作者 『오노레드 발작크』이다。『발작크』는 그 精力에있어서 世界에 比肩할바없을뿐아니라 그 文學的內容에있어도 그 尨大性에 對敵할만한作家가 오늘까지드 없다。

『발작크』의 『人間喜劇』以來 世界의文學的所作은 그 處女地를 喪失하였을뿐아니라

그『人間喜劇』을 讀了함에있어서 모든 古今의作品을 繙讀할興味를 喪失하게되였다고까지한다。그것은 이 寫實主義의開繼者가 그 巨大하고 强靭한 犁鋤로 人間性格의 荒凉한 處女地를 擧皆 巡禮耕耘하였을때문이다。極端한論者는 『발작크』以後의 小說은『발작크』를 이름에있어서 必要치않게되였다고 까지하였다고한다。事實에있어서 『발작크』의文學的巨人임과 그 傑作 三十六卷의『人間喜劇』이 千古에不朽할 文學的所產임을 누구든지 否定할수는없는것이다。

今日에있어서 寫實主義에 對한 論議가 이 傑作에對하야 集結하고 凝聚됨도 無理가 아니인것이다。이와같은 『발작크』의巨大性은 『발작크』가 踏歷한文學態度에서 由來한다。

『발작크』가 그 生活한當時의 文學界의 主流이였고 支配者이든 浪漫主義的作家化하지아니하고 寫實主義의 새로운길을向하야 그 獨自的領野를 開拓한데 그의文學을 文學世界의『알프스』와같은 觀을呈하게하는 所以가있는것이다。

그러나 이『발작크』의巨大한存在——浪漫主義에 止滯하지아니하고 寫實的手法으로 十九世紀의前半의 複雜多端한佛蘭西의 社會現實을 描寫한 銳敏한 進步的態度는『발작크』個人의俊秀에도 一因이있지않은 그가生活한 그時代와社會에보담 더큰 原因이있다。 그것은『발작크』가 『콤트』의實證主義와 佛蘭西大革命을 契期로하야 勃興하는 自然科學的潮流에서 拍車를받어일어났고 그의 根本態度가 이와같은 當時의 進步的人文智識의우에 立脚한點에서 明瞭하게 把握할수있다。 그러므로 그의 寫實主義的 文學態度를理解하고 그의作品을正當하게 吟味함에는 무엇보담도 그가 生活한時代와聯關하야 그를 究明하지않어서는 아니된다。

『발작크』의特異性은 그가 生活한時代의 特異性과 共通되는點이있을것은 또한 自明의事實이다。『발작크』의生活한 그時代는 『발작크』의 『人間喜劇』의內容을 連想시키는 不安定한時代였든것이다。 政治的社會的混亂은 封退的社會遺制가 新興의資本主義社會體制에 變移하는 過渡期特有의 騷亂을 現象하고있었다。 貴族階級의 腐敗한生活과 市民階級의希望에 張溢한生活이 錯綜混亂하는過渡的社會가 『발작크』의生活한時代의 佛蘭西의社會이였든것이다。

이와같은 社會的現實은 現象의銳敏한 反映態로서의 當時의佛蘭西의 諸多文學行動에 무엇보담도 歷歷히 表現되였다。 昇華된 理想의天馬를타고 奔放不羈한 狂走를繼續하든 浪漫主義가 그 隆盛의絕頂을지나 漸次衰滅의過程을밟(踏)고 現實凝視의 自然主義의새로운萌芽가 胚芬하려고하고있었든것이다。 浪漫主義가 그 衰滅의過程에서 허덕어리고있을때 資本主義社會의 文學的樣姿를 그 進步的文學態度에있어서 表示한것이 『발작크』의文學이다。

浪漫主義의空想을바리이고 現實의多樣한 生活을凝視하면서 文學的誕生을 企圖한것이 『발작크』의 文學態度이였다。

우리는 이事實을 그의 信條的態度요 方法인『風俗的方法』『分析的方法』『科學的方法』에서 十分窺視할수있는것이다。『발작크』의現實에對한 文學的態度는 이三方法의實踐에依하야 十九世紀初頭부터 四十年代에이르는 佛蘭西의複雜한 歷史的姿態를 描破하려는데있어서 當時의浪漫主義文學의 餘燼을벗어나지 못한周圍에서 一步의前進을敢行한것이라고 할수있는것이다。

이와같은『발작크』의文學的態度는 그의 超人間的인 絕大한 精力의發動과 아울러 雄大無比함이古今에없는 『人間喜劇』을 制作하였든것이다。

『발작크』는 『人間喜劇』의 尨大한作品에 着手할때 從來

까지없든時代의 世帶風情을 單只無味乾燥한事件의 骨子的目錄化시키지아니하고 그것을生採있게 描寫하여 後世에남기려는 風俗史的意圖를 抱懷하였다고한다。그러나『발작크』의 이와같은 文學態度와 文學意圖도 그가 生活한歷史的時代와 所屬한階級의 制約性을 받지않을수없었다。

이事實은 『발작크』의모든所作이 封建的社會體制가 資本主義的社會體制로 變革되는 過渡的時期의 모든人間動作이 帶하는 半端性을가지였고 王黨派的因循姑息性을 文學態度에서 拋棄치못하고 沒落하는 貴族階級에 同情의눈물을 禁치못한點에서 窺知할수있는것이다。그러나『발작크』의意圖한바와는反對로 그의行動의結果는 文化的遺產의偉大한 功績者들의 共通한點인 階級的制約과 歷史的規制에서 超越하는要素를 多分히包含하고있다。

이『발작크』의 文學的勞作에있어서 諸制約性을 擺脫하는要素가 不幸히 『발작크』의 文學的手法의 半端性에依하야 隱蔽되야銳敏한 觀察者아니고는 把握할수없음에 反하야 그의 文學手法의欠陷은 무엇보담 明瞭히우리에게 看取되고있는것이다。

爲先『발작크』의 寫實主義的手法이 낳은 人間性格이 한낱類型에固結하야 個性的特徵을 欠하고 寫實的인描寫와 分析에 徹底치못한點이다。個性에對한 尋求性을 拋棄한代身에人間性格의 類型的描寫에停滯한것이 『발작크』의寫實主義文學手法의 通弊이다。

또한가지 그의半端性을 表示하는것은 그時代의澎湃한實證主義와 自然科學의擡頭에서 文學的手法의 契期를얻은그의 寫實主義手法이 그 時代와社會의 人間性格을 究明히描破못하고 多分의浪漫主義를 連想시키는 個性의醇化와人間性格의 表皮的類型을 武器인 分析과 觀察의態度를疎忽히하는듯이 描寫한點이다。

이와같은 文學手法이가진 數種의欠陷은 그의 文學的生涯가 浪漫主義와 自然主義 兩文學潮流의 歷史的交替期를中心하여始終되고 作家로서 兩大文學의 騷亂한確執裏에生活한것을 理解할때 그 不可避함을 首肯하게된다。

이 欠陷은 그가 生活한時代가 必然的制約者化하야 그의作家的活動을 規制한所以를 明白히하고 그의 力的活動에依하여서도 이時代의歷史的인 規制를 脫出할수없음을 表示하는 좋은 事實인것이다。

傳記者의敍述에依하면 『발작크』는 『人間喜劇』의制作을爲해 社會의모든場所를 찾어다니면서 特異한雰圍氣와光景과 各層의階級人의 性格을 觀察하려고 非常한努力을하였다고한다。當時巴里市內에있는 數十種의社會的集合處는勿論 千態萬樣의 各階級에屬하는 사람들을찾어 探偵과같은일마저 辭讓하지 않었다는것이다。

市廳 株式取引所 銀行 酒店 圖書館 學校 商店 工場 新聞社 市場 停車場 船着場 貧民窟 『사롱』 禮拜堂──等等 一一히列擧하기에조차 疲困을느낄程度로 많

은場所를 貴族 商人 勞働者 娼婦 處女 學生 實業家 木工 工場勞働者 軍人 行商人等의 姿態를 찾어다닌데 消耗된 精力만하야도 우리의想像以上이라고한다。

그러나 그의 이와같은 觀察的努力과 文學態度에도 不拘하고 그가 描寫한 『人間喜劇』에 內包된 二千人의 多數한人間性格은 全部가 空想的으로 想像과 醇化와 偏執된 激烈性을가지고 類型化된것은 全혀 그가 아직 純粹한 資本主義時代의前期인 新興市民階級의勃興과 封建貴族階級의 沒落의 過程中에 生活하고 그의 文學的四圍가 浪漫主義의餘燼에 充溢된때문이다。

그러므로 그의 寫實主義手法은 浪漫主義와 寫實主義의사이에 걸치인 過渡的一大의橋梁的인 文學手法이라고 할수있는것이다。

徹底的인 自然主義的深刻과 個人性格의創造에 到達못하고 거짓 寫實的類型에固定하야 그 文學手法의 發展과 銳利性이 萎縮된것이 『발작크』의 寫實主義手法의 固有한 特異性이 內在하고있는것이다。

비 그러나 이와같은 『발작크』의 文學的手法의 特異性 諸種의 短點을가지고 있음에不拘하고 科學的——그것이이록 社會의 風俗史的 또는 社會生理學的動機에 原因한다하여도——으로 社會의生動하는 人間의交錯된 現實的行動에 眞摯한 觀察的態度를 持續한點만은 永久히 文學史上에서 不滅할業績이라고 할수있는事實이다。

近代으山積한 程度로 많은文學作品은 一個『발작크』를 通讀함에 있어서 一讀할興味를 遞減되였다는말은 좀지나치는말이지마는 近代文學은 『발작크』에 있어서 具體的인當爲的態度와 나아갈大路를 敎示받었다고는 充分斷言할수있는것이다。 (계속)

讀者通信

新年을 맞이하여 丙子年을 힘있는 步調로 거러왔으니 丁丑年도 소(牛)같이 힘있는 步調로 거러갑시다。

朝鮮文學이여! 이름몰은 農村에무친讀者가 길이 길이 이것만을 祝朝합니다。

(淸州 隣昇)

×

池兄! 치운날 編輯에 얼마나 분망하시고 얼마나 괴롭습니까。 저는 朝鮮文學愛讀者입니다 저는 池兄에게 多大한 謝意를 가지고있읍니다。 池兄 오즉 남은힘으로 싸워주시오。 저는 朝鮮文學社에가서 날마다 몇部나 팔리나 헤이고있읍니다。

그러나 兄! 朝鮮文學編輯에있어서 너무나 創作을 무겁게 보는듯하외다 보담더 힘찬 批評論文을 보구 싶읍니다。 그리 評論은 첫머리로 했으면 어떨가 합니다。 또한가지 長篇小說(연애소설이아닌것)을 連載하였으면 합니다。 우리동무들도 長篇이없어 섭섭하다고 합니다。 어째든 꾸준한 健鬪를 바라며 이만

(咸興 D生)

×

新聞의新刊紹介에 依하야 지난十一月號를 注文해보았든바 表紙에서 內容에 이르기까지 貴로 貴誌의 자랑이였고 아울러 新年號도 앞에놓고 보오니 別般遜色이 없었읍니다。 무었보다도 앞으로 더욱 더욱 用意周到하시고 많은 奮鬪과努力이 있기를 바랍니다。 그리고 設或 九死一生의困境이있드라도 끝까지 繼續해주심을빕니다。 勿論 朝鮮文學은 우리들이 支持하고 愛護하지 않으면 發展을 볼수없는것이니 힘자라는데까지는 오직朝鮮文壇의 한개의 寶物인이文學誌를 擁護해가는것을 盟誓합니다。 貴社社員一同의 健鬪를비오며

(東萊 朴詩文)

×

日前에보내주신 誌는 感謝이拜受하엿나이다。 그러하나 營利를 目的하지 안는다는 貴社에서는 어찌 그리頁數가 적은지요? 勿論枚數은 가지고따지는것은 너무나 어리석자느야고 말씀하실런지는 모르겠읍니다마는 하여튼 이雜誌를 사보는 讀者들은 誌內容은 第二로두고 먼저 枚數을가지고 價額을 定하야버린다는것만 아러두십시요、 아만 같은價額으로는 內容이어찌하든 百頁지나마는 新人文學을사서볼것입니다。

이렇다면 地方에文社나 本社나 많ㅣ은 影響이였을줄 믿읍니다。 그럼으로 營利을目的하지않이하고 朝鮮文學界힘쓸라하든 貴社에 特히 請하노니 新人文學보다 百頁나 不足한 頁數을 貴社에서 좀더 犧牲하야 新人自由詩壇을 設施하는것이 어떠할가요 特히 文學靑年들을 위하야서 貴社을 위하야서 告하는 것이오니 編輯局長께서 갈 前後을 生覺하시사 一擧兩得하시옵기를 願하옵나이다。

亂筆로 失禮하였아오니 容恕하시옵고……

禮山文社

朴雪峯 白

定價表

一個月	三十錢
三個月	八十五錢
六個月	一圓六十錢
一個年	三圓十錢

注文方法

● 注文은반듯이先金
● 振替로
● 郵票는一割增

昭和十二年一月廿日印刷
昭和十二年二月一日發行

京城府敦岩町四五八
編輯兼發行人 鄭英澤

京城府堅志町三二
印刷人 金鎭浩

京城府堅志町三二
印刷所 漢城圖書株式會社

京城府敦岩町四五八
發行所 朝鮮文學社
振替京城二四六八八番

朝鮮文學

三卷三号（三月号）

朝鮮文學 三月號 第三卷第三號 次例

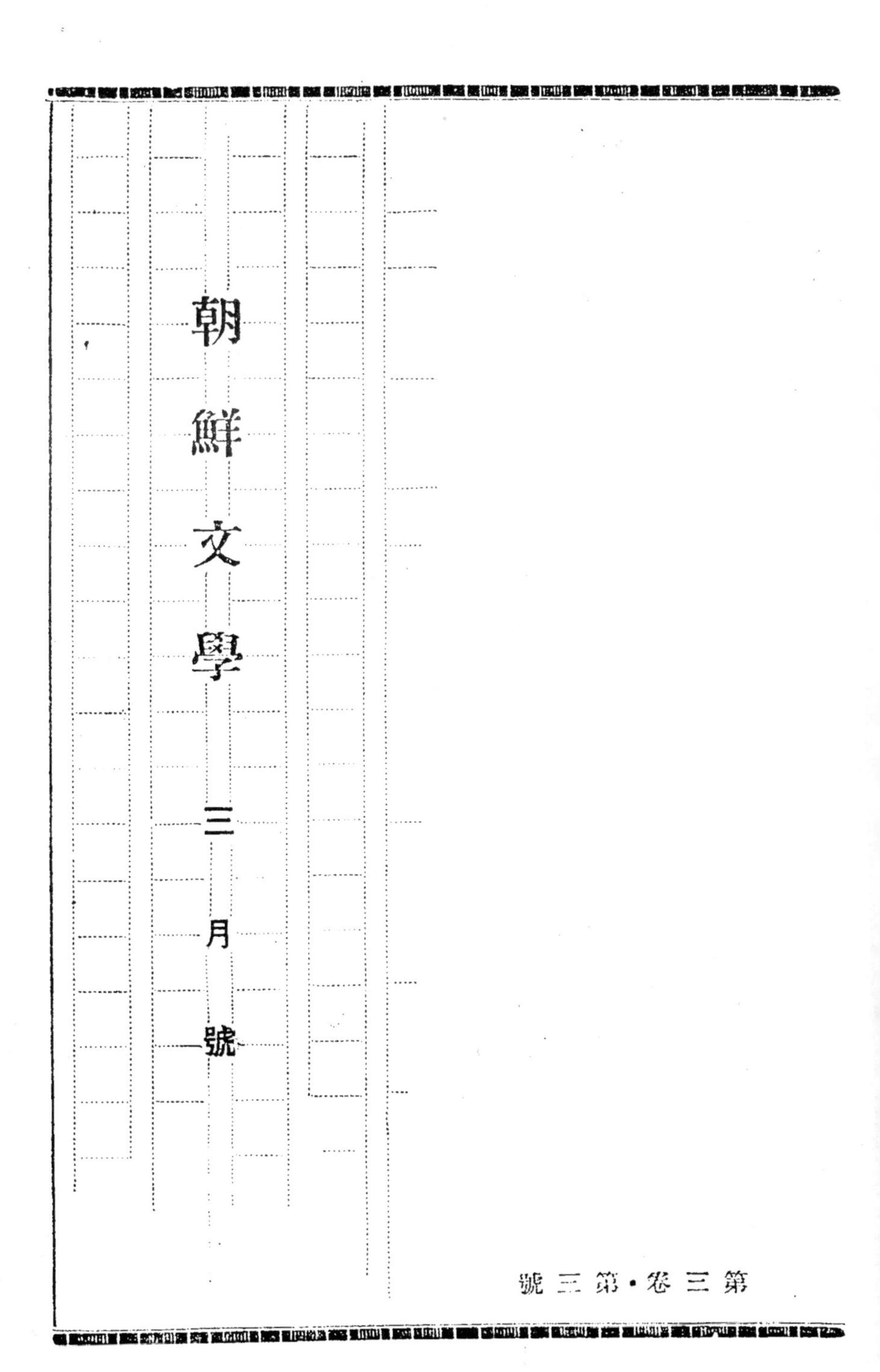
朝鮮文學
三月號
第三卷·第三號

編輯前記

새해가 어저께만 같드니 벌서 三月號를 손에 들게된다。사람들이 항용말하기를『歲月은 참으로 빠르다!』하는 말이 아마도 編輯者들의 입으로부터 먼저 흘러나온 말인가 싶다。

×

이번뿐이 아니겠지만 特히 三月號는 評論을 創作보다도 더많이 取扱하랴고 했든것이다。그러나 또한뜻과같이 처음 計劃대로는 되지못하고 요모양으로밖에는 더내지못하였으니 여러가지事情도 있겠지만 그事情을 모르시는 讀者에게는 여간 罪悚스럽게 되지않었다。

×

그러나 멀리 東京에 앉으셔서 여러가지 事務에 多忙하실터이지만 本誌를 아끼시는 마음으로 보내주신 韓植氏의「푸ー쉬킨斷片」과 旅行을 떠나야만 하시겠다든 洪曉民氏가 旅行日程을 變更하시고 執筆해주신『新進詩人論』이나 舊正元朝에도 쉬시지못하고 執筆하신 安含光氏의 創作評等은 參考로나 研究로나 열번 수무번 읽어야만할 貴重한것이실려있다。

×

創作에는 北平에서 보내주신 朱요섭氏의「북소리 두둥둥」과 評論家로서 오래간만에創作을 發表하시게된 金南天氏의「男妹」를 비롯하야 姜敬鄕、朴榮濬、其外新人들의것을 合처서 열편 詩에 있어서 金海剛氏의 長詩는 本誌의 자랑이다。

×

다음號는 本誌續刊一週年紀念號로서 나오게된다。增大號로 나오는것은 勿論이거니와 特히 外國作家들의 寫眞과朝鮮의現役作家 評論家詩人들의寫眞을一際히 보여드리게 되었다。

첫돐맞이 紀念號니만치 그內容이굉장할것으로 기다려 주기를바라며 그때다 다만나기로하자。

(池奉文)

북소리 두둥둥

주 요 섭

1

내 네살난 아들놈 작난감으로 북을 한개 사다주었든것이 우리집에서 밥짓고 있는 복실이 어머니에게 그렇게도 큰 슬픔을 가져다 주리라구는 나는꿈에도 생각 못했든것이다。

2

복실이 어머니가 우리집에 와있게 된것은 단순한 주인과 식모간이라는 그런 주종관계로써는 아니었다。 복실이 아버지는 본래 내 큰삼촌과 죽마지우로 자란 사람이었는데 장성하자 북간도로 건너가서 번개처럼 찬란하고 떠도는 생활을 하다가 그만 총뿌리앞에서 찬이슬이 되어버린 호협한사람이었다。 복실이아버지가 그처럼 외지에서 횡사를하자 (그것이 벌서이십년전 옛일이지마는) 과부가된 복실이 어머니는 그때 여섯살나는 딸 복실이와 또 바로 남편이 죽던날 아침에 세상에 나온 아들 인선이를 더리고 조선으로 돌아와서 이리저리 방황하다가 마츰내는 남편의 죽마지우인 내 큰삼촌댁에 식객처럼 들어있게 되었다。 처음에는 식갓처럼 와있도록 했으나 복실이 모는 그냥 앉어서 얻어먹고만 있기가 미안하다 하여 자진해서 부엌일을 돕기시작하였다。 내 삼촌모는 처음에는 부리기가 어렵다하여 복실모가 부엌일하는것을 꺼리었으나 그러나 날이감을 따라 어색한기분이 차차 줄고 혹시 이전있든 식모가 나가고 새식모가 아직 안들어오거나 한 기간에는 복실이모가 아주식모격으로 일을하게되고 이러저럭하여 마츰내는 복실이모는 내삼촌댁에 한 부리우는사람으로 자연 화해버리었다。 그래 얼마후에는 내 큰삼촌이 그렇게 무보수로 일만시킬수 없다구 주창하여 일정한 월급까지 정해놓고나니 아주 복실이모는 식모가 되어버린것이었다。

이래 이십년 복실이 모는 오직 두자식을 위해서 살아온것이었다。딸은 몇해전에 함흥서 잡화상을 한다는 사람에게 시집을 보냈으니 그만했으면 시집을 잘 보냈다고 복실이모는 만족해하고있고 인선이는상업학교를 마추고 지금 어떤 백화점점원으로 들어가서 월급 칠십전을 받고있으니 이 또한 복실이모로는 떡으나 만족하는 모양이었다。

그런데 복실이모가 우리집으로 옴가오게 된 내력으로 말하면 재작년에 삼촌이 강원도 강능으로 솔가하여 이사를 가게되었는데 복실이모는 될수만있으면 아들이 취직하고있는 평양에 남어있어서 아들과 함께 살고싶다는 히망이어서 우리집으로 옴겨오게된 것이었다。그때마츰 우리는 처음으로 어린애도 생기고해서 내안해가 혼자서 쩔쩔매든판이라 복실이모가 오겠다는것이 결코 싫지않었다。그래서 복실이모는우리집에 와있으면서 건넌방에서 아들 안선이를 더리고있고 월급은 없이 그저 그들 모자의 식사를 우리식구먹는대로 먹기로하고 와있었다。이리해서 인선이가 버려드리는 월 이십원이란 돈은 거기에서 옷이나해입고 그대로 꽁꽁 모아서 이제 한 십년만그렇게 공을드리면 그 모인돈을 한미천삼어서 인선이를 장사나 하도록 한후 며누리나 얌전한색시를 하나 맞어서 살림을 채리고 복실이모는 농마에 조고마한 양상이나마 해볼수있으리라는 히망 이것이 복실이모의 생에대한 전무이었든 모양이다。

3

그런데 복실이모에게는 아들 인선이에게 머한 꼭 한가지의 불안이 늘 떠나지않고 있어왔다。그것은인선이가 어렸을적부터 다른 아이들과는 좀 별다른성격을 가진것이었다。

그것은 인선이가 열아믄살 났을적일이라 한다。하로는 복실이모가 저녁에 부엌에서 저녁을짓다가 잠시 무엇때문엔가 방안엘 들어가 보았더니 인선이가 방아랫목에 가만히 누어서있는데 모양은 잠자는것같으나 숨소리가 몹시도 갑부고 별스러웠다한다。그래 가까히가서 드려다보니까 두눈을 다 뺀이뜨고 누어있는데 그 두눈은 꼭 천정만을 뚫어지도록 바라다보고있고 어머니가 옆에오는것도 안보이는 모양이더라한다。그래 어머니는

『인선아 너자니?』하고 물어보았으나 아무런대답도없고 다시

『야 인선아!너 어데 아프냐?』하고 물어도 아무대답이 없드라고。그래 어머니는 인선이 어깨를붙들고 흔들어보았으나 인선이는 그것도 깨닫지못하는

듯이 그저 움짝않고 누어서 숨소리를 갑부게 씩은거리면서 천정만을 바라다보더라고 한다。그 증세가 「질알」증세가 아니드냐고 내가 언젠가 한번 복실이모에게 물었으나 결코 질알증세는 아니었다고 그는 단언하였다。

복실이모는 놀라서 한참이나 불들고 이름을 불러보았으나 영 대답이없고 또 깨나지도 않는고로 할수없이 나와서 내삼촌모에게 급보하였다。그래 삼촌모도 그이야기를 듣고는 놀라서 들어가보니까 그동안에 인선이는 일어나앉어있는데 몹시 피곤한모양으로 벽에 기대앉어서 쌕쌕하고 있더라한다。그래

『너 어데 아프니?』하고 물으니까 고개를 살랑살랑흔들고

『목말으다。』하고 대답하드라고。그래 물을떠다주니까 물을 한대접 다 마시고는

『엄마 나 이제 자믄성 별한꿈 꿨다。』하고 말할뿐 어머니가 무슨꿈을 꾸었는가 자꾸만 캐물어도 인선이는 그꿈의 내용이야기는 안하구 그저 이상한 꿈을 꾸었누라구만 대답하더라고。삼촌모는 인선이가정신없이 누어 씩은거리는 광경을 친히 보지못했는고로 복실이모더러 공연히 잠자는애를 가지고 허들갑을떠러서 남을 놀래게했다고 도로혀 핀잔을할뿐이고 또 복실이모도 무어라고 설명을 할수가 없어서 그때는 그저 잠잠하였다고한다。

그후로 복실이모는 인선이의몸에 다시 무슨 이상이나없나 해서 늘 조심히 보살폈지마는 아무런 별다른 이상을 발견못했고 차차 복실이모도 마음을놓았다고한다。그러나 한 일년 세월이 흘러간뒤 어떤날 역시 어쓸한 저녁때인데 복실이가 부엌으로 갑자기 뛰처나오면서

『오마니 인선이 좀 보라우。걔가 별하케 구누나。』하고 황망히 떠드는고로 곧 뛰처 들어가보았더니 이번에도 인선이는 작년 그때모양으로 눈을 뻔히뜨고 누어서 숨소리를 씩은거리고 있었다。그래 이름을계속해 불렀더니 부시시 일어나앉으면서

『엄마 나 별한꿈 꿨다。』하더라고。그래 무슨별한꿈을 꾸었는가 물으니까

『사람들이 나팔을 자꾸 불드나』하더라고。복실이가옆에 있다가

『흥 그거이 꿈인줄아니? 저낙땐 데ㅣ게벵대덜이늘 나팔불더라。나두 들었다。』하고 말하니까 인선이는 열살난애로는 너무 아미러진 태도로

『아니야 꿈에 불어서』하고 대답하더라고。

그후로도 몇번 복실이모는 아들 인선이가 죽은듯이 한참씩을 누었다가 일어나서는 냉수를찾고는 그리고는 이상한 꿈을 꾸었누라구하군 하는것을 목도

하였다。 그러나 이제는 복실이모도 여러번째 당하는 일이라 그렇게 과히 놀라지도 않었고 또 그런일이 생기는 도수도 그거 일년에 한번가량밖에 더 안되었고 또 그것하나외에는 별로 다른아이들보다 별다른거동이 없는고로 차차 안심하게 되었다고한다。

4

인선이가 열일곱나든해 늦인가을 어떤날 밤。

그날밤엔 바람이 몹시불고 비가 악수로 퍼부었다。 복실이는 바로 몇일전에 시집을가고 인선이와 어머니 둘이서만 한방에서 잠을자고 있었는데 새벽녘이 다되었을때에 복실이모는 몸시 치운감각을얻어서 잠이깼다고 한다。 잠을 깨고보니 어느새 문이 열렸는지 문이 쫙 열렸는데 그리로 비바람이 쳐들어와서 막얼굴을 때리고 이부자리를 적시고 아주 야단이었다。 복실이모는 일어나서 문을 닫치려고본즉 바루문밖처마밑에 무엇인지 시컴언것이 우뚝 서있더라고한다。 그래 복실이모는 놀라서 외마대소리를 질렀으나 워낙 비바람소리가 요란하기때문에 안방에서들은 그 비명소리를 못들었다。 복실이모는 가까수로 정신을수습하면서

『인선아』 하고 불렀더니 인선이는 방안에 누어있는줄로만 알었드니 이외에도 문밖에 비맞고섰는 그 시컴언것이

『응』 하고 대답을 하였다。 복실이모는 더한칭 놀라서 웃목을 쓸어보니 인선이는 과연 방에 없었다。 그래 문밖에 선것을 자세자세보니 처마밑에서서 비를맞고있는 그것이 다른사람이 아니라 바로 인선이었다。 인선이는 쪽 벌거벗고 거기 우뚝허니서서 비를 왼몸에 맞고있는것이었다。 복실이모는 너무도 놀라고 기가맥혀서

「인선아 인선아 너이게 웬짓인가?」 하고 물었으나 아무런 대답도 없었다」

『인선아 야 인선아 인선아』 하고 여러번 부르니까 그제서야 인선이는

『오마니 데게이무슨 소리요? 데게이』 하고 대답하였다。 어머니는 귀를 기우려 한참을 들어보았으나 비바람소리외에는 아무런 다른소리도 들려오지 않었다。

『소린 무슨소리?』하고 마츰내 물으니까 인선이는

『아니 오마니 데소릴 못들어요? 데북소리! 두둥둥, 두둥둥 하는거 데거 북소리 아니요!』

이소리를 듣자 복실이모는 기절을할듯이 놀랐다。

북소리! 다른날도 아니고 바로 이날 이새벽 이시각에 북소리! 복실이모의 귀에는 십오년전 옛날이 바로 방금전인듯 그때 그날처럼 요란한 북소리

는 그의 고막을 찢어놓을듯이 요란히 사방에서 들려오는것같았다。

두둥둥둥! 두둥둥둥!

십오년전 이날새벽에 북소리는 요란히도 왼동리를 뒤흔들었었다。복실이모는 방부터 산기가있어서 잠한숨못들고 앓고있었고 석달동안이나 총을메고 사방으로 쏘다니다가 잠시 집에 들렸든남편도 피곤한몸을 잠도못자고 안해를 지키고 앉어있었었다。

그날 새벽녘에 조금더있으면 먼동이 트리라구 생각되든 시각에, 복실이모는 동통이 더한칭심해져서 허리를 비비꼬며 쩔쩔매였고 남편이 몸을 꽉껴안어주었다。

그때 쥐죽은듯이 고요하든 동리에는 갑자기요란한 북소리가 새벽꿈기를 깨치고 울려온것이었다。

두둥둥둥 두둥둥둥!

남편은 이 북소리를 듣자 흠칫 몰려앉었다。북소리는 차차 더 요란스럽게 울려왔다。사방에서 개짖는소리가 나고 총소리도 간혹 쨍쨍 섞여들려왔다。

『여보』하고 마츰내 남편이 떨리는 목소리로 불렀다。

『여보 난 아무래두 가봐야갔소。데 북소릴 듣소。총출동의 명령이우』

안해는 아무런 대답도 못하고 앓는소리만 더크게 할따름이었다。남편더러 가라고 하기도어렵거니와 가지말랄수도 없는줄을 그는 너무나 잘 알고있는것이었다。북간도를 개척한 조선사람의 생활에있어서 이 끊임없는 투쟁은 한 일과로 되어있었고 용감한 안해들은 언제나 남편이 총들고 나설때 이를 만류하지 않어야한다는것을, 잘알고 있는것이었다。

잠들었든 어린 복실이가 소란통에 깨서 눈을 부비면서 벌떡 일어나앉었다。남편은 벌떡일어나서 머리맡에 두었든 탄환혁대를 허리에 바삐게 둘으면서

『아무래두 나가봐야갔소。한사람 있구없는데 승부가 달렸으니께니……총출동 총출동……』혼자 말하듯이 뭇게 중얼거리드니 벽에 기대세웠든 총을들고 황망히 문밖으로 뛰쳐나가면서

『복실아 엄마잘봐라 응』하고 한마디하고는 밖앝어둠속으로 살아지고 말었다。

그것이 남편의 이세상에서의 마그막 목소리이었든것이다。

남편이 나간후 북소리는 더한칭 요란해지고 콩볶듯하는 기관총소리와 사람들의 아우성소리、숨이막힐듯이 짖어내는 개소리들이 모두 뒤섞여서 아주천지가 떠나가는듯하였다。복실이는 무서워서 어머니께로 바닥바닥 붙어앉었으나 어머니는 그것도 인식못하고 오직 그 두둥둥 울리는 북소리만이 왼몸둥이를 속

속들이 뚫으고 뻗고 채와서 그냥 왼천신 왼우주가 그북소리하나로 뭉켜버리는것같은 환각을 느낄따름이었다。

이런아픔 이런소란 이런북소리……마치도 영원에서 영원까지 끊임없이 계속되는듯이 생각되여 조곰만더 그래도 계속된다면 몸도 으스러지고 천지도 으스러져버리고 모든것에 마그막이 이르리라고생각될때 복실이모는

「으아」 하고 세차게 울리는 어린애 첫우름소리가 그북소리 그총소리웅으로 쫙퍼져서 왼방안을 채워버리고 왼 우주를 채워버리는듯한것을 들었다。동시에 동통이 문득 멋고 왼몸의 기운이 확풀어졌다。

먼동이 환하니 터왔다。북소리도 멋고 총소리도멋고「으아、으아、으아」계속해 웨치는 어린애우름소리만이 들렸다。

핏덩어리처럼 뻘건 해가 초가집웅들을 빤히 비칠때에는 그동리 젊은사람의 거의 절반이 시체가 되여 길거리에 너머져있었다。복실이 아버지도 그들중 하나이었다。이것은 북간도 조선인생활의 중요한역사의 한페지이 었다。

십오년! 그것이 십오년전 일이었다。그러나 이날 새벽에 아들의 이야기를 듣고 귀를 기우릴때 복실이모의 귀에는 그 폭풍우소리가 십오년전 이날 이새벽, 인선이가 세상에 나오든날 새벽에 북간도 한촌에서 듣던 그 북소리와 총소리처럼 들려왔다는것을 순전히 복실이모의 착각으로만 돌릴것일가? 복실이모는 한참이나 꿈꾸는 사람처럼 문턱에 엉거주춤하고 앉어있었다。두둥둥둥하는 북소리! 뼈까시저린동통! 그리고는

『으아』 하고 터져나오는 새생명의 웨치는 소리!

복실이모는 마치도 그때 그순간이 반복되는듯싶은환각을 느끼었다。그런데 그 새생명이 벌서 저렇게잘아서 떡거머리총각이 되였구나!

『인선아』하고 마츰내 부르는 어머니목소리는 몹시도 떨리었다。목소리만 떨리는것이 아니라 왼천신이 모다 푸들푸들 떨리는것이었다。

『인선아 북소린 웬 북소리가 난다구 그러니 바람소리밖엔 안들린다。』

그러나 인선이는 아모말도 없이 그냥 비를 마즈며 서 있었다。

『인선아 들어오나라。』

그제야 인선이는 묵묵히 방안으로 들어왔다。비에 흠씬 젖인몸을 수건으로 대강 문질른후 이불을쓰고 자리에 누었다。

『인선아 너 갑재기 왜 그러니?』

하고 어머니는 염녀스럽게 물었다。

『북소리가 자꾸 들레서 그래요 또 아바지가…』
『응 아바지가?』
『아바지가 어데서 자꾸만 날 부르는거같아요。』
복실이모는 소름이 쭉끼쳤다。
『우리아바진 싸우다가 총에마자 도라가섰대지요?』
하고 인선이는 또 볼쑥물었다。
『응』 하고 어머니는 겨오 소리를내였다。
『아바진 싸화야 되갔으니낀 싸왔갔지?』
『그럼』
『한사람있구 없는데……어머니 그게이 무슨소릴구? 한사람있구 없는데……』
『인선아 너 어디서 그런소리도 들었니?』
『몰라 그저 아까부럼 자꾸만 그생각이 나요。한사람있구 없는데 한사람있구 없는데 하구。』
『너 아바지가 마그막 그말슴을 하시구 나가서 도라가섰단다。』
『응、어머니 나두 이제 그뜻을 알아!…… 아바진 그 한사람이 되려구 나가섰지요。』
『인선아 거 무슨소리가?』
『아니야요。』

5

인선이의 이 심상치않은 현상에 복실어모는 몹시 놀라고 염녀되여서 다시 잠도못들고 걱정을 하였다。그러나 그 이튿날부터 인선이는 다시 아므런 별다른 이상이없이 학교에 잘다녔다。그리고 그생일날 새벽에 생겼든일은 아주 잊어버렸는지 다시 북소리이야기도 없고 아버지이야기도 아니하는고로 다시 어머니는 마음을 좀놓았다。인선이는 나이에 비겨서 떡 침착하고 우울한 성격의 소유자가 되였다。언제나무엇을 깊이생각하는듯한 태도이였다。특히 자기 생일때가 가까와오면 더한층 깊은명상속에 잠기는것이었다。한번은 이런일이 있었다。

바로 인선이생일이었는데 그날 새벽 밝기전에 인선이는 일어나서 어데론가 나갔다가 해가 뜬후에야 몹시 피곤해진몸으로 도라왔다 어머니가 놀라서 어데갔다 왔나 물을때 그는 새벽산보로 모란봉엘 단녀왔누라구 대답해서 어머니마음을 안심시켰지만 사실에있어서는 인선이는 자기도 모르게 용악산쪽으로 자꾸만 가다가 조고만 개천에 첨벙빠지면서 정신이 들어서 집으로 돌아온것이었다。

학교를 졸업한후 점원으로 취직이된후에는 인선이의 성격은 더한층 침울해지고 밤이면 매개 혼자을 밀대에 올라 한시간식 두시간식 깊은명상에 잠기는 버릇이 한일과처럼 되여있었다。그리다가는 갑작이주먹을 붉끈 부르쥐고는

『동물원이란말이냐?』 또는
『원숭이들처럼』 또는
『때가 이르면……』 또는
『한사람 한사람』 하고 어두운밤 홍두깨격으로 소리를 버럭지르군해서 가끔 다른산보객들을 놀래게하는때가 있었다。

6

내가 네살난 내 아들놈에게 북을 사다준것은 어떤 늦인가을날 저녁때였다。내아들놈은 두드리면 두둥둥소리가 나는 북이 신기해서 자기전에 한참이나 귀드끄럽게 뚜드리고 놀다가 그북을 손에 쥔채 잠이들고 말었다。그런데 웬일인지 그 이튼날 새벽에 채밝기전에 내아들놈은 갑작이 잠을 깨가지고 기를쓰고 울기시작했다。나와 내안해는 그놈 우름소리를 좀 멈추어보려고 여러가지로 얼리어보아찌만 무슨꿈에 몹시 가위가눌렸는지 어찌된셈인지 그냥 악을쓰고 우는것이었다。마그막에는 그놈 자리옆에 놓인북을들어서 뚜들겨보았다。

두둥둥둥 두둥둥둥!

북소리가 나자 아들놈은 우름을 뚝끈치었다。나는 한참이나 요란하게 북을 뚜드리었다。그러나 잠시라도 북을 끝이면 아들놈는 또다시 우름을 터트리는것이었다。그래서 나는 오래동안 계속해서 북을뚜드리였다。그러노라니까 갑작이 밖았뜰에서

『인선아、야 인선아』 하고 황급히 부르는 복실이모의 목소리가 들리었다。나는 북을 멈추고 귀를기우렸으나 아들놈이 또다시 울기를시작하는고로 또다시 북을 뚜드리였다。그러니까 이번엔 어데멀리서

『야 인선아 야』 하고부르는 복실이모목소리가 몇번 더들리는둥 마는둥하였다。나는 그저 새벽에 인선이가 어데나가는고 하고 생각했으나 별로 괴이하게 생각지도 않고 계속해서 북을 뚜드리였다。겨오 아들놈을 다시 잠을들여 놓고서 다시 눈을 좀붙였다가 해가뜬후에 일어나서 뜰에나가보았으나 조반을 짓고 있어야할 복실이모가 보이지않고 부엌에는 아무도없었다。그래 이상해서 복실이모방으로 나가보니 방문은 싹 열려져있고 이부자리도 개지않은채로 방은뷔여있었다。복실이모가 도라오기를 한참이나 기다려보았으나 도모지 오지않는고로 안해가나와서 조반을 지으려 부엌으로가고 나는 거리에 나서서 이리저리 좀 도라다녀보았으나 인선이도 없고 복실이모도 보이지않었다。

내가 회사로 출근할시각까지에도 복실이모는 도라오지않었다。

오후게 퇴사해서 집으로 도라오니 그제까지도 복

실이모는 어데로 갔는지 도라오지 않었다고 안해는 걱정걱정 하는것이었다。나도 슬근히 염녀가 돼서 인선이가 일하고있는 백화점으로 나가보았더니 인선이는 그날 애초에 출근을 아니했다는 대답이다。무슨 영문인지는 모르고 많이 염녀되였으나 하여간 밤까지 기다려보아서 내일아츰까지 소식이 없으면 어떻게대책을 강구해보기로 하고 기다리였다。

저녁을 먹어 치우고 밤이 어두었으나 인선이모자는 나타나지 않는다。이게 필경 무슨 곡질이 생겼고나 싶어서 마음이 무척 초조해졌는데 마츰내 복실이모가 도라왔다。우리는 토방에 맥없이 주저앉는복실이모의 모양을보고 놀라지않을수 없었다。이노파가 종일 어느 흙덤이우에가서 딩굴다가 왔는지 왼통옷은 흙투성이가 되고 머리는 푸러저서 산발이되여있었다。우리 내외가

『아니 웬일이요?』소리를 한꺼번에 질르면서 뛰처나가니까 복실이모는 실성한사람처럼 주저앉어서자꾸만 울고있었다。

가까수로 그를 달래서 뜨염뜨염 그에게서나온 그날생긴 이상스런일 이야기의 대강을 적으면 아래와 같다。

그날새벽은 바로 인선이의 수무번째 생일이었다。새벽에 채 밝기도전에 복실이모는 어떻게 잠이 풀쩍깨였는데 깨여보니 바로 그때 인선이가 문을열고 밖으로 나가는 참이었다。그런데 그때 복실이모는기절을 할만침 몹시 놀라게한것은 복실이모의 귀에는 너무나 똑똑하게 두둥둥 울리는 북소리가 요란스럽게 들려오는것이었다。복실이모는 제귀를 의심했으나 북소리는 갈데없는 북소리요 그날이 또 인선이 생일이라 복실이모는 불안한 예감에 쌔혀서 얼른옷을 되는대로 주서입고 인선이를 따라나섰다。

인선이는 벌서 대문밖에 나서있었다。인선이는 횡하니 빠른거름으로 어데론가 가고있었다。북소리는복실이모귀에도 너무나 똑똑하게 두둥둥 자꾸만 들려오는데 어떻게 두마음이 황망한지 그소리의 방향이 어덴지두 알수없었다고한다。그저 인선이가 그 북소리나는곳으로 가는것으로만 직각이돼서 그뒤를 따르면서 연방 인선이이름을 불렀다。그러나 아들은 대답도없고 뒤도 안돌아다보고 그냥 휭하니 가고있는것이었다。복실이모는 숨이 턱에닿아서 딸아갔다。

그들 모자는 보통강 까지 다다렀다。복실이모귀에는 인제는 북소리는 조꿈도 들리지않는데 인선이는 신도안벗고 그냥 철벅철벅 청강머리에치는 보통강을 건너갔다。복실이모도 그냥 딸아건너갔다。강을 다건너고나더니 인선이는 옷둑 도라섰다。복실이모는 달려들어서 아들을 부뜰고 느러졌다。

『인선아 애 너 어딜가니? 엉 너왜 그러니엉?』
인선이는 아무대답도 없이 한참을 물끄럼히 어머니를 바라다보고 서있더니 아주 침착하고 매진목소리로 이렇게 말했다。
『오마니 난 아무래두 가야돼요。아바지를 딸아가야되디요。날더러 어서오래는데 북소리 들리지않소。날 부르는 아바지목소리가 들리지않소。한사람더있구없는데……아바지두그한사람、나두 또한 그한사람……그한사람 그 한사람덜이 가야돼요 가야돼요。』
그리고는 인선이는 매달리는 어머니를 뿌리치고 다름질해서 보통벌 저편으로 다라났다。복실이모는 기를쓰고 뒤를 쫓아갔으나 늙은노파의 기력으로 젊은아들과 경주하여 딸어 잡을수는 도저히 없는일이었다 복실이모는 대타령부근까지 쫓아가보았으나 아주아들의 모양을 잃어버리고 말었다。노파는 더뗄기운도없어서 허덕거리면서 고개를 넘고 또 고개를넘어보았으나 인선이의 그림자도 찾을수없었다。
복실이모는 촌길가에 딩굴면서 실컷울었다。그러나 그울음이 이미 가버린 아들을 도로불려올수는 없는것이었다。북소리의 이끄는 힘은 어머니의 눈물의힘보다도 더 힘센것이었다。

7

복실이모를 겨오 달래서 방으로 내다뉘고나서 나는 방안에 앉어서 담배를 피여물고 이사건을 머리속에 이리굴리고 저리굴리며 음미해보았다。네살난내아들놈은、멋도모르고 북을 목에다걸고 박자도없이뚜드리면서 이간방안을 좁아라고 헤매이고 있었다。
그 박자가 없는 북소리는 차차 내머리를 점령하기시작하였다。
한사람 한사람을 끄는 북소리! 지금 멋도모르고 북을 뚜드리며 안방을 헤매는 저 네살난 내아들놈 저놈이 또한 자라나서 한사람이 된때에는 한사람을 부르는 그 북소리를 딸아서 나와 제에미를 내버리고 가버리지않겠다고 누가 담보하겠는가?
내 머리는 차차 이 북소리에서 정복되여 이 북소리 이외에는 다른 모ㅣ든존재는 그 존재 가치를잃어버린듯해졌다。내머리、내전신、윈집안、마춤내는 윈우주가 이박자없는 북소리로 가득차서 울리고 흔들리고…………

두둥둥둥、 두둥둥둥!
두둥둥둥、 두둥둥둥!

—(끝)—

병자년 마그막달

남 매

金南天

팽팽얼은 적은 고무신이 「페달」을 드딜려고 애쓸때에 궁둥이는 가죽안장에서 미끄러저서 떠러질듯이 자전거의 한편에 매어달린다。외인쪽으로 바른쪽으로 —구멍나간 끼먼 교복의 궁둥이가 움직이는대로 날근자전거는 언땅으를 골목어구로 기어나간다。못쓰게된 뼈만 앙상한 경종(警鐘)은 바퀴가 언땅에 부드칠때마다 서혼자 지링지링 울고 「핸들」을 쥔 푸르덩덩한 터진손은 매눈깔보다도 긴상해진다。기름말른 자전거는 이때에 이른봄날 돌틈을 기어가는 윤목이같이 느리다。그러나 길이 좀 언덕진곳은 미처 발드디개를 짚을 겨를도 없이 팽팽하게 바람넣은 바퀴가 자개돌과 구멍진곳을 분간할나위없이 지쳐나려가기도한다。심장은 뛰고 가슴은 울렁거린다。이때에

『남의 쟁골 또타네?』

하는 고함이 등뒤에서나면 왈칵 가슴은 물러앉고 정신은 앞뒤를 분간할겨를조차 없다。앞바퀴를 돌각담에 박으면서 거의 엎으러지듯이 호덕떡 뛰어내려 술려다보고 자전거의 주인인 면서기대신에 게향(桂香)이를 발견하면 두근거리든 가슴은 좀 가라앉으며 부엇보다 먼첨 안심하는빛이 어린표정을 싯처간다 뛰어내릴때 부드친 사타구니가 갑자기 쓰려오고 그의 두눈이 녹초가저서 뎅그렁하니 너머저있는 자전거를 보았을때 사슬은 끊어저서 흙바치개 옆에 붙어있고 고무「페달」만 싱겁게 핑핑돌다가 멎는다。녹슬어서 도금이 군데군데 버껴진 핸들은 홱 비틀려저있다。고물상 몬지구덩이에 박혀있는 항용보는 엿장수의 매상품이다。봉근(鳳根)이는 화가벌컥치밀었다。무엇을 짓부시고싶은 마음이 가슴속에 꿈틀거리지만 그대로

『왜이래 남 쟁고배우는데』

하고 저만큼 대문앞에 서있는 누이의얼굴을 노려보면서 울듯이 눈살을 찌푸리고 말었다。

『너! 『누구쟁끈데 물어나보구타비?』

봉근이는 아모대답도 안하고 사타구니의 앒은곳을 부비며 너부러진 자젼거를 세웠다。돌담에 비스듬이 세우고, 끊어진 사슬을 집어 차대에엿고 다시 바퀴를 다리짬에 끼운뒤에 핸들을 바로잡었다。

「이컨 경첬다。그게 누구쟁곤데 널르는말을 않듣구 만날 쟁고만타더니」

「차서방네 집에온 멘서기핸데 차서방보구 허가맡었다뭘」누는 괜이 민하게 굴어서 사슬 끊어딘건 난몰라。씽。」

자젼거를 끌고 기운이 빠져서 어슬렁 어슬렁 게향이앒으로 올려간다。

「이색기 차서방한테 허가맡어서? 차서방은 아바지하구 강에나갔는데」

주먹을 쥐고 머리를 칠라는바람에 봉근이는 자젼거를 게향이게로 탁 밀어버리고거만큼 물러뛰다。

「아이구 얘 이색기。」

겨우 너머질려는 자젼거를 부뜰고 남치마자락으로 입을 가리운다。

「색기두 망하겐 군다。」

게향이는 눈으로 봉근이를 노려보면서 어이가없어서 옷어버린다。그리고는 목을 돌려 차서방네집을 향하야

「김서기 쟁고건사하우。결단났수다。」

하고 고함을 질렀다。

봉근이는 바자틈에 돌아서서 손으로 언 가시나무 가지를 뜯다가 누이의 김서기 부르는 소리에 속이 또다시 활랑거려 힐끗 누이의 얼굴을 처다본채 그대로 꽁문이를빼가한다。

「얘 봉근아!」

하고 즐져서 자젼거는 찻으나 뒷감당을 맡어서 치를 당력은 없는 자기의동생을 부드럽게 부르면서 게향이는 약간 슳슳함을 느끼었다。

「얘 봉근아ㅣ 쟁끈 내말해줄게 집에 들어가서 다랭이가지구 아바지간데 쫓아가라。꽁맹이 새냥갔는데 앒강이 사람탈만하다더라。오늘은 아마 큰고기잡는대 주이님구 빨리 어서뙈가봐ㅣ 또 멘세기나오기컨에。」

게향이의 낮은 목소리가 끝나기컨에 봉근이는 고이욱고 차서방네집이서 꼬ㅣ루뎀당끄쓰본을 입고 기성순도치모양으로 대문안을 향하야 굶어드려가뻐렸는데 복외투를 걸친 김서기(金書記)하구 차서방의 딸 옥섬(玉蟾)이가 행길로 나온다。

「남의 하꾸라이재골 가지구 왜들 새박드리 야단이야 응。」

하면서 김서기는 물고나오든 마코ㅣ꽁초를 불붙은채로 길가에 던진다。그리고 사슬끊어진 자젼거를 바라보고는 춤을 한번 쪽 내터뱉고

「허허 오늘 큰코다쳤다。별수있나 게향이 하루밤화

마는 마루끼(丸木)쟁고빵으로 털으야 됐디!」

「그거 이컨. 엿장세한데 팔든가 페양갓다 박물관에 보관하디。 엔장나으리 타시는 구루마하구는 너무초라해。」

하고 옥섬이가 낄낄 웃으며 분떠러진 핏기없는얼굴로 게향을 바라본다。

자컨거를 받아서 사슬을 빼 짐들에 놓드니 김서기는 장갑낀손으로 안장을 룩룩털며

「이놈이 이래배두 내당나귀다」 말갈데 소갈데없이 참 이놈 타구 세금두 많이받았구 뽕나무십으라구 아단두 엔간하게 쳤다。」

「그리구 또 개색기두 수없이 짖겠구。」

「하하 아닌게 아니라」—

하면서 김서기는 게향이의말을 다시 받으면서—

「이종이 아직 시퍼렇게 젊머슴때 촌동니 어구를 접어둘면서 한번 째르릉하구 울리가만하문 개색기는짖구 닭의색긴 풍기구 고양이색긴 다라나구 아색긴 모여들구 촌치니는 바자틈에서침을 생겼는데 이놈이 이컨 다! 늙어서 이거 이놈소리두 안나네。」

양쪽쇠가 떠러저 없어저서 좋은 손으로 눌르면 찌룩찌룩 하기만한다。

「오늘은 또 밸이 꿇어졌으니 돈냥 탁실히 잡어먹게 됐군 그저 이놈어 동네오문 이랬거나 데랬거나말성이야」

「이왕이면 팔아서 소주나사게 낡두 산산한데 한잔먹구 나불쓰구 낮잠이나 잡세—。」

제법 사내투로 반말도 받는바람에 김서기는 입이 써서 멍하고 섰는것을 게향이는 다시한번—

「여보시게 서기네조카」

하고 간드러지게 웃었다。

「허 참 아침 흐더분이 잘먹구간다。」

자컨거를끌고 골목을 나가려할때 게향이는 웃으면서

「사랑하는 애인만낼라문 쟁고사슬 열개꿇어두 아깝지않네」

하고 그대로 웃으면서 옥섬이를 바라보았다。

「왜 이건 또 재수(在洙)가 안와서 걱정인가?」

서너발자국 가다 김서기는 목을 돌리고 지꺼리는데 옥섬이는 코만한번 찡긋하고

「어떤사람은 월급봉투두 터는데—」

하였다。

「아이구 아서 새벽부터 오늘재수없다。」

「재수가 왜없어 오늘 공일이 네껜 집이있을걸。」

셋은 배를추며웃고 제가끔갈려졌다。

「엣취!」

「아이 차겁다!」

나의 보배야!
나의 귀여운딸아!
너만은 나를 바리지말어다우。
나는 누구를 믿고 산단말이냐。

玉伊。(또렷하고 냉정한말로)
어머니가 너머 인색하시니까。

母。아니다 나의천부를 줄것이다。
나의 천부를 줄것이다 증거를보아라
(얼는이러나가서 금고를열고 지전뭉치를 끄내다가 九에게주고 금고열쇠는 玉伊에게주며)
九야 나의아들아!
나는 인색하지 않다。
이것을 너에게 줄것이다。
玉伊만은 나의곁을 떠나지말게 하여다우。
너까지라도 그렇다 너까지 너까지——

九。(받어서 대문쪽으로집어던지며 여전히 빈정거리는말로)
이제는 소용이 없읍니다。
나는임이 어머니를 배반한 아들이오。
玉伊는 玉伊로서의 자유가있으니 나의 알배아닙니다。
우리들은 우리들의 시대에 살것뿐입니다。
어머니가 어머니의 시대에 사신것과같이
어머니가 할아버지를 배반한것과 같이
우리들도 우리들의 시대를 살릴것입니다。

父。九가 여기왔느냐 아버지를 배반한자식이——
(대문밖에서부터 외치며 전일과같은 服色으로 술이취하야 비틀고드러오다가 지전뭉치를보더니 술술 결눈질하며 집어서 품에넣는다。九는 참아볼수없다는듯이 두손으로 얼굴을가린다。아버지는 얼른 도로나간다。어머니는 침착을잃고 몹시 흥분하여 그쪽에는 전연 주의하지않고 딸을향하야)

母。자!이것이다。
이것이 나의천부이다。
어서 받어라。

玉伊。(눈을내리깔고 거들떠보지도않고 머리를흔들며)
어머니딸은 그것도 요구하지않습니다。
어머니는 사랑하는 딸에게 주실한가지를 잊은섰읍니다。

母。(의아한듯이 딸을바라보며)
한가지라니?
이것이 나의 생명이요 나의천부이다。
또무엇이 있단말이냐?

九。있지요 제일중요한것이 있지요。

母。무엇이란 말이냐?
내가 나의보배 나의노리개를 위하야 아낄것이
무엇이란말이냐。

진 남치마자락이 칫치위바람에 펄락거리며 노랑저고리의 자주고름이 종종거름을 치는대로 대문안으로 살어저 없어진다。

× ×

어제까지 푸른강물이 찬바람에 하룰하룰 떨고있드니 오늘아침 치위에 조양천(朝陽川)은 백양가도(白楊街道)서부터 천주봉(天柱峯)밑 저쪽까지 유리짝같은매얼음이 짝 건너붙었다。 이번 겨울들어 첫치위라 매운바람이 등곬으로 숨여드는것이 유달리 차가웁다。 얼음이 약할듯싶어 아직 강을 타는사람은 하나도없었고 조망구니 아이들이 새벽에 가상으로 돌아단이며 아눌아룰 얼음진품을 발로 디뎌보드니 지금은 그림자 조차 간데없다。

계향이와 봉근이의 이붓애비 떰쟁이 학섭(鶴燮)이는 강가에 셋방을 얻어살면서 매년같이 매얼음진 첫날을 놓지지않고 꿍맹이와 작살로 고기를 나꾸는데 자미를 붙였다。 이지음 날세가 겨울로 접어들자 몇일을두고 소주도 덜마시며 강변에만 정신이 팔려있드니 간밤에 불는 바람이 잠자리에 맵게 숨여드는 품이 미상불 강을 붙였으리라 짐작되해 오늘은 이른새벽 머리를 헐며 자리를 나오자 눈을 부비면서 강가로 뛰처나갔다。 알린알린 기름칠한 거울같이 건너붙은것을 보고 강 한중복판을 발로 쿵쿵 디뎌보면서 얻은품을 시험해보드니 아침밤도 이럭저럭 손살로 작살과 꿍맹이를 준비해가지고 차서방(車書房)과 함게 조양천웃목으로 올라갔다。

한짝고름이 떠려진 색낡은 거른두루막이를 노끈을 이어 칭칭둘려감고 귀에다는 양의 털로 맨든 귀거리를 까우고서 빈다랭이를 든채 강가로 줄다름질처 내려온 봉근이는 강우를 휘ㅣ한번 두루살폈다。 학섭이와 차서방의 그림자를 강우에서 찾어보는것이다。 그러나 두서너개 소나무 충충백인외에는 바위와 입떠러진 가당나무뿐인 가난한 풍경ㅣ산밑에 강은 은니불을 깔어놓은듯이 아침해빛에 빛나는데 눈에보이는것은 끝없이 줄기뻗은 얼른거리는 비단필 개색기 한마리 찾어볼수가 없다。 통쾌하게 건너붙은 강을보고 흥분하였든것도 삽시간 은근히의 심이 복바친다。 응당히 아버지와 차서방은 내눈에 보이는 이 안강에서 허리를 꾸부러트리고 꿍맹꿍맹 얼음우를 달리며 고기를 몰고있을터인데 사람도 간데없고 하눌을 울릴 꿍맹이소리도 들리지않는다。

누이가 또 세무서 인(尹)상하구 놀라구 날 속였나ㅣ사실 오늘이 공일이므로 계향이하구 정분난 세무서 윤재수가 대낮에 집에올것은 정한이치다。 무슨일이있는지 이지음은 만내면 잘 웃지도않고 눈만 멀건히 마조보며 한숨들만 짔었다。 자세한 곡절은 모른다처도 금년 열한살밖에 안먹은 봉근이의 상식으론 그들이 돈때문에 그러는것이라는 단정을 내리울 수는 있다。월급도 몇푼 못받는 인상과 좋와지내는 것을 아버지와 어머니가 싫여하야 가끔 누이와의새에 충돌이 있는것을 보아온터이다。오늘쯤 나까지 강으로 내보내고 뭣을 의논하든가 그렇지않다 해도 대낮에 문걸고 히히거리고 놀기래도할려고 일부러 꾸민수단일것같기도하다。싸리까치로 틀은 고기 비눌붙은 초라한 종다랭이ㅡ 이것을 뎅그렁하니 쥐고섰는 자기가 싱겁기 한량없어

『제ㅡ미 나까타나 볼당 못볼라구ㅡ』

하고 어른같은 입버릇을 하며 춤을뱉었다。그리고 휙발꿈늘 돌리려고 하는데 그는 그때에 똑똑히 들었다! 얼음장을 울리고 천주봉을 문허트릴듯한 꿍맹이소리가 기관총의 소리같이 연거퍼 공중에 진동하지않은가ㅡ

『오! 차서방의 꿍맹이!』

그는 생선잉어같이 펄각기운을 떨쳐 강가상으로다름박질첬다。꿍맹이는 어디냐? 작살든 아버지는 어디있나? 목을뽑고 굽어보니 과연 있다있다! 강이 휘돌아 굽어진곳에 낡은 순사 외투를입은 차서방이 꿍맹이를 울리며 화살같이 달어나가드니 한번 유달리높게 꿍맹이소리가 나고 잠시 소리가 멎는때에 뒤쫓아오든 학섬이가 바른손을 버쩍듣었다가 긴ㅡ작살을 얼음구멍으로 던진다。이윽고 작살이 얼음에서다시 나올때에 봉근이의 두눈은 꺼먼작살끝이 팔뚝같이번뜩어리는 생선을 물고있는것을 보았다。

『어ㅡ 이!』

천주봉이 봉근이의 고함소리를 받아서

『어!이!』

대답한다。봉근이는 아버지가 몸을돌리고 자기를 먼발로바라볼때에 다시한번

『어ㅡ이!』

소리를 치고 다랭이를 번쩍들어 보인뒤에 강을 땅아 우으로 우으로 뛰어갔다。

얼어붙은 작알과 모래를 밟으며 쏜살로 달려가서 천주봉앞까지 이르도록 차서방과 아버지는 한번도 이쪽을 바라보지않고 냄새맡는 거먹곰같이 얼음짱을 굽어살피며 고기를 찾기에만 바빴다。그러므로 목구멍에서 쉿내가 나는것을 참어가며

『아바지 이재잡은거 머야?』

하고 헐레벌덕어릴때 겨우 아버지는 목만을 이편으로돌린채 마치 봉근이가 떠드는 바람에 모여들든 놋치떼가 도망을 친다는듯이 말대신에 험상구진 상통을 지어뵈였다。

봉근이는 핀잔을 맞고나서 숨만 쓸데없이 씨근거리며 그래도 먼발로본 팔뚝같이 번뜩이든 고기가 놋

친가 어헨가 봉언가 알고싶어 어정어정 강가운데로 걸어들어갔다。얼음은 모라치는 찬바람에 표면이 굳어져서 언 고무신을 대일때마다 불기하나 돌지않고 매초럽기만하다。

거울같은 매얼음속으로 모가죽은 둥근작알과 물이끼와 모래알이 손에 잡힐듯이 가까웁게 보이고 깊은곳으로 갈사록 붉은 파란기운을 더할뿐 지척지간과같이 드러다보였다。아버지글있는쪽으로 갈사록 이따금 얼음우에는 꿍맹이를 울린자리와 먼곳까지 태맞은 자리가 자저지고 꿍맹이의 자죽이 세네개 함께엉킨가운데에 뚱그렇게 구멍이 뚫렸는데 속에서는 물이 하롤하롤 올라솟았다。아까 잡어는 늦치는 바로 그옆에 눈을뜬채로 등허리에 작살자죽과 붉은피를 무친채 아직 꼬리를 파르르 떨면서 가로누어있었다。봉근이는 만족한듯이 한참동안이나 그것을 내려다보다가 춤을 뱉꺼 삼키고 굴었든 다랭이에 손가락으로 입을 께어옴겨넣었다。

둘러메일만한것도 못되는것을 억지로 무거운것이나 지니는듯이 다랭이를 어깨에 걸치고나서 그는 약간 앞산을 바라보았다。가당나무숲속에서 금방 산비닭이 한마리가 푸드득 날드니 뒤니어 차서방의 꿍맹이소리가 다시 자즈러지게 울려온다。산비닭이는 산을넘어 서쪽을 향하야 한울을 휘꺼돌아 없어진다。

까지통같이 주어입은 차서방이 신이나서 꿍맹이를 울리며

「예간다!」

「예간다!」

소리를 질르고 얼음우를 암닭풍기듯이 뛰어돈다。그뒤론 무릎까지밖에 안오는 달구지꾼의 더럽힌 회색 두루막이를 입은 키가 늘신한 학섭이가 키가 넘는 작살을 얼음속 생선대구리에 겨눈채 꿍맹이를 딸아 이리 뛰고 저리뛰고 헤번덕거린다。봉근이의 가슴은 갑자기 두방망이질을 하듯이 뛰었다。그리고 무슨큰 내기나 할때같이 가슴이 죄여드는것같었다。그래서정신을 잃고 차서방과 학섭이가 콩알뛰듯이 뛰어도는 것을 바라보다가 알지못하는 새에 자기도 그쪽으로 달려갔다。

한길이나 될가말가한 맑은물속에는 어쩔줄을몰으는 잉어한마리가 가끔 흰배래기를 번뜩이며 숨을곳을못찾어 어른거리고있다。그러나 잉어는 머리우에서 연거퍼울리는 꿍맹이소리에 어리둥절하야 마름포기를 의지한채 우뚝서버리고 만다。

「꿍」

하고 얼음을 뚫은 꿍맹이가 슬적 빗서기가 무섭게

「휙」

소리를 뀌이며 작살이 물속을 가르고 그다음순간 강

만다。 쇠로 벼른작살끝이 잉어대구리를 끝고 얼음구멍으로 다시 나올때 봉근이는 기쁨에 입이터저서 자기아버지의 얼굴을 우르러본다。 함석을 가위로 오려서는 납으로 부처서 물통을 부처가며 김치쪽이나 부친두부를 손가락으로 집어넣고는 사이다병에서 소주를 따려마시는 느름뱅이의 땜정이학섬이가 이렇게 재바르게 날뛰는적을 봉근이는 본적이 없었다。 두팔로 작살을 들고 궁맹이소리에 마추어 고기를 노리든 그 긴장한 얼굴 번개같이 생선을 낚거내든 그 기민한재주

그러나 기쁨을 참올수없어 봉근이가 발을 동동구르며 손뼉을 칠때 학섬이는 다시 가래잎을 깨문듯한 험상구진 얼굴도 힐긋 봉근이를 처다보았다。

『출랑거리다 물에빠질라。』

그러구는 또 아못말도 안하고 얼음짱속을 드려다보았다。

『한놈은 어데루 갔을가?』

차서방은 궁맹이를 집고 봉근이가 생선을 집어건사하는것을보다가 콧물을 찡ㅡ풀었다。

『일본집에가믄 오십전은 주겠군。』

이렇게 혼잔말두 중얼거리드니 학섬이와 함께 도망간 고기를 찾으려 다시 허리를굽으렸다。

× ×

[illegible] 짧었다。 그러나 해가 모우봉(暮雨峯)우에서 남실거릴때 학섬이네 일행은 다랭이에 차고도 한쩜챙이가 될만큼 많은고기를 잡었다。 해질무렵이 되매 강우엔 엄청나게 큰 산거림자가 덮이어 등곬으론 산산한 바람이 숨여들었으나 한짐잔뜩지고 팔이 굽도록 무겁게들은 봉근이는 손끝밖에는 시리지않었다。 몸에서는 더운김이 훈훈히나고 잔등과 저드랑밑에는 땀이 쩐득하게 흘렀다。

그는 앞서서 언덕을 올라오다가 골목을 휘돌아 자기집과 차서방집을 발견하곤 기쁨을 참지못하야 소래기를 질르며 다름박질을 쳤다。

『고기 한다랭이두 더잡았다。 어ㅡ이。』

『옥섬아 게향아ㅡ』

이렇게 소리소리질르며 자기집 대문안으로 뛰어들어갔다。

봉근이가 고기다랭이를 토방우에놓고 세수소랭이에는 쩜챙이에 께었든것을 옴겨놓았을때 게향이는 세살난 관수(觀洙)동생을 안고 웃방에서 나왔고 어머니는 부엌에서 손에 물을무친채 뛰어나왔다。

『아이구 이게웬 고기라니ㅡ 수탠잡었다。』

『그러게 내가 나가보라구 않하던。』

어머니와 게향이는 입이 버려저서 고기를 내려다본채 한참동안이나 움직일줄을 모른다。

「더잡을쩬데 궁맹이소리듣구 남덜두 나와서 고만 조끔 잡았다。」

봉근이는 제가잡기나 하듯이 뽐을내는것을 게향이는옷으면서

「욕심두 그럼 남두잡아야지 너혼자만 먹간?」

하였다。

「궤ㅣ레 차서방이랑 아바지두 우정 남몰래 잡을라구 옷곽대기에서 부럼 잡아내려오댔는데 모우붕밑에 오네껜 모두 쓸어나오는데 그래두 우리가 뎉수태잡아서。」

이러고들 있는때에 뒤쪼차 차서방과 학섬이가 딸장을끼고 드러온다。

「왜 이건 보구들만있니 정 험한건 물에 좀 씻구 작은건 추려서 한오십권의치식 께라。 저녁끼때 넘기권에 어서팔으아 돈냥이나 산다。」

학섬이는 작살을 두루마기섬으로 닦으면서 투덜거리며 서두러대는데 차서방은 궁맹이를 기둥옆에 세우고 또한번 코를 찡ㅣ풀었다。

「큰거나 팔구 작은건 옥섬이네하구 논아서 찔게나 하디 머 걸 다ㅣ팔겠오。」

봉근이는 어이가없어서 옆에 멍하니 서있는데 게향이는 아이를 안은채 아버지를 핀잔주듯하였다。

「얘가 정신이 나갔구나。 이좀 버리없는데 이게 버리다。 딸아서 쌀을 사든지 술을사든지 하디 우리가 이런생선을 먹으문 밸이골려서 죽는다。」

차서방도 팔자는 주장이었다。

어머니는 아모말도 안하고 서서 이사람 저사람의 얼굴들만 처다보드니 그대로 부엌으로 들어가서 바가지에 물을 떠가지고 나온다。

「인내우다 내할게 어서 불이나 때우。」

학섬이는 손을걷고 고기를 골라서 대강대강 씻기시작한다。 그리고 차서방은 좀적은것으로 골라서 쩸챙이를 께었다。

「좀 낵겼다 한잔하야디。」

둘이는 쭈끄리고 앉어서 중얼거린다。

「며부있오。 팔다 남은거 가지구두 술한된 치우겠는데。」

「아니 아마 이좀 이게 귀한물건이돼서 다 팔리리다。 미리좀 내노야디。」

「허리굽어진놈두 대ㅅ마리되니 그걸 지지구누 넉근히 술되는 없새겠는데 어서 다ㅣ께서 팝세다。 한오원벌문 며칠두구 땟손에 시장치나않게 안디내리。」

봉근이는 아모말도 안하고 고무신을 마루밑에 벗고 방안으로 드러갔다。 뒤따라서 게향이도 들어온다。

게향이는 아이를 아렛방에 놓고 혼자서 새ㅅ문을열고 자기방으로 올러가버렸다。 판수가 달랑달랑거려와

서 아렛목에서서 멀거니 농짝을 바라보고 있는 봉근이의 다리를 부뜬다。

「헝이 고기먹어? 고기먹어?」

이렇게 관수는 봉근이를 쳐다보며 잘 돌아가지않는혀로 말을 건넨다。

봉근이는 관수의 말도 들리지않는것같다。아니 지금도 문밖에서 중얼거리고 있는 아버지와 차서방의 말도 들리는것같지 않다。갑자기 사지가 노근하여지며 귀와 발고락이 근질근질하고 머리가 휑하다。

지금까지 어깨에 메었든것 그리고 팔이휘드록 들었든것ㅡ느물느물한 파 뚝뚝흐르는 생선들 그많은잉어와 늦치 그리고 어해와 붕어ㅡ

밖에서는 언땅에 물쏟는소리가 나드니

「그럼 차서방은 아렛동네루 가우 내 요릿집하구 려관으루 가볼게 그리구 파는대로 두붓집으루 오우다。」

하면서 대문밖으로 나가는 기척이 들린다。아마 고기를 다께고 씻어가지고 팔려나가는 모양이다。

이윽고 웃방에서 게향이가 담배를 부쳐물고 연기를 푸ㅡ내뿜으며 봉근이 옆으로 내려왔다。

「에나 이거가지구 호떡이나 사머」

봉근이는 게향이가 쥐여주는 십전자리를 보고 비로소 정신이 펄각드는것같었다。그는 설음과 분함이금시에 북바치는듯이 몸이 일시에 북ㅡ떨리었다。십전자리 백통전을 잠시 물그럼이 들여다보다가

「이까짓 돈」

하고 방바닥이 뚜러지라고 메어던진다。그리고는 터저올라오는 눈물을 막을길이 없는듯이 펄삭 주저앉으며 엉엉 울기시작한다。백통전은방바닥우에 손톱자리만한 자죽을 그리고 그대로 떼그르르 굴어서 방걸레옆에가 멎는다。관수가 돈을따라 그쪽으로 거러가다가 봉근이의 우름소리에 놀래어 이쪽을 쳐다본다,

「이색기 무슨 버릇이야」

게향이는 낯이 해슥해지도록 가슴이 뭉클하였다。그래서 담배를 내던지고 달려가서 돈을집어 다시 봉근이의손에 쥐여주었다。그러나 봉근이는 누이의 얼굴을 쳐다보지도 않고 돈을 등댕이쳐내던지며 다리까지 버둥거린다。

「그까짓 돈 없이두。」

울음에 섞여서 중얼거리다가 말끝을 덜컥 목구멍으로 삼켜버린다。

「머이어드래?」

게향이는 말끝을 쫓어가며 다지려든다。

「호떡 안먹어두 산다。」

봉근이의 말이 채 떨어지기 전에 무섭게 쳐다보는 게향이의 바른손은 봉근이의 눈물에 젖은 외인볼을

후려갈겼다.

『이자식 죽어버려라.』

게향이는 땅바닥에 넘어졌다가 다시 이러나앉어서

『왜 때려.』

『왜 때려.』

하며 대드는 봉근이를 남겨두고 자기방으로 조금하게 올라왔다. 그리고 이부자리갠데다 푹 얼굴을 묻고는 소리안나게 흑흑 느껴 울었다.

× ×

부엌에서 밥을짓든 어머니는 방안에서 남매끼리 다투는소리를 송두리채 들을수는 없었으나 게향이가봉근이를 뚜들기는 원인이 어데있는지를 알고 있는만큼 게향이의 주먹이 봉근이를 후려치는 소리는 자기의 가슴을 쑤시는게나같이 아프고 뒤니어 엉이엉이우는 봉근이의 우름소리에 피는끝은 숫같이설레었다.

아침부터 종일두고 하는 소리와 짓이 자기에 대한 공치사와 지천구뿐이었다. 그래도 아모말않고 내버려두었든이 에미볼을 후려갈기지는 못해 강바람에 빨갛게피빛이운 봉근이의 뺨따기에 분푸리를 하고야마는구나, 게향이와 봉근이의 아버지 김일구(金日九)가죽은뒤 얼마나 자기는 살어갈려고 애를태웠든고. 그때 자기는 겨우 수물여섯살 게향이는 아홉살이고 봉근이는 세살에났었다. 아이 둘을 옆에 하나식끼고 홀몸이된 자기는 할수있는 일이면 뭬든지 하려고 하였다. 광산에 가서 굴속에가서 혹은 기계깐에가서 장정과같이 뼈가 가루되도록 일할생각도 먹었다. 그래서 죽는한이 있어도 게향이가 가는 보통학교 이학년은 계속해 다니게하려고 하였다. 그러나 일자리를 안준건 광산회산가 세상인가 몰라도 자기는 며칠안되어 세상여편네가 먹는결심이란 만일 굳건한 용단력이있다면 주검밖에 다할길이 없다는걸 알게되었을뿐 게향이―그때는 봉히(鳳姬)라 불렀건만―그의 공부도 가갸거겨에서 끊어지고 쌀밥이 조밥되고 밥이 다시 죽이되는 한해동안 해보고난것 부다껴보고 생각한끝이 재가(再嫁)였다. 그때 김학섭이는 말뎅이금광이 한참 경기가 좋을때라 하루에 손에 집는게돈이었다. 매일같이 생기는 함석집웅 붙수채 학섭이는 하로해있을때까지만 어물거리면 돈이원은 훨게잡었다. 지금 게향이가 자기를 나무래는것이 재가한데 있다면 대체 그때의 자기로서 이걸아닌 어떠한방향이남어있었단말이냐. 그때는 김학섭이는게흐름뱅이도 아니었고 술은 안하는축은 아니었으나 가끔 먹으면 걸걸하게 웃고 애들과 놀다간 씩씩 자버리군 했다. 한푼생기면 쌀보다 소주를 찾게되고 술한잔 마시면 한되사오라고 집안사람과 지트럭거리고 낮도안닥고 검버섯시 돋은채로 쭈끄리고 공술잔을 거두러 단니게

도것은 [illegible]

이곳에온 뒤부터다。 그래도 자기는 기생으로 놓기를얼마나 반대했을가。 그때 앞집 차서방딸 옥섬이의 새옷이 부러웠는지 찾어다니며 노는 젊은 녀석들과 시시닥거리는것이 부러웠는지는 모르나 기생권번에 들어간다고 서두른것은 아비도 애비려니와 기실은 봉히 자신이 아니었든가。 기생허가가 나와서 버젓하게 요리집에 불리우게 되는동안 일년하고도 반년이나 일원오십전식 월사금을 물고 소리선생이 왔다고는 삼원 검무선생이 왔다고는 오원식—그것을 마련하노라고 쓰인앤둔 어찌 애비에게 없었다할가。 지금 돈푼이나 디려다 쌀되나 사는날이 며칠이나되었길래 벌서부터 서방에다 제좋구 나뿐걸 가리려들구 자칫하면 에미노릇한게 뭐냐구 지천구가 일수란말이냐!

어머니는 손끝에 물이 젖인채 새ㅅ문을 열어제치었다。

「이얘가 누구한데 할 분푸릴 못해서 아일때리구 야단이가。 그래 네에밀 못삽아먹어 아침부터 독이올라서 범석이냐?」

어머니가 성이나서 덜렁거리는 바람에 땅바닥에서 돈을 만지작거리든 관수가 자겁에 놀래어 새ㅅ문으로달려가서 어머니에게 매어달리며 집었든돈을 내어준다。 어머니는 관수를 부둥켜안고 올라와 나지도않는 젖을 옷섶을 비집고 물려주었다。 안밖은 솜으로 쉬맨든 때무든저고리속으로 맥없이 느러진 젖통을 쥐고 힘들여빠는 소리가 쫄쫄거리며 들린다。 와락한마디화를 쏟으면 좀 속이 풀릴가 했드니 어머니의 속은 가라앉지않고 오히려 하구싶은 말이 더 목구멍을 치바치었다。 그는 목소리를 억지로 나추어 차근차근 이르는말같이 ˏ할려고 애쓰면서

「인젠 네나이두 셀새면 열아홉이야!—그만했으면 세상물게두 알구 집안살림사리두 채잡아할나인데 부모가 일으는말이라믄 역정이나서 한사하구 말대답이디 애비가 한마디하믄 열이올라서 사흘 나흘 집안사람과 못살게 굴구」

이렇게 중얼거리면서 그는 우깐 딸의 기색을 살피노라고 말을 멈추었다。

게향이는 울기를 멈추고 이불에서 얼굴을들고 멍하니 어머니의 말을 귀뚱으로 듣는것같았다。 그래서 어머니는 다시 월충 목소리를 나추어서 타일르듯이 이야기를 꺼낼려고

『오늘 일만해두 아침에 내가한말이』

까지 하였는데 뜻밖에 게향이의 목소리는

「듣기싫여! 한말 또하구 한말 또하구』

하고 말문이 막히도록 쏘아버린다。 어머니는 말을 뚝끊졌으나 마음은 오히려 냉정하게 가라앉었다。 오나

그것이 딸이 에미에게 대하는 태도라면 에미도 또한 이이상 더 부짧지 않으리라ㅡ그의 해쓱해지는 낯빛은 이렇게 말하는듯이 잠깐 묵묵히 앉었다가 갑자기 관수가 물고있는 젓꼭지를 쭉 빼고 벌떡이려섰다。관수가 놀래여 불띠가 뛴듯이 소리를 질르며 울기 시작한다。어머니의 정신은 그러나 관수의 울음으로 흥클러지지않고 일어서는대로 와락 새ㅅ문을 잡어제치고 웃방으로 올라간다。

「이년!」

이렇게 한번 소리질르기가 무섭게 어머니의손은 게향이의 머리카락을 덥석 쥐었다。

「두말말구 네맘에드는 서방대리구 맘대루 치탁거리면서 살어라!」

그러나 눈자욱이 약간 부어올은 게향이도 비록머리칼을 잡이기는 하였으나 매섭은 눈초리로 어머니의 얼굴을 낯짝이 뚫어지라고 바라보는품이 예상보다 녹녹할것같지 않었다。아렛방에서 관수와 봉근이가 달려와서 엉이엉이울며 두사람을 하나식 부여안고 그새에 끼어선다。

「너는 그래 서방물르구 이태 살어왔니。」

한참 바라보든 게향이의 빨갛게 피빛이운 입에서 이말이 튀어나오자 어머니는 정신이 아뜰해지는것같었다。면하야 게향이의 [illegible] 찌그러진 표정을 향하야 조약돌을 던지듯이 튀어나온다。

「애비라구 가갸짤 변변히 가르켜줬단 말인가 밥을 와뚤히 멕여서 남처럼 호사를 시켰단말이냐 기생질해서 양식대구 몸팔아서 술멕인게 이붓자식된 큰죄가돼서 술독에 넣어 치닥거릴못시켜 죽일년이란 말이냐 할거 다하구 틈틈히 내좋은 서방하구 즐기는게 원수가돼서 술먹은건 술먹었노라구 아우성이오 술안먹은건 정신이 말쩡하다구 에미애비된자세루 사람을 졸라대니 나가라든 나가지 엄매 그늘밑에서 흔하게잡은 물고기한마리 먹어본걸」

핵 뿌리치는바람에 어머니는 멍하니 잡고섰든 머리카락을 놓지고 좀 앞으로 비틀거렸다。게향이는 치마자락을 쥐고섰는 봉근이를 물리치는대로 방문을벌고 밖으로 나갔다。저틱 산산한 바람이 열오른얼굴을 차갑게스치고간다。귀가 씽—하고 다시 열리면서 방안에서 아이들우는소리가 유난히 요란스럽다。그는 한참동안 정신을잃고 선채로 앞산을 바라보았다。

× ×

곤하게 들었든잠이 대문에서 두런거리는 말소리에 깨처보니 창문이 훤하게 밝었다。봉근이는 한번 잠이 들면 부등켜이르키기전에는 누가 뭐라고 떠들어도깨

[illegible]

은 이상스런일이었다。 전에는 저뎐에서 술을먹으며 노래를 불르고 별짓을 다해도 잠을 깨어본일이 없는데 집이바끼어 잠자리가 달러지고 아버지가 주정을 하려올것을 미리부터 근심하면서 자든때문인가? 어쨌든 그의 신경이 그만큼 아버지의 목소리에 예민해저있든것만은 사실이었다。

그것도 그럴것이ㅣ어제저녁물고기사건으로 어머니와 누이의 싸홈이 마루턱에까지 버려진채 누이는 생각을돌리지않고 그날밤으로 더강한것을 꾸려가지고 봉근이와함께 이집ㅣ이고을 본바닥기생 명월(明月)네거릿채두방을 빌려가지고 이사해버렸다。방에다 불을넣고 나서 게향이누이는 위선 아렛방에 돗자리를 깔고 이러저러한 방치장만 해놓고는 돈변통을 나가는지 그발로 어데엔가 도라단니다가 요리집으로 불리워간모양인데 봉근이는 혼자서 옷간 아렛목에 이불을펴고 엎데어서 학교서 배운것을 두어장 복습하는척하다가 누이는 오지않고 이사한것을 모르고있든학섬이아버지가 달려와서 집을부시고 지랄을 치지나않을가 근심하며 잠이들었든것이다。꿈에도 여러번 주독에코가 빨애진 검버섯이돋은 학섬이의 얼굴을 보며 자든터이라 그리 높지않은 말소리에 이같이 눈이띠인 모양이다。

[illegible]서 들린 목소리가 무슨말인지는 몰라도 그것이아버지의것임에 틀림없다는것을 알었을때엔 그는약간 몸서리가 치이고 가슴이 두군거리었다。

누이ㅣ 누이는 아렛방에 돌어와서 자고있는가 만일 누이가 없다면 이봉변을 혼자서 겪지나않을가하는 생각과 누이가 없으면 욕이나 몇마디하고 가버릴것이나 오히려 누이가 간밤에 집에 오지않고 좋아하는 「인상」하구 어데서 밤을 샛으면은ㅣ하는 두가지생각이 서로 엉클리어서 머리속에 뒤끌른다。

뒤쪼차 아버지가 대문어구를 돌아 뜰안에 들어서는 발자국소리가 난다。

「이 고약한년같으니 배은망덕하는년같으니」

이렇게 혀꼬부라진소리로 중얼거리드니 쪽저피삽을려고 파놓은 구멍에 다리가 빠졌는지 쿵하고 넘어지는소리와 「에익」하며 다시일어나는 기척이 들린다。마루에 올라서는 쿵하는 소리를 들을때엔 봉근이는 그대로 있을수가 없어서 이불을 푹 뒤집어썼다。안으로 건문을 덜강거리며 열라고 야단을친다。아렛방에서 찡ㅣ하고 잠이깨는 기척이 들린다。게향이는 찡ㅣ하는데 입을 쩝갑쩝갑 씻는자가 또하나있는것을 보면 아렛방에서 자는것은 게향이누이뿐이 아닌모양이니 만일 인상과같이 둘고 누었다면 아버지와의이 봉변을 어찌 감당할것이냐。항상 미워하고 말끝마다 욕질하든 인상이 계향이와 품고 누었는것을 다른날 도아난 오늘이때에 본다면은 검버섯이돋는 혁섭이의 얼굴은 호랑이같이 무서워질것이오 그의 두손은 독수리가 병아리를 채듯이 이두사람을 덥석쥐고 갈래갈래찢어버리고 말것이다。 봉근이는 머리우에서 폭탄이 터지는것을 기대리는 마음이었다。

、이욱고 안에서 문여는 소리가나고 문이 삐!ㄱ소리를 내이며 열리드니 웬일일가 그뒤에올 화약터지는소리가 들리지않는다。 한참 문이 열린채로 있드니 뜻밖에 혁섭이는 서투른말시로

『도ー모 시쓰레이 하하 오소레오이데쓰。』

하고 굽실거리는 품이었다。 그리고는 문을 가만히닫고 다름박질이나 치듯이 뜰을건너 종종거름으로 대문을 나가버린다。

『하하하 약끄상 호루에데 이야가라ー』

아렛방에서, 사나이의 목소리가 탁하게 들려온다。

봉근이는 처음에는 자기의귀를 의심하였다。 그러나 이불밖에 얼굴을 내놓고 아모리 전후를 생각하여도 그것은 틀림없는 사실이었다。

『인상』 하구 품고있다가 혁섭이한테 찢겨 죽는한이 있다처도 봉근이는 아렛방에서 계향이가 몸을맡기고있는 사나이가 「인상」이기를 얼마나 원하였을가 그러나 그는 그때문에 여태것 아버지어머니라 좋흘하였고 또 이사까지 하게된 혁섭이가 매일같이 같이자랑고 원하든 식료품가개의 젊은주인이었다。

물론 계향이가 몸을 맡긴사나이는 봉근이가, 아는것만해도 반라는 넉넉하다。 그러나 돈없고 구차한세무서 인상ー윤재수하고 좋와지내게된 다음부터는 결코 다른사나이와 잠자리를 같이하지 않었다。 아버지어머니가 큰돈이 떠러진다고 아모리 졸라도 드를려고하지않었고 구박이 심하면 심할사록 그는 더욱더욱 완강하게 그들과 싸왔다。

봉근이는 아버지한테 맞고 어머니한테 갈키우면서도 구차한 윤재수와 좋아하며 종시 다른남자에게몸을 허하지않는 계향이를 볼때에 무슨 숭고하고 신성한것을 발견하는것같이 누이가 우러러뵈었다。 평양가서 여학교에 다니다가 방학때마다 도라오는 누구누구의 평판높은 처녀들도 이렇게 신성하고 마음이 깨끗할것같지 않었다。 그는 학교동무들이

『깅호ー꽁(金鳳根) 매부 한다ー쓰? 두다ー쓰?』

할때에도 천연히 속으론 『네누이들보다 깨끗하다』고 생각하면서 그는 부끄러움을 느끼지않었다。 이세상에 사랑도 쥐뿔도 없으면서 돈때문에 명예때문에 얼마나많은 처녀들이 나이많고 개기름흐르는 사나이의첩으로 시집을 가는지를 봉근이는 잘 알고있었기때문이다。

처나왔으나 간조찾을날은 멀었고 돈한푼없이 살림을 해갈차비가 막연해서 화ㅅ김에 먹어논 술기운에 이일을 저지러놓은것은 봉근이도 상상할수있다。 그러나그러한 속에서 여태것 부모와 주위와 싸와왔길래 누이는 훌륭하였거늘 결국 돈때문에 몸을 단한번이나마 맡기고 말었다면 어느모를 취할길이 있을러이냐 어머니와 다투고 집을 뛰쳐나오는데 봉근이가 쫓어나온것도 그것을 믿고 딸렸든때문이아니었든가!

봉근이는 모든것이 더러워보였다。 아버지 어머니 누이ㅣ모두가 더럽고 구려보였다。 세상에는 숭고하고 신성한것은 도모지 찾을수없는것같었다。

벌서 해가 치밀어 앞으로 한시간이면 학교가시작될것이다。 봉근이는 무거운 머리를 들고 맥없이 자리에서 이러났다。 아렛방에선 다시 잠이들었는지 조용하다。 봉근이는 낯도씻지않고 아침도 찾어먹을생각도 없이 책보를 들고 방을나섰다。

「얘 조반 안먹구 밥세 학교가니?」

대문을 나서려고 할제 이러한 누이의 소리가 들렸으나 그는 들은척도 안하였고 또 들는것까지도 더러운것같었다。

골목을 돌아서서 밭새ㅅ길을걸으며 봉근이는 더러운 하수구속에서 빼어져나온것같이마음이 깨끗하고 일 아렛동리에서 오는 길과 합하는 곳에서 오학년선생의 아들을 맞났다。 그는 봉근이보다 한학년 우인데 몸은 그와 비등하다。

코훌린 자죽이 발갛게 난 얼굴을 싱글싱글하며서 너발자국 앞으로 뛰어가면서 훌적 얼굴을 돌리드니

「강호ㅣ꿍。 매부 몇이든지? 한다ㅣ쓰? 두다ㅣ쓰。」

하곤 닝금닝금 뛰어간다。

봉근이는 항상듣는이말이 지금같이 모욕적으로 자기를 충격한것을 경험한적이없었다。 어적게로부터 오늘아침까지 보아오고 겪어온 아니 나서 이만큼자라기까지 경험한 가지 가지의 더럽고추한것들이 함게뭉처서 덩지가 되어 그의 얼굴우에 떠러지는것같었다。

「강호ㅣ꿍。 매부 한다ㅣ쓰?·두다ㅣ쓰。」

다시 이렇게 곡조를부처서 외이면서 선생의 아들은커만큼 뛰어가고있다。

봉근이는 더 참을수가 없었다。 와락 두주먹을쥐고 모자도 책보도 길우에 집어던지고 뒤를쫓어갔다。 선생의 아들은 여느때와는 달른봉근이를보고 겁이나서 다름박질을 치는데 봉근이는 길이고 밭이고 얼름이고 분간없이 지금따르고있는것이 누구인지도잊어버리고 두주먹을 쥔채 죽기를한하고 자꾸만쫓어간다。

丁丑 一月卄五日

국수집

朴榮濬

1

새뿜는 술집에도 꺼질듯이 희미한 석유불은 뽀얀 담뱃내에 한들거리고 있었다。더욱이 두간반이나 되는 기다란 방에 웃목에서만 적은 남포불을 둘러싸고 앉었으니 아랫목에는 사람이 있어도 허졋하게빈듯하다。아랫목이라야 집주인 한사람뿐이 긴담뱃대를 머리맡 신벗는데에 걸치고 노랗게 오르는 연기만내뿜고있었으나 그래도 웃목의 분위기와 아랫목의 공기는 유별나게 다르다는 느낌을 가질만큼 허젓했고 무엇이라고 말할수야 없으나 상가집같은 적막을 주었다。주인 만영이가 어떤일이 있어 수심가운데 혼자누은것도 아닐것이고 말없이 담배를 피운다고해서 남달은 무엇을 생각하는것도 아니였으나 다만 아랫목과 웃목과의 공기가 다른데서 아랫목만이 쓸쓸해보였다。

첫째 웃목에는 희미하나마 불이있고 그 불을둘러싸고앉은 사람들이란 만영이보다 전부 젊은사람들이었다。

젊은사람들이라기보다 웃목에 앉었을망정 주인은 아태로 나려쫓고 자기들이 그집을 점령한것처럼 주인보다도 그집에선 더 자유스러운 사람들같이 보였다。

그러나 아랫목이란 우에서야 무엇이라 떠들건 지꺼리건간에 아무말도 할수없고 무엇이라 참견할수없는 딴세계였다。다만 딸인 첫채가 나려와서 『아반』하고 국수를 누루라면 국수를 누르고 자리깔고 자라면 자는것이 아랫목에 허락된것의 전부라고나 말할수있을가? 만영이는 누은채 담배를 물고 우에서 들리는 말소리를 들으며 그날에 되여가는 형편만을 생각하였다。

『오늘은 재수가 없군―』하는소리에 따라 투전짝이 삿바닥에 떨어지는 소리가나면 누구는 돈을 잃는

거보다 ㅡ모음의 정짜가 나오랄땐 안나오구 쌍놈의거…거 분해 죽갰네」하는말이 들릴때도 누구는 무던히 듣이날었구나 하는것을 옷목을 보지도않고 알어내였다。젊었을때 자기도 투전쯤이야 조금 해보았으니까 알지만 젊은사람들이 모여 노는데 늙은이가 간섭은 아니할망정 간참하는것이란 누구나 질색하는것이기때문에 만영이는 옷세상과는 아무관계가 없는척 누어있으나 속으로는 옷세상과 관계있는 궁리를 하고있었다。

누가 돈을 땄으면 좋겠다。누가 돈을 잃었으면좋겠다。또는 저놈이 돈을 다잃으면 어떻게하나 하는 생각이 그가 잠들기전까지 궁리하는 생각이다。더욱 이 투전판에 한몫끼여 거뎅이질(건달질)을하는 칫채가 얼마나 뺏었나 하는 생각은 쉴새가 없었다。

『얘 돈좀 꿔여라。』

「그럼 이백냥 (二十圓)」채다

『그래라』 이런말이 들린때 그목소리로 보아 재넘어사는 계홍이가 돈푼이나 착실히 잃어버리는것을 알고 속으로 기뻐둥한마음을 가져보기도했다。

투전하는놈들이야 권부가 곡갈이 고약한것이며 투전꾼들을 부쳐 방세로돈 등세로돈 나아가서는 국수팔어서 돈을 먹었으면 그야 그뿐이지만 사람이란공연히 마음의 파당을 가지는것이다。떨을 시켜 다른판에야 익이든 지든 그판에만 돈을따는 사람에게는 다문 얼마라도 거뎅이질을 해먹으니 그투전판이 길사록 그집에 들어오는 이익이야 많을것이지만 만영이 역시 없는사람이되여 그런지 계홍이가 돈잃는 눈치를 앎이 유쾌했다。

자기에게 방을 빌려쓰는만큼 돈을주며 투전하는사람들보고 투전말라는 말이야 할수없으나 계홍이를 뺀 남어지 사람이란 권부가 그동네 돈없는집 자식들이었다。투전이 나쁜것을 알면서도 말릴수없는 자기 도리혀 그들의 투전을 부쳐먹는 자기이지만 그래도 저것들이 있는땅을 권부팔면 어떠할가? 제일 첫번 욕먹을이는 자기가 아닐가。하는 생각에 투전이라는 것이 도대체 나쁜것같기도 했다。사실 만영이는 투권을 하다 빗을지여 그 빗값에 떨을 주어보리만큼 젊었을때는 투전을 즐기였다。그러나 그 투전에서 돈 잃은사람은 있어도 돈모아 부자된이 보지못한 늙은 만영이는 투전을 쥔대로 찬성하지는 않 다。찬성하고 아니하는것은 둘째로 그것을 미끼로 저을낱을 지나가야하는것이 마음에 조금 꺼리끼는데가 있었으나 우리집아니면 투전 못할사람들인가 하는 생각에서 그날그날을 지내오는 터이다。

『오늘은 선구가 홍자하누나』 하는소리가 옷목에서 들리였다。분명 떨의말이다。

『그럽 나같은놈두 돈이나 좀 따야디……』

선구의 목멘소립고 어덴가 감정가진듯한 말소리가나자 돈을 긁어가는소리가 질거럭거리였다。

『저놈이 빚이나 좀 물게되나……』 아랫목 만영이는 이런생각을 또했다。먹을것은 둘째로 계홍이아버지에 돈을 불지못해 얼마안있으면 쓰고있는 집까지 헐리게되리라는 선구네집안일을 만영이가 알고 있기 때문이였다。만영이는 이런 쓸데없는 생각까지 하며 웃목사람들과는 조금도 어울리지 않는 마음에서 별생각을 다했다。계홍이만을 빼놓고는 누구나 다 돈을 땄으면 하는 욕심드 부려보았다。

그러나 투전목을 치며 건드리면 터질것같고 한마디 말만하면 생사가 구별될것같은 웃목의 운명적순간은 누구에게나 긴장을 주어 칼을들고 결투장에선 사람들같이 보였다。다만 그속에서도 췌채만이 사내들틈에 앉어서 가장 자유롭게 말이나마했다。

『분다소——』만영이가 다탄 담뱃대를 삿귀아래에털고 댓진을 뽑을때 부엌문을연 마누라가 말을했다。

『그러디—』만영이는 일어서서 부엌문으로 갔다。문을 조금도 열지않고 불만쳐맺는지 부엌에 그득찼든 김이 방안으로 몰려들어오느라고 부엌문은 잘 보히지않었다。

『문이나 좀 열디않구 어데 무에뵈나?』 방안에켠 남푸보다도 더 적은심지불은 가득찬김에 어데있는지 찾을수도 없었다。

『무에안뵌다구 그러노—문두 열어놨는데。』

자기는 그속에서 일도하는데 무슨 잔말을 하느냐는듯이 부엌사람은 말했다。

만영이는 다시 더말을 아니하고 분대를잡어 분풍속에 분팡이를 잡어넣고 분대를 내려눌렀다。

분대를 타고앉어 뚝뚝 소리를내며 조금씩 나려날때 분풍밑 가마에서는 나려오는 국수를 뭉치지않게 국수대로 저며 마누라가 말을했다。

『새(나무)두 디려주디않구 늙은게 방안에서 무엇을 합데까?』

『내가 알게뭐요。새가없는디 물이없는디 말을 해야 알디않아。』

만영이는 조금도 재미가있어 방안에 앉어 있지않었다는것을 변명했다。

『잘했웨다—』

마누라는 아무래도 속에 불평이 있는것같이 톡 쏘는말을했다。

하기야 딸이있고 영감이있는 늙은이가 혼자서 모밀가루를 반죽하고 나무를 날라드리고 불까지때려니 화도 안날것은 아니였다。딸이야 투전군과 얼리여야 한푼이라도 뺏을것이니 국수누르는 일에까지 손도개를 해달랄수는 없으나 그래도 오십이넘고 허리가 굽어가는 늙은것이 혼자서 일을 해나갈래나 심화가 편치는않었을것이다。

만영이는 모르는척하고 분대에 올라앉은채 힘을주어가며 분대를 누르기에만 정신을 두었다。

여편네의 마음은 알배도 아니였고 그만한것쯤이야 생각에 머므를 아무런가치가 없었다。일하기 힘든단말까지 간참해서 염두에 둘것같으면 오륙십평생을 살어오지도 못했을것이다。

한통을 다눌러놓고난 만영이는 다시 방으로 들어와 공원의자처럼 생긴 긴 식상을 웃방에서 나려다놓고 그우에 고추통과 김치사발을 올려놓았다。언제 사온것인지 칠한것이 하얗게 떨어진 검은저까락이 울툭둘툭하게 깨논 사이다병속에 꽂히여 김치사발옆에 놓여있었다。

『애ㅡ국수받어라。』

부엌에서 어머니가 첫채에게 하는말이 들리였다。

『가만 있으라우。요판만 끝난뒤 먹을게ㅡ』

투전판에 끼여앉은 첫채는 자기도 투전이나 하는것처럼 대답했다。

얼마안되여 그판이 끝난것을 안 만영이는

『한그릇씩을 먹구 하게ㅡ』

하고 자기가 국수를 한턱 내는듯이 손수 국수그릇을 받어드리였다。

대여섯명이나 넘는 투전꾼들는 휴전이나한 병사들처럼 어떤이는 웃으며 어떤이는 한숨을 쉬며 국수상으로 돌라앉었다。밤도 이슥했으려니와 투전정신에 저녁도 변변히 못먹었을 그들이였으니까 고기한쪼각 없고 김치국물에 간장을란 맨국수였으나 범본 여편네 창구녕막듯 함부로 들어키였다。만영이는 국수먹는그들을 바라만보며 담배를 뻑뻑 내품고 있었다。이제는 몇해를 해먹었으니 습관이되여 국수한그릇에 얼마가 이남는다는생각은 하지를않고 돈색여 국수를사먹어가면서까지 눈알이 빨가가지고 투전하는 젊은사람들이 유심히 보였다。

먹구살수 없다는소리는 해마다 더 늘어가고 언제나 한번 허리를 펴고 살어보나 하는 말은 누구의 입에서나 나오것만 빚을 내여서라도 투전을하는 그사람들이 늙은 그의 눈에는 이상스럽게 보였다。그것두 정초니까 심심푸리로 몇푼내기 윤노리같으면 몰라도 봄만되면 먹을것이 없어 쩔쩔맬 사람들이 하로밤에도 몇십원이 왔다갔다 하는 투전을 어떻게할까 계홍이같은이야 돈이많고 할줏이없으니 외입삼어하는노릇이지만 그남어지 사람은 천부가 한닢이라도 잃기만하면 눈물이 나올사람들이 아닌가。사오십호나 되는 동내것만 빚안진집이없고 계홍이에 돈을 쓰지

않은이가 없것만 무엇때문에 하필 계홍이와 투전을 하는가? 물론 커마다 계홍이의돈을 투전으로나마볼충해보겠다는 생각을 가지였을것이나 계홍이가 어데 그리 잃어본적이 있는가? 만영이는 이런생각을하며 국수먹는 그들을 멀금히 바라보다가 투전을 그만두라는말은 못하고

『오늘은 누가 땄나?』

하는 엉뚱한 소리만 했다。

『누가 별두딴사람이 있나요。』

맨끝에앉은 사람이 대답을했다。그랬더니 그 옆에앉었든사람 자기 아래에앉은 선구를 가르키며 큰소리로 말을했다。

『오늘은 선구가 홍자했는데。너 어데 내돈먹구•펜안한가보자』

『내가 멫푼땄다구 . 그러니:…생기 잃은돈 볼충할래문 멀었다야。』

하고나서는 칫채와가치 앉은 계홍이를보며

『너 이백냥이다。알았디 우리집 밭문서나 찾으야되갔다。』하며 빚쟁이가 돈진사람에게 하듯 앙칼스럽게 말했다。

「아이구 돈푼이나 딴거다。그러디말구 집하나 있는거나 팔아먹디말나-」

「던 뭣가?」 선구는

「쌍년 계홍이의 첩이나한번 돼볼라구 그르니?」

하고 욕을하고싶은마음이 컷으나 눈만 무섭게 부르떴다。

「땄다구 그러다간 도루잃는 단다。」

칫채는 선구가 미워서는 그러지않는다는듯키 웃어가며 재차 말을했다。그러나 선구는 그런말도 그리듣기좋지않었다。

「내가 잃건따건 무슨상관이가?」

「얘가 돈푼이나 따드니 칫채두 눈아래드는 모양이로구나……」

한편구석에서 이렇게 나오는말이 아무래도 뱃속이편치않어하는것같었다 그런말이 들리자 또한사람이 연줄을이여

「그러캇디。」하는 비웃음이 나오고 또 그뒤를이여 어떤이가

「돈푼이나 좀 땄다구 칫채가 좋아할줄 알았댓을가……」하는 말이나왔다。사실 선구가 동무를 안만나면 밤낮 칫채이야기만 하자고 딴이야기를 못하게 굴어온것과 틈만있으면 칫채네집에 가서 국수방질까지 해주었으나 칫채의 마음이 조금도 선구에게 있지않다는것을 그의 동무가 모르지않었으나 그보다도 투[illegible] 잃은 그들이 돈푼이나 조금 딴 선구를 공

연히 미워하는 마음에서 그런말을 한것이다。

「개소리를 말아。」선구는 그들의 말을 일축해버리려고했다。

「내가 너이들 놀림감에 든줄아니? 괴니 먼하게들 놀디말아。」

그렇다꼬 그당장에서 첫채에게까지 욕을 해줄수는 없어서 첫채말을 끄내지도 않었다。

「아—주」

「무서운데—!」

「암만그래두 속으룬 등이달껄! 첫채 너 대답해봐라。

네가 선구를 좋아하니 안하니?」

선구를 골려라도 주고싶은 마음에 이런말까지했다。

「망찌한소리는 고만두라우。」

첫채는 그들과 어울리여 노는판에 그런말을 받어주지않을수 없었으나 선구와 계훙이와 가치있는 자기로는、대답하기 힘들었다。선구가 자기에게 마음을 두고있는것쯤은 자기도 알고야 있지만 자기는 선구를 계훙이때문에 생각할겨를이 없었다。만약에 선구도 남만큼 돈이나있다면 권의남편과 이혼을 시켜줄수있다는의미에서나마 선구와 계훙이를 비교라도 해볼랴고 했을것이나 핏분한푼없는 선구가 어떤마음을 가졌다가로니 생각할배가 아니였다。더욱이 계훙이로말하면 돈만있을뿐아니라 자기를 좋아하며 몇일만있으면 권남편과 이혼할수있는 돈까지 준다고 말했다。권남편과 이혼만하고 계훙이와 딴살림을 한다면 선구쯤은 발고락으로도 보히지않을것이며 자기에게 감히딴생각도 못할것같었다。그렇다고해서 계선이가 있고 딴사람들이 그뜩한데서 선구에게 창피를 줄수는없고해서 묻는말과는 딴판달은말을했다。그러나 모든이야기가 선구를 골린다는것보다 첫채를 가지고 농락거리는것같이 둘리여 옆에 앉었던 계훙이가 성을냈다。

「이새끼들 첫채는 웨 찾니? 첫채가 너의집애이름이가?」

이말에 누가싸움할것처럼 한사람이 나섰다。

「새끼 넌왜 그러니? 너하구 첫채하구 무슨 상관이 있니?」

「있다 있어! 어떡할테가?」

계훙이는 금시 주먹을 내둘을것같었다。옆에서 화를낸 계훙이가 싸움이나 할것같이 본 첫채는 팔을끌어 몸을당기며

「그만두라요—그런걸 멀하나……까짓것들」

하고 술집계집같이 간사를 피웠다。

「그만둘두구 또 시작이나 합세!」

어떤사람은 일어서서 등불있는곳으로 갔다。그러나 계훙이를 붙잡고 금시에 옷이라도 쪽발가벗올듯한 첫채의 사나운 꼴을본 선구는 자기를 보지않는 계훙

이와 칫채를 뚫어질듯이 바라보고만 있었다。 선구도 칫채가 계홍이를 어떻게 생각한다는것을 모르지는않었으나 제눈앞에 나타난 그 고약한 장면을 좀더똑똑히 보고싶었다。

「저게 정말 저러나──」

그리 큰 사실도 아니렸만 그는 이렇게 혼자생각을 했다。 웃목에서는 다시 투전이 버려지었다。 아랫목에서는, 만영이비뉘은 부처가 자리를 깔고 잠속에 들어간지 오랬건만 투전장 치는 소리는 끊이지않었다。 한번만 더하면 이겨볼가 하는 행여나 하는 마음에 든푼이나 잃은사람들은 투전판을 끝나게하지않었다。 더욱이 계홍이옆에만 붙어서 계홍이를 툭치였다가도 술을 만지여도보는 칫채의 끝에 마음이 흥분된 선구가 땄든돈까지 다뺏기고서는 밤이 새여도 그냥해야된다는 고집을 세우고 있었다。 밤을 새거나 아무짓을해도 속이단 선구는 돈을 따지못했다。 선구뿐아니라 주머니의 돈이 조금씩조금씩 가벼워지는것을걱정할라기에 기운을 펴지못하는사람들은 누구나 돈을 잃을줄만알었다。

2

새벽 동이 터갈때였다。 웃목에서 어머니옆으로 온 칫채의 부스럭소리에 만영이가 눈을떴다。

「이년아─」하고 욕부터해주고싶은 마음이 벼락같이 일어났으나 떠지는눈을 힘을주어가며 감었다。

부르럭 부르럭 솟아오르는 화를 참으려니 이가갈리리만큼 속이 썩는것같었으나 참지않을래야 참지않을수없었다。 욕을 한다치드래도 무엇이라고 욕을 할것인가? 욕을하면 칫채가 어떻게생각을 할것인가? 욕을먹었다구 성을내면 어떻게될가? 하는생각을 하니 생각을 할사록 말은 더깊은곳으로 숨어들어가는것같었다。

매일저녁 이삼원이상의 돈버리를 하는것이 칫채때문이 아닌가? 매일밤 그렇게 들어오는것은 아닐지라도 그돈이 없다면 무엇으로 먹고 살어나갈수 있을것인가。 국수장사야 칫채가 없드라도 할수있는것이나 그것이야 국수상사를 하는 겨을동안에나 먹을것을 빼낼수 있는것이지 어데 봄까지나 먹을것을 주는장사인가? 만약에 경찰서서 아는날에는 콩밥을 먹는한이 있다하드래도 칫채가 투전판에서 버는돈이란 만영이네 생활에서 없을수없는 크다란 생명이였다。 그렇다고해서 애비와 에미가 누워있는 바로 그방에서 딴놈과 수군거리다가 치마를 둘춰입고 나려오는 칫채를 그대로 내버려두어야 하는가?

만영이는 가슴이 떨리였다。

부끄러운 일이 아무것도 없는듯이 [illegible]

으며 긴하품을하는 딸 칫채를 볼때 갑작이 동댕이질을 해서라도 내여쫓거나 목을 눌러라도 주고싶은 마음이 일어났다。 굶어죽거나 병들어죽거나 다늙은놈이 께딸하나 마음대로 하지를 못하나 하는생각을할때는 금시 자기몸이 우뚝 일어서는것같었다。 더욱이 달래는것없어도 밉기만 계홍이란놈하고 붉은것이 원통할지경이였다。 국수한그릇을 사먹으면서도 국수가적으니 맛이없느니 국물이 씁네하고 검방지게구는 계홍이를 한번도 눈에들게 보지못한 그였다。

돈없는 사람이 돈모는사람을 보면 공연히 미운생각이드는 그러한 마음을 가지여서 그런지 계홍이네 돈을 한푼 써본적도없고 무엇이라 아단만난적도 없었으나 동내사람들이 무에라고 계홍이에 말을 끄내기만하면 한마디씩이나마 끝사납다는 말을 해온그이였다。

물론 동내사람들이야 계홍이에 돈을 쓰고 빗때문에 땅을 팔어버린이가 많으니 그를 미워하고 욕할것이라고 할수있으나 만영이로 치면 국수그릇이나마 팔어먹고 투전때에 돈푼이나 착실이 뺏것만 그래도 속으로는 안령치못했다。 그래서 칫채가 더욱 미워진것도 사실이나. 무엇이라고 욕을해주나 하는 일초동안이나마 마음에 여유를줄때 벌서 그는 말끔이를 잊어버리고야 말었다。

만영이는 눈을 감으려고 했다。 그러나 감으려는 눈을 훤한 문창이 열어놓고야 말었다。 아랫목에 누은 칫채는 코고는소리를 낸다。 그럴사록 만영이의 눈은 열리기만했다。

「쌍년 계홍이의 첩으로가? 누가 가게하나 보자。」

그는 혼자서 이런생각까지 했다。 이때까지는 계홍이와 칫채가 수상하다는 눈치만 알고 있었으나 지난밤에 지랄하던 이야기도 칫채가 어떤생각까지 가진것을 알수있음에 그저 밉기만했다。 실상 칫채가 계홍이의 첩으로 들어가는 날 만영이가 무슨말을 한마디나 할수있을는지 의문이나 못볼꼴을본 그광경이 눈에 선히 보히여 칫채에게는 무엇이라도 나쁘게만 해주고싶었다。

투전꾼들을 다보내고 계홍이와 단둘이서 이렇게생각만해도 속이 터지는것같었다。

「내가 굶어죽는 한이 있드래도 시집으로 돌려보내주고 그꼴을 다실랑 보지않어야지」

그는 혼자 결심을했다。

문창이 조금씩 더 밝어갈사록 등골이 시원해지며 발이 산득산득해왔다: 늙기도했으려니와 아침이되여가니 방이 식어가는 모양이였다。 그는 일어나앉어 담배를피웠다。 그러나 제어머니와 가치 드러누은 칫채의 잠사는골이 보지않으려해도 눈에 보이여 알지못하는새 고개를 옆으로 자꾸돌리였다。
밉게볼사록 밉게만 생각키우는 그딸을 보지않으랴
해도 보허기만하는것이 그에게는 괴로움이였다。애매
한 담배만 죽이며 해뜨기를 기다리나 해도 그리쉽
사리 떠오르지 않었다。

「제길할놈의 닭 이새끼들은 왜 울디않나。」

그는 닭이가 빨리 홰를 치고 울면 해가 빨리 떠오
를것같이 닭을 원망도했다。해가떠야 신통한일도없으
련만 그어두운 새벽이 싫었든것이다。

얼마뒤 날이 밝어올때 그는 밖으로 나갔다。삽치
를 들고 개똥이나 소똥을 주어담으며 매일아침 나
가는것이 그의 버릇이였으니까。

한삼태기의 똥을 주어메고 집으로 돌아왔을때 여편
네는 밥을 지으려 부엌에 나왔으나 칫채는 아직일
어도나지않었다。

「얘ㅣ이제는 그만 일어나렴 해가 낫이됐는데。」

그러나 칫채는 무엇을 잘해준다고 야단치느냐 는듯이
눈도 뜨지않고

「남 잠두못자게 하네。일어나서 뭐 할거있댓나?」

하며 이불을 잡아다니며 머리까지 푹썼다。

「이년의 엠나이 못니러나갔니?」

하고 댓바람에 욕을하고 이불을 거더치우고싶은 마
음이 일어났으나 마음대로는 할수가없었다。그저 답
배나피울뿐ㅣ

「얘ㅣ밥먹자 상놔라。」

부엌에서도 어머니가 칫채를 깨웠으나

「만제 먹으라우ㅣ」

하고는 일어날 생각도 아니했다。

「나 만제주게ㅣ당에가서 모밀을 사와야디ㅣ」

만영이는 혼자서 밥을 달래먹었다。마누라는 칫채와
가치 먹으려고 방에 들어와있으면서도 먹지를 않기
때문에

「깨와서 함께 먹디않구ㅣ」

혼자 밥을 입에넣면서도 만영이는 드러누어있는 칫
채가 못마땅해서 마누라에게 재촉을했다。그러나 마
누라역시 잠든 칫채를 깨우기가 안되었는지 딸의편
이되었다。

「두두소, 그레. 그렇게 니러나서 할게있댓나? 깨우
구포믄 제나 깨우디……」

만영이는 더 말을 아니했다。다 마음대로 해라。죽
겠거든 죽고 살겠거든 살고 좋도록 해라는듯이
밥을 다 먹은 만영이는 뒤지(의롱)문을열고 쇠합속에
넣둔돈을 끄내여 주머니에 넣다。

「무이두 낫으믄 사오서、잰디가 다 떨어디게 됐는
데……」

마누라의 부탁이다。

「겉 다 어떻게 지구오나?」
「거 얼마나 되갔다구!」
「그럼 당에낳으믄 좀사 오디ー」
만영이는 자루와 멜방을 가지고 문을 열랴 했다。
그때에야 칡채가 이불을 걷고 얼굴을 내밀며
「아반ー쿠림(크림)한통 사오라우。」
하며 이불속에 넣었던 주머니에서 돈을 끄냈다。
그 쾨쾨한 냄새나는 그놈의 쿠림을 또사달라고할 때 만영이의 마음은 조곰 가라앉으랴든데서 다시뱀의 대갈처럼 우뚝 솟아올랐다。그놈의 쿠림 갈보나 바르는 그놈의 쿠림을 바르고 계홍이란놈한테 아양구을릴라나 하는 생각이 북적들어 참을수가없었다。
이때까지는 누구나 다ー바른다고하며 제가 번돈으로 사달라기에 사다는 주엇것만 새벽일이 또 생각나서
「너 사다바르름 오늘는 바빠서 그런거 못사갔다。」
하고 거절을했다。
「벨하겐구네。얼마나 바빠서 그것두 못살가?」
칡채는 돈을 끄내면서 이렇게말을했으나 아버지의마음은 전혀모르는소리였다。
「못사갔다。후댐장날 사다줄라。」
그는 크림을 못바른다는 말은 못했다。
「정말 벨하게두 구네。모밀하구 무이나 사는데 무에 바빠서 그리우?」
마누라도 남의속도 모르며 딸에게 편력을했다。
「안사주갔으믄 말디 난 장에 못가나。」
칡채는 조곰 성이난 모양이였다。
「돈을 있내라 안사다주긴! 아반이 노망해가나부다。」
성난딸을 달래노라고 어머니는 딸에게 돈을 달래였다。주머니에 묵죽하게 든 돈을보고 우선 칡채에게
「어제밤은 얼마나 봤니?」하며 대답아니하는말을 묻고는 남편에게로가서
「왜 그러우 좋은것으루 사오소。」
라고 힘들지않게 부탁을했다。
만영이는 마누라가 주는돈을 받어 주머니에 넣고 아모말없이 방을나섰다。

3

아버지가 장에간뒤 칡채는 그대로 자리에 누어있다가 낮이나 거이되여서야 이러나 밥을먹고 세수를 했다。
어느새 왔는지 웃목에서 어머니와 망질을(맷돌장)하든 서구가 세수하고 드러오는 칡채에게말을했다。
「팔자가 개팔자로구나。」
하기야 지난밤 못볼것을 보고 히야까시라도 해주어 자기의 빼근한 마음을 풀어보려고 왔든것이나 밉지않은 얼굴에 더욱이 아침의 살결 만지면 쑥드러

갈듯한 부드러운 그살결을 보자 문득 그렇게 말을 하고 말었다。

췻채는 그까짓말같은것은 몇백번이라도 하라는듯이 치거올린 치마만입고 저고리를 벗은채 거울만드려다 봤다。

한치도 못되는 엷은거울 그것마저 한편이 깨여지여 얼굴도 어릿어릿 보히것만 담벽에 기대놓고 빗질이며 크림칠이며 정신없이 화장을하고 있었다。

대답도없는 췻채가 아니꼽다는듯이 선구는 한손으로 맷돌을 돌리면서도 아랫목만 바라보며 말했다。

「그렇게 티장을 아니한들 게홍이가 홀리지않으리。」

「걱정두 케딸 자지。」

췻채의 말은 간단했다。 그러나 선구는 내마음을 돌봐주느냐는듯이 측은히 말을했다。

「너 그라야 쓸데 무(無)다。 너 첩으루 된대야 몇을 살다 쫓겨나올줄 아니? 속채려라 속채려。」

「또 걱정이지……」

옆에서 주고 받는 말을 듣고 있든 췻채 어머니는 누가 옳건 긇건 쓸데없는 말은 그만두라는듯이 말했다。

「빨리 망질이나 하자 남의 망질을 해줄래문 똑똑이 해주야지。」

「이아즈만은 누구에 망질해주는사람인줄 아는거지……」

밤이아니면 국수도 안누루고 투전도 아니한다。 공연히 심심하면 윷을놨다。 국수망질까지 해주는것이 버릇처럼 되기는했으나 이날 선구가 찾어온것은 무엇보다도 췻채와 말을 조곰 해보자는 뜻이였다。

무슨말을 꼭 하겠다는 생각은 못가지였으나 그저 막연하게나마 이야기를 들어보겠다는 마음만 가지였든것이다。

「안해줄래문 고만두구……」

췻채어머니는 선구가 해주든 망질을 그만둘것같지는 않어 이런말까지 했다。 그러나 선구는 그말은들은척도 아니하고 췻채를 보며

「내가 망질을하는데 너는 우둑하니 놀구만있니?」

하고 말했다。

「누구 망질해달라구 말해서 왔니? 고만두렴 내할게」

췻채는 조곰도 무섭지않다는듯이 말했다。

선구는 더 무슨말을 해볼수가 없다는듯이 한숨을 내쉬고

「에 속상한다 오늘밤엔 술이나 먹구와서 볼장을좀 해야겠군。」

하며 이러설듯이 엉덩이를 들석들석했다。

「어케밤에두 돈을 잃었나?」

첫채어머니가 말이라도 해서 그들 붙드러 맷돌질을 시켜보겠다는 말이다。

「왜구말구 첫채까다니 맛든돈두 다 떼웠지」

「내가 멜 하든?」

자기말이 나오는데는 첫채도 가만있지않었다。

「그럼 네가 배때기 아퍼서 작구그러니깐 데우지。」

「…………」

「두구봐라。 내가 투전으루 돈을 좀빼서놓구야 그놈의투전을 더놓게니……」

「관둬라 관둬。 너 돈먹으라구 누가 가만있을내던… 잠봉(봉사)들하구 하문 익일지두모르디。」

첫채는 화만 올리여주었다。

「그래봐라。」

선구는 말을해야 익일상두싶지않어 그만두랴했다。

그러나 첫채는 익이거나 졌다는 감정은 조곰도없다는듯이 저고리를 입고 맷돌질에 손도개질을할랴는디웃목으로 올라왔다。바로 그때였다。 밝에서 「장에(나먹은사람을 부르는 농민의말)있오? 하는말이 들리자 어떤사람이 문을열고 얼굴을 디밀었다。무녕수건으로 얼굴을 처매고 눈만을 내여논 그사람이 방안을 한번 휘둘러보고나서는 더말도없이 방으로 드러섰다。

「예—첨군」

하고 목수건을 벗자 그때에야 첫채는 가슴이 갑잭이 주저앉음을 느꼈다。그러나 얼굴빛을 번케하지않으려고 힘을쓰며

「어떻게 추운데 오십네가?」

하고 인사를했다。

「정말 추운데 옴네 다그려。」

첫채어머니도 드러온사람의 얼굴을보고 인사를했다。

「에 날이 되세 깔깔한데요」

하고 대답을 한손님은 앉으란말두없는데 아랫목으로 나려가서 앉자마자 담배부터 피워물었다。담배를 두어목음 피우고나서야

「장에 어데갔나요?」

하는말을 위험을 뵈여가며 말했다。

「××당(장)에 무얼좀 사려갓디요。왜 무슨일이 있나요?」

첫채는 대답을 못하고 그대신으로 어머니가말했다。

어머니도 그사람이 무엇하려 왔다는것을 모를리없을것이나 그래도 첫채보다는 말하기가 낫을것이니가

「에—」 그사람은 입을열고 무엇을 생각하는듯이한참 있다가야 말을 다시 계속했다。

「딸을」 시집보냈으문 시집에서 살게 하아디 본가집신세만 지게해서야 될가요。벌서 몇번채 사람이온듯한데 오늘은 내가 직접와서 말울 들어볼가 합네다。그런데 장에 녕감이 없어 안됐군…당날을생

각도 안하구 왔군。」

「글세 우리두 시집사리를 시킬랴구 시집에 가란말을 듣 하나、시집사리하기가 힘이들구 재미가 없어 못가겠다는걸 어떻게 하겠소? 말두 우룰까지 끌구는 가두 물은 저먹을내야 먹는다구…」

「그럼 사람하구 말하구 갓단말이요。시집사리하기싫어 시집안산대문 누구 시집사리할사람이 있갔소? 농부군이 일하기 힘들문 굶어죽으야디」

이말이 떨어지자 칫채는 참을수없다는듯이 앞으로 나앉으며 말을 끄냈다。

「그럼/살기싫은 시집을 어떻게 살란말이요。밥이야 먹기싫으문 안먹어두 그만이디만 사람보기싫은거하구야 사나요。」

「그럼 못살갓단말이디?」

그사람——그사람이란 칫채의 시형되는사람이다——묘이한마리로 자기의 위엄을 보혀려했다。종시 못살겠느냐구 반문함으로 대답을 못하도록 해보겠다는것이였다。그러나 칫채는 쉽게 대답해치웠다。

「못살갔소。」

「그럼 돈을 내야디。」

쉽게나오는 대답에 그사람도 얼핏 생각나는말을 했다。돈이란 다른게아니라 칫채를 색시로 다려간 조버지와 성혼하기를 허락했든만큼 이혼이 되는날에는 그돈을 다시 갚어내라고 늘상 말해오는것이며 칫채도 그돈만은 갚어줘야 할것이라고 생각해온것이다。말하자면 선금선채이다。

「주디않으 뭬께」

칫채는 게홍이와 살게되면 그까짓거쯤은 문제없는것이였기때문에 또 쉬운대답을 했다。

「그럼 그돈만 니자하구 합해서 당장에 내놔。」

「아무때라두 주디않으리요。」

「홍 시집사리 하든넌이 투전판에서 사내들과 붙어먹는대디…」

「남이야 아무걸 하건…」

선구는 이렇게 아옹당거리는 말을 우둑허니 앉어서 듣고만있어다。그러나 전같으면 못살겠다는 색시를 떠려다가는 무엇하노 하고 도로혀 칫채를 끌어가지못해 애쓰는 칫채시집을 욕해왔으나 이 자리에서만은 칫재가 나뿌게만 생각되였다。일하기 힘들고 남편이 돈이없어 시집사리 할 자미가 없다고 제각기 시집을 안산다면 자기동네에만도 이혼해야할사람이 수두룩하다。더욱이 아직까지 장가도 못가기는했으나 누구나 그렇게만 생각한다면 우선 자기부터가 종신장가를 못드러볼것같었다。

예서 돈을 벌어 호화로운생활을 해보겠다고는 믿지 못하는만큼 언제까지나 남의땅을 붙이여먹고 살자기와 더욱이 자기같은것을 눈에도 거들떠보지않는 첫채를 새삼스럽게 인식하자 아모리해도 첫채가 나뿐것만같었다。

4

「어데 갑네가?」

그다음날 아침 만영이가 두루막이를 입고 목출모를 눌러쓸때 첫채가 묻는말이였다。

「응 최다리(동내일홈)좀 갔다오갔다。」

만영이는 첫채에게 관계없는 일이 있다는듯이 대답을하고 문을 열었다。

「돈두 안가주구가믄 뭘하게! 돈을 제걱주구 이혼을 해달라구 그래야 더말을 못하디。」

첫채는 아버지가 자기시집으로 가서 담판을 할랴는것으로만 생각했다。

「돈은 투대 주구라두 해달래디。」

만영이는 이렇게 대답했으나 그속마음은 딴판이였다。 어제는 첫채에 시집에서 첫채의 시형이 야단하고갔다는말을 듣자 그는 그곳으로가서 첫채를 끌어가라는말을 해주고싶어 밤새 궁리를하고 지금 그발을하려 떠나는것이였다。 만일 못간다가고 하면 목을 매서라도 끌고가게하고싶은 마음이였다。 딸이없어도 두권군을 붙이면 방세와 석유값은 나온다。 국수를 누르면 얼마동안 먹을것도 나온다。 참아 시집사리 아니하는 딸의 더러운꼴은 볼수가없었든것이다。

「그래두 면일있다가 돈줄게니 돈가주구가라요。」

첫채는 자신있게 말리였다。

「괸티않다。」

「말두 안듣기는하네。」

이런 말을 하고도 고집을부리는 아버지를 보내고야 말었다。 첫채는 아버지를 보내고도 어쩐지 마음이놓이지않었다。 어제 시형이 화를내가지고 「돈두싫다。 께끈(더러운)한 너의집안을 망하게하구야 말겠다。」는말을하고 간것이 불안했다。 무지한 사람들이 늙은아버지를 그냥 내버려둘것같지않었다。

그는 문밖으로 뛰여나가 아버지를 붙드려고했다。 그러나 그리 고집을 세우고간 아버지는 도라올것갔지도않으며 또 늙은사람이니 어떻게할가하고 자위에서 그냥 주저앉었다。

그리면서 다시 생각한것은 어제밤에도 투전을하려왔든 게홍이가 자기에게 마음을 가지고있던는것이였다。 몇을만 더참으면 백원도 못되는 그돈을 문제없이 만들어줄것이니 근심말라든 게홍이의 말이 머리에떠올랐다。

「그돈만되면 그놈들의 성화는 더받디않을게다。」

그는 혼자서 생각을하며 시집사리아니하고 도라온지 몇달만에 세번네번식이나 찾어와 야단치고간 시집사람들을 더욱 미워했다。

(오늘밤에 오면 어느날에 꼭 되겠는가 물어볼게다)이런생각까지하며 그는 채 빗다많은 머리를 다시 손질했다。 웃목에는 끝이나 보자는듯이 동모들을 더리고 온 선구가 뺑둘러앉은 그동모들과 췻채를보며 수군거리였다。 아마 어제 생기였든 이야기를 설명해주며 췻채 아버지도 그래서 담판을 하려간다는것을 말해주는 모양이였다。

「암만해두 오늘 췻채아반이도 경을추구야올걸。」

「시집사리를 그렇게 쉽게 고만둘수있나?」

「그래두 돈맛이 좋와서 계흥이를보구 시집사리를안한다는데야 할말이있나?」

「췻채가 시집사리하믄 선구색기는 울갓구나?」

「아무래문 선구하구 살줄아니——」

웃목에서는 저이들끼리 떠들었다。

「계흥이란놈의 돈을 얼마나 따먹으야되나。 이색기들 우리때에서 쇡이문 좀 눈들감어라。 계흥이돈이나 따먹으야디 우리끼리 지구이기문 무슨소용있니?」

「정말 이제부터는 좀 판을 짜구 투전하자。」

「[illegible] 텐데。」

이런말도 서로 주고받었다。

췻채는 못들은척했다。 너의들 마음대로 짓거리고싶은때까지 짓거리여라하고 내버려두고 싶었다。 어쩐일인지 간섭하고도싶지않고 쓸데없는 소리들을 한다는 생각으로도 혼자 마음에나 욕을할것이나 그것도 그리고싶지않었다。

그저 살란한마음에 아버지나 무사히 도라왔으면하는 생각뿐이였다。

그럴때 췻채어머니는 뫼밀쌀을 말박만한바가지에담어가지고 방안으로 드려왔다。

『난 이집에 윷올래두 망질해달라는 성화에 못오갔더라。』

윷군가온데서는 벌서 눈치를채고 이런말을했다。

『아이구 놀믄서 그것두 하기싫을게 뭐요。』

췻채어머니가 웃으며 말하자 한편에서 곧 대답이 나왔다。

『그럽세다 그래야 투후에 국수그릇이나 얻어먹디。』

췻채어머니는 맷돌망관에 맷돌을 가저다놓고 망지게(여러사람이 맷돌질을 할때쓰는 나무로만든것)를 메웠다。

윷군들이 망지게의 손잽이와같이 삽렬로앉어 그손

『아무두 없소?』
하는소리가 여러사람의 발자욱소리와 함께 들리였다。
『거누구요』
하고 선구가 재빠르게 문을열고 내다보자 다른사람들도 열린문틈으로 밖을 내다보았다。
거기에는 재너머마을 사람들이 몇명 뚝벗치고 서있는것이였다。
선구는 마침 그속에 아는사람이 있어
『어떻게 왔나 드러오게。』
라는말을 했다。
『만영영감 있나?』
이대답은 선구의말보다 훨신 냉정했다。
『지금 어데간모양인데 국수들 먹으려 오디앉았나? 녕감은 찾어 무엇해 놈래문 동무두 많은데』
이말이 끝나자 선구가 안다고 말하든 그사람이 몇바람에 달려들며
『이색기 우리두 너이들거티 투전이나 하는 사람인줄 알구 드러오나라 말아라하니?』
하는말을 하고 뺨에서 번개가 나게 후려갈겼다。
선구는 무슨영문인지 몰랐다。방안에 앉었든사람들도 이소리에 욱하고 이러났다。
『갈보같은 년을 미끼두 너이게홍이의 돈을 얼마나 때서먹을나우 그러니? 되지못한놈의 색기들아——그래 동리에 그런년을 두고 타동네사람을 후려겨 하는것을 보아두 좋으니?』
『돼지같은놈의 색기들아。』
『이놈의 동네가 언제나 망할내나…』
『부끄럽디두 않니? 요새가 어떤때라구 투전을하구 있단말가?』
『이놈의 색기들 할것이 없으문 원억(언문) 이라두 배우롬。』
뜰에서있는 사람들은 한마디씩 내쏘았다。이말을 들고서야 선구라든가 그남어지 사람들이 게홍이아버지의 십부름꾼들이라는것을 알었다。
돈을 한참 벌고 어떤명에까지 얻을랴는 게홍이의 아버지가 그사람들에게 어떤말까지 해서 보냈으리라는것도 짐작되였다 그러나 아모턱없이 매를맞은 선구는 분했다。
『내가 뭘 잘못했니?』
하고 보선발로뛰여나가 자기가 맞은대로 한대따렸다。
『고이쓰 나마이기다나。』
하는말이 들리자 선구를 둘러차고 모두 매질하는소리가 도두개질하는것같이 낳다。그러자 사실 생각해봐야 맞을이유도 없고 남의동이 사람을 함부루따리는것도 안되여 방에있든 사람들도 문밖을 나서 싸홈을 말렸다。

『너이들두 꼭같은놈의 색기들이야。』

『무에 꼭같단말이가?』

『내일은 너이들 다 경찰서두 갈색기들이야。』

『왜간단말가? 쌍놈의색기들아。』

이런 아우성이 들리며 툭탁거리는 소리가 요란할때 칫채는 부엌으로 갔다。숨어야할것같었다。만약에 그 동내사람들에게 붙들리였다가는 큰변을 당할것같이겁이들었다。

게흥이가 이동내에 넘어와 칫채네집에서 투전에 정신을 잃었다는것과 또 게흥이가 자기와 가까워 딴살림까지 하게되였다는것을 안 게흥이 아버지의주입에 틀림없다면 동내사람들보다 자기가 더큰변을 당할것이 확실했다。

칫채의 속은 떨리였다。금시 누가 뒤에서 목덜미를쥐고 누루는것같기도 했다。

『이색기들아 제발로걸어와 투전하는놈이 나뿌디 누가나뿌단말가。』

『개수작들 말아 죽일놈의 색기들 칫채란년은 어데갔니 이년을잡아 가랭이를 찢으야디 풍기불란을만드는년。』

이런 고함소리가 칫채의귀에 들려왔다。뒤로난 문이있으면 어데로 도망이라도 칠것이나 그럴수도없고 속만 갑갑해온몸을 쥐색기처럼 떨었다。

아직 아웅당싸움하는 판에 사람들이 방안에까지드러오지는 않은것같었으나 『어찌나』하는 말이 입밖에까지 나오며 담벽이라도 두두릴듯이 몸을한곳에 두지못했다。

그럴때 방안과 부엌이 통한방문을 열고 어머니도 병든사람처럼 질린얼굴로 황겁히나왔다。그러나 가리여있는 나무단 으로 될수있는대로 몸을감추려는 두모녀는 제각금 입떼기를 두려워했다。그럴때

이놈의색기들 게흥이색기가와서 우리동리 망처논줄은모르느니 남의색시 바람내주구。』

하고 야단법석하는 말이 들려왔다。분묵 선구의말같었다。

칫채는 몸을 움츠릴대로 움츠리고 매본 참새같이 떨뿐이였다。몸이 땅속으로 드려감수만있다면 제몸을 없애버리고도 싶었을것이다。

싸음하는것으로 보나 누가 질른지 어느편이 익일는지는 모르나 싸음한다는데만도 겁이나며 싸음의원줄기가 자기에게 있다는것을 느끼자 그는 울고까지 싶었다。

그리면서도 『쌍놈의색기들! 무엇잘했다고 남에동이에와서 소동스럽게 구노……』

하는말을 혼자 지철거리였다。

결국은 자기의 잘못만인것도 같지않었다。게흥이가

자기네동리에 단나지않고 투전을 안했드면 그뿐이아니였을것인가? 밖에서는 전보다도 더 왁작거리는소리가 들렸다。

『이놈 어데갔다 오니? 딸을 데레다가 투전꾼을붙이구 타동내사람까지 잡아먹는놈。』

『이 뒤상아 먹을게없으문 딸을 갈보루팔렵。』

그리쟈!

『웅 잘때려라。 죽여라。 죽여 나두 잘못이다 만 너이들은 무얼잘했니? 네놈의동내서 우리동리를 통채루못먹어 그러디?』

하는 첫채아버지 만영이의 울음섞인 말이 들려왔다。 첫채의 시집에가서 말도 걸어보기전에

『딸을데레다가 간나이맨드는 돼지만두못한놈。』

이란말과 함께 매만맞구 도라온 만영이가 딸잘못둔덕에 다시 사정없는 주먹을받고 있었다。만영이는분했다。

이리생각을 해도 분하고 저리생각해도 분할뿐이였다」 몸부림질을 하야 재넘어 사람들의 손아귀에서벗어난 그는 어린애같이 방안으로 뛰여드러가 철석주저앉었다。

생각할사록 분했다。

자기딴은 딸을 속여서가면서까지 사돈집에 유리한회책을 만들랴고 했것만 돌어주기도전에 두돌기기부러하니 사돈집인들 좋다고 생각할수야 있었으련만。속으로 밉고 아니꼽게 역이든 게홍이때문에 다시금은몸이 젊은놈들께 매를 맞었다는것은 도저히 참을수없는일이였다。

그는 나이에 알맞지않는 눈물을 흘리였다」 너무나야속한세상이였다。 밖에서는 그냥 덤비며 제각기 제잘랐다는소리를 연발했다。 싸웃은 어떻게 버러지는지독이터지는소리도 났다。

그러나 만영이는 밖에서 떠드는소리는 들리지도않는다는듯이 자기속이 터저옴을 참지못하야 앉은자리를 펄득이러섰다。 모ㅣ든것이 전부 첫채때문이였다는것을 소리질으지않을수 없었다。

『이년아 어데갔니? 응? 너죽구 나죽어버리지 이년아 ──』

자기의 일생은 딸때문에 불행하다는것처럼 미친사람같이 덤비였다。

그러나 부엌에 숨어있는 첫채는 대답을못했다。도수장에 드러선 황소가 죽을힘을다해 녕각하는소리같은 아버지의 부름을 첫채가 못드를리없었다」 공포를뛰여넘어 침울의 적막을 느끼였을것이다。

『아버지 죽디만말소。』

첫채는 이런말을 입설에 씹었다。금시 아버지가 방에 쓰러지여 죽을것같어끼때문이였다。

아버지가 그자리에서 죽지만않는다면 하는생각이불길처럼 가슴을 태웠다。따라서 이놈들이 "내아버지를 죽이였구나 하는 생각이들며 내가 너이들만 못한것이 무엇이며 잘못한것이 또 무엇이냐 하는 자격지심이들었다。

그는 밖으로 뛰여나갔다。무서움도 두려움도 아모겁도없었다。

선구와 동리사람들이 자기의몸을 보호해 줄것같고 자기의 뒤를 받드러줄것같었다。

「이놈들 잘못했놈이 누군디알래믄 게홍이색기두 때리구오루망。내가 갈보라구 너의 동리에는 게홍이의 갈보가 몇이나되는데 도사(조사)했봤니?」

췻채는 분낌에 아런말을 자기도모르게 큰 소리로 덤비였다。그럴때 방인에서 뛰여나온 만영이가 망치를들고 췻채를 홉기려했다。

「이년아 생기두 뭘 잘했다구 그러니?」

만영이는 세상의 누구나가 전부 꼭같이 미웠을것이다。그러나 가장 만만한 사람이 췻채일것이며 맞은매를 췻채에게나 돌리랴고 했든것이다。

「아반——」하고 매를 달게받겠다는듯이 아버지앞에 쓰러지는 췻채——

그러나 그동리사람들만은 췻채를 끌어당기였다。

解纜

姜鷺鄕

第一章

오래간만에 본 백일(白日)이었다。바짝 마른 폐부의 신선한 외기가 호흡될때마다 동섭은 그제야 새삼스럽게 지내온 이년간의 해ㅅ볕없은 생활이 무서워졌다。동섭은 머리를 절레절레 흔들며 암담한 그 감옥생활의 추억을 떨어버렸다。찬연한 백일속에 담긴 참된 인간생활을 가지고싶었으며 푸른하늘과 별과꽃가운데서 그 서리맞은 육신을 재생시키고싶었다。

그것은 확실이 움속이는 새벽이었다。인간의 맥박이 발딱어리고 세찬호흡이 생활을 부르는 세기의체구가 존재를 밝히고있었다。옥창의 새벽은 너무나 냉기로웠다。태양의 군림을 바라는 마음엔 오직 어두운절망만 그늘지고 하로해는 보람없는 명일을 그리고 그 명일은 또 명일을……이렇게 이년이란 세월을 흘려보낸것이었다。

그러나 이 새벽만은 위대한 백일을 준비하였다。야위고 창백해진 얼굴엔 신선한 외기가 시원스럽게도와 부디치고 어딘지 설레는 막연한 희망이 살간즈러운 행복감을 불렀다。

이윽고 백일이 저-편 동쪽 뻴딩우에 군림한다。가슴을 벌리고 주먹을 쥐고 아츰의 정서를 즐기는 젊은 출옥자 동섭-그는 어제 석양때 부산형무소에서 이년의 형기를 마추고 나온것이다。

第二章

동섭은 자타가 공인하는 소설가였다。동섭이 이년전 부산형무소로 넘어간것은 어떤 좌익계통의 돌발사건에 관계한탓으로 여러 동지들과 함께 쓸려드러간것이나 그실 그는 철두철미 랑만주의를 고집하는 작가였다。그러한 좌익계통 그룹에 발을 디미려본것도 자제할수없는 그의 젊은 랑만사상의 자극이었고 형무소로 끌려갈때 머지않어 닥쳐올 암담한 옥창의 생활에 유달리 호기심을 가진것도 모다 랑만사상의 소위였다。그러나 그런 기분적흥분은 입옥한지 불과 한달이 못가서 물거품같이 사라지고 마렀다。안전에 가로놓여진 그 현실은 너무나 비참하고 너무나 어두웠다。절망은 날마다 그의 머리에다 진한 그림자를 느리고 그는 말파꽃과 백일이 다시없이 그리워졌다。그의 랑만사상으로서는 도저히 그현실을 넘어뗄능력이없었다。

이러한 동섭이 이년이란 형기를 마추고 집에돌아왔다。부산에서도 빈민들만 살기로 유명한 C정한구석이 그와 자택이었다。

그의 출옥을 기뻐하는 어머니와 누이동생의 미소띤얼굴도 고마웠거니와 그보다도 그는 백일이 제일고마웠다。푸른가을 하늘우에 자유롭게 걸려있는 그백일의 기개를 사랑하였으며 거기서 발사되는 흐림없는광선을 전신에 뒤집어썼다。

그동안 두모녀의 호구는 어린 누이동생 순이의임금으로 해왔다。순이는 오빠 동섭이 형무소에 수용되자 부산 고무공장에 드러가서 근근이 모녀의 생명을 유지해온것이다。

입옥하기 전 동섭은 W백화점 서무부에 출근하고있었기때문에 세식구의 호구만은 그리 어렵지않았든것이나 입옥후의 생도는 오직 어린순이의 간얼핀딸하나로 개척해온것이다。그러면서도 오빠만 나오시는날이면 아들만 돌아오는날이면! 하고 이렇게 먼ㅣ기대와 희망을 형무소의 동섭에게 부치고 출옥날을 눈이빠지게 기다고있든 모녀였다。

과연 모녀는 그동안의 서름과 고통을 동섭에게 하소연하였다。그리고 아들과 오빠를 믿는 절대의신뢰로서 충만된 눈초리를 동섭의 얼굴에 집중시키고있었다。그러나 그럴사록 동섭은 괴로웠다。형무소에있을적엔 바깟세상과는 엄연이 구별되고 천리만리나 격리된것같은 느낌이 그로하여금 어머니와 누이동생의 생활문제를 그다지 용려시키지는 안했으며 아니 그는 의식적으로 그러한 문제에서 다른데로 마음을옮겨놓고 단조하고 권태로으나마 감방안에 있는 자기자신 한사람만은 발견하고싶었다。그러든 동섭이 출옥하는날부터 모녀의 입에서 튀여나오는 그 하소연을 듣고보니 또하나 다른 악착한 현실이 그의 두뇌를 후려갈기는것같았다。동섭에대한 모녀의 기대가 크면클사록 동섭의 괴로움은 더욱심해갔다。모녀는 하소연을 넘어 이욱고 생활의 안정을 입옥전과같이 동섭에게서 얻을려고 하였다。

동섭의 얼굴은 점점 찌프려졌다。출옥자를 받어줄 [illegible]

거기에 상응한 정력이 동섭에겐 전연없었다。송장같이 말려진 출옥후의 정력과 어쩐지 텡 빈듯한 쌰늘한 공허를 느끼고있는 자기자신을 누구보다도 똑똑이 알고있는 동섭으로서는 그것은 너무나 큰집이었다。사실 그에게는 고요한 정양이 필요하였고 텡빈마음의 공허를 채워줄 그무엇이 필요하였다。그러나 바로 눈앞에까지 절박한 현실은 정양은커녕 오히려 정력의 소모와 생활의 사도됨을 강요하였다。가뜩이나 쪼들리는 생활에 식구하나가 더보려서 그들의 생활은 무서운 낭떠러지를 연상케하였다。게절은 가을을 잃리고 눈보라의 시기도 그리 멀지는안했다。동섭은 아츰저녁으로 누이동생 순이를 공장에 보내고 맞으면서 초조한 가슴만 남몰래 쥐여뜯고있을뿐이었다。

생각없는 붓을 억지로 드려서 원고지우에 달려보기도하나 써서는 찢고 또 써서는 또 찢고 이렇게 하로종일 내써야 불과 열장도 얻지못하는 활기없는 집필수확이었다。

쌀이 없다。나무가 떠러졌다。어머니의 입에서 이런소리가 들릴때미다 동섭은 쥐구녕을 찾었다。어머니의 눈초리는 돌아온 자식의 힘을 의지하고 비는 것같았고 저녁때 돌아오는 누이동생의 창백한얼굴에서 동섭은 피두성이의 생활의 기록을 읽었다。

어머니의 궁한소리는 날로 더 높아갔다。돌아온동섭의 출마를 재촉하였다。드디어 동섭은 초조한 남어지 화를내게되었다。실메인줄을 알면서도 어머니를 향해 악을썼다。한번 쓰고 두번써가는동안 동섭의악은 점점 격렬해졌다。그러면서도 은근이 어머니에게 하나 무러볼것이 있었으나 그것은 약혼녀의 소식이었다。동섭은 형무소에서 이년이란 세월을 보내는동안 약혼녀의 편지는 한장도 못받었다。동섭의 출옥날에 응당 누구보다도 먼저 달려와야할 약혼녀인데도 불구하고 입때껏 그림자한번 얼른안하는것으로 미루워 암만해도 무슨 불길한것이 있는것같았다。그렇다고 약혼녀의 집을 이편에서 먼저 방문하기는 싫였다。그의 자존심이 허락치안한것이다。동섭은 약혼녀의 소식을 어머니에게 묻기가 거북하였다。집에서는 쌀독긁는 소리가나고 나무떠러졌다는 걱정이 들리는 이판에 무슨 면목으로 당면 생활과 인연이먼ㅡ그런소식을 무를수 있을것인가? 서뿔리 묻다가는 도리여 어머니와 누이동생에게 경멸의 냉사를 받게 될른지도 모르겠고 사실 동섭이 쪼들리는 당면 생활을 우려한다면 그런 여유있는 소식을 무러볼 여가조차 가지지 못할것이다。이만한것을 모르는배 아닌 동섭인만큼 숙고에 숙고를 거듭하면서도 쉽사리 끄집어낼수가 없었다。

약혼녀 혜순은 자기 독단으로 동섭과의 약혼을 해소하고 일년반권 벌ㅣ서 어떤 상인과 결혼을 해버렸다。약혼한지 불과 십오일에 동섭은 끌려갔고 약혼녀는 한 두어달 기다려보다가 동섭이 가소가되자 핑 돌아서버린것이다。

어머니만해도 이 사실을 돌아온 동섭에게 이야기하기를 끄리였다。가뜩이나 몸이 약해진데다 그런소식을 전하면 쓸데없는 심화까지 덧부칠까 염녀가되어서 이렇게 출옥한지 일주일이 넘어도 그 이야기에 저촉되는것을 마음껏 피하고 있었다。그러나 하로는 어머니도 그것을 이야기하지 않으면 안되였다。참다참다 못하야 동섭이가무렀든것이다。 어머니의보고를 듣고 동섭은 분노를 느끼었다。뭇녀자의 순정을 의심하지 않을수 없었다。돌아선 혜순을 맞나기만하면 춤이라도 곧 배앝어주고싶었다。

그날밤부터 동섭의 마음엔 공허하나가 더 생겼다。약혼녀의 애정을 잃은 공허였다。

어떤날 동섭은 혜순이 시집을간 B정의 그 상인집근처를 소요하였다。그날 따라 지난날의 순정을 다시 부르며 혜순의 모양을 그리운 추억속에 다시살려보고싶었다。 그러나 동섭의 추억은 산산이 깨여지고마렀다。상인의 집에서는 갓난애의 우름소리가 흘러나오고 그소리와 함께 자장가소리까지 새여나왔다。그 자장가소리는 확실이 귀에익은 혜순의 목소리였다。혜순과 그 상인사이에 생긴 한개의 뚜렸한 존재ㅣ그것은 가난한 소설가 젊은 동섭으로서는 만만이 침범할수 없는 결정이었다。

동섭은 하염없이 그 근처를 떠났다。모ㅣ든 모멸과 쵸소가 자기의 목덜미를 노리고 날려오는것같아서 그는 몇번이나 몇번이나 등뒤를 돌아다보았다。

第三章

부산부두에 황혼이왔다。상해형의 평안환은 출범시간을 기다리고 있었다。이천이백톤의 무거운 선체는 십여명의 선객을 수용하였다。그중에는 동섭도 섞여있었다。동섭은 집을 뛰여나온것이다。모ㅣ든것이 귀찮었다。쪼들리는 생활이 귀찮었고 창백한얼굴이 귀찮었다。자기 떠난뒤의 두 모녀의 생활문제같은것은 억시로라도 두눈을 딱 감고 생각하지않으리라 결심하였다。형무소에서 나올때는 백일을 보는 기쁨으로 신선한 감격에 젖었든것이다。그다음 일분의 여유도 주지않고 안권에 육박한 현실의 생활고가 그로하여금 이런행동까지 취하게한것이다。사실 그는 출옥시에 출옥후의 생활고같은것은 미처 생각할 여유가없었든것이다。위선 그렇다。위선 백일을 보는 기쁨밖[illegible]

상해에는 식료품점을 경영하는 친구가 한사람 있었다。동섭은 어떻게 어떻게해서 삼십원가량을 변통해가지고 어머니와 누이동생의 눈을 피하야 이평안환에 올라탄것이다。우울한 기분을 전환시켜보기도하고 또 운이좋아서 그 무슨 요행이올지도 몰라 그 많은 지명중에서 하필 상해를 골라잡은것이다。상해의 그 친구와는 이전에 친형제같이 절친한 사이었고 입옥하기전까지도 한달에 두어번씩은 서신왕래가 있었든관계로 찾어가면 냉대하거나 그럴사람은 아니었다。

저무는 부산부두는 초롱같은 전등불빛을 먹음었다。평안환의 출범시간도 팔분을 안남겼다。

이윽고 또라가 요란스레 울고 배버리줄을 푸러서 배안으로 거두어디렸다。뚜ㅣ뚜ㅣ하고 기적이 두어번 울드니 상해행의 평안환은 부두를 떠ㄴ기시작한다。동섭은 아까부터 갑판우에서 배버리줄 풀리는것을묵묵이 바라보고 있었다。그는 문득 집에남은 어머니와 누이동생을 생각하였다。일언반구도 남기지 않고 바람에 불리듯이 핑 나와버린 자기자신이 그무슨큰 죄나지은것처럼 죄스럽게 생각되었다。

저 배버리줄 풀리듯이 그 두모녀와 자기 자신과의 사이도 애정의 해람(解纜)을 시작하고 있는것만 같아서 새삼스럽게 집이 그리워지기도 하였다。배버리줄이 완전이 풀리고 배가 부두에서 떠나오자 그는 늙은 어머니와 어린 누이동생ㅣ그들 두 모녀와의 애정이 영원이 해람된것같아서 두눈에 눈물이핑 돌았다。혈연을 끊는 젊은 동섭! 어머니와 누이동생의 애정에서 떠나는 서름이 왈칵하고 그의 가슴에 치미러 오르며 지금이라도 곧 집으로 돌아가고 싶었다。

배가 부두에서 반마정가량 떠나왔을때 돌연 배안에서 또라를 울리드니 거츠른 선원의 노호소리가들린다。

배는 뚜ㅣ하고 기적을 울리며 갑자기 배ㅅ머리를 돌려오든길을 돌처서 종종거름을 쳤다。밀항자(密航者)가 한사람 있었든것이다。변소간에 숨어있는것을삽둥뽀이가 발견한것이다。

밀항자를 내려놓을려고 배는또다시 부두에 다었다。

동섭는 볼이낳게 평안환을내렸다。멀ㅣ리 상해의 하늘에 동경을 갖었든 그는 이제 그 동경을 일축하고 잃었든 육친의 애정을 부활시키고 싶었다。부두를 밟서 날때 그의 등뒤에서 평안환의 기적소리가 들렸것만 동섭은 뒤도한번 안돌아다보았다。

第四章

길은 어두웠다。

산잔등이에 게딱지처럼 드려배킨 백여호의 오막사리들이 형성한 가난한 거리 C정에는 불빛조차드물어서 달없는 밤에는 지척을 분간하기가 곤난하였다。수년동안 사라 내려온 거리이것만 그래도 동섭은 떨리는발길로 길을 더듬었다。그는 지금쯤은 자기의출분을 어떻게 눈치채고 집에서는 원망과 흥낙이 버러졌으리라 생각하였다。

동섭은 자기집 출입구를 지나 발소리를 죽여서 방문앞까지 조심스레 거려놔가지고 방안의 동정을 살폈다。순간 원한과 흥낙을 예기하였든 그는 뜻하지 않은 딴세상을 대하였다。방안에는 오날하로의 노동에 지쳤을 누이동생의 명랑한 우슴소리가 있었고 거기에 마춰서 어머니의 우슴소리까지 섞여나왔다。

그 무슨 즐거운 일이 생겼는가……어머니와 누이동생은 아직도 자기의 출분을 모르고있는 모양인가!……동섭은 후유—하고 긴 한숨을 한번 쉬였다。

동섭의 지갑에는 아직도 현금 십오원이 남어있었다。동섭은 자기네의 생활속에서도 명랑한 우슴을 발견할수 있는 오날밤의 행복을 마음속으로 감사하며 그리고 또 내일아츰 그돈으로 쌀도 몇말사고 소고기도 한근사서 웃으며 짓거리며 푸군이 노나먹을 그 단란의 풍경을 눈앞에 그려보기도 하며 조용이 문고리에 손을대었다。

一月一日 作

〔詩劇〕

이머니와딸 (全三幕)

朴芽枝

第三幕

第一幕과 같음、十餘日後의午后、玉伊 맑숙한새옷을 가러입고 의자에 걸터앉어 깊은 시름에 잠겼다。화병에 꽃은 시드른채 꼬처있다。첨하끝에 풍경소리 한낮의 적막을 깊게 할뿐、玉伊 자주 시계를 처다보며 초조히 기달리는 모양、안방문을 할끗할끗 바라보며 나직한 혼자말로)

玉伊。파릇파릇한 봄날의 새싹!
고요한 밤이슬 나려지라 그얼마나 기달렸겠소。
아츰해빛도 기달렸답니다。
그러나 나는야 두사람이나 생각하였으리까。
오직 그대만을 기달렸답니다。
그러나 그대는 마츰내 안오신다지요。
나의마음을 어머니품에서 떠나게만 하여놓고는
나의마음은 삼년전 당신을 처음맞나든 그순간
부터。
따뜻하고 인자한 어머니품을 떠나기 시작하였
답니다。
내밤낮 당신을 사모하며 공경하며 또한 사랑
하였읍니다。
내당신을 믿었으며 또한 간절히 바람이 있답
니다。
내마음 갸륵히 속삭임을 들어주시지않으렵니까。
어머니정을 바리지말고 당신의 사랑을 살이려
하나
마음과 같이되지 않음을 당신이여 어찌하면좋
으리까。

내 참되고 새로운 사람을 찾으려할때마다。
내마음은 아픈 괴롭고 또한 슬프답니다。
이럴때마다 고요히 눈감고 당신의 얼굴을 그
리나니
내 그릴때마다 나의 마음에 해결의빛을 보낼
수는 없으십니까。
당신이 만일 영원히 오시지않는다 하드라도
사랑의 바다에 돛을단 나의 적은배는 다시도
라서지못할것입니다。
어머니품을 떠난 마음의 파랑새는 영원히 도
라가지 못할것입니다。
바람과 물결이 어지럽고 허공의 구름이 캄캄
할지라도ㅣ
그러나 어머니시여! 나는 당신두 잊을수는없
읍니다。
당신의 딸이 아직도 어렸을때에는
왼하루 바다가에나가 모래성을 쌓다가 쌓다가
날이저물었읍니다。
그리고 저녁이되면 뜰에 쌓인 보릿집우에 궁
글면서
하날에 총총한 별들을 헤이다가 헤이다가 잠
이들었읍니다。
이같이 쌓다가 말었거나 헤이다가 잠들었거나
당신이나 또는 다른 많은사람들도
꾸지람이나 나물함도 하지않었읍니다。
그것은 오직 어린애기에게 자유였으며 기쁨이
였읍니다。
애기는 어찌하야 이같은 자유를 영원히 같지
는 못하였읍니까。
당신은 당신의 애기를 극진히 사랑하것만은
이한 무름만에는 대답하시지 않었읍니다。
당신은 언제까지나 침묵하시렵니까。
애기는 당신의 대답을 기달이기에 넘어나 지
쳤읍니다。
도리켜 생각하니 넘어나 아득합니다。
그때 바다가에서 쌓든 모래성은 하나의 공중
누각이였읍니다。
그리고 보릿집우에 궁글면서 헤이든 별들은
오래지않어 사라질 무지개였읍니다。
그렇읍니다。 인제는 쌓았든 모래성도 묻허지고
헤이든 별들도 사라졌읍니다。
사나운 물결과 캄캄한 어둠이 다거오는듯 합
니다。
그때엔 지극히 고이시는 당신의 품속에서
공중을 향하야 나는 파랑새처럼 뛰여나와
왼하루바다가 모래밭에서 뛰고춤추며 노래하였

읍니다。
그때 어린눈이 바라보든 바다의 수평선 저ー
쪽에는
오직 평화의 물새떼가 은빛나래로 춤을추며
사랑의 노래를 부르고 있었읍니다。
이것이 하루 바삐따뜻한 당신의 품을 떠나는
크다란 유혹이되였읍니다。
사랑하는 애기가장차 당신의품을 떠나려할때에
아직도 젊으신 당신의 얼굴에는 조고마한 걱
정의 빛이어리웠었읍니다。
그것은 돛도없고 키도없이 한바다에 떠나가려는
애기의 길을 걱정함이였겠지요。
크다란 유혹에 끌인 당신의애기는
그것을 모른배 아니였만은 그대로 떠나고야말
었읍니다。
당신께서는 사랑하는 애기의 가는길을 참아막
지못하여
애기가 쌓은 바다가의 모래성을 의지하야 수
정같은 눈물을 흘리셨읍니다。
점점 머러가는 애기의 조고마한 배를향하야
힌수건을 두루고 계셨읍니다。
그러나 철모르는 당신의 애기는
따뜻한 어머니품을 떠나는 조고마한 서러움도
느끼지않었읍니다。
오직 평화의 물새떼가 은빛나래로 춤을추며
사랑의노래를 불러예는 그곳만이 보이였읍니다。
그러나 당신의 애기가 정성껏 쌓은 모래성과
함께
당신이 두루시는 힌수건이 보이지않을때에는
어찌 뜻하였겠읍니까。
사나운 물결과 캄캄한 어둠이 애기의배를 삼
커려합니다。
도리켜 바라보니 따뜻하든 당신의품은 아득한
옛말속에 아른거리고
하날을우러르니 총총하든 별들도 간곳이 없읍
니다。
은빛나래로 춤을추든 평화의 물새떼도 찾을길
없읍이다。
이같이 모든것을 잊어바린 당신의 애기는
오직 『빛』과 『바람』이 새길을 찾기에 여지없
이 지쳤읍니다。
그리하야 새로운 빛과바람을 찾기는 하였으나
어머니여 당신의 품을 아직도 아주잊어바리지
는 못하겠읍니다。
여기에 당신의 딸의 크다란고민이 숨었읍니다。
(대문이 열이며 동리로파가 집팽이를집고 드러온다。 낙누

(한옷과 곱은허리에 숨찬거름으로 마루앞에와서 허리를펴며)

老。 어머니는 안계십니까?

玉伊。 낮잠을 주무십니다。

(때에 玉伊어머니 素服을입고 잠고인눈을 부비며 안방에서 나와 금고를 스르르 만저보고 또 단단히잠겻는가를 시험한뒤에 마루가운데 놓여있는 방석우에 와서 앉으며)

母。 무슨일로 오섰읍니까 계앉으십시오。

老。 (애원하는눈으로 바라보며 숨찬말로)

자식을 잘못두어 집안이 관이나고
댁에 빗까지 태산같지 질머졌으니 휘유ㅡ
그저 인자한덕을 베푸려서 한달만 참어주시오。
애어멈이 순산하려고 앓고누었는데 집을 비여노라고 문을봉하니
길가에 나갈수도 없고 당장에 어찌단말이요。
그저 인자한 덕을 베푸려 한달만 참어주시오。
휘유ㅡ。
(두손을부비며 머리를 조으며 애걸한다)

母。 (냉정한태도로)

흥 그것이 모다 자식을 잘못두신탓이외다。
나야 받을것만 받으면 그만이지요。
하필집이야 내가드는것도 아닌니까
[illegible]만 [illegible]으시면 그만이지요。

老。 글세 당장 갚을도리가 있읍니까?

그저 죽일놈이지 그래고 나가서는 드러오지도 않는구려
이늙은것이 그경상을보고 지레죽으라고ㅡ휘유ㅡ

玉伊。 (어머니곁에나와서 조용히앉으며 나직한말로)

어머니 넘어심하게 마르시고 인정을보이세요。
(동리로파 玉伊말에 귀가 뜨이는듯이 玉伊를 물그럼이 바라보며)

老。 복스럽게생긴 아가씨 인정도 많으시오。

그저 한달만 수유하세요。

母。 (조곰 성이나서서)

얘 너의 참견할일이 아니다。 정당한나의 권리를 행사는데 인정이 무엇이냐。
마땅히 받을돈을 받는데 심한것이 무엇이냐。
나는 대서인께 맡겼으니 알바가 없소。
거기나가서 말슴해보시오。

老。 거기도 가서 말하여보았으나 그사람이야 안다고합니까?

남의입을 맡어서 보는게니 제맘대로는 할수없다고 하는구려。
그저 인자한덕을 베푸려 한달만 참어주시소。

母。 갚을것만 갚으시면 한달뿐이겠오。

그집을 건드릴사람이 없겠지요。

玉伊。 어머니 (애원하는 눈으로 어머니를 바라본다)

母。 너의 참견할배 아니라니까 저리가서 앉어있거라。

(딸의말을 가루질러ㅣ큰소리로)

(때에 문깐에서 「마냥돈 한푼줍소」하는소리가 들리드니 때가 얼굴을 가리고 남누한옷을 입은 五十餘歲나되는 늙은이가(男子)드러서며 합장하고 머리를조아린다)

母。 돈없어 ——— (팩소리를질는다。 그래도 여전히 「한푼만줍소」를 연발하며 머리를 조아리고섰다。 玉伊 참아 못보겠다는듯이 이러나 떼ㅣ블설합에가서 五錢白銅貨 한푼을 끄내들고 마루앞으로 나오며 주려한다。 이견본 어머니는 가장 못마땅한듯이)

이리갖어와 왼돈이 그렇게 많으냐?

(딸의손에서 뻬서다가 보고 깜작놀다며 주머니를 뒤저서 동전한푼을 뜰에 집어던지고 五錢白銅貨는 자기 주머니에 넣으며)

어서 가요。

(뜰에서 동전을 집어들고 열번 머리를굽히고 나간다。 동티뭇마 이걸보고 할수없다는듯이 한숨을지며 이러선다。 玉伊는 매우 불쾌한표정으로 뾰루퉁해서 의자에가 서걸터앉는다)

老。 남의걸 못갚으면 내가 죄를 받지ㅣ휘유ㅣ안녕히ㅣ

(지팽이를 집고 나간다)

母。 넌 어디가려느냐 새옷을 입었으니?

(玉伊 뾰루퉁해서 대답이없다。 어머니 할수없다는듯이 주머니에서 五錢白동화를 끄내들고 나즉한말로 인자하게)

너는 그렇게 돈귀헌줄을 모르느냐 떼있다。

어여 갖어가거라 네돈이 떼있다。

玉伊。 난 돈이 일없어요。

어머니처럼 인색하고 잔인해서야 어디 살겠어요。

그렇게 인정이없으시니 누가 어머니곁에 있겠요。

母。 오 그렇게 너는 인정이있어서 홀머니를 떼치고

사랑이나 임이니하고 떠나려하는구나。

한평생 적막한 어미를 홀로두고 가려는구나。

(갑작이 말소리 떨이며 서글푼 표정을짓는다。 玉伊어머니를 훌깃보고 가늘게한숨을지며 어머니겹에와서 앉는다。)

玉伊야 너만은 내곁을 떠나지 말어다오。

玉伊。 (어머니말슴은 못드른듯이 정색하며)

어머니ㅣ어머니는 하라버지께대하야

넘어 인정없이 하였다고는 생각되시지않읍니까。

하라버지의 그 간절한 소원을ㅣ

그렇습니다。 마지막 그소원을 물리치신것을ㅣ

그렇게 소중하시든 족보를 불살우기까지

아마ㅣ하라버지는 천추에 원한이되섰겠지요。

어머니는 그것이 후회되지 않읍니까?

母。 쓸없는 계집애야
너는 이어미의 한평생 쓰린가삼을 짐작도못할
것이다。
내가 되여보지않으면 모를것이다。
후회? 후회가 무엇이냐。
나의정당히 할일을 하였는데
생각하여보아라。
아버지는 당신의 명예만 알으섰지
자식의처지는 조곰도 이해하지못하섰다。
그렇다 티만한 이해도 없으섰다。
나는 아버지의 명예를 위하야 나의청춘을 희
생하였다。
다시 드라오지못할 나의청춘을!(몹시처연한얼골)
나는 오히려 좀더 일으게
아버지께 반역하지못한것을 후회한다。
나의 청춘 나의시대를 살이지못한것을——
아! 후회하나 때는 임이 늦었다。

玉伊。 그러나 어머니는 어머니의 시대를 마츰내 살
이지않었읍니까?
훌융히 이기시지 않우섰읍니까?
그러나 조곰 잔인하게——
그렀읍니다 아주 인정없이——

母。 [illegible]
인정、인정이있고 어떻게 그런 기가 나겠느냐
나를 살리기위하야 인정을 희생한셈이다。
나는 참으로 五十平生、인정을 모르고 사랑을
모르고 지내왔다。
나는 나를 위하야 산것뿐이다。
그렇게 나의삶이란 끝없는 적막이였었다。
누구를 위하야 그렇다 누구를 위하야
나의 인정의 전부를 나의사랑의 전부를
아니 나의전생명을 바처보고싶다。
나를 아려주고 나를 위하여주는 사람이있다면
외롭지않고 적막하지않은 삶을 찾기위하야
나는 기쁘게 나의전부를 바치고싶다。
그렇다 나는 임이 각오하였다。
그것이 누구인지 너는알겠지(몹시흥분되였다)

玉伊。(눈물이 글성글성하여 자기의 가삼을 가르치며)
나。

母。 그렇다。玉伊야 나의딸아
나의노리개야 나의 보배야(껴안으며)
나는 너를위하여 살것만이 남었을뿐이다。
너에게 나의전부를 줄것이다。

玉伊。(살며시 머리를들고 어머니를 처다보며)
그러나 내가 어머니곁을 떠난다면

母。(두손으로 딸의손을 팍잡으며 애원하듯이)

아니다 나는 놓지않을것이다。
나의보배, 나의 노리개를 나는 놓지않을것이다。
영원히 아니 죽어도 내가 죽는날까지는——。
그렇다 내가 너를 놓지고 어떻게 산단말이냐。

玉伊。 그러나 내가 어머니를 반역한다면?

母。 (깜작놀라며)
무슨까닭에 무엇이 부족해서?

玉伊。 허나 어머니가 나를 리해하지못한다면
어머니가 나에게 인색하시다면?
그렇다면 ——나는——

母。 아니다 그럴리가 있겠느냐(더욱흥분하며)
너를위하야 나의전부를 준다고하지 않었느냐?

玉伊。 그러나 증거가없지않습니까? (침착하게)

母。 증거?(벌떡이러나 금고를 열어제치고)
자 이것이 땅문서다 이것이 집문서고
이것이 증서(채권)다 돈의전부도 여기있다。
오늘부터 줄것이다 자—받어라(딸의앞에내민다)

玉伊。 (머리를 설레설레 흔들며)
그것이 어머니의 전부는 아닙니다。
나는 그것을 요구하지 않습니다。
(전일과같은 옷에 대패밥모자를쓴 金九가드러온다)

金九。 玉伊야!

玉伊。 오빠!(벌떡이러선다。 金九 어머니께 약간 허리를굽히고 마루에 걸터앉는다。 어머니는 아른체않고 열는 주섬주섬하여 금고속에 넣고 잠근다음에 다시 스르르 금고를 만저보고 도로 자리에와서 앉으며)

母。 부모를 배반한자식이 무얼하려왔느냐。

九。 어머니께서 하라버지를 배반하신
그훌융한 승리를 치하하려왔읍니다。

母。 (묵묵히 노려볼뿐 대답이없다)

玉伊。 (다시 어머니곁에 앉으며)
그러나 어머니!
나는 나의 청춘을 빛나게하기위하야
나의시대를 살리기위하야
나의 새옷을입고 나의 새집에 가고싶다면?

母。 그러나 나의 노리개야
너의 새집을 짓기도전에 이집을 나간다면
그리고 너의새옷이 준비도되기전에
낡은 옷부터벗고 알몸으로 있는모양
나는 참아볼수없다。 참아볼수없다。

金九。 (빈정거리는듯한 말씨로 빙긋이웃으며)
새집과 새옷이 벌서 준비되였다면?

母。 (깜작놀나며)
그러면 너까지 나를 바릴준비를 하였단말이냐。
아아—나는 아아—나는——(절망한듯이 부르짖는다)
나의 노리개야

玉伊。 있기만하면 줄것이다. 정영코 줄것이다。

母。 나의 보배야!
나의 노리개야!
내가 너를위하야 무엇을 아낀단말이냐.
있기만하면 줄것이다。정영코 줄것이다。
(너머 흥분하여 려성을 읾을지경이다)

玉伊。 있읍니다 꼭 한가지가 있읍니다。
理解!
그렇습니다 당신의 딸이 요구하는것은 이것뿐입니다。
집도아니오 땅도아니오 돈도아닙니다。
그런것들은 어머니시대에나 소중하든것입니다。
당신의 딸이 요구하는것은 「이해」 오직 이것뿐입니다。

母。 이해?(못알어들으신모양)

玉伊。 그렇습니다 이해올시다。
딸의 청춘을 빛나게하기위하야
우리들의 시대를 살리기위하야
우리들의 새옷을 입고 우리들의 새집에 살게하소서.
이것만을 이해하여주소서。
이밖에 아무것도 요구하지않습니다。

母。 그러면 결국 나를 바리겠단말이지(절망한듯이)
나의곁을 떠나겠단말이지。
한평생 외롭고 적막한 이어미곁을 떠난단 말이지。

玉伊。 쉽게말하면 그렇습니다。

母。 (더욱흥분하여 머리를 흔들며)
안될말이다。
그것만은 안될말이다。
나의보배를 놓지고 어떻게 산단말이냐。
나의 노리개를 잃고 무얼믿고 산단말이냐。
그적막한 삶을 어떻게 산단말이냐。
(몸부림을하며)
안될말이다。그것만은 안될말이다。

玉伊。 (더욱 냉정하여지며 침착하게 어머니를 꼭바로보며)
그러면 나는 어머니의 노리개가 되기위하야
나의청춘、나의시대를 희생하란 말슴입니까。
그러나 나도 어머니를 배반하여야 하겠읍니다。
어머니가 어머니의 시대를 살리기위하야
하라버지께 잔인하게 반역하듯이 ——
그래야 나를 살릴수있을것입니다。
나의시대、나의청춘을 빛나게할것입니다。

母。 (더욱절망하여 미친듯이)
안될말이다 그것만은 안될말이다。

玉伊。 (다시빈정거리는말로)
안되고 여부가 있읍니까。

황금의 위력을 지배하여보십시오。
어머니의守護神ㅣ황금의위력을시험하여보십시오。
황금의 위력에도 머리를 숙이지않는 커다란힘
이 있는것을
구경하십시오。

玉伊。 나는 어머니의 후회를 거듭하여서는않되겠읍니다。

母。 나의 후회를 거듭하다니?

玉伊。 어머니가 좀더이르게
하라버지께 반역하지못한것을 후회하듯이
나도 나의청춘을 희생한다음에
때가늦었슴을 후회하게된다면
아ㅣ 않될것입니다。 않될것입니다。
나는 가야하겠읍니다。 인정없이 잔인하게――
인정이있고야 어디서 용기가나겠읍니까?
잔인하지않고서 어떻게 승리하겠읍니까?
어머니께서 몸을 가르치신 철학을 말은 믿습니다。
(林浩가 대문안에 드러서며 滿面의웃음을 띠고 우렁
찬소리로)

林。 길떠날 준비는 되였읍니까?

九。 자ㅣ되였네 떠나가세(벌덕이러나며)
우리의 일터로 우리의 새집으로
玉伊야ㅣ자ㅣ어서 떠나가자――

玉伊。(발딱이러나며 명랑한말씨로 그러나 애처러운듯이)
어머니 당신의딸은・갑니다。
안녕히ㅣ영원히 안녕히――
(절망한듯이 하늘을 쳐다보며)

母。 아우ㅣ끝끝내 가고야 만단말이냐。
나의 보배야 나의노리개야 나의비들기야
적막한 나의곁을 떠나가고야 만단말이냐。
(林、九、玉伊 세사람은 서로서로 손을잡고 유쾌한듯이
뒤도 도라보지않고 나가버린다)
아아ㅣ이것도 아무힘이 없었단말이냐?
(미친듯이 금고열쇠를 마루아래 동댕이치며 기절한듯
이 쓰러지며)
아아ㅣ천부는 끝났다。
나의 보배는 가고야말었다。
나의등불은 꺼지고야 말었고나。

父。(玉伊 아버지 다시 드러오며 술취한 소리로
九야 집에가자 아버지를 배반하느냐
(아무도 없는것을 보고 깜작놀나 멋츳서며)
아시!

母。(몸을 간신히 이르키며 동경을갈망하는듯한 눈으로
멀거니 바라보며)
아아ㅣ 우리는?
우리들은?(다시 쓰러진다 풍경소리뎅그랑)――

――(幕)――

丙子六月 於燕峰山下

金婚式

林學洙

유씨부인과 김생원은 백년가약을 맺인지 어언간 오십년이였다。 그들은 조상이 물려준 다방골 천변가 행낭붙은 집에서 살었었다。 그들은 꽤 견디는 처지였다。 오십년간의 부부생활 선물로는 단두아들이 있을뿐이였다。 큰 애는 양화점을 광화문통에 내고 작은애는 양복점을 야조개에서 경영하고 있었다。 김생원은 늦바람이나서 나이 육십고개를 넘어것만 오입버릇을 놓지못하였다。 유씨부인은 마루에 걸린 괘종이 땅땅 열점을 치면 그만 화가나서

『어멈 대문 잠그게。』

하고는 밀창을 탁닫치고 불을껐다。 유씨부인은 쓸쓸하였었다。 이간 넓은방에서 그야말로 겟발물어덮인듯이 이불을 뒤집어썼다。

이식히 취한 김생원은 가만히 와 대문을 흔들어보고는 안으로 잠겻슴을 알자

『흥!』

하고 어멈도 불르지않고 그냥 「도라우편앞으로—갓」을 하였다。

김생원은 허연 구렛나루에 비대한 체격 풍신좋은 쾌남아였다。 더구나 「에헴」하는 큰기침소리는 사십여평되는 뜰에 쩡울려 김생원이 있을때는 집안이 딱차는것같고 활기가 있었다。

김생원은 시조ㅅ구나 읊었다。 그는 한달이면 두어번 소첩을 대동하고 료정(料亭)에 나아가 팽가리를 치며 다리춤을 추며 한바탕 질탕히 놀았다。

『글세 여보 나이 칠십줄에 앉어 이게 무슨 바람이란말요。』

김생원은 숫갈을 놓고 아모말없이 장죽에 불을 붙인다。

『젊은 애들이 부끄럽지 안소?』

하며 유씨부인이 밥상을 와르륵 잡아단인다。

『어허——?』

「여보 그럴려면 날。민적을 파주셔요。응。」

「사내자식이란 의례히 오입도 하는게지。」

그들의 담판은 의례히 이렇게 끝을 막었다。강화조약(媾和條約)을 체결암에는 아직도 권도가 료원하였다。

큰애와 작은애도 역시 불초자(不肖子)는 아니였다。큰애는 요새 어떻게 하였으면 구식인 안해를 버리고 다까머리에 힌 샵팔을 목에 홰홰 감은 무좀은 자주두루막 속에서 엉등이를 뒤틀뒤틀 하고 다니는 신녀성을 하나 데려올까 하는 궁리중에 있고 작은애는 여호털 목두리에 아장아장 팔자거름으로 것는 기생을 하나 산양해올 작정을 세워 바야흐로 실제운동에 착수하야 있었다。

훅 그들과 어머니와 만찬을 나누는 때면 어머니의 아버지에 대한 짜증이 버려짐은 정한 「데ㅣ사트」였다。그러나 그들은 드른체 만체 흥대답도 아니하고 슬슬 자리를 피하야 다라나버렸다。

그럴때마다 유씨는 더욱 언짢고 속을 알아줄사람이 하나도 없음을 쓸쓸해하였다。

여름도 다가고 제법 선선한 어느 아츰에 유씨는 화롱이 터저 도사리고 앉었다가 남편을 붓잡었다。

「여보 날 민적을 파주。이게 무슨일이란 말요。」

「어허——.

「그거 뭐 어려울것 있소? 날 민적을 파주。응? 민적을 파주。」

「정히 그러타면 파주지。갑시다 옷입우。」

유씨부인은 외출복을 갈아입고 대문을 나섰다。그들은 무교정에서 도장을 삭여가지고 부청 호적계 창구(窓口)로 갔다。

「여보 꼭 파야 되겠소?」

「파 주어요。」

「자 그럼。」

그들은 호적게원에게 도장두개를 내놓았다。눈이 휘둥그라진 게원은 의아하는듯 다시한번 다짐을 받었다——

이에 민적대장에는 빩언 잉크로 쭉 줄이 그이고 이샵자 무엇이라 기입을 하는것이 보였다。민적은완전히 따로따로 갈려버렸다。

찍ㅣ하고 빩언줄이 그이는 순간 유씨 쌋늘한 어름뎅이를 꿀꺽 삼키는것같었다。「설마」하였던것이무참히도 실현되야 버리고 말었다。ㅣ

그들이 부청현관으로 나왔을때에는 비가 죽죽떨어지고 있었다。어쩌면 그렇게 섭섭한지 유씨의 두눈에서는 눈물이 연방 흘렀다。아끼고 사랑하던 무삽구슬을 놓아버린듯 어찌 이렇게 섭섭하고 허무하랴?

이날부터 그는 싸매고 들어누었다。

사흘째 되는날은 아츰부터 뒷골목 비였던 새집문깐에 살림집이 드러온다。 쌀가마가 드러온다。 라디오가 홍청거린다。 못치는소리 자동차소리……캐나리아같은 뾰쪽한 목소리 골목이 쩡쩡 울리는 에헴소리가 떠욱더 유씨부인의 속을 뒤집어놓았다。

오정이 가까웠을때 기특한 두아들은 오십년전의아버지와 어머니의 결혼날을 잊어버리지 아니하고 하나는 과실바구니를 하나는 장미화 한다발을 각각안고왔었다。

『어머니 오늘을 모르세요? 웨 이러고 누섰수?』

『오늘이 무슨날이란 말이냐。』

『저것 몰라요、저것。』

하고 작은애가 몬지않은 한『國』을 가르쳤다。

『흥!』

하고 유씨부인은 이불을 뒤집어썼다。

머쩍어서 우둑어—니 마루끝에 섰던 두 모던뽀이들는

『아버지가 어데게실까?——』

하고 슬슬 문밖으로 나가버렸다。

유씨부인은 치맛자락으로 눈을 씻었다。

이윽고 요릿교자를 멘 명월관 뽀이들이 왁자지껄하고 드러왔었다。

一月二十日

현순이

裵斗勳

一

추보영감은 긴 담뱃대에 담배를넣어 부쳐물고 기침을 콜록 콜록하고 난뒤

『소덕이는 이적지 안왔나?』

아랫목 등잔불밑에서 뚜려진 버선을 깃고 있는 할마이(안해)에게 물었다。

『아직 안왔는 거 꾸마——』

할마이는 바누질하든 손을 멈추고 말한다。

『참 오첨지딸이 내일밤차로 서울 벼짜는 공장에간다지?』

영감은 담배연기를 입으로 내면서 할마이를 처다본다。

『그렇다는바 소덕이가 그러칭좋와것드니 언자는 순이하고도 놀도못하고。』

할마이는 혼차말 비슷하게 나직이 중얼거리고는 한숨을 길게쉬였다。

하나밖에 없는 아들 소덕이가 오첨지딸 현순(賢順)이와 좋아지내는것을 모르는배 아니였다。그러나 자기네 살림사리에 아들을 장가보낼 돈커녕 위선 먹고입는것에도 곤난을 당하는 처지였다。

나이 수물이 훨신 넘은 소덕이를 살림이 조곰이라도 넉넉하면 장가를 보내였으면 하는 마음은 많으나 그만한 여유는 사실 없었다。현순이가 서울 벼짜는공장에 간다는 말을 드른 뒤로부터 몇날동안을 소덕이는 조석으로 밥을 통 먹지않었다。밥을눌러서 담어주어도 먹고는 더 달라는 평시에 소덕이가 요지음 밥을 잘 안먹으니 늙은 부처의 속으로는 여간 걱정이 아니였다。

아침도 먹는둥마는둥하다가 지게를지고 갈비(松落葉) 하러간다고 나가든 소덕이가 저녁을 치우고 밤이되여도 드러오지 않었다。

『야가 와 이적이 안오노?』

정스러운 얼굴로 영감을 쳐다본다。

『설마 두로지거리。』

떠올려왔던 달도 구름사이로 기울어지고 밖은 어두웠다。마을은 죽은듯이 고요하고 개짖는소리도 들니지않었다。첫닭이 꼬끼요 울때까지 할마이는 아들을기대리다못해 아래방으로 내려와 잠이 들었다。얼마나 잣는지

『엄마 자농교?』

하는 아들의말에 잠은 부시시 깻다。

『오야 소덕이가 어디갔다가 인자오노。밥쭈까?』

로파는 이러났다。

『밥묵기 싫구마。』

『밥안묵고 배안고푸나?』

로파는 걱정스러운 얼굴로 아들을 쳐다보았다。

『엄마 나 현순이한테 장가보내주소。』

로파는 어이가 없었다。그는 대답할말이없다。아들에 마음을 모르는배 아니지마는 현순이의 집에도 궁해서 오첨지가 딸을 어디던지 보내여서 돈버리를식히랴든 차에 이번 서울 벼짜는 공장에서 여공을 모집한다는바람에 현순이도 보내기로 하였다。

오첨지도 현순이와 소덕이가 좋아지내는것을 으스름알게 되였다。현순이를 소덕에게 주구싶은 마음은 많으나 자기네 살림이 궁해서 어떻게 할수도 없느냐고 요몇날전 로파는 현순이 아비 첨지에게 들은 말도 있었다。

『와 안말도 안하농교?』

어미가 아모말이 없으니 소덕이는 다시 얼굴이붉어지면서 말한다。

로파는 아들에게 어떻게 대답하면 좋을지몰랐다。

『현순이는 서울안가나。갔다가 오거든 장가보내 주꾸마。』

로파는 겨우 대답하고 아들에얼굴을 물거름이 쳐다보았다。

『언자가면 언제올지 알수있농교。』

아들에 울듯한 목소리다。웃방에서 추보영감의 기침소리가 들렸다。아버지에 기침소리를 듣고 소덕은 웃방으로 갔다。추보영감은 소덕이가 들어오는것을 보고 이러나서 성냥을 켜서 등잔에다 불을 붙이면서

『이적지 머하고 언자오노。』

어두운 방안이 갑작이 환하게 밝었다。

『춘삼이네 집에서 놀다가 옴니드。』

추보영감은 담배쌈지를 꺼내여 대에다 담배를 넣어등잔불에다 대고 쭉쭉 빨었다。

영감은 소덕이가 현순이와 맞난때문에 늦게드러온줄알었다。그러나 추보는 아들에게는 아무말도 안하였다。육십이 넘은 자기는 오직 아들하나이 살림미천이며 궁해서 쪼들려살망정 소덕이가 있으니 궁한것도잇고

사는 추보였다。형편이 조곰만 피였드라면 아들을현순에게 장가보내였으면 하는 마음은 일상 가지고있으나 어떻게 할 도리가 없었다。

『아부지 주무시이노』

소덕이는 아래방으로 갔다。아들이 나간뒤 추보영감은 담배대를 털고 켰든 등잔불을

『푸우』

하고 끄고는 드러누웠다。

二

이튿날 새벽

소덕이는 일죽이 이러나서 어제밤에 현순이와 맞나자는 뒷산 숲속으로 갔다。눈두풍이 무거웠다。어제밤에 한숨도 잠을 이지루못하였다。

『소덕이 아니가?새벽부터 어디가노?』

물방아에에서 방아찧는 박첨지가 묻는다。

『요우에 좀 가는마。』

소덕은 아무렇게 대답하고 빨리거렸다。늦은가을때다。날세는 패차웠다。서리가앉은 집웅들은 하얗게 드러났다。

숲까지 왔을때는 현순이는 자기보다 먼저와서 가다리고 있었다。

『소덕아』

현순이는 소덕이를 보자 기대렸다는듯이 불렀다。

『현순아』

소덕이는 현순의 이름만을 부르고는 말을 더 계속할수 없었다。어짠일인지 말이 안나왔다。전날만하더라도 웃고 자미있는 이야기를 하고 놀었으나 오늘은 웬일인지 말이 잘 나오지 않었다。현순이는 노랑조고리에 빨간 반인조치마를 입었다。오늘 아침에 떠난다고 벌서 옷을 가라입고 머리는 동백기름을발으고 곱개 비섰다。오늘은 현순이에 얼굴이 어제보다 더 이쁘게 보였다。옷을 새로 가라입어 그런지 소덕이는 오늘만치 현순이가 이쁘게 뵈든날은 처음이였다。두사람은 아무말도 없이 있다가 소덕이가 비로소 말을 건넸다。

『현순아 몇시차로 가노?』

『아침밥묵고 대구까지 거러가서 그게서 밤차로 간단다。』

『나도 따러가서 차떠나는것 보고 와도 괜찬체。』

『공장에서오는 사람이 보고 수상하게 여기면 우짤라고?』

『보만 어떠가바。』

얼마안있어 태양이 떠올려왔다。해ㅅ볕은 현순에 노랑저고리를 비추었다。기름바른 머리카락이 버쩍버쩍별발을 받었다。저고리밑으로 볼숙 보무러올은 현순

에 젖무덤을 볼때 소덕이는 은근이 현순이를 꼭껴안어보고싶은 충동을 느끼였다。

『현순아 너 집없나?집있으믄 집이라도 들고 따라가께!』

『집이 뭐 있으야지 쪼끄마는 보집뿐이다。』

『그기라도 들고 따라가지』

현순이가 오늘아침 열시만 되면 마을로부터 떠난다고 생각하니 소덕이는 눈물이 쏟아질듯하였다。그놈의 원수의 돈때문에 현순이를 영영 놓진다고 생각하니 가슴은 찌저질듯이 쓰라리고 아펐다。

『현순아 서울가거든 편지해라。응。』

『응』

손등으로 눈물을 딱끄면서 현순이는 가느다랗게 대답하였다。현순이도 소덕이를 두고 멀리 가고싶은마음은 손톱만치도 없었다。아비에 강청을 어기지못하야 울면서 게자먹듯시 처음에는 안가겠다고 울어도보고 발악까지 하여찌만 그러나 아비는 현순이가안가겠다고 하는말을 드른 뒤로부터 매일같이 술을잡숫고는 열여덟이나되는 현순이를 때리였다。애비에××를 이기지못하야 어쩔수없이 승낙하였다。슬픈침묵이 흘렀다。

『언자 가면 언제올레!』

『나도몰라。』

현순이는 흐느껴 울면서 가느다랗게 말한다。소덕은 새삼스레 현순이와 놀던일이 생각났다。현순이가 산나물을 캐러 산에 올때는 자기는 깔비하든 손을 멈추고 현순이와 가치 이야기를 하면서 나생이 은어리 벌바위 도라지、할나물 곤두서리 고사리 구몽초、참나물、미역초、야고디、뚜까리같은 산나물을 캐서 주었다。현순이에 바구니에 산나물이 한바구니될때는 해는 빛을잃고 기우려지고 황혼이 될때 비로소 바뿌게 자기깔비를 끌었다。그럴때는 현순이도 가치 거들어주었다。어두워서 집으로 돌아갈때는 현순이는 아비에게 꾸지람을 들었다。깔비를 해가지고 혹 대구장에서 팔어가지고 도라올때는 의례이 잊이않고 현순이에게 분이나 쿠림 사분같은것을 사서 주었다。그런것을 사서 줄때는 그는 현순이집 울타리에서 살작이 현순이를 불러내여가지고 현순이가 나오면 울타리우에 얹어놓고는 다름질쳤다。

『현순아 현순아!』

벼란간 마을에서 어미에 목소리가 들렸다。

『아이구 엄마가 부르네』

『그럼 가바라』

현순이는 눈물을 손등으로 씻고는 내려갔다。소덕은 현순이에 뒷그림자를 문끄럼이 처다보았다。현순이가 간뒤에 소덕이는 하고싶은 말을 다못한것이 억울한 생각이 들었다。

三

열시쯤해서 당꼬쯔봉을입은 두사람이 마을에왔다。 그들은 공장에서 온사람이였다。 마을에서 떠나가는 처녀들은 전부가 열하나였다。 그들은 오늘떠난다고 얼굴에 분루성이를 한처녀 빨간댕기를 드린처녀 모다 손에는 조고마한 보짐을 들었다。 마을에있는 김지주에 마름(舍音)딸 옥분이를 빼놓고는 거위전부가 공장으로갈 처녀들이였다。 처녀들은 손에다빠스겥 보짐을듣고 학생모양으로 두줄로서서 공장에서온 사람에뒤를 따라거렸다。 박영감 이첨지 김더령 지노친 순이어미 분이할머니 문첨지안악 현순어미들이 딸들에 짐을받아들고 동구앞까지 따라나왔다。 동구앞까지 와서는 제각기 딸의손을 잡고

『분아!』

『양임아!』

『기순아!』

『엄마!』

어미는 딸일름을 부르고 딸은 어미를부르면서 울었다。 현순이도 어미를잡고 울다가 혹시 소덕이가있지안나하야 사방을 살펴보았으나 소덕이에 그림자는 뵈지않었다。 소덕이는 현순이가 있는곳에 가기도 남보기 쑥스럽고하야 마을 앞에있는 산에올라가서 바위우에 걸터앉어서 떠나가는 그들에 광경을 바라보고있었다。 바위에 앉어 아래로 내려다보니 현순이는 누구를 찾는지 자꾸만 사방을 살펴보고만 있었다。 소덕이는 현순이가 자기를 찾는다는것을 알었다。

『현순아』 하고 불러볼까 하다가 혹시 누가 볼까바 『현순아』 가느다랗게 입안에서 중얼거렸다。 어미는 딸을잡고 울고 딸은 어미를 붙들고 울다가 공장에서온 사나이가 시간이 없다는말에 겨우 딸들을 놓고 치마폭으로 눈물을 씻었다。 떠나가는것을 보고온다하면서 대구까지 따라가는 사람도 있었다」 현순이는 거러가면서 몇번이나 뒤를 도라보고는 다시도라보고 하였다。 바위우에서 정신없이 앉은 소덕이는 현순이를 따라가 떠나가는것이나마 보고올까하는생각이 들었으나 현순어미도 따라가는고로 가고싶은충동을 꾹 참었다」 현순이는 몇번이나 뒤로 도라다보고 또 도라보았으나 소덕이가 뵈이지않으니 울면서 거렀다。 가면서 떠나가는 현순이의 뒷그림자를 멀리서 불때 소덕이의 가슴은 찢어질듯이 아프고 쓰라리였다。 그들에 그림자가 사라질때까지 소덕이는 바위우에앉어 넋잃은사람모양으로 현순의 그림자만 찾어내려고 애를썼다。 언덕을넘어 현순의 그림자와 그들에 그림자가 사라질때는 자기도 모르게 소덕이에 눈에서는 눈물이 줄줄흘러나렸다。 소덕이는 정신을 잃은 사람모양으로 어느때까지 바위우에 앉어있었다。 (끝)

보리고개

李載煥

四

복섬이는 첨순이에게 집안일을 맡기고 오늘은 자기의 한때기 밭을 매러나갔다。

그것은 물론 박첨지네것을 소작하는 것이였다。

허나 가을이되면 모도가 박첨지네것이 되는줄알면서——헛농사인줄알면서——어둠속에서 허덕이고 오는것을 모르는것은 아니였다。

박첨지네 양식을 매월얻어다 먹는것이 그날 그날 벌어가는것이라고까지 하였다。

재바르고 인정많은 첨순이는 갈곳도 없거니와 동무의 초근한 형상을보고 며칠머므러 무슨일이든 어린애를 낳을때까지 돌보아 주리라하여 묵었다。

낮가려 킹킹대는 만수를 등에업고 분이의 기름없는 머리를 빗질하고 있을때였다。

벼란간 느지라같은 녀석이 뛰여 드러오다가 첨순이를 보고는이상한 눈으로 굼벅이다가 휭영게 밖으로뛰여나간다。

이동리 봉화ㅅ재 아래마을 양지촌의 재동(才童)이인 덕보다。 나이 삼십이 넘었어도 장가도 못들고 철부지로 뛰여다니는 요순쩍 백성이였다。

어린애 어른할것없이 맞나기만하면 「덕보」 「찡보」 하고 따라다니면서 놀려댄다。

그래도 덕보는 골내는빛없이 밤낮 그탈이 그탈이요、웃기만하고 시시댄다。

덕보는 복섬이 집에서 처음맞난、(만수를업은)복섬이같이 어여뿐 색시를보고、

「복섬이집에 어린애하고 두내외밖에 없었는데、그여편네는 누구일가。 허허」

웃으며 싱글벙글하고、머리를 기웃둥거리는 그얼굴에

는 복섬이를 못보고가는 섭섭한 빛이 떠돌았다。
덕보를 동리안에서 바보라고 손꼬락질은 하나 복섬이를 남몰래 마음속 한모퉁이에 은근히 사모한다。
성욕이란 머리가 둔갑할수록 안타가웁게 상상됨은 사실이 증명하는 바다。
『고것은 어델 갔을가?』
궁금증에 못견디여 그는 벌로 뛰여간다。
웃말 모퉁이에서 모여놀든 어린애들이 뛰여가는 덕보를 보고 마치 작난감이나 본듯키 반가웁게 뒤를 따르며,
『덕보 바보』
『덕보 찍보』
『덕보 개보』
하고 놀여대는것을 너는해라, 나는듣는다, 허다가 싫으면 그만두겠지 하고 수건쓰고 호미들고 말없이 앞어일하는 복섬이를 생각하면서 밭또랑 논뚝을 넘고 건느기를 그몇번이든가?
복섬이 남편이 병들어 누은후로 덕보가 매일한번식은 복섬이집에 들린다。
혹은 때때로 나무도 해다주고 한다。
오늘도 맞나볼줄알었든 복섬이를 못보고 가나 어찌 섭섭지 않으랴?

있다。
덕보는 미친이같이 웃고 뛰여간다。
어린애 같이……….
『바본가 웬일이여』
논 가는것을 보고섰든 쇠득이부친이 먼저보고 덕보를 건드린다。
『왜애 내가바본가, 덕보지』
하고 덕보는 싱글벙글 하는 얼굴빛이 금시로 시무룩 해진다。
복섬이는 압맴이 벌 일이아니고 쇠득판 벌 일이였다。
『덕보 나왔나。 어서오게。』
쇠득이부친뒤에서 일하든 근기형 창기가 반가웁게 마저주니 덕보는
『네…………』
하고 좋와서 고개를 끄떡이며 고랑을 건너서 창기앞으로 가까히온다。
『어짠 일인가。』
『저어 성칠 어머이가 죽었세요。』
입설을 쭉빼내밀고 눈을 꿈벅어린다。
『무어?』
미소를 띠우고 일하든 여러사람들은 이구동성으로

「그러고 돌아가셨네 그려。」

「더사시면 뭘하나、팔자좋으시지?」

장기채를놓고、괭이를집고 쇠시랑을 땅에찍은채 놓고 제각기 인생의 존재를 생각하는듯 일시 침묵이 흘렀다。

쇠득이 부진이 침묵의 검은포장을 먼저찢고 입을 열어 뚝우에섰는 덕보를 보고 큰소리로——

「이놈아 죽었어가 뭐냐、돌아가셨지。」

「응? 돌아가셨어。」

하고 덕보는 어리둥절해서 눈이둥그래졌다가

「죽는거는 뭐구、돌아간건뭐야、 마찬가지지 공연시리。」

눈을 흘기고 내민입설을 더욱 쭈ㄱ내미니 여러사람들는 허리를 못펴고 우서댄다。

몇사람은 일하든것을 거두고 덕보를 따라 초상집으로가고 몇몇사람만 남어서 멈첬든손을 놀린다。

성칠어머니는 금년 일흔한살에 다다른 꼬부랑 늙은이다。

아들녀석이 어데론지 다러난후 남편과 덕보를 아들겸으로 같이 살어왔다。

이집 저집으로 다니며 진일을 해주고 얻어먹든 불상한 늙은 노파。

남편되는 성칠아버지는 삼십년전 옥동같이 치운겨을、어느날 읍에 장보러 나갔다가 술이 잔뜩 대취하야 밤이 이슥해서 집으로 돌아오다가 그만 어름짱우에 쓰러저 강시로 죽었다。

밤을 꼬박이 밝히고 홀로앉었든 성칠 어머니는 헐덕이고온 근기에게 남편이 길거리에서 얼어죽었다는 말을 듣고 혼비백산하야 뛰처나갔었다。

아니나 다를가、과연 남편은 입가장자리에 모주가 흘러 범벅을 해가지고 이리굴고 저리굴러서 몸둥가 흙에 개쓰세미가 되여있었다。

그래서 남편은 동리사람들의 마주삽이로 객사한 사람이라고해서 그대로 어블거려 장사를 지냈다。

성칠이는 그아버지가 생존해 게실때 술이 심하여 집안살림을 돌보지않고 헤걸거림으로 참고참었든 마음이 흥분되여 그만 진정치 못하고 어느해 여름 새벽녘에 선선한 바람을안고 정들었든 고향과 불상한 어머니를 버리고 어데론지 아모도 모르게 종적을 감추어 버렸다。

남편은 죽고 자식은 어데론지 갔는지 소식 조차 막연한 성칠어머니는 남의집으로 돌아다니며 삼순구식을 하다 죽지못해사는 목숨을 이끌고 움막속에서 한많이 한평생의 슬픔을 거더들고 영원히 잠들었다。

동리사람들은 남편도없고 아들도없는、의지까지없는 죽은늙은이를 위해서 가였다하고 움막앞에 채알을치고 제법 초상집같이했다。

쇠득이부친이 동리로 나서서 추념을 걷었다。드딜방아깐을 돌아오다가 어데를갓다오는지 뒷짐을 지고 오는 박첨지를 맞낫다。

『첨지님、성칠어머니가 돌아 가섰읍니다그려。』

『그리게 말일세』

『허니 첨지께서도 얼마간이라도 부조를 하십쇼。』

하고 쇠득이 부친이 주저주저 하다가 내논말이다。

박첨지는 원래 양지촌사람들에게 인심을일었을뿐아니라 그의땅을 소작하면서도 어느때이든지 베르고있다。

올가을에는 어떻게될지 모르겠으나 지난가을만하드래도 벼한톨 안남기고 모도빼서갔다는말만 들어도 올해는 무슨일이 날듯도 싶다。

허나 과부나 어여뿐 유부녀를 제게집건드리듯하는 아주 몰상식한 금수만도못한 박첨지였다。

박첨지、첨지라는 칭호도 그가 서울 백가의집 사음보는 덕택으로 얻어듣는 말이다。

그의선대쩍 부터 감투하나 얻어써보지 못했다는 비렁뱅이로 어찌 어찌 해서 세상이 개화가 되는바람에 박첨지가 심평이 폇다는 말도있다。

으레히 소작인에게 허게아니면 이랫니 저랫니 하장리변에 눈이 둥그란 첨지는 남의것은 눈딱감고 제것남주고 아니받아보지못했다는 숭충이에게 비길수있는 박첨지가 성칠어머니쯤 죽었다고 부조할일은 꿈에도 생각지않을게다。

만약 ××이나 구장의 어머니나 혹은 상처를 했다면 몇십원 갖다줄지 모르겠으나、공연한 선하픔하는격바께는 안될게다。

곰곰히、생각하든 박첨지는 자기집대문앞까지 왔다。

『그까짓 임자없는 송장을 추념은 무슨추념인가 마주잡이래도해서 갖다버리지 나는 모르겠네。자네들 생각대로하게。』

하면서 박첨지는 뒤도안돌아보고 집안으로 쑥들어가버린다。

쇠득이 부찬은 닭쫓든개 집웅처다보는격으로 눈을 멀뚱거리고 중문안을 드려다보고있다。

분통이 났다。벙어리 냉가슴알롯 검다 쓰단 말없이 초상집으로 올라갔다。

쇠득이 아버지가 헐레벌떡이고 올라오면서

『제ㅣ길할놈의 자식、그래 제가 만년살고 천년살텐가、화냥잡년의 자식같으니 어데두구 볼걸、얼마나 잘사나』

하고 언정을 높이며 아래컨을 내려다보고 동네방네

져나온다。

『왜 그래서요。』

하고 큰기가 먼저묻는다

쇠득이부친은 저고리소매를 겯드랑 밑까지 추켜올리며 앉어서 담배를담는다。

『에이 ㅅ』

하고 침을 탁 뱉는다。 아니꼬운듯이。

『왜 그래서요。』

『글쎄 이거보게 박가녀석을 맞나지안어껬나、 그래 청칠어머니가 돌아가섰으니 우리동구안의 사는사람들끼리 치워 주어야할텐즉 첨지께서도 좀 얼마간이라도 부조를하섰으면………

말을 끊었다가 침을 삼키며、

『어떠하시겠읍니까? 했더니 이놈 말좀드려보게、 그까진 임자도없는 송장을 무얼상여까지 차려 뭘하나、 그대로 갔다가 땅에파묻어 버리든지 불에태여버리지 나는모르겠네、 자네들 생각도라가는대로하게그려、 하고 풀쑥 제집으로 들어가 버리니、 그래이런놈의 심뽀가 있나、 자네들도 생각을 해보게、 내가 생긴 누구에게 피칭한소리 하든가、

에이ㅅ 제밀붙을자식 다보지 으-ㅁ』

하고 쇠득이부친은 골이 잔뜩나서 담배를 빼금빼끔빤다。

『그깐놈에게는 왜 가섰드래요。 그래 그런놈의 색기를 가만두고 오섰어요。 겻창을 내이지』

듣고섰든 창기가 두덜거리며 심술을 내드니만 선불맞은 황소같이 뛰며 내려가려는것을 여러사람들이 억지로 말유하야 부뜨러 올렸다。

『이사람아 그만두게 그만두어、 참게、 나도 자네보다는 더한 사람일세、 허나 법이 있지않은가、 법률이 없었든들 그놈을 가만두어껬나、 법 보다 주먹이 가깝읍기는 하지만、 참어야 하네 자네나 나나 한심할노릇아닌가? 그만두게 한가지(돈)없는탓이지、 한가지만 있으면야 누구든지 머리를 숙이지 않겠나 그놈을 건드려보게 뒷일을 못감당할테니 어쩌나 우리만 옥갑지 그깐놈 우리 알랑곳 할게있나 상종하지 않으면 그만아닌가 참게。』

도리혀 분통났든 쇠득이 부친까지 나서서 말리는 결에 창기는 오뉴월 송아지 색임질하듯 괄하게 끌어오르는 피를 색이느라고 씨근거렸다。

여러사람들이 박첨지의 흉을보고 몹시 흥분되여 있을때、 복섬이가 만삭된 배를 디룽거리며 초상집으로 올라온다。

웅막 거적문을 들치니 창기네、 쇠돌이네、 할것없이 동네 부인네들이 모여앉어서 수의를 짓고있다。

「아이그 분이네가 웬일이유。 괴로운몸을 쉬지않고 아이참。」

먼저 쇠득이네가 손을삽으며 한 걱정을한다。

「팬 찮어요。 여러어른들께서 애를쓰시는데 어떻게 안올수가 있나요。」

하고 복섬이는 창백하고도 검은 얼굴을 찡기며 약간웃는다。

「기왕 왔으니 좀 앉어 쉬기나하우。」

언제던지 마음좋고 다정한 창기네가 자리를 비켜 내여준다。

복섬이는 비켜주는 자리에앉어 가쁜숨을 돌리며

「그래 어떻게 마련이 다 되였나요。」

「응, 되긴 얼추다되였는데、 오늘밤에 근거리를 한다나바。」

쭈구렁 밤송이같은 얼굴에 우슴을 띠운 수돌이네가 참견을 한다。

이동리 양지촌에서는 어느누구가 죽든지하면 여러사람들이 모여서 발인하기전날밤、 상여꾼이되여서 연습을한다。

이것이 즉 근거리라고 이동리안에서 부르는 말이다。

이윽고 밤은왔다。

막걸이 동이나 갔다가놓고 거드러거리며 술이 얼근히 취한뒤에야 임심좋고 소리잘하는 춘쇠를 수번으로 삼아서 요령을흔들고 멕이게한다。

「에헤요 에헤요 이제가면 언제오나 명사십리 해당화야 꽃진다고 설어마라、 명년봄이면 다시오건만 우리 인생 한번가면 다시못온다네—」

부르고 뒤있는 근거리소리가 동리사람의 애닯은 마음과 조용한 마을과 들을 흔든다。

달밝은 하늘가에 은하수의 줄기는 오작의 다리를 놓고 어둠이 가득찬 대지우에 그림자를 고요히 던진다。

구름속을 스쳐가든 둥근달은 이동리의 설음을 조상하기 위함인지 촛불삼어 조롱함인지 유난히 밝다。

복섬이는 괴로운 몸을 이끌고 집에도라와 처량히 들리는 근거리 소리를 점순이와 먼듯 가까운듯 은은히 들을때、 그는 등골에다 냉수를 끼연듯 소름이 끼시침을 깨다랐다。

동시에 그는 남편의 죽엄길도 그러하려니하고 더욱 몸을 떨었다。

남편이 세상을 떠난다면 뱃속에서 꼬물거리는 자식과 두마리 어린것들을 어떻게 이끌고 살아가나?

조바심과 우울한 마음이 새음솟듯한다。 마음속의 물결는 다시금 파동을 이르키며 복섬이의 마음과정신을 흔든다。

[illegible]
복섬이의 몸만은 가난하였으나 피와마음만은 비난
치 않었다。
박첨지의 농굴농굴하고 얌치없는 그림자가 눈앞에
떠돈다。무엇때문에 군소리안하고 도리혀 양식을 가
져가라고까지 권할가? 그이색한 졸장부가、남편의병
든것을 믿기로 때를기다리는 음흉한 수단을 쓰는게
아닐가? 그러찮으면? 작년가을 타작마당에서 싸홈
났든것을 생각한다。
박첨지가 복돌어멈에게 뿌려케 몰려떼든것을 그려
본다。
「이놈 이농굴 농굴한놈、그래 남의×은 공짜인줄 알
었드냐 이놈 퇴퇴」
하고 복돌어머니는 박첨지얼굴에다 침을뱉고 발악
을했다。
「이년이 외이래、발길년 같으니」
박첨지는 어쩔줄을 모르고 끄리를 사타구니에 낀
다。
「외그래? 과부년이라고 허수히 얇고그래。그러찮으
면、왜못먹겠다구 그래。이 신수 멀정한 도적녀석
아!」
하는 소리에 박첨지는 옆에놓였든 드리깨를 들었다
놓드니 복돌이네의 뺨을 때렸다。

「무어시어째! 그럼 도적녀석이 아니고 무어냐!
왜때리니 네게집이냐? 왜때려 농사제논것 장리변
이라고 다 빼서가랴고、그래 이 날부란당같은놈」
하고 복돌이네가 설어서 땅에가 주저앉어서 울든
것을 복섬이는 생각한다。
나에게 꼭 그럴게야、그럴야고 마음을 시언 시언히
쓰지 그러찮으면 어롭시 않은일에 왜 양식을 대주어」
기름맛이라고는 생전보지도 못한 머리카락을 거더
올리며 고개를 갸웃거리고 생각하였다。
사람이란 으레이 인색할수록 졸장부요 음흉하고도
앙큼스럽다。
깜박이는 등잔불에 보일둥 말뚱한 남편의 얼굴을
나려다보다가 금시 잊으랴든 박첨지가 빙글빙글 웃
으면서 눈앞에 알찐거린다。
어린것들이 있는데——하고 자기의 마음을 꾸쫏기
도 했다。
준이네 할멈과 오물어멈이 주고받은 말이 또다시
역역히 생각으로 쏘서든다。
아서라 나는 못하리라 살을어이고 뼈를 깍가내는
죄를 짓기는 못하리라——더러웁고 추한생각을 잊자
잊어야 어머니 자식이요、조상의 자손이다——하고
삼염을 물리치랴고 애를썼다。

여를쓰면 쓸사록 박첨지의 틈안으로 기여드는것 같고 왼일인지 마음이 그편으로 끌이는것 같었다。

근거리는 언제 끝났는지 목이소리하나 들이지않고 고요한밤공기를 타고가는 왜가리 울음소리가『왜ㄱ』하고 들려온다。

복섬이는 괴로운 몸을 만수에게 의지하야 남편곁에가 누었다。

五

윤삼월 금음날 아츰、

솟나나는 생솔판에 누어있는 성칠어머니의 상여는 어느듯 봉화재우에 올랐다。고개를 넘어슨 상여는보이지않고 깊었다 얕었다하는 상여소리가 바람을타고 언덕을 넘어오는듯 들여온다。

복섬이는 벌에도 나가지 않고 눈자위가 꺼지고 코가 치켜거더달린 남편을 나려다본다。오늘해를 못넘길것같었다。

인형같이 앉었든 복섬이는 박첨지네 집으로 아츰끼니를 얻으려갔다。

대청마루에 앉었든 박첨지가 복섬이를 보고、

『어、어서오게 몸이 퍽 괴로웁겠네그려。그래 그사람은 좀 어떤가』

하고 박첨지는 볼이 홀죽빠진 복섬이를 바라보며 가엿다는듯이 말한다。

『점점 더해가는것 같어요。오늘해를 넘길런지 모르겠어요。』

하고 복섬이는 오늘아츰——지금 남편을보고 나오든수척한 얼굴을 연상한다。

『아이그 어서오우。』

하고 늙은할멈이 부엌 문설주를 집고 허리를 펴면서 내다본다。

박첨지는 복섬이가 제남편이 오늘해를 못넘기겠다는말에 어찌나 반가웁고 마음이 흡족함을 느꼈다。

오래오래 기다리고 기다리였든 기회가 일초일각을 다투워 옴은 박첨지의 행복의뿌리가 걸릴것없이 마음대로 뻗어나감을 은근히 기뻐했다。

에그 조임、몽실몽실한 저 젖、쭉쭉빨어도 시언치않을 조 입설、사람의 간장을 조다지도 태우며 녹일가?

하고 박첨지는 복섬이를 내려다 볼때 심상이 근지릅도록 귀여워 보였다。

『저…………』

『응 아츰 멕이를 가저 가야지。암。』

박첨지는 마음속의궁을 깨우고 복섬이의말을 먼저 막질러 한다。

『네…………』

봇그러웁고 고마운마음에 대답이 모기소리같이 나올뿐。

『그래서 원 어떻게나 낫는 기색이 없다니 어린것들 하고?』

제법 박첨지는 인정을다해서 표하는듯 거짓이 얼굴가장자리로 살살김을 억지로 점잖은 표정을 지으랴고 애를쓴다。

『고맙습니다!』

하고 분어멈은 허리를 굽였다。

『그리고 아마 산ㅅ달이 이달이라는 말을들었는데 원참ㅣ양식은 갖다먹드래도 몸조심을 좀하게。 그렇게해가지고 일을하면 큰일나지 큰일나——』

마음에도없는 동정심이 푸뜸하듯 번지르르하다。

실상은 복섬이의 축해지는 몸이 가엽슨게 아니라 야종에 자기만족을 못채울가봐서 기름칠을 한 말이였다。

『분이네가、암 그래야지 어떻게 일할수있겠나? 영감말슴말따나 양식은 갔다먹드래도 몸을쉬여、이달이 산달인데。』

방문 설주를집고 내다보든 박첨지 마누라는 남편의 속심은 모르고 걱정을 덜아고 애를쓴다。

박첨지는 제마누라의 넉살좋게 악의없는말에 뜻깊은 웃음을 빙그레 웃는다。

박첨지 내상이 내여주는 쭉겨를 함지박에 담어가지고 치사를 한뒤 돌아스랴할때이였다。

『언니——돌아가섰에요。』

문밖에서 부터 숨이가쁘게 뛰여온 점순이의 해쓱해지고 땀이솝시흐른 울음섞인 말이였다。

복섬이의 얼굴빛을 질리고 뒷둥거리는 거름으로 문밖으로 다름질 쳤다。

박첨지 내외도 놀랐다。

순간——박첨지의 얼굴에는 만족의가득찬 우슴이 남모르게 떠올랐다。

사립문안에 들어온 복섬이는 기계적으로 방문고리를 삼어 챗쳤다 인간의 본능인 풍랑이였다。

남편은 잠든듯 두딸을 쳤드리고 얼굴빛은 파랐다。

복섬이는 이불자락을 추켜 남편의 얼굴을 덮는다。

덮는 열손고락이 경련을 이르킨다。

죽엄을 앞에둔 엄숙하고도 쌀쌀한 바람이 방안으로 휘ㅣ一 돈다。

복섬이는 남편의 시체앞에 주저앉어 운다。 점순이도 따라울고 분이도 영문모를 슬픈우름이 어미를따라 손등으로 눈올 비비며 운다。

만수도 킹킹대며 어미의 겨드랑 밑으로 머리를 디밀며 젖꼭지를 주물락댄다。

오래동안——걱달상간이나 몸져누었든 남편은 그여

코 애비모를 자식을 복섬이에게 마즈막으로 선물로 주고 고히고히 잠들어 영원의 길을떠났다。

사위스런 박첨지 내외도 오고 동리부인들도 모여들었다。

복섬이네 초상비용은 박첨지가 일체대였다。

박첨지하고 틀인 동리사람들은 성칠어머니의 산성에서 돌아와서도 복섬이네집에 오지를 않으랴했다。

그러나 박첨지보다도 복섬이와 그 죽은 사람을 보아서도 발길이 아니들어갈수없었다。

하로종일 말정히 앉었든 분이와 일을하고 다니든 첨순이가 머리골치가 아푸다고 드려오드니만 절명(絕命)이 되여버렸다。

눈이 뒤집힐듯한 복섬이는 혼도가되여 청신을 잃었다。

여러사람들은 의아히 생각타가 겁을내고 모다들염병이라고 나가버렸다。

완전히 흉가집이된 쓸쓸한 집안에 단지 남어있는 사람은 남들이 손꼬락질하는 천지라고 놀려대든 덕보 혼자만이 남어있었다。

박첨지는 질겁을해서 자기집으로 다려어갔다。

『체――사람이 죽었는데 모도들 가면 어떻게해! 이러나슈 웅 이러나요』

하고 덕보는 정신잃은 복섬이를 [illegible] 키며 흔든다。

마음속에 그리고 그리였든 복섬이를 안은 덕보는 마음이 설네임을 깨다렀다。

그리고 정신잃은 복섬이를 힘껏 안어보다가 떨리는 마음으로 두려웁게 입을마초아 보았다。

피人기없는 차디찬 입술、상가로운 코등、보리수염같은 간지러움을 느끼는 속눈섭、흐트러진 깔깔한 머리카락、――

복섬이는 모든것을 맡긴듯 잠잠히 있을뿐이다。

오래동안 누어있든 복섬이는 겨우 정신을 차려눈을떠서 주이(周圍)를 돌아보았다。

그러나 아까까지도 많는사람이라곤 하나도없고 단지 덕보 혼자남어있어 친절히 굴5줌을 알고서 복섬이는 다시 눈을감었다。

뼈속으로 숨여들고 창자속으로 커커드는듯한 참경을 복섬이로 하여금 은근히 깨달었다。

덕보의 부축을 받어 무거운 몸을 이르켜서 흐트러진 머리를 추켜올린다。

모―든것이 꿈과 같다。

컴컴때가 저워서 검은복색을 입은 경관이 무명헌겁으로 입을차가지고 붉은통을 들고들어와서 괴괴한 약냄새를 피우고 소독을 한다。

그들이 [illegible]

습하였다고 공의가 판단을 내렸다。

복섭이와 덕보는 내여쫓겼다。그러나 복섭이는 발악을하고 나가지 않으랴고했다。

하는수없이 기운지친 복섭이는 개가 끌려가듯이 경관에게 끌렸다。

집근방을 색기로 둘러막고 아모도 근방에 오지못하게 하였다。

복섭이는 풀밭에 앉어 목을 노아 울뿐이였다。

동리 일판이 약낸새와 함께 공포에 싸였다。

면소(面所)의 손으로 남편과점순이 그리고 분이의 시체가 분화재를 넘을때、복섭이는 만수를 이끌고 따른다。

목매여 우는 복섭이의 울음소리가 맥령(麥嶺)을넘는 한들바람에 조악돌같이 엎드려있는 동구안 집과 집들을 찾어들고 마을안악네들의 눈과귀를 울인다。

따르는 사람의 그림자라고는 하나도 찾어볼수없는 마주잡이 뒤에 헐덕이고 가는 복섭이의 거름이 쓰러질듯하다、

넘어가는 해빛——황혼은 깃든다。

으슴프레한 대지우에 바야흐로 기울어지는 춘궁의 이 마을은 슬픔과 가난이 어느때나 계속되려는가?

송림속에서 두견의 울음소리가 만가(挽歌)와같이 처량하 복섭이의 슬픔과 함께 산과들과 논과 밭으로 흩어진다。

쓸쓸한 동구안에 깃드는 어둠과함께 적막이 비인틈없이 찾어들고 강아지 울음소리도 안들이는 적적한 저녁이였다。

六

복섭이는 세사람을、잃고 락망속에 나흘동안이나 울음으로 해를보냈다。

그후 며칠동안은 박첨지네 집에서 얻어다 두었든 쭉겨로 그날그날을 이여갔다。나무는 덕보가 정성껏 주서다 주었다。어느곳에 비길데없이 칙은한 그가 고마웠다。

해가 가고 밤이가고 아츰이 바뀌 닷새 되든날밤——박첨지가 남의눈을 피하야 복섭이를찾어왔다。

그러나 복섭이는 반가워하지 않고 도리혀 원망이 가득찬 눈으로 박첨지를 바라보았다。

동리사람들이 복섭이집에 발을 드려놓지를 않는다。찜새를안 박첨지는 좋은 기회라고 좋와하며 기뻐했다。

허나 복섭이는 무표정한 빛이 얼굴에 가득차 있음을 첨지는 알었다。

마루끝에가 앉어있는 복섭이의 옆에가앉으며、

「그 얼마나 놀랐소。내가 좀 찾어오랴고 했었는데

경관들이 산지옥엽을 해서 들어올수가 있나。해서 또、저녁에라도 와볼랴고 했지만……』

하고 말끝을 흐리며 쭈몃쭈몃 하며 복섬이의 동정만 살피고 손이 목뒤로 올라간다。

『그래 무엇좀 자셨소。』

『아니먹으면 죽게요。』

천만뜻밖에 복섬이말은 좀쌀쌀하였다。

그러나 첨지는 조곰다거 앉이면서

『복섬이가 어떻게 생각하는지 모르겠으나 기왕이렇게되였으니 어린자식들하고 떡으나 살어가기에 어려울레니 내말을들우。』

복섬이는 가슴이 선뜻했다。그여코 네가 이런 수작을 부리는 구나 하고。

『허나 세상에 먹고봐야지 먹지않고는 못견데니까 복섬이가 생각을 해봐요。허구、내가 오늘날까지 복섬이를 마음속으로 남모르게 사랑을 해왔으니 생각을하우』

복섬이의 가슴은 두근거렸다。다른놈 같았으면 벌서 손이올라 갔겠지만——오늘날까지 뒤를보아주든 은인이니 어찌 마음이 괴롭지 않으랴。

작은놈 만수는 몹시 괴로운지 누어서 코만 벌룩어리고 잠들어있다。

『아이그 노세요。누가 옵니다。누가보면 어떻게해요。아스세요。』

『괜찬아 일없어』

하고 박첨지는 몇달굶은 즘생이 먹을것을 얻은듯이 씨은거리며 입을맛추랴고 한다。복섬이는 함정에 빠진 양모양으로 박첨지 품에서 빠저나오랴고 바둥바둥 애를 쓴다。

남편의 환영이 눈앞에 나타난다。몸속에든 어린것을 생각하라고 그런고——가까워오는 박첨지 얼굴에다 복섬이는 침을 뱉었다。

『에기 더러운놈、개만도 못한놈——。』

『좋다 요것보게 아서라 사람을 살려라。』

빙글빙글 거리고 씨근거리는 박첨지。

입설이 새파래서 어쩔줄 모르는복섬이。

복섬이는 박첨지의 앙가심을 탕탕 때렸다。

방에서 잠들어있든 만수가 무슨꿈을 꾸다깨였는지 『엉 하고 소리를 내여울었다。

복섬이는 어린애 우는소리에 숨을좀 돌렸다。

방문을열고 나오든 만수는 더욱 소리를내여 울었다。

박첨지는 우는애가 댓돌에다 메처죽이고 싶도록미웠다。

복섬이는 만수를 안고 마루에 걸터앉었다。흩어진 머리、어깨숨을 쉬는 박첨지——

청조는 상품이아니다。취미도아니다。숭고하고 순일쟁화(純一淨化)한 감정에서 나오는 애(愛)의 자유롭은표현이다。

목적을 달취못한 박첨지는 씨근거리다가 그만나가버렸다。

복섬이는 무겁은 짐을 버슨듯이 마음이 후련함을 깨다랐다。동시에 느꼈다。

한잠도 이루지못하고 앉었다 누었다 했다。밤이새도록……。

사립문을 들어오는 덕보가 부엌으로 들어간다。

새벽녘이 왔다。

먼동이 터오는 려명의 빛을받어 복섬이는 집문앞을 나섰다。

마음이 상쾌해시는듯 몸이거든한것 같았다。

황금빛을 띠우고 머리를숙인 버리가、새로 싹터나와 파랗게 자라난 보리를 바라본다。

풍겨나는 보리향기만이라도 받어보랴고 숨을 드리쉬였다。

구수한 내음새에 간약해젔든 복섬이의 심장을 흔드는듯、혈맥이 뛰놈을 깨다랐다。

복섬이의 얼굴에는 아지못하는 우슴이 가득이 차있었다。

새롭는 소식을 전하려는 해ㅅ님은 병긋거리고 광명의 빛을 던진다。

丙子 六·一〇 作

哀戀時代

李萬石

一

내가 서울 ××고등보통학교 사학년이든 겨을 방학이었다고 기억한다。 비단 그해 겨올뿐이 아니라、 서울의 얼음같은 학생 하숙에서 이 시골집에 돌아오면 나는 노 줄줄 끓는 부뚜막에서 딩굴기를 즐겨했다。 그런때면 반듯이 내곁에라기보다 우리집 정주에는 어머니나 형수며 연희(蓮姬)는 물론 일감을 가지고 온 이웃집 여편네들이나 처녀들이 말동무가 되고 있었다。 서울에서 가지고온 잡지나 소설에 열중하는때도 있었지만 보다 나는 그들에게 서울 또는 내지이며 서양이 어떻게 개명되었는가를 이야기하는일이 더 많었다。 나는 일종의 자만과 우월감을 가지고 짓거리면 그들은 촌사람의 무지한 헛우슴、 또는 의심을 가지고 듣는것이었다。

그해 동삼네 연희는 날마다 바누질감을 쥐고 앉었다。 음력 오는 삼월에 연희는 각시가 되는것이었다。 나는 이야기를 하다말고 누이동생의 얼굴을 닳어지게 처다보는수가 많었다。 그런때 내마음은 여간만 야릇한것이 아니었다。 나는 그 느낌을 두해전、 즉 연희가 열다섯살나든 봄부터 가졌음이 분명하다。 본시 귀인성스럽든 그가 그때부터는 토실토실 살집이 오르고 키가 늠실 커지며、 머리칼과 살빛에 윤기가 흐를뿐더러 목소리가 차츰 더 쨍쨍해지는것이었다。 입술이 타는듯이 붉은우에 동자(瞳子)가 가을하늘처럼 맑어짐을 보았을때、 나는 다만 황홀할뿐이었다。 동생뿐이 아니라 여러 소녀가 불시에 그렇게 처녀로 변하는것을 볼때마다 나는 잘 아는일이면서도 도시 알수없는 일같이 의아한 감격을 깨달른것이다。

연희는 나보다 훨신 성미가 맑고 밝었다。어려서부터 울다가도 금시에 웃고 떠드는 기질이었다。그렇다고 해서 급성스럽다는것이 아니라 어데까지든지 순결하고 노염이 적었다。연희에게서 남못가진 보화를 품은듯한 자랑이 가끔 나를 즐겁게 했다。나는 이 단하나 바께없는 누이동생을 얼마나 사랑했든것인가。

나의 지극한사랑이 크면 클사록 나는 연희를 학교에 놓지않은것을 무진 속아피 생각하였다。서울거리에서 제복한 여학생을 볼때마다 시골에서 밥가마를 가시는 동생을 머리에 그리며 안타까히 가슴을 태웠든것이다。

그러나 연희는 나의 그런 분함과는 달리 자기를 조금도 불행하게 생각함이 없이 방학마다 귀성(歸省)하여보면 늘 그의 밝는 우슴과 청청한말소리가 왼집안에 화기를 돋우고 있었다。또 연희는 자기의학교를 가졌는지라 옵바의 학교못보냈다는 걱정을 전혀 세변 모르는 착각이라고 비웃었는지도 모른다。그 학교란것이 내가 보기에는 실로 구역이 날만치 치졸(稚拙)한것이었으나 연희는 그 열심스런 학도였든것이다。그 도모지 호감을 가질수없는 야학덕에 가끔 나는 연희에게서 고향의 소식을 들을수 있었긴하나 아무튼지 그의 글방을 좋게생각할수는 통히 불가능하였다。밤이 자정이나 깊어 내가 어머님이 려주시는 밤참을 먹고 있을때에야 아즈머니와 연희는 책을 끼고 두손을 호호불며 다름질해 드러오는 것이었다。이런때면 나는 으레히 불쾌하였다。그 긴겨울밤을 나는 그들이 그 엉터리선생에게서 애쓰기보다 내게서 배우기를 바랐고 그러기를 간청하였지만 속아서 한번이나마 내말을 듣지않음에 나는 비위가 버쩍 상했든것이다。나는 나의 자존심의 모멸을 절감하는것이었다。

그러나 그해겨울은 연희의 태도가 돌변하였음을나는 직감하였다。그 방학동안 나는 연희에게서 그명랑한 우슴소리를 드러본적이 없다。그전처럼 무슨일이든지 하염성스럽게 딸딸한 기운이 없고 눙글눙글하니 동작에 의지가 있어보이지 않었다。그의 얼굴에는 노 수색이 서려있는듯이 나는 깨달었다。말하자면 혼기(婚期)를 놓진 노처녀가 우수에 잠겨가는 것과도 같았다。

나는 부뚜막에 누은채 연희의 얼굴에서 그 명랑하든 그림자를 찾아보려는듯이 물끄럼히 처다보고있노라면 연희는 골돌히 바느질하는것 같다가도 히디힌 이맛전에 잔주름을 지으며 불시에 옷감을 와락 밀어제치는것이었다。

『아이구 골머리 쏜다……』

한다든가

『이걸 뭐이 다 흡처나갔으면 좋겠다。 성님 천가지 만가지 이런거 안하군 가마타구 시집못가우?』

하면서 참말 귀치않은듯이 미간을 찡기며 울상을짓는것이었다。우리는 연희의 그런 태도를 처녀의 수집은마음이 빚어내인 속없는 트집이라고 단정하여버렸기때문에(다른사람은 몰라도 나는 처음에 이렇게 믿었다) 입심좋게 놀려먹었다。

『내숭두하지 희희 엽때 서방님 생주바지를 한눈잘못뜰세라 호구있든 아씨는 연희아니구 누군구?』

하고 내가 먼저 빈정거리면 아즈머니가 웃으면서 말꼬리를 채갔다。

『길가는 총각놈의 착바느질이지 연희야 어디 시집간다구……통안간다는데……』

『그놈의 총각 그랬으면야 호박을 땄지。』

하고 어머니도 싱그레 웃으시면서 한몫 끼는것이었다。

내가 떠날날도 오래지않은 어떤날(이날 어머니는 내가 서울로 가지고갈 선물――뱅어살어 정편장으로 가시었고 아버지는 일상 나다니시니까 물론 않계시었다)―― 그날도 연희는 몇번 갑사치마를 떼처버리끈 아즈머니를 멍하니 처다보는것이었다。그리다가 우리의 눈과 마조치면 내키지않는 우슴을 억지로 짓군하였다。확실히 연희에게는 마음을 얽누르는 무엇이 있어보였다。그가 그렇게 처녀다운 밝음을 잃어감을 볼때마다 나는 결코 무심할수가 없었다。나는 자랑을 잃는듯싶어 섭섭하기 짝없었다。

그러나 연희는 면내(面內)에서 으뜸가는 부가(富家)의 며느리가 되는터이오 부모에게는 유일한여식인까닭에 마을의 처녀들이 나젊은각시들이 부러워않는사람이 없을만치 엄청나게 많은 시집사리준비를하는터인즉 연희의 행복스러운것을 의심할수는 전혀없는 일이었다。그가 아무리 심상치않게 울적하여 보인다처도 나는 다만 큰 행복을 마지할 처녀가 남의눈을 속이는 거짓 꾸밈으로밖에는 생각지않으려했다。이렇게 스스로 믿어야 나는 마음이 안정하였든것이다。

연희는 문득 바느질손을 멈추드니

『성님 이천 설두 가까워오는데 우리 어떻게 가만있겠수?』

하고 목을 갸웃둥하며 아즈머니를 처다보고 물었다。

『가만있다니 뭘 말이니?』

한것은 머리도 꼬리도없는 말에 의아한 생각을 가진 아즈머니의 무름이었다。

이순간 부뚜막에 잡부러처서 등덜미를 녹이며 두사람의 이야기를 듣고있든 나는 연희의 얼굴이 약

간 붉어지다가 마는것을 본듯싶었다。 그러나 연희는 이어 아무렇지도 않은듯이

『저ㅣ생기는것 없이 애써주는 선생을 뭐좀……』

하고 말하자 아즈머니가 냉큼 말끝을 받어갔다。

『정말 아무기구 선사해야지。 나두 벌서부터 생각은 하면서 야학꾼들과 말하자든가……』

나는 튀여나오는 냉조로 참지못하면서 그들의 말에 귀를 기우렸다。 내 코앞에서 논의중인 야학선생에게 대한 년말 선물이며 그 선생이란 위인과 그 학생——이 모든것이 내게는 우습기 끝이없었다。

마츰내 아즈머니와 연희는 김경운(金景雲)이에게 한복한벌에 생래 한드럼을 선물하는것이 좋을것같다하고 야학꾼들과 의논하여보기로 결정하였다。 옷은 좋은것으로 할려면 삼사십원이 들어야겠는데 도무지 그런 큰돈을 모을수는 없으니 철도고사 바지저고리에 주랑사두루마이를 하는수밖에 없다느니、선물할바에는 좋은것으로 바탕이 좀 낫을법하드래도 세룻자가 붑는것으로 단 두루마이 한벌일망정 하여주자느니、천이 좋은것을 가려입는 사람이 아니니 광목으루 하드래도 옷한벌을 가추는것이 격식이니하고……

나는 이 향촌(鄕村)의 사람들이 하고있는 온갖짓을 유치하고 미개하다고 생각하였기때문에 반말을싸가며 비웃기를 마지않었다。 모든것이 화려하고 은성한 서울거리에 익은 내눈에는 이 촌사람들의 살림사리가 도무지 인간답지않게 여겨지며 무슨일이든지 고소하여버리게만 되었든것이다 나는 몇세대나 앞선 사람처럼 자인하고 그들을 시대에 뒤떠러진 미개인같이 대하였다。

그때 나에게 좀 이상한 느낌을 준것은 노 호리렵렵하든 연희가 야학선생에게 보낼 선물문제에는 싱싱하게 생기가 있어보인것이었다。

『번번치 않은기지만 그런줄을 선생이 안다구 해보우 썩은북어한개드면 쳐라구 하는가。 옛말같은 소리。 성녑、그러기 우리 읍성이 다 될때까지 선생의귀에 안가기 합시다。 에?』

하고 연희는 해쓱 옷기까지 하였다。

물론 나는 며칠있다가 곧 상경하였기때문에 그색스런 선물이 어떻게 주고받겠는지 알수없었고 또알필요조차 없었지만 그후 어느 방학때이든가 아즈머니가 내게 무슨 말끝엔지 이렇게 역설하든것을 기억한다。

『……그렇게 신신 당부를 해뒀는데두 어떻게 됐는지 알었구만。 하기야 수탄사람이 하는일이니까 깜쪽같이 할수가 있수。 어디? 하루저녁는 이럽디다 그려——여러분이 자기를 위해 돈을 모었다니 천만번 고맙다 구 그태 우린 웅、또 제발 그러지

말어달라는줄 알었드니 어쩐걸 염체없는 말같으나 자기를 달라겠지。자기를 준다면 제마음에 드는옷을 사입겠다구 한사하구 달라기에 의심은 하면서두 어쩔수없이 백열몇냥인가 주지않었수。그랬드니 생전 옷이 다 뭐유。대남포를 사온다、백묵、목필을 안사오는가 공책을 사다 논아주지않는가。말진 야학에다만 써버렸지。사람치군 별사람이야!

생각좀 해 보우。남같으면 한달에 그만씩 줘두 그렇게 열심스럽게 못하겠는데、대체 설에 선물하자든것까지 야학에 다쓰구 마는구려。저고리하나예쁜한것 못해입으면서 그래 또 그 오새밝은 면희가 나서서 서둘은탓에 겨우내 생태한드럼 사다주긴했지만。

선생이 마음이 그렇게 곱기때문에 모다 부지런히 배우자구 하잖수。우습에 말이지만 아재비같애 보우。백번 죽었다나면 우리선생의 숭내나 내는가 그렇게 마음쓰는 사람이 조선팔도를 톡터려봐두몇이나 될라구。그렇기 아재비 암만 서울이 어떻구 비싼 글을 배운자세를 하면서 우릴 나무래구 하지만 우리겐 촌사람이가나 무식하거나 우리선생의 일이 더 고맙구 존경하게 되는기라우。속에 용이 들어앉었으면 우릴 몰라준담에야 우리와 무슨 상관이 있단말이오。아재비말짝으루 촌사람이 돼 무식해 그런지 우리선생의 말이래야 귓속에 쏙쏙들어가지 호호호……」

어떻든 나도 웃었다。아주머니의 이말이 내 비위를 상한푼수로 해서는 나의 얼굴이 무섭게 시무룩했을것이나 창졸간 모든 감정을 얼누르고 구지웃어보힌것이다。불쾌한 그대로 표정을 짓는다면 무척어색하리라고 직감하였다。다 아주머니를 위하기때문이었다 할수바께 없다。

나는 어머니와같이 아주머니를 따렀다。남몰래 이 순박한 형수를 가진것을 나는 얼마나 자랑하고싶었든가。아버지와 같은 하나밖에 없는 형은 재작년녀름에 도라가시었다。두 어린것들을 얻은 채실로 스물넷에 청상과부가 되여버린 아주머니는 형의 주검앞에서 수절하기를 굳게 맹세하였다。사실 오늘까지 그는 형의 사려있든때와 같이 부모를 섬기고 우리들 사랑함에 털끝만치도 두마음이 없다。나는 그를 존경하는 나머지 일상 내심은 어떻든지 겉으론 그의 마음에 거슬일세라 그를 슬프게 할세라 하였다。비단 나뿐이아니라 부모도 역시 아주머니에게 대해서는 범사에 넉으러웠든것이다。

나는 겉으론 웃으면서도 속에서는 밸때이가 뭉굴뭉굴 치밀었다。곧장 삼십에 근한 아주머니가 경운이를 선생 선생이라구만 하지않는가、듣기싫기 비길데없다。 촌사람들을 위하고 어쩌고 내게 무슨 귀떠리진 동전한푼만치나 상관이 있단말인가。 무엇보다 내게다 경운이를 비겨서 이려쿵 저려쿵 하더니——이 모욕에 나는 굳센 반감을 느꼈다。 아즈머니가 아니었든들 나는 속에서 터저나오려는 그 분함을 막을 도리가 없었을것이다。

보통학교를 나오자 나는 서울 유학을 하고있는데 경운이는 몬시북데기를 쓰고 기음을 맸다는 조건을 제처놓고래도 내게는 아래와같은 과거를 생각함으로써 경운이를 발길에 내려다 볼 떳떳한 이유가 있었든것이다。

二

부모없는 아히로서 경운이가 네댓살때부터 어떻게 우리의 천대를 받었었든지는 말치않고 보통학교시절만 회상하드래도 도저히 그가 나의 곁에 비겨설수 없음을 알수있을것이다。

경운이는 유복자였다。 그의 어머니는 그가 세살때 아들을 집과 얼마않되는 전지와함께 경운이의 큰아버지 근성성(金根聖)이에게 마끼고 개가 해가버렸다。 경운이를 장차 초등학교나 졸업시키고 장가나 보내주면 그재산을 반분(半分)하여 근성이에게 주기로한 것이었다。 그러나 근성은 마음이 고흔 사나히가 아니었다。 그는 나태하고 막된사나히여서 자기손으로도 넉넉히 다를수있는 전답을 머슴을두어 시켜가며 자기는 뻔뻔스레 놀아먹을뿐더러 집안식구를 누구고간에 찍하면 매질하군 하였다。

또 간사하고 욕심이 많고、용수쿠러기였다。 어른들의 이야기를 곁들으면 동내 기향제(祈鄕祭)차기로 제수를 사오게되면 륙십원짜리소를 륙십오원을 주었다하고 덧도리해 먹기、이웃집의 간산을 남몰래 그산주에게 뇌물을 주어 아첨해 빼앗기、이사람과 틀리면 반대로 그사람의 적인 저사람의 구미를 듯기……실로 근성이의 나쁜 행실을 들자면 끝이없다。

삭촌이란 사람이 있기때문에 경운이가 어려서부터 사지를 못페고 자랐을것은 능히 짐작할수있지만 그는 보통학교를 다니면서도 무서운 천대꾼이었든것이다。

나와 경운이는 같은 열살나든 봄에 ××보통학교에입학하였다。 학교와 우리마을사이에는 고성령(高城嶺)이라는 패 높은고개가 가로놓였지만 고마운일은 이산을 국도가 기여넘었기때문에 길은 이를나위없이 좋았다。 이마을 저마을에서 고성령을 넘어다니는 학도가 오십명가까운적도 있었지만 그중 놀림을받는것은 으례히 경운이었다。 나는 경운이를 울리든 여러가지 방법을 여게서 이루 다 헤일수없다。 모자를버껴서 높은 나무가지에 걸어놓기 손가락에 침을발라서 먹이기 열번 스므번 책보를 처 떨구기, 종아리를 후려 넘어트리기……그래서 경운이는 울지않고 학교에 갔다오는날보다 울고다니는때가 더많었다。

그것은 오학년때의 가을이었다고 기억한다。 이날도 경운이는 훌쩍이며 집으로 돌아왔다。 나는 방구석에다 책보를 던지고는 밤 주으려 뒤ㅅ산으로 뛰여올라가다가 경운이네 뒤ㅅ곱을 몰면서 근청이가 찡찡소리치는것을 드르며 못내 기쁨을 참지못하고 혼자힉힉웃었다。

『…… 울면서 만드렀는지 제ㅣ미 한번만 더울면서 드려와봐라。」 사람의 새기 부랄을 차구 났은덤에야 아무놈의새기구 몰맹이루 대가리를 까지못하구 질질울 구만있다니 부끄러운줄두 모르구 쯔츳!」

그 이튼날 학교로 갈때 나는 또 손까락에다 코를 발려서 경운이의 입술에다 문질으기를 대번하였을가 또 한번 문질으자고 하였을때 그는 내팔을움켜쥐며 손까락을 덤뻑 물었다。 손가락이 끊어지는것같애서 나는 자즈러지게 고함쳤지만 경운이는 눈에 독기가 번뜩이며 아굼지가 깨여저라하고 입에 힘을 더준다。 만일 다른아희들만 없었드라면 내손가락은영영 잃어버렸을런지 모른다。 경운이가 입을 벌렸을때 그의 입에서는 나의 피가흘렀다。 [partially illegible]

머리끝까지 성이 뻐친 나는 여러아희들과 함께 경운이를 막 따려주었다。 그렇나 경운이는 울기는 하면서도 기를쓰고 덤비였다。 마침내 우리는 그가 잡부려저서 입술이 식컨엏게 질려가며 택이 실룩거리고 숨이 막혀서 버둥거림을 보고서야 무서워나서피해다러났다。 손까락을 믈린 앙가품은 하였을망정 이런일이 있은후부터 나는 경운이를 은근히 무서워하기 시작하였든것이다。

그러나 그후부터 경운이는 우리와 함께 당기자고 하지않었다。 길로만 걷는것이 아니라 푸섶이고 산이고 막 탕쏴다니며 돌을 줍고 꽃을 꺾고 나무가지를 따끈하였다。 그는 자기방을 꽃과 돌로 장식하였다。 또 반 한쪽구석에는 각가지 맵시를한 많은 하장이 세워있었다。 속이 뷘 나무로 물총을、 곱장아지로 새창을、 붕퉁이진 나무로 재터리를、 경운이는 학교에서 돌아오면 굼웬듯이 이런것 만들기로 열심하는것이었다。 그때는 지금과 달라서 늑대가 여기저기서 아희를 잡어먹는일이 종종하였건만 우리가 보기에 경운이는 조곰도 무서움을 타는것같지 않었다。 우리는 가끔 그가 고청령 마르턱에서서 춘류벌(春柳平野)을 내다보는것을 보았다。 그는 범짐승과도 같이 산과들을 즐겨하였다 나의 곁에는 많은 동무들이 있었지만 경운이에게는 하나도 동무가 … [partially illegible]

과몰이 있었다고나 할까。나는 무슨일에든지 경운이 우에서면 기뻤고 그보다 못한듯이 스스로 느끼기만 해도 참을수없이 불쾌하였다。그리고 그가 한없이미워나서 어떻게 골려주고야 마음이 시원하였다。

어미아비 없고 천대꾸러기인 그에게 첫재를 빼았길가보아 그가 꺼리끼기 끝이없었다。사실 나는 그렇듯 글읽기를 즐겨하지않었든들 경운이와 자리가바꼈을것임에 틀림없다。늘 둘재도 나를 넘겨보고있었으니까 무릇 사람에게 거짓처럼 비두한것이 없다고 나는 잘 알고있기때문에 숨김없이 말하지만 나는어떤놈이든지 나보다 낫다고 생각하거나 더우 남에게서 듣기나하면 총알먹은 벌처럼 도모지 편치못하였다。억제로 그놈보다 낫은것처럼이래도 생각하기전에는 속에 불이 일지경이고 그놈을 해롭힐방법을 한달이고 두달이고 끈기있게 연구하는 무서운 심술꾼이다。괴도운 고백이다만은 나는 내가 그렇듯 야심가임을 잘 알듯이 그만 못하지않게 경운이가 온순하고 착한아히임을 알고있었다。알기때문에 나는 점점 더 그를 싫여하였다。

그러나 내가 서울로 올라간 후부터는 다만 한해에 두번씩 방학때만 경운이를 맞나게 될뿐이었다。아무런 반가움도 없이 우리는 겨우 약간 허리를꾸부려 인사할따름이었다。차츰 더 나를 불쾌케하는것은 보통학교시절에는 수동적(受動的)이든 그가 농동적으로 나를 밀쳐버리는듯한 느낌이다。말하자면 나의 서슬에 안첨부첨하든 그가 오히려 자발적으로 나를 조곰치도 무서워하지 않는것이다。물론 나역시서울 밥을먹고 값진글을 배운다는거만 한맘이 있기에 경운이따위는 거들떠보지도 않는듯이 또 내심으로도 그렇게 마음쓰려하나, 터러놓고 말하면 무리에서 밀려나가는때처럼 아릇한 불안이 없지않었다。보통학교시 에는 나의 양쪽과 뒤에 따러다니든 동무들이 거지반 경운이를 에워싸고 바루 무슨 큰 일을 저질를것처럼 몰켜다니며 수군거리는것이다。그들은 감수록 굳은 뭉치가 되는것같고 웅당 나를 하늘같이 처다볼줄 알었든 젊은 남녀가 경운이를 존경하는만치도 나를 돌려보지 않음을 감축하였을때 나는 지극한 반감을 느꼈든것이다。반감도 동시에 나는 그들의 하는일을 알려고도 하지않었고。아무것도 모르는것들이 왈가왈부하는데 끝없는 조소를 퍼부었다。비웃음이란것이 내게는 절대로 필요하였다。

경운이가 야학선생 또 존경을 받는 우리 선생、차곡차곡 생각하면 사람을 웃겨도 푼수가있지 개가다리를들고 옷을 노릇이다。나보다 경운이의 말이래야 들을만하다고 옛사람이 무식한것들과는 말두말라는 경우를 고마워하여야겠다。옷을 하여입으라는 돈으로 야학교에 쓸것을 사왔다고—이무슨 철부지한 아히들의 속곱질이냐?

三

이년이란 세월이 물흐르듯 지난 봄——그해 오월은 실로 나는 넘치는 기쁨을 어찌할줄모르든 때였다。

열매없는 노력은 없는법이다。나는 노상 자기의값싼 재능보다도 끊임없는 노력에 믿음을 두는 좋은버릇을 가졌든것이다。

나는 권문학생——일즉 경험한배 없는 가장 큰행복감에 나의 기분은 자나깨나 오월의 맑은 하늘처럼 랑랑하였다。나는 기쁨의 절정을 거닐고 있었다。내앞에 탄탄대로가 뻐처있음을 보았을때 잠든 낮관에서도 웃음이 벙싯 거렸고 거름의 자욱이 내것갈지 않게 가벼워진듯싶었다。세상에 존재한 모든것이다 뜻있고 좋게 생각되였다。

북악산에 올렀을제는 오월의 하눌과 태양에 오월의 산과 거리우에 나는 얼마나 아람진 미소를 퍼부었든것인가?자연과 인생이 함께 나때문에만 존재한듯 싶웠다。

그 오월에 나의 기쁨을 더 새롭게 한것이 있었으니 그것은 권혀 뜻하지않고 나를 찾었다。어떤날 학교에서 도라와 신문을 펼쳤드니 청평(定平)나의고향이란 장기쪽같이 큼직큼직한 굴자들이 내눈알을빼여갈듯의 덤벼들었다。

고향에 이러난 선풍이 신문지상을 흥하야 새삼스레 내눈에 떠올랐다。더욱 나자신이 그 내요을 잘알지못하는 일이니만치 일종의 황장에 범을리어보다아릇하고 흥흥한 느낌을 주는것이었다。

나는 떨리는 시선으로

기사를 모조리 뜯어보았다。신문 제이면의 태반이 그기사로 파묻혀있었다。피검자의 이름중에는 경운이와 보통학교 시대의 동창생의 여러이름을 발견하였을때 나의 감정을 착증하기 그지없었다。놀리움과 미움과 씨원함이 한데뭉친것을 느끼었다。결국 바라든것을 본것과도 같었다。아무것도 모르누서푼짜리들이 일시에 함몰(陷沒)한 뒤人그림자를본 나는 결국 지긋이 운술뿐이었든것이다。

그해 여름 방학에 나는 귀향하며 마치 생소한나라로 여행하는것처럼 마음이 뒤숭숭하였다。사실 마을에도 내눈에 거슬리는 아무것도 없었다。

고요한 농촌(내가 사랑할수있는 시골은 이런곳이었다) 꾸벅꾸벅 잘 일하며 아는체를 하지않는 촌사람들이 아무것에도 헤방되지 않음을 보았을때, 경분이패에 대한 증오감과 경찰이 [illegible]고마움이 칠칠허 새로었다。

『아 그놈의 새끼들을 부뜨러가니 마을안이 어떻게 조용한지 모르겠거든! 그런것들은 제멋대로 비려먹다가 나이차서 곱다랗게 늙어죽는것이 어떻게고마운지 얇게 싫건 골려줘야한다니』

나는 아버지의 이런말슴을 들은적이 한두번이아니었다。그리고 아버지는 내게 그들이 자기의 하자는일이면 찰거마리처럼 따러당기며 방해하든 여러가지 이야기를 들려주었다。그때마다 아버지와 나는 그들에게 타는듯한 증오를 보내였으며 동시에 주리경을 치는것이 은근히 통쾌하였다。그 원수들은 아버지와 같은 재산과 지식이 겸비한 사람을 몰라보고 쩌하면 아버지를 여러사람의 피를 빠는 욕심쟁이라고 모라세든것을 회상하면 사실 너무도 기가차서 어안이 벙벙할지경이다。

즐거웁고도 마음편한 여름이었다。그러나 두달이나 되든 방학도 거진 끝나서 사오일만 더있으면 서울로 떠나가려든때, 마을안에는 인차 경운이가 놓여나온다는 소문이 흘렀다。경운이뿐이 아니라 당국에서 취조한결과 그다지 중죄아닌 사람을 한 사십명내여 놓는다는것이다。내여논 놈되 그 부형과 그동리 구장과 또안사람 유력자가 감시인이 되여주어야 한다는것이었다。이런 소문은 확실히 마을안에 커다란충격을 이르킨듯싶었다。둘이고 셋이고 모이는 자리마다 경운이가 나오다는 이야기뿐이었다。

근성이에게도 경찰서에서 통지가 왔다고 하였다。그러나 근성이는 무슨 염치로 구장영감이나 다른사람에게 족하의 일후의 행동을 입증 서 줍시사고 청을 들겠는가 하면서 종시 아무런 주변도 이르키지않었다。나는 농군들이 근성이의 그 태도를 무섭게 악담하는것을 들었다。

『속은 아주 개똥같은놈이야。그놈의 속을 드려가봐……경운이가 통채로 없어저도 까딱안할걸。』

『어떻게 생겨먹어서 그런지 그놈의 배리를 들어내서 개천에다 철럭철럭 헤어보았으면 좋겠다。근접못할 개같은 누나!』

그대신 근성이 댁네는 미진 사람같이 구장영감과 우리집사이를 드나드렸다는 그때의 경운이 큰어머니처럼 근진하고 애끊는 탄원을 들어본적이 없다。만일 그의 애걸과 간청을 아버지가 드러주지않었느라면 그가 어떻게 될지 또 무슨짓을 저질를지 나는 상상하기만 해도 오싹 소름이끼친다。우리가 보기에 그는 자기의 간곡한 청이 거절된다면 아무짓이래도 해서 우리를 해놓힐것만 같었다。이번에 못 맞나면 다시는 살어서 경운이를 대면할수 없으리란 불길한 예감이 그를 사로잡기라도 한것이었을까。

마침내 그의 그 사나운 정신력의 위압밑에 구장영감이나 아버지는 원수의 장래를 책임져 감독자가 되기를 응낙하였다. 그러다해도 우리에게는 경운이의 죄상이 개볍다는것이 전혀 믿을수없는 수수꺼기였다. 우리가 보기에 우리 마을의 누구보다도 경운이가 그들의 두목자임에 틀림없었든것이다. 그렇건만 부뜰려간 여듧가운데서 경운이만이 놓여 나온다는것은 의아막심한 일이였다. 경운이가 마음을 끈처먹었다는사람도 있고 모진병에 걸렸다고도 하고 그런것이 아니라 겉으로는 유한것같으면서도 속심이 철석같에서 종내 한일이 없다고 버티였기때문에 하는수없이 내여놓는것이라고 자신있게 말하는 놈꾼도 있었다. 여러가지 추칙이 제멋때로 번성하였다.

「아무튼지 다 못나오는데 경운이만 나온다는것이 필유곡절이야. 아못든 까닭은 있으니 위선 눈을감고 감독자가 되여줘도 나뿔건 없지. 그렇구 저렇구 그여편네 울고불고 하는서슬에 목석인들 안가주고야 백여내는 장수가있어야지 허허허……참!」

하고 아버지는 경운이때문에 읍으로 가게되는 자기를 변명하시는것이었다. 어떻든 나는 호기심도 어지간 했지만 마음이 뒤설렌것도 사실이었다. 어쩐일인지 내게는 추상같이 살기있는 법의 칼날아래를 기여나올 경운이가 그전의 그가 아닐것도같으나 또 마찬가질것도 같에서 불쾌하였다.

경운이가 놓이는날 아침, 아버지와 구장은 구루마에앉고 근청이는 소를몰고 이른새벽에 읍으로 드려갔다. 그날 종일 나는 담뒤 늙은 밤나무 꼭대기에 만든 덕에 올라가서 해를 보냈다. 찌는듯이 무더운 날이었다. 뒤ㅅ동산 송청에서 놀고있든 십여명의 소년들이 한길우에 구루마가 나뜨면 「온다—저게!」하고는 여럿의 눈이 한시에 읍쪽을 응시하다가는 「앙이다 앙이다」하며 또 작난을 시작하군 하였다. 무시로 아주머니가 아래ㅅ모퉁이에 나와서 신작로를멀리바라보다가 드려가는것을 나는 보았다. 경운이 큰어머니는 젖먹이를 앞가슴에 앉고 동구어구에 나와 버드나무그늘에 이윽히 섰다가는 도루 드려오군 하였다.

사나운 불덩어리가 긴 노정을 마치고서 산넘어로 사려졌다. 그래도 읍에간 구루마는 도라오지않었다. 습관대로 나는 저녁후에 소풍을 나섰다. 기름이질로 동구로 옮아가서 나는 신작로에 나섰다.

늦여름의 황혼—끝없이 높고 넓은 하늘에는 기수없이 많은 별들이 깜박였다. 우주의 대전당(大殿堂)—밤하늘을 불때마다 나의 마음은 한결 커지고 넉으러워지는것이었다. 내가 탐독하든 『자멘홉』의 어학서(語學書)에서 아지못하는 사이에 그의 인류애에감

[illegible] 의 평화를 그리고 모든사람이 함께 행복스럽기를 비는 큰 사랑을 깨닫는것이었다。크디큰 저 하늘의품안에서 우리의 행동 더욱 감정이란것이 얼마나 하잘것없는것일까。인류—그것은 너무도 미약한 존재인것같았다。더군다나 서로서로 무러뜯는 인생이란것이 얼마나 웃음꽝스런 존재이랴。

동쪽의 먼메우에서 한편이 약간 이즈러는졌으나 둥그스름한 달이 둥실 떠올랐을때 내마음은 정화(浄化)되지않을수 없었다。이런때 나는 무엇인지를 갈구하는것이었다。그것은 평화이며 행복이며 사랑일법도하였다。그렇나 이런 높은뜻도 생활과는 무연하였다。마음않드는 사람에게 웃는낯을 보일때는 꿈에도 없었다。

어느듯 바람생이앞에까지 왔음을 알게된것은 내가 거려온 동구앞에서 여러사람들의 말소리를 드름으로써 나의 명상이 깨트려졌기때문이었다。거름을 멈추고 그 목소리들을 귀담어듣고서아 나는 그것이 경운이를 영접오는 마을사람들임을 알었다。동시에 나는 게면적은 생각이 나서 길옆 숲밭속으모 청큼뛰여드러가버렸다。갑작 생각에도 내가 여게까지 온것을 보고 여러사람이 혹 경운이의 마중이나온것처럼 역일까하였기때문이었다。역시 나는 그들과 어울리기

내가 몸을 숨기자 저편길 구비에서 소방울소리가 덩그렁거리며 구루마한채가、가까히왔다。나는 그것이 읍에갔든 한참후에 그구루마와 마을사람들은 공교롭게도 내가 숨어있는 바람생이앞에서 부디ㅅ첬다。

『구장영감님이랑 참 욕들 봤우다。그런데 어째 이렇게 늦었오?』

하고 무수한입이 열리며 그들은 와르르 구루마로 몰켜갔다。구루마에는 아버지와 구장이 앉어있을뿐이었다。여러사람들은 구루마우에서 대답할틈도 없이 그들이 고대하든 경운이가 보이지않었을때 허둥지둥 구루마상장으로 덤벼드렀다。동시에 여러사람은

『경운이、경운이!』하고 격동되어 외쳤다。

『치、반죽엄이 다 됐네! 말두 말게 이런 쩌쩌(소모는소리) 이연석 쇠색기!』

하고 소모덜미를 쥐고섰든 근성이는 속터지는 소리를하며 소를 몰려한다。그러나 구루마는 움직이지못하였다。남편의 말에 경운이 큰어머니는 모여싼 사람들을 밀치며 구루마에 덤벼들었든것이다。

『가만있우다。뭐이 어떻게 됐우와?』

이럴때 나는 구루마상장위로 일어나는 험상궂은 더벅머리를 보았다。그것은 눈같이 새ㅅ하면 옷과는 무섭게 상치되는것이었다。허깨비같이 머리칼은 목덜

미를 덮었다。달빛이 그 얼굴에 빛었을때 나는 주검의 상판을 보는것처럼 소름이끼쳤다。그것은 얼굴이 물뒤를 하여놓은 양돼지불기짝같이 히였다。백지같은 살빛이였다。

그것이 경운이임을 알어볼수는 도저히 없는일이었다。그는 상장을 부뜰고 몸을 의지하며 숨갑브게떠염떠염 겨우 이렇게 말하였다。

『여러분이 모다 와주……후ー주 노라구 고맙수ー다。헤ー헤ー어떻게 모두 헤ー헤ー그새 편안……』

그는 말을 맺지못하고 목을 맥없이 상장에 떨궜다。여럿은 감히 아무말도 못하였다。다만 경운의큰어머니만이 경운의 손을 부뜰고 그의 얼굴을 드려다보며 쳐롱히 부르짖을뿐。

『앙이두 참 이기 우리 경운이란 말이우、에? 세상에서 살자니까 별일두 다 많수다! 어떻거면…에? 경운아、늬 무슨 몸슬짓을 했다구……흑 경운아! 으흑흑……』

마침내 여인은 소리를내여 울기 시작하였다。그리자 뒤에 둘러섰든 여자가운데서 손에 얼굴을 묻은 몇사람이 있음을 나는 보았다。

경운이는 다시 머리를 들어 손을 더듬으며

『울지마우 헤。어째 이렇게 울긴 헤ー난 나는 아하며 그는 다시 상장에 탁몸을 실어버린다。

『이구ー 어찌잔말이 경운아! 흑흑……늬야 죽을때까지 늬 몸이 아프단 소리를 할 아이냐? 흑흑……』

근성이 댁은 더한층 설게울어댔다。아무도 그우름을 끊지게 할수는 없는것같았다。그렇나 구장영감는기가 부프서 소리를치고야 말었다。

『쯔츳! 이게 무슨 요망하 끌이란말이 여편네들이란건 어쨋다 옷지못한들사나 울구불구 이아단이야 남두 다마찬가진데…………이거 상서롭시못하게아에 우름소리를 딱 큰치우。옛날부터 옥중에 병은 밖앗세상에선 얼지덩(곧)났는다고 했읍넨다。며칠 조섬하면 일없을텐데 아예 이거 분쥐를 피지마우。』

하고 구장이 구루마우에서 호령하니 근성이는 멍다려 안해를 쏴보며 악담을 퍼부었다。

『쥐건 나 거참 무서운 요불단지거던! 악지(아가리)에다 자개를 물리기전에 이거 썩 건우지못하겐 어쨋다구 엉엉거리구 지랄이야。』

마을사람들은 경운이를 부축하며 다시 눕였다。누으면서 경운이는 무엇이라고 말하는듯하였으나 나는 듣지못하였다。

루마를 둘러 싸고 그것을 따렸다。그 사람의 때는 국도에 가득차서 밀려갔다。

나도 길에 나섰다。그리고 멀직암치서 그뒤를 따렀다。나의 기분은 결코 좋은것이 아니었다。내가 경운이때를 미워하든 푼수로 해서는 그가 좀 더참혹하게 되였어도 좋아했을것이되 그렇나 나는 조곰도 기껍게는 생각지 못하였다。오히려 나는 그들의 뒤를 따르며 경운이는 내가 가끔 책에서 읽은 영웅의 어린 그림자가 아닐가고 의심하였다。무엇때문에 어데를 보고 이 늙은것 젊은것들이 저렇듯 경운이를 따르는가 하면 나는 끝없는 의문의 골자구니에 있는듯싶었다。

그무보 쁘이 자다고 이고을에서 다른고을의 땅을 크게 밟어본적도 없는 그 견식이 좁은 경운이를 저무리들은 어쩌자고 저렇게 아끼는가。자기네를 위해 몸올 애끼지않으니까——그럴법한 일이다。그렇나 경운이가 무엇을 안다고 비단 그뿐이 아니라 이고을 올 부산하게 만드는 그런 무리들이 쇠뚱 무엇을안다고 하였다。결국 부량배이지 영웅은 아니다。그들의 하는일이 촌사람들의 비위에 맞어서 가치 떠들고 좋아하고 한다 치자。그렇다고 해서 옳다고 속단할수는 없는일인것이 집승에게는 금보다도 썩은고기덩이를 던저줘야 더 좋아하는 법이 아니든가。마침내 그들의 한다는짓이 모다 무식정이들의 부질없은 수작이라고 생각했을때 나는 굳이 깊은 생각을 하려하지 않었다。

그렇나 다시 한번 경운이의 유령같은 그 얼굴이 내골속에 떠올렸을때 그가 한없이 가엾게 생각되였다。나는 그가 도저히 다시 살어날수 없는 사람이구나하고 직감하였기때문이었다。나의 제육감이 내게 경운이는 이미 죽은 사람이라고 속삭였든것이다。

『끝끝내 너도 불상한 주검이 되는구나!』

나는 혼자 중얼거렸다。나는 앞선 무리에서 시선을 하눌로 옮겼다。

×

나는 그후 사흘만에 상경하였다。그동안 경운이의 병석을 찾은일은 없었으나 여러사람의 이야기를 들으면 경운이는 점점 숨쉬기를 괴로워하며 음식을 전폐하였을뿐더러 전혀 기동을 못한다고 하였다。그의 병상을 아는사람으로 그의 생명을 낙관하는 사람은 하나도 없었다。경운이의 죽엄을 예측하는데서 오는 것외에 고향을 떠날때 나를 칩울하게한 또한가지일이 있었다。다른일이란 내가 떠나기 한 보름전에 왔다간 연희가 나뿐소문을 가지고 시집에서 쪼겨온것이었다。촉박한 시간에 나는 연희와 긴 이야기를 할수는 없었지만 그래도 나딴에는 사랑하여 마지않는 누이동생을 퍽은 엄책하였든것이다。(계속)

北國의 女人

池奉文

실로 하늘이 문허지는것 같았읍니다。땅이 꺼지는듯 하였읍니다。

굶주리고 헐벗고 허망이 없는 산송장이 였지만 오직 자식하나에게 마는 온갖정성을 다하고 조고맣게나마 자미를부치고 살어오든 그가느다란 기쁨이 졸지에「콱」하고 끊어저 버림에 있어 오장은 뒤집히는듯하고 캄캄한 어두운 장막이 별안간 눈앞을「콱」막어 버리는듯하였읍니다。

엄청나게 지나친 설음이 였읍니다。

원통하고 분하고 그아까운 마음은 땅바닥을 땅땅 치게 하였으며 데굴 데굴 몸부림을 하게 하였읍니다。제가슴을 박박 긁어 나리게 하였고 제머리를 북북 쥐여뜯게 하였나이다。

별안간에 당하는 일이여서 꿈같기도하였고 거짓말같기도 하였읍니다。

몇번이나 자식의 죽엄을 부인(否認)하여도 보았고 얼토 당토 않은 머리썩은 생각으로 기적(奇蹟)이있기를 바라기도 하였읍니다。

죽엄을 부인 하여본대도 기적이 있기를 바란다해도 부인 할수없는 사실이였읍니다 썩어저가는 육체(肉體)는벌서 푸둥둥둥하여서 살점이 는청 는청하는것같으니 무엇으로 그의 부활을 기다려도 보겠읍니까?

이것을 시체사람들이 형용 말하는바 운명(運命)이라고나 할가요。

실도 청천에 벼락같이떠러진 운명의악희는 우리에게 너무나 큰 슬픔이며 너무나 가혹한 쓰라림이 였나이다。

×

며칠 지난뒤에서 동리사람들에게 듣고알었읍니다마

였다고 하였읍니다。

그에 중독(中毒)이 되여서 그러한 비참한 일을 당하게 된것이라고들 하였읍니다。

그렇다고 해서 남편을 원망해 하는말은 아닙니다。 차라리 말한다면 우리를죽게 맨든 ××××가 살인한것이라고나할까요。

한명이 차서 죽었다하더래도 그설음그원망이 어디로 가겠읍니까만은 이렇듯생활난이 낳은 인생최대의 비극임을 알게되자 홍모(鴻毛)보다도 더가벼운 자식의 죽엄이 갑절 더 섧어워졌으며 모든 사람들이죄다 원망스러워졌다읍니다。

그리고 무엇인지 희미하게나마 깨달음이 있자 이세상을 단번에 비록 약하디약한 주먹으로 나마 때려부시고 싶은충동을 이기지 못하였읍니다。

생각하면 할사록 미웁고 그립고 모순동착 투성이의사상 감정이 머리속에흐르고 눈물과 피가되어 마치 갈피를 찾을 수가 없었읍니다。 처참하고 통쾌한 싸움속에 몸을 칩쓸려 놓고도 싶었읍니다。

열이 오를때에는 것잡을새없이 끌려올려가다가도풀이 죽어 질때에는 왼몸이땅속으로 숨어 들어가는것가치 힘없고따분해하는 생각이 들었읍니다 그러다가도 다시 순순(逡巡)하고 비겁한생각이 들때에는 구역질이 나도록 내몸을 짓밟고도 싶었읍니다。

지 알수가없었으며 음침하고 생기없는 남루같은 생활이 천년계속되는것보다도 하로에 짓지어 없어지는것이 얼마쯤 시원할것도같았읍니다。

그러나 우리는 더 살어보랴고 애써 왔읍니다。 원망과 저주와 쓰리고 아픈것을 발뒤굼치로 누룩을 드디듯이 눌러버리고 무엇이 어떠한것이 닥쳐올지 모를앞길을 향하아진저리 치게 바라보며 나가보기로 하였읍니다。

八

우리는 한사나이를 친하게 되었읍니다。

남편보다 세살우인 설흔두살에든 얽은뱅이 사나이를 사괴게 되었읍니다。

얼굴은 콩마당질 판에서 엎어진 사람같이 흉칙스러운 꼼보였고 납작한코 우로 치째진눈 두툼한입술 항상 씨근거리는 숨소리 이렇게 따로 따로 떼여놓고본다면 너무도 흉하야 똑바로 쳐다볼수가 없는 얼굴이였읍니다。

그러나 그사나이에게 무엇인지는 보이지않으나 똑—한가지가 이상스럽게도 보였읍니다。 마음씨가 곱다는것도 아니였읍니다。 오래 사괴보지 못하였으니 잘

알수는 없었으나 그렇게 고흔마음씨도 아닌상 싶었읍니다。

대체로 우리도 곱다고는 하면서도 어디가 고흔지를 알어 낼수가 없었읍니다。 그리고 알수없는 미(美)그것이 자꾸우리를 따르게 하는것같았읍니다。

나중에서야 곰곰 생각해서 알어내었읍니다만은 그가 가지고 있는 돈으로말미암아 그렇게 못생긴 그가 어느귀퉁이엔지 아름답게 보였든 것이었읍니다。

대체도 돈이란 천한사람을 귀하게도 맨들수있고 귀한사람을 천하게도 맨들수있는 더러운물 건이 아니였을까요。

그사나이의 이름은 철용이라고 하였읍니다。부모의 덕택이라고도 할지(?) 이사회의 은택을 힘입은 사람들 중에 한사람으로서 많은 유산(遺產)을 무릇무엇이든지 뜻대로 매수할수가 있는 그런큰 힘을 지니고 있었읍니다。

웬만치 재산양푼어치나 가지고 있는사람으로서는 대개「내노라」하고 뽐내며 웃줄하는판에 웬만한 사람은 모다 제눈알도 보이고 더구나 우리와같이 밑바닥길을 걷고있는 사람은 개와도야지만치도 여기지 않는터이지만 철용이란 젊은 사나이만은 인간다웠읍니다。

있고없는것을 때지어 말하지 않고 귀하고 천한것을 각단지어 이야기 하지않었읍니다。없는 사람일사록 갑절더 친하여주었고 천한사람일사록 갑절더 반들어주었읍니다。

그러나 이것은 한걸음 나아가서 세상사람들에게 대하는 그의특증이라는것을 말하는것이 아닙니다。다른사람들에게 대하는 그무엇은 똑바로 보지 못하였으나 말하기는 어려우나 우리에게 하는것으로 보아그러하리라는것을 추상으로 말하는것입니다。

항상 우리네의 가정이란 쓸쓸하고 적적하고 아무런 자미도 취할길이 없었지만 아들이 죽어간뒤로 부터는 몇갑절 희색침묵과 아득한 암흑이 조화를 잃고 선율이 없이 때없는 쓸쓸한 바람과 섞이여서 실음없이 단간방 요구석 조구석으로 오스스한 공기를 칩차고 돌기는처음이였읍니다。푸른 감상(感傷)과 서늘한 감정은 전에 몇배인상 싶었고 더구나 몇가지 아니되는 살림도구(道具)였지만 눈앞에 비최이는 살림사리도구란 모두가 무서운 요마의 화물(化物)같이 머리끝을 읏슥하게 하기는 전에없든 일이였읍니다。

이렇듯정적과 공포(恐怖)가엉키인 우리의심정——그심정을 녹여주고풀어 주는이는 누구였을까요。

비록사괴인지는 얼마되지 않었으나그는 철용이 하나 뿐이였읍니다。

그는 우리집 단골 나그네였읍니다。주인(男便)이 있든 없든 거텩으로는 꼭한번씩 우리를 찾아 주었읍니다。

『오늘은 무엇을 굶이였읍니까?』

『이거ㅡ아직 불도 집히지 못하였구먼!』

으례 그는 문간에 들어서며 하는 인사 상투였으며 벜아궁지를 드려다보고하는 말이였읍니다。

실상굶고 있는 당사자 보다도 오히려 그의근심걱정이 더 큰듯하였읍니다。

어느날 밤이 였읍니다。

오다가 스려지는 함박눈이 래산같이 쌓이든 날 밤이였읍니다。

이구룡이에서 저구룡이로 저구룡이에서 이구룡이로 눈보라가 휙휙 부러가는데도 불구하고 발이 빠지는 눈으로 더벅 더벅 걸어들어온이는 역시 철용이였읍니다。

누구나 따뜻한 아렛목을 찾고 싶고 바쁜볼일이 없으면 문조차 열어볼 생각도못하는 이밤에 더욱이 손수 쌀과나무를 메고와서 불을 집혀주는둥 물을 길어주는둥 어버이의 집인들 이러한 성의를보여줄수가 있었을까요。

얼마나 고마운 일이였을까요, 얼마나 기쁜일이 였을까요。우리는 그를 사괴게된것이 큰 행복인듯싶었읍니다。

역시 그날밤이 였읍니다。

우리는 그에게 얼마쯤 고맙다는 예로서 말하고 너무도 엄청난 감격에 떨리여 반가운 말에 눈물을 흘리고 있을때 그는 주인(男便)의손을 힘있게 쥐여주었읍니다。

그리고

『손군!』

하고 부르더니 무슨 감격한 어조로

『날더러 형이라고 하여주게!』

하고 조금있다가 다시

『나는 손군을 얼마간 이해하고 또한어데까지 인정하네!』하였읍니다

이소리가 또한 우리에게 있어 얼마나고마운 말이였을까요。

생소한 산천이요 생소한 사람들이였으니 어찌면좋을는지 의논할사람도 가지지 못한 우리들에게 형이니 아우니하고 부르자는 소리가 그 얼마나 기꺼웠을까요。

병들어 누으니……슬퍼 우니 누가 한사람인들 문병이나 하여주고 한마디 위로나마 들어주는이가 있었을겝니까? 굶어 죽는데도 개한마리 드려다보지 않을 외로운 처지였으니 그얼마나 고마운 소리였겠읍니까。

오빠도 잘아는 사실이였지만 더욱이 남편은 형(兄)

님을 가질 운명에서 나지를 못하였읍니다。어려서 부터 손목을 잡고 뒷동산 숲풀이나 등에업고 앞시내물가으로 데리고 다녀줄사람이 없었읍니다。무릎에 얼굴을 비비여가며 어리광부려 말할사람이 없었나이다。다만 어릴때나 이때나 외로운 감정을 그렁 저렁 눈물가운데 맛볼 뿐이였나이다。

이렇듯 외로운 우리에게「형님」이라고 부르고「아우」라고 부르자는 소리가 그얼마나 기꺼웠을까요。그얼마나 반가웠을까요。그리고 그(男便)을 이해하고 그를 얼마간 일지라도 인정하여 준다는 말을 들은 우리는 그얼마나 감사 하였을까요。

남편은 그의손을 얼마간 힘있게 쥐고있었읍니다。나는 열번 스무번 감사하다는 뜻으로 그에게 수없이 절하였나이다。

九

철용이를 사괴게 된후로부터 꽃이든살림사리도 약간 피여가는듯 하였읍니다。

철용이는 한몫 돈 십원을 내여놓고 장사를 하라 하였나이다。

남편에게는 밤엿장사가 적당하다하였고 나에게는 모밀묵 장사가 마땅하다 하였읍니다。

그리하야 우리는 그의말대로 남편은 엿목판을 아무렇게나 헐하게 맨들었고 나는 묵함지를 얻어 날렀읍니다。

한동안은 엿목판에서도 묵함지에서도많은 자미를 보았읍니다。

각각 하로 삼십전씩은 이를 능히 얻을수가 있었으니. 우리에게 있어서는 여간큰 버리가 아니였읍니다。

가끔 병패가 있었다면

『호추 양념의 밤엿들ㅣ사ㅣ쇼?』

하고 길게 목쳥을 느리여 쓸쓸한 밤거리로 외치고 다니는 남편의 엿목판이였읍니다。

『엿장수 아주바이(아저씨)! 엿팔우ㅣ!』

하고별안간 골목에서 어린아이가 종종걸음을처서 내달으면 걷는발을 갑작이 멈추고 으아ㅣ한정신으로 얼마쯤 멀거니 서서그아이를 처다보는것이 그의 버릇인듯 하였읍니다。그리고

『옛다! 야!』

하고 한푼어치라도 아낌없이 그저 그아이에게 주는것이였읍니다。그래서 가끔밋저 들어오는적이 있었지만 이것은 아들을 생각하는 마음에 어쩔수없는일이 였겠지요。

다시 우리는 장사의 밑방을 생각하였읍니다。주인이없는 과부의집에는 무릇 무엇을 팔던지 사나이들

은 곳잘 모여든다는것으로 일례를 들어 남편은 둘 도부로나서게 되었읍니다。

이도 철용이의 묘안이였지요。

사촌이 되든 나촌이 되든 집으로 돌아올때까지는 형인 철용이에게 가사일첼을 믿엄게 맡기고 촌락을 찾아서 나섰읍니다。

확실이 주인이 나간뒤부터는 전보다많은 이를 보게되었든 것이였읍니다。물론그도 철용이의 힘이 많었다 아니 할수가 없었겠지요。

동리로 무엇이라고 외치고 다니였는지는 모르나 젊으니 늙으니 총각 홀아비 할것없이 그의 친구들은 거의 다 끄려오는듯 싶었읍니다。

그러나 염집안악으로는 처음 맛보는일이 였으니 눈끝이 들리는 일은 한두번이 아니였읍니다。더욱창피하기라니 술장사에 못지지 않었읍니다。

『얌전 한걸!』

『이여뿐걸!』

『쓸모가 있는걸!』

『조만큼 생겨가지고 왜 하필 언청이 (男便)에게 붙들려 저렇게 고생사리를 하는가?』

이러한 소리는 저이들끼리 귀속으로하는 이야기 였으나 가끔 흘려 들을수가 있었고 어떤 사람은 몇눈으로 흘겨보며 약간 높은 소리로 들려주는 이도 있었읍니다。

『하로 저녁쯤은………』

하는 이도 있고

『팔자를 다시 한번 고처볼 생각은 없으시요。』

하고 까시를 붙여 보는이도 있었읍니다。사실 이렇게 농멸하는 소리를 들을때에는 나의 성미대로 한다면

『뭣이 어쩌고 어째?』

하고 소리를 벼락 지르며 그들의 턱주아리를 걷어차주고 싶었으나 무엇인지 짐작 할수없는 물건이 입을 틀어막어주며 손을 멈칫 하게 하는데 그대로 주저 앉게되니 속은 아질이 썩어 들어갈뿐이 였나이다。

무엇때문에 이렇듯 사람들에게 멸시를당하지 않으면 안될것인가를 생각할때 좁은 가슴이 금시에 피라도 토해놓고 종국을 지을것만 같았읍니다。

실로 이세상은 가시 밭이요。얼음판이요。유황불구덩인것 같았읍니다。

一〇

남편이 도부를 떠난지 사흘이 되든날밤이 였읍니다。

이날은 일즉이 손님도 끊처버리고 철용이도 집으로 돌아가 버리였는데 그래도 자정은 되었으리라고 믿

었을 때였읍니다。

고만 누어 잘까 하다가도 잠이쉽게들지 않을것만 같아 등잔불밑에서 누덕이를 깃고 있으랴니까 고요 적적한 울타리 가장자리로 웬—수상한 발자최소리가 들려왔읍니다。

『행여 남편이 벌서돌아오는가!」하고 문을 방싯열고 내어다 보았으나 괴괴한 마당에는 뵈이는것이 없고 희맑은구름속으로 어스름달빛이 뿌옇게 흐를뿐이였읍니다。

『내가 잘못 들었나!』

하고 다시 문을 닫고 일감을 손에 들자 또무슨바시락 소리가 들리는듯 하였읍니다。

이번에는 가슴이 울렁하여지며 겁이나는 듯하더니 손은 문고리를 잡아다리게하였나이다。

얼마쯤 지난뒤

『똑! 똑! 똑」

문 두드리는 소리가 완연이 들리더니 살몃 살몃 밖에서 문을 잡아 다리는듯하였읍니다。

『되놈들의 행실이 부정 하다더니 그놈들이면 어쩌나!』

하는 걱정이 커지자 겁이 와락 치밀며 뒷문이라도 박차고 다라나고 싶었읍니다。 (계속)

二月創作評

—朝文誌新人特輯號를보고—

安含光

本誌二月號所載 新人特輯作品에對한批評을 編輯部로부터 請託받고 나는 그것들을 온갖角度에서 旣成作壇의趨向 水準等과 肩수어가면서 批論할心算이었으나 這間 精神上으로나 時間上으로나 世累에驅使됨이 尤甚한지라 그러한 온갖具體的인聯關問題에關하여는 오즉 讀者의推量에 全的으로 一任해버리기로하며 이곳에서는 그것들에對한 簡單한槪評으로서 文責을免할가 한다。

『그늘밑사람』 尹世重氏作

밝은天地아래서 내다!하고 소리쳐보지못하는 그늘밑사람들의 짤막한生活記錄이다。그마만치 이作品은 沈重하고 肉迫性이있다。

그反面에 밝은天地아래서 自己存在를 公言할수없는

이말못할事情가운데의 生活記錄이 그래도 自己存在를 말해보려는그곳에 必然으로 尤甚한困難은隨伴되며 作家的實踐의 그늘을만드러주었고 따라서 그文章과表現은 가다가다 주름살이잡히고 또는 半벙어리的이되지 않을수없었다。

自由없는곳에 雄辯은없다! 이말은 勿論陳腐한말일터임에는틀림이없으나 어떤細音인지 나는 이作品을 읽어나감에있어서 이陳腐한命題를 내記憶에서 다시금 끄집어내지않을수는없었다。

或種의秘密을가진 어린애가 그嚴父앞에 섰을때와도같이 이作家는 그가 意慾하는이야기를 그到達點까지 어떠한形式으로 表現해야할가(?)를 한개의懸念으로가진채 結局은 그精神的重壓밑에 拘泥되며 그步行을自由롭게 하지못함을본다。

반드시 찾어보아야할곳을 이웃이두려워 過門不入하려다 그래도그럴수는없어서 찾어는드러갔으나 猛獸에쫓기는 들짐생모양으로 恐怖에떠는 不安한心情은 自己의心臟을披攊할사이도없이 또저편의이야기를 드러볼사이도없이 그저 凡然히 告別의人事를난혼다。

이것이 이作品으로하여금 餘裕없는 빽빽한作品을만든 最大의原因이다。 좀더 좋은意味에있어서의 能活能手의彩色을施與하였더들 이作品은 그얼마나 潤澤하고 潤達한것이되였었으랴?

이리하야 이作品은 그意慾의良心性과 表現의正直性에도不拘하고 그傳達의입김은 大端 매마르며 또「シトモトロ」의粗弊를 免할수는없었다。

한말로말하자면 作家가받는 不利한客觀的條件의 社會的制約과相俟하야 技術的練磨의不足! 이것이 이作品에對한 내最初의感想이며 作家와더부러 다시한번 생각해보고싶은 問題이었다。

그리고 이作品에서 또한가지遺憾된것은 이作品의推進에있어 場面의推移가 너무 急速度的으로되여있는탓으로 事實과事實의連結이 지나치게 斷層的으로되여있다는點이다。

勿論 그內容에따라서는 斷層的인手法을 必要로하는境遇가있을게다。

가벼운明朗性과 表白的事象만을追究하는 大衆的인境遇라든가 또는 判異한性格의 콘트라스트를 必要로하는境遇等에있어서는 事實과 事實의斷層的인連結의手法이 그어떤意味의角度味를體顯하야 보담効果的일수있고 또 그런境遇를目睹할수있다。

하나 이作品은 表白的事象만을 追究하는것이아닌것은勿論 性格의콘트라스트도 內包하지안었다。

어느편인가하면 철호와나는 理念에있어서는勿論 性

格에있어서도 決코 對照的인것으로 提示되여있지는않다。同一한面에서 또는 同一한카데고리에서 「나」의性格은 오즉 철호의病的興奮의浮出에對한 基礎的인理智의底力을가짐으로서 철호의 그強한性格과 그積極的인良心의質을 보담 濃厚하게 살닐따름이다。

그는 철호의病苦에對한同情的인態度 또는轉向者 朴에對한 同質的인惱悶을 가진다는意味에서만이아니라 철호의 마치지못한 한개의事業 朝鮮運動史의完成을 繼承했다는데서 더욱 明白히나타나있으며 또 그個人을떠나서 그들의家族的인 實情을볼지라도 철호의안해가그生活苦에對한 厭症을가지기前에 오히려 그男便의志操를名譽로삼는 進步的인良妻이고 또「나」의안해도 無識은할망정 男便을믿는 誠實한안해다。

이와같이 이作品이內包한主要人物의性格이 때로陰되고 때로陽되여 同一한코ㅣ스에서 展開될뿐外라 또全體도 作品內容의性質로보아 強度의粘着性을갖고 連結되여서야할 事實과事實의推移가 急速度的인斷層的手法에依據했었다는 이것이 이作品의무게와肉迫味를 어느程度까지 減殺하였다고思惟한다。

하나 意慾의良心的인것과 또 그良心的인 그意慾을今日과같은 困難한時期에 이만한程度로라도 우리앞에보혀주었다는것을기뻐하며 또 現今과같은 低調의作壇에對하야 한개의異彩를던젔다고생각한다。

『故鄕없는사람』(戲曲) 申湜氏作

對話가能하고 人物의性格 더욱이 主人公 相浩의性格은 躍如하게生動하고있다。

그러나 相浩의理念은 固陋하고 洞窟的이어서 그行動은 大端偏心的이다。

相浩가 故都없는사람이되기까지의 動機的條件은 何等의社會的인振幅을가진 時代的意義를갖지못하고 한낫의家庭的事實——即寡婦된 그어머니가 節介를지키지못하였다는곳에 全的原因을가지고있다。

이리하야 尊敬할對像을잃어버린相浩는 工夫할必要조차없다하야 入門修道의行脚을떠나든途中 어떤果樹園에들러 一介勞働者가되고 늙에도라온 無依無托한어머니를그不貞에對한憤怒로서 逐出해버리고만다。

하나 그어머니에게 不貞的行實이있다고해서 工夫를斷念할必要는 어디있으며 (이런境遇에는 오히려 自己의立身揚名으로서 어머니의前非를 自摑케하리라고 決心하는것이 常例가아닐가?) 또 젊었을한때 寡婦의외로움을참을수없이 抑制할수없는情熱을 或定의男子와더부러 解消하였다고해서 늙게無依無托케된그生母를 面前에서侮辱하고 또 逐出하여 自殺에이르게까지할것이야 무었인가!

勿論 그어머니의不貞이 子息相浩에게있어 名譽로울것도 愉快로울것도 또는 한개의平凡한事實이아닐것도 잘안다。

이리하야 筆者는 이作品가운데서 輕薄한 아메리카이즘이라든가 또는 消化不良의코론타이즘을 섯불니宣傳하야 그어머니의不貞을 時代的妥當性으로서 擁護하라는意味로말하고 있는것이아님은 두말할것도없다。

그덤에도不拘하고 讀者는 이作品에있어 그어머니의不貞을 미워하기前에 그子息相浩의苛酷을 不快히 생각하게된다。

다시말하면 相浩의臺辭는 何等의共感性도 傳達하지못하고있다。그에共感되기에는 相浩의세리푸가 가지는바內容은 너무나 單純하고 또 貧弱하다。이리하야 讀者가興奮하고 義憤을느끼기前에 相浩自身만이 혼자서熱病患者와같은 高度의興奮을 表示하고있다。

이곳에 이作品의失敗가있다고 나는 생각한다。

이作品은 그어머니를 單純히 節介를지키지못한 不貞女로서 子息의體面을汚損케했다는 一般的인人物로서提示할것이아니라 그不貞의타입을 좀더 深刻히提示하야 그어머니의不貞은 마츰내 얼마되지안는 家産조차姦夫도하여금 蕩盡케하야 그나마 아들의敎育費조차稔出할수없어 學業을中斷시키었다든가 또는 不貞行爲의累積이 그性格까지 變質시키어 本能的享樂만을追求하는남어지 長成한아들이 눈의가시라서 逐出하여버렸다는가 또는 本能的享樂의追求가 것잡을수없는 最下層의陷穽에로까지떠러저 그放棄한肉塊가 이男子의가슴에서 저男子의가슴에로 轉輾하였다든가의 타입으로 提示하였든들 우리는 죽음으로서 前非를淸算하려는 그어머니의最後를 可憐히생각하기前에 그아들相浩의行動에 痛快味를갖젔었을것이며 이리하야 이作品은 보담드람마틱하고 보담 높은程度의成功을 獲得하였으리라고생각한다。

『도 야 지』 孫永嗜氏作

참으로 도야지와같이 미련하고 또 도야지와같이 無分別한 친구의世界다。또 그도야지는 모주를먹었든지酒酊도大端하다。

이酒酊이 그미련을 더욱深刻케하고 그無分別을 더욱 凄慘케한다。

하나 이作品의世界가 끝까지 도야지的行動과 도야지的思索에依하야 構成되였었다고하면 그야말로 이개도안주어먹을갠쉽은 마땅히 도야지의世界로 돌녀보냄이 좋을게다。

하나 그「도야지」의나는 참으로地上의 도야지와같이 미련하고 또無分別함에도不拘하고 그行動에이르기까지의 「나」의思索은 참으로 하날의별같이 빛남이있지않은가。世上에는 때로天痴의極端은 天才的哲人의世界로 그머리를 나타내이는境遇가있거니와 이리하야 順理를 떠난逆理는 또順理以上의 魅力을擡頭하고있다。平凡한 順理의山峰에도 미치지못하는 逆理란것은 애당초부터 問題視할것없는일이지만은 順理의諸峰을抱擁하고 凌駕하는 逆理의逆疊이란 그自身 疎忽히하지못할魅力을 가질뿐外라 叡智의頭腦에對하야는 또順理의山脈을 그의 最高峰에서 提示하는 逆影향的作用을 가지게하는境遇가많다。

順理의途程에도 오르지못한逆理! 그는 한개의原始的固執이란다든가 또는 認識不足等의 그리名譽롭지못한것을 自己의屬性으로하고 있는것이어니와 그와反對로 順理에滿足할수없는心情——그를容納해주지안는 順理的世界에對한反逆의心情이 따로히 새로운世界를構成하려고할때에나타나는바 逆理란것은 既成的順理의諸相을 발뿌리에서蔑視하는 痛快한우숨과 날카로운諷刺를多分의誇張的表情으로서 우리앞에 提示해주는것이나아닐가?

勿論 나는 이곳에서 各樣各態일 그逆가가가지는바 方向의性格은 暫時 論外에放置해두기로한다。그는 假使 或定의逆理가 正當한코-스우에 그性格을두지못하고 何等의積極的意義를帶同하지못한 境遇라손치드라도 그는 넓은意味에있어 既成倫理 또는 그를基底로한既成的諸相에對한 諷刺的蔑視를 自己의性格으로하고있는 것이며 이리하야 그는 때로 새로운秩序에對한 萌芽의要素를 提示해주는境遇가 있는것이기때문이다。

이리하야 逆理는 常識이許諾치않는 處女地的新世界에로 그相對方을引導하야 逍遙케하는境遇가 많은것이나 이곳에 逆理가 가지는바魅力이있으며 또 이作品「도야지」가 가지는特色이있다고 생각한다。

勿論나는 이作品「도야지」를 새로운秩序에對한 萌芽的要素의 높은水準에서 評價하고싶지않으나 그렇다고해서 陳腐한既成的倫理觀으로서 이作品을 裁斷해버릴수는없는것이니 이야기는 冒頭에로도라가 그의行動은 참으로 도야지와같이 미련하고 無分別함에도不拘하고 그行動에이르기까지의 그의思索은 하날의별과같이 異彩的일뿐外라 그光芒은 마츰내 한개의局部的事實을컷트하야(지나치게誇張的이기는하지마는)만커나적거나 既成的倫理觀에對한 諷刺的蔑視를 體現하고있는것이기때문이다。

그리고 그의살마진表現이 이러한테-마에 잘相副되

였을뿐外라 그能違한 句節의屈曲的인驅使는 悠長한가운데에서도 끝끝내 冗慢의嫌을 주지안었다고 생각한다。

그리고 이作品은 結末에가서「내지금 배가고파못견되겠지만 그보담도 더 술생각이나서 도적질이라도 순사만없으면 하겠다고 생각할만치되었으니 소주값오십전만보내주게。꼭보내주게ㅣ」하는 기ㅣㄴ餘韻의하소연에對하야 筆者는차라리 그의사람된品性과 지친心情에對하야 或種의好意를가지고있거니와 이곳에서 그의取할바今後態度에對하야 筆者의干涉을許諾한다고하면 그는 왕쿨에興奮될수있는 幸福된瞬間의 사라저버리기前에 그하잘것없는存在를랑 마땅히下水道에라도 목아지를가로박고 죽어버림이 좋을것이라는 멧세ㅣ지를보내기보하며 「도야지」의「내」가 竹馬之友에게 소주값五十錢은請求하면서 그가應當取하여야할 이러한今後態度에對하야는 어찌 一言半辭의 이야기가없었는가를 甚히疑問되히생각한다는것을 付言해둔다。

天才的인狂人이든가 또는 狂人的인天才는 그生命이짧으면짧을사록 그人氣는 燦然히빛나고 그生命이길면길사록「天才」라는두글자는 去頭 또는 絕尾가된다는것을「도야지」의「나」와더부러 다시한번 생각해두기로하자!

×

起筆當時에는 新人作品全部에對한 概評을적으려했으나 筆者의事情上 其餘의作品들은 後機를期待리게되였으니 編者를비롯하야 作者와밋讀者諸賢은 恕解하는바있기리바란다。

——二、十七日——

長篇 抒情詩

紅 天 夢

金 海 剛

第 一 部

一、무 지 개

1

씻은듯 열리는 시원한 靑空!
해ㅅ빛이 춤추는 白馬의長江!
아직도 비ㅅ방울이 방울저 떨어지는 草蘭草 어린잎
아리에 자최도 없이 건드려만 보고 지나가버리는 훈
훈한 六月의 微風!
—그것은 소낙비 끝인 南國의午後
　그림과같은 한幅의 고요한 情景이였다。

2

흰 모래우에 길게 뻗은 두줄 발자옥!
天空에 가로 걸린 아름다운 七色虹橋!
자박 자박 먼 등천을 넘어스며
無心코 마주치는 두쌍의 눈瞳子엔 꽃불이 흐른다。
—그것은 純情이 여울치는 한쌍의 적은星座!
　어버이의 그늘에서 고이 자라가는 少年과少女였다。

3

아버지는 들에 나가 밭을 갈고
어머니는 베틀에 올라 질쌈을 할때면
아침이면 少年은 메에 올라 꼴을 베고
저녁이면 少女는 江에 나가 물을 깃는것이였다。
—그리하야 하루 한번 맞나는 숨은 기쁨을
　해지는 붉은노을 바람잔 江가에서 키워가는것이였다。

4

『아이 天主쇠야。무지개가 어쩌면 저리도 고아요。
　넌 날위해 저 무지개를 떼어올수는없니?』
『紅아。가도 가도 붙잡지 못하는건 무지개란다。
　붙잡을수없는 무지개를 넌 어떻게 떼어오라느냐?』

——모래들 바위우에 나란이 앉인
두 얼굴에는 紅潮와같이 꽃잎이 물ㅅ결친다。

5

「떼어만 올수 있다면 말이다。아이 부끄럽네야。
한끝은 내가슴에、다른 한끝은 네가슴에——」
「떼어만 올수 있다면 말이지? 무에 부끄러울것 있
니? 너는 女王별이 되고、나는 大王별이 되고——」

——이리하야 한쌍의靑春은 太陽의譜表를 물고
고요한 江村에서 노래의搖籃을 직혀 갔다。

二、別 離

1

그러나 헐리기시작한 그들의幸福——
魔神의作戱는 해를 이어 멈찌 않었나니
한겨울 毒感으로 少年은 어버이를 여이였고
한여름 洪水로 다시금 밭뙈기마저 흘러보내고、말었
다。
——하야 少年은 사랑하는 紅이를 남겨두고
새길을 찾어 情든故鄕을 떠나고 말었나니——

2

「天王이야。지금 가면 언제나 다시 맞나리!
비가 가버리면 둘곳 없는 이마음
天地가 넓다한들 둘곳 없는 이마음
비노니 돌아오는 그날만을 기다리며 지나리!」

——夜光珠에 어리는 이슬ㅅ방울이련가。
少女의두눈에는 더운 구슬이 열리였었다。

3

「오냐 紅아。너를 두고 떠나는 내마음도 있거든!
내마음 네가슴에 묻어두고 가노니
든든이 잘있으란 부탁뿐이다。
몸성히 잘있으란 부탁뿐이다。」

——紅爐에 사라지는 눈포래련가。
少女의얼굴에는 나부끼는 表情도 없었다。

4

소리없이 흐르는 푸른 실안개——
물ㅅ결조차 숨죽은 새벽 강나루에는
두줄 발자욱이 모래우에 길게 뻗어 있을뿐
임자없는 노래를 다시 찾어 부르니 뉘련고。

——東天이 붉어오니 열리는 빛나는 아침!

그러나 少女의마옴의憂愁은 어느날 다시 열리랴。

5

「長江은 흘러 흘러 歲月도 흘러 흘러
山과 들엔 푸른빛 다시 새롭구나。
님 실ㅅ고 떠나든 배는오늘도 江頭에 매여있것만
님은 떠나고 소식은 없으니、이내마음은 물에 뜬
뷔인배라。」

──江ㅅ가에 오늘도 나와 물을 깃는 少女의마음!
西天에 놀이 타니、그의가슴에도 놀이 탄다。

三、都 會

1

노래의搖籃에서 追放된 少年은
山을 넘어 물을 건너 都市의 문턱을 넘어섰나니 보
라! 憂鬱이 잡든 街路樹 밑에
文明의陣痛을 겪고있는 都市를 凝視하고 섰다。

──都會! 都會!
少年의 마음을 訪問한 都會의 첫信號는 무엇이
었든가。

2

함부로 나자빠진 벌통처럼
각구로 떨어저박인 빌딩의雜列!
석양ㅅ불이 떨어진、부스대는 白蟻의陣形처럼
가로 세로 몰리고 쓸리는 鋪道의雜踏!

──그러나 기지개를 한번도 펴보지못한 守衛兵처럼
야윈 街路燈은 하픔을 깨물고 깊은午睡에 파묻
쳤다。

3

눈알을 깨트리는 强烈한色彩와 輝煌한光波!
狂燗한噪音속에 黃金을 물고 덤비는 白蛾의圓舞!
都市는 賣淫하는 化粧女처럼、妖艶한 눈섭을 奔走하
게 그리며。
文明에 陶醉한 아들과딸들을 손질하여 부르고있나니

──오오 都會의心臟을 물어뜯는 倦怠의解渴!
피무든 八月의太陽은 殺氣를 띠고 哄笑하고 있다。

4

그러나 都會의一角──
少年의가슴에 旋風을 묻어준

그것은 하늘을 떠받고 선 한개의 巨大한怪物！
壯快하게 黑煙을 배앗는 煙突의威容이였다。

——이리하야 少年은 忠實한 工場의 한 사나이가 되였고
이리하야 少年은 太陽을 들어마시는 용감한 젊은이가되였다。

5

더운波濤가 구비치는 情熱！
그는 주먹같은 譜表를 찍어 부르는 젊은歌手였나니
그의 거세인聲帶에서 울려나오는 우렁찬 合唱의노래는
低空의 무거운氣壓을 뚫고 새벽의天空을 울리었다。

——어깨를 겻고 뚜벅뚜벅 떼어놓는 굵은 발ㅅ자욱
그는 어젯날 무지개를 꿈꾸든 江村의少年이 아니었다。

第二部

一、幻滅

1

그뒤 八年——

찬비 시름없이 뿌리는 가을 저녁。
허술한 두루막에 푹 눌러쓴 도리우찌！
높은石壁을 끼고 무거운발을 옮겨놓는 한靑年이 있었다。

——天王쇠！ 그는 天王쇠였다。
旋風을 안꼬 젊은날을 키워가든 天王쇠였다。

2

三年만에 처음 밟어보는 우람찬 大地！
三年만에 처음 마시어보는 시원한 空氣！
머리우에 탁 터진 蒼穹을 그는 얼마나 그리워 했으며
소식을 모르는 젊은歌手들을 그는 얼마나 생각했드냐。

——그러나 모든것은 變하고 말었다。
모든것이 驚異요、모든것이 失望이였다。

3

보라！ 都市의惡靈은 그에게 美酒를 勸하였다。
그러나 그는 머리를 내저었다。굽게 물리쳤다。
都市의惡靈는 다시 豊滿한乳房을 헤치고서 그의心魂

를 愛撫하였다。
그러나 그때에는 그는 눈을 부릅떴다。꾸짖었다。

——오오 그리고 그는 이날도 壯快하게 黑煙을吐하는 우람찬煙突을 우러러 보았다。
그러나 都市의惡靈은 멀쪽이 떠러저서 깔깔 웃었다。

4

오오 젊은날의 譜表를 씹어먹든 그의 더운呼吸은 차듬하게 식어버린 追憶의屍體를 안고 몸부림 쳤나니。
축 느러진 두어깨에는 千斤같은 疲勞이 언치었고 피ㅅ방울이 깨어진 얼굴에는 쓸쓸한墓標가 가로 누었다。

——이리하야 그의가슴은 묻허진무덤처럼 찬바람이 떠올랐고、
이리하야 그의마음은 비맞인 제비처럼 故鄕이 그리워졌다。
몇해련고! 그의머리우에 떠오르는 故鄕의靑空!
해ㅅ빛이 춤추는 푸른長江!
별비 쏟아지는 銀모래 江邊!

그리고 純情이 물ㅅ결치는 搖籃의땅 紅이!

——오오 몰아가리라。내故鄕 해뜨는나라로!
오오 몰아가리라。내故鄕 해뜨는나라로!

二• 歸 鄕

1

구비처 흐르는 푸른長江!
높게 개인 맑은 하늘!
그는 가슴을 헤치고 江나루 모래둥천에 뛰어올라 터지는듯 떨리는 목소리로 웨처 불렀다。

——『오오 나의옛搖籃이여! 노래의聖地여!
太陽을 물고 종다리 노래를 뿌리는 빛나는地域이여!』

2

그러나 떠난지 十年! 搖籃의옛터는 다시 몰아온 젊은아들을 반가어 맞어주지는 못하였다。
물에 채어、동잘에 밀려 흘러가버린 마을!
미영밭 동산을 두동갓에 끊어내고 길게 뻗힌 新作路!

──낯 익은 물레방아는 그자취 어느곳에 따무쳤는
고!
어울리지도 않는 포푸라숲이 빽빽이 느러서있을
뿐。

3

봄을 불고 찾어와 노래하던 피꼬리!
떠오르는 늦달을 主人인양 짖어주던 삽살이!
그것들은 덧없는歲月과함께 흘러가버리고 말었다。
얼마나 된빰을 따리는 낯설은 風景이런가。

──그보다도 오오 紅아。너 마저 어데로 떠나버렸
노?
비인가슴엔 끝모를空愁가 회호리칠뿐이었다。

4

『물은 흘러 흘러 바다로 흘러
노래도 흘러 흘러 바다로 갔나?
물ㅅ결에 채어 채어 깨어지는 달ㅅ그림자
물ㅅ결에 채어 채어 노래도 깨어졌나?』

──물어도 대답없는 푸른長江!
나버렸니?

5

『흘러간 노래의무덤이여! 搖籃이여!
마지막 作別이다。잘 있거라。
이후에 혹여 묻는이 있거든
할없는 살을 가슴에 꽂아주고 가더란 말이나
傳해주렴!』

──이리하야 그는 다시 江村을 등지고
北으로 北으로 霜月을 밟으며 放浪의길을 떠낫
다。

三、放 浪

I

돋는 해、지는 달
長江을 건너、國境을 넘어──
萬里長空엔 白雲만 떠돌뿐
끝없이 열린 아득한 벌판。

──그는 얼마나 허피가 꺼진 沈痾한가슴을 어루만

거칠은大氣에 불붙는情緖를 식혔든고。

2

바람 찬 朔北의 밤!
쏘대느라 몸이 疲勞에 뒤감길때면
千斤같은 무거운다리를 地殼에 뻗고
밤荒原에 번드시 누어 蒼空을 숨 쉬였다니──

──그리하야 밤이 새일때까지 千古의秘夢을 소리없
　이 쓸는
　天上 星座의 귀ㅅ속이야기를 엿듣는것이었다。

3

白雪이 날리는 興安의峻嶺!
발ㅅ길에 채이는 浮海의 달!
萬樹長林에 푸른안개는 흩어지고、
서리찬 새벽하늘에 울고가는 기러기 소리!

──曠漠한 萬里의荒原에 해는 돋고 지고──
　바람 찬 뷔인 가슴에도 해는 지고 돋는다。

4

千里라 溶溶한長江水는 구비처 흐르고
萬里라 濛濛한 띠끝는 하늘을 덮는
오오 해돋는 北方의乳房아!
달려와 내가슴에 안키라。

──그는 새찬 大陸ㅅ바람에 頭髮을 펄펄 날리며、
　嶺峯에 뛰어올라 활개를 펼치고 고함을 첬다。

5

고요이 타는 西天의 붉은노을!
끝없이 뻗은 눈덮인大地를 곱게 물들여 줄때、
落照를 물고 휘파람치는 萬里의遊城!
멀리 南쪽 地平線에 떠도는 한주먹 구름ㅅ장!

──오오 해지는 北方의大陸아。내 가슴에 안껴 고
　요이 잠들라!
　그는 다시 曲枕이 기어드는 大地우에 무거운
　발ㅅ길을 떼어놓는다。

第 三 部

一、異港의 밤

1

白熊이 七色太陽을 물고 춤추는 北方의處女地!

어름人장 떠흐르는 異國 海港의밤!
칩따라는 눈포래의 猛烈한 示威에
무덤 처럼 숨을 죽이고 거리는 고요이 깊어간
다。

——그러나 疲勞한 사내들의 젊은心臟을 파헤치고
北國의女神은 몰래 파란香人불을 묻어주나니。

2

땀人방울이 구슬지어 떨어지는 酒場의 色琉璃窓!
빛을 깨물고 느러저 밤을 드러마시는 白燈!
떼뭉처 들이온 異國의 젊은水夫들은
어여뿐 계집애를 하나식 껴안고 卓子에 둘러앉었
다。

——卓子우에는 푸른紙幣와 번쩍이는金錢이 쏟아저 깔
리고,
琉璃컵에는 붉은 술이 미친듯 넘처 출렁거린
다。

3

『물우에 뜬 한쪼각 풀잎이런가?
우리는 바다를 집을 삼ㅅ고 떠흐르는 마도로쓰라
술을 부어라。어여뿐 계집애야 가슴에 와 안키라
이것이 이세상의 極樂이란다

——어깨를 겨끄 부르는 거치른 노래소리——
붉은 입술을 터뜨리고 葡萄알처럼、우슴은 대굴
대굴 굴러 떨어진다。

4

『바람에 나부끼는 한쪼각 찢어진 帆布이런가?
우리는 밤이면 피는 눈물의꽃이라오。
노래를 부르거나 춤을 추거나——
이것이 이세상의極樂이랄까?』

——人魚와같은 힌팔이 사내들의목을 감ㅅ고 느러질
때
감치는 눈초리엔 情慾의꽃불을 문 실뱀이 기어
든다。

5

술이다。노래다。춤이다。抱擁이다。
끼언는 더운입김과 부딧는 肉塊의亂舞!
붉은술이 출렁이는 琉璃컵에는
깨어진心臟이 쪼각쪼각 떠놀고 있다。

——이리하야 구비처흐르는 愛慾의濁浪을 떠싣고
太陽이 빠진 異國 海港의 밤은 고요이 깊어간
다。

二、邂　逅

1

갈바람 바람ㅅ벽에 매달려 휘파람치는 午前三時——
눈보래의 空中射擊은 씻는듯 멈치고、
다못 외로운步哨兵처럼、서슬푸른 蒼月이
쓰러진 死骸 처럼 눈덮인 大地를 고요이 할ㅅ고있
다。

——그러나 情慾의바다에 엎질어저 蕩蕩한 歡樂의世
界는
탄다。蒼焰을 휘날리며 百度로 탄다。

2

더운秋波를 뿌리는 白熱燈아래
期於코 戰慄할 愛慾의 砲火戰은 展開되였나니——
보라! 妖艶한曲線을 虛空에 그리고 날려떨어지는
肉彈!
그리고 悲鳴과 狂笑에 파무친 壯烈한肉의爭鬪!

——이때다。眞紅色커—텐을 잡어제치고 나타난 한개
의靑年!
그는 熱風을 드리마시고섰는 아라삐아의勇士처럼
氣骨이 뛰었다。

3

異國水夫의 구둣발에 함부루 밟혀 욱깨지는 꽃송이
들!
오! 그것은 暴風에 불려 날려온 祖國백성의 딸들
이였다。
그가슴에 다시 켜지는 분노의太陽!
不意에 선불을 맞인 猛獸처럼 달려드는水夫들을 메
여첬다。

——格鬪! 格鬪! 쓸어지는卓子 깨어지는琉璃窓——
그리고 번개와같이 虛空을 치고 날르는 주먹과
주먹。

4

그러나 한개의獅子는、날뛰는 뭇狼狽을 바워내지못했

나니
날려오는 술ㅅ甁에 이마를맞고 그는 쓸어지고마럿다。
氣絶! 異港의깊은밤 이름도 모를 찬 집웅밑에
아아 그는 식어가는火鐵처럼 沈痛한最後를 마치려는가。

――쥐숨ㅅ듯 뿔뿔이 흩어저 다라나는 異國의水夫들!
쭈루루 몰리어 떨고섰는 날개찢긴 白蛾의무리!

5

오오 그러나 地上에 떨어진 빛나는火星처럼
푸들푸들 떨고섰는 계집애들을 밀치고 나는듯 뛰어
나온 한개의女性!
치마를 찢어 깨어진 이마를 동여줄때
무릎우에 안어이르킨 피흐르는 靑年의얼굴!

――오! 너무나 놀라운奇蹟이 날려드는匕首처럼 그
의가슴을 찔렀나니
『오! 天玉쇠! 당신은 당신은 정녕코 天玉쇠였
구려!』

三、默 華

1

雅淡하게 차린 白色 寢臺우에
죽은듯 누어있는 蒼白한 靑年의얼굴!
그리고 그옆을 떠나지않고 지키고있는 마음알른麗人!
――소리없이 흐르는 숨ㅅ결에 머리맡 燭불이 때로
흔들릴뿐
그것은 萬里 異鄕의 쓸쓸한 한개의病室이였다。

2

卵黃빛 나직한天井을 우러러 고요히 지는 더운 한
숨!
떨리는 가슴을 지긋이 누르며、
근심이 어울치는視線을 病人의얼굴우에 던질때
오! 힌繃帶에 파무친 두눈을 번듯 뜨는 靑年!

――놀람과기쁨이 華輪을 그리는 빛나는光彩!
오! 그것은 十年만에 처음 마주치는 두쌍의눈
瞳子였다。

3

『紅이!』『오! 天玉쇠!』
다시 더말이없이 얼굴만을 바라보든 두男女――
힘없이 눈을 감을때 靑年의빰을 적시는 두줄기 눈

고개를 숙이는 紅이의눈에서도 섬쏫듯 눈물이 쏟아진다。

——이것이 꿈이든가。狂瀾한물ㅅ결에 쓸려
天涯萬里 외로운異鄕에 期約없이 떠흐르는 두개
의靑春！

4

一分 二分 三分 四分………
『紅이！』靑年의눈에는 아침처럼 해맑은太陽이 떠올랐다。
그리고 팔을 뻗히어 무릎우에 떨어진 紅이의손을 쥐었다。
『紅이！』靑年의목소리는 더한層 부드러웠다。

——그리하야 다시 마주친 두쌍의눈瞳子는
안개 걷힌 새벽의湖水처럼 숨ㅅ결이 새로웠다。

5

흘러간 노래의王都여！
純情이 물ㅅ결치는 두가슴우에는
겹겹이 쌓인 구름을 뚫고
紅日이 솟는 새벽의蒼空이 새로이 열려온다。

——이밤도 눈은소리없이 나리나니、異鄕의밤하늘——
오오 마음우에 고요이 타는 두자루의 붉은華燭
이여！

四、脫出

1

그뒤、해는 二月——
波濤 높은 異國港市의 一角！
굼틀거리는 火龍처럼、한개의 불ㅅ기둥은
거치른 北洋의 밤하늘을 떠받고 이러섰다。

——터붓는 불비！ 날뛰는 바다！
그리고 殺氣가 등등한 구리ㅅ빛 하늘！

2

이때였다。깨어진 거울처럼、한쪼각 汽船이
부러진 돛대끝에 매달려 오소를 떨고있을뿐！
보라！갈돛을 높이 단 한隻의風帆은
검푸른 波濤를 차고 살같이 내닫는다。

——出帆！
오오 그것은 아름다운太陽을 실러가는 壯快한出

發이였다。

3

세찬 바다ㅅ바람에 머리털을 펄펄 날리며、
甲板에 나선 한쌍의靑春!
술甁을 뽑아들고 소리처 노래를부른다。
虛空을 向하여 술을 뿌리며 노래를부른다。

——「오오 火光에 파묻혀 멀리사라지는大陸이여! 술을마시라! 醉하라!
깨어진 네心臟우에 잠든날을 묻어보리。」

4

푸른 갈기를 더펄거리며
가슴에 와 안기는 밤海原!
天王쇠와紅이는 또다시 노래를부른다。
달빛이 깨어저 춤추는 바다우에 술을 뿌리며 노래를부른다。

——「오오 새벽을 안ㅅ고 숨쉬는바다야! 술을 마시라! 醉하라!
푸른 비寢臺우에 새로운 붉은꿈을 맺어보리。」

5

오오 바다는 춤춘다。月光을 물고 춤춘다。
춤추는 푸른波濤를 넘어 넘어
고요이 터지는 하늘! 열리는 아침!
새로운 숨ㅣ결이 波濤치는 두가슴우에도 새아침은 열린다。

——오오 아름다운太陽을 실어올 壯快한出發이여!
동트는 새벽이여! 붉은 하늘이여!

丙子12·25脫稿

술 집 에 서

趙虛林

함박눈을 맞어가며 蕭殺한 마음이 호올노
숨죽은 밤거리로 지향없이 헤매이다
이제사 왔다 네 품이 그립어
번래먹은 薔薇야! 술집갈보야!

오날이 月給날 너도 알겠지
조라붙는 良心과 精力마저 날마다 競賣하야 얻은
恥辱의 紙錢장이 내게 있음을

粉粧이 쩔고 쩔어 푸르충충한 네 얼굴에
연지와 클림이라도 사서 발르려므나
지난달 술값 除하고 남저지는 너 다 줄헤니

어서 술을 부어라 남실 남실 부어
넋잃은 내 뼈와 살을 농창 녹여다고
墮落의 무덤속에 또 하로 삶의 슬픔을 묻고 明日의
不安을 잊으련다
酒酊꾼의 마리아! 우슴파는 醜物아!

황소같은 네옵바는 監獄이 낚어가고 四年前에
阿片쟁이 애비가 너를 술집 魔手에게 팔었다지
허다못해 제색기까지 賣食하고야마는 우리의 살림사리

임의 임의 斷念했으니 五臟이 다 썩어버린 世相은묻
어둔다고

가엾은 너하나 이 컴컴한 生地獄에서 못빼주는
지지리 못생긴 나를 산송장의 心思를
네술이 아니곤 누가 무엇이 달래주겠니

挽歌를 부르며 마음의 새는 찢어진 내 가슴에서 떠
났고

赤色의 希望이 영 아주우 내 힌손으로 질색하나

오르라같은 비잔(盞)만이 시드른 내입슬에 熱熱한 키
쓰를 恍惚을 붓는다

萬能의 武器! 술은 내 滅亡의 守護神!
鬱憤도 가난도 苦惱도 흠뻑 술에 젖으면 落葉처럼날
러가고
大醉中에 숨어야만 팟쇼와 毒蛇와 運命이 모두 허재
비같이 하잖드냐

(그러기에) 나의 빠이블 資本論도
酒神 바카쓰를 爲하야 古物商에 팔었단다
惡魔의 피(血)! 알콜은 내餘生의 生命水이거니

暗暗한 絕望의 꽃이 滿發한 地球가 風船처럼 비잉빙
돌때까지
메주같은 네 상판이 楊貴妃로 보일때까지
작구작구 부어라 至毒한 麻醉藥을 두푼짜리 幸福을

다다의 女王아! 朝鮮의 딸년아!
그리고는 네 당창먹은 코노래라도 불러다고 졸지말고 어서
嘔逆나는 내 自滅歌에 마춰서
이밤이 새도록 밤이 새도록………

中國作家紹介

葉紹鈞과 沈從文

丁來東

作家가 外國에 紹介되기쉽기는 大文豪이거나 或은 流行作家이거나 或은 文學上 新主義의 提唱者이다。그外에 屬하는作家는 本國 文壇에서는 相當한 力量을 가시고 있드래도 外國에 紹介되는 일이적다。그러나 우리가 外國文學을 硏究하고 그나라 文學에 조금이라도 關心을 가지려면 그러한 態度를 가져서는 안될것이다。中國 文人으로서 朝鮮에 紹介되야 一般에 알린作家는 퍽으나 有限하다。詩人으로 郭沫若、徐志摩、氷心等이요 創作家로 魯迅、郁達夫、張資平、巴金、郭沫若、矛盾 等外 女流作家幾人에 不過하고 戱曲에 田漢 散文에 周作人 魯迅西瀅等에 不過하다。그러나 中國文壇을 運轉하며 가는데는 數많은 中堅作家와 일름 나지않는 堅實한 作家가 적지않다。筆者는 이번에 그러한 作家로 葉紹鈞과 沈從文을 極히 簡單하게 紹介할까한다。

이두作品中 葉紹鈞은 中國新文學運動當時부터 創作에 努力한 作家로서 그作品은 相當한무게가 있음은 더말할것도 없다。沈從文 亦是 아즉젊은 作家이나 그作品에는 다른 作家가 開拓치못한 다른 方面이 있고 그筆致에도 異彩가 있다。

葉紹鈞은 新文學에 가장 努力한 作家로서 間斷없이 十餘年間 文壇上

外國文壇消息

放逐作家

포이히트왕겔氏

리온 포이히트왕겔氏라면 그의祖國인 獨逸의 파쇼人士들에게는 마치 呪符와같이 싫여하나 그포이히트왕겔은 過日 蘇聯邦을 訪問하여서 스타ㅣ린과 會見한外 各處를 巡訪하였다。一月九日에는 모스코바의 工藝美術館에서 열린 著作家及 諸者의 會合에 招待를받어 來會者一同으로 부터 熱烈한 敬意의 表明을 받었다。來會者는 專門의 批評家와 大家들外에 農村과 工場으로 부터의 勞働者가 多數出席했는데 누구나 다 그의 歷史小說의 讀者이고 또한 그의將來의 著作에 銳敏한 期待를 가지고있는 사람들이였다。會合의情景에 깊이 感動한 포이히트왕겔은 自己의作物에 이

活動을 繼續하야 왔었다。作品中에는 小說이 가장成績이 좋다。「隔膜」「火災」「稻草人」「城中」「線下」「未厭集」等 短篇小說集은 그描寫한 大部分이 天倫의愛. 兒童의天眞、小學敎育의缺點• 農民의誠朴한 生活等이요 素寫한 文筆과 平靜한 態度로 쓰기는하나 一種深刻하고 老練한風格이 있다。그의 長篇敎育小說「倪煥出」는 矛盾이 일즉 力量있는 工作이라고 讚揚하였고 近年來 文壇上 有數한 傑作이다。이外에 그는 「文學週報」「北斗」「文學月報」等 大雜誌에 恒時글을 發表하고있다。

葉氏의字는 聖陶요 江蘇吳縣의 사람이며 現在四十餘歲다。幼時에는 家境이 淸寒하야서 中學敎育을 받을뿐이였으나 自己로서 刻苦自習하야 끝끝내 當代著名한 作家가 되었다。葉氏는 早婚한 關係로 家庭의 負擔이 過重하였으나 家庭의 團欒한 樂이라던지 父母의慈愛 兒童의 天眞等이 늘 作品中에 나타나게 된다。그前에 鄕村의 小學敎師로 多年있었든 關係上 그後 小說의太半은 小學敎育에 取材한것이 많다。五四運動 以後로 文學硏究會가 成立하자 氏는 發起者及 重要人員의 한사람이요 商務印書館編輯 婦人雜誌의 主編等職에 있었든일이 있다。

○———○

沈從文은 나이젊고 多產의 作家이여서 創作小說이 퍽으나 많다。그는 神淡한筆致로 靑年의苦悶 軍隊中의生活 鄕村의 狀況을 流麗하게 쓴다。晨報副刊에 發表한小說「棉靴」는 經濟의 壓迫을 받고 사람의 蔑視를받은 情形을 그린것으로서 篇中에는 感傷의氣分이 充滿하다。「十四夜間」은 靑年子高란 사람이 零落하야. 旅中에서 妓生으로써 苦悶을 풀고있었다。이妓生은 그眼目中에는 處女보다 더潔白한 靈魂이였다。그는 娼妓도 퍽으나 좋은것으로 생각하였으며 良家婦女와 그리큰 分別이 없다고 생각하였었다。그같이 않한點은 金錢을 要求한것은 娼妓요 金錢은 請求하나

롭게까지 銳敏한 理解와 內省과 親切을 보여주는 사람들이 이러한 會合에 出席한것은 처음이다。지금까지自己의 作品에對해서 幾千篇의 哲學的 倫理的 社會學的 批判이 쓰여졌으나 淸新潑剌한 理解를가지고 自己의 作品의 眞意를 把握하고있는「푸로레타리아 讀者에 맞난것은 오늘밤이 最初이다」라고 歎息하였다。會의 進行되는데따라 會衆의 質問에 答하기를 나는 精神的으로는 國際的이고 意志的으로는 世界人이고 感情的으로는 猶太人이다」라고 하였다。포이히트왕겔에게 있어서 가장 最高의 重要性을 가진것은 猶太人問題로서 前番訪露中에도 蘇聯內에있는 猶太人의 狀態를調査한것이 重要한目的의하나이였다고한다。

文豪푸ー쉬킨氏

文豪푸ー쉬킨氏 死後百年 쏘비트에 있어서는 擧國一致로 盛大하게 그의 死後百年祭를 開催하고 映畫界에 있어서도 各스타지오에서 紀念映畵를 製作하고 있있는데 最近에 完成되었다한다。

꼭 直接가지지 않은것이 良家婦女다。그러므로 그는 이렇게 말한다。「金錢을 要求하야 生活하므로 不得不 女子天賦의 長處를 運用하야 다른사람에게 팔아서 享樂케한것이 娼妓가 지흔 罪惡이다。그러나 娼妓보다더 甚한것은 모던婦女다。그는 虛榮或은 다른引誘를 爲하야 男子에게 獻身하지 않는가?」이것은 얼마나 痛快한말인가 또 「三男과一女」에서는 세男子를 描寫하였는데 젊은伍長、절름바리 號兵、젊은 두부가개 主人이있다 다같이 商會會長의 딸을 單戀하나 自己네地位가 너무나 머ㅡㄴ것을 잘알고 있다。그러나 每日 그女子의 住宅附近에 있는 두부가개에서 바라보고 여러가지 幻想을 하는것이다。그뒤에 女子는 무슨일이 였었는지는 몰으나 毒을마시고 죽었다。이 세男子는 魂魄을 잃은것같애서 或 어떤사람은 밤에 남몰래 墓前에가서 바라보고 或은 掘屍한사람까지 있었다 可憐하게 이세男子는 異性의安慰를 얻지못하고 다못 이적은女子가 그네들로 하여금 仰梅止渴하는 安慰를 주었었으나 끝끝내는 이것까지도 造物主에게 빼앗기였었다。이것은 골키의 「二十六男과一女」와 같은 情形이있다。또 「다라나기前날」에서는 中國軍隊의 生活을 쓴것인데 그環境에다어 보지못하고는 이와같이 切實하게 想像할수가 없을것이다。

沈氏는 創作小說에 좋은成績이 있는外에 近來文藝批評文을 쓴다。그는 作家의 眼光으로서 議論을 하므로 그批評이 公平適切한點이 있다。「論中國創作小說」「論汪靜之의惡的風」「論朱湘의詩」「論焦菊隱의詩」等 文字를 「文藝月刊」에 發表하였었는데 이等은 그의精密한 觀察과 獨特한見解를 表示한것이여서 現在 文壇에서는 稀有의 作品이라고 할수있다。

氏는 湖南 鳳凰城 사람으로서 어려서부터 軍隊生活을 하여본 經驗이 있고 文壇上에는 아무런 派別에도 屬하지않으며 現在三十四五歲에 不過한 靑年作家이다。(了) (以上本文은 「中國新文學運動史」에서抄譯)

文壇消息

◇安含光氏 東京까지 旅行하셨다가 돌아오셨다고。

◇姜鷺鄕氏 한달동안 英陽에서 休養하시다가 다시 上京하셨다고。

◇朴世永氏 慘척을 當하셨다고。

◇蔡萬植氏 시골로 나려가셨다고。

◇咸大勳氏 朝鮮日報社出版部 編輯主任으로 昇格하셨다고。

◇宋 影氏 東洋劇場文藝部에서 發行하고자하는 「東劇」誌를 編輯하시는中이시라고。

◇朴英熙氏 「蒼空」이란 雜誌를 編輯하시게되었다고。

◇新人 黃日影氏外數人의 發起로 同人制의 季刊 「詩人春秋」가 發刊되리라고。

◇李箕永氏作「故鄕」 金基鎭氏作「靑年金玉均」의 出版紀念會가 지난二月七日 天香園에서 開催되었다고。

◇群像同人의發起로 尹世重氏作「그늘밑사람의」當選祝賀會를 지난二月十三日 百合園에서 開催되었다고。

懷友

—作家小林多喜二의橫顔記—

金龍濟

日前에 目白驛近處住宅地에 移舍한 中條百合子는 實妹인 音樂家 壽江嬢과 詩人 北山雅子와 同居하야 「女人王國」을 形成하고 藝術家다운 家庭生活을하게되었다。

日前移舍짐을 二日間부추겨가며 山積한書籍을 整理할적에 나는 偶然히 舊作家同盟時代의 「文學新聞」묵게를 發見하였다。 그곳서 나는 내가T所로서 보낸 友人들의 書簡이 실여있는것을보았다。 그러고 무엇보다도 놀램을 거듭하는 故友 小林多喜二의 急死에對한 新聞全面의 追悼文과 그의屍體의 寫眞이였었다。

어적게 놀러갔을적에는 「벌서二月이 오지않는가?」이러한 平凡한話題가 漸次發展하야서 中條百合子가 「나의誕生日이 가까워온다。 오는十三日이야」라고함으로 나는 初三日이라고 말을채받으면서 奇妙도하다는듯이 옷섰다。 그러고 그는 나의 下宿生活로는 生日祝賀도못할것이니 十三日로느려서 두 生日의 祝賀를 함께하자고 提案하였다。 어쨌든 拒絶치못할招待를 받은셈이다。

二月——말은다시 늘어갔다。 二十日의記憶! 小林多喜二가 갑작히 逝去

文靑書簡

얼마나 「朝文」을 爲하여 先生께서는 苦悶하십니까? 先生님의 그괴로움이 이땅의文學을 빛내임이 됨을믿고 구지 꾸준한 努力 바라 마지 못합니다。

그런데 이번 건방진말을 드려서 혹여 貴하실는지는 모르겠아오나 꼭 한가지로 朝文을爲하여서 付託할말삼이있읍니다。

自稱評論家 ×××과 自稱小說家 ×××파같은 分子들의 구런내나는 理解못할글을 以後로도 실리신다면 우리들 讀者그룹一同은 貴誌를 絶對로 支持하지 않겠읍니다。 貴重한 紙面을 함부로 차지한 그들의 이름字만 보아도 구역질이 나오고 頭痛부터먼첨 나오니말입니다。

그러고 머리가 썩어드러가는 旣成보담 貴社에서 聲明하신바와같이 다달이 어김없이 野心勃勃한 新人들을 많이 登場식히십시요。 어린애의 [illegible]같이 一笑에부치지말고 善處하심바랍니다。

特히 이번에는 無記名으로하고 寄留로 냅돈이 없어서 配達性確實한 未納으로하오니 諒解하소서。

한날이다。우리들은 小林의이야이를 感懷깊게하였었다。

나는 이記憶談을 조금 隨筆的으로 써보고저한다。

小林多喜二를 내가처음본것은 벌서몇年前일가? 아마도 내가 白鐵君等과 詩人會에서 바쁘게일하든 時期였든가? 左右間 上野公園自治會館에서 「戰旗의저틱」을開催하였을적에 그는 仁丹같은 짧과 感戟한講演을 하겠다는 첫말로서 입을떼였든것이다。그의 키가 짤막함과는 反對로 목소래는 속찬무와같이 쟁쟁하고 힘있게 講堂을울리였다。그때가 小林을 내가알게된 처음機會였었다。

조곰있다가 내가 作家同盟에 加入하고 連하야 本部書記의일을 보게되자 當時書記長이든 小林과는 毎日書記局의 事務로서바쁘게 가치일하게되었다。이書記長과 新任書記인내가 처음 書記局會議를한것은 上落合事務所는 아니였었다。吉祥寺 江口渙宅에서 主人과 三人會議였었는듯이 記憶하고있다。

杉並區馬橋에 그는 上京後에처음 갖은自宅에서 音樂家인 實弟 三吾君과 老母와 세家族이살고있었다。나는 小林의自宅에간것은 아마도 三四回바께 안될것이다。그는書齋된四壁에다 書籍을背面橫隊로 整列시켜놓고 書架等은 없었다。冊床은中央가까히 놓고 바른便壁上에는 小樽港의 船舶等을 그린 油繪가 額도없이 一幅걸리여있었다。그가 當時相當한收入이있으면서도 얼마나 質素한生活을하는가는 그의書齋의空氣로서도 누구나잘알고있든바이다。

小林은 小樽高商을 卒業後에 某銀行에入行하야 사라리맨生活을하고있었다。그러나 그가 文學에志望한것은 훨신少時로부터이였었다。山田淸三郎이 小林의投稿時代의回想談을 한것도드렀으나 그는情熱的으로 小說을읽고 研究하고 무엇보다도 實踐하였든것이다。그가文學的으로 志賀直哉에게 師事하고 그의攝取的影響을 받은것은勿論이였다。그는 이先輩의文章에 對하야는

「朝文」誌의 發展을 充實이 빌면서……

大邱 一讀者

×

편치 않으시단말삼은 承聞하엿읍니다만은 近日은 좀어떠 하옵신지요。

「朝鮮文學」은 벌서 書肆에 나왔든군요。合力하신 諸位의힘도 힘이려니와 더욱이 不便하신데도 不拘하시고 이렇게 속히 나오도록 苦生스러우신 努力을 하신데 對하야 未及하나마 滿腔의敬意를 致히 表하려합니다。

創作中에서 너무도 水準이 동떠러지게 여튼 描作을 對하엿을때 새삼스러히 얼골이 붉어젔읍니다。이러한 駄作이 貴誌에 揭載되엿읍으로 因하야 「朝鮮文學」誌에 언짜는 影響이나 미치지 않을까하고 두려워 하는同時에 「더욱 힘써 工夫하리라」하는 그러한 生覺이 굳게 가삼속갚이 철환을 두드려 박이엿읍니다。

此後도 많은 後援과鞭撻을 아끼지마시옵기를 삼가 비오며 이만 끝이나이다。

서울 P·S·O

×

先生을 한번더 맞나지못하고 다시 시골사람이 된것을 遺憾히 넉이는 바입니다。아니 그보다 좀 더실속있는 話題를 얻지못하고 現下朝鮮文壇의 情勢도 옳게

勿論條件은 있었을망정 最後까지 師事的尊敬을 아끼지않은作家였었다。小林을追悼하는 志賀의感想文도 훌륭한것을썼다는것도 偶然치않은바 있었을것이다。

今存朝鮮日報文藝座談會에서도 누구인가 小林의文學的工夫가 非常하였다든말을 조곰한듯이 보았으나 그는實로文學小說을爲하야는 銀行도 寢食도 戀愛도 眼中에없었다고하야도 過言이아닐만치 熱中하였든것이다。

그는銀行時代에 出勤退出時의前後一分까지도 小說을쓰고 그때문에아끼였다한다。더욱이 愛人과 密會를約束하고서도 小說도쓰고싶었고 맛나고도싶고 하는兩面의情熱을 견디지못하여가면서 精進과 發展과 飛躍을한것이였다。

그가「三・一五」를쓰고 「蟹工船」을戰旗誌上에發表하야 文壇의注目을 받게된後 맛치二九年인가三〇年인가의 作家同盟第一回大會時에 小樽支部代表者로서 當時會場이든 本鄕佛敎靑年會館에 처음 北海道사투리섞인 말로서演說한것이 東京서의 社會的生活의 第一步이였었다하며 그後 小樽에 돌아가보고싶다든것이 한번도가지못하고 그는結局 數年間의 文學的 또는「英雄的靑年의生活을 悲壯하고 美麗하게마치고서 白骨로서야 그 小樽이故山에 돌아간것이였었다。

小林을 追憶할적에 나는 아마도 作家同盟의 누구보다드 親密하게 더욱히 그가 表面에스지못한後까지도 내가入所하기까지 오래동안 맛나고 이야기한 하나이라고 믿는다。그러나 무었을 必要以上말하랴。

小林의文學的業績과 그의 評論은 너무도여러사람이하였으나 勿論今後로도 그의文學을 熱愛하고 그와 生涯를가치한 그 文學的精神과 그의作品의 長所를 後進作家들은 많이 배울곳이있다고생각한다。나는 그의「人間小林」의一面을 髣髴케하기爲하야 조금더 써보고자한다。

理解할 볼수도없이 急遽히 歸鄕케 되였음은 퍽 나로서는 섭섭함 없지않읍니다。아무의 紹介도없이 池先生을 訪問케된것도 여간 唐突한일이 않이였으며 荒唐無稽한 質問을 던저 先生의 머리를混亂시킨것도 퍽 失禮였읍니다。더구나 저같은것이 朝鮮文學의現狀을 云云하며 不滿비스듬한 批評을 들였음은 先生으로서 文學人의立場에서 여간不快하지 않었겠지요 元來人間됨이 不足한터이겠지요만 나는 이른性癖를 가진 사람이오니 無理한 말이나 寬大히 보아주시기바랍니다。

이런 性癖을 所謂文士氣質이라고 自己讚손 해보려는 나는 아입니다。나는 내性格을 唾棄하고 싶읍니다。적어도 現代란 所謂文士氣質이란 腐敗한 看板에 不過하니까요。이번내가 上京한目的은 主로「서울구경」이였고 또될수있으면 文壇觀察에있었읍니다。서울文壇이 란 어떤밥을먹으며 어떤 消化를해서 어떤生産에 努力하나 文士들의 生活樣式 意識水準 聖스러운 苦惱의結晶은 果然 어떠한것일가? 文壇과 實社會는 어떠한關聯에 있는가 이런廣範圍에亘한 課題인많곰 나의弱한實力과鈍한 저의로서는 到底히 具體的形態를 捕捉할

그는 徹頭한和服主義者로서 洋服은입지않었다。嚴冬에도 內衣를입지않고 커드란中折帽를 村사람처럼쓰고 빠른걸음으로 날러다녔다。作同事務所에 올적마다 「バット」를한갑식 더가지고와서 事務所班에게 대접함을잊지않은그이다。커드란검정겁덕이의 懷中時計를 검은실時計줄에 부뜨려매서 그것을 손가락에 감으면서 휘휘흔드는 버릇이있었다。그러고 수접이알같이 동그렇게 끝이뭉친 (조금誇張일지모르나)코를 움직이면서 코노래를잘하였다。美裝한 女流作家群들도 잔소리않고「御使用」하는 事務所便所가 淸潔치못하다고 便氣가催하면 웜하다가도 暫間失禮하고서 近處이든 中野重治집까지 便所를 빌리러가는 그였었다。그러나 우리들이 事務所부엌에서 自炊한 食事는 「맛있다! 맛있다!」하면서 잘먹든그였었다。

이와같은 回想을 쓰면은限이없다。얼마後에 그는 事務所에 자취도보이지않게되었다。自宅에는 原稿를쓰기때문에 다른 고요한동무집에 잠간 同居한다고말만하고 어디있는지는 아모에도 알리지않었다。當時는 마치文化運動의 最上期였었으며 作家同盟은 第五回大會準備로 殺忙한時期였었다。아마도 小林이作家同盟諸君들과 最後로集會에 參加한것은 이 大會準備때문에 모인 常任中央委員會였었던것은 나는잘알고있다。그때 막 文學을始作한 龜非勝一郎이 高圓寺에있을적에 川口浩집所處이던 그집에서 常中委會는 갖게되었다。그밤에는 마치 晩春의暴風雨가 나리고 停電까지 하였음으로 여러사람들은 어둠속에서 말을하였다。나는 초를사려 거리에나가지않으면 안되었었다。

그後에 내가 들어가기까지 小林과는 間間맞났었다。그時代는 그는 和服主義를 淸算하고 마치 銀行時代를想像시키는 洋服을입고있었다。한칭구로서 구두까지가 모다新調였으며 얼굴에는 聰明한눈에다 그북한 黃色유리

수는 없었읍니다。또 이러한重大한題目을 云云해볼리라는 그런自尊心도 없지요。다만 얻은것을 簡單히 말슴드리면 朝鮮文壇이란 生長途上에서 無形的壓制를內外로 받고 지금은 오히려 生長은 커녕沈滯와 苦悶가운대 自家撞着에 陷치않었는가? 이것을 打開할、爲人은 新人도 外界人도 않이고 現下朝鮮의旣成文士諸氏의 옳은覺醒과努力에 있지않은가 未盡한編說은 그만둡시다。他日 새로붓들들 機會가 있기를 믿고

맞나볼려고한 金文輯氏는 그後三次나自宅(下宿)을 訪問했으나「午前일곱시에나가시면 午前三時에 돌아옵니다。맞나실려이거든 그때오시요」到底히맞나 볼수없는 氏의奔走하심 朝鮮文學을 爲해 이렇게 努力하신다면 將來의期待는 클것입니다。

兪鎭午氏는 訪問하니 마침先親의 [illegible]日이라고 大端히 바뿌시고 다음날오라는것을 내私故로 가지못했지요。吐瀉를 맞나 야단을치다가 十七日午後十時發 釜山行으로 歸鄕하였읍니다。

日後로도 많이 사랑하여 주심을믿으며 李無影氏를못맞나 遺憾이 많읍니다。健康을祝하오며 亂筆용서하소서。 慈 雲

眼鏡을 걸치고있었다。우리의 말은 勿論前과같음없는 作家同盟의일과 文學에對한談笑가 中心이였었다。그는 또한喫茶店等에서 싸지않은 食事를 나에게 대접하는것이 常例였었다。

小林은 詩에對하야서도 많은關心과 正當한 理解를 가지고있었다。어떤날은 自己의文章스타일을 發展的으로 改革시키기爲하야 敍事詩的筆致를 硏究하겠다고 말한後에 사벳트作品「鐵の流れ」藏原惟人譯을 빌려달라고 나에게付托한일이있다。나는 當時 入所中이던 中野重治의書齋에서 그冊을찾어서 夫人原泉子로서 빌려다가 小林에게 주었었다。그는 그冊으로서 얼마나 文章新革의 工夫를하였든가?

나는 그해六月中旬에 드러가게되었다。其間 小林은 不自由하고 苦難한生活에서 文學的情熱을 모와서「黨生活」「地區의사람들」을 發表하였던것이다。그의大膽과情熱!一個의文人의 所爲로보기에는 너무도 價値가많다。

三三年二月에 急逝한消息을 나는 五月에서야 中條百合子와 窪川稻子의面會로서 처음 알게되었었다。그時에 내가얼마나 驚愕하고 悲憤하였든가? 너무도 興奮을 이기지못하였음으로 아까운面會도 中止되고말었든것이다。

그 小林의 滿四年忌가 오는二月二十日이다。每年 村山知義夫人壽子와 中野重治夫人原泉子가 周旋役으로서 小林의遺族인 老母와 音樂家寶重을 中心으로 小宴을열고서 잊지못할 記念의 이야기를하는것이 常例가되고있다。遺族은只今 大崎에 있으며 三吾君의「音樂敎授等의收入으로서 生活을 견뎌가는中이다。日前에도 山田淸三郞夫人과가치 記念日前에 한번訪問하기를 約束하고 있는中이나 아직도못가고있다。

이러한 懷友의글을 휘갈려쓰고있으매 나는 어느듯 小林의 面影이 原稿紙사이에 어른대는 것을幻覺하게된다。

아 ― 地下의동무여! 부대부대安眠을하라!

푸ー쉬킨斷片

—그研究의若干의노ー트—

韓 植

一

푸ー쉬킨의 百年記念祭가 쏘벧트 로시아있어서 全聯邦 全民族들을 醉게하고있다。이 文學史上에서 흔이 보지못할 詩聖의一大 盛典을보고 그에對한 今日의 偉大한 聲望을 들을때에 우리는 百年前의 그의 屍體를 앞에두고 일어난光景을 感慨無量하게 回想안할수가없다。데、에쓰、미루스키ー의 記錄을 따라볼진대 푸ー쉬킨은 주검으로써 그生前에는 想像도못한 一大 센세이숀과 感銘을 輿論우에 일으켰다고한다。詩人의 人氣가 그때까지 豫想도 못하니만큼 偉大하다는것이 證明되여 그의 安否를 憂慮하는 群衆으로써 決鬪直後의 그의門前은 산을 쌓었다고한다。何故로決鬪를 阻止시키지 않었는가하야 輿論은 沸騰하였으며 當局의 處置의 不當을 叫彈하려는 人民들의 不平의 소리는 거리에 充滿하였다。當局은 萬一의 事變을憂

慮하여 葬式이 抗議의 示威運動이되는 口實이될가바 매우 당황하야 夜半中에 겨우 遺骸를 敎會에 옮겼으며 一週日後에 極히 秘密히 亦是夜半中에 푸ㅣ쉬킨의 屍體는 憲兵들의 護衛밑에 橇車中에 담어가지고 行方不明한 곳에 埋葬하려 가버렸다고한다。

× ×

그가 萬若에 이와같은 不幸으로써 生命을 中斷하지 않었으며 또 그가 生存한 時代가 좀더政治的 文化的으로 바ㅣ바리즘的 狀態를 免하였을것 같었으면 그가 더욱 光輝있는 業蹟을 끼처놓았을 것이며 그의 天才를 더욱빛나게 하였을것이라함은 當然한 哀惜이라고 하겠다。그當時의 歷史的事情과 社會的 環境을 仔細히아는 사람이면 그러한條件 밑에서는 如何한天才래도 到底히 그의生長을 마음대로하며 그의光芒을 充分히 發輝시킬수가 없었으리라고 생각하는것이 無理아닌줄을 알것이다。

그가 스스로도 피ㅣ테를 崇拜하고 쉑스피어를 讚仰함도 있었거니와 그의 藝術作品 人間思想에 이르기까지 眞實로 피ㅣ테에 類似하다고하야 古來로 많은 그의 硏究家들이 이 두文學者를 比較硏究하고 있지마는 그中에서도 메레쥬 콥후스키ㅣ는 그의著「永遠의伴侶」가운데서 다음과같이 말하고있다。「푸ㅣ쉬킨은 決코 二十五歲로써 일즉이 人間生活의 全部를 生活하였으며 存在의 極限에까지 到達한 바이론이 아니였다。푸ㅣ쉬킨은——靜肅하게 發展하며 徐徐히 成熟하여간 피ㅣ테였다。에루텔과 파우스트 第一部의 聯絡없는 斷片을 끼처두고 忽然히 이世上을 떠나간 피ㅣ테였다」。

二

로시아 文學史上에 있어서의 푸ㅣ쉬킨의 意義는 第一 로시아 레아리즘의 基礎를 確立하였다는것 第二로시아文學을 獨立的 文學으로써 처음으로 世界文學의 範疇가운데 들게하였다는것 第三으로 로시아의文學語와 藝術的 形式의 創造者이였다고 하는것은 이미 우리들이 아는바이다。實로 로시아文學의 祖父라고하는 理由는 以上의 三點에서 充分히 알수가있으니 그어느것을 勿論하고 一國의 文學分野를 開拓하는 藝術家의 不可缺의 要件이며 또 푸ㅣ쉬킨같은 天才로써만이 비로소 그세가지가 同時에 可能하였다고 할수가있다。나는日後에 다음과같은 項目으로 그를仔細히 硏究하여 보려고한다。

一、푸ㅣ쉬킨에 있어서의 藝術家와 政治家。
二、푸ㅣ쉬킨에 있어서의 國民的性格과 世界市民性
三、푸ㅣ쉬킨의 精神的 貴族主義와 民主主義。
四、푸ㅣ쉬킨의 레아리즘의 特徵과 로만티즘과의 關係

五、푸ー쉬킨이 創造한 文學的言語及 그의藝術的內容과形式과의 調和에關하야。

何如튼 그의詩 文學의 內容에 있어서는 한결같이 人間性의 高貴와 自由를爲하야 싸우는 共感을가지고 表現되었으며 形式에 있어서는 內容과形式의統一 感情과 意識의融和 이와같은것으로 特徵되고있으니 未來의 文學藝術에 延亙하는 系譜를 所有하는 緣故이며 그의偉大한 遺產이 今日의 쏘벳트 로시아에까지 豐富히 끼처있는 根據일것이다。그가「人生肯定의 氣分表現者」로써 宇宙的의 詩人으로써 또한 무엇보담도 重要한 優秀한 레아리스트의 性格을가진 한사람이였다는것等은 그의文學 藝術의 創造에있어서 未來에屬하는 强力한 타입을 生產케하는 地盤을 提供한것이겠지마는 나는 무엇보담도 그러한것을 產出케하는 그의人間의 感受性과 文學의 偉大한 感動力을 指摘하자고한다。豐富한感性! 偉大한 感動力! 그는 어김없이 그를 偉大한詩人 藝術家로써 純粹한(이말은지금文壇에서 쓰는것같은 意味가 아니라 시루렐 이그素朴의 文學論에서 쓴것과같은 意味에서) 文學者로써 맨든 重要한 렘페라멘트라고 믿는다。참말로 偉大한 感動이없는 곳에는 偉大한 文學이 없는것이며「情熱없는곳에는 아무偉大한 것이없다」(헤ー겔)고 하겠다。그리하야 이와같은 詩人의 感動과 情熱은 現實의眞實을 直覺할수가 있었으며 그러한 情熱가운데서 무엇을 사랑하며 무엇을、憎惡하지않으면 안될것을 바로 洞察하였던것이다。그와같은 愛憎의 振幅이 크면클수록 그의思想 感情은 一直線으로 부질없이 묻혀질 生活과 未來의 希望을 連絡시킨 아름다운 現實과의 區別을 捕捉할수 있었던것이다。이와같은 點을 본다드래도 그가 同時代의 어느 詩人보담 第一먼저 바이론의 影響을 받으면서 또 누구보담도앞서 바이론의 藝術中에있는 幻滅의 悲哀를 맛본 懷疑主義者 世人을 蔑視하는 미잔토로ー푸(嫌人主義者)의 感溺을 깨달으므로써 바이론風의 感化로부터 일즉이 脫出한 原因이있으니 그는 徹底的으로 바이론과 反對로 現實肯定者이었던 때문이며 樂天主義者의 한사람이(그當時와같은 反動의 波濤속에서도!)였던 理由이다。이와같은 그의根本的 事由와 明朗한 性格은 今日의 쏘벳또 로시아에 있어서의 한社會的 타입과 全然히 同一하며 中心性格과 그本質을 類似케 하는것이다。고ー골이를 비롯하여 그를 直接아는 사람들은 한결같이「푸ー쉬킨의 作品은 偉大하지마는 푸ー쉬킨 自身은 그보담 더욱 偉大하다」하며「푸ー쉬킨은 이케로부터(그當時) 二百年쯤 後에라야 生誕할만한 사람과 같다」라는 말등에 비치여 그의人間的 性格의 大略을 헤아려볼수가 있지않은가!

三

메레쥬콥후스키ー의 푸ー쉬킨論은 베린스키ー의 그것과같이 푸ー쉬킨 研究에있어서 잊어서는 안될것이지마는 그는其他 다른著作에 있어서도 處處에서 푸ー쉬킨을 論하고있는데 大段히 尊重할 批評의 말도 많으나 亦是다른 作家들을 議論할때와 마찬가지로 甚히 主觀的의 議論으로 되고있는것이다。 그는「永遠의 伴侶」中에서도 그를 論하였거니와 또 著名한「톨스토이와 도스토엡후스키ー」中에서도 그緒論에있어 다음과같이 말하였다。

「眞實로 푸ー쉬킨은 如何한 稱讚과 尊貴를 받고있다 할지라도 또 如何히 研究되고 解釋되고있다 할지라도 우리들에게 對하여서는 依然히 一種의 수수꺼끼(謎)이다」「우리가 가찹게 따라가면 갈수록 그는捕捉하기 困難하며 測量하기가 어렵게 뵈운다」「푸ー쉬킨의 수수꺼끼(謎)는 마치 埃及에있는 스핑크스의 그것과 마찬가지로 새로운 로시아 意識의 어느途上에라도 닥치고 있는것이다」。

그러나 우리는 푸ー쉬킨의 偉大한價値와 그의豊富한 遺產은 勿論하고 몇年며칠의 研究로는 다할수는 없다 할지라도 메레쥬 콥후스키와같이 永遠한 謎로 니 神秘의 [illegible]

日의 쏘벳트 로시아에 있어서와같은 그의全面的 科學的 研究로써만 漸漸 그의體系와 眞價가 밝혀지는 것이라고 말할수가있다。

메레쥬콥후스키ー는 또다시 그緒論에 있어서「렙추롤스토이를 깊이파고 들어가도 도스토엡후스키ー를 깊이 研讀하여도 우리들은 그들의 共通한 根元에ーー 即 푸ー쉬킨에 到達할뿐이다」라고 深切히 말하면서도「未來의 로시아 文化의 不可解의 豫言者」로써의 푸ー쉬킨을 말하며「神의賜物 靈感으로써」의 푸ー쉬킨의 하ー모니를 云謂함으로써 푸ー쉬킨의全貌를 밝히는 代身에 도리혀 韜晦하여 버렸다고 할것이다。 그는 도스토엡후스키ー의 말함과함께「인제 歐羅巴에 있어서는 모ー든것이 一時로 擡頭하였다。 모ー든 世界的의 問題가 일어났다。 그와같이 모ー든 世界的의 矛盾이 生하였다」「眞實한 로시아사람이 됨에는 歐羅巴의 많은矛盾에 平和를 招來하도록 努力하는것을 意味한다」라고 많은 自負로써 正當히問題를 提記하면서도 結局 그것을 現實的의 克服으로부터 어느사이에 現實的으로 부터의 超越을 企圖하였으니 例컨대 헤레니즘과 헤부라이즘 아포로와데온니소쓰 스라부魂과 歐羅巴 精神과의 妥協等의 가장唯心的의 問題만에 還元하고 말었던것이다。 現實中으로의 探求대럽 思惟하여온 結末에는 니ー체哲學의 歸結에 그步調를 마추었다고 볼수밖에 없으니 그當時로부터 벌서 그러한 非難을 받었던것이다。그러면 우리는 좀더 푸ー쉬킨에 對한 究明을 繼續하여야 할것이되 먼저 그들의 指摘을 드려볼必要가 있다고 생각한다。

도스토엡후스키ー는 말하였다。「우리들은 푸ー쉬킨中에있어서 完全無缺히 保存되여있는 로시아의 理想이 全人類를、協調하며 全人類의 마음에 接觸하는것이다。또다시 그는 「푸ー쉬킨論 補說」에있어서 푸ー쉬킨의 偉大한點에 關하야 세가지 條件을 列擧하야 말하대 (一) 그當時 로시아의 인테리겐챠의 腐敗墮落을 指摘한일 (二)는 로시아의 肯定的美의 體驗者를 發掘한일 (三)은 他民族의 精神에轉生 同化할수있는 能力 即로시아 民族의 魂에는 世界精神과 和解溶化할수있는 힘이 埋藏되여 있다는點이 라고한다。事實 푸ー쉬킨에는 괴ー테 쎅스피어에서 보는바와같은 偉大한精神力、全人類的의 要素、더明確히 말하면 世界市民性에 屬하는(토마스만의말) 部類의 天才인줄도 알며 綜合的 天才로써의 全宇宙的의 巨量과 透視力도 갖었다고함은 틀림없는 事實이다。그의歷史上의 視野가넓고 闊達한 未來에의 展望도 이와같은 點으로 可能하였다고도 볼수가있으니 골키ー도 「푸ー쉬킨의 巨大한 宇宙的의天才」를 云謂함으로써 讚揚하고 있는 것이다。

우리도 亦是 그가「모든時代 모든 國民의思想、感情、文化의 形式에 同化할수있는 驚嘆할만한 普遍性을 갖이고있으며 全人類的의 藝術家로써의 그의높은 意義을 疑心하는者는 아니다。그러나 그는 우에서도 言及하였지만은 決코、니ー체主義的의 超克思想도 아니고 基督敎와 異敎徒와의矛盾 靈과肉의 調和妥協이라는 이러한 一面的의 또 唯心的의 見地로만은 肯定할수는 없을것이다。괴ー테 쎅스피어가 가장 獨逸的 英國的의 詩人인同時에 가장 世界的의 詩人이였다는것과 同一한 意味에서 푸쉬킨도 亦是 가장 로시아의 國家的 詩人인 同時에 世界的 詩人이였으며 가장 現實的의 藝術家인 同時에 가장 宇宙的의 藝術이였다고 생각한다。宇宙的이라고 하는말도 決코 晩年의 합푸트만 메ー텔닝크 等에서 보는바와같은 神秘主義的의 것이아니며 그具體的 內容으로써는 넓은 世界的 視野를가지며 自然法則의 透視力을 갖인者로써 歷史的進行을 全體的으로 正當히 理解하는 意味를 말함이라고 하겠다。그리하야 이와같은 人類的 宇宙的이라는 特徵을 다만 그것만으로 「抽象的으로만 理解할수는 없는것이다。푸ー쉬킨에 있어서는 그와같은 것이 그內容에 있어서 自由、平和의 希求로써 提起되며 그를 憧憬하나 現實에있어서 오히려 相反하는

要素등의 葛藤이 簡潔하며 明快하며 含蓄있는 아름다운 形式으로 則 그內容과 融和하는 渾然한 形式으로 表現함로써 더욱 明白히 具體化하고 있는것을알어야 할것이다。「푸ー쉬킨에 있어서는 思想家와 藝術家가 一個의 人間가운데에서 融和하고있다」라는 메레쥬콥흐스키ー의 말은 이와같은 點을 正當히 指摘하는것이다。感情과 思想과 言語와의 사이에 何等의 갑부가 없는것에 그의詩 文學藝術의 偉大性이 있으며 또 今日의 쏘벳트 로시아의 文學藝術等에서 大段히 詮索되며 希望되며 또 어느程度만큼 實現된바의 것과 同質의것이라고 할것이다。그의 全宇宙的의 詩人의 特質도 이와같은 內容을 떠나서는 생각할수가 없을것이다。이와같이하야 그가 가장 로시아的의 詩人인同時에 가장 世界的 詩人이였다는 意義가 알어질것이다。決코 偏狹한 나쇼나리스트가 意味하는바의 것같은것이 아님은 더말할것 없오나 다시말하면 그는 다만 로시아를 그 復古的 意味로 復興식힌 것이아니라 世界가운데서 로시아를보고 獨善的의 態度로써 스라부魂을 獨立식힌 것이아니라 西歐羅巴의 精神의 굳은把握 밑에서 로시아民族 文學의樹立을 企圖하였든것이니 이러한意味에 있어서만 메레쥬콥흐스키ー의 다음과같은 말은 正當하게 생각할수가 있을것이다。푸ー쉬킨、도스타엡흐스키ー等은「가장 로시아的의 作家인同時에 로시아의 歐羅巴人 中에서도 最大의 歐羅巴人이였다。그들은 그들自身을 갖이고 로시아人이 되는것은 最高의 程度에있어서 歐羅巴人이 되는것 世界人이 되는것임을 意味한다는것을 表示하고있다」。

그러나 이에있어서 注意하지 않으면 안될것은 푸ー킨쉬의詩 藝術에 있어서의調和、統一、하ー모니등등을 究明하면서도 그를 그에게 있어서의 完成된 그形態만을보고 그러한 結論으로서 抽象的으로 文學藝術에 있어서의 最高段階로써 그것을 云謂한다면 큰誤謬를 이루지않을가 생각되는것이다。그만한 하ー모니ー의 藝術的特質은 푸ー쉬킨의 天才로써만이 可能한것이며 또 그와같은 天才에 있어서도 오래동안의 苦惱를通하야 達成한것이람을 忘却하여서는 안될것이다。더욱 글로 말미암아 메레쥬콥흐스키ー가 非難하는 톨스토이의 方法을 一蹴하여 버린다면 크다란誤謬까지 犯한다고 할것이다。푸ー쉬킨도 그만한 限度에 到達하기 까지에는 熱情과苦惱、強力한精神力、偉大한 同化力、그當時와같은 바ー바리즘의 時代에서 相當히 呻吟하면서도 높은 民主主義와 理想의 炬火를 들고나아갔으며 反動化한 環境內에서 窒息할만한 生活을 하면서도 堅固한 意志와、불타는自由와 正義의 熱情을 한時라도 잊지않은 無限한 精神的의 格鬪도서 비로소 可能하였든것을 잊어서는 안될것이다。푸ㅣ쉬킨의 死後에기처둔 草稿整理를 付託바든 저聰明하고 透徹한人物 바라쯔인스키ㅣ같은 사람도 賢明한 어느 友人에게 한便紙 가운데서「푸ㅣ쉬킨이 갖이고 있는 여러가지것 中에서도 무엇이第一 나를 驚嘆식혔을가。君은 到底히 想像할수가 없을것이다。即思想의豊富! 푸ㅣ쉬킨은 思想家다! 이것은 前에는 생각지도 못한일이 아닌가」(쯔루게넵후의 푸ㅣ쉬킨紀念講演中에서 引用함) 이와같이하야 우리는 톨스토이의 方法과 比較하야 푸ㅣ쉬킨의 藝術家로써의 圓滿 調和等의 힘을 急燥히 結論하여서는 안될것이니 이에있어서는 나는 메렌쥬꼽후스키ㅣ에 論理의 主觀性을 警戒하지않으면 안되리라고 생각한다。나는 오히려 逆境같으지만은 今日 우리는 톨스토이의 探求格鬪등의 方法을 거처서래야만 비로소 푸ㅣ쉬킨같은 높은 文學的 境地에 到達할수가 있겠다고 말하고저 한다。

四

푸ㅣ쉬킨의 思想은 그 코ㅣ스에있어서 正當하였다고 할지라도 그의 世界觀은 그렇게 强力하고 確固하였다고는 말하다가 困難하다고 생각한다。勿論 그의文學 藝術에 있어서는 조곰의 損傷도 끼처주는것이 아니었으나 그는 때때로 쯔아ㅣ의 意見을 어찌하는수없다 하더래도 드렀을때가 많었으며 쯔아ㅣ의 保護까지도 입은때가 있었든것이다。그러나 무었보담도 그는 훌륭한 레아리스트 藝術家이었으니 그 政治的 黨派와 意見에 反하여서도 眞實한 레아리스트ㅣ 발짝 고ㅣ골이、톨스토이 의때와 마찬가지로 ㅣ들은 가장 歷史의 進步力에 對한 洞察과 認識의 表現을 가졌으니 ──그도亦是 그러한 카테고리ㅣ에 넣을수가 있는以上 다시 우에서 말한것과 같이 表面에서 如何히 表示되였더라도 或時는 世界觀의 軟弱을 指摘할수는있다 할지라도 全體에 있어서는 데카부리스트의 貴重한 同情者이였으며 ──進步的 世界觀의所有者이였으며──「農村」、「自由」、「나는銅像을 세웠다」或은 諷刺詩 「短刀」등에서 보는것과같이 熱烈한 政治的 自由思想家 이였으니 그의 레아리즘의詩 文學이 더욱 光芒을 비치고있는 理由이다。素朴的이나 호대 그의 이와같은 政治的 自由에對한 熱中과 並行한 世界觀과 리아리즘의 發展的方法은 서로統一 調和함으로써 그의 文學藝術의 偉大性은 더욱 明瞭히 나타나게 되었으며 今日의 쏘벳트 로시아의 創作方法과 同一한 軌道우에서서 있는것이다。되푸리 하여 말하는것 같지만은 그는 如何히 現實의 쏘벳트에서 理想할수 있을만한 詩人이라고 할지라도 또 그는얼마만큼 熱烈한 自由思想家이였다 할지라도 그는 決코 그러한 思想的 槪念으로써詩 文學을 創造한것이 아니며, 더욱 明確한 綱領을 갖이고 나타난 政治家가 아니었다는것을 잊어서는 안될것이다。이에對하야 에누、카토랴레후스키ー의 말을빌어올 必要가있다。「詒은 詩人은 當時의 社會運動 보담도 더욱 强力하게 政治的의 思想으로써 喚起당하였다。푸ー쉬킨의 이러한 政治的의 熱中에對하야 많은 議論이있다。그러나 그와같은것은 結局 그思想에 있어서의 熱中이며 푸ー쉬킨의 政治的의 詩歌의 源泉은 틀림없이 잘發達한 政治的의 素質이라든가 意識에 있는것이 아니라 그가 무엇에 對하여서도 發向하는 感性의 銳敏과潑潮가운데 있는것이다。그의 詩가운데서 成熟하며 或은 成熟할여하는 政治的의 思想의 無條件的의 證明을 보려고 하는것은 分明히 無謀한일이며 逆行되는 월이다。푸ー쉬킨의 意識에있어서 이러한 思想의 그後의 푸로세스를 본다 할지라도 思想의 煽動을 받었으며 動搖하는것 보담도 오히려 事件의 詩的反響으로부터 流出하여 나옴임을 表示하는것이다」。그리하야 그는 그自身의 感情의 發露로써 生活의 熱情으로서 偉大한 感動과 豐富한 感性을 갖었든것이며 또 글로부터 接受할 感銘받은 諸事件、貴族主義에對한 貢

에對한 同情、데카부리스트에 對한 痛憤등의 노래소리가 自然的 反應으로써 表現 하였든것이다。이와같은 그의 레아리스트로써의 本質을 沒理解한다고 할것같으면 그의 「詩의目的은 詩이다」라는 말같은것이든가 恒常그가 理論、槪念等을 無視하는 態度의 眞意를 解得하기가 어려울것이다。「파루낫쓰의 各섹트는 나의 눈에는 모다 平等하다。各各 이美醜를 擔任하고있다。古典主義者도 꿈같은 浪漫主義도 되지않고는 眞正한 詩人이 못된다고 누가 말하든가。文學的 良心은 어찌되드라도 形式과 儀式의 奴隷가 되지않으면 안될것인가」라는 푸ー쉬킨自身의 말은 무엇보담도 時代的 良心을 갖이고 신세리티ー에서 사는 그의 本質를 說明하는것이다。

그는 偉大한 創造力과 豐富한 感動力을갖인 先天的,藝術家이었고 또 무엇보담도 훌륭한 레아리스트였지만은 그러타하야 그는 決코 시루렐과같은 主觀主義者며 單純한 客觀主義者가 아니었음은 勿論이며 또 佛蘭西流의 나추라리즘도 아니었든것을 알어야할것이다。「그는 一箇의 主觀이單只內部의 情熱情火 뿐만을 表現하지 않는데에 그의 天賦의 客觀性이 있는것이다」。라는 쯔루게넵흐의말은 遺憾의 消息을 말함이며 그의 [illegible]熱의 主現을 [illegible] 或은 主現과

보게되는 理由일것이다。「푸ー쉬킨의 詩人的 氣禀가운데에는 熱情과 冷靜이 巧妙하게도 混合하고있다」라고 그는 繼續하야 말하고 있는것은 곧 이러한點을 表示하는것이니 나는어떤 로시아 作家의「熱情的으로 感動하며 冷靜하게 쓰라!」하는 標語를 想起할수가 있으니 모다 이와같은 훌륭한 레아리스트의 現實의 眞實에 感動하는 性格을 말함이라고 斷定하고저한다。

× ×

今日의 쏘벧트 로시아의詩 文學에 있어서에 重要한 테ー마 「視野의擴大」「人民의詩」「形式主義」와「實驗主義」와 「自然主義 原始主義」의揚棄 「民衆과 人民性의높은 階段으로써의 純粹性」等이 問題되고 있는때에 偉大한詩聖 푸쉬킨으로부터 吸取하여야할 遺産은 無限히 많을것이라고 생각된다。「아름다운 現實의 歌手」로써의 푸ー쉬킨은 바야흐로 인제야 「로시아肯定美의 體現者를發掘」하였다는 名譽를갖이게 되였으며 따라――그의 先天的의 明朗性 未來에對한 굳은 希求와確信――글로부터 發生하는 進步的 樂天主義는 새로운美를 形成하는 쏘벧트 文學에게 크다란 建築을 남겨주었다고 할것이다。소시알 樂天主義는 지금 모든 作家들에 依하야 새로운美의 創造를 바뿌게하는 精神이다。「鐵은 如何히 鍛錬될것인가」의 著者오스도롭후스키ー는 그러한中의 代表的의 作家이다。自己들의 生活集團과 喜怒哀樂을 같이하면서 素朴、單純、簡潔한 筆法으로 憎惡할者에 對하여서는 絕大히 憎惡하며 사랑하여야 할者에 對하여서는 巨大한 사랑을 바치는 感動으로부터 그藝術的 創造를 企劃하는 그에게서 우리는 푸ー쉬킨의 百年後의 後繼者를 容易히 發見할수가 있는것이다。(一九三七年二月十日 푸ー쉬킨의 死後百年 紀念祭날)

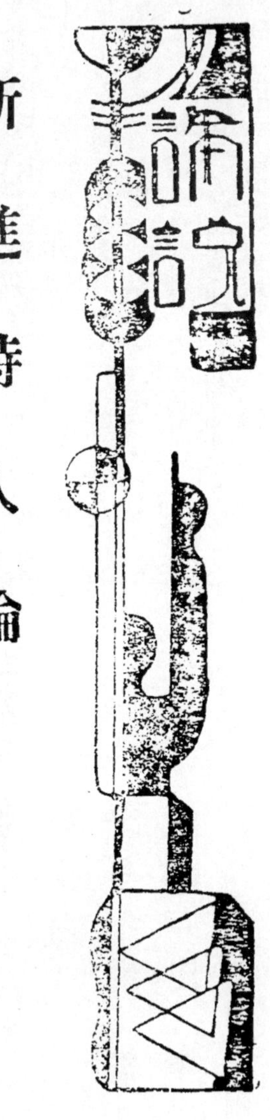

新進詩人論

―續現代朝鮮詩壇의水準―

洪 曉 民

No map, there, nor guide,
Nor voice sounding, nor touch of human land,
Nor face with blooming flesh, nor lipse, nor eyes, arein that hand,

×

I know it not, a Saul;
Nor dost thon-aell is a blank before us;
All woits, undreanid of, in that region-that inaccessible land.

――Walt whitman――

一

現代朝鮮詩壇의 新進詩人은 旭日과같다。아즉 昇天하는 氣勢까지는 아니 이르렀으나 旭日은 곧 麗日임에 分明하며 昇天은 必然的일것이다。旭日이 昇天됨은 必然이니 이때는 곧 新進詩人아 소리높여 그의 情熱의化濃된 血染의詩歌가 그의입(口)에서 吐焰될때의일이다。

그러면 지금의 新進詩人은 旭日이 方照한듯 바다속에서 閃光을 버치고있는 紅焰그것이다。그렇다 現代朝鮮詩壇의 新進詩人은 붉은氣焰을 萬丈같이 吐하고있다。따라서 이것이 太陽을 從屬해있는 그것으로 말미암음이요 아즉 이太陽이 五穀百穀에게 恩澤을 보낼때 곧 旭日이 昇天되기까지에는 좀더 時日을 要求하고있다。

朝鮮의新詩는 바야흐로 詩다운길로 向하야 걸어가기 始作한다。그것은 朝鮮新詩가 모든 苦難을 격었으므로 이제는 詩로서의길이 어느곳에 있는것을 보이고있는까닭이다。그것은 첫재로 漢詩의影響을 받은바 그곳을 離脫하고 그다음 民族的、社會的인『이대올로기ー』에對한 無形의壓迫을 어느程度까지 脫却하고 詩의成分이 七分이요。思想의成分이 三分의 程度로 되여가고있는것이다。

그러한가운데 昨今兩年의 無數한 새로운詩人이 登場한 그것이다。그렇다고 雜多한 茂叢이 亂麻와같이 並立한것이 아니라 깨끗한 靑竹과도같이 向日하여섰는것은 淸新한 感興을 吾人에게 주고 남음이있다。眞實로、朝鮮의詩歌는 하품을 하는 그러한 怠惰하고 緩慢한 그것이 아니라、격어도 生氣 潑剌하고 젊은 氣分이 躍動하는 그것인것이다。

원래 詩人이란말은 希臘語로는Poiesis라는 맨든다는 말로부터나와 곧『創作者』라고하는 말이라고하거니와 朝鮮의詩人도 漸次로 詩다운詩를 맨들고있는것이다。이는 무엇이냐하면 音樂에는『旋律』에依하야 空間化하랴하고 演劇은 어떤『型』에依하야 空間化하랴고하는 試驗을 徹底히 敢行함과같이 詩는 時間的으로 흘러가고있는『말』(言語)를 空間化하랴고하는것으로서 이는 詩人만이 可能한것이다。곧『文字』로써『言語』를 表現하야 空間化하랴는努力이 詩人의所業인것이다。

그런데 朝鮮의新進詩人은 旭日과도같이 빛나는存在는『朝鮮말다운朝鮮말』을 찾어서 詩를 쓰랴고하는努力을 隨處에서 發見하는것이다。이것은『朝鮮말다운朝鮮말』을 찾어온다는것은 여간한 難事가 아닌同時에 이것은 兩面의眞理를 갖게하는것이다。곧 藝術的인部面에있어서는 저들詩人이 한層 한層 쌓고있는 作詩事業의 完璧을期約할수있는일이오 다른한部面은 言語

學的으로 偉大한 創造的인言語를 提供할수있다는것이다。그래서 新進詩人에게는 吾人은 많은關心을갖는一面 이글을 抄하게된動機도 여기 있다고하겠다。

그러면 現代朝鮮詩壇의新進詩人은 누구누구이며 또한 그詩들은 어떠한것일까。이로부터 本論을 試驗하기로한다。

二

現代朝鮮의新進詩人으로는 吾人의보는바로는 세개의 雜誌、곧 『浪漫』과 『詩人部落』과 『詩建設』에서 찾어낼수있는데 이들新進詩人中에도 가장 純粹하게 新人으로만 나가는것은 오즉 『詩人部落』이다。이것은저윽히 完全한 規模가 쟤인 同人誌인느낌을주는一面 新人다운 氣風과 氣脈이 흐르고있다。

그러나 그外『浪漫』이라던가 『詩建設』은 亦是 綜合的인同時 中堅과新進이 合同되여있는것이다。

그러면 現代朝鮮의新進詩人은 몇名이나 될것인가。吾人의 아는範圍로는 亦是 兩三年、곧 昭和十年以來(一九三五年)로 나온詩人이 한三十名되는것이다。그러고 그들의流派는 아즉 이렇다할것을 잡아낼수없으나 지금 出發부터 傾向的인것과 純粹藝術的인 두가지의 흐름은 宛然히 있는것이다。그리고 間或 無思想의思想을 가진 中間的인 存在도 있는것이다。

첫재 朝鮮詩壇에있어서 同人誌로는『詩人部落』이 가장 組織的이오 純然한 新人으로 된것은 먼저도 暫間 말하였거니와 이存在는 括目할存在가 아니면아니된다。이는 何故오하면 이들『詩人部落』의同人은 詩를 詩다웁게 쓰려는 努力을 볼수있는것이다。또는 저들은 朝鮮詩人 더욱이 젊은詩人들이 가지고있을수있는 情熱과 覇氣를 많이 所有하고있다는點에서다。

『우리네는 流竄된 빛의아들。
그래도
太陽을 熱慕하는 해바라기의 密語에 귀를기우린다。
×
幽閉된 蒼白한 意欲。
倫敦塔의 哀史를 反芻하는
太陽없는 대낮의 鬱懷』

──『詩人部落第二輯』의『流竄』──

이것은 金軫世詩人의『詩人部落第二輯』에있는『流竄』이라는詩어니와 吾人은 이詩에있어서 一見에 그詩想이 젊은것을 發見함과아울러 熱意에타는 애틋한맛이 있는것이다。

진실로 우리네는 流竄된 빛의아들이다。그러면서도 太陽을熱慕하는 『해바라기』의密語에도 귀를 기우리고 있는것이다。곧 우리는 모든것이 流竄된形勢에있으면서도 한개의 世界의『뉴쓰』라도 빼어놓지않고 들으려는 心事가 우리네의心事가 아닌가。이詩의詩想은『해바라기의密語』라는 妙한言語에있거니와 이全篇을 볼때에는 아주老熟을 許하기에는 좀더 餘裕가 있는것이다。그다음『異變』、『怠惰』、『翹想』、『土幕部落』、『바다ㅅ가에서』들을 죄다읽었으나 이詩人은 몇해 아니가서 括目할詩를 쓰리라고생각한다。그는 詩의想이多少꼼은곳은 있으나 熱意가있고 努力이있다。또한吾人에게 相當한 才分도 보여주고 있는것이다。허나 아즉『絕唱』이라고 볼만한것은 없다。앞으로 이傾向的인詩想으로만 나간다면『絕唱』도 吾人에게보여 줄것같다。그런데 이詩人에게 警戒할것은 主知的인 脫線된 技巧다。이곳에는 어느것이라고 指摘은 아니하지마는 主知的인傾向이 甚하면 詩의旋律、더 나가서는 말의旋律을 잃게된다。이렇게되면 抒情詩에서는 漸次로 領域을 멀리하게됨을 알라。

그다음으로는 城大研究室에있는 林學洙詩人인데 이詩人의詩는 抒情의部面에 있어서는 現代朝鮮詩壇에서 내로라고 뽑내는 旣成詩人의 그것보다도 더 좋은것이 많은것이다, 이제 遺憾인것은 그의詩가 揭載된雜誌가 내手中에 한卷도없어 引用을 못하는것이어니와 何如間 才幹있는詩人으로서 그抒情的手法은 群鷄一鶴인感을 주는때가있다。이는 아주 同人雜誌같은데 入籍은 아니한모양이다。아마 가장 自由的인詩人인모양이다。

다음으로는 金達鎭詩人을 말하고 싶은데 그前에 東亞日報學藝欄에 發表된詩는 大概가 小曲的이면서 妙한旋律의所有者로 생각되였는데 이제『詩人部落』第一輯에 실린『黃昏』、『밤』、『月光』等의 諸詩가죄다 主知的傾向으로 흐르고 있는데는 놀라지 않을수없었다。

朝鮮詩壇에는 韻律詩라고는 거의 없는것과같이 되여있지마는 그렇다고 自由型이라도 節을 無視하는 散文的型에 이르러는 너무 지나치게 小說化하는 詩型을發見하는데는 놀래지 않을수없는것이다。新進詩人으로 金達鎭氏를 많이 囑望하였었는데 나는 이 몇개의詩篇을보고 저윽히 失望하였다。理性의敗北이 云謂되는 이時節에 理性을 固執하는 많은朝鮮의젊은詩人이여(!)『엘리옷트』의 젊은使道여(!) 좀더 浪漫的인旋律이 있어다오。主知의 萬能藥가『멘소레담』이 될수있는이民衆은 全혀 꿈에도 想像되는일이 아니니까。『에고이즘』의 極致를 成功의彼岸으로 생각하지안는限에는 民衆은 어느때든지 情熱에찬 浪漫的인抒情을 要求하고 있는것이다。

그다음 閔泰奎詩人이니 吾人은 詩風으로는 도리혀 閔氏의그것을 좋와한다。이詩人이야말로 現實에 살려는詩人인것이다。얼듯보면『쉘리』의詩風과도같은 浪漫的이면서도 차듬한冷情이 흐르는詩人이다。『浪漫』第一

輯에 실린「삶의길」과 「浦口」는 다좋은것이었다。그中에도 「浦口」는 恰似히도 「쉘리」의詩篇을 읽는것같은 情熱의奔放을보면서 싸늘한現實의不安을본다。이제「쉘리」時代의現實과 지금의現實과는 다른배있지마는 十九世紀初葉에 「쉘리」같은 存在가 오늘날 閔氏의胸中에 뛰놀지 말란法이 어디있는가。곧 十九歲의「쉘리」는 牛津大學에서 周圍의僞善과墮落에 憤慨하야 「無神論의必然性」을 著述하야 頒布한것은 그가 大學을 放逐當하고 한개의流浪의詩人으로 맨듬과함께 그에게 늘 不安이있였든것이다。허나 그는 智者이든까닭으로 「바다」를 사랑하였다。또한 그때문에 一八二三年八月十四日伊太利「피사 海岸에서 死去하기도하였지만은 그에게 「바다」를 노래한것이 많은과同時에 現實의鬱憤을 詩로써 咏嘆한것이다。해서지금과같은 世界的不安에 사로잡히어있는것은아니나 何如間 「쉘리」도 늘 不安한 맘으로 있었든것이다。이제 閔氏는 이世界的不安 더욱이 賤民階級의不安을 代辯하여 咏嘆할때 진실로 그들과같이 休戚을가치할意圖만이라도보인것이 갸륵하다고아니할수없는것이다。

「지금
바다와
너와
永遠한不平의 슬픈 메로듸에 목노아 노래부를제
오오 이름몰을 不安이여!」

하고「浦口」終章을 맺는것이다。참으로 젊은詩人으로의 抱負를 말하는것같다。이詩人의欠點은 넘우 誇張인것과 漢字의 多用이다。

그다음 楊雲閑氏이니 이詩人의詩는 主로 朝鮮中央日報學藝欄에서 많이 읽었으나 最近의 얻어읽은것은 『浪漫』第一輯의 「洞里의개들이짖었다」라는 抒事詩一篇이다。前에는 좋은詩가 많었든것을 생각시키나 이제 「洞里의개들이짖었다」는 그렇게 훌융한作品이 못되는것같다。곧 凡作이라고밖에 할수가 없다。多少 現實에 立脚하야 眞實性은 있으나 表現과 言語의驅使가 신통치않다。그러트래도 情熱이나 高調되었는가하면 그렇지도안다。「얌전」이라는 싀골處女가 洋服쟁이에게 딸려가는 그러한것인데 이러한 抒事詩에는 鬱憤과 憎惡를 얼마든지 많이 부려 얻는것이 좋을것이다。허나 우리楊氏는 遺憾인點은 이詩를 읽고난感興은 한개의「따스한마을에 反抗과 눈물없이 끌려가는 한개의 싀골處女가 서있고 洞里개들이 짖는風景밖에 나지안는것이다。藝術에있어서는 眞實이 寫眞이 아닌것은 이러한데서도 나타나고 있는것이다。亦是 楊氏는 大膽한詩人이아니오 고요한詩人같이도 보인다。

그다음은 金朝奎氏인데 이詩人은 抒情的인方面에는

旣成詩人을 凌駕함이 많다。허나 넘우나 懷疑的인것이 많은것이다。만약에 懷疑派詩人을 찾는다면 이金氏도 단단이 한목 볼것이다。金氏의詩를 처음얻어 읽기는 亦是 朝鮮中央日報이오 最近에 읽은詩는『夕暮의思想』『歸路』、『蒼白한市外路』의三篇인데 이三篇이 거의 한갈같이 灰色的인懷疑에서 現實을 否定도못하고 그러타고 現實을 肯定하는 그런것도 아닌데서 헤매고있는것이다。이런傾向은 잘못하면 厭世詩人이 되기가 捷徑쉬운것이다。漂泊의詩人『레나우』같이도 되기쉬운것이다。漂泊의詩人『레나우』는 처음에는 明朗한詩人으로서 戀愛의失敗로 말미암아 곧 失戀으로말미암아 그렇게 되었지만은 우리金氏는 처음부터 그의詩에 이런懷疑思想이 充分히 나타나고 있는것이다。詩는 이렇게 쓰드래도 性格만은 그렇게 갖지아니하면 앞날의 大詩人이 될는지 누구가 敢히 否定하겠는가。詩風이 獨特한곳에 폭은한맛이 돌고있는것이 이詩人의詩다。

그다음 鄭昊昇詩人이다。이詩人은 마치英國의 田園詩人『워즈워쓰』같이 내가 본詩로는 田園詩들뿐이다。그러타고 『워즈워쓰』와같이 田園의自然만을 노래하는 것이아니다。賤民階級에對한 깊은同情으로 일어나는 正義感의詩가 더러있다。이詩人의詩는 主로 『朝鮮文學』에서 얻어볼수있는데 내가 읽은것으로는 『不安이 풀라든날』、『뻔히 알면서』、『小作人』、『씹어보는내故鄕』인데 그中 나는 『씹어보는내故鄕』을 가장 優秀作으로 擇한다。

『아침마다 鷄足山 등허리로 웃는太陽을마해놀때
지개우에 오손도손 이야기를 싫고
풀무고갤 넘어 이십리
마지막재우로 꼬부라진 나무ㅅ길이 눈앞에 서ㄴ하
다』

같은節은 相當히 잘된것이다。곧 三唱 四唱했다。『지개우에 오손도손 이야기를싫고』같은것은 現在의大家라고 指稱하는사람도 딸을수없는 그것인것이다。한개의風景畵를 가만히 앉어서 보는듯한 느낌을 자아내고있는것이다。將來가 相當히 有望한詩人인것이다。더욱이 言語를 砂礫에서 캐는 그러한技能이 있는것이다 『오손도손』은 分明히 方言인것같으나 이것을 詩속에 쓸때 『지개우에 오손도손』이라는것은 吾人은『지개』가 흔들리는 表現으로 잘 알수있는것이다。곧『지개우에 덜석덜석』이라던가 『지개우에 흔들흔들』이라는것보다 『오손도손』이야기를 실고가 얼마나 난것을 알수있는 것이다 吾人은 純朝鮮語에依한 새로운形容詞를 얻은 것이 아닌가。詩人은 모름직이 때로는 言語를 새로히 맨드는 技能도 있어야한다。

그다음 閔丙奎氏인데 이詩人의詩는 여러곳에서 읽었으나 내 頭腦가 鈍濁한탓인지 하나도 떠오르지안는다。 또한 이곳에 氏의詩가 실린雜誌도 없다。 허나 이詩人 亦是 多少 懷疑的이었든듯하다。

그다음 徐廷柱氏이니 이詩人의詩는 佛蘭西風景을보는것같이 明朗하다。 내가 읽은것은 『문둥이』、「獄夜」「대낮」、「花蛇」、「달밤」、「房」、『絶望의노래』等 七篇인데 조금도 국임살이없는 光彩나는 緋緞과같은 느낌을 자아내고있는것이다。 좀더 詩想을 硏磨하야 생각을 自由로히 달린다면 偉大한詩人이 될것같다。 紙面關係로 例를 못드는것이 遺憾이나 何如間新進詩人으로의 珠玉的인存在다。

그다음 吳章煥氏인데 이詩人은 散文的인才能은 많이 가지고있으나 亦是 主知的인傾向에 흐르고있다。 그렇게 賛成할것이못된다。 金達鎭詩人에게 보낸소리를 되푸리하고싶다

이다음에도李陸史、呂向鉉、吳一島、金嵐人、金光均、咸亨洙、吳化龍、李時穪、李成範、李海寬、金東里等諸氏가 있으나 다음機會로 밀우려한다。 그러고 最近 現代朝鮮詩壇의傾向에對하야 暫間말하랴한다。 그것은 무엇이냐하면 現代朝鮮詩壇에서 한개의 主流라고 할만한主知的인傾向에 對해서다。

三

現代朝鮮詩壇에는 어느때 어느곳으로부터 드러왔는지 「이텔렉슈에리즘」(主知主義 Intellectualism)이 鄭芝鎔 金起林諸氏에서 固執되어 英國의 그것은 아니라고하드래도 거의「에고이즘」에 가까운 그것이 되었고 이것은 進하야 現代朝鮮詩壇의 中心的인傾向을 일우어 거의 新進詩人에있어서는 이러한傾向이 없는사람이없는것같이 되고 있는것이다。 더욱이 「詩人部落」에 모혀있는 同人들이 좌다 그런傾向을 떠고 있는것이다。

이리하야 現代朝鮮詩壇에는 偉大한 浪漫精神을 固執하는 似而非獨逸流의林和的인詩風이있는가하면 또다른一面 知性의高調를 일삼고있는 似而非英國流의金起林的인 詩風이있는것을 發見하였다。

그런데 이 두가지의詩風이 이제 나쁘다고하는것은 아니다。 이런한 두가지의 詩風은 모르는가운대 新進詩人에게 어떠한 깊은 뿌리를 박게하야 거의 詩의 難澁이라던가 固定化하는 그러한憂慮와 畏懼가 보이고 있는것이다。 될수있으면 現代朝鮮詩壇은 獨自的인 무엇이 있어야하겠는데 그所謂 先輩들이 扶植하는바 詩風이 이러한것이라면 큰問題가 아닐수없다。

現代朝鮮詩壇의 新進詩人은 旭日과같이 빛나는 存在이어늘 太陽의黑點이 밝혀는것과같이 이두개의 似而非外國詩風은 警戒하지않으면 안된다。 그것은 現代朝鮮詩壇의 한개의 林和的存在나 金起林的存在는 그렇게 憂慮될바가 없으나 또한 畏懼할바이없으나 이

것을 배우는 數十、數百의林和와 金起林이 있는것이다。그럴때는 그影響을 생각해보라, 그러드래도 林和를뛰어나고 金起林를 뛰어나는 그러한 特出한 天才의輩出이 있다면 이는 또 別問題로하겠는데 拙한林和와 劣한金起林만쏟다저 나오는데는 큰問題가 아닐수없는것이다。

그래서 끝으로 나는 新進詩人에게 苦言을 드리는바는 처음에는 或是 外國의그것이나 自國의先輩의것을 模倣하드래도 웬만한 境域에 이르거든 이것을 斷然 撤去하란말이다。吾人은 그대들에게 獨自的인詩風을 바라서 마지안는바이오 決코模倣으로 終始一貫함을 바라지안는것이다。朝鮮의 文藝術을 좀더 高位로上昇시키랴면 于先 新進으로의 出發해나오는 새로운사람부터 自意識에 立脚한 詩風을세우라。그러고 다음精神은 自國的인 理念에 돌아오라! 이말은 무슨말이냐하면 朝鮮文壇은 넘우나 外國臭에 젖어 있는것이다。外國의그것을 吸收하드래도 自國의그것을 맨들지못하고 통재미로消化시키랴는無謀는 詩壇이그렇고 評論壇이그렇고 小說壇이 그런것이다。果然 이런것을 깨트리고 崇高하고 軒昻한 朝鮮的인 獨自的氣風을 세울사람은 누구냐。오즉 新進이아니고 그누구이겠는가 吾人은 좀더 朝鮮文學으로하여금 健實한 偉大한建設이있어야할것을 渴望하야 敢히 두어마디의 苦言을이렇게 드리는바이다。(끝)

十二年二月五日脫稿

女流作家總評序說

結婚의眞理를悲劇하는「반쪽」의哲學

金文輯

이밤이 웨 이렇게 孤寂한가。歸鄕한지八十日。그 八十日間을 나는 單하루도 내혼자의 時間을 享有치 못했었다。나의 人間的孤獨性을 同情했음인지 竹馬의故友들을 비롯하야 別別方面의 別別새친구들이 主로는 먹고마시는 자리로써 이몸을 사로잡었든것이다。그들에겐 文學이 없으면 없을사록 나는 그들에게 羨望을 느꼈고 羨望을 느끼면 느낄수록 나는 또 나自身의 文學人的墮落을 辱하는 눈초리가 억센트릭 하게 날카로워저가는것을 意識치 아니치 못하였으니 이것이 다름아닌 宿命이라 그宿命앞에 무릎을 꿇는 이瞬間이 聖書에 적힌바 歸家한 蕩子의 瞬間이라 할진대 이제 蕩子ㅣ 그애비에게 懺悔해가로대 ——아버지! 이子息을 웨「하나」로 낳아 주지않고 「반쪽」으로 낳아주셨나요? 어려서 내가 不知不識間에 文學의집을 찾게된 動機를 캐면 뚜로이드를 期待릴 必要도 없이 이「반쪽」의 슬픔에서 이겠지요마는 이번과같이 친구들에게 甚한 誘惑이나 받은처하고 그집을 逃亡해간것도 실상은 이「반쪽」의 슬픔에서 나온 잘못이랍니다……

蕩子가 여기서 말하는 「반쪽의 슬픔」이 곧 人生의孤獨이란 거다。人生이 웨 孤獨한가? 그들은 모도 하나님 또는 아미ㅣ바ㅣ와같이 「하나」로써 낳아지지 않고 「반쪽」씩으로 낳아졌기때문이다。

하나님엔 夫婦가 없고 아미ㅣ바ㅣ에도 戀愛가 없다。그들은 한분 또는 한마리로써 完全하기 때문에 孤獨을느낄必要가 없다기 보다 理由가없다。

그러나——솔로몬이 제아무리 三千의 제「것」을 갖었었드래도 그三千의 「것」들은 「것」그것이였어 빨아봐도 [illegible] 오르지 그하나만의 찻으로 영문모를 그의 孤獨은 그의「것」

數에 正比例해서 深化하고 擴大해 간것이니 中國의 名優秦始皇과 羅馬의 暴君과를 아울러 우리의 솔로몬은 진실로 「人間」座專屬劇作家某氏所產의 三大「반쪽」悲劇의 花形들이였든 것이다。

孤獨이란 「不足」의 表象이다。生物이 雌雄兩性으로 分體된것은 生物本來의面目은 아니였든것이다。다만 宇宙의 辨證法的原理가 그의 現象的表現의 하나로써 오늘날의 우리로 하여곰 進化論을 樹立시키게 했음에 지나지 않는다。

「無」그自體가 벌서變化를 運命받은 하나의 實在이 어늘 「無」를 發見한 우리네 二足動物이 어찌 實在의 域을 벗어나리요。實在를 옷잎은罪로——오직 그것만의 罪로써 우리는 宇宙의 法則을 擊退치 못한 것이였오며 擊退치 못한 그罪로ㅣ오직 그것만의 罪로서우리들 生物은 結婚眞理를 悲劇치 아니치못하게 된것이다。

勿論 宇宙의 全內容은 結婚의 眞理의 全過程이다。辨證法의 聯關을 떠난 如何한實在로 있을수 없기 때문이다。그러나 그眞理를 悲劇하는놈은 오직 人間뿐이다。도야지도 結婚의 眞理를 過程하고 펜 水素빌 에ㅣ털、구름、바람、太陽……다 들 結婚의 眞理를 過程하고 있건만 그들에게는 그眞理를 過程하고 있는 自己自身을 意識하는 認識主體가 없다。即 그들은 그들 自體가 最初부터 不足意識이 면서도 不足을 意識함이 없이 그냥 法則에 따라서 結婚해 나갈따름이다。

그러나 人間은 自體의 不足을 스스로 意識하는 認識力을 갖인 動物이다。萬若 솔로몬이나 秦始皇이 한번도 自己自身의 不足을 意識함이 없이 三千의 宮女를 必要로했다면 그러고 아무런 不足을 意識함이 없이 한平生을 보냈다면 그들은 또한 한平生 한번의 滿足을 意識해보았을 道理도 없을 것이나 이境遇의 그 두친구는 如何한 「반쪽」悲劇의 主人公도될수 없음은 다시말할 必要도없다。

結婚의 眞理를 悲劇한다는 말은 這般의 消息——高等動物의 슬픔을 傳하는 엘레지ㅣ의한節이다。

楊貴妃、크레오파토라에서 이旅館안잡재기에 이르기 까지의 九萬의 이쁜의 後身들이 느끼는 그 슬픔 아니 그不足。시ㅣ자ㅣ、孔子에서 鍾路署留置場의 少年痴漢에 이르기까지의 八萬의 아담의 後裔들이 제各己 느끼였든 그슬픔 아니 그不足——이 不足感이 「반쪽」의 運命이요 그의 孤獨이란거다。

孤獨！ 하나님엔 孤獨이 없고 아미ㅣ바ㅣ에도 그것이 없다。오직 스스로 不足을 느끼는 人間에게만 孤獨이 있는것이니 孤獨은 곧 自意識의 前夜요 自意識은 「完成」에의 育途——滿足에의 祈願임에 틀림없다。할진대 가없다 人間劇場이여 假想의「完全」意識인 「滿足」의 實在를 意慾하야 우선 내끌부터를보라! 八十日間을 접퍼 접퍼 醉해도보고 울어도 웃어도보고 別別 몸부림 별별 努力을 다 해보았으나 드디여 神도 아미ㅣ바ㅣ도 아니였든 나는 蕩子가 어버지집에 도라온것처럼 「孤獨」이란 내고장에로 도라온 것이 아니냐。

여기서 俗人과 藝術家와 의分列式이 開場된다。

孤獨의 彼岸 —— 完全의 滿足을 自(SELF)에서 찾느냐 他(OTHER)에서 찾느냐?

富、貴、色……이것들로써 生의「반쪽」的不具性을 醫療하려는 百萬의 世人은 물론 後者에 屬한다。이에對하야 그「반쪽」의 슬픔을 그림에 살려서 사라있는 그그림의 슬픔의 完全에서 孤獨의彼岸을 찾는者가 前者藝術家에 屬한다。

善人아닌 惡人이란 없고 惡人아닌 善人이란 있을수 없는것과같이 宿命的으로 孤獨의彼岸、完全의 滿足을 追求하고있는 地上의 반쪽動物에 있어서 우리는 純粹한境界線을 세워서 俗人과 藝術家와를 兩分할수는 勿論없는 일이다。

그러나 秦始皇은 그의詩作的事實의與否를 不問하고 俗人임이 分明하고 괘ㅣ테는 그의 와이마르政治의關與事實과 物理科學書「彩色論」의 著述與否를 勿論하고 藝術家임에 틀림없다。

모도들 人生은 반쪽씩 들이다。鬪爭과 嫉妬와 競爭과 努力 그리고 喜悲와 哀樂의 一切의 生物的 現象은 진실로 이반쪽의슬픔의 表現들이다。

반쪽이 아니였든들 나파레옹의 制覇之勇이 있었을수 없으며 반쪽이 아니였든들 梨花동산의 處女의 추겸이 없었을 것이다。歷史는「반쪽」의 反影이며 文化는「반쪽」의 歷史다。

朴興植君이 반쪽의 슬픔을 등지고 結婚의 眞理를 悲劇함으로써 그의 孤獨의彼岸ㅣ個體의 完全에의 滿足을 追求하야 和信을 表現한것은 最近의 일이지마는 李春園이 그의 반쪽의 孤獨을 「無情」해 보인것은 二十有餘年前의 일이다。

그가無情한以來 길다면 기나 짧다면 너무나 짧은그期間에 있어서 朝鮮의 近代文學은 維新以來의 玄海건便의 西洋文明의 境遇를 凌駕할 比率로 發達했다는 것을 내스스로가 느끼지 않을수없다。——라고 하는것은 그나라文化의 最後的 領域인 女流文壇이란것이 朝鮮에도 있어서 이번의 나와같은 一時의文學的蕩子로 하여곰

다시내집을찾아와서 이렇게 펜을쥐게하는 刺戟을 주었다는 事實、이적은 事實하나가 朝鮮文學의 發達의象徵이 아니라고 뉘 말 하랴。

정말 나는 써야될글 쓰고싶은글들을 두름 두름 내 頭腦의胃腸에 蓄積하고 있으나 먼저 이稿에 涎液을 흘리는것은 그들 對象이 女人들이기때문이다。

펜을쥔 오늘이 陰曆섯달대목이라 編輯君이 限定한 날人字를 벌서 一週日이나 超過했다。三月號에 자라지 못한다면 來日아침 떡국으로 慰安받을 셈잡고 반쪽의하루밤을 孤獨해보겠다。

大抵男性에 있어서 그가文學을 藝術한다는 事情의 根本動機가 例의그의「반쪽」의 슬픔에있다면 그의理想은 當然「永遠의女性」에 있어야할것이다。뿌라우닝의 詩篇 따눈치오의 死의勝利 패ㅣ터의 웰텔의 슬픔等이 그러했을뿐더러 톨스토이의 戰爭과平和가 그러했고 싱크레어의 피묻은 社會主義小說 잠버ㅣ가또한 그러했다는 것은 나의獨斷일까?

性的一元論者는 뿌로이드의 獨占肩背가아니고 앞으로 萬人이 쓰야될宿命의 衣冠이라할진대 女性作家ㅣ藝術家의 境遇에 있어서도 그出發의 動機와 到達할 理想과의 理路를 男性의 境遇와같이 하는것으로서 그들의 祈願은 오직 「永遠의男性」에 있을뿐이다。

이永遠의 異性을 追求하는 方法은 다음의 두가지있다。하나는 自己性을 그리는데서 異性을 찾는消極的形式이요 다른하나는 直接異性을 그리는데서 目的(여러가지 種種의 意識形態로써)을 達하려는 積極的形式이다。반쪽의슬픔에서 只今내가 이글을 文學하고있는 意識的 無意識的理想은 다시말할 餘裕도 없이 永遠의 女性의 나리는(表現)데있다。그러면 여기서의 나는 前記두가지 方法中 어느便으로써 그를 果行할것인가? 글의 性質上 나는 後者積極的形式을 取하는수밖께없다。

只今으로부터 나는 有名無名의 全朝鮮女流作家를 人間的으로 文學的으로 가진方向에서 그들을味賞하야 理想的인 一個의 永遠의女性을 내自身에게 그려보일려고 한다。(以上序論。本文次號)(더욱 今月號四海公論所載 拙文「女流作家의 性的歸還論」參照)

定價表

一個月	三十錢
三個月	八十五錢
六個月	一圓六十錢
一個年	三圓十錢

注文方法

●注文은반듯이先金

●振替로

●郵票는一割增

昭和十二年三月三日印刷

昭和十二年三月六日發行

京城府敦岩町四五八
編輯兼發行人 鄭英澤

京城府堅志町三二
印刷人 金鎭浩

京城府堅志町三二
印刷所 漢城圖書株式會社

京城府敦岩町四五八
發行所 朝鮮文學社
振替京城二四六八番

朝鮮文學

三巻四、五号（五月号）

朝鮮文學五月號

續刊一週年紀念號

第三卷第四五號

編輯前言

文學人들이여 다같이 기뻐하자! 本誌는 今月號로서 續刊一週年 그리고 創刊三週年紀念을 맞게된다。오로지 志와誠으로서 七顚八倒하며 오늘날까지 그生命을 保存해왔다는것은 本社몇사람들만의 기쁨이 아니라 全文壇人들이 다같이 기뻐할慶事이다。

★

더욱이 우리는 苦心血鬪하며서도 그節介만을 더렵이지않고 그대로 직혀왔다。우리文學을 키워가고자 努力해왔으며 文學의權威를세우고 水準을 높여온것도 事實이다。더욱文壇의登龍門的存在를 얼게된것을生覺하면 또한 感激에넘치는기쁨이 더욱 새로워진다。

續刊一週年紀念을 맞고 兼하야 創刊三週年에 돌맞이를 함에있어 이것으로끝일배는아니다。보다 더 아무러진 뜻을가지고 오늘날의 그慶事에 넘치는 歡喜와복바치는 기쁨으로 다시 우리는 永生의 노래를 부른다。

★

되고 말고 그生命만을維持해나가자는것은 아니다。때는實로 偉大한 文學의出現할 胚胎期이며 黎明期임에 이에우리는 바라는바여러분에게 偉大한文學을寄贈하고…에있어서 偉大한 藝術을 生産하라함에 오르지 專心을다할것이다。

★

朝鮮文學은 이제로붙어 雄姿한몸으로 再出發한다。暗黑에 날뛰는 미친波濤가 있거나 暴風暴雨 그러고밀여오는困難의물결이있다한대도 勇敢스러히 快走하고 야 말것이다。

★

다같이 기뻐하며 鞭韃擊拶하야 다오? 우리는 조곰도 게을리하지않고 一路勇敢히 맡은바 役割에 進發하려함을 또한번 約束하야 둔다。

★

끝으로 깊이 謝禮하는바있다。本誌를아끼시는 마음으로 誠意있게 寄稿해주신 執筆者諸氏에게 두루謝意를表하고 절함으로서 그謝에 酬코자한다 앞으로도 倍前愛護하야 줄것으로 믿으며……

—(池奉文)—…

文藝隨感

韓 雪 野

우리는 흔히 「각설쟁이」(小說家)「화음쟁이」(畵家)「굿쟁이」(演劇人)라는 말을 듣는다。

勿論 이「쟁이」라는말에는 多分히 그하는일의職業的인 너무도 職業的인 體臭를 비옷는意味가 있는것이나 이것을 한걸음 더들어가서 생각하면 그巷說에는 귀를 기우릴만한 한가지의 辛辣한諷刺와 아픈곧을 건드리는 世俗的인 透視가 있음을 볼수있다。

即「쟁이」라는 말은 무슨 職業이나 趣味를 가진사람이 그職業이나, 趣味에 젖어으면서도 아주「가다」(型)에 박혀서 스스로거게 滿足해하며 또 거게 젖어서 그리로부터 뛰여넘으려하지않고 또 事實 뛰여날수도없이 運命的으로 그特有의 냄새를 發散하게됨을 이르는말이다。그래서 누가보든지 곧「쟁이」라는 印象을 주는것이다。

우리는 이와비슷한 實例를 거리에서도 發見한다。職業劇壇의 俳優를 보면 웬만한사람은 곧 안아챈다。심지어 酌婦와 妓生、夫人과小室까지도 그自身들이 職業과地位를 따라서「치」를 내게되면 누구든지 그正體를 알게될것은勿論、그려지안는 境遇에도 그들이 隨性的으로 그生活을 生活하는가운데서 이루어진 型과 냄새가 남에게 알려지는것이다。

이와 같은 關聯하야 생각난것은 慣習上좀 우수운 感이 없지않으나 우리는 文學냄새를 내는——그리고 내고싶어하는 이른바文人을 볼수있다。어덴지모르게「취」가 있고「냄새」가 있다。또 정말 文學的內容이 단단한사람보다도 그렇지못한 얼뜨기에게 이런것이 더많은것을 보기도한다。그것은 文學을 人生一代의 한事業으로 생각느니보다 차라리 文學을 행세하라는 서뿌른 생각의 外現일것이다。

×

우리는 이「취」를꾸미는 사람과 외양으로 自己의 全體를 삼고 것발림으로 自己를 表現하라는 사람이그뜻 하는바에있어서 大成함을 보지도못하였고 듣지도못하였다。거죽만으로 自己自身을 지탱해가랴고하고 속을 단단히 굳기랴하지않기때문일것이다。

누가 보던지 그體臭좀 알게된다는것은 即「가다」에 박힌다는것은 一見 職業에 充實한탓이라는 皮相的視角에서도 볼수있겠으나 事實 이것은 어느 程度의「가다」안에 스스로 박히는것이오 그以上의 發展과 거기서의離脫이 不可能하게된 早熟과 早老와 停滯를 意味하는것이다。그러므로 한번「가다」가 팍히면 아무리 날고뛰어도 거기에는 發展이나 轉流가 있을수없다。

舞臺에서 오래 커른사람의 臺辭를 들어보라。그드리 다른俳優의「세리후마와시」대로 하라고 해보라。그것은 도저히 될수없는일이다。이렇게 박혀진「가다」는 變해널수가 없는것이다。사람이 自己의 獨特한 個性을 發揚하고 그것을 지키는것은 必要한일이오 또좋은일이나 그 個性의 發揚을 爲하여서도 그것이 어느 定型에 박힌다는것은 좋은일일수 없는것이다。다식판에서 한번 박혀떠러진 다식은 그 모양이 커질수도 작아질수도 없는것이다。

×

모든 事物에있어서 內容인「力」이 形式인 외양을 決定하는것이 事實이나 그「力」이 發展하는데 따라서 그自體가 만든「形式」을 마춤내 스스로破壞하고 다시 前進하는것이다。

即 內包의 更張에 依하야 外延이 擴大되는것이다。그러기때문에 오래도록 한「가다」에 박혀있다는것은 內容인力이 한군데 凝結停滞하는것을 即 素質의動脈硬化를 意味하는것이다。

그러므로「가다」에 박혀서 언재든지 그「가다」그대로를 가지고있다는것은 發展과成長이 없다는것을 말하는것이오 發展과成長이 없다는것은 畢竟「주검」과 因緣이 맺어졌다는것을 意味하는것이다。

그래서 우리는 너무도 文人的인 文人을 싫여하
는것이며 너무도 職業的인職人 을 싫여하는것이다。
이싫여하는 心理를 기껏 끄려가보면 『주검』을 싫
여하는 心理와 連할것이다。

그러나 때로는「주검」보다도 發展이없는 停頓을
더싫여하는 境遇가 있다。그것은 即生命이란 쉬저
않고 자라는것을 本能으로 하기때문이다。어떤「가
다」에 박혀 그以上 나아갈수도 없고 좋으나궂으
나 거게 머믈어있어야할것을 도리켜본다면「주검」
보다도 더무서운 검은그림자 即 주검을 길게느려
는 무서운幻影을 볼것이다。

×

그런데 不幸히 우리들 文人은 이「가다」에 박
히는일이 많고 早老하는일이 많다。創作에서보다。
主觀의活動餘裕가 많은 隨筆같은것을 보면「판뜩」
한소리와「コザカシイ」한소리와 早老한소리를 쓰기
로 일삼는感이 있다。勿論創作에까지 이小細工을 試
驗하는 作家도 없지않다。

나는 일즉 이러한「글쟁이」를 불러 兎獲派라고
한일이 있다。兎獲派로서 文學을 가지고 文名을 持
續한사람은 寡聞한탓인지 나는 한사람도 알지못한
다。그것은 多幸한일이오 또必然한일이다。이러한 잔
재간과 早老처럼 눈에 거슬리고 맘에 미운것은 없
다。

두말할것없이 作家에게는 그야말로 散文的인 潤
達性이 絶對 必要한것이며 眞을 깊이 肉迫하는 冷
徹味가 있어야하는것이며 小細工에 골몰하지않으면
서도 個別的인것을 全體가운데서 發見하는 具象力
을 가저야하는것이다。

論보다 證據로「치」가 따라다니고『쟁이』가붙을
만한 사람으로 大成한例를 우리는 본일이 없다。
朝鮮의文壇이 아무리 들어말할것이 없다하더라로
그境內에 드나든 사람으로 그래도 어느만치 文學
을 지켜오고 文學을 잃지않은사람은 이른바「쟁이」
의 꼬리표를 달지않은사람이오 그와反對로 한때 판
뜩하고 나왔다가 인차 行方不明이되거나 方向을
轉換한사람은 크나적으나 이「쟁이」의탈속에서 文
學的으로 창졸히 窒息한것이라고 나는 생각한다。

文壇에 데뷰―한지 十年남아 별로 신통한 發展
을 보이지못한 우리文壇에 몇사람作家를 두고보아
도 그들이 오늘까지 文學을 잃지않고 지켜오는까
닭은 그들이「가다」에 박히지않고「쟁이」의 탈을
쓰지않은 까닭이라고 나는 생각한다。即 遲遲하나
마 發展이 있었든까닭이라고 생각한다。

다시 한번 바꾸어생각하면 非文人的인데에서 非文學젱이인데에서 文人으로서 어떤 한끝에 踏步하지않고 조곰씩이라도 文學的進就를 가질수있었고 그래서 文學을 읽지않었다는것을 우리는 文壇의 또사람 오랜作家에게서 배우고있다。

누에는 자기가 만든 고치를 뚫고나올수없으면 그것으로 죽어버리고 말것이다。 그와마찬가지로 文人도 어떤 固定한「가다」에 박히게되면 結局 그안에서 꼬무락거리다가 마쳐버릴것이다。

×

모든 事物이 다그런것같이 文學도 그안에 이미 그自體를 否定하는 要素가 當初부터 約束되어있으며 同時에 아직 非文學으로서 불러지는 그가운데서 次代의 훌융한 文學의 前身을 찾을수있는것이다。

우리는 간혹「文學以前」이라는 말을듣고있으나 우에말한것은 이것을 意味하는것이아니다。 다만 어떤 既成文學中에서 新興文學이 生成發展하는 歷史的必然性을 말하는것뿐………萬一 이러한 隆替가 없다면 文學은 언제든지 이미 있어온그것을 補足延長하는데에 끄칠것이다。

그러나 우리는 이미 많은 文學의 變遷을 史實에서 보아왔다。 그것은 即 文學이란것도 時代에 依存하는것이며 歷史에 沿하는것이라는것을 證左하는 事實이아니면안된다。

우리는『實話文學』이니「報告文學」이니하는 말을 듣고있으며 또 그러한 文學上의 새로운스타일을 實際로 보기도하였다。 비록 外國것이지만……

그러나 一部에서는 그것을 非文學이라고 대접하고 文學以前이라고 부르는것도 勿論 듣고있다。

그러나 이른바 文學的인空想보다 現實的인事實은 文學에 가장큰 文學的데—다를 提供하고 있다。 既成作家가 흔이 取扱하는 文學的事實과는 달리 新興文學은 새로운 事實을 取材하고있다。 純文學이니 既成文學이니하는 一方的見地에서 보면 新興文學이 取扱하는 새로운事實은 非文學的일것이다。

그러나 非文學的의것이 前代의 文學的인것을 리—드하고 文學에 登場하는것은 우리가 現在에서도 보고있는바려니와 또한 지나간 文學隆替의 史實을 考究하는 가운데서도 얼마든지 發見할수있는것이니 文學樣相은 千差萬別이나 그代替의 生理는 同一하기때문이다。

×

말을 좀더 가까운 밟아배로 끌어오면 今日의

新興文學이 前代로부터의 文學보다 內容的으로 잘 드러꽤이지못하고 形式的으로 龐雜함이 많고 이른바 藝術的으로 遜色이 있는것은 事實이면서도 이 新興文學이 儼然히 文學의市民權을 가지는理由는 그新興文學이 取하는「事實」의 健康性에 있는것이오 前者가 技術的으로 또는 藝術的으로 旣成文學과 竝立하는것도 그新興文學이 取하는 「事實」의 發展性에 달린것이오 그리고 將來에있어서 그것이 旣成文學을 리―드하야 次代의 正統的主流가 될것도 그新興文學이 取하는「事實」의優位性에 있는것이다。

宮廷文學에있어서 그以下의下層을 그리는것은 沒趣味한 일이였을뿐아니라 市民文學의死亡을 意味한다고 하였을것이며 市民文學에있어서 勞働層을 그리는것은 아름다운 文學의 墮落이였을것이다 그러나 수日의大勢는 어떠한가?

이下層의「事實」을 그리는것을 어떠한 純文學의 고집쟁이라도 文學의墮落이라고 부르지않을만치 그것은 발서 常識化하여버렸다。

뿐만아니라 具眼者는 이「事實」이 어느事實보다도 健康性과 發展性과 優位性의 生理를 가지고있음을 明確히 보고있는것이다。

作家가 이「事實」을 把握하고 거게 沿하야 自己發展을 企圖한다면 決코 固定的인「가다」에 박히지않을것이다。

帝政로서아의 代辯者일 地位에있은 고―고리가 그作品에서 도리혀 그것을 批判하는 不期의功績을 남긴것도 그가 自己의生活과 處地에서 나오는 文學型에 박히지않고 現實의底流를 凝視하였기때문일것이다。톨스토이가 平民的인自己와 한편 貴族的인 自己를 함깨 그作品에 暴露하는 料外의結果를낸것도 그가 人道主義의「가다」에 머지지않고 當代智識階級――自己가屬하는――흡 果敢히허치고 들어가는 處女林開拓의 冒險突進을 피하였기때문일것이다。

×

作家는 이른바「쟁이」도 불리지는特色을 자랑하기보다 차라리 부끄러워할줄 알어야할것이다。

그러나 不幸히 우리는 우리文壇에서 이「쟁이」가 되기를 바라며 그것을 더욱 내세우지못해서 안타까워하는 傾向이 있음을 본다。

관뚝한소리와 小細工과「コザカシイ」한 소리를 쓴는것도 그것을 씀으로서文學냄새를 내는것인줄로 알기 때문일것이 甚하면 그것이야말로 文學

的인줄로 알기때문일것이다。모름직이 이러한 早熟과 早老를 스스로 슬퍼하고 미워하는 生氣와 젊음과 躍動을 作 는 가저야할것이다。朝鮮의文壇은 마치 陰地에서 자라나지못하고 꼬부라든 풀외를 바라보는感이 없지않다。小天地에서 侏儒가 옴지락거리는것을 보는것같기도하다。

普通「쟁이」라는 그말속에는 그以外의일에는 通치못하고 또 通하려고도 하지안는다는 意味가있다。또 所謂「쟁이」쯤 되면 그것을 一種 矜持로 알기도한다。옛날로말하면「學者」라든가 골선비라는것도 그러하였다。그들은 글과책以外의것을 알려고하지않었다。

勿論 書冊에서 얻는智識을 否定치못할것이나 거게만 매여달려 現實一般에 等閑한것은 스스로 片眼者가 되기를 바라는것이며 一人一脚으로 살아보라는것이나 一般이다。

現實이란 人間社會의 生理現象이며 生活動態다。그러므로 現實에서 배이랴고하지안는것은 生活의一部를 化石시키고 抛棄하는것이라고할것이다。이렇게 重要한 部面을 죽여버린사람이니만치 누구든 얼른 유표히 눈에띠이는것이며 그래서「쟁이」로써 불르게되는것이다。

참말 훌융안 作家는 文學以外의것을 알려고하지 안는것보다。차라리 文學以外의것에對하여도 여남은 사람보다。더깊이 더널리 理解하랴고하고 探究하려고하여야할것이다。

끝으로 나는「쟁이」와「체」와「가다」에 박히는 것을 文學態度의三不이라고 말하고 싶다、大禁物이다。

모름직이 文人은 健康한 社會人이되고 深刻한 洞察者가되고 生生한 生活者가되어야할것이다。

『새倫理의 一節』

趙 碧 岩

나는 토요일만 되면 더욱 적적하다。무서운 암흑이 짝어누르는것 같이 우울하다。

실심하니 묵어운 침묵을 꽉 직히고있다。괴떠스리 마음 둘곳을 잊고 점멸(點滅)하는 환상과 울칩한 고독에 사로잡히어 한미한 시간을 혹은 지루하게 혹은 의외로 빠르게 이 토요일 오후 반나절을 허비한다。

올어느때에는 칩울한 하숙방에서 척상륜립을 하고 앉어서 삿타구니에 두손을 푹 찌르고 눈을 감었다 멀뚱히 떴다 하며 괴로운 시간의 마디마디를 뼘어 보기도하고 또 어느때에는 텅비인 학교사무실속에서 팔장을 끼고 테불과 의자 사이를 서성거리며 무위(無爲)에 가까운 이즈막의 생활토막을 쪼개보는수도 있었다。그러고 지난 토요일 부터는 도저히 감내할수 없는 심회를 붓않고 느긋한 번뇌를 가셔보라고 담담히 혼자 들로도 나가보았다

이제는 날세가 제법 풀린것도 같었다。이달이

양력으로 삼월이니 봄정기가 뚜렷히 든것을 알아냈다。이발견이 내게는 얼마나 대견한 사실인지몰랐다。이고장은 조선의 남단이라 겨울이라도 그리지독하게 치웁다고도 하지 않지만은 지난 겨울은 저지나간해들보다도 유달리 푸근한 기후였다고도한다。그러함에도 불구하고 조곰한 하숙방속과 누추한 사무실안에서 고개를 외로판채 그곳을 버서나지못하고 이제까지 처백혀 왔음을 제깐엔 뭇처꾸짖고도 싶었다。

그러나 나는 되눅여 생각하여 볼때 그곳에 너무도 착살맞고도! 우숫광스러운 그리고 너무도 적은 착각의 실오리라고나 할가 그러한 피드리를하나 낙군것이였다。즉 내자신을 모멸과 저주할 그적은 사실—그것은 근래에 드문 지난겨울에 온화했든 자연에게로—아니 기후(氣候)에게로 그책임을 전가시키고 싶은 심정도 난다는것이였다。

첫재로 내자신의 불출로 즉 고무줄같은 번뇌와누에(蠶)같이 유약한 건강과의지가 좋이 그굴레를버서나게 하지못한것이라고 역일때무었보다도큰 견책을 입어야 할것이지마는 반드시 사람이 내재적(內在的)원동력으로만 사는것이 아니라는것을 응락한다면 환경의 그무었에게도 난우고 싶다는것이였다。그런의미에서 둘재의 책임자를 탐구하고도 싶었다。

기후가 좋더 그악스럽게 치워서 겨울은 겨울답게 혹독한 설한이 몰아쳤었다면 차라리 나는 그치위에 내 알몸송두리채를 받히고래도 부댁겨나갈 건투의 준비와 실행을 마지않어서래도 감행하지아니치못했었을 것이언만 하찮고 신지무니하며 시건방진 비겁한 겨울이었기때문에 다시 말 하자면강경한 원수가 아니고 간열핀 반동자의 근지러운바늘침같었기 때문에 순풍또는 역풍에 용소슴치는순조(順潮) 또는 역조(逆潮)가 아니라 노 부러진풍선(風船)의 잔잔한 황혼의 호수였기때문에 즉살낭살낭한 령하 이삼도의 치위이었기때문에—혹은감기나 들지않을가 혹은 으슬으슬한 오한에 간지러운 소름이 끼처질가 두려워 으쩐지 내 자신이조선의 현실에 있어서 벗어부치고 나스지 못하는청경과도 같이 하숙방과 사무실을 직히고 있었다고나 할가。

즉 침체된 기분과 침울한 환경과 신지 무니한정세가 사람으로 하여금 퇴페의길을 더듬게 하는것과도 같이 미적지근한 치위란 씨알머리가 나의그림자의 틀니지 못한 가느른 역사의선(線)이나마헤넓은 산과들에다 그어주지 못한것이라고 피변이라도 떨고 싶었다。

하여간 봄기분을 냄새맡은 나는 토요일인 이날도 전번 반공일과 마찬가지로 덮어놓고 들로 나가고 싶었다。

아해들을 일즉안치 돌려보낸후 다른 교원 들은 토요일이라 좋아라고 혹은 둘 혹은 셋 떼를지어 몰려나갔다。그들의 입에서는 술이야기 장기 바둑 마장이야기 심지어 기생 술집게집애 이야기 그외에 참아 입에 담지못할만한 이야기 까지도 지절대며 몰켜나갔다。지난 엿새동안을 생무지 아이녀석들하고 단만씨름들을 하느라고 홍한 곡경을 치르고난 판이니 이 공일을 앞둔 여유있는 시간도요일의 오후가 그들에게는 얼마나 사랑 스러웠을 것이랴。이런일은 으례건 있을수있는일이 아니랴。

그러나 나는 그와 정반대의 길을 밟고 있는것이었다。다른 사람들은 끼리끼리 뭉여서 혹은 친구의 사랑방 구석에서나 가정에서 여유있는 행복된 시간을 유리의하게 보내는것같은데 나는 그렇지못하다 나는 동무가 없다고나 할가? 이곳으로 온지가 장근 반년동안이나 되었어도 인사하는 사람은 제법 많이 느렀으나 내마음에 얼맞을 만한 사람이라고는 아예생겨 나지도 않은것같었다。장사로 판을 짜고있는 이곳이니 만치 리해를 떠나이야기할만한 녀석은 도모지 없을것만 같어 뵈였다

그런다고 내가 무슨 자존심이 많다는것도 교만스럽다는것도 또는 괴팍스럽게 군다는것도 아무것도 아니었다。 단지 나를 그여히 꾸지람 한다면 나는 그들만치 즉 나의 주의에 있는놈팽이들만치 속(俗)되지못한 얼뚝이라고나 할가?아직껏도 헤넘지락한 세상 상파닥이에서 엄벙덤벙대지못하는 소위 때못벗은 교원나부랭이라고나 할가?

그러나 같은 교원들 끼리 서로 돌려앉어 술한잔을 난우어 마실때에도 눈치를 서로 살피고 담배한대를 부처 피우면서도 아첨과 샘을 부리는꼴악선이가 툭불그러진 광대뼈낮작 모양으로 뵈기실었기 때문이라고나 할가?소위 그들과 엄불리는마당에 있어서의 권모술책이 과직해야 세뼘도 못됩것이겠지마는 내깐엔 단한치라도 그러고 싶지않다는 고집에서라고나 할가? 나는 술로 자기신경을 마취 시켜 모든 번뇌와 분노를 꺼바리고 싶어하는 그러한 실연자도 타락자도 아니었기 때문이라고나 할가?

항차 그렇다손치드라도 나는 그런다고 주의사람들하고 시비를 건는다든지 소문의 초림이되어 손고락질을 받는다든지 그렇지 않으면 그 사람들을 깔보아 업수이 역인다든지하는것도 아니다。

그런다고 나를 그들이 욕하는것도 비방하는것도

또는 멀리 하랴는 것도 아니다。그들은 나를보고 도리혀 얌전하다。점잔코 으젓하다고 까지 하며칭찬도하고 존경비스름한 언사까지도 비추는 적이있다。물론 그런다고 그말이다 진정이 아닐 것이며 그런말에 듣들나도 아니 이지마는—나는 연신좋은 낯으로 반가워 하는 표정으로 그들을 대하고 그들과 입도 같이하고있다。단지 나는암만 금하다하드래도 남의 종아리를 처들 경박과 암만리해(利害)가 있는 일일지래도 얼없는 곳에서 어리손을칠 어리광대 노릇을 할 그러한 심청도 없었다。이실직고로 나의 맡은 일에 소같이 거러가면 그만이라는 신념뿐이 다르다고나할가?

그런다고 나에게는 전부터래도 영영 동무가 없었느냐 하면 그런것도 아니다。차라리 동무를 너무 내맘과 같이 믿었었기 때문에 그러고 너무도 동무를 좋아 했기때문에 나의 구겨진 과거의 고통을 저질렀든것이고 딸아서는 나의 커다란 이상을 확난시켜서 오늘의 번뇌와 우울을 끼언저 주었다는것으로 변명의 여지를 찾어볼가도 하는것이다。이러한 쓰디쓴 실험은 나에게 범연히 동무를 얻지못하게 하는 갈꾸리였다。

이리하야 나는 아해들과 악다구리래도 하여가며 오뇌와 고독감을 점여 버리는게 낳기로 혼자적적이있어 우울하기만할 토요일이 도로혀 무섭기까지 하였든 것이었다。이번 토요일을 또 어쩌 지낼고 이것이 한큰걱정이었었다。

× ×

나는 관아뒤ㅅ동산모퉁이를 감돌아 병막있는 새미끝작이를 지나서 참나무 노가지나무 오리나무밥나무 물감나무들이 서로 엉성드뭇하게 얼켜저있는 잡림(雜林)사이를 피매듯이 한참이나 헤매였다。드디어 아람드리 전나무가 섰는 선황당 마르턱이를 올러섰다。별안간 바람이 호되게 불어왔다。

휘날리는 옷깃을 염여가며 한손으로는 중절모자 깃을 눌러잡고 있었다。

바람엔 아직까지도 찬기가 석겻다。눈아래 펄처저있는 야산의 삽림들은 바다ㅅ 물결같이 파도처 나붓겻다。다시 그산밑으로 부터 펄처저있는 들에 논뱀이들은 으전 거미줄처럼 헙상 궂게도 왼둘을 얽고있다。서에서 남쪽으로 병산밑을 닥어 흐르는 시내에는 퍼—런물이 별창을 해서 그냥 잔잔이고여있었다。들가에는 멍슴이산 두래산문안산이 좌중어른이 되고 그사이를 졸맹이 야산들이 손을 마조잡고 울타리를 삼어주었다。

옴속 좀속 수풀이 욱어진 골작이에는 버섯같은 농가가소복소복이 끄여있다。벌서 저떡안개는 그곳애 깃들였으며 반넘어 빗긴 석영(夕影)은 검은 산그림자를 들복판에 가로지르고 있었다。소리도 없이 아늑한 이정경 그것은 자연그대로의 검우룩한 대지의 건강이였고 온순한 성격이였다。

나는 귀신에게나 홀린것처럼 우둑허니 서서 먼산을 바라보고 있었다 울고도 웃고도 부르짖고도 싶었으나 울수도 웃을수도 부르짖을수도 없었다。그렇게 막연히 울을것도 웃을것도 같지않었다。오즉 곡절많은 과거와 흐리멍덩한 현재 그러고 거러 나갈 암암한 장내를 생각할때에 거기에 너무도 어처구니가 없는 거믄그림만을 발견하였다。이착까부러진 현실속에서 오즉 자기 일개인의 영위(營爲)만을 위하야 그날 그날을 보내는 이땅에한 개사나히의 조바심이 파닥일뿐이었다。손에든 모자를 물그럼이 드려다보았다。

언제벗었는지도 모르는 모자 나는벌서 무의식중에 이웅대한 침묵과 숭엄한 질박(質朴)을 간직한 대지(大地)에게 경의를 표하랴고 한짓입을 깨닿였다。자기자신을 잊는 이한낫 광홀한 순간 이순간같이 경이(驚異)에 차고 신망(信望)에 넘치는 동무 애인 스승이 그리웠든 것이였다。

벌서 해는 너위ㅅ 너위ㅅ 서산을 넘어 자회색의 빛갈을 거두고 왼들의 구석구석에는 검은 날개가 파닥이였다。연한오렌지 보작이에는 컴컴 검은 빛갈이 숨여들었다。

나는 발길을 돌리랴는 순간 소름이 쭉 끼치어젔다。나는 왜? 소름이 이렇게 묻고도싶지 않었다

나는 지름길을 접어 판아 뒤ㅅ동산을 나려왔다 하숙으로 돌아갈가 하다가 앗가 잊고 나온 책을 가지려 학교로 도로갔다。

학교에는 숙직하는 김선생이 혼자 신문을 보고 앉었었다。책을 찾어가지고 나오자니 김선생이 그제야 생각난듯이 벌덕 일어나며

「아!참! 손님이 왔읍디다 복상 찾어서」

「나를?」

나는 구두를 신다 말고 놀래 일어났다。

「응!」

나는 그대답이 너무도 싱거워서「무얼 하부형이 찾어 왔었겠지」이렇게 역이고 구두주걱을 대였다

김선생은 나의 대스럽지 않게 역이는 태도를 보더니 혼자말비슷이

「이고장 사람은 아닌것 같든은—」

「그럼 누구랍디까?」

「글세 누구냐니까 나종에 또온다고 그러더니」

「나종에 또?」

「그래 나중에 또 오마구하며 여관이 어디냐고 무릅디다」

「나잇는데 말이유!」

「아니 말구」

나는 그만하면 알어차렸다고 인사를하고 나오랴다가 되돌아서서

「언제쯤 왔읍디까?」

「당신이 앗가나간 바로 뒤에든가」

나는 대답도않고 돌처서서 사무실을 나와버렸다。

하숙으로 돌아가서 저녁을 먹은다음에 여관옵 전부 뒤저보랴고 했다。 그러나 설네인 마음은 조바심이났다。 외로운 때이니 더욱 더하였다。

「누굴가?」

나는 무척 궁금하였다。 하숙으로 향하였든 걸음을 돌려 먼저 여관을 찾어보기로 했다。 금성여관 상인여관 안성여관 등을 삿삿치 뒤저보았다。 심지어 남의방까지 기웃거리었었다。 그러나 알만한 사람이라고는 없었다。「다시오마구」그랬다든 김선생에 말이 아직까지도 밥티같이 귀ㅅ기슬에 붙어있었으므로 도로 학교로 가서 무러보았으나 오지 않었다고한다。

어슬넝 어슬넝 하숙으로 돌아왔다。 내가 정하고 깊은 방은 커튼을 들거서며 바로 빛이는 들가렘 방이었다。 하숙집을 실심하나 들어서나 내방문앞에 낫서른 구두 한커레가 놓여있었다。 나는 이제껏찾어단였든 터이라 잊어버렸든 보석이나 찾은것처럼 우선 반가웠다。 그러나 다시「그가 누굴가?」하고생각이키울때 어쩐일인지 가슴이 울렁거리기 시작하였다。 나는 덤석 가서 방문옵 열기가 두려웠다。 안타가운 맘씨좇아 있었다。 어리둥절하고 서 있는 나의 꼴악선이를 심부름하는 순비가 안방 부억에서 숭융을 떠가지고 나오다가 보고 우뚝서며 재빠르게 일커주었다。

「손님이 아까아까 와 기다리서요 선생님」을 그 소리가 나자마자 방문이 펄적열리며 텁석부리 머리가 불숙 나타났다。

× ×

우리는 서로 아무렇게나 웅커쥐인 손아귀에 조곰도힘을 느추지않고 잠시 서로 처다만보고 섰었다。 눈과눈에서는 준비나 한것처럼 김서린 눈물방울이 덤벙덤벙 붙을 솟처떠러졌다。

이군이 이렇게 찾어 올줄은 꿈에도 생각지 않었었다。 두눈에서 흘러나리는 눈물에 얼빛이는 지나간날의 추억—

이군과 나는 전라북도 s군내(郡內) p공입보통학교에서 같이 교편을 잡고 있었다。 내가 면습과를

갓맟이고 처음으로 부임을 하고보니 이군은 나보다 먼저와 있었었다。 나는 처음으로 세상의 황파(荒波)에 부다처서 모르는것이 많었으므로 그를본받어배운바가 여간아니었다。 그도 몹시 고적했었든터이라 처음맞난 나지만은 퍽 다정이 굴어주었다 우리는 서로의지하고 서로양해하는 마당에서 더욱이 같은불평 같은울화 같은성격은 남철같이 한데 녹아부처 주었었다。 그러는 사이에 같은 리상에로의 행진을 북도다 주었든것이었다。 그러 다가 사건에 연좌되며 우리 둘이는 그학교를 그만두게 되었다。 그후 이군은 그여히 당하고 말었으며 나는 그나마도 이군이 되맡어 책임을 입었기때문에 불기소로 나오게 되겼든것이었다。

그 리면에는 세상모르는 나의 경박도 있었다。 즉 같은 교원중 한사람에게 같이 일해보자고 섯블리 짓거린 나의 경박과 그사람의 반동이 얼마나 우리의 마음과 일을 좀먹게하고 썩게하였는지 모른다。

그후로 통신 조차 서로끊어 졌었음으로 그후ㅅ일에 대하여서는 전혀몽매하다。 그러나 나는 지금 제버릇 개못준다고 접장질을 벗지못하고 이곳사립학교에와서 교원생활을 하고 있지않은가 나는무척 반가워 하였다。 그가 방안에서 손을잇끄는대로 나는 구두를 벗고 뒷마루를 올러서서 방으로 들어섰다。 그랬어도 손은 아직까지도 놓여지지 않었다 얼마쯤 진정을 한후 이때껏 여관을 찾어단인이야기를 하니

「여관으로 가랴다가 그래도 그럴수가 있든가 자네가 있는데。 마치 그대네 학교학생을 맛나서 자네 하숙을 무르니 바라다까지주데」 하고 그는우서 뵈였다。

우리는 딱당하고보니 하도 할말이 많어서 어데서부터 끄낼지를 몰렀다。 괜히 허둥개둥만 해지고 갈피를 잡을수까지 없었다。 겨우 저녁을 먹으며술잔이나 나누고 나니 그제야 실마리 풀리듯이 피리를 서로물고 이야기가 술술풀어저 나오기 시작하였다。

이튼날 아침에 세수를 하려 나간 나에게 주인집노파가 부어게에 나오며

「온 선생님도 어쩌면 그러슈?」

하고 눈을실죽인다。

「뭘요?」

나는 그의 살찐얼굴에 짜그러진 된박같이 우슴을 던 표정을 읽으며 시침이를 뚝떼고 저법 쾌활하게 말대ㅅ구를 하였다。 그런즉

「여니때는 색씨보다도 고흐신 양반이 어제저녁은

어쩌면 그렇게도 좋아 야단이시라우. 속담에 어미 팔어 동미산다드니만 아주 동무를 맞나니딴 사람같데두 그래 호호호—술을 다 잡숫고 어쩌자고 이야기로 날밤을 바짝 새이는기우? 나는참 처음 보았구만」

나는 입에문 치솔을 빼고 대답대신에 빙그레 웃어만뵈였다。 오늘아침에는 유난스리 기분이 상쾌하였다。 모든 울화 모든번뇌 모든 고독을 한꺼번에 쏟아서 가셔버린것만같었다。 세수를하고 방으로들어오니 이군은 아직도 늦잠이 들었다。 나는 머리에 빗질을 하다말고 그의 얼골을 바라다보았다。 그도 지금은 어지간이 주름살이 많이 잡히였다。 살이 두둑하야 탐스럽게 보이든 그의얼골이 어댄지 모로게 알팍알팍하게 보이고 살보다도 뼈다귀가 제법많이 불룽거렸다고 생이끼치고 간 협한자최였다。 자기 일신보다도 더큰일을 위하야 갈팡이든 그의행적이 아로색인 흔적이었다。 그엄격하고 믿음직스러운 삼십고개를 겨우 넘어슨 그의얼골에는 어슴츠레히 조선의 상파댁이가 그려 있는것만같었다。

간밤에 술이 거나해서 주절대든 그의말이 되 생각 키운다。

그는 삼년간 영오의 몸이되었다가 그곳을 나온후당분간은 유랑의길을 걸었었으나 우선먹고 살기위하야 당분간만 이러한자기 마음대로의 주지하에서 재작년 가을부터 서울 어떤잡지사에 몸을담고 있다고 한다。 그는 언제든지 자기개인을 위한영위(營爲)는 헌신짝같이 버서버릴 각오와 준비를가지고 있다는 것이었다。

나는 머리를 빗질하든빗을 놓고닥어가서 그가차내버린 이불깃을 조심스러히 염여 주었다。

× ×

아침밥을 치른후 찾어볼데가 있다고 이군은 일어났다。 나는 잠시라도 떨어지기가 싫였다。

「나도 가도 무관한가?」

하고 무르니

「응! 자네도 알어둘만한이일세 같이가세」

「자네의 사교술좀 배러갈가나」

나는 좀 어색한 한편 빈정대는 기분으로 꼬집어보았다。 이렇게 터놓고 무러 뜯어보는것이 얼마나 기쁜일이랴。

「좀 더 앞으게 비틀어보소」

우리는 기분좋게 웃어버렸다。 그러나 나의 심중에는 간밤에 이군의 이야기 가운데에서 잡지를 하자면 숫한 거진말과 눈가림을 하여야 한다는 말이 내머리속에 그저 꼬리를 서리고 있었기때문에 또 그러한곳이 있지하고 빈정대서 말한것을 뉘우쳤다나는 팡고 깨나 돈냥이나 울구라는 것일것이니 여러군데찼지」하고 생각하였기 때문에 누구나고 듣지도 않었다。

우리는 새ㅅ길로 빠져 큰길로 나섰다。 이군은 조고만 반찬가가로 들어스더니

「여기 말좀 무름세다。저―성일영(成日永)씨댁이 어데쯤 되는지 모르쉬?」

「모루」

가가주인은 질화루를 끼고 앉은채 눈까지 실죽해서 볼먹은 대답을 하였다。나는 잠간 뱃장이 꼴였다。그래도 이고장에와서단반년이라도 유하고 있는 나에게 뭇지 않음이 기분을 어질러주었다。그때서 앞서것는 이군의 억개넘어로

「아!누군데?」

하고 풀석물어 보았다。

「아마 자넨 모를걸 나온후 팍백여 있었을 터이니까 성일영씨아나? 그래」

그는 도로반기는듯 돌처서서 물었다。나는 얼는 생각키지 않었다。

「성일영!멀하는 이ㄴ데?」

「벌서 자네 대답이 글렀네 모른단소리지?지금 멀하는지는 나역몰려 서울서 사다 이리 나려온자가 얼마 안되니까 자기 고향은 고향이지 마는」

그때 마츰 옆골목에서 우편 배달부가 지나간다。이군은 얼는 그를 붙잡고 무렀다。그는 고개를좌우로틀며 얼마있다가 생각난듯이

「뒤ㅅ말로 가보슈 거기가 무르면 있을법합네다이」

우리는 이소리를 듯고 뒤ㅅ말은 내가알므로 앞서서 찾어갔다。뒤ㅅ말 초입에 있는 나무가가 겸담배가가에 가서 무르니 그안골목에가 무러보란다 차츰 차츰 골목을 접어들어가니 골목은 갈수록좁어졌다。사람이 길을 어길라면 서로맞비비고 길을 박굴고대도 있었다。

그근처는 이곳의 빈민굴이었다。움집들이 줄비한데였다。

초마끝이 눈아래로 보이는 다 찌그러저가는 오막사리가 몇채있고는 그남어지는 전부 움집들이었다。혹간 붉엉게 녹스른 생철떼기로 바람 벽과 집웅과 그외왼갓부분을 주어 부친 성양갑 같은 집도있다。그나마 못질도 못하고 이워진 색기토막을 끝에다 돌을달어 이영매슴을 대신 하였으며군데군데 험상구즌 들맹이가 집웅우에 놓여있는것이 흙사히 박 열린것이었다。혹간 움집과 오막사리를

반분반분으로 소위 튀기집도 있다。 울타리라고는 볼수 없으며 대문이나 싸리문같은것도 뵈이지않었다。 그저 거적댁이로 부엌이나토방의 출입구를 막었을 따름이었다。

소위 골목이라는데도 구정물을 마음대로 찌처서 하수도 겸용이 되어있다。

무슨 대문이 떠떳이 있다고 문패나부랑이에 의지하여 찾어볼수도 없었다。 그런다고 짓궂게 집집마다 방문하여 일일이 물어볼수도 없었다。 그집을 찾자면 조히 고약스러울것만 같어서 기웃 거리고 섰을 무렵에 옆골목에서 물동인지 무언지 그러한 듯한 오지그릇을 이고나오는 중늙은 부인네를 맞났다。 그를 붙잡고 무르니 그는 고개만 개우뚱개우뚱하며 얼른대답을 하지안는다。

「성일영」이를 세번 네번발음을 곳처했으나 종시

「그런 분네집은 없으라우」

하고 저법이곳에는 능통하다는 기세를 보이고 단언하였다。

그부인네를 보내놓고는 더욱 막연하였다。 이군은 모자를 벗고 땀을씨스며 개벼우나 그러나 심장에서 우러나오는듯한 한숨을 지었다나도 같이 우둑현이섰다가!! 무슨큰 도릭크 나 발견한듯이

「도로 나가세—

「그래도 찾어봐야지 예까지 와서」

「아니 그냥 가는게 아니라 앗가 이골목밖 가가에서는 잘아는 모양이니 도로 나가서 뚝뚝이 알어가지고 되찾어 보세이」

이군도 마지 않어 나를 딸아 골목을되나왔다。

그는 또 가가에 가서「마고」한갑올사고

「여보슈 쥔님! 앗가 붙든 성일영씨 집이 어데쯤 있오니까? 암만 찾어도 모르겠으니 말슴유」

「그안에 있잔소?」

「글세 무러까지 보아도 모르겠답디다이」

이때에 가가옆에 앉어서 곰방대를 피우든 중늙은이가 담배대를 빼며 말참견을 하였다。

「뉘 말인데이?」

가가 주인에게 덤빈다。

「아—커 승세네 말이라니」

하고 가가주인은 거스름돈을 가지고 나와서 골목을 가라치며 외로니 바로니 뉘집뒤이니 간난네옆집이니 하나 처음 찾는 우리로서는 도저히 알아들을수가 없었다。 그는 도로혀 답답하다는듯이

「자네 일없는기오?」

가가주인은 곰방대에게 무렀다。

「어이」

「그럼좀 가리켜 드리소」

곰방대는 싫다좋다말도 없이 이러서서 골목을 접어 들며 그제서야

「이리 오이라우」

하고 곰방대로 상투밑을 직신직신 글그며 앞에 걸어갔다。

그집은 야튼 움집반 오막사리반의 튀기집이었다 오막사리편은 제법 벽도 있고 한자가웃이나 될락말락한 열창까지 있다。움집편은 아마 부엌인듯싶었다。출입문은 여엍 거적문이 었다。뒤에있는 커다란 바위밑에 쭉 업드린품이 으전 거북 시늉이었다。그바위에 기까지 질린것같었다。왼쪽으로 꼭같은 것이 옷둑서있다。냄새 풍기는 것으로 보아 그것은 소마깐(便所)인 것을 알아차렸다。

곰방대는 덮어놓고 거적을 처들고 안으로 쑥들어갓다。한참이나 있다가 다시 그개만 거적밖으로 내밀고 여전히 담배대문덕을 끄덕이면서 우리를불렀다。

우리는 거적문 앞까지 닥어가서 주인이 나오기를 기다리는것처럼 주저하고 있었다。그눈치를 채드니 쑥: 거적밖으로 나스며

슈」

하고 고맙다는 인사도 채하기전에 벌서 골목모스리를 뒤도안돌아다 보고 슬슬거려가버렸다。

이군은 거적을 처들고 안을 기웃거렸다。그거적안이바로 방문이었다。한손으로 문지방을 집고단손으로는 문을열고 내다보는 볼품이 상구나온 사나희의 얼골이 이군에 억개넘어로 마주치었다。

이군에몸은 그 거적속으로 파묻히어 젔다。

「아이구 이게 아이구 이게」

하는 말소리가 귀설게 둘리더니 흘흘 느끼는 소리가 방안에서 흘러 나왔다。

나는 어쩐 영문도 모르고 소마깐 (便所)옆에서 이집밑으로 펼처저있는 집둘에 풍경을 바라다보고 섰었다。

바다물처럼 검푸르게 질린 하늘은 착 까부러저 상여뚜겅처럼 이골작이 움집들을 찍어누르고 있어다。오죽 한대ㅅ집 건너저편에 서있는 팔뚝만큼식 한입떠러진 뽀푸라나무 두어주가 이무거운 한울에 압력을 떠메고 있는듯 싶었다。다같은 하늘이면서도 이곳은 유난히 답답하리만치 어덴지 모르게빈궁에 저린 얼골같기도 하였다。

어데선지 저편짝에서 숫닭에 우름소리가 길게들

번 후모는 아모 소리도 들리지않고 더욱 고요하였다。죽엄같은 정일 아니임종(臨終)을 지키는순간같이 고요하였다。

나는 모든것을 잊고 우두머니 섰을딸음이었다。이처급혼 풍경에 너무도 팍질여서 우름소리도 내지못하는 형상이었다。

나는 화석(化石)이 된듯이 무심코 섰을때 거적이 부시럭하고 열리더니 이군이 들어오라고 손짓을하였다。그의눈은 안질난사람 모양으로 벌거케짓물렀다。나는 대답도 하지않고 닥어갔다。

방안에 들어스니 매키한 내음새가 코를찔렀다。아롬묵에는 때가꾀지지 저른 요가깔리고 그우에웅크리고앉은 한 사나희가 있었다。한옆에는 잘막한 횃대가 매여있었고 그횃대우에는 역시 꾀기꾀기때ㅅ국이 흐른는 헌옷나부랑이가 두서너개 제멋대로 걸쳐처 처느러진 품이 개가죽 거머놓듯 싶었다。움목쪽한편으로는 몬지와 손때로 길드른 석냥궤짝으로 짠궤가 하나놓였고 그우에는 묵은 솜이빼질빼질내다뵈는 이불파 요가언처있었다。

그옆으로는 몹간 요강이 아가리를 딱벌이고 있으며 또 이쪽 구석에는 식커먼 버선이 한켜레만잡바저있고 방가운데에는 좁은방과 어울리지 않을만한 큼직한 질화로가 놓여 있었다。

벼름벽은 신문지쪽 잡지쪽 광고지등으로 얼기설기 도배라고 한모양인데 아름묵쪽벽에는 방바닥에서 머리가 앉어달만한 곳에 머리맛인듯 싶은곳은 진하게 그러고 발치로 갈수록 조곰연하게 윈직선으로 머리때가 묻어있다。이불에서는 곰방 이만놈이 설설 기어 나올것만 같었다。

이 매케한 정경속에서 눈만 말동말동한 사나희 그는몸을 잘쓰지 못하고 고개로만 간단이 인사를 할뿐이었다。

그사나희도 역시 그방안과같이 꾀지지 하였다。얼골까지도 진누덕이 고생때가 더덕더덕 하였다。두기골은 장대하고 부리부리한눈 웃둑솟은코ㅅ날 두룸한 입술 넓지럭한 이마 이러한 그의장대한 얼골에는 병색이 팍질려있었다。손고락이 길쭉길쭉하며 앙상이 심줄만 억시게 빼쳤었다。

나는 이군에 소개로 인사를 건넛다。이군은 내게대하야 간단히 소개를 건넌후 그사나희의 소개를 하여 주었다。

「우리 형님 알지 자네 우리 감옥에가서 돌아가신 형말이여 우리죽은 형님과 자별한 친구시고 또 의형제시구 하시예 저ㅡ왜 우리사건뒤에 사건이 있지 않었든가 그때둘 같이 다들 고생을……」

이군의 말은 점점 목메여젔다。 그만 말을 못하고만다 그이군 형님에 친구라는 아름묵 사나희는 질화로를 닥어끼고 앉어서 꺼저가는 검부적 재ㅅ불을 화젔가락으로 쑤시고 있었다。 불꺼진 질화로잿속에서 지난날의 추억에 실마리를 찾어보랴는듯이 그는 화젓가락끝을 응시하야 지키고 있었다。 이무거운 침묵파 추억이 얼마나 그들을 쓰라리게 하였는지 모른다。 이때에 방문이 펄적열리더니 검둥이 아이녀석이 뛰어들어왔다。 우리를 보고는 잠간 놀내는 빛이더니 책보를 집어팽개치고 밖으로 도로 나가랴고 한다。 그제야 아름묵이 고개를 돌고검둥이더러

「너 이 아저씨 뵈라」

하고 다시 이군을보고

「내자식 일세」

한다。 그놈은 나에게 먼저 절을한다음 이군 에게꾸뻑한후 그냥 나가버린다。

「아이구 퍽 컷읍니다 거―참」

이군은 대연한듯이 말하였다。 그제야 아름묵 청씨가 나가는 아들에 뒤ㅅ모양을 한참이나 바라보고는 눈을돌리며

「그놈 장란이 하도심해서 그런데 여기는 어둡다고 저동무네집에 가서 공부를 하고 오는모양인데 또 놀러 나가나비구먼」

그는 살우슴이 야윈 볼위로 기어올은다。 나는 이제까지 아모런 말대ㅅ구도 아니하며 뭇춤하든판이라

「어느 학교에 단임니까?」

하고 무렀다。

「학교는 공입학교 지라 머―공부는 하는지 마는지 아른체도않고 제대로 내버려둡넨다」

「네!」

「그런데 그놈이 아주나를 하찮게 역인단 말입세 요참」

하고 이번에는 이군을 처다본다。

「왜요?」

「왜따니 저분은 다아시겠지만 공입학교란솜 돈푼이 넉넉한 사람에 자식들이 비교적 많이 단이고 또 다들 살기들이 나갈진않에 학부형들이 학교위원이내 또 학교를 찾어와 선상에게 당부를하내 기부를 하내 하지앗나」

「암요」

나는 멍하니 앉어듯다가 박차(拍車)를 누렀더니 청씨는 자리를 곳처앉으며 말읍이 된다。

「아! 그놈이 누구아버지는 학교에다 기부를 얼마했느니 어쨋느니 하는것이 ―어린것이 자면 그

러는것을 보니……」
그는 다음말하기를 끊고 감개무량한 빛이었다。
「아주머니 어머 가셨읍니까?」
하고 이군이 말머리를 돌리었다。
「요사히 우리집 내무대신겸 대장대신(大藏大臣)이네。 나는 반신불수로 이모양으로 처백혔구 어대돈나올 구덕이있어야지 그래서 남에 바느질가지 빨내가지 해다주고……아주 헌다허는날 품파러군일세」
그는 여까지 말하고 「후유」 하고 한숨을 진후
「오늘도 안터골 이주사낸가 어댄가 바느질거리가 있다고 해서 가질러 간모양인데 거이올때도 되었구만 시집온후로 호강한번 못해보고 참나때문에 이내 절절이 고생사리지」
그는 또한숨을 쉰다。
「그래도」
그는 그다음 말을 잇지 않는다。 우리는 또한참동안 침묵을 지키고 앉어있었다。

× ×

우리는 그비직(悲的)장면을 떠나 골목을 빠진후 교외로 발을 옮겻다。 이군은 거르면서 성씨에 지난경력을 조곰더 자세히 이야기 하여주었다。
「그는 삼일운동때에도 [illegible]

경으로 건너가서 공부도는했었지 그때 그곳에서 우리형님과 처음 맛난 모양이데 그래서 M사건도같이 당하지 않었나 그여 우리형님은 영오의 원혼(囹圄의怨魂)이되여 버리시고 그는 살어나온다는것이 쭉도로 신경쇠약에 풍증까지 겸하여서 모양이 아닌가? 나는 돌아가신 형님만 생각나면 그분도……」
이군은 입술을 지긋이 깨물고 것든거름을 멈추고 먼하늘을 우러러 처다보고 섰었다。 그러더니 다시 것기시작하며
「그분도 저절로 생각이 울어난다는 것일세 나는 죽은 형님이 보고 싶으면 그분을 찾고찾고 했었느니 서울있을때에는 그분이 성격이 으전우리 형님과 꼭같잔나 그런데 자비 저 방골이라는데 사는 성직각네 아나?」
「응ㅡ알지」
「그 성직각내 저 성일신(成日信)이말여?」
그는 다시 다진다。
「응 말은 들어 알지 면협의원도 지냇지?」
「그야 내가 알겠나 무었을 근자에 지냈든 그가바로 그분에 형이 아닌가?」
「응ㅡ그래?」
「[illegible]

그러나 패ㅅ심은 한놈이며 그분네가 감옥엘 갔을제 사식을 드립네 홀로 사는 계수를 보살펴줌네하고는 제아우목앗치로 땅마지이나 있는것을 죄다 이끝저끝을 주서모아 처서 이전을 해먹어버리지 않었겠나 제돈을 몇푼식 대여주고는 남에 돈을 빗내왔다고 하고 그런 금삽을 그러고 제게수를 내여쫓다。 삶이 하야 그의지가지 없는 부인네가 어려운 친가로 외가로 비렵질을 다단이지 않었었겠나 그러고도 제아우가 몸쓸병까지 얻어 가지고 감옥에서 나왔어도 한번 삐금이들여다본후로는 와보지도 않고 조금도 돌보지도 않으며 아른처도 아니하니 그런 도처이같은놈이 어데 있겠나 그래도 직합이 무어니 자식을기르느니 하니…온…하여간 청형은 우리 조선에 양심적인간에 가엽슨 회생자일세 또 조선에 얼골이란 말이여 그병든 끌약선이 하고」

「참지질놈이군」

나는 이렇게 욕이 아니 나오지 못하였다。 이군은말을다시이었다。

「그런데 그부인이 참 가륵…」

하다가는 말을 탁 끊어버린다。 그의눈은 한군데를 응시하였다。 나는 그의 태도에 잠간놀래였다。 어쩐 영문인지는 모르지마는 그의기분이 심이 좋지못한 것만은 놓지지 않었다。 그의 눈두겁은 점점젖어젔다。 눈물방울이 덤벙볼을 스처흐르자 손수건을 끄내여씨섰다。 그의 입술은 직신이 깨물여저있었다。

나는 졸지에 당하 눈입이라 멍하니 그거동만 살피고 있었다。 이모든 정경에 대한 갸륵한 마음씨에서 우러러 나오는 순정이라고 역이고 나의눈독겁좇아 더워 젔었다。

그러더니 잔디가 제법 포근이 깔린내ㅅ뚝에가서 앉드니 자기의 먹은 마음을 못참겠다는드시 다시 말을 이웠다。

「박군! 나의지낸 얘기나 맞어할가? 저ー나 혜여진줄 모르나?」

「머?」

나는 별안간의 질문에 어리 둥절 하였다。

「아ー저ー정순이와 말이여!」

나는 대답도않고 처다만보고 같이 따라앉었다。

「자네를 맛나니 정순이와 결혼식할때에 자비가 들너리 서주든 생각이 나네 그정순이가 그만」

그는 말하기를 몸시괴로워 한다。 고개를 떠머트리고 한참이나 앉었드니 내가 궁금해서

「그래?」

하고 채ㅅ죽을 드니까 그제서야 쓴침을 굴덕삼키고 말을 였는다。

「그정순이가。 내가 감옥에 간후 반년도 못되여서 그만 다른대로 가버리지 않었겠나 그…」

「아! 그게 무슨소린가?」

나는 도로 화를펄쳐냈다。

「자네가 화낼거야 무었있나 나도 감옥 속에서 리혼 해달라는 편지를 받고는 분하기도하고 기도 맥히때 마는 무어 요새 시속게집이란 다들 별수있나 다 그렇지 정순이는 나를 벌서 잊고 있겠지 그러나 나로는 첫사랑이요 모든 사랑을 그에게다 밫었었드니만치 고약스리 않잊어 지네 그러나 그까진것머-!」

이군은 어려고 또한참말없이 앉었드니

「청형의부인 얘기를 들으니 자연 심사가 좋지못해서」

「그까진 얘기는 작고 하면 무었하나」

하고 나는 벌떡 이려나 것기를 시작했다。 이군도 마지안어 일어나 나를 뒤좇아딸어왔다。 우리는 아모말도 아니하고 것기만했다。 나는 한주먹 웅켜뜨든 묵은 잔디넢새를 한넢두넢 시냇물에 뿌려흩여버리면서 우리는 다시 울화에 사로잡혀 참회나고백이나 할드시 엄숙하여 젔었다。

이군은 것기도 싫다는드시 옷독서며 회중시계를 꺼내본다。

「오후 세시에 떠나는 차가있지 그차로 읍으로 가서 볼일이 있으니까 가야겠네」

「무슨 소린가 하로 더묵소」

「아니 가야해」

「가다니 말이되나 못처럼 맛났는데」

「아니여 가야해 꼭 그리고 자네와 성형을 맛났으니 그만아닌가 그래 맛나고보니 반가우나맛나니 또 파거가 생각키워서 도로혀 괴로워」

「그래도 못처럼인데」

「나야 항상 같이있고 싶지마는 어디 그런가 우리는 그저 서로 헤여저있드래도 어디서든지 자기맡은 일만을 꾸준이 양심적으로해 나간다면 그만이 아닌가」

「……」

나는 대답할 그무었이 생각키워지지 않었다。 그냥 덮어 놓고 헤여진다는 것만이 섭섭하고 안타가우며 서급흐기 까지도 할뿐이었다。 우리는 한참동안 또 잠잠이 걸었다。

「구렴 들어가 점심이나 같이 하세나」

나는 이렇게 말하고 시가쪽으로 발을 돌렸다。

× ×

이군을 홀쳐떠나 보내놓고는 더욱 적적하여 첫었다。 산으로도 들로도 싸다니고 싶지도 않었다。

빈방안에서 커텁 어둠을 새여가며 홀로 번드시 두러누어 무언지 모르게 섭섭한 께름직한 그러고멍든것같은 실컷 얻어마진것 같은 그러한 기분에사로 잽히여있었다。

「쥐일놈」

나는 이렇게 욕하였다。 별로히 욕지거리를 하여본일이없는 나이언마는 이소리만은 생선가시가 목구넉에 걸친것 처럼 걸여있음을 깨다렀다。 그런다고 나는 후회도 하지않는다。 조곰도 붓그럽게도 역여지지 않는다。 도로혀 통쾌까지 하였다。

「어쩌면 저의 형제끼리」

하고 되숙일때에 그성씨의 형이라는 성직각이 더심하였다。 암만「돈의세상」이라지마는 골육도 지친도 모르는 그점에 까시는 더욱 너머갈줄도 모르고 뚝끔거렸다。

암만먹고 살기가 어려워서 딸도 사람도 돈때문에 파러먹는 세상이련마는 먹을것을 가지고도 동무도 골육도 파러먹고 모른체하는곳에 더욱 큰죄악이 숨어있는것이 아닌가?

그런다고 그죄악을 책망할 또는 견제할 도덕을도 윤리관도 퇴페하야 나둥그ㄴ지지 않었는가?돈앞에서는 좋은것이나 낮은것이나 맥을못쓰고 허덕이는 세상——성씨의 형이 그렇지 않으며 이군의 안해 정순이가 그러하지 않은가? 그래도 그것을욕도못하게 하는곳에 돈의만능(萬能)이 활개를 치지 않는가?

나는 이군이「위선 먹고 살기위하야 당분간」잡지사에 몸을 담고있다는 리면에는 그간 어린것도 생겼을것이고 안해 정순이도 있을것이나 하고 양해해서 들을 그무었이 있어서 차마 무러보지도 못하였든것이 었는데 정순에게 대한이군의 사랑이 컸었드니만치 낙망의도도 무던하였든 끌을 보고나서는 쥐일년 소리가 금방 뛰여나올것같이 입안에 서리었었든 것이었었다。

성씨는 그의아들 승세가 자기를 하찬케 역인다고 까지 말했다。 주의 환경이 끼처준 이큰죄악을 무서워 하지아니 할수없었다。

나는 소름이 쭉끼처졌다。 구도덕의 윤리도 낡은 고옥(古屋)같이 페퇴되여 버린 오늘날에 있어서는 좋은것이나 납분것이나 다 진수렁에 던진 조악돌같이허황할 뿐이라고 역여졌다。

그런다면 페병(廢兵)같이 낡고 병든 성씨 그는 지금 쇠심줄같이 질기디질긴 여명을 있끌고 그때도 연마된 양심을 지키고 있지 않는가。 그러면서도 아들에게까지 하찬케 역인다는것이 아니랴。

나는 벙하니 두러 누었다가 벌덕 이러 나면서

나자신을 꾸지졌다。

「그렇다 그를 원해야 된다。 남에게 의뢰하느니보다도 내자신 스스로가 먼저 몸소 나서야한다 적어도 그의 아버지 까지 환경의 마수에 걸여 허찬케 역인다는 성씨의 아들 승세 에게력도 그아버지의 전생명을 전생애를 전정신과행동을이바지해 맞인 일에대한 양해를 그래 적어도 양해만이라도 아르케 주어야 하겠다。」

나는 혼자 입속으로 중얼 중얼하면서 어쩔지를 못하였다。

나는 중국 문호노신(魯迅)의 「죽엄」(死)이라는 작품속에 외는 유언서(遺言書)의 한구절이 생각키웠다。

「아해가 커서 만약 재능(才能)이 없거든 무었이 든지 조고마한 일을 구해서 생활하도록 하지 결코 공두(空頭)의 문학가나 미술가가 되게 하여서는 아니된다」

이와같이 내가 지금무슨 그의아들 승세를 저의아버지를 닮머서 그의일을 파게승하라고 강요하는것도 아무것도 아니다。 승세가 커서 무었이 되든지 무었을 하든지나는 상관하고 싶지않다。 그러나 오즉 그의 아버지의 밟어온길이 형자「荊蘇」의길이언만 옳바른길이라는 것만 이라도 리해하도록 가리켜주고 싶다는 것이었다。 침체된 이파도적 세태에 있어서 봉근적 구 도덕의 덮어놓고의퇴폐와 가락앉을대로 가라앉은 새계단의 침체와 이속이 얼마나 젊은 우리로 하여금 고민과번뇌의 구렁텅이로빠지게 하였는가 주었을가. 나는 이러는중에 진주알같은 귀엽고도 존중한 그무었을 하나찾은 듯 싶었다。

나는 밤새것 전전반복하면서 여러가지 쓱스러운 생각에 그만 지치고 마렀다。 그러나 창살에 빛이 이는 새빛 새벽은 부엿케 동트기 시작하였다。 혈롱을 통하야 계롱되든 구윤리의 묵은등크럼에서 새로히 용도더나오는 게급을 통하야 싹트는새것의 봄길…………

스페인은 지금 그러한 구렁텅이 에서 새로운것의 탄생을 위하야 산아(産兒)의 어머니같이 고민하고 있는것으로 여여졌다。 반군에게도 정부군에게도 한것과 새것의 동정과 윤리를 위하야의 용군은 수없이 모아들었다고 한다。 민족을 떠나서국경을 넘어나는 이튿날 하학종소리를 듯고는 성씨의 집으로 달려갔다。

나는 성씨에게 아우라고 불러달라고 간권하였다 성씨도 서슴지않고 쾌락하여 주었다。 그의얼굴에는 기쁨이 찾으면서도 눈에는 눈물이 어리었다。 그러고 오죽지는 않으나마 나의 힘닷는데까지는 돌보아 주겟다고 까지고백하였다。우선좃들인다는 승세의 월사금과 학용품대를 내가맡어보살펴주마구까지 하였다。나는 창문옆에서 조그리고업대여 공부를 하는승세의 등을 어루만지며

「너인제 나보고 아저씨라고 해라 응!」

「…………」

그는 엇전영문을 몰라 어리 벙벙하고 있었다。

「자 나보고 아저씨라고 해봐?」

「…………」

그는 또 아모말도 하지 않었다。

「어서」

나는 졸으드시 재촉하였다。그런즉 청씨도

「어서 하렴」

하고 빙그레 우스며 나와 그놈을 번가라 처다보았다。

「그럼 아저씨」

「그럼 아저씨라니?!아저씨면 그냥 아저씨지」

나는 그의손목을 잡어잇끄럿다。방안에는 금새에우슴이 가득찼다。부엌에서 이정상을 돗고 있든청씨부인도 숫을 가시다말고 따라우섰다。

× ×

나는 틈만 있으면 승세비집을 찾어간다。승세도 가리키고 청형에게 옛이야기도 들으며 소일 하게 되었다。요지음은 토요일에도 우울치 않다。

나는 승세를 잇끌고 산보도 간다。앉고보면 양같이 순진하고 온순한 그다。나는 승세의 손을잡고 어디던지 간다。그도 나하고 것기를 퍽이나질겨하였다。

오늘도 그와같이 산보를 나왔다。그는 별안간잇끌은 나의손을 뿌리치고 줄ㅡ다름질을 처갔다。그의가는 방향의 앞에는 조고마한 굴뚝새란놈이 승세를 놀리드시 풀풀나려 가다가는 앉고 앉었다가는 나르고한다。승세는 그것을 웅켜잡을드시 낄낄대고 쫓아단였다。

나는 재미스럽게 그의거동을 구경하였다。조실부모하고외가에서 근근이 보통학교를 졸업한후 학비관계로 사범학교로 들어가서 졸업하고 교원생활로 오늘날까지 사려온 나는 너무도 외로웠든 것이었다。그는 항상동기가 그리웠었다。나는 승세와같은 족하를 얻은것이 무엇보다도 기뻤고 대견하였었다

내가 이렇게 생각하는 사허 그는 제법멀직안치 갔다。그러더니 별안간 옷독 서서 기급을 하드시 놀태며

「아이구머니 아저씨 이것좀보슈?」

나는 그소리를 돗자 아해들 모양으로 펄적펄적뛰

여가보았다。 굴뚝새는 영영 날러가버려서없고 숭세의 발앞에는 개미떼가 오물오물 야단들이었다。 숭세가 따름박질을 하다가 그행렬을 한발작 질컹밟엇기때문에 그만 개미들은 날리가 난것이었다。

둘여다보니 제법 많이 때드러진 놈에 빗실거리며 부상당한놈에 다행이살어 쓰알거리는놈에 야단들이었다。 한참이나 법석이드니 굴에서 나오는다른 개미들파 산놈들이 서로엄풀이여 중상한 놈이며 때드러진놈을 혹은 앞에서 물어끌고 혹은뒤에서 밀며 굴속으로 거떠둘여간다。

아! 나는 감탄하고 마렀다。 그것을 갔다가 어떻게하리라는 그곳일은 알고도 싶지 않었다。 단지같이 일하다쓰러진' 동요를 보살펴 주며 뒤치닥거리를 하는심정만이 부러웠었다。 눈물이 날듯싶었다 우두머니 한참동안이나 그정경을 지키고 있었다。

숭세는 내가실심이 서있는 거동을 눈치채자 무슨일이나 저지른것처럼심데하는 빛으로 나와개미를 번가뻐보고 있다。

나는 눈을 돌여 숭세의 얼굴을 보았다。 숭세의 눈속에서도 으전나와 같은 빛갈을 발견하자 나는 숭세의 손목을 잇끌고 그옆잔디 우에가서 주저앉었다。

「숭세야! 너보았지? 그러고 너 내말잘듯지?」

그는 고개만 끄덕끄덕 하었다。 나는 말을인어

「저 미물인 개미들도 같이 일하다 회생된 동무를 전부 보살펴주지안니? 그러나 사람들은 어떠냐? 아른체나 하는줄 아니 즉 너의아버지도」

나는 이군에게 들은 성형의 약역을 대강애기해준후

「너의아버지도 부상한 개미와같다。 그것을 너는 명심이 아라두어야 한다 너는 너의아버지를 손톱만치라도 하찬케 역인다든지 남의 아버지만못하게역인다든지 그렇게 역여서는 못쓴다이? 그렇지?」

숭세는 제법 아라드른 빛으로 고개를 끄덕끄덕하였다。 그는 예비나 하였든것처럼 눈물이 그가여운 볼우로 줄줄흘려나렸다。 나도 눈물이 소섰다。 우리는서로 아모말도 아니하고 앉어있었다。 나는 먼산만바라다보고 숭세는 얄굳게 잔디의 묵은풀싹만을 뽀득뽀득 뜻고 있었다。

우리는 얼마동안이나 이렇게 앉어있었다。 숭세는 잔디뜻든손을 멉추고

아저씨 이것좀보 이것」

하며 손으로 더욱 그곳을 허집었다。 나도 엎는드려다보았다。 「새풀싹」이다。 숭세는 보석이나 말견한것보다도 더신기하고 반가워한다。 나는 고개를처

돌고 먼 하늘을 우러러보며

「아! 봄이 오는 구나」

이렇게 부르지졌다。엇잔지 나는 가슴이 멍쿨하고울렁거려 졌었다。

「아저씨 나 집이 갈가?」

송쇄는 볼연듯 집에가고 싶은 모양이였다。

「너 먼저 가련?」

「응?」

나는 그를 꽤히 돌여보넜다。내감양에는 송쇄는 저의 아버지가 새삼스러히 보고싶어 하는것만 같이되었다。

나는 송쇄를 돌여보낸후 지터지는황혼에싸여저서 혼자 중얼거렸다。

「아! 봄은 온다

뿌리가 죽지만 않으면 등그럼에 새싹이트는 봄은 온다 새싹이 크든 적든

어디서 무엇이 먼저트든

적은 싹은 저크나큰 봄옴을 입편준다。

세조를 입러준다。

그곳이 ――산골작이든 동말생이든 논두렁이든 밭고랑이든 무거운 바위틈박이든 옴달이든양지쪽이든 미국이든 아라사이든 불란서이든 아후리가이든 서반아이든

그것이 꽃따지이든, 머루뚝이든 쑥바위이든 쑥이든그러고 」

나는 볼연듯 거름준비를 하여야만 할것같었다。

그는 돌아서서 시가(市街)쪽을 나려다 보았다。시가는 저녁준비에 어수선하게 밥분것도 같고 진종일영위에 지친것도 같었다。그러면서도 그곳엔서급하고도 힘찬정서가 흐르는것도 같었다。시가 한모퉁이로 앙파집한듥은고목나무에 반넘어덥힌 조선식고옥(古屋)의 개와지붕이 아른이 보이였다。그것은 내가아해들을 가리키는 학교의지붕이다。내가 무위(無爲)에 가까운 생활터라고 진저리를 대는그곳이다。

그러나 나는 새삼스러히 그것이더 사랑스렵게만 보여졌다。 (끝) (丁丑舊除夜)

예수나 않믿었드면 (一幕)

蔡 萬 植

(人 物)

영 감 (典當局主人……………五十歲가량)

아 씨 (本妻……………四十五歲가량)

鐵原집 (小家……………三十歲가량)

安夫人 (傳道夫人……………四十歲가량)

食 母 (……………四十歲가량)

其他 洞里아이 二三人

【時……場所】

現代、初夏、京城

【舞 臺】

前面을向해서 터진 지긋자(ㄷ字)집。 右翼이 뜰아랫방 大門 부엌 안ㅅ방。中央이 마루와건넌방。左翼은 붉은 벽돌로 二層이 높이솟은 典當局의뒷壁——壁에는 前面오로 닥어서 典當局으로붙어 안으로 出入하는 널반지門이 달여있다。 건넌방은 앞뒤미다지와 마루로 난샛門이열리어 방안의 衣거리等屬이 디려다보이고 一段높은앞퇴마루에는 돗자리를 펴고 퇴침 어놓였다。 마루의앞 유리영창은 全部떼였고 뒷벽의 양편門은 활허여제처밧삭 다붙은뒷집담이 보인다。 마루에는 찬장파두주가놓이

고무주우에는 蓄音機 안방도 우아랫門이 다열리고 윗목으로 장농이 더려다보인다。마당에는 장독臺와 專用水道栓。

正午 바루 前에 幕이 열리면 食母가 혼자마루에서노류장화로 걸레질을치고있다 안ㅅ방에서 時計치는소리가 들린다。

食母。(걸레질치든것을 멈추고 펴근히앉어 時計치는 소리를 세인다) 하나 둘―셋 너이 다섯 여섯 일곱 여덜 아홉 열― 열하나 이―잉 열둘 열두점을 처요! 벌서 열두점이 뭐야! 저시게가 미쳤어 미처! 열한점두 못됐을걸。미쳤어 미처!예수 믿는댁구들 떠도라다니는 우리 아씨만치나 미쳤어! 주인이 미치니깐 시게두 따러서 미치나부지? (午正싸이렌이 웅――하고운다) 이―잉 오정을 정말 불어요! 그럼 정말 오정이 됐군그랴。젠―장마질! 벌서 오정이람。집안두 다 못치운걸。인젠 또 점심을치루어애지。점심을 치루구나서는 빨래를 풀을 해널어애지。젠―장마질! 그자근아씬지 뭔지때메 일이 갑절은더허다니까 갑절은더해。웬놈의 빨래는 그렇게 사뭇 많은지。일이 꼭갑절은더해。젠―장마질!일이 갑절 더했으면 월급두 갑절。밥두 갑절。잠두 갑절。옷얻어입는것두 갑절 이렇게 난두 다 갑절을 처서받어애지! 그런데면 월급두 그냥 삼원이지。밥두 한끼 한사발씩 밖에는 더 못먹지。이런때 양이나 컸으면 오죽좋아!잠두 고작 여덜점에자서 일곱점이면 일어나는걸!젠―장마질。(걸레를 집어들고 일어서다가 두주우에있는 蓄音機를 디려다본다) 아글세 요년의것이 고렇게 소리가 아니났으믄 이런때 나혼자있을제 좀 틀어놓구 좀 들으믄 오죽좋아!。에이 고년의것!화가나서죽겠네!。자근 아씬지 뭔지는 기왕 이런걸 살테믄 소리아니나는거를 좀 사놓지 그랬으믄 난두 이런때 척 틀어 놓군 척 (목을내어) 노―들강변 비둘기한쌍 (고개를 옴울트리면서) 히히(또)백연―꼭―모 (소리가 넘우큰데 놀래어) 아이구머니!영감인지 땡감 인지 들었으면 어떻개 귀는어디서 오뉴월 귀뜨램이처럼 밝어가지구는。귀나 좀 먹잖나?유성기좀 틀어놓구싫것듯게시리。아이구 젠장마질!보구섰으믄 뭘허나!그림의 떡이지 (도라선다) 거넌방을 걸레질아니쳤다구 인제 들어오믄 또 중알대겠지!우리 아씨두 미쳤어미처!글세 시앗을 멋허러 데려다가 한집살림을헌담! (건넌방을 디려다본다)홍 팔ㅅ자는주아!편허게 누어먹구 옷이나 꼽―게입구 단장이나 허구 말이나 다니지아니믄 유성기 틀어놓구 코ㅅ노래 불으기。그두 싫으믄 낮잠이나자구。젠―장마질 난두 나이나 좀 젊구 인물이나 좀 이

[illegible]구 친구 과부나 됐으믄 남의 첩으루가서 이편호강을 허지!(間)단장이나좀해보까? 大門께와 典當局으로 남門을내어다보다가 혀를 늘럼하고는: 전년방으로 들어가 경대앞에 주저앉어 미안수 머뭇이며 크림같은것을 며검더져얼굴에발르고 무주 를 분에다가 칠한다) 어디 나두허허 나두 이쁠려구허지만-。 헤- 연지가 너무 진했나부다? 그래두 이만이나 붉어얘지。

安夫人。(헌 運動靴에 헌 양말에 동강치마에 우단주머니에 긴 저고리에 안경에 검정 양산을받고 大門안으로 들어서면서 두리번거리다 이집은 이집인데? 아무두없나。

食母。(人기척을듣고 질겁하게 놀래어 걸레로 얼굴을 쓱쓱 씻으면서 마루로나온다) 무슨장사 요! 「구럼분」있거들랑외상놓구가시유。

安夫人(얼굴을보면 옷읍고 말을들으면 노염이나서 고 개를꼿꼿이들고치어다본다。)

食母。없우?있거들랑 외상으루 한병만두구가시유 내 이번 월급받어서꺽 갚으께。

安夫人。(노해서) 장사 아니야 나는 이댁아씨 찾어온손님이야。

食母。네-네。 아씨유? 손님이유? 내-네。 큰아씨유?- 자근아씨유?

安夫人。(따뎃두뎃) 큰아씨? 자근아씨?

食母。그럼은 큰아씨두있구 자근아씨두있는걸。

安夫人。압다 저- 예배당에 단기는그이말이야。

食母。내-내 (傍白) 어쩐지 예수쟁이 같드라(다시) 내-내。 큰아씨는 이 뒷댁에 갔으만 내갔다올테니 그럼 기대리슈(내려온다) 다리아프거든 거기 좀 올라앉으슈。(大門으로 나가다가) 집 잘봐주슈 (나가바린다)

安夫人。(獨白) 미친여편넨가? (집안을 휘휘둘러본다)

食母。(뒤를 도라다보면서 大門으로 들어온다 傍白) 망할년의 아이새끼들!。 사람을 막 놀림감으루들어(安夫人더러) 아씨 끝오신대유。 올라앉어 기대리시라구그래유。

洞里。아이들。(大門안으로 디려다본다) 저기 있다 하하하하。 저기있다 저기있다。

食母。(쫓아가며) 이 망할놈의 새끼들!

洞里。아이들 (달어나고 밖에서 소리만) 하하하하 저 꼴불견봐라。 아-주 고끝에 분을 밀가루루발루구 연지찍구。 끈지찍구 하하하하

食母。이놈의새끼들 한놈의새끼만 붓잡어봐라 가뺑이를 잡어찢어놓테니 (大門께로대고) 얘 이 오랄-질놈의새끼들! 그래 네미네어비는 얼굴에분두 안발으니? 이놈의새끼들。

洞里아이들。(소리만) 하하하하 약올라죽겠지?。

하하하하 늙은이가 며지찌구 곤지찌구 시집갈려
구 아주 깨게요 하하하하 끌불견이 끌끌 끌분
견이。
食母。 왜! 망할놈에 새끼들!
安夫人。(몰끄럼히 보다가) 멋허러 아여 나이깨나
먹어가지구는 얼굴에다 분을발르구 지끌을해요!
그러니까 아이들이 놀리지!
食母。 걱정말어요。 암만 그래두 당신 얼굴버담은
이뻐요 (부억으로 들어간다)
아씨。(急히 드러오며) 아이 안부인 오서겠요。 난
누구시라구!。 아 이이렇게 찾어오신걸 (외인손
으로 발은손파 악수를한다) 올라가세요。 그새안
녕허세요?
安夫人。 네。 그새 다 안녕허십니까?
아씨。(앞서서 마루로 올라가면서) 어서 올라오세
요 (부억으로대고) 어멈!
食母。(대답만) 네?
아씨。 영감 점심 않자섰지? 않자섰거들랑 어서진
지장 좀 채리게。 그러구 자네는 그게 얼굴이
무어란말인가? 망칙스럽게!。 지금 뒷댁에서는
허리를 잡구 웃느라구 야단이났네 (安夫人더러)
무엇[illegible] 점심좀 같이! 잡수서야지? 같이좀 잡수십
시다。(같이 마루로 올라와서 앉는다)

安夫人。 나요? 나는지금 방금 집에서 먹구나왔어
요。
아씨。 그래두。 그럼 머 냉면이라두?
安夫人。 아—니아니。 이담에 와서먹지요。
아씨。 아이 그래서 어떻거나! 모처럼이렇게 찾어
오섰는데。 그럼, 저— 아이 무얼좀 대접허나。
安夫人。 염려마세요 먹으나 진배없으니。
아씨。 아이 그래두 그럼 유성기나 좀틀어디려예지
(蓄音機에다가 레코—드를 걸어놓는다) (술이란눈
물인가 가 들린다)
安夫人。(이마人살을 찌푸린다)
아씨。 좋지요? 나는 저소리가 참 좋아요。 들으
면눈물이 날려구허구 좋지요?
安夫人。 글세요 나는 원。
아씨。 그럼 안좋아허지는 가부군요。 그럼만걸틀지
(레코—드를 바꾸어 건다) 이건 「이양—요」 리
구들으면 몸이 웃슥웃슥허는거애요 참 좋아요。
(忘れちやいやよ) 가 들려나온다) 어떠세요? 참
좋지요? (조끔 떨어서 숭내를내다가) 하두 좋
아서 좀 배웠지요 해해。
安夫人。(얼굴만 찌푸린다)
아씨。 아이 이것두 안좋아 허시나 바! 그럼 무
얼 틀어드리나? (생각한다)

食母。(부엌에서 고개를 내밀고) 아씨 아씨。그렇거들랑 「노—들강변비들기한쌍」 그걸 틀어디리세유 그게좋아유。

아씨。자네는 찬견말구 가만있어。 저 얼굴좀봐!

食母。(고개를 끌어디린다)

아씨。올—치。 좋은게있는걸 그랬군! (한참 래코—드를 찾으면서 傍白) 내가 그놈두 손톱으루표를 해두었는데 어디갔는지 몰으겠다。(겨우 찾어서 바꾸어건다) 이건 정말 좋답니다。 자 들어보세요。(노래가락으로 鄭圃隱의 時調「이몸이 죽고죽어 골백번 고쳐죽어」가 나온다) 어떠세요。

安夫人。옹—。 그것은 그래두 좋군요。 다지죽엄을 두려워허잔는。 그러니깐 우리 예수교에서두 그런 그 순교의정신은 퍽 예찬허니깐요。 옹—좋아요。

아씨。(기뻐서) 좋아요? 참좋아요。

安夫人。(듣고있다가 「임향한 일편단심이야」 가 들리자 두루 얼굴을 찌푸리고) 앵! 존줄알었더니 그것두 그런것이군! 앵! 앵! 것두 음탕헌소리루군

食母。(부엌에서 내어다보고 어깨를 우쭐거린다)

아씨。아니 이것두 싫으세요?

安夫人。싫구좋구간에 그런건 다 음탕헌 사람들이 듣는거지 신성헌 우리 예수교인은 듣지않는것이예요。

아씨。(놀래어) 아이구머니 어쩌나! 나는 몰랐지요 (래코—드를 얼핏 멈춘다) 그랬으믄 나는 하나님께 죄를 받었게요!。 믿은지 한주일두못돼서 벌을 받으믄 어떻겁니까!

安夫人。하나님은 회개하는자를 용서하십니다。

아씨。네! 가이 고마워라。 나는 그럼 다시는 그런소리는 안들을테얘요。(間) 그렇지만。

安夫人 두구 안듣는수야있나요! 아주 깨트려버리시지

아씨。참 그래야겠군요。 그런데 저것이 실상 내것이 아니랍니다。 우리영감 자근사람거얘요。

安夫人。자근사람! 첩!

아씨。네。 글세 우리영감이 내가 아일 못나니깐 자식이나 볼려구 첩을하나 얻었지요。 돈은 좀몰아서 인제는 부자행세를 허자든 헐수는있어요。 그래서 우리내외는 돈으루는 남 부러워아니해두 괜찮겠어요。

安夫人。그건 아주 몰으시는 말슴입니다。아주 믿으신지가 몇일 아니되시니깐 성경말슴두 통히몰으시겠지만 성경에 이런말슴이있지요。부자가 천당을 가기는 낙타가 바눌구멍으루 나가기보다두

어렵다구。

아씨。낙타요? 저 동물원에있는 낙타가 바눌구멍으루。 그 큰즘생이 어떻게 바눌구멍으루 나갑니까?

安夫人。글세 그러니깐 부자가 천당은못간단 말슴이지요。

아씨。저를 어쩌나! 그럼 큰일났게!

安夫人。그러니깐 영감님더러두 권면허셔서 우리네수를 믿으시두륵 허십시요。 그래서 좋은재산을 다·하나님사업에 쓰시면 죄는 속할수가 있읍니다。 그러구 더구나 영감이 첩을 얻으셨나지요

아씨。네。

安夫人。건 더 못쓰지요。 그건 간음이라는 것입니다。큰 죄가되지요。

아씨。큰죄! 저를 어쩌나! 그래두 자식이 없어서 자식이나 볼려구 하나 얻었대요。

安夫人。자식이 없는것두 다 하나님의 뜻입니다。

아씨。어쩨믄! 나는 자식은 삼신님이 점지해주시는줄 였더니。

安夫人。그건 미신입니다。십계명을 인제보십시요마는 너는 나이외에 너의마음에 우상을 두지맒라 허셨읍니다。

아씨。네? 네?

安夫人。하나님외에는 아무것두 섬기지말라구、그리셨어요。

아씨。네네 암으렴! 나는 꼭 하나님만생긴답니다 그런데 말슴이지요。그 첩얻은것은 그럼 어떻거나! 글세 첩을 얻어서는 딴살림을 헌다시는군요! 그래서 내가 머 그렇게 돈떠들게 그럴것무엇있느냐구 한집에서 살자구 그래서 지금 저거넌방에서 같이지낸답니다。

安夫人。네! 그건 잘 허셨읍니다 마는。

아씨。그래두 좋게허느라구 형님동생 의두좋구 그랬지만 어느때는 화가나구 미워 죽겠어요! 인제 자식이나 낳구허면 영감맘이 다 그리쏠리구 재산두다 그리루갈것같어서 곰곰 생각허믄 원수같에요!

安夫人。성경말슴에 네 원수를 사랑하라 허셨읍니다

아씨。네! 원수를 사랑허라구요? 네!。 그럼첩은 원수라두 사랑허믄 원수가 아니되구 그래서 좋긴 허겠군요。

安夫人。그렇지요 그렇구말구요。

아씨。네 그럼 꼭 그렇게해야겠군요。 그런데 참아까 이야기허다가 있었지만 글세 이 유성기두그사람이 판석건사온거얘요。

安夫人。네。 그래두 지금 끝 깨트리든지 그래버리십시요。 우리 신성헌 예수교인는 그런 음란헌 노래를 들어서는 않됩니다。

아씨 네!。 그럼 그러까요 (걸든 레코-트 석을 집어다가 마루 뒷문밖으로 내던저 깨트린다

安夫人。잘허섰읍니다。(이러선다) 그럼 나는 가것읍니다。

아씨。왜요! 좀 더 노시다 가시지?

安夫人。지금 또 가볼데가있어요。 그럼 영감께술전도두허시구 그래서 회개를 허시게허십시요。 그러구 래일 잊지말구 오서서 예배두보시구 성경공부두 허십시요。

아씨。네네 (大門밖으로 딸어나간다)

영감。(典當局뒷門으로 나온)

食母。(내다본다 얼골은 말끔해졌다) 영감 점심인지 잡수세요。

영감。응。 저 가개에두 어서 검심상 내가게 (사올라오며) 자근아씨는 어디 가섰나。

아씨。(大門으로 들어오다가) 눈에 안뵈믄 그사람만 찾을줄 아슈!

영감。마누라는 집에있는줄 아니까 그리는거지。

아씨。나두 나갔다가 들어왔다우。(올라와앉는다)

食母。(밥상을 갖다놓는다)

영감。그래 어디갔어!

아씨。아까 저 퇴마루에다가 저렇게 채려놓구 낮잠을 자더니 몰으지요。 코는 웬년의 코를 그렇게 동리가 떠나가게드르렁 드르렁 고는지!

영감。나는 바루 가개에앉었어두 못들은걸?

아씨。누가 코 안골은걸 골았다구 무함삽을가바그러슈?

영감。아—냐。 저 코고는소리두 잘만 골으면 들엄즉 헌법이어든。

아씨。나는 그버담 더 잘 곤다우。

영감。너—무 몸시골아두 숭없지!

아씨。올—치 꼭 그렇게 자근여편네가 허는짓은다이뿌지? 나허는짓은 다보기싫구?

영감。그럴리가있나!

아씨。대체 그사람이 어디가 그렇게 이쁩디까? 코가 오뚝헌 코가?

영감。응 코가 오뚝헌게 이뿌긴 이뻐。

아씨。(손구락으로 가르키면서) 그럼 내코는?

영감。응 마누라코는 벌심—헌게 사람이 무척 좋아보이구

아씨。(좋아한다) 그럼 그사람눈은?

영감。그렇지。 눈두 가느소롬헌게 이뿌긴 이뿌지

아씨。(가르키면서) 그럼 내눈은?

영감。응 마누라눈은 재주가있어보여。 사람이 미련허지가 않거든。
아씨。해해。 그럼 그사람 입은?
영감。입? 그렇지 조고만헌게 귀인성이있어。
아씨。그럼 내입은? (가르킨다)
영감。마누라입? 응 그렇지。 마누라입은 큼직헌게 복이 들어서 다 내가 이렇게 밥술이나 먹는것두 다 그게 마누라 덕이어든。
아씨。해해。 그런데 참 아까 안부인이라구 전도부인이 왔는데。
영감。응—참 마누라 그새 예수믿은걸두 천당이 가게됐우?
아씨。글세 그게말이예요
영감。마누라가 천당가면 나두 좀 딸어가얘지。 내가 딸어간다구 시는 아니허겠다?
아씨。글세 내말을 들어보세요
영감。왜— 못가게 됐나
아씨。못가게될가봐요
영감。허— 큰일났게? 그럼 천당갈려구애쓸것 무었있소? 아무데서나 천당국이나 해먹구 되여가는대루 살지
아씨。그때두 가얘지요。
영감。못가게됐다면?
아씨。글세 아까 그 전도부인이 그래요。 부자가 천당을가기는 낙타가 바눌구멍으루 나가기버담 어렵다는 성경말슴이있다구。
영감。무엇? 어떻게?
아씨。부자가。
영감。응 부자가。
아씨。천당을가기는。
영감。응 천당을가기는 어렵다구? 괜찮어 일등차타구가지?
아씨。아니얘요 낙타가。
영감。낙타가—그래서?
아씨。바눌구멍으로 나가기버담 어렵대요。
영감。낙타가 바눌구멍으로 나간다? 저동물원에있는 낙타?
아씨。내。
영감。원어니 못나가지! 바눌이 낙타구멍으루 나간단말을 잘못 듣잖었우?
아씨。아—니래두 그리시네
영감。그러면—。 부자가 천당 가기는 낙타가 바눌구멍? 응 바눌구멍으루 나가기보담두 어렵다응 그럴테지。 바눌이야 낙타구멍으루 나간대지만 낙타야 어디 그 좁은구멍으루 나가는수가있나!。 그런데 저 어째서 부자가 천당가기가그렇게 어렵다구?

아씨。그건 나두 몰라요。 성경말슴에 그런말슴이 있대요。

영감。응—그러면 응 존수가있군。 그래문 존수가 있어。

아씨。어떻게?

영감。돈이 좀 들더래두말이야。 바눌을 어쨌든지 몹직—허게 하나 철공장에다가 맞우거든。 자세 들우。 얼마나 크냐허면 둘레가 낙타몸둥이보담 크게해요。 그래가지구는 떡 천당을 갈때에그 놈을 화물자동차에다가 싫구간단말야。 그렇거면 은 천당문지기가 느이는 부자니까 낙타가 바눌구멍으루 못 나가드시 천당에 들어오지못헌다 —구 그럴게아니요? 막으면서 그러거들랑 그놈 바눌을 척 내려서 문지기가 보는데 천당 문에 다가 구멍을 하나 쾅뚫거든。 뚫어질게아니야? 그래놓구 자— 낙타가 이구멍으루 나가나 못나 가나 한번 시험을 해보라구 떡 빼티거든。 어 때요 그랬으면 될거아니야?

아씨。글세! 참영감의견이 그럴듯허군요 따는 참그 래요。

영감 그런 모—방이있으니깐 염려는말구。 그러구 아무헌테두 알으켜주지말구 혼자만 알구있어요。

아씨。그럼요! 내가 알으켜주긴 누구를 알으켜주 어요。

鐵原집。(파라솔을 닫으면서 행동행동 大門안으로 들어선다) 아이구 더워라。

아씨。흔연히어서 일루 올라오게。

영감。어딜 갔다오나?

鐵原집。삼청동 갔었지요

영감。또 얘기빌려?

鐵原집。네(마루로 올라앉어손수건에 구린 담배곽 을 끄내놓고 피어묻다)

아씨。기왕 갔든해이니 내얘기두 같이좀 빌어주지 그랬나

鐵原집。형님해 먼점빌구 나는 점지해줄려거든 해 주구 싫거들랑 그만두라구그랬우。

아씨。아이! 그래서야쓰나! 자네두낳구 나두낳구 그래야지

鐵原집。다 삼신님이 맘대루 헐데지요。

영감。그럼 어서 들 결심먹지。(典當局뒷문으로 나 간다)

아씨。밥먹세。

鐵原집。먼점 잡수슈。 나는 땀좀 디려가지구 (마 루뒷門께로 가서섰다가) 아이구머니 누가 소리판 을 저렇게 깨뜨렸어! (나가서 깨어진 레—코(트 를집어가지고 들어온다) 식모—

아씨。식모 볼을것없네 내가그랬네。

鐵原집。왜그래요?왜?

아씨。그런소리 듯구있으믄 천당을 못가구 하나님께 죄를 받는다구그리데。

鐵原집。별 옘병헐소리두 다듯겠네(레코―드쪽을아씨앞에다 내던지고 거넌방으로 들어가면서)왜깨트려?왜?。 건방지게 왜 내걸 맘대두 깨트려

아씨。(참어가면서 (傍白) 원수를 사랑허래겠다(좋은말로)이사람 가우님?

鐵原집。오―라지는건어떻구?

아씨。앗게 너무 그러지말게。 그래두 나는 자네를 사랑허네

鐵原집 다 듯기싫여! 꼴갈잖은게。

아씨。아니야。 그래두 나는 자네를 사랑허네(생각하다가 (傍白)가만있자。 이렇게 내가 저년을 사랑허믄 인제는 원수가 아니였다。원수가 아니야그렇다면 저년을 가만둘수야있나(갑작히 이러서면서)네요년。요년。 뉘게다가 대구놀리는조둥아리냐 요년。 (거넌방으로 쫓아간다)

鐵原집。(맞우 덤빈다)

아씨 (머리끄둥을 움켜잡고) 요년。요년。요년。

鐵原집 (머리끄둥을 맏우움진다) 그래 엇재이년아

아씨。鐵原집 (어울머저서 한참 싸운다)

食母。(부엌에서 나와 웃고섰다)잘헌다 잘헌다 우리아씨잘헌다。

아씨。(한참 싸우다가 머리끄둥을 놓고)가만있게 가만있어! 이거좀놓구 가만있어 이럴일이아니네。 다시 생각허니까。

鐵原。집(놓고 물러선다)

아씨。(傍白) 이렇게 싸우면、도루원수지? 원순지원수야。 그러믄 싸우지말구 사랑을 해얘지(올뜻이 鐵原집을 보고) 여보게 나는 자네를 사랑허네 자네를 사랑해요。 내가 잘못했네。 나는자네를 사랑허네。

鐵原집。이여편네가 상성이 됐어。

아씨。아니야 아니야 (큰방으로 오면서) 나는 자네를 사랑허네 자네를 사랑해 (도두 도라서서(傍白) 그래 원수는 사랑해야지 그런데 가만있자사랑을 허니까 인제는 또 원수가 아니였다。옳지 옳지。그러니까 미워허구 때려주구 그래두괜찮지? 참그래 (다시 鐵原집한테 사납게 덤빈다)요년 요년 찢어죽일년 내가 너를 뜯어죽일테다 요년

鐵原집。(눈이 휘둥그래서) 이게 정말 미쳤어요!덤빌테거든 덤벼 이년아

아씨。(덤비다가 웃둑서서 (傍白) 아―니 아니야이

머믄 도루 원수야!、 그래그래원수야。 그러니깐 이래서는 못쓰지? 못써못써。 원수니까 사랑을해얘지 (鐵原집더러) 여보게 아우님 나는자네를사랑허비 사랑해 사랑。(도라서서 안방께로간다)

鐵原집。 징그러워! 이여편네야。

아씨。(傍白) 그래 사랑을해야지。 원수를 사랑해야지 응 인제 지금 사랑헌다 (생각) 아ㅡ니 사랑을허믄 원수가 아닌데? 그러니까 때려주구 분푸리를 해두 괜찮지? 사랑을허니까 원수가아니니까 (도라서서) 네요년죽일년 (傍白) 아니야 이러믄원수야 이래서는못써 (왔다갔다하면서) 이게 어떻게 된셈이야? 응? 이게 어떻게 된셈이야? 응? (가삼을 찟는다) 아이구 답답해죽겠네! 답답해서 나죽어요나죽어요。 차라리 예수나 않믿었드면 좋았지! 아이구 답답해서나죽비ㅡ (急히幕이네린다)

마음에남는風景

李 孝 石

三月의 風景같이 초라한것은 없다。아직 봄도아니오 그러다고 겨울도 아닌 반지빠른 시절이다. 풀이나고 꽃이필때도 아직은 멀고 나무가지의 흰눈은 알뜰히 사라저버렸고 이것도 아니고저것도 아닌 반지빠른 풍경이 눈앞에 있을뿐이다。초라한가온데에 한가지 아름다운것이 있으니 하아얀(白楊)나무의 자태이다。아츰일즉이 出社하는날이면 나는 대개 新聞社 窓가에 의지하야 가咬欄에 배를 대이고 행길건너편 언덕위의 白楊나무의 무리를 바라봄이 일수다 희고 깨끗하고 高潔한 그자태는 아무리바라보아도 싫어지지 않은다。그무슨 그윽한 香氣가 은은히 흘러오는듯도한 맑은 氣品이 보인다。나무치고 白樺나 白楊만콤 아름다운 나무는없을법하다。이드가지나무를 수북히심어 놓은 뜰은 庭園을가진 집에 살어보았으면 하는것이 願이다。아직 願대로못되니 學校창으로나 마즌편 風景을 삶것 바라 보자는배ㅅ

장이다。

이 몇일채 白楊나무아래편 행길위를 낮설은行列이아츰마다 지나간다。붉으칙직한 옷을닙고 四五명식떼를지어 벽돌싫은 車를 끌고 어데론지 가는형무소의 한패이다。아마도 所안의 作業으로서 굽은벽돌을 주문을 바더 소용되는 장소까지 배달해가는것인듯 하다。한춤에 매운 그들이엇만 거름들이몹시 재서 굴르는 수례와 함께 거의 뛰여가는 신용이다。행렬은 길고 바휘소리는 아츰거리에 요란하다。군데군데 끼이어 바뿌게것는 간수들은 수례를모는 주인이 아니오 도리혀 수례에게 끌리는 허수아비인셈이다。그렇게도 종종거름으로 그바뿐一行을부즈런히 좇아가지 않으면 안되는듯이 보인다아츰마다 제때에 그곳에는 그긴行列이 변함없이 같은모양으로 별치곤하였다。하로 아츰돌연히 그行列에變調가 생겻다。굴르는수례 바로뒤에섰든 동행의한사람이 엇지된 서술엔지 별안간 걸어가든 그자리에 푹삭꾸구라지는것이 멀니바라보였다。窓에의지하였든 나는 무슨영문인가하고 뚝금하야서 모르는결에 고개를 창밖으로 내밀었다。그가 꾸구라졌을대에 간수는 바로 그의겉에있었다。원체 굴르는 수레는 빠른지라 꾸구라진그는 미처 이러나지도 못하고 쓰러진채 그대로 수레에게 끌려한참 동안이나 쓸려갔다。아마도 몸이처음부터 수례에 매여저있었든 모양이다。이상스러운 것은 겉에 섰든간수가끌려가는 그를 좇아 재빠르게 달려가는 것이였다 그신용은 마치 쓰러진사람을거드러이르키 랴는것도 같았다어찌된 서술엔지 쓸어젔든 사람은 별안간 벌덕니러서게 되여 여전한자태로 수례를 따라가게되자 간수는 이번도 또한 그의겉에 가까히 서게되였다。

변이라는것은 그것뿐이나 이삽시간의로 그만 사건은 웬일인지 마음속에 깊이박혀 사라지지 않는다。이상스런 것은 쓰러진 사람관 수와의 관계이다。간수의 조급한 거동은 단순히 쓰러진 사람을니르키자는 것이 였든지 그러치 않으면 도루혀그를 문책하자는것이 였든 아니 당초에 그가쓰러지게 된것 조차도 실상인즉 간수의 문초의 탓이아니였든지 도모지 알바는 없는것이다。

의아하고 있는동안에 行列은 어느결엔지 밭서覛野의 범위를 지나가 버렸다。이상스런 한폭 풍경이였다。어쩌된 동기의 사건인지 그까닭을 모르겠음으로 말미암아 그풍경는 더한층 神秘性을 더하야가고 수수꺽기를 던저준다。아무리 생각 하야도곡절을 모를 노릇이다。

그조그만 풍경이 오래도록 마음속에 남아 섭사리꺼지지 않는까닭이다。

「아 들」

李北鳴

1

웃방에서 말노름을 하느라고 습진곡(習陣曲)을 두드리는 아이놈들을 목재소에가서 나무껍질을 벗겨오라고 바느질자(尺)로내쫓고난 어머니는 다시 온기없는 가마목에 나와서 팔을 벼개삼고 누었다。

감기든사람처럼 머리가무겁고 뼈ㅅ잠이 쿡쿡쿡쿡 쏘고 온몸이아슬아슬 떨리면서 앓었다。약간 다쳐도 터질듯이 불는 배안에서 태아가 노느라고 굽히적거릴 때마다 정신이혼밋해지고 배가앓어났다。갑돌어머니는 눈을사르르감고 손구락을 꼽으면서 중얼거린다。

오월…유월…칠월…팔월…구월…시월………

갑돌어머니는 꼽았든손구락을 다펴가「이월」하고 외었다。

「상금 한보름더있어야겠는기………」

갑돌어머니는 다시한번 달수를 헤여본다。두번헤여보아도 내달이막달임에 틀림없었다。내달이태야 불과칠팔일밖에 남지않었지만 갑돌어머니는 어쩐지 석양부터 이상하게도 마음이알리는것같으였다。아태ㅅ배가아프고 머리가무겁고 몸이아슬아슬 치우며 아픈것이 틀림없이 지금있는 네아이들을 낳기이삼일 전의앓움과같다。

아이들낳기를 무릎 꿇드시하는 갑돌어머니는 아이들낳는것이 걱정이되는 이아니라 낳은후가 걱정이되였다。

언제나 낳음직하메——하고 남편이물을때 이월초순게나——하고 대답하였다。

남편은 안해의 말을믿고 리야카—를끌고 흥남꽁장지대로 돈버리를 떠난지가 사흘째된다。쌀독에는 부그럭이쌀 서너되가있고 반찬이라고는 건너집 서울댁에서 얻어온 시금털털한 김치한남비와 무시케한 사발이있을뿐이다。그런데 지금앓음으로 본다면 암만생각하여보아도 남편이 돌아오기전에 아이를 낳을것같오다。그러나이런것은 그다지걱정이 되지않었다。을돌이와 순덕을 낳을때도 갑돌어머니는 아모의힘도 빌지않고 혼자서 낳았든것이다。

먹을걱정이나 아이를 혼자낳을 걱정보다도 갑돌어머니에게는 지금말못할 큰 근심이있다。남편이 아이를 낳기전에 돌아만온다면 아모문제도 없지만 아모리 생각하여보아도 아이를 낳기전에 남편은 돌아올것같지않다。건너집 서울댁어머니는、하로에 한번식은 찾어와서 여러가지로 해한의 주의와 순산의 비결을이야기하고 구수무레한 이야기도 들려주군하였다。서울댁 개똥어멈은 하로에도 몇번식 볼일도 없는데 건너와서는 배가아픈게 어떠한가느니 뒤가마려운것같지않으냐는둥……청급하게이것저것물었다。그것은 빨리낳아주었으면하는 청화대선의 은근한재촉이였다。

「낳을때가 되야지 낳지오。무릎드시 그렇게아무때나 나오는줄아오」

갑돌어머니는 마치 자기가 먹여살려나주는드시 귀세를피면서 지나친 청화까지시키는 개똥어멈을 톡쏘아주었다。그럴때마다 갑돌어머니는 의례히——차극리 제집아(게집애)나 낳았으믄——하고중얼거렸다。

갑돌어머니는 생각할수록 무섭고도 가슴이울렁거렸다。여호한테놀림을 받는것같기도하고 최면술에걸린것까기도 하였다。

세상에서는 못할일 세상에서는 제일무서운일을 앞에놓고 갑돌어머니는 무거운 바위에 지질려서 신음하는 사람처럼 숨마킬듯한 압박감에 전신이한줌만큼 쪼그라드는것같으였다。

「고생이많챠구 새끼가작구생기지」

갑돌어머니는 작구만아이를배는 자신을 원망하여보기도한다。그러나 그것은 순간이였다。그래두아들오형제는 낳야지——하고 먼저 자기가한말을 자기로서 부인하여보기도한다。

자랄대로 다자란아이가 뱃속에서 꿈틀거리는것이 갑돌어머니에게는 꺼안고 누었는어린아이가 잡투정을하는것같으였다。이럴때마다 갑돌어머니의 가슴에는 미지의 어린생명에 대한강열한애정이 무럭무럭 불타올랐다。그러나 그어린생명이 자기품안에서 했죽했죽우스면서 생장하지 못할런지 모르리라고 생각할때에는 갑돌어머니의 가슴은 미어질드시쓰리고 앞었다。

어린자식들을 다리고 아츰밥을 얻어먹으면 저녁밥먹을일을 근심하는 창구(갑돌아버지)네생활을 오늘날까지 다섯달동안이나 보살펴준 서울댁은혜야 머리를베어서 신을삼아디려도 다갑지못할테가있었다。집세를 일원식 보조하야주고 밥반찬도 아끼지않고 갖다주고 심지어 옷감까지끊어다주었다。창구와안해는 이 지나치게 넘처흐르는 서울댁 어머니의동정심에 도리혀 말문이마켜서 아모말도못하였든것이다。그저가슴속에서「고마운어마이」하고 감격하였을뿐이다。

그러나 그 고마움이 오늘에와서 보수로서 무서운결과를 나타낼줄이야 갑돌어머닌들 꿈에나알았으랴! 알았드라면 처음부터 지금집으로이사쫓아 오지를않었을것이다。

가마목에 새우처럼허리를 굽흐리고 누어있는 갑돌어머니의 둔한머리속에서 지금 희생을 각오하는성스러운 모성애의 거룩한마음과 생활뇌의 모든것을 부인하는 절망에 허덕이는 마음이 피투성이가 되여싸우고있다。그러나 그싸움은 좀처럼승부를가리지못한다。익이고 지고 지고 익이고——이렇게언제까지든지계속이된다。

전자가익일때에는 백만양을 준대두 소용없어 내새끼가 커일이지 먹을게없으믄 밥함지를 이고 밥빌러나서지——。

이렇게 대담스럽게 마음을 굳기지만 후자가 익일때에는

——우리갑놈애비는 아들을 잘맨들기 다일없어 흔다섯살꺼정낳두 아들삼형제는 낳겠지 존자리에서 죽은셈치구 이번아는줘버리지 그대신 잘살믄 여북좋아——。

이렇게 생각하니 아들하나보다 생활이더컸다。

갑놈어머니는 지금뱃속에있는 아이가 틀림없는 사내라고믿었다。지금있는 아들갑놈、올놈、정놈을낳을때처럼 옷배가넙적하게 불렀다。게집애때는 아랫ㅅ배가 톡빼어지는 것이라고 믿는다。갑놈어머니는 이런방법으로 팔삭이상의 임부의배속을 점치는데 열명이면 일곱명까지는 적중하였다。그뿐아니다。그

종류의 부인들이 과학의 힘이상으로 떡떡 알아마친
다는「꿈」이있다。이꿈을 그축들은 미언의 신이 가
르킴이라고 믿었다。아이만 배면 그축들는 꿈의교훈
을 받기를 은근히 기대렸다。갑돌어머니는 뱃속아이에
게관한꿈을 세번이나꾸었다。
한번은 심산에들어가서 빨갛께 익은 복숭아를따
먹는꿈을꾸었다。잘익은 열매를 따먹어보이는것은사
내를 낳을 꿈이라고한다。
또어느때는 큰금색의 구렁이가 자기의 배우에
라래를틀고 올라앉은 꿈을꾸었다。이것은 틀림없는
생남할 길몽이라고한다。
그저께 저녁꿈에는 일하라간 남편이 크다란 은가
락지를 한커레를 갖어온것을 손구락에 끼어보았다。
이것도 틀림없는 생남의 길조라고한다。꿈이나 생시
나 어다로보든지 이번에 생남할것은 확정된사실(?)
이라고 믿어졌다。믿어지면 믿어질수록 갑돌어머니
는 불안의함정으로 천길만길 떨어저들어가는 것같
으였다。
「갑돌어미있나?」
이때 윤채나게 다듬은 힌명주치마 저고리를 입은
서울댁 어머니가 책보에무었을 싸들고 부엌문으로
들어왔다。빤질빤질하게 기름칠을 한머리를 아담하
렇게 단장을하니 사십이넘은 서울댁 어머니는 삼
십사오세밖에 되며보이지 않었다。
「어마이오시우」갑돌어머니는 일어나앉었다。
「아니누워있게 이걸먹게。」
서울댁 어머니는 마른비가지에다 사과를 여나무개
를 내놓았다。
「그만두시우」
갑돌어미니는 지금에있어서는 서울댁 어머니가 자기
를 생각하여 주는것이 반갑지않었다。
「아이들을주지말고 혼자먹게。아이낳을때는 사과
를 먹는것이 아조좋아」
갑돌어머니는 서울댁 어머니의 권에익이지 못해
사과한개를 받어놓았다。그러나 암만해도 먹을생각
은없었다。
「아직무슨기동이 없나?」
서울댁 어머니는 목소리를 낮추어가지고 정답게
묻는다。
「없소」
「배도않아프고?」
「안아프오」
갑돌어머니는 마음이 상하여서 이렇게 거짓대답을
하였다。
「얘는먹게 아이놈들 생각말고」

갑돌어머니는 손에쥐었든사과를 방바닥에 떠러트렸다。사과는 돌돌굴러서 불동이곁에 가섰었다。

——이일을 어떻게하면 좋을지——

갑돌어머니는 팔을벼개삼고 두뤄누었다。이때 신경이극도로 예민한탓인지 염나대왕처럼매노한 남편의 무서운 얼굴이 눈앞에어릉거렸다。갑돌어머니는 무서워서 눈을감었다。

「엄마야 낭그(나무)해왔네」

밖에서 갑돌이가 소리를쳤다。어머니는 일어나서 아이들을 불러사과를 나누어주고 저녁밥지으려 부억으로 나려갔다。

2

이야기는 작년초가을로 올러간다。

갑돌어머니가 임신오개월이되든 작년음력구월중순이다。그때창구네는 함흥부외「토막거리」에 집을 한간얻어가지고 있었다。창구는 그때운송점 지점인부로 노동하야 그날그날을 근근히살아갔다。그러다가 구월하순어느날 창구는 창고에들어가서 메루치궤짝에서 메루치를 한되가량 훔처내다가 주인한테 들켜서 그즉시로 운송점을 쫓겨났다。주인한테 애걸복걸하여보았으나 그것은 아모효과도 없었다。친구들간에서 힘이세다고「뚝장군」이라는 칭호까지받은창구였으나 생활난앞에서는 그센힘도 결국은썩은힘밖에되지못하였다。온종일줌어다니면서 일자리를찾었으나 가는곳마다 일자리는 메어있었다。하로한때만겨우먹는날이 계속이되였다。아이밴 안해가 처저눕고 어린것들이 밥달라고 아우성을쳤다。설상가상으로 집주인은 집세를내라고 하로에도 몇번식 불같은 독촉을하였다。집세가 사、개월분이나 밀려있었다。

창구는 마수와같이 자기네일가를 습격하는 기아앞에서 미칠드시 몸부림을쳤다。그러나 일자리를 찾어길에나서면 일자리는 보이지않고 자기와같은 환경에서 헤매는 친구들만 눈에띄었다。정신없는 사람처럼 거리에서 거리로 골목에서 골목으로 다니면서 삯일을찾었다。요행이찾으면 그것은 오십전으로부터 육십전사이의 하로일이였다。

그러다가 그것은 어느함흥장날이였다。창구는 늦인 아츰때나되여서 우편국앞을 지나치다가 개똥어머니를맞났다 개똥어머니는 남편과딸 개똥이를 잃어버리고 홀로난 중늙은이다。칠년전창구네가 범골(虎谷)에서살때 같은마을에서살었다。말이다사하고 행동이가겨워서 가끔세서미움을 받었다。그러나 칠년후에 우연히 길가에서 만나고보니 피차에 반갑기가 짝이없었다。

「갑돌어비 참오래간만인데 아이들이 잘자람메?」

「우리는 할없소。그런데 지금어디있소?」

「나는 부자집에 걱정없이 잘있음메 갑돌예미아를안선메。」

「하나낳구 또댓달되었소。먹을게없는데 참걱정이오。」

「다섯달? 집이어디멘매。」

개똥어머니는 귀가바짝떠서 집을무렀다。창구에게서집을안 개똥어머니는 두주먹을 바로쥐고 만세교를건너 갑돌어머니를 찾어갔다。갑돌어머니는 너무나 의외의 방문객에놀라 뛰어일어나면서 반간히맞어디렸다。

「어떻게 집을아라 찾어왔수。영늙지않었누다」

갑돌어머니는 자기어머니가 살아온드시 반가워하였다。

「갑돌애비를 낳만지 그래 사는 일은어떠음매?」

「사는말이라구있소。목숨이있으니사지오。」

갑돌어머니는 괴로운살림사리의 일부분을이야기하였다。

「그래 애기밴지 몇달인메?」

개똥어머니는 갑돌어머니의 생활에 대한하소연은 듣기싫였다。그래찾어온 목적으로 말구비를놀렸다。

「다섯달이우」

「그럼 지금시월이니 여섯달머리를 잡았단말이

지。」

「가난에쫒기우는 팔자에 아는웨이리잘생기겠수」

「내말만잘들으문 좋은수가난메。내 네일다시오겠음메。」

개똥어머니는 이런끄리없는 말을남겨놓고 갑돌네집을나섰다。서울댁어머니에게 사실을보고하고 최후의명령을 받을작정이였다。

개똥어멈의 사실보고를듣고 서울댁 어머니는 대단히만족하였다。매일로 문다려오도록 하라는 어머니의 명령을 받아가지고 이튿날아츰에 개똥어멈은 갑돌어머니를 찾어갔다。

개똥어머니가 창구부처에게 한말은이러하다。

서울댁은 큰부자집이다。주인은 서울로장사를다니는판계상 집에있는 날이적었다。약한부인들만 있고보니 튼튼하고 믿음성있는 남성이 그립었다。뚫악소케나 개천을 처줄사람이 없어서 여간걱정이아니였다。그래마음씨가 곱고일잘하는 사람이있으면 자기네건넌집을 싼세로빌려주고 드믄드믄 힘이나빌어쓰자고 그런사람을 물색하는중에 우연히갑돌네를맞났다는것이다。

「더생각할게 없음메。얼른이사집을 구립센。」

개똥어멈은 복가매렸다。창구는 구수무레하게 드른편지도 개똥어머니의말이라 믿을수가 없었다。

「개똥어마이 래일쯤아라보구 가게되면가지오。」

창구는 집까지얻어놓고 자기같은 사람을 오기를 기대릴가렁이 함흥안에는 있을것같지않어서 이렇게 말하였다。

「아니 그래싫단말인메?금세쇠뿔은 단결에빼야한메 이런호박자리가 또어디있겠늠메 어서이사짐을 꾸립세。」

개똥너머니는 콩복드시복가메리면서 창구의팔을끌어일쨌다。

이리하야 그날석양에 창구네일가는 서울댁 건넌집 지금집으로 이사를왔다。

서울댁은 신축한기와집으로 대단히훌융하였다。 집에비하면 식구가너무나적었다。 서울댁 어머니와 딸 개똥어멈세식구였다。 주인은 서울로가고 없었다。 이때 임신 오개월이된 서울댁 어머니의 딸춘애는 머리가무겁고 기운을 추지못하야 누어있었다。

춘애의어머니는 이사온 창구네식구들을 대하여보고 대단히만족하는 빛이였다。

그날저녁에 서울댁어머니는 밥두그릇과 명태생선국한사발을 개똥어멈을 시켜갖다주고 어린아이들에게 돈 오전식 나누아주었다。

「어마이 고맙수다。」

창구부부는 번가라가면서 인사를디렸다。 전전한생활을 계속하는 사이에 창구부부는 별별타입의인간을 대하여보았다。 그러나 이렇게까지 없는사람을 돌보아주는이는 처음보았다。 서울댁어머니의 따뜻한 친절과 동정앞에서 창구부부는 서울댁 일에대하여서는 어떠한뼈빠지는일에라도 충실하기를 마음속에 맹세하였다。

「그런말말게。 이웃이사촌이라는데 서로서로도와사라야지 혼자만잘살면되나。」

서울댁어머니는 창구부부가 미안스러워서 어쩔줄을모르고 줄먹거리는 모양을보고는 이렇게 너그러운 말로 그들의 그마음을풀어주었다。

그이튿날부터 창구는 하로에도 몇번식 서울댁에 가서 앞뒤뜰악을다니면서 일을찾았다。 이렇게하여서라도 서울댁 어머니의 은혜를 몇분지일이라도 보답하여디리겠다는 창구의 야릇한 마음이였다。

아츰에는 꼭꼭 서울댁앞뒤뜰악을 비로슬었다。 눈이오면눈을치고 장작도패고 개천도치고 심지어는 변소 소제까지 도맡어하여주었다。 이렇게 일하여주면 주니만큼 서울댁어머니의 생각하여주는 바도컸다。

김치 간장 고초장 묵은밥……을 시로가져다주었다。 그리고 담배꽁지는 하나도 버리지않고 모아두었다가는 창구에게 주었다。

으렬때마다 개똥어멈은 어깨를우쭐거리면서 창구

부커를보고 자랑비컷이말하는 것이다。

「이봄센 이기다 뉘덕택인지안메 내덕택인줄알구나먹쓴셴。」

「알구말구요 개똥어마이 덕택이지오。」

그해섯달 스므이레 합흥장날이였다。 서울댁어머니는 거래하는 포목상점에가서 명주저고리감과 회색목세투 치마감을 끊어다가 갑돌어머니에게주고 음력설에 쓰라고돈삽원을 창구에게 내주었다。

이때 창구의 안해는 서울댁어머니의 지극한 동정에 감격한 남어지 아모말도못하고 그커눈물만 뚝뚝떨쳤다。

「사람이란 서로서로 도와사는거지 이담에내가자네들의 신세를질때가 있을런지아나。」

서울댁 어머니가 이런말을 남기고나가자 창구부부는 알지못할 혹종의 불안에 사로잡혔다。

그렇게할만한 아모런리유도 없을때에 보다넘치는 동정을받게되면 도리혀 미안하기도하고 불안하게생각되는것은 사람의 공통된감정일것이다。

그러나 창구부무의 경우는 보다더한층 극단의레의하나다。

「커어마이 어쩌자구 작구이러는지」

안해가이렇게 근심스러워하면

「글세 아마무슨일이있는거야」

하고 남편이, 마조걱정하였다。

그때 그이튿날 저녁에 개똥어멈이 온것을 불들고 갑돌어머니는 서울댁 내막을 이것저것 파서물었다。 그러나 개똥어멈은 갑돌어머니의 물음에 대ㅅ구를 하지않었다。

그저간단하게 서울댁어머니는 옛적에기생 이였다는것과 그의딸춘애도 재작년까지 기생으로××권번에적을두고 있다가 작년봄에 지금집주인의 첩으로 들어왔다는것과 주인에게는 혈육이라고는 하나도없어서 아들만낳으면 수가난다는 이야기를 자랑비컷이하였다。

갑돌어머니는 개똥어멈의 말을듣고 비로소 그집안을 어렴푸시나마 짐작할수가있었다。

서울댁 어머니가 돈을물쓰드시 잘쓰고 비단천으로만 몸을싸고 고량진미의 성찬을 디려씹어 내씹어하면서 거덜거리는 모양이 그럼직하게믿어졌다。

갑돌어머니는 개똥어멈에게서 이야기를 드른후부터 웬일인지 마음한구석에 풀리지않는 근심의 덩어리가 자리잡고앉었다。

그리고 이때부터 갑돌어머니는 서울댁 어머니를 대하기만하면 자기도모르게 곁을주게되고 상스롭지못한 공상을 그리기시작하였다。

때로는 무슨화단이 닥처올듯한 무서운 께육감에 질릴때도있었다。

그러나 이런자기의 심리변화를 남편에게는 티만큼도 알리지않었다。

4

정월열여드레ㅅ날 석양에 서울댁에서는 갓난아이의 우름소리가 났다。 서울댁어머니가 달려나와서 대문을 잠그고 일체외인을 집안에디려놓지않었다。 갑돌어머니는 그갓난애의 남녀별을 알고싶었다。 그러나 출입을 엄금하였기때문에 도모지 알도리가없었다。

대문을 잠그고 외인의출입을 금하는것을보니 아마 귀한아이(아들)를낳았나부다 ——하는것이 이웃에서의공통된추측이였다。 갑돌어머니도 반가웠다。 마음한구석에 기름덩어리처럼 엉켜붙었든 불안의덩어리가 슬슬녹아빠지는 것같으였다。

「미역이나 한롱사 보냈으문 좋겠는기……。」

갑돌어머니는 서울댁에대하야 너무나 사람값을못하는 남편과 자기가 원망스럽기도 하였다。

저녁후 갑돌어머니가 아이새끼들을 웃방에 모라넣고 가마목에 맥없이 누어있으라니까 부엌문이살금이열리는소리가 나드니 개똥어멈이 얼굴을 디려밀었다。

「무스거낳소?」

갑돌어머니는 일어나앉으면서 성급하게무렀다。 개똥어멈은 부엌이마에 배를붙이고서면서「아들」하고 낮게대답하였다。

「참좋겠수 원대루되였으니……」

갑돌어머니는 기뻤으나 웬일인지 풀죽은 개똥어멈의 표정이였다。

이전같으면 삽간이육간이나게 떠들어낼터인데 구중을들은 사람처럼 아모말이없다。

「아에미 장물을잘먹수?」

「갑돌에비는 언제나옴매?」

개똥어멈은 갑돌어머니의 무름에는 대답하지않고 도로 이렇무렀였다。

「상금댓쇠있어야 올게우。」

「서울어마이 갑돌에미를 좀건너오람메。」

「무슨일이있수?」

「내야암메 빨리오람메。」

개똥어멈이 나가자 갑돌어머니는 갑작이상스롭지못한데감에 가슴이울렁거렸다。

「무슨일인둥」

갑돌어머니는 누덕이불을 머리로부터 둘려쓰고 건너갔다。

「이리로들어오게」

서울댁어머니는 옷방문을열어주었다。 그방은 지금 여행중인 주인나리의 방이다。 거울같은장판우에 꽃돗자리를깔고 그우에헙호보료를 깔아놓았다。 옷칠이 번쩍거리는 책상 비단방석 벽에걸린고흔그림——갑돌어머니는 방에들어서자 정신이휘황하여졌다。 남누한 입성을 채련자기같은게집이 감히들어설데가못된다고 생각하며 갑돌어머니는 촌색씨가 첫날밤 서방을대할때처럼 수집은생각에 어쩔줄을몰랐다。

「이리와서앉게。」

서울댁어머니는 호보료를 가르켰다。

「여게좋수다。」

갑돌어머니는 방웃머리 장판우에 무릎을세우고앉었다。

「이리로오 라니까。」

서울댁어머니는 싫다는갑돌어머니를 억지로 호보료우에앉혔다。

「내갑돌어미게 꽉할말이있어불렀는데……」

서울댁어머니는 이까지말하고나서 권연곁에불을붙어물고나서。

「갑돌어미야 내말을 들어주겠지」

하고 혼자말비것이 말하면서 갑돌어머니의 히맑은 얼굴을 똑바로바라본다。 그말투와 그칼날같은 눈초리는 난대로있는 갑돌어머니의 순진한정신을 어느정도까지 최면시켜주기에 충분하였다。

「무슨말슴인지오。」

갑돌어머니의 가슴에서 돌같은것이 덜렁내려앉었다。

「들어만준다면 갑돌어미도 한평생잘살고 우리집도잘살게될게고 만약안들어준다면 우리도 우리려니와 자네는오늘밤으로 그집을떠나가야하네。」

「어마이 말슴이라믄 들겠수다。」

갑돌어머니는 가슴이 울렁거리고 서울댁어머니의 강케적말투에 겁을집어먹고 이렇게 대답하여버렸다。

「그래야지 그런데 갑돌애비한테는 알려서는 않돼。」

서울댁어머니는 갑돌아비가 무식하면서도 의리있고 선악에 대하야 철저한태도를 가지고있는 그성격을 잘알고있기때문에 이렇게 다짐을 받었다。

「알기지말라믄 알기지마지오」

갑돌어머니는 최면술에 든든히걸렸다。 이자리에서 갑돌어머니는 확실히한개의로보트가 되고마렀다。 그로부터는「노—」를모르는 주인의말에대하야「예—쓰」라고만대답할줄아는 충실한기계였다。

「사실인즉말이야 내딸년이 게집아이를놓서。」

「게집어이오?」

갑돌어머니는 너무나 무서운 거짓말에 순간개동어멍을 원망하였다。

「그런데 갑돌어미 내말듣게 이번에 내딸이 아들만낳았드라면 수십만양이 내손으로 들어오는건데 그게틀렸단말이야 그래……」

서울댁어머니는 새권연에 불올옮겨 붙어물고나서 목소리를 낮추어가지고、

「그래인저 단한가지 수단밖에 없는데 갑돌어미가 내말만들는다면 나뿐아니라 자비까지 수가나는거야」

「무슨말인지 나는모르겠소。」

서울댁어머니의 요술쟁이같은 말솜씨에 갑돌어미는 영문도몰으고 머리만 끄떡거렸든것이다。

「아이고 미련들해라。똑똑하게들게 갑돌어미는지금아들셋에 딸하나지 아들삼형제면 훌륭한팔자야 그러니 이번낳는 아이가사내면 내딸아이하구 박구어길으잔말이야 내말대로 하여만준다면 돈오백양에집한간 사주께 어때?」

서울댁어머니는 한무릎 나아앉는다。

「어마이 그런법두세상에있소?」

갑돌어머니는 너무나무서운 말에놀라 뒤로물러앉었다。

「그때 못그러겠단말인가?내가 다섯달동안이나 아춤저녁으로 생각하여준 그은혜도 벌서 잊어버렸는가 에 미련한게집 그게무슨그리 큰일이라구。」

서울댁어머니는 세모눈을하여가지고 갑돌어머니를 쏘아본다。

「글세그러니 아이를 어떻게 박구겠수 우리주인이알문 나는죽소。」

「그러기다말이야 뒤ㅅ일은내가 감쪽같이할게 내말을 들어주게 일시는 섭섭할테지 그러나 자식두살구야 자식이야 밥을굶는형편에는 자식두원수가되는법이거든。」

「이런일이 다른곳에두있오?」

갑돌어머니는 비로소 서울댁어머니가 자기네집을 자기딸집처럼돌보아준뜻을 알수가있었다。

「그야있지 멀거정할거없어 죽은아이를 낳은 셈치구 내말대루해 집한간에 돈오백양이면 그리애석할것같지않네。」

「어마이좋은대루하시우」

갑돌어머니는 종시 서울댁어머니의 요구를 차버릴 용기를 얻지못하였다。 갑돌어머니가 취한바태도는 남의은혜는 여자의보배의 하나인머리를 비어 신을삼아서라도갚아야한다는 과거어느시에의 순진한부인들의 한개의표본이였다。

「이런법두 세상에있는지」

갑돌어머니는 하로에도 몇번식 이말을되푸리하였다。 그리고는 그말대ㅅ구비컷이

「갑돌에비는 무슨일을 하느라구 상금안오는지。」

하고 눈이빠지게 남편을기대렸다。

서울댁주인나리는 금년아흔세살(춘애는 스물두살)인데 아직게집아이하나도없다。부모의유산도 몇만원되기는 하였지만 금쩡파 해사에서 금일의부를쌓었다。 관상쟁이의 말을드르면 일생을 쪼들리는 생활밖에하지못할 팔자라고하나 그는지금 함흥에서도일류급에드는 당당한 오십만원부자다。 누가보든지 서울댁주인 상호(相浩)는 미련스럽게 생겼다고한다。눈이서모눈이고 코는 납작코이고 그리고 되다가 미끄려진 곰보상이다。 얼굴면적이적은데비하야 가슴아배ㅅ몸둥이는 잘먹는탓인지 양되지서럼 비대하였다。아마아래ㅅ몸을 절반으로쪼여서 그한쪽에다 그의머리를 붙었으면 격식이맞을것이다。

상호는 관상쟁이를 대단히싫여한다。 신통하게도상호에대한 관상쟁이의 말은 합치되는 점이 많었다。모도가 상호의 박복을 예언하였다。

「관상쟁이란놈들이야 개뿔이나아나。 나를보게 돈이작구만 따르는데야어쩌나。」

상호는 친구들사이에서 관상쟁이이야기가나면 의련히이렇게말하면서 억개를웃줄거렸다。상호는 무식한영웅이였다。 신문도 똑똑하게 읽을줄을 모르지만상호의 인기는 함흥 사회에서높았다。작년여름에도소방조에 이천원 무덕전 신축비로 천원○○사립고보에 오백원 ○○여고보에 오백원 ○○여자학원에삼백원을기부하고 신문에 사진까지 게재된위인이다。

이렇게 유복한 환경에서 빛나는행세를하는 상호에게는 늘상한개의크다란 비애가있었다。 그것은자기의대를이을 아들이없음을 슬퍼하는 마음이다。 본처는 사십이가깝도록 계집아이하나 놓지를 못하였다。상호는본처를두고 처녀장가를들었다。 들고보니 그처녀는 청저불구자였다。 그래다시 처녀장가를 들었으나삼년이지나도록 태기(胎氣)버젓한 구역한번하여본일이없다。 음달에서 자라나는풀처럼 피ㅅ기가없고 앓는사람처럼 교질교질 말나만들어갔다。

그러다가 재작년구월에 지금의춘애를 천원가까히주고 B권번에서제적을 시켜가지고 제삼첩으로 디려앉쳤든것이다。 그춘애가 작년오월에 상호의 씨를배ㅅ속에 가지게되였다。 이렇게되고보니 춘애에게대한 상호의 사랑은어느누구에게 대한것보다도컸다。

젊었을 때에는 서울장안의 부자와뻔뻔한 남자들을노래와 교태로서 뇌살시키든 춘애의 어머니는 자기딸이 임신하자 한가지 엉뚱한생각을 가슴에꿈이간

적하여두었다。아들만낳으면 상호의 재산의몇분지일은 자기의수중에 들어오리라고 은근히기뻐하였다。

「너생각에 어떠느나 사내같으냐 게집애같으냐?」어머니는 배ㅅ속의 피ㅅ덩어리에 대하야 자조딸에게무렀다。

「글세 그걸어떻게알어요。」

게집애라면——하고춘애 어머니는 혼자생각을 하여보았다。게집애라면 자기의엉뚱한야심은 너무나 여지없이 깨어지고 말었다。

게집애라도 어느정도까지만족은 하였지만 그래도 춘애 어머니가 사우에게대하야 호통질을하고 권세를피는데는 아들쪽이백갑절나었다。딸의아래ㅅ배가 점점불러가고 대개첫아이는 게집애가많다는 이야기를 듣고보니 딸의배ㅅ속의 피ㅅ덩이어리가 게집애라는 제육감에 찔릴때가많었다。

구렝이같은 춘애어머니는 춘애가임신오개월이되든달초순에 용의주도하게도 그 방비선을 배치하였든것이다

하로저녁에 개똥어멈을 뒤ㅅ방에 불러앉지고 다음과같이 명령하였다。

「매일부터 세ㅅ집으로다니는 가난뱅이게집으로서 아이밴지 다섯달이되는 게집을 남에게 눈치채리지않게탐문하여오게 아이가많어서 양하기 괴로워하는게집이면 더좋으니까 한달동안에 찾어주게」

그리고서 용돈으로서 돈삼원을 내주었다。개똥어멈은 그이튿날부터 날마다거리에서 거리로 골목에서 골목으로 임신오개월되는빈부(貧婦)를찾어다녔다。

그러다가 우연히도 창구를맞나서 그의안해가임신오개월이라는것을알고 갑돌어머니를 찾어가서 구수한말로 얼렸든것이다。

이리하야 춘애어머니의 장구한 작전계획은 착착성공하였든것이다。

자기딸이 생남만하면 창구의일가를 쫓어내고 딸이게집애를 낳고창구안해가 사내를낳으면 서로 아이를바꾸어걸르고 창구네생활일체를 영원히돌보아줄 징글징글한 계획이었다。

그러든차에 춘애는 게집애를 낳았다。춘애어머니는 어디까지든지 자기의야심을 채우기위하야 몇일만있으면 아이를낳을 갑돌어머니를 불러다가 거이강제적으로 유아교환의 승락을 받었든것이다。

이런줄저런줄을 모르는 상호는 평남오지에있는금광에가있으면서 닷새에 한번식은 애첩춘애에게 산전산후의 몸조심을 잘하라는편지를보냈다。

——자네가아들만낳으면 정처(正妻)로나의 호적에입적을 시켜줄터이니부디부디 옥같은 아들을 낳아주게 나는 하로가 일년같이기다려지네……이런편지구절도 있었다。이편지구절을볼때 춘애어머니의 가슴에서는 야심의 불덩어리가 이글이글 끓어번졌다。

(속)

月波先生（三幕）

宋影

人物

月波先生（村學究）
　淑姬（그의딸 한때는女工）
朴先生（村敎員）
蘇面長
全面長
金參奉（東拓農監）
吉成（中村里靑年）
奉吉（大村里靑年）
興錫（ 同 ）
炳七（ 同 ）
上男、（金參奉의아들）—時中義塾生徒
貞姬（淑姬의從弟）—大村學校生徒
巡査
外、時中義塾男生徒一、二
　大村學校女生徒一、二

때 現代
곳 京城近郊

一幕、大村里學校校庭

左便은 校舍의一部(茅屋)유리창두개와 門한個만이 보인다。右便은 村中으로 通하길、길목에섰는 회화나무에 한편가지 간이보인다。
正面에는비게(假舞臺)를매고 後面만은 幕을내렸다。비게오른편은 校舍와 다았고 왼편만은 조금 사이가 버려저서 멀리 논과밭과 山들에 遠景이보인다 이곳도 洞里로通한길
朴先生과 洞里靑年奉吉、興錫、烱七、들은 式場準備에 奔走하다。
奉吉은 비게에 올흔편 기둥에다。새끼를 감고 烱七이는옆에 幕을친다。興錫이는 비게앞뜰에 펴놓인 멍석위에서 포스터ー類를쓰고있다。
朴先生은 왔다갔다하면서 指揮를한다。
때는 五月端午直前멀리서는 모내는 農夫들에 農夫歌소리가 은연이 들려온다。

幕

興錫。(쓰든것을멈추고)박선생 아는것은 하고 몇이죠
朴。아는것은 힘、요
興錫。오라 힘。이겠다。허허 참참 정신좋군。
朴。(七을보고)烱七씨 잠간 가만히게서요。
烱七。(끝이고섰다)왜요。
朴。(舞臺위로올나가면서)여기를 다막으면 아이들이 올놀때가 있나요。
烱七。참 그렇구나ー
奉吉。참 령구리는 혈수가없군
烱七、에구 저눔 뭐、똑똑해서ーー
奉吉。괘니 너라고
朴。(뒤ㅅ구석을가르키면서)이만큼만 남겨노세요。그래야 이리로 올로오죠。
烱七。이만큼요。
朴。네
(烱七、그만큼을 남겨놓고친다)(興錫이 포스터ー를 다써가지고와서 朴을주면서)
興錫。다 썼우 좀。글씨가 안됐는데
朴。이건 괘니그러시는구료 이보담 더ー잘써선떻하게요。그런데참、그담에는「눈뜬장님이 되지맙시다。」ー(악센트를부처서)(그것은 왼편앞기둥에다 단다。)
興錫。뭐요。또、있어요。뭐、눈뜬장님이되지 맙시다
朴。(웃으며)네、미안합니다。
烱七。(興錫이를보고)너이 아범 우리형님같이 낫놓고 ㄱ자도모르는 사람이되지 말란말야。
興錫。자식이 버릇없게ー웅、너이 조부님말이지。

炯七。엑기

率吉。(색기를 다매고)인제 접할가요?박선생。

朴。참 저모퉁이로 올라다니는 층계를 한개맨들어
줍쇼。

率吉。여기요。가만있자 걸상으로할가

朴。네。그러세요。허름한것으로 몇개골라 나너다。
가、색기로 꽉 동여노세요。

(그때、학교뒤에서 녀학생들에 唱歌소리가난다)

朴。벌서 요것들이 오나

興鎬。왜? 연습이 있나요

朴。네、다ㅡ되긴했는데 몇가지만 무대위에서 실지
로 해보려고 오라고했군。

炯七。네、그럼 얼른얼른일을 마처야겠군。

貞姬와 女生徒一、二、비게뒤로부터 들어온다

朴。벌서 너이들 점심먹었니?

女生들 그럼요

一。예구、떡、좋게 되었다。

貞姬。아는것은 힙。

二。어디?

[illegible]웃는다。

朴。오ㅡ떠들지말아 이렇게 정신을때면 일들을하실
수가있나 참 얘들아。

女生들(모여오며)네

朴。저어ㅡ교실에들어가서 걸상두개식만 가지고 나
오너라。

率吉。참 그래라(색기를닛는다)

女生들。네……(와ㅡ하고 教室로들어간다)

貞姬가 앞을 서서나오고 모두들 떠들며 먼저나
오려고한다。「내가먼저야」「내것이더좋와」하면서
갓다가놓는다。

率吉。오수고들했다。

朴。얘들아 내가부를때까지 동산에 올라가서 놀다
가들나려오너라。

女生들 네

朴。그리고 얘들아、그냥놀지말고 유희연습들이나해라

女生들 네

貞姬。참그러자、얘들아。

女生一。二。그래그래(다름박질나간다)

炯七。봉길이 정말 오늘밤엔 사람이 떡、많겠네。

率吉。그럼 저。산골에 아주먼네들은 벌서 어제부
터와서 기대리신다네。

興鎬。어떻든지 인제는 우리동리도 개화가 됐거든
ㅡ예구처음에 학예회하든때 생각을해봐야지。

炯七。그참、아주 인제는 천상(天壤)지판이 됐지애
구참 그때는 꽈둑각씨를놀리느니、아이들을 양
춤을 가르처서 기생견습을식힌다느니 하고서줌

들야단들을했나。

奉吉。참 박선생이 되게 고생을하셋지-어떻든지박선생님이「에라이-하시거든。

朴。「에라이」구 뭐구간에 하여간 참、많이개화들이 되섯읍니다。그러니까 세상에는 무슨일이든지해서 안되는일이 없으니까요。

炯七。그럼은 에구 그게 누구드라 취조시키든애를 데려가든이가!

奉吉。누군 누구야 깡둥이김선달이지。

朴。왜! 하필 김선달뿐이든가요 모두들 그랬지요

興錫。(다、쓰고、담배를 꺼내피며)참、이번 학예회가 끝나면 커건너 글방아이가 또 줄겠군

炯七。흥、그럼 어쩌지 월파선생이 또 쫄딱녹게

奉吉。참、월파선생도 한참당년에는 쩡쩡울리드니。

朴。(교실로 들어간다)(女生들의 노래소리가난다)

興錫。그리게말야 신식학문과 구식학문을한데 가르키어준다고 모두들 칭송을하더니。

奉吉、어떻든지 월파영감도 극성은 극성인데 어디서 배왔는지 격검올다 가르켜。

炯七。격검은 커냥 백견가르키는게 더 웃읍드라。

興錫。그런데 요새는 창가도 가르킨다지。

炯七。창가、하--그게 져우창가야--뚝 시조에다가 당음좀섞고 또넉두리두좀 섞은 잡탕이더라。내할게 들어들보려나(調를본커서)

『灑掃應對는 修身에 根本이니 아츰이면 뜰쓸고 마루걸레칩시다 더러운먼지를 千里밖으로 더러버리면 우리의마음도 가읍예蒼空이 될것이로다」

하--어떤가!

두사람도웃는다

奉吉。에이 자식 능청맞게도 흉내도낸다。

興錫。(다시글씨를쓰면서) 그만들두게 월파선생귀가 렵겠네。

朴의소리 누구한분들어오십쇼

炯七。네(뛰어들어간다)

奉吉(부리낳게 충대를묶으면서)월파선생이 불상도하데

興錫。그러나 시대가 시대인걸어떻게하나

朴과炯七이 조그만 풍금을들고나온다

朴。자이리로 노시죠(舞臺밑에다논다)

奉吉。(다맨뒤에 한번뒷고 올라갔다내려오면서)이만하면 넉넉하구뇨!

朴。네、수고하셋읍니다 그런데참 봉길씨솜방맹이는요

奉吉。참、아직 못만들었구뇨。그리고 무대에 걸람포도 한개를더 어더야겠구。

興錫。람포는 내가 가커오지。

奉吉。응、그럼 잘됐네 그럼 어서가서 가커들오세 나도 좀 가봐야겠네。그럼박선생님 끝갓다오지

요(退)

朴。네。

興錫。선생、또 쓸게없죠。

朴。네。인젠 다됐읍니다。

興錫。그럼 나도 람포를 가질러가겠읍니다。

朴。네、참 모두들 넘우 애들을쓰십니다

―興錫退場―

炯七。참、선생님、정말이지 오늘저녁에는 연설좀잘
하지마슈。

朴。(웃으며) 예이 炯七씨는 언제든지 남을잘놀리
시거든!

炯七。잘놀리는게 아니라요、정말이지 선생님연설에
는 모두들 꿇다반하는 걸어떻게하나!어떻든지
그렇게 학교라면 반대를 하시든 이진사영감도
딸까지 보내지를 안습니까。아니 그리고 고、
끝밭이 백주사가 풍금까지 기부를하지 않었어
요。뭐니뭐니해도 모두 선생님 연설바람이지뭐
야요。

朴。에이 괘니 그런소린맙쇼 괘니 남을 까시를하
시겠다―허―애들아

炯七。까시고 준치대가리고간에 저밭 월파선생 좀 살
려주슈。그저 八十명이나넘든 학생을 모두빼서
오니 어떻게 살란말입니까 하하―

朴。글쎄 그만두세요。

女生들(뛰어오면서)네

貞姬。시작입니까!

朴。그래。

炯七。그럼 선생님 저도 저기컴하고 오겠읍니다。

朴。 저기라뇨!

炯七。요기말이죠 허―

朴。네―허―(炯七退場)(女生들을보고) 자―너이들
도 잘알지만 오늘밤에는 잘해야한다。모든 사
람이 많이 모허는판에 조금이라도 어색하게하
면 학교에망신이된다。다―들 알었지。

女生들。네。

朴。그럼 저「물방아」부터 한번해보자。

女生들 네 어디서요?

朴。저리들 올나가서

女生들。네네。(하면서 층대로해서 무대로 올라간다
발로 쿵쾅거려보고들 떠든다)

貞姬。에구 선생님 휘청휘청해요。그렇지 애들아―

二。참。그렇구나

一。선생님 여기서 어떻게해요。흔들거려서

朴。괜찮어 이따가는 이밑에다가 마차채를 집어넣
어서 고여놀테니까!

二。그렇지만 바닥이 울퉁불퉁한걸요。

朴。에구 고것들 별거정들을 다—하는군 거긴 멍
석을 까니가 괜찮어

女生들。네에。

朴。자—어서들서(풍금을 가만히처본다)

一。왜! 네재리가 여기야

二。그럼어디야 이게 패니 이모양야

一。네재리는 여기야。

貞姬。어건 왜이래 여긴 내재리야

二。그리게말야。

朴。(일어스며)아니 입때 섯는재리들도 모르니

二。(一을가르키며)애가 그랬걸요

一。에구 제가모르구선낭。

朴。몰기싫어(아이들 웅웅한다)다。마찬가지지
貞姬가 가운데고 너는(一을보고)여기고 (貞姬에
右) 너는(二)저기(貞姬의左)야(그대로들슨다 다시
앉는다)

二。(一을보고)봐!누구말이 옳은가(입을쑥내밀고 눈
린다)

一。(말을못하고 흘겨만본다、貞姬웃는다。)

朴。자—짝 한번만 연습을할터이니 정신들을 바짝
채려

女生들。네。

朴。처음에는 유희만하고 두번째는 노래까지한다。

女生들。네。

朴。자—그럼 정신채려(前奏曲을한번처들리고)여기까
지가 준비행동이다。

女生들。네。알아요。

朴。자—그럼 지금부터다(前奏曲이끝날때)에이 (하고
시작한다는 氣合을내준다)

—아이들 유희시작—

—半쯤할때에—

朴。가만있어(모두끝인다) (일어서서)아니 그게 팔
흔드는게 뭐냐!뚝 막대기모양으로 뻣뻣만하게
이거봐(뻣뻣한흉내를 보히며이게 좋으냐(아이들
微笑) 이렇게해야지(두팔을波形으로 흔든다)다들
알었니

女生들。네。

朴。그럼 어디한번 해봐라 (女生들해본다) 올치그렇
게해야지 그런데 애들아 센치스톱은! (아이들
센치스톱을한다) 올치 포—앤드。백은 (아이들、
그動作을한다) 올치 끝잘알면서도。그러나! (두
팔을 交叉해서 처들어보이면서) 이건뭐라고하지

貞姬。크로스요。

朴。응。그렇지 그렇게들 다알면서도 그리나!인제
는 잘들해봐!

女生들。네!

朴。(伴奏를한다 아이들 유희를한다 일걸어끝난뒤 그대로 풍금을 계속해치면서) 자—노래 아이들노래(와같이遊戲)

쌀방아 申鼓頌謠 趙玄雲曲

더운날 점도록 보리를찧고
고달픈 두다리 달빛에뻗고
방아는 고요히 잠을잡니다
………… ………… ………… …………

× ×

뜰밭엔 반딧불 파랑춤추고
뒷논엔 개고리 합창하건만
달밤에 방아는 잠을잡니다
………… ………… ………… …………

—(끝난뒤)—

朴。오、참、잘했다。그런데、참、저어「우리학교」라는 연극할때에 하는노래도 잘알지

女生들 그럼요。어디 한번 해볼가요。

朴。그래(伴奏)

영치기 영치기 영치영치영치기
한개두개 모아서 한데차쌓아서
우리학교 빛나게 세워봅시다。
영치기 영치기 영치영치 영치기

朴。올치—또、우리학교를 지여놓고 나올때하는 률동이있지。

女生들。네、네이런거요(해본다)

朴。올치 그럼 자—(伴奏)

아이들 圓形으로 돌아다니며 律動行進을한다。

註(四分之四拍子曲、두손은허리에 一에左足一進 二에 내논左足을뒤면서 右足을 前左方으로꾸부려서들고 三、四、는 그대로서서 손벽、同一行動으로 前進)

炯七。(멍석을메고 들어오다가 신이나서、멍석을놓고 흉내를낸다 아이들웃고 못한다 朴도웃고 끝였다)아니 왜들 안하니。

貞姬、괘니 남을웃기시니까 그러치요。

炯七、자—그럼 내 웃기지 아니할게 다시한번해라 잠들잘하는데。(흉내를내다가 넘어진다)

—一同大笑—

興錫。(람포를들고登場)박선생、면장오!

朴。면장。은、또、공립학교문제로 오는군。

炯七。아니 공립은 공부가 더-잘되나。

朴。하여간、설비가 완전하고 재원이튼튼하면 좋낫죠—(아이들을보고)그럼 자-너이들은 그만들가거라 그리고 저녁에 일즉이들온다。

退場)

炯七。참 박선생 공립학교가 되면 우리학교는 어떻게 될가요。

朴。글세요

興錫。물론 연합이되겠죠(람포를무대 아래다건다。

朴。대개 그렇게 되겠죠

興錫。그럼 박선생도 물론 한데게시게될테죠

朴。글세요

炯七。그럼 그야물론이지、아니 이면내에서 이렇게 어린아이들을 위하야 十년동안이나 지내오셋는데。그냥 그만두시게 되겠나

興錫。그야 그렇지만ㅡ그런데 암만생각해도 우리네 자식들은 밀끄러질듯해ㅡ

炯七。아니 왜

興錫。드는게 많을테니 말이지

炯七。아니 우리면민이 출염을내서 만드는학교인데 우리들자제를 못가르켜

興錫。쉬ㅡ오네 괘니 그랬다간 면장부터 재미가없지

蘇面長 金農監과같이 登場(右)

朴。아이구 내려오십니까! 김참봉영감도 오십니다그려! 그동안 안영하셋읍니까。

炯七。興錫 어서오십쇼 안영하십니까!

모두들 인사를 바꾼뒤에

朴。이렇게 먼데를 오시느라고

面長。원 천만에야 에헴 그런데 참 선생님 많이 애를 쓰십니다。그려。

參奉。참 많이 애들을쓰시는구료。

朴。에구、천만에 말슴이십니다。애가 무슨애입니까 그저 그렀읍죠

面長。아ㅡ참 너무 근념들을하시는군

朴。잠간 사무실로 들어가시죠。

面長。아뇨 괜찮소이다 여기가 시원해 좋은데

朴。그럼 저어 (炯七을 돌아다본다 炯七、눈치를채고 의자두개를 가지고 나와서놓는다。)

朴。(의자를 바루잡으며)자ㅡ이리앉이시죠

炯七。이리좀앉입쇼。

(興錫이도 椅子를가지고 나왔다)

興錫。선생님도 안지시죠。

面長。그럼 잠간앉어볼가! 실상은 좀바빼서

朴。네、그리시겠죠。

參奉。선생님도 앉이슈。

朴。(앉이며) 비ㅡ참、제가 담배를 안먹어서ㅡ여보 興錫씨 담배한갑만。

面長參奉。(同時에 그러나 와글와글) 아니、아니、괜찬수 우리도있으니까。

參奉。(단풍표를꺼내서 면장도권하고 자기도문다)。

興錫。(석냥을갖다대면서)피십시요。

面長參奉。아니 이건 너무미안하군。

面長。그런데 박선생 피차에 바뿌니까, 우리 요건 울 얼핏말해보지。

朴。네, 그러시죠。

面長。어흠 실은 다름이아니라 이제 우리들이 다 아는 일이지만 이번우리면내에 세워질공립보통학교말요。

朴。네, 네。

面長。지금 설립금도 三分의二나 걷히고 기지도확정이되어—다—이러니까 문제는 없으나—

參奉。참, 다 면장영감의 덕택으로 이만치 큰일이 얼그러졌죠。

面長。온 천만에, —이일은 다—이번 기성회장이신 김참봉에 힘이시지。

參奉。온 천만에 면장영감에 힘이시지。

面長。오천만에 참봉영감에 덕택이지。

朴。그럽은, 두분에 힘으로 이번일은 다—매저졌으니까요。

面長。온 별말음 다하슈。그보다도 박선생이 여러 청년들과같이 활동하신힘이더—하시지。

朴。정말 그럴가요 허——

面長。그런데 참 박선생

朴。네。

面長。오늘 학예회에 우리좀 힘을좀, 펼처봅시다。

朴。아니 어떻게요。

面長。네, 다른게 아니라 아직까지도 무식한패들은 공립학교가 뭔지도 모르고 또 사립학교와도달려서—(하다가 朴을처다보고 말끝을 변해가지고 저어—학비도 더—마니드는줄로 알고 별별일이 다많치 않소。

朴。그렀읍죠。

面長。그러니까 말요, 우리오늘, 이같은 인민들의머리를 열어주십시다。

朴。좋은 말슴어죠。

面長。그러니 나도 또 이기성회장어른도 또 저건너 월파선생도 다—각각 한마디식 학교에필요한이야기하는게 어떻겠느냐 말슴이요。그러나 물론 선생도 연설한 마디도 하세야겠구허……

朴。그야아뭏게나 해보시죠。그런데 별로 할줄을알어야죠。

面長。별말슴을 다—하시네。

參奉。아니 박선생이 잘못하면 정말잘하는 사람은

[illegible] 더……

面長 그런데 참 박선생 물론학교가 시작되면 선생은 물론 학생들과같이 한데 가시게되겠지만

參奉。그렇요 박선생님은 자격도 훌륭하시겠다 공로도 게시겠다。

網七。그럼은 그게 정한리칩죠。

面長。자-그럼 우린 그만 가겠오。있다일즉오지요

朴。네。고맙습니다。이렇게 오시기까지 하셔서

面長。자-그럼 잇따뵈옵지。

參奉。잇따 봅시다。

朴。네、안녕히 가십쇼。

網七。興錫、안녕히 가십쇼。

面長과參奉退場

網七。아이구 면장이구 된장이구 점점더-생쥐가돼 가는구나。

興錫 면장 커냥 참봉은 더-간사하든데。

朴。그만들 두십시다。

網七。그만이나 마나 아이구참「온천만에요」(흉내를내며) 참 귀가 가렵드라 그러나 마나 월파선생은 짭답녹을걸。

興錫。녹기야 벌서했지만……그렇지만 사위나잘얻었오면 괜찮을걸。

網七。숙회말이지……커、양잠소단기든 게집애말이지

興錫。그래。

網七。정말이지 개천에서 용이났지 정말잘났든데。

興錫。게다가 글도잘한다더라 그런데 참 김참봉아들하고 혼인을 정했다나。

網七。아니 그까진 바보녀석하고……

興錫。그래도 부자아들인걸 요새세상은 개라도 금목도리만 두르면 멍첨지 안녕합쇼할판인데。

網七。그렇지만 그렇게 똑똑한 여자가 말을드를나구

興錫。그렇지만 부모의 명령인데。

朴。有心이들다가 언제 약혼은했나요

興錫。자세는 몰라도 요새라고해요。큰학교가 되면 글방이 쓰그러질테니까 사위ㅅ덕을 보련다나요

朴。(苦笑)흥。

率吉。(吉成이와같이 송방이를들고登場 吉成이는 石油한대야를 들었다)박선생님 길청이가 옵니다

朴。아이구 바뿌신데

網七。어서오게。

興錫。길성인가。

吉成。괜찮습니다 웅 잘들었나 얼마나 선생님 애를쓰십니까 자네들도 퍽애를쓰네그려

朴。괜찮습니다。

率吉。그런데 선생님 이사람이 이번에석유세사발을사왔읍니다。

吉成。번번치않습니다마는 커텩에 보태씁쇼맘은 있

지마는 어디 뭐있어야죠。

朴 참 너무 애를쓰십니다。

吉成 별말슴을 다ㅡ하십쇼 정말부끄럽습니다。

燗七 인젠 길청이도 짤세그려 허허허

吉成 예이미친녀석ㅡ그런데 박선생꺼건너 글방에서 화예회를한다나요。

朴。네。

燗七。아니 아이일곱가지고 화예회야

興錫。천자 읽는구경이나시키려나。

奉吉。참 댁견이나시키지。

ㅡ웃 음ㅡ

吉成。아주 지금 월파선생은 눈이뒤집혔다네 뭐공자때이야기를 연극도시킨다나

燗七。하ㅡㅡ참 재미있겠다

吉成。그리고 선생님 지금 월파선생은 어떻게든지 해서 신식학교에게 지지를 않겠다고 발악을한답니다 겉으로는점잔을빼지만 아마속으로는 이학교가 하로바삐 망하기를 축수를할걸요

興錫。축수를하면 망하나

吉成。어떻든지 구장이니 농감이니하는 노인패만모인데서는 영감이 빡데리아가 어떠니 비행기가 왜 날으느니 나포래옹이 누구니 인이떼지가 뭐니하고 아조 신식구식으로 다ㅡ유명한척하고야단이지요 허…

그리고 [illegible]

게 젊은 패들을 몰아가지고 강좌를 한다고。

朴。자ㅡ그만두시죠ㅡ참 멍석을좀 몰아와야죠。

奉吉 참 그래야겠군 시간도 작구가니까 자ㅡ그럼 우리 모두 어드려나가세。

靑年들。그러세(뿔뿔 ; 退場)

朴。(무대위로올과가서 背景에다 검정幕을친다)

貞姬 (가만히登場) 선생님。

朴 너ㅡ왜 입때 아니갔니 언제 단겨오려구?

貞姬 아냐요 갔다 왔어요ㅡ사이ㅡ저어ㅡ선생님 심부름왔어요(웃는다)

朴。무슨

貞姬。저어 이거요 (편지를 꺼내며) 언니가 답장써줍시사구요

朴。응(바다읽는다) (微笑)지금 언니 뭐하시니

貞姬。바누질요

朴。그럼 잠간만있거라(교실로들어간다)

ㅡ사이ㅡ멀리農夫歌소리

朴 (답장을써가지고 나와서 貞姬를주며)이거 갖다 디려라

貞姬。(웃고有心이처다보며)네에ㅡ

朴。잘갖다디려라 그리고 일직오너라。

貞姬 네ㅡ언니하고 가치올게요(웃고退場)

朴。(그편으로쫓아가 멀리바라보며)貞姬야 일직오너라

靑年들의 들래는소리

朴。(얼는 舞台위로 다시올라간다)

ㅡ幕ㅡ

별

玄卿駿

一

달마다 한번식은 꼭 어김없이 오고야마는 수업료납부기(授業料納付期)。

벌서 완납기일(完納期日)을 사흘이나 넘은 교실안은 처처에 뷘자리가 생겨저서 횅뎅그래한테 아모표정도없이 눈알만 말뚱거리는 중머가리들의 멍—하니 벌탄괴지지한 입들 훌쩍어리는 코들。

찌는드시 무더운 속에서 파리들이 앵앵거리며 해볕을 쫒아날아댕기고 가담가담 물큰하고 코구멍을 쿡쿡 찌르는 땀냄새 방구냄새。

유월의 교실안공기는 웅덩속에 가처있는 무겁고도 어즈러운 흙탕물과도같아 당장에 질식이라도할찟같다。

그러한속에서 명우는 땀을 발발 흘려가며 거이 싸우다싶이 악을 쓰는것이었다。

「이놈들아。정신을 좀 차려서 선생님설명을 들어라。」

그때도 아이들은 얼빠진것처럼 멍—하니 입만 버리고처다본다。

「너의들은 대체 뭘하러 학교루 왔느냐?」

그는 화를 버럭내며 교편으로 책상을 연달아 서너번 후려갈긴다。

잠에서 깜짝 놀라깬드시 아이들은 움칫하고 서로 얼굴을 마주처다보다가 다시금 이저대로 무표정하게 돌아진다。

명우의화는 절정에 달하였다。

그의손은 뒤도 모르는사이에 맨앞에앉은 중대가리로날렀다!

「예기 소새기같은 색기들아 너의들두 사람이냐 개만두 못한놈들」

그는 전신을 푸들푸들 떨며 교단에 돌아가서 입술을 악물고 잠간동안 부풀어오르는 분을 진정시키기에 애를 썼다。

볼의에 주먹벼락을 얻어맞은 중대가리는 처음에는 얼떨떨해서 그저 입술만 실룩거리더니 선생의표정이 얼마간 부드러워지는것을 보자 갑작이 「앙—」하고 맥혔던 봇물터지듯 왈칵 터진다。

명우는 대번에 달려가서 동덜미를 붙어잡고 밖으로 내끌었다。

울음은 더한칭 기세를 올린다。

사지를 뻐둑거리며 지랄쓰듯하는것을 뒤들여다가 몰아낸다음 다시금 교실로 드러오니 아이들은 숨하나 쉬는것같지않다。

구석에서 의자를 끌어다가 지친몸을 힘없이 내맡기고 실그머—니 눈을 감으니 서늘—한 돌덩이같은 그무엇이 가슴속에 스르르 나려앉는것같다。

그리고 눈자우가 자구 뜨거워오른다。

그는 저자신을 비웃는듯한 찬우숨을 써긋 이입가에 떠우며 중얼거렸다。

「더러운놈같으니라구 무었을 못해먹어서 이런노릇을 한담 내가 어리석지 너의들을 가르켜먹겠다는 내가 도래체 잘못이다。엑 비열한놈」

격분끝에 오는 뜻 모를 자조와 굴욕。

그것은 거이 미친사람의 발작(發作)마도 같은것으로서 그런때면 아이들은 눈도 깜짝못하고 선생의동정만 살피는것이였다。

갑작이 문소리가 와르륵 나드니 교장이 삽분 들어서며 은근히 머리를 숙인다。

명우는 그대로 잠자코앉아서 눈을 뜨지않었다。

교장은 미간을 찦우리다가 다시금 간사스러운우숨을 지으며

「김선생님 어디가 편치않으십니까?」

자못 정중한 말소리다。

명우는 그제야 정신을 차린듯

「아……아아니올시다。잠간 무얼좀 생각하느라구요」

하고 벌떡 일어섰다。

「그렀읍니까? 그러시다면 다행입니다만 난 또 어디가 편찬으신가 했죠。그런데 오늘은 결석아동수가 얼마나 됩니까?」

「어제와 마찬가집니다。」

「한명두 줄지않었읍니까?」

「…………」

명우는 말하기에도 골머리가 아푼듯 고개만 끄떡거린다。

「허ㅡ 큰일났는데요。」

교장은 다ㅡ버서진 뒤통수를 어두만지며 무엇인지 생각는양을 하다가 다시금 은근하게 머리를 숙인다음 들어오던때와 마찬가지로 삽분 문밖에 나선다。

二

방과후ㅡ。

직원실에서는 수업료미납으로하여 등교치못하는결석아동에 대한 대책강구회의가 열렸다。

교장과 수석훈도의 지리한 이야기가 약 반시간이나 계속된결과 며칠동안 매일 방과후면 담님아동들의 가정을 일일히 방문하기로 결정되였다。

회의하는동안 명우는 한마디도 말참여를 안하고 무표정하게 앉아서 마준편 여선생의 만삭된배만 건너다보며 장차 불원이면 세상에 태여날 숨덩어리에 대하야 생각을 기우려보았다。

애비도 교사고 어미도 교사인 그아이는 과연 그 어시들의 교훈을·철저히 받아서 훌륭한 인간이될수있을까 지금수석훈도와 교장이 입이모자라 떨어지도록 조선사람의 가정교훈에 대하야 짖거리지만 사실 그들의 가정교훈은 그자제들에게 철저하게시행되고있는가?

말단집에 장이 쓰다고 자기는 여러곳에서 교육자의 자제들이 한칭더 타락된 현상을 많이 보아왔다。

더구나 하나님의교리를 죄의인간에게 포교한다는 목사들의 자제들을 본다면。

명우는 잘아는 동창생들중에서도 타락된 그들의 자제들을 얼마던지 세일수있다。

그것을 생각하니 어쩐일인지 쓰디쓴 우숨이 저절로 입가에 떠오른다。

문득 귀를 기우리니

ㅡ제일 출석정적이 납분학년은 四학년입니다。사학년은 해마다 요때만되면 절반이상이나 결석합

니다。」

하는 수석훈도의말을 뒤받아

「그야 一二학년보다 四학년이나 三학년이 제일 결석수가 많은것은 부득이한일이니까요」

하고 교장이 걱정조로 받아넘기자

「웨 그럴까요?」

하고 자던잠에서 깬드시 말뚱하고 묻는것은 여선생이다。

「별까닭이 없지요。一二학년때는 처음이돼서 그럭저럭 지나오지만 차츰 三학년이나 四학년을 당하면 경제상곤난이 점점 늘어가고 또한 아동교육에 대한 열성도 식어가니까요。그래서 대개는 三학년이나 四학년에서 퇴학생이 많이 나고五학년이나 六학년은 인원수가 적게되는 겁니다。」

「참 그렇군요。」

여선생은 자세히 알었다느니보다 교장의 똑똑한 설명에 감탄된듯 오랫동안 교장의얼굴에서 시선을 떼지않고 연방 고개를 끄떡인다。

교장의 옆에앉은 수석훈도는 교장의눈치만 흘끔흘끔 살피더니 약간 떨려나오는 소리로

「교장선생님의 말슴은 참말 지당합니다 그렇읍니다 三四학년이 제일 심합니다。헌데 그중에도금학년때부터 기록해온 출석부를 본다면 자세히 알것입니다。」

하고는 흘끔 명우의편을 곁눈질한다。

명우는 가슴속이 부굴부굴 끓어모르는것을 가까수로 참고 거동만 주시하였다。

동관들은 약속이나 한드시 명우에게로 시선을돌린다。

수석훈도는 줄한빛을 애써 감추며 점잔흔태도로 다음을 계속한다。

「그야물론 금년 四학년아이들을 본다면 전교에서 가장 포악하고 라태하고 생활수준이 낮은집아이들이 반수이상이나 되는것은 사실입니다。허지만 그렇다고 교육자로서 그것을 그대로 묵인한다는것은 참으로 유감된일이라고 생각합니다。교육자의 직무란……」

「최선생님」

부르다기보담 내뿜는듯한 소리다。

여럿은 깜짝 놀라 명우에게로 시선을돌린다。

명우는 새파랗게 질린얼굴로 잠간동안 말을못하고 상대편을 노려보다가

「말슴을 좀 삼가시우。같은동관으로서 아모정의도없이 그렇게 꾀집어말슴하다는것은 결국 상대편

한 수작이거나 그렇잖으이면 한급이라도 우에 앉었다는 되지못한 우월감에서 나오는 비굴한근성이외에는 아모것두 아니라구 생각합니다。」

수석선생은 입술을 실룩거리며 붉우락풀우락 어쩔줄을 모른다。

「사실 저는 교육자로서의 행동을 원만하게 못했읍니다。저의힘이 모자랐던지 그렇잖으면 성의가 부족했던지 최선생님 처럼 훌륭한 교훈을 주지못한것만은 사실입니다。그러나 아이들의 포악성이라던지 라태성이라던지 또는 여러가지 불순한점을 그대로 공수방관하며 묵인한일은없었읍니다。만약에 그러한일이 있다면 기탄없이 말슴해주십시요」

명우는 처음과는 딴판으로 차츰 격정이 식어감을따라 맹소까지 입가에 떠우고 상대편을 노려보았다。

수석훈도는 거이 신음하다싶이 괴로운 목소리로 땀까지 흘리며

「뭐?……천비한 수작? 비굴한 근성? 그게……어……어디서 나오는 버릇이야?」

「뭐요?」

명우는 주먹을 바스러지라하고 틀어쥐였다。

「노려보믄 어쩔테야? 그래 김선생이 교육자다운 행동을 한것이 무에란말이우? 걸핏하면 매질을하거나 밖으로 내쫓거나 하는그게 교육자의 태도란말이우?」

「뭐여? 언제 내가 그랬단말이우?」

「언젠가구? 아까 바루 시간중에 학무위원아들을 때려서 내쫓건은 그건 뭐란말이우?」

명우는 말이 콱 막혔다。

그는 그저 황소처럼 씩은거릴뿐。

수석훈도는 저윽히 숨을 돌린듯 어성을 낮추어서 그러나 찌르는드시 아푸게말한다。

「교육자로서 그러한태도를 취한다는것은 참으로 야만인의 행동이라고 생각하오。더구나 그애로말하면 학무위원의 아들이 아니우。」

그순간 명우는 무엇인지 가슴속에서 불덩어리같은것이 왈칵 치미는것같었다。

「뭐? 학무위원?……그래 그애가 학무위원아들이기때문에 때린것이 납부단말이지요?」

「그건 억설이오。」

「억설? 대답은 뻔뻔하군。 여보 최선생 사실 당신말과같이 그애가 학무위원 아들이 아니구 포악하구 라태하구 생활수준이 낮은집아이가 됐다면 당신은 이자리에서 나를 칭찬했을겝니다。허지만 나는 그렇게 두가지마음을 가지구 교단에 서는사

람은 아닙니다。 학무위원아들이면 누구던간에 매맞을줏만하면 용서없이때립니다。」

「아니 될들 이러시우?」

하고 그제야 교장은 기회를 였본드시 간사스럽게나선다。

「될 대수롭지않는 일들을 가지구 이러시우? 아혀 그만두시구 서두 좋두룩 타협해가지구 일합시다。」

그밤람에 들는 저자신을 돌아보고 서로 멋숙해서 입을 담으렀다。

그러나 실내의공기는 좀처럼 완화되지않었다。

三

저녁을 먹고나도 아까 나제 학교에서 수석훈도와 언쟁한 그것은 좀처럼 뇌리에서 사라질줄을모르고 명우의마음을 극도로 산란케하여주었다。

납의허물을 패집어서는 교장에게 쬬자받치기를잘하고 자기에게 아첨하지않는 차석들은 어디까지던지 상처를 내주려고 기회만 였보는 그것을 생각하면 당장에 달려가서 목아지를 붙어잡고 실컨때려라도주고싶었다。

더구나 교육자란 간판밑에서 별별 추악한일을 다ㅡ하는것을 생각하면。

그는 [illegible] 저자신을 [illegible]허 침뱉지않을수가 없었다。

생활의곤궁에 얼눌리워서 부득이 나오게된 길이라지만 그러나 거기에는 많은 포부와 리상이 있었다。

캄캄한세상에 태양과도같은 교육자」

남을 가르켜준다는 혁혁한 사명。

그것은 어린 그의가슴속을 흔들대로 흔들어놓았던것이다。

하나를 알면 하나를 배워주고 둘을 알면 둘을 배워주고 자기는 일생을 어둠속에서 횃불이되자。 태양이되자。

그러나 그것이 너며나 허무하게도 깨여진꿈으로 화하였을때 그는 비로소 보잘것없는 저자신을 발견하고 울지않을수가없었다。

모순된 현실의탁류。

그속에는 그가 꿈꾸었던 진리라던지 리상이란 러한것은 흔적도 찾을수가 없고 온갓 추잡물들만 대가리와 꼬리를 제멋대로 내저으며 엉클어저 흐르고있지않는가?

일조에 묻혀진 리상의탑。

그는 잡바지려는 제몸을 가까수로 부축하여가지고 三년이란 긴세월을 허덕이며 지나왔다。

그러면서 그는 비록 깨여진 쪼각이나마 고혀고

하 [illegible]
양은 못되나 금음밤하늘에 별쯤은 되리라고 결심하였다。

그래서 그는 전력을 다하야 아이들을가르켰다。

그리고 수업료때문에 결석하는 아이들에게는 가끔 차기가 선납하여준일도 있었다。

그 액수를 따지면 그동안에 백여원에달한다。

그러나 그것은 홍로에 점설(點雪)과도 같은것으로서 아모효력도 없는것이아니였든가?

아모리 자기가 애를 쓰고 붙잡아주어도 달이가고 해가감을따라 결석아동수와 퇴학아동수는 점점 늘어만가고 결국 교실안 이곳저곳에 가물에 씨앗나듯 퀭-하니 앉아있는것은 절반은 백치에 가까운 먹을것이나 착실히 가지고있는집아이들뿐이아닌가?

그러니까 결국 생각한다면 자기가 부모없는 고아로 보통학교시대부터 남의심부름을 하여주며 근근히 공부한다음 다시금 사범학교까지 애쓰고 졸업한것은 이러한 백치들을 상대로 일년삼백육십오일을 날마다 말싸움으로 보내자는 까닭이였든가?

생각하면 생각할사록 원통하여 못견딜일이였다。

그래고 더구나 저지난해부터 자기처럼 교편생활을 하기시작한 단하나뿐인 누의동생의일을 생각하면 금시에 눈자우가 뜨거워지는것이었다。

(틀림없이 그도 지금 나처럼 이렇게 고민하고 있을러이지)

명우는 종용히 눈을 감고 누의동생의얼굴을 머리속에 그려보았다。

동시에 그의생각은 어느듯 지나온옛길을 더듬기 시작했다。

동리품파리로 그날그날의 먹을것을 간신히 얻어드리던 아버지가 지주댁 심부름으로 칠십리나되는 읍에 갔다가 돌아오던길에 어름을 타다가 물고기밥이된이후 어머니는 일년이나 수심에쌓여 한숨과 눈물로 세월을 보내다가 끝내 몸져 눕더니 며칠 않되여 세상을 떠나고 말었다。

그때 명우는 겨우 열살 누의동생은 여섯살이였다。

갑작이 의지할곳이 없게된 그들은 어찌할바를모르다가 그다지 넉넉지는 못하나 일시 살아갈만한 백부의집에 의탁하게 되였다。

그후 명우는 다시 보통학교 교장의집에가서 심부름을 하여주며 그 보수로 그집에서 얻어먹고 학교도 다니게되였다。

그리고 누의동생은 읍에있는 어떤사람이 양딸로 다려다가 길르며 공부도 시켜주었다。

보통학교를 졸업하자 명우는 다시 사범학교판비생으로 들어갔다。

누의동생은 분에 넘친 호화로운 분위기속에서자유롭게 자라며 보통학교를 졸업하자 그는 서울어느여학교에 단기게되였다。

그러므로 둘은 가끔 맞나게 되였지만 그러나 서로 그리는정은 장청함을따라 더하여갔다。 즉 그들의사이를 각별히도 그립게하는것은 단둘밖에없는동생간이 단한번이라도버젓하게 내집속에서 지나지못하는 그것이였다。

그러다가 둘은 다시금 갈리게되였으니 명우는북쪽시골 이학교로 오게되였고 누의동생은 그이듬해학교를 졸업하자 고향에 돌아가서 모교에서 교편을 잡게되였다。

그동안이 벌서 三년이나 되였다。

자기는 한번도 고향에 가지않고 아이들의교육에전념을 다하여왔다。

그러나 그보수로 얻은것은 무엇인가?

얻기는 고사하고 도로혀 자기의 정력만 잃은것을생각하면 그는 세상의한심을 원망한다기보담 커자신의 속절없음을 한탄치않을수가 없다。

여기까지 생각한다음 그는 약간 피곤을 느끼고 [illegible] 나 누의동생에게 편지못한것이 생각나자 그만 벌떡 일어나서 책상을 마주앉었다。

四

그이튿날 방과후

명우는 자기가 담임한 아이들의 가정을 찾어서처처에 무덕무덕 옹송그리고있는 마을의 초가집들을 돌아보았다。

거이거이 찌그러지는 오막사리는 전부가 다ー사람이 사는집이라고 하기에는 너무나 참혹하였다。

더구나 해빛도 바로 숨여들지않는 어두운 그속에서 노ー랗게 유황빛으로 부풀어오른 얼굴들이독가비처럼 불숙 내밀때에는 그는 가슴이 선뜻하여 더 무에라고 말하고싶은 용기가 나지않었다。

요행 어떻게 큰맘을 먹고 찾어온 까닭을 말하면

「월사금이요? 월사금두 먹구봐야 어쩌요。지금풀뿌리도 없어서 때마다 굶는판에 공부하는게 다무에란말이우?」

하고 그들은 마치 자기네의 굶는탓이 선생에게나있는것처럼 역정을 내며 마주서는것이었다。

그리고 어떤집 여편네는 생전 처음보는 선생의앞에서 훌쩍거리며 목메인소리로

「벌서 두달이나 풀만 뜨더먹구 지났수다。 커

는 밤낮 월사금을 내라구 야단치며 울지만글쎄 어떻게 변통할수가있어야 지요 아유ㅡ 기가 막혀서 헌만하면 저하나만은 그래 보통학교나 보내서 하다못해면 사무소심부름을 해먹더라도 일본말깨나배우게하려구 했는데요。 아이구ㅡ 기가 맥혀서」

하면서 방정맞게 눈물을 쭉쭉 흘리는것을 보고그는 더 돌아볼생각도없이 그대로 돌처서고말었다。

아이들은 집집마다 죄다 어디로 가고없는지 하나도 맞나볼수가없고 간혹 맞나게 된다면 무슨잘못을 저질고 들키기나한것처럼 슬슬 꽁무니를 빼는 것을 볼때 명우는 어쩐일인지 눈자우가 뜨거워짐을 느꼈다。

해가 서산으로 누엿누엿 넘어갈때 그는 고개밑마을에 이르러서 마을에 들까 말까 잠시동안 생각하다가 누군지 마을에서 이쪽으로 뛰여나오는여나무살되여 뵈는아이를 보고 길역 언덕우에 선뜻올라섰다。

아이는 무에라고 악을쓰며 내닷고 그뒤에는 부지깽이같은것을 손에쥔 여편네가 그도 무에라고떠들며 뒤쫓아나온다。

「요 때려죽일색기야 가문 너 지금 어디루 갈레냐?」

「내나무가지구 내가 팔려는데 왜때려」

「뭐시 어째? 요색기 그럼 너 나무만 걷머지구 냉큼 나가라。」

「나가라문 나갔지 못나갈줄 아니?」

「머 어째? 어서 나가 뒈저라」

쫒으며 쫓기우며 명우의앞에까지 이르렀을때 아이는 깜짝 놀라 머처선다음 어쩔줄을 모른다。

뒤에 따라오던 여편네는 그대로 악을쓰며 욕설을 퍼붓다가 명우를 보고 멋슥해서 길역언덕밑에 멈처선다。

명우는 부두럽게 우서보였다。

「오 남돌이냐?」

아이는 힐끗 처다보다가 선생의시선과 마조치자 그만 힘없이 고개를 떨어트리더니 흑흑 느끼기시작한다。

명우의가슴도 슬그머ㅡ니 언짢었다。

「웨 우니? 울지말구 나좀 봐라」

하고 아이의어개에 손을 언즈니 아이는 더한칭 느낀다。

명우는 어쩔줄을 모르고 여편네쪽으로 얼굴을돌렸다。

「남돌의 어머니십니까?」

여편네는 게면쩍은듯 어롬어롬 치마교름만 주물루다가。

「예 그렀읍니다。」

하고 간신히 들릴락말락한 목소리로 대답한다。

「그렀읍니까。 저는 남돌의 담님선생이올시다」

명우의말을 듣고 여편네는 더구나 황망하여가며 어쩔줄을 몰라 쩔쩔 맨다。

명우는 아이의쪽으로 돌아서며

「너。 지금 집에서 말성을 부렸지 웨 어머님말슴을 잘듯지않구 그러니?」

하고 은근하게 책하였다。

아이는 억울하다는드시 선생의얼굴을 빤-히 처다보다가 떠듬떠듬 말한다。

「말성부린게 아니라우。」

「그럼 뭐란말이냐?」

「산에가서 나무한걸 팔라니까 야단을 친답니다

「누가 한 나무를?」

「제가 해왔지요。」

「뭐? 네가 했어!」

「예。 월사금을 작만하려구 나흘동안이나 해온걸 팔라구했지요。」

하면서 아이는 원망스러운 표정으로 다시금 어머니를 흘깃 돌아다본다。

어머니는 더욱 머리를 숙인다。

명우는 갑작이 얄미운생각이 들며 무슨 말로서던지 어머니에게 핀잔을 주고싶었다。

그러나 풀이 죽어서 머리를 숙이고 서있는 어머니를 보았을때 그의마음은 그만 스르르 얼어드는것같었다。

「그러냐 그렇지만 그렇게 어머니를 묶는것은못써…… 그래 월사금이나 얻게됐니?」

「팔어봐야 알지요。」

명우는 문득 어린때의 자기자신을 그려보고 어린것의머리를 부드럽게 쓰다듬어주며 지갑을 꺼냈다

「그럴껐없이 자 이걸 가지구 래일부텀 학교루 오너라」

아이는 깜짝 놀라 선생의얼굴만 처다본다。

「그러구 어머님말슴을 잘들어야한다。」

하면서 부두럽게 우술랴니 어쩐일인지 눈자우가 뜨거워진다。

어머니는 그제야 겨우 큰맘을 먹은듯 명우의쪽으로 돌아서며

「선생님한테 이런꼴을 뵈워들여서……………그렇게 페단을 끼치니 더 어렵다고 말슴드릴수가 없읍니다。」

하고 떨리는 목소리로 우는드시 말한다。

「천만에 말슴을 다-하십니다。사실은 너무도겹석하는애들이 많으니 가정방문이나 좀 해보려구

떠났던길인데요。」

「아이 저편 황송하기락구 사실은 저것두납마라 월사금을 내라구 울며 야단이지만 어디그럴형편이 됩니까?

지금 쌀불을 구경해본지가 두달두 더되는 형편에……그래 요즘은 저절루 산으로 단기며 나무를 해다놓구 그걸팔아서 월사금을 한다구 우줄렁거리지만 그것두 어디 단돈 십전이나 될겝니까? 참말 기가 막혀서……이루 다 말하면 무엇합니까」

어머니는 어느듯 목이막혀서 훌쩍거리며 치마끈으로 눈물을 딱고있다。

명우는 아모말도 못하고 덤덤히 서서 멀-리분홍빛으로 물들어가는 서천만 바라보았다。

五、

집으로 돌아오는길에 명우는 뜻밖에도 아래편으로부터 꼴단을 지고오는 학수를맛났다。

학수는 명우를 보자 어색한 우숨을 지으며 어룸어룸하다가

「김선생님 안녕하십니까? 오래간만입니다。」

하고 사뭇 어른투로 처다보며 인사한다。

「아 학수냐? 잘있었니?」

하고 대답은 하면서도 명우는 웬일인지거북함을느꼈다。

「어디갔다 오십니까?」

「저……아이들 가정방문을 좀 하구 오는길인데」

「가정방문이요?」

하고 학수는 뜻모를 우숨을 벌신 웃는다。

명우는 불의에 모멸을 당한듯한 느낌에 얼굴이화끈 달어올랐다。

그러나 학수는 아모러치도않은 양을하고 꼴단을웃슥하고 추어올리며 걸음을 옮겨놓는다。

「그럼 안녕히 단겨가십시요。

「…………」

명우는 목구녁까지 나온말이 뱅뱅 돌며입밖에얼른 나오지않어서 그대로 머리만 굽벅하고 지나쳤다。

그는 지친다리를 힘없이 옮겨놓며 학수의 뒷모양을 훌끔 돌아다보았다。

한 일년동안 보지않는동안에 놀라게꿈자란 학수는 명우의가슴속에서 다시금 저일의 쓸아리던 기억을 들처내게 하였던것이니……。학수는 작년봄五학년에 진급하자 가정형편으로 퇴학한 금년 열여섯살나는 아이다。

자기의 담당은 아니엿지만 명우는 저지난해가을어느날 四학년담님이 병으로 결근하였을때 자기가

단념한 이학년생을 三학년처조사간에다가 편입시킨 다음 자가는 결근선생대신으로 사학년국어시간을맡았다。

그때 우연한 기회에 근면(勤勉)이라는 문제가나오게되자 문득생각나는

「버는데 따루는 가난은없다 (稼ぐに追ひつく貧乏なし」라는 속언을 듣고 자기가 설명을 하자갑작이 뒤편에서 한아이가 벌떡 일어서며

「선생님 그런게 어때서 우리아버지나 형들은 밤낮없이 죽도록 벌어두 죽물두 바루못얻어먹구 학무위원댁이나 장ㅅ거리 김좌수댁은가만히 놀구두 언제던지 힌밥에 소고기 닭고기만 먹게됩니까」

하고 묻는바람에 명우는 천근이나 되는 쇠몽치로 뒤통수를 얻어맞은듯 넋을잃고 교단에 우두커ㅡ니 서게되었으니 그때 그아이가 바로 학수였다。

그때 명우는 아모대답도 못했다。

물론 그뒤에도 거기에대한 대답은 주지못했다。

왜 대답을 못하였는가?

그것을 생각할때면 그는 제신세가 끝없이 가여워보였다。

그때부터 명우는 학수만보면 비길데없는 고통을 느꼈다。

언제던지 자기를 조소하는듯한 학수의 심술궂인듯한 시선을 대할때 명우는 커자신의 몸둘곳을찾지모했다。

지금도 그는 학수의뒷모양을 흘끔 돌아다보며 그때일을 다시금생각하였던것이다。

하숙으로 돌아오니 자기의방에는 언제왔는지 현옥이가 와있다。

「안게신데 실례했읍니다。」

현옥이는 북구렴놀 함뿍 먹음고 샐멋ㅡ이 일어서서 명우를 처다본다。

「아 현옥이우 언제 왔소?」

「아까 왔어요。」

「늦어서 미안한데요。」

「천만에……」

하면서 우숨먹은상가풀진눈으로 할기죽 처며보는 그모양은 분명코 달빛에 웃는 월게꽃이다。

명우는 잠깐동안 황홀하여저서 넋을잃고 현옥의 얼골에서 시선을 떼지않었다。

「아이 선생님 왜 그렇게 보서요?」

현옥이는 두손으로 얼골을 가리우며 모로 돌아진다。

명우는 그제야 정신을 차린듯

「허허허……」

멋적게 우서넘긴다。

그러는데 방문이 열리며 주인할머니가 커틱상을 디려보냈다。

「아니 어디가섰다 이렇게 늦었어요?」

명우는 싱그레ー 웃기만하며 밥상을 마주안는다

「커틱을 어떻게 했우?」

「먹구 왔어요」

현옥이는 머리를 처들지못한다。

명우는 시장하던판이라 밥그릇을 죄다 가시고물까지 한그릇 다ー 들이킨다음 상을 물렸다。

「그래 요즘 자미가 어떠시우?」

「자미가 다 무엡니까?그저 죽지못해살아갑니다

현옥이는 갑자이 수기를 떠고 한숨쉬며 말한다

「어때서요?」

「동생들은 월사금때문에 밤낮 집에들어 싸홈이구 살림사리는 어려운데 아버지는 매일장취구 참말 실중이 납니다。」

명우는 감자코 앉아서 현옥의 집안을 눈앞에 그려보았다。

자기가 처음으로 이지방에 왔을때 주인을 잡았던 그때의 현옥의집안과 지금의 그의집안을 비져본다면 참말 말하기도 어려운 형편이다。

사업에 실패를본 현옥의아버지의 술주정은 매일 심하여가고 게다가 그의어머니는 항상 병으로 신음하고。

명우는 각금 이전 정의로 찾어와서는 딱한형편을 호소하는 이 어린처녀의 심정을 생각할때면 남의일같지않어 자연히 가슴속이 쓰라려지는것이었다。

「그래 저는 요즘 어디좀 가볼까하구 선생님한터 상의하려 왔어요。」

「어디루요?」

「제사공장으루 가볼까해요。」

「제사공장에요?」

「네 어쩌하는수가 있어야죠。그리가면 한달에한 십오원가량은 벌수가 있다니까 가서 밥값치르고 남는게 있다면 동생들 월사금이나 보태줄까해서…」

명우는 어안이 막힌듯 벙벙하게 앉어있다가

「그런테 혼차 가렵니까?」

「아내요。동무들이 많어요。요즘 장ㅅ리에 여공모집들 하러왔어요。한백명 모집한대요。그래 저두 그사람들을 맞났는데 어머니가 한사쿠 반대해서 큰일났어요。」

「어머니가 반대하시는걸 어떻게 가요。」

「할수없죠。몰래가야죠」

「몰래요?」

「그럼 어떻게 합니까 어머니가 반대한다구 앉아거 굶을수는 없구요。」

현옥이는 힘없이 고개를 숙이고입술을 개문다。
명우는 무에라고 말하였으면 좋을지 생각이 않
난다。
현옥이는 그대로 고개를 숙인채
「그래서 오늘저녁에 선생님께루 찾어왔는데요。
께가 간다움에 어떻게해서던지 어머님께 잘 말
슴하셔서 량해하시두룩 힘써주세요。
한다음 애원하는듯한 빛으로 명우를 말끄럽히 처
다본다。
이윽고 현옥이는 일어섰다。
명우도 그를 바라다주려고 뒤따라일어섰다。
시골길 밤길은 지척을 분간키어렵게 캄캄하다。
현옥이네 마을로 가자면 조곰아한 언덕을 넘어
야한다。
명우는부득이 언덕까지 그를 바래다 주지않을수
가 없다。
어두운 밤길을 나란히 서서 걸을라니 웬일인지
이전에 느껴지지않던 알궂인 불안이 슬몃이 전신
을 엄습한다。
그리고 이상하게도 가슴속이 두군거리며 어디라
없이 전신이 안타갑게도 간지려워지는것같다。
그는 옆에따루는 현옥이를 슬쩍 돌아다보았다。

까수로 잡었다。
언덕에 올라서니 마을의불빛들이 까물거리고 개
들이 컹컹짖는다。
둘은 마주선채 서로 빤-히 얼굴을처다보았다。
뜨거운 입김이 서로 상대편의얼굴에 부디칠때 현
옥이는 겨우 할딱거리며
「그럼 전 선생님을 믿구가겠어요。」
하고는 뒷말을 잇지못하고 억개를 들먹어린다。
그순간 명우는 완전히 자아를 망각하였다。
그는 커로커는 한마디도 깨달지못하는 말로
「현옥씨 나는 당신을 사랑합니다。」
하면서 으스러커라고 현옥의억개를 바득바득 끌
어안고 몸부림쳤다

六

현옥이네가 제사공장으로 간뒤 명우는 매일 실신
한사람처럼 멍-하니 자났다。
꽃다운 처녀들을 잃어버린 마을은 왼통 활기를
잃어버리고 산비탈을 타고넘는 목동의 아리랑타령
도 흥겹던 농부들의·농부가도 어쩐일인지 힘없이
들려온다。
어느날아츰 명우는 밤새꿋 어즈러운꿈에 들복기
운 흐리터분한 머리를 시컨작정·로·해돋기전에 일

보아케 안개에 가리운 건너편산은 아직도 달콤한잡에서 깨지못한듯 바람소리하나 드를수없고 장마뒤라 검붉은 흙탕물이 무겁게 흘러나리는 강물은 각금 사품을 치며 구비진 언덕에 세차게 부디치고는 아래로아래로 나려간다。

갑작이 아래편 바다가로부터 자욱한 안개를 휘몰아치며 불어오는 한떼의해풍。 버들가지가 나부낀다。

풀넢이 하늘거린다。

우수수 깨처지는 이슬방울。

어느사이엔지 동쪽산마루에는 햇살까지 붉으시치민다。

어디서인지 명랑하게 들려오는 종달새의 울움소리。

명우는 가슴이 터지라고 양끝 숨을 들이켰다。

흐리터분하던 머리속이 일시에 탁 티이는 것같었다。

그는 양복저고리를 버서던지고 아이들을 갈으키던식으로 라디오체조를 저혼자 멋에겨워 두번이나 거듭하였다。

그러고는 알맞은 돌을 찾어 걸터앉은다음 당장에 처밀려는 해를 기다리고있었다。

그때다。 바로고개아래편에서 누군지 두사람이 밥비밥비 이쪽으로 올라오는것이 보였다。

얼핏보아도 키적은편은 분명코 학수다。

학수도 명우를 알어본듯 빤-히 올려다보며 걸어온다。

어디로 가는지 둘의등에는 제각기 작으마한 집짝이 달려있다。

학수는 고개마루락에 이르러서 명우를 마주치게되자 어설핀 우숨을 띄우고 어쩐일인지 그전과는 달라서 명우의 눈치만 살핀다。

명우는 수상한 학수의모양에 다소 호기심이나서

「너 어디루 가니?」

하고 무른다음 아래우를 훑터보았다。

「예 어디 좀 가는길입니다。」

「어디루 가니?」

학수는 얼른 대답을 못하고 어룽어룽하며 앞에서서 기다리는 동행인의 눈치를 살피다가 그만될대로 되라드시 벙긋 우순다음

「돈벌려 갑니다。」

「뭐 돈벌려?」

「예?」

「어디베루?」

「어디던지 가는대루 가지요。」

열여섯살로는 지나치게 야무지고 건방진 말씨다

명우는 이숙히 학수의얼골을 디려다보았다。

그의뇌리에는 또다시 저지난해 기억이떠오른다。

「학수 너는 그렇고 가야만 되느냐?」

「가지않으면 어떻게 합니까? 아무리 벌어야 고향서는 하로에 한끼두 못먹게되는것을……」학수의표정은 갑작이 침울하여진다。

명우는 가슴속이 뭉쿨하여저서 얼른 말을 못하고 학수의억개를 덥석 잡었다。

「학수 나는 어느때인가 너의질문에 대답을 못한때가 있었지。」

학수는 잠잠고 서서 명우의얼골만 빤-히 처다본다。

「그때 나는 너에게 대답을 주지못했지만…… 학수 인제는 나한테서 듣기보담 더훌륭하게 얻어들을때가 너한테는 수없이 많다……자 이건 약소하다만 가다가 점심이나 사먹어라。」

하고 그는 지갑채로 학수에게 내주었다。

학수는 명우의 얼골에서 웅결된듯한 시선을 떼지못하다가 갑작이 억개를 들먹어리며 입술을 실룩거리더니,

「선생님 고맙습니다。 안녕히 게십시요。」

하고 주먹으로 눈물을 씻는다。

이윽고 학수네를 보낸다음 명우는 버들둑을 끼고 하숙으로 향하였다。

이슬에 저즌 풀섶을 툭툭차며 그는 다시끔 학수의질문을 받던 그때를 생각하여보았다。

사실 어린것들의 정당한 질문에 대하야 현대교육은 그얼마나한 정당한 대답을 주고있는가?

검은것을 히다고 흰것을 검다고 하는거기에 교육의사명이 있지않다면 자기는 어린것들의 그러한 질문에 과연 어떠한 대답을 주어야할것인가?

일즉이 자기는 태양은 되지못할지언정 캄캄한 하늘에 별은 되리라고 결심한적이 있었다。

그렇다면 자기는 어떻게해야만 그별이 될수있을것인가?

검은것은 검다고 흰것은 히다고。

그렇다 캄캄한 하늘에 반짝이는 그별이 되려면 검은것은 검다고 흰것은 히다고 해야만된다。

아니 그뿐만아니라 한거름 더나아가서 어째서 검은것은 검고 흰것은 히지 그까닭까지 캐여주지않으면 안된다。 그러면 그때면 자기도 태양은되지못할지언정캄캄한하늘에 별쯤은 될터이지。

명우는 몇해를 나리 질정치못한 자기의 갈길을 비로소 발견하고 옹기종기 모여앉은 중대가리들의 환영을 종용히 눈앞에 그려보며 경쾌하게발길 을 옴겨놓았다。

明朗

尹世重

一

출옥이 되자마자 석호는 바로 고향인 자기집으로 돌아왔다。

아모리 못묵어도 일주일은 머무러라할 경성인데도 바도 도정찰무를 건치어서는 태평동 전차를다고 경성역까지 외줄기로 빼여선 차를 타버렸다。

경성은 과거에 자기가 활동하든 무대이였고 과거에 자기를 존중이 해주든 친척도 몇집있고 뿐만아니라 자기를 나오기를 고대하고 있는 친구들이 있는줄을 빼ㄴ이 알면서도 그대로 돌아왔다。 거기에는 리유가있다。 그것은 석호가 오년동안 해못보는 집속에서 사는동안 몇백번 몇천번 닷이고 되닷이든 그의결심을 처음으로 실행하는 한 실천에 표현이라고 볼수가 있다。

결심이란것은 간단히 말하면 이렇다。 자기는

영웅도 아니고 위인도 아니고 천재도아니다。한갓 평범한 인간이다。단 내몸과 내생명만을 아는동물이다。만일 다시 자기가 자유로운 몸이된다면 다시는 이런 삶에공포와 위협과 앓음을 받는 운명을 맨들지 않겠다는 결심이다。우선 그는 그결심을 끝까지 해나갈것으로 평범한 생활을 생각한것이었다。

그러므로 석호는 경성서 머므르지 않고 끝장 집으로 나려온게 아무렇지도 않을뿐더러 오히려 아모도 모르게 온것이 썩잘된것으로 긍정이 되었다。물론 그럴리야 없겠지만 혹 친구들 새에 서로들 고생한처지에 들리지도 않고 슬쩍 피해버렸다고 오해를 할른지도 모르지만 그러나 석호에 진심에있어서는 오히려 과거의 친구들이 오해만이 아니라 아주 내동댕이 처주기를 은근이 바랐다。오년동안에 형무소 생활이 머리털이 빠지도록 진저리가나드키 그와 함께 과거에 친구들과 한자리에 담화를 하는것은 그이상에 진저리가 날것같었다。

집으로 오자 그는 우선 건강회복을 전력 으로 힘썼다。아츰이면 동리사람들 과같이 새벽에 이러나선 일을 하지않지만 호미를 차고 새벽 이슬을차는 농부들의 틈에끼여서 들로나갔다。두벌 지심을 시작한 조와 콩은 제법 되었다는듯이 시원하게부러 오는아츰 바람에 거만한 몸짓을 했다。석호는 생각없는 눈으로 휘휘둘러 대이며 벌판을 돌아단이었다。한밖휘 돌아 집으로 오면 날을것같이 몸과 머리가 집분해지고 그래 좀 시장한판에 아츰을먹으면 다시 몸이 뇌곤해저서 버개를 비고눕는다。지루한 피로였고나 하고 생각이 들때마다 그는 약간 마음이 서려웠다。

二

석호에 어머니는 십년동안을 과부로 살어왔다。선조로 붙어 나려오는 다소에 재산이 있어 석호에 아버지가 살어있을 동안은 걱정없이 살었다。그리다가 남편이 우연히 병이들어 죽은후로 붙어는 어머니 혼자 다소에 가산을 지켜오며 석호는 그대로 공부를 시기었다。석호가 중학교를 마치든해 과부고 또 자식이라고는 씨달린것은 석호하나이으로 억지로 며누리를 끄러다놓고 안식일작정으로 있든 석호의 공부를 석호의 영악스런 무악때문에 못이기어 그대로 전문학교를 들어가게 했다。아모리 남편이 있고 해도 중산이하의 가정은 점점 몰락해가는것이 한필연성같이 되어있는 현대에 아모리 발톱손톱으로 글거줘어도 과부인 어머니는 도저히 지탕해갈수 없는것은 환한 노듯이다。과부되는해붙어 줄어들었다。그것도 석호가 만일중학을 마치고 바로 집에들어앉어 가사를 보 살피었다면 혹찌 부터 없었을는지도 모르고 쩌브러지드래도 걱정됩지경까지는 안되었을는지도 몰랐다. 허나 돈미천이나 드려 며누리를 얻어안치고 바로 석호가 전문학교에 들어가게 되니 참말 석호의 어머니는 눈이 나왔다。 그렇다고 석호를 끄러올수도 없는터입으로 할수없이 가슴만 쥐어뜯었다。 그러면서도 어머니는 한줄기 가느나마 미듬성있을만한 희망은석호가 학교를 다 마치는 날이다。 시골서 는전문학교라면 군수(郡守)재목을 맨들어 내는곳인줄 흔이 아는고로 꼭 그랬기아 안햇겠지만는 그래도 어떻꾸하고 기다린것은 사실이었다。 만일 그도 커도다 아니다손치더라도 전문학교를 졸업하면 가사를 보도라도 보통사람 두 배이상은 더잘하리라고 믿었다。 그렇게 되면 가세도 점점 흥해지리라고 믿었다。 아모것도 모르는 녀편네가 적지않은 집안을감당못해 가는것도 옳은 일이 지하고 어머니는 파먹는것같은 가슴을 위안 하는것이었다。

졸업 하든해 석호는 꺽구로 군수가 되었다。 이기별을 받고 혼도되어 넘어 커 쇠화로전에다 이마를 깨인것도 석호에 어머니 로서는 무리가아니다。

아들이 다시 돌아와 자기집 아래ㅅ목에 앉은것을 보고야 겨우 바람같은 숨을 내뿜는 어머니는 이 이마에 생진거이 한치나 되는흉터를 어르만지며 석호를 처다보고 빈정대었다。

「이녀석아 에미에 이마를 이렇게 깨여 놓고도 가슴이 안아프냐 에미도 좀 생각해봐라」

석호는 말이없이 악의없는 우슴을 빙글빙글 흘리기만했다。 그러면 어머니는 한풀 어떠가지고 그태

「철이 없어도 어지간이없지 너까짓것들이 무었을 한다고 죄없는 부모처자를 애만태우고 제몸병신되고 어이 그게다 할짓이나 해서 될것이면 너까짓것들에 그럴때까지 가만있을줄 아니?벌서내가 했지!」

석호는 끝까지 한마디 대꾸를 안했다。 실상은그외에 것에날이 갈수록 머리가 아퍼지기 때문이다。 다른것이 아니라 자기가나올때 같이 사진처럼 뒤질수있는 계획과 바라든것에 환멸이다。

三

어머니는 석호를 보면 사흘놓 줄창앉어 이야기를 해야 다할수 있을것 같은 이야기를 보재기로 가지고 있었지만 반가움과 아들에 여윈 얼굴을보고는 이야기 할것을 죄다 이저버렸다。 그때도 전같은줄 알었든 아들의 모습이 늙고 피ㅅ기 없고 백골같이 여윈것을 볼때 어머니는 칼로 가슴을 에

이는것같었다。그바탐에 오년동안 가슴에 뭉처두곤 했든 이야기가 쥐죽은듯이 숨어버렸다。허나 석호는대개 눈치를 채렸다。결혼한지 팔년이 넘었지만 아기자기한 정이라고는 찾어볼수 없든 안해와의관계가 지는은 지나치도록 무르익었다。석호는 그동안에 집안일이며 간혹동리 일을 안해로하여금 역지로 자기가 조리를 세워가며 듣곤 했다。들을때마다 석호의 머리는 쩌릭쩌릭 절이었다。절망과 더부러 오는 의분!이것은 예민한 석호의 신경을 조아주지 않고는 못백이었다。

물론 견문이 없는 어머니 힘으로 막을수없어 가이백기다 싶이 류산을 시기고 만것이였으나 석호는 어머니를 조곰도 나무래고 싶지않었다。금융조합!자기 어머니를 홀리어 얼마되지도 않는 재산을 어린애손에든 사탕을 앗려내드키 할터버린것은 금융조합 리사놈!하고 석호는 악을썼다。악을 올릴때면 그는 언제와같이 볼다귀 가죽이 푸들푸들떤다。물론 자기가 밀고 있든것이 허사가 되고보니 그럴법도 하지만 이경우에는 석호는 자기 자신을 이저버린 순한의분으로 타오르는 것이다。

어머니에게는 통 말을 안시길 요량을 했지만홍분 끝에

「웨 그렇게 빗을 내게 되었어요?」

「글세 생각하면 아무렇지도 않은일이지—그렇지만 그때야 어디 그렇디?농사개량 이라고 면소 군청 나리들이 나와 땅마직이나 있는집은 죄다 좇아단이며 북새를놓고 동리사람들을 모아 연설을 한다고 야단이고 십원을 드려 이십원이되는 노릇을 웨 못하느냐고 그러드라 그뿐이냐 무었을 해야된다。무었을 해야된다 하고 날마다 오는게 조이 쪼각이고 금융조합 서기라든가는 돌아다니며 입에 맞는말을 해주며 그러니 그분들이 오직 잘 알어 그러려니 하고 돈이 옹색하니 땅 문서를 드려 밀고 빗을내기 시작했지! 지금 생각하면 어이가 없다。내 궁니에도 농사만 바로되면 괜찮을것 같어 그랬지 원걸 다아다 싶이 흉년만 작고드니 어떻게하니 생각하면 우습고도 원통하고 속이 터질노릇이지」

「──아 그만두세요 알었어요 그만 듯겠어요 그만요」。

석호는 머리를 내둘렀다。차분차분 나오는 어머니말이 머리의신경을 쥐어 뜯는 것 같어 이저버리려고 얼른 어머니말을 중동쳤다。

석호는 이런 공상을 했다。나가면 본격적 으로 자기가 살림을 주재하는데 집에선 농군을 두어농사를 할것없이 모다 소작을 주어 다른 지주들같이 욕심없 부릴것 없이 사륙제도로 추수를 하고 라도 근오십석은 될터니까 그것으로 단출한 식구 이니까 소박한 생활을 하면서 남는것은 모도 저금했다가 자식들이 생겨나면 공부를 시길요량으로 하고 자기는 논답이나 보살피며 종교서적 이나읽고 그래도 심심할때가 있으니까 취미로 양계나해서 거두어가며 닭알이 산출될터니까 그것을 팔면 도서비와 담배값은 생길테고 사회와는 일절 교제를 말고 그러면 자연 친구들도 없을테니까 독실한 신앙을 전적으로 힘써 어더가지고 외로울때는 신의 송가나 부르고 안해를 사랑하고 혹친구가찾어오면 어른같은 침묵을 지키고 나는 속세를 초월한삶을 것는다는것을 해득하도록 언행을 뵈이고 그려면 나는 평범한 삶을하게된다。 그평범한 생활이 결국 내자신이 요구하고 있고 또그것이 얼마나평온 하고 즐겁고 행복스러운 삶일가 안일이외에 인간은 요구하는게없다。 그것은 파도에 밀리는 나무닢과 같은것이지 파도에 밀려 헤매는것은 그 나무닢자체의 요구가 아닌것과 뚝같은 행동 이지 인간에 참된 요구에 행동은 아니다。 안일은 단하나다 석호는 공상으로 알지않었다。 그것은 꽤되리라고 믿었다 다만 자기가 전문학교에 단일때막연하게 알고있든 자기집 재산 그것을 유일한 토대로 쌓어올린 공상이니까 되리라고 믿는것도 잘못은 아니다。 누구나 다 그런 역경에서 있을 때는 랑만적이거나 무감각적으로 흐르는것과같이 석호도 그러했다。 그는 보담 랑만적이였다。 그것은 석호가 그런 꿈같은 공상을 할수있을만한 가정을 가젔기 때문이다。 그안에서드 집과의 편지로 작고흉년이 들고 가세가 점점 곤페 해간다는것을 먼ㅡ말로 들었다。 허지만 석호는 대수롭게 생각할뿐아니라 흔이 무슨말인고ㅡ하고 모르는것 처럼 지나왔다。 석호는 자기가 전문을 단읠동안에 화자가 자기집 수입에 순 앙여(剩餘)가 아닌줄 알었지만 실상은 모르는것과 같었다。

나오는 날까지 그는 가산이 전과 같을줄로 믿었다。

五

사람은 환멸을 느낄때 그것이 어떤 사소한 일일지라도 그때처럼 괴로울때가 없다。

석호가 번연이 알면서도 애가 타서 어머니한테 질문을 하고 그리곤 그말을 듣는것이 비상을 깨무는것같어서 끝까지 말을못하게 하고 머리를 썰썰내두른것도 무리가 아니다。

석호는 껄껄껄ㅡ하고 우섰다。 몸을 벽에 기대고 두다리를 방바닥 복판으로 꽂꽂하게 내뻗고는 고개

을 뻔쳤다 숙였다 하며 호걸진 우슴을 작고우섰
다。웃지 않고는 가슴이 터지는것같어 못백이었다
실밥이 풀린 그의눈초리는 극도로 발동한 신경과
민을 나타내고 있다。실상 지금형편으로는 장차로
는 석호가 손수벌지않고는 도저히 사려갈수 없게
되었다。

그간 빗때문에 건답으로 팔어버린것도 있지만 지
금있는것도 채무와 환산하면 불과몇마지기 남지않
는다。물론 그것으로는 소작료로 살어갈수는 없는
일이다。지금까지 로동이라고는 해본일이 없는석호
에게는 자기가 다리를 걷고 진수렁에 들어가 농
사를 한다는것이 생각하는것 조차 어귀가 찼다。

석호는 아츰마다 꽉하는 산보가 시시부시 되어
버렸다。집허논 병이없는 이상 건강도 이저버려젔
다。간혹 생각이 났지만 뚝쓸개빠진 사람 같어서
건강이다 무어붙어 먹은거냐 하고 내동댕이쳤다。
어머니가 아들에 눈치를 채고는 딱한마음을 것
잡을수 없었다。

「그래도 너하나 먹고 살기는 염려없다。더빗만
안지면 깡양깡양해서 갚허버리고 하면 되지안니
머 해마다 흉년이 들나구 설마 하느님도 보살
필때가 있겠지 아무걱정없다。땅한때귀없는 사람
도 살어 갈러니 호강을 못할뿐 했지 그리큰심
될게 있나。욕 어더먹고 잘살어선 뭣하나 굼지
않고 걱정없이 살어가면 되였지!

「무어요 걱정없어요어떻게 되여서 걱정이 없어요
잠자코게서요!」

그렇게 믿고 사랑하는 아들에 보리흉을 맞은어
머니는 쥐우이 외롭고서 려웠다。

「그래너에미가잘못이다ㅡ。

「모도가 너에미의 탓이다。참말그렇지 안니 이
왕 그리된걸 어떻게 하니 에미에게 우선벌을 주
렴 그래ㅅ자 나에겐 아모원망도없다。」

이렇게 말할때는 언제든지 어머니에 눈에는 눈
물이 글성거리었다。

「아이구? 어머니도 참 내가 어머니께무 어래요 뭐
그렇게 남의 속만 터질말슴을 하시유 아무것도
모르서요 글세 어머님은 가만이게서요 좀」

석호는 이말을 하면서 신음하는 병자처럼 얼골
을 찌푸리었다。어머니에 말은 어머니로서는 존
지나 쳤는지모르나 석호에 제일밑바닥 가슴을질
렀다。그는 자기가 생각하든것과 같이 바로되여감
으로써 그간 어머니에 대한 죄송한 생각을 풀어
버릴여고 했든 것이다。

자기방으로 뛰어들어와 담배를 접허두대를 피우
든 석호는 허허허ㅡ하고 혼자 우섰다。그의 두눈
은 그러나 결코 웃지않었다。

꿈—꿈이였고나 꿈을 꿀때 꿈인줄 모르는게 꿈이지 그꿈의 세게는 그런곳에서만 볼수있는 세게자 그외에 아모데서도 볼수없는 세게다—그는 다시 이렇게 부정해보았다。그게 무슨 꿈에 자격이나 있는것인가? 그저 그렇게 생각했을 뿐이지 생각하든게 어긋나는것도 될수지 그게무슨 큰 꿈의 환멸처럼 과대한 평가 할건 무었인가—나도 어지간한 천치가 아니여……그는 미친사람 처럼 중얼거리며 머리를 한번 흔드렀다。한번 흔드르니 작고 흔들리고 싶었다。작고 흔드렀다。눈을 꺼푸려감고 냄다 흔드렀다。방안이 핑돌며 정신이 앗질했다。그는 등신처럼 머리를 내받들고 있다가 돌든기가 진정이 되니까 못참을듯이 문을차고 밖으로 나가버렸다。

그는 신경과민 으로 냉큼 머리가 식어지지 않었다。그래 그는 아모것도 다 이저버리려고 애를 쓰면 쓸수록 더 미칠것 같었다 그래 부르륵하고 뒷산으로 뛰어올나갔다。실신한 사람처럼 풀숲을덤벙덤벙 거러가다 자즈라지게 놀라고 뒤로 물러섰다。팔둑 서래보담 조곰적은 배암을 밟었다。몸서리가 짝치고 다음딱이 쪽 찌젔다。뭉클하고 놀라 풀속으로 꼬리를 갈기며 숨어지는 것을 보고 그는 재차 두다리를 쭉내려뻐치고 억개를 귀민까지 쪼부려 부쳤다。몸을 달삭도 못할 만치 중그렵고 무서웠다。가슴이 펄구꽁이에 내려마즌껏 갈이 내려갔다。잠간 동안 어쩔줄을 모르다가 두주먹을 부려쥐고 될수있는대로 발을 멀리떠여선 날세게 뛰여서 길쪽으로 달려나려왔다。

새파래진 얼골색으로 그는 집으로 왔다。놀낸 덕분으로 무서운 악몽에서 깨여난 것같이 머릿속이 개운 해진것같었다。그는 한도막 동안 아무생각도 안해지고 멍—하니 눈만 깜북 거렸다。

다음 그는 무척 외로운 생각이 전신을 구비쳤다。모든것이 절망이고 고독인것을 느끼었다。그는 팍팍 퍼붓고 울고 싶었다。그는 잠시 동안 자기자신을 돌아다 볼수 있었다…대번에 그는 그것을 지나간날의 역경생활로 집어넜다。되지도 않은 생각과 알고보면 환한 리치인것을 가지고 극드의설망과 허무를 느끼고 조고마한 츳생에게도 환경한것같이 정신을 이저버리고 침착이라고는 차질수없게된 자기에 사람됨이 아주 사람이락고 부르기가 북그러울 만큼 얄밉고 또 원통했다。옥에이 고약하다니 그는 혼자말을 외마디로 배터버리고 마루에서 이러서서 마늘발에 있는 어머니에게로 갔다。악가불어 충충 흐려오든 하눌의 비방울이 뚝뚝 떨어지는게 소낙이가 내려퍼불가봐 어머니와 아들은 인치 들어왔다。

四

석호는 신경과민이 얼마쯤 숙으러진 탓인지 머리가 평온해졌다。자기로도 그것을 집작했다。인제 겨우 본래도로 돌아간것 같이 생각되였다。그것은 자기가 엉터리 없는 꿈을 그리고는 신이나서 나올날을 고대했다는것과 그것에 환멸로서 어린애같은 발광증을 이르켰다는것을 깨다른 때문이다。이런것을 생각할때면 그는 구멍으로 들어갈것 처럼 북그럽고 자기가 시려졌다。그러면 그는 담배를피워 입속에다 연기를 잔뜩 물고 똥글똥글 하게물켜가지고 퐁 내보내고 공중에서 뱅글뱅글 도는연기복관을 손구락으로 폭질너 흐쳐 버리는것으로 생각을 망크러 버렸다。

석호는 어머니의 얼골이 슬금슬금 살펴졌다。그렇게까지는 아니리라 생각 했지만 확실이 어머니의얼골에는 희색이 숨어버렸다。자기가 집에 들어오든 그때동안같이 화줄화줄 피어오르든 얼굴과는 아주 만판으로 보였다。서러하시는것 같고 우울하시는것 같고 절망하시는것 같다。재빠르게 석호는 눈치를 챘다。어머니가 그리는것은 자기때문이라는 것을 깨달었다。왈패구니 처럼 딱따거린 자기래도에 단하나 별처럼 바라고 믿든아들에게 배반을당하는것 같은것을 느끼는 어머니는 목놓고 우름이라도 끄리지않고 우르실것이라고 생각했다。

어머니도 사실 그러했다 어쩐지 마음속이 허전허전 하고 왼몸에 맥이 탁풀리었다。공연히 화를내고 자기말이라면 무지곡지 툭툭채버리는 아들와 속씨를 당초에 알수가 없었다。무슨 팔자로 각톡 애를쓰고 해온일이 아들한테까지 이렇게 구박과배반을 받는 팔잔가하고 생각하면 저절로 눈물이솟아졌다。확실이 아들은 자기를 미워하는 것이라고 생각했다。그렇지 않다면 그렇게 버릇없을테가 어디있을가 했다。

어머니는 석호가 나오지 않었을 동안 매일같이 아츰이면 아들의 생각을 이르키었다。그리고 곱게곱게 있다가 나와주게 해달나고 눈을감고 비렀다。그것이 지금은 꿈같었다 믿는 나무에 곰팡이 핀다는 격으로 어머니는 너무나 청승을 떨고 비려서 이런벌을 받는것이 아닌가 하고 까지 생각했다。

어머니는 밤잡을 이젔다。낮이면 눈뜰새없이 부시전 서리고 저녁에 자리에 들어누으면 금방 세상모르고 깊은삼이 들든 지나간 날이 부러웠다。석호가 안나왔을때 어머니는 석호가 나오는 날을희망속에서 기다리 며 자기힘에 부치는것까지도 신이나서 했다。사내들 틈에 끼어지심도 매보고마당도 쓸고 소깔도 비어오고 빨내질같은것은 무었이든지 자기손을 안대도 관치안을것 까지 기운을내어했다。

석호의 나올 날이 각가워오면 올수록 어머니의 부지런이 더욱 심해 졌다。그래 밤만되면 떼며가도 몰오도록 깊은잠이 도는것이였다。

어비니는 아들로 하여 서러움을 느끼면서도 한편 아들의 장래가 걱정이되었다。

나이가 아즉도 어리어 그런가하고 생각도 들었으나 나스이물여들이 어린가하고 인치 생각이되도라섰다。철이 아즉도 안낫다는 것은 되지도 않은말! 났다고 생각하려니 마음이 놓이지 않었다。날마다 수심이 끼어 얼골을 흐리고 말도 잘안하고있다금 한마디식 한다면 에미를 비꼬아 톡톡내쏘기만하고 살어갈 걱정이나 살림할 걱정은 쥐꼬리만큼도 하지 않으니 어찌으면 좋을는지 도모지 획책이 안나와 어머니는 가슴만 답답했다。커리다가는 또일이나 커지르고 고생을 하지나않을가 하는게 제일 걱정스러웠다。다시 한번 그런일이 있으면 두번다시 살어나오지 못할것같이 어머니는몸서리가 났다。무슨일이 있든지 다시는 그런 일이 없도록 하고 어머니는 허청대고 비렀다。감자밭에서 어머니는 풀을 뽑으며 답답한 한숨만 내뿜었다。억개쭉지가 탁 풀리고 손이 재빠르게 놀지않어서 곱변을 허리를 펴고 쉬며 먼산을 바라다보았다。산에서 나무하는 사람을 무어이거니 ― 하고 바라보았다。

「어머니!」

뒤에서 누가 뭐라고 부르는 바람에 어머니는정신을 도리키고 돌아다 보았다。뜻밖에 석호가 주춤 주춤거려 오그있다 어머니는 대답드 않고 멍허니 석호를 처다본다 석호는 곁으로 오며

「어머니 무었하슈 허리 안 아프슈?」

「어이 풀이 깨 기랐는데! 그것 어디 어머니가 매시겠우。워낙 엄청난데!」

「뭐 하려 나왔니 더운데 뜨거운 볕쐬고」

「아니 괜찬어요 어머니는 어떻게 게시유!」

「난풀을 매 주어야지 그것도 사람께 맥기운것인데 내버려둘수 있니? 좀 머려서 잘 나와 보지를 안했드니 숭악하게 지섰다! 풀이!」

「나두 지심을 좀 매려고 나왔우 어머나 혼자만 매십나우? 땅이 푹신 푹신해서 뽑아는 잘지우?」

석호는 풀포기를 두서넛 움켜쥐고 단단히 힘을주고 잡어당겼드니 의외로 풀포기가 개접게 뽑아지

니까 신기해서 면접허 몇줌을 뽑았다。

「이거 머 잠간이면 다매겠구만—」

「농사하는게 그럴냥이면 가난한 사람이 없단다 어디 한고랑만 해 보라!」

몇발작 나가며 뽑아보니 석호의 허리는 더접게 앓어 오는것 같었다。

「허리가 앓어서 줄강으론 못하겠구만요!」

어머니는 속으로 픽웃고

「어디 해보아라 얼마나 대간한가—!」

석호가 기운을내어 홋닥 홋닥 뽑아가는것을 잠간 바라보다가 어머니도 아둔뒤를 이어 딴고랑으로 잡어들어 풀을뽑는다。얼마쯤 나가다가 석호는 이러스고 싶었다。정말허리가 끊어지는것 같이 아퍼왔다。석호는 자기 넙적다리 옆으로 없드린 어머니의 머리이마를 홀김처다보고는 억지로 이러서는 것을 참었다。참으려니까 숨이 꿍꿍거려지며 어머니만 작고 처다보여진다。나종에는 등뻬까지 뻣뻣하게 절여왔다。견될수가 없는것 같다。

「어머니 허리 안앓으슈?」

「웨?허리가 앓으냐?고까짓것 하고?—

「아—니 그렇게 앓으지는 않어요 좀거북 하지만요」

「좀 더 해봐라 허리가 끊어지는것같지—」

석호는 벙벙했다。실상 죽게 앓은데 어머니 말이 꽉집어 낸것 같어서 이를 악물고 고랑끝까지 하고 억지를 부렸다。주먹같이 땀이 코ㅅ등 으로 떠러지고 숨이 팍팍 맥혔다。어머니만 이러스면 저도딸어 쉬려고 작고 처다보아야 어머니는 껏뚝도 안하고 풀을뽑는다, 어머니는 실상 마음만써그하면 요만한 밭고랑 같은것은 네줄을 단번에 뺀다 석호는 진땀이 났다。

밭고랑 끝까지 나왔을 때는 석호는 냉큼 허리를 펼수 없었다。나무살같이된 허리가 펼려니까 부러지는것 같었다。어머니는 그대로 새고랑을 잡어들어섰다。얼마쯤 나간 후에 석호는 허리를 늘신펴고 마음을 놓았다。

석호가 그만 들어가자는 말에 어머니도 못이기어 몇고랑 남지않은 것을 남겨두고 해가 동동해서 집으로왔다。석호는 엉둥이 뼈가 잘놓려 앉어서 어머니 뒤를 겨우 딸어왔다。자기 생각으로선 자기눈이 얼마간 들어갔으리라고 믿었다。집에가서 요대로 자기얼굴을 거울에다 비취어 보리라는 생각까지 가지면서 돌아왔다。

어머니는 마음이 대단 상쾌했다, 어쩔랴고 오늘은 석호가 이럴고 하고 의아를 품을만큼 석호의 기색이 돌변한게 말할수없이 고마운것같고 기뻤다。

五

석호는 변군을 찾어갔다。석호가 처음 나왔을때 변은 일종의 기대를 가지면서 석호를 보러왔다가 꺽지않는 실망을 느끼고간 후로는 한 동리이지만 그후 한번도 안맛났다。그때 변은 석호의 래도를 여지없이 박어주고 싶었지만 어때피 빼돌어 질 놈하고 말도 더하지않고 그냥 돌아왔다。허나 변의 머리에서는 석호가 그대로 이저버려지질 않었다。생각 할수록 괘ㅅ심하고 원통 한것같었다。흔 가면 어딜가 더러운자식 어리석게 도피를 하면만족한 세게가 있을줄 아나 처치를 부려도 에지간해야지…변은 석호를 생각할때마다 이런 욕설이저절로 나왔다。그런데 만일 석호가 앞에 있었으면 발길로 면상을 차버려도 시원하지 않을것같었다。

―그동안 나는 내가 무었인가를 비로소 아렀소 나를 위해 나는 나와 사회와의 벽을 쌋는동시에 친구들과도 일절 교제를 안하기로 결심했소 보아서 중이나 될가 하오 지금의 나는 과거의 석호가 아니요 리해 해주오―하든 석호의 말이 지금도 변의 귀에서 꺼지지를 않는다。

석호는 변의 집을 찾어가기전에 몇번이고 망서리었다。무슨 얼골로 변을 보나 하고 작ㄱ 주저거려졌다。그는 자기가 처음나왔을때 변과 그외몇몇찾어온 친구들에게 그런말을 한게 가슴이 앞으도록 후회가 되었다。내가 무슨잡된 망영에 걸리어 그랬을가 하고 괴상하게 생각될 만큼 한동안의 자기의식을 해부할수 없었다。두골을 빼개어고부분의 뇌장(腦漿)을 비어내지 않는 이상 현실을 보는눈과 죽은것 같은데서 들이는 새로운 삶의과도를 한번 앓어논이상 영영 이저버릴수는 없다。말하자면 석호도 그원리(?)를 증명 하는 한개의 기[illegible](技[illegible])격밖 되었다。

석호는 가산이 치패된것이 오히려 반가워졌다。만일 그러지 않었다면 어느때까지 그망영이 계속할는지도 몰으리라고 생각했다。결국 자기가 우혹을 당한것의 원인을 찾어본다면 여유있는 가산이기 때문이었다。그는 진심으로 다행으로 생각하였다。

비가 오니까 변은 집에있으리라고 생각하고 무슨모험을 시험할려는 사람같이 배를 단단히 졸나매고 나섰다。변의 집은 적은 언덕을 하나 넘어남쪽으로 한마정 가야있다。원래는 두동리인데 면소가 생기며 석현동이라고 한데 묶아부쳤다가 가다가옆길로 저버들어 강습소 쪽으로 향했다。늘변이동리 청년들 지도로 이강습소에 와 있는 것을 아는고로 오늘도 노니까 강습소에 와 있지나 안나하여 잠간들며보자는 것이다 그는 마당으로 들어스자 밝이 얼른 얼른 안떨어젔다 냉큼 들어가질못하고 마당에서 기웃기웃 했다。안에는 여러청년들의 이야기 소리와 우슴소리가 자자하게 들려나왔다。마츰 그때 문을 열고 나오는 청년이있다 석호는 몰으는 사람이다。석호는 그동안 머슴사리로 떠돌어온 청년이라고 생각했다。석호는 그청년앞로 각가이 갔다。

「누구를 찾으슈?」

석호는 먼저 이렇게 무름을 받고 주춤했다 처마물이 바로 그청년 얼골우를 쭈룩쭈룩 내려빅긴다。

「저 여기 변수철씨 않게십니까?」

「네-변선생 찾어 왔우? 변선생은 지금 바로갔쉬다-」

청년은 지버던지는 처럼 말을하고는 건너산 빗줄기를 바라다 본다。

「네 고맙습니다-

석호는 양산과함께 허리를 약간 굽이고는 얼는돌아서 나왔다

석호는 몽둥이로 어떠맞인것같이 머리가 얼질했다 강습소 안에는 자기를 아는 청년두몇있는 줄을눈치챘다 비록 자기는 그들을 모른다 해도 그들은자기가 누구라는것을 몰을리가 없다고 생각했다 자기가 마당에서 기웃 거리는 것을 알고 일부러 자기몰으는 사람을 내서 자기를 따보내는 것이확실했다

—웅 오해를 받는것도 당연한 일이지 그것은내과실이니까 당분간 이 오해는 받읍것을 각오 해야지 그는 이렇게 중얼거리고 다시 용기를 어떠걷기를 시작 했으나 정갱이 힘이 탁 풀렸다 억개가 축늘어지며 눈앞이 한뼘밖에는 더 안보였다。변도 기필은 그안에 있으리라고 생각이 들었다。그러고보니 변의집을 가는것도 헛거름 같었다。집으로 돌아올수밖에 없지만 석호는 집으로 오고싶은 생각은 리만큼도 안들었다。석호는 조곰떨어저있는 담배 가개로들어갔다。주인에게 변을 물었드니 알수없다는 바람에 후덕지근해서 뒷말도 주지않고 밖으로 나왔다 장마비가 점잔하게 내려붓고있다 석호는 못견디어 양산을 저치고 얼골을 한울에처대고 비를 어떠마지며 갈팡질팡 거렀다。억개와 둥이 축축하게 저저온다。

사흘이 지난후에 장마 비도 거진 올나갔다。석호와 변은 저녁에 만나기로 했다。변이 석호집으로 오게 되었다。석호가 긴편지를 두번 심부름꾼시켜 보낸뒤에 변에게서 오겠다는 답장이 왔다。

변에게서 오겠다는 담장이 오기전에는 석호는퍽 외로웠다 더욱이 강습소를 갔올때의 생각을 하면 가슴이 묻어지는것 같었다。말도 몰으고 풍습도다른 몽고지방에서 혼자 사는것같은 고독이 느껴졌다。

변도 서울에 있었다 한고향 사이인 관계로 한데뭉처 단였다 어디든지 똑같이 갔다 변은 이년반을 치르고 나왔다 중앙에서 지방으로 라는「못토!」가 전부를 지배하든 시기 관게도 있었지만 충실이 틀위해 생각한다면지방청년의 획득이 급무가 안될수없다。변은 곧 나오자 집으로 돌아왔다。자기도 연구하는 한편동리 청년들 가르키고지도했다。일자무식한 머슴·사리하는 청년들은 언문을 먼저 가르키고 이야기를 들여주었다。변의지반은 탄탄이 올려쌓였다。그들의 꿈은 언제나 강습소 천정을 뚫고 한울로 올나갔다 그들이 모이면 언제든지 그들로서도 알수없는 뜨거운 열이 활활했다 변는 석호오기를 기다렸든 것이다。

석호가 저녁을 일즈간이 먹고 있으랴니까 때마추어 변이 왔다。둘은 안방으로 들어가서 이야기를 햇다 석호는 마음이 좀 겁분 한것을 느끼었다。준비해두었든 술을 석호는 디려다 놓었다。

「자 한잔 해—옹 들지 술구경 오래간만인데」

둘이서 한잔식 꿀꺽꿀꺽 마시었다。

「진심으로 오해를 푸나?」

「풀고 안풀것 어디 있나 가는길이 둘다 서울니면 그만이지 원컨데 건실한 노력을 바랄뿐이지」

변도 비로소 자거의 하고싶은 이야기를 장황이 느러 놓았다。

여러가지 동리 이야기며 청년들의 열성이며 기질이며 개개인의 특승같은것도 늘어놓았다。

「난 처음 대했을때 퍽 유감이었서 그렇게원…알수 없는 일이라고 생각했지!」

「아이 변 그런말은 두번 말게 너무나 더러워회상하는 것 조차 괴로웁네!」

「회여본 나무야 든든하거든!」

「여하튼 께럽칙 하게는 생각지말게」

「자인전 정양도 그만하면 되었지 병은 없었지?인저부터 한팔 거더부치게!」

둘이는 밤이 오래되도록 속다거렸다。한잔 한잔 먹은 술이 얼근이 취했다 변은 술만 먹으면 얼골이 벌개지고 개기름 땀 이렇게 번질하게 흐른다。변은 견디기가 거북해서 나와버렸다 두리는마당에서 바람을 쏘이며 구름새로 빛이는 별늘을구

경하다가 다시만나기로 하고 갈려저 변은 집으로 갔다

어머니는 연대안잣다 석호가 방으로 들어가는기척이 있으니까 이러나 아들 방쪽으로 향했다

「어머니 연대 안주무셨우?」

「오냐 간니?수철이?」

「네!」

「무슨 이야기가 있어 왔디!」

어머니는 수철이를 뜬소문으로는 잘 아는지라 또 전에 자기 아들파 어울리든일도 있는고로 여름밤에 방에 들어 앉어 오래도록 소근거리고 간게저욱이 불안했다 알어볼려고 물어보는 것이다

「네 아무말도 안며요…그저 금후에 살어갈일같은것을 이야기 했지요…별이야기가 있겠어요…」

「웅…。난또 무슨 긴요한 말이 있다고…」

「긴요한 말이 어디 있어요」

석호는 어머니가 지금까지 잠이 안늘고 있다가 뒤미처 나와서 자기에게 무디보는 가슴속을 뚝뚝이 알어냈다。그는 억지로 아무리치도 않다는 표정을 지어 뵈였다。

「어서들 그만 자거라 곤한데!」

어머니는 들어가고 안해가 들어와서 자리를 보워 물었다 짐한짐 부려 놓은것 같이 마음과 몸이겁분해졌다。

몇칠이 훨신 지난후에 변이작고 오라는 것도있고 자기도 한번가고 싶었든고로 천천히 저녁을먹고 나갔다 석호는 죄가 있어 그래도 어쩐지 강습소로 들어가는게 열적었다。변이나 일즉 와있었으면 했다。

강습소 안으로 들어슨 석호는 의외에 놀랐나。십여명이나 되는 청년이 벌서부터 뭉이어 이야기들을 하다가 자기를 보더니 일제히 이러서 몰려오며 다아 방선생 방선생하고 손을내밀고 서로먼저 쥐려고 웃츰웃츰 하는것이었다。그중에서 자기가뚝뚝。기억하는 얼굴은 셋 뿐이었다。석호는 갑작이 가슴이 울넝거리며 눈뚝성이 훅근했다。더욱이 생전본일이 없는 떠늘어온 청년들에게는 무어라고 형언할수 없었다 이렇게쯤 지도자를 갈망하는 청년들을!하고 순간이었으나 석호의 머리에는 번개같은 새희망이 번쩍했다。

「아아!고맙습니다 얼마나 근면 하십니까 저는 아무것도 몰음니다 다같이 서로 배우고 연구합시다」석호의 말이 끝도안나서 무슨 말슴입니까 얼마나 선생을 기다린줄압니까 하고 입입이 떠든다

哀戀時代

(二)

李萬石

「나와만이야 실도를 못할거 있니。대체 어떻게 긴히 쓸데가 있어서 쌀을퍼내 파랐서? 그까짓쌀을 퍼다팔었을만한 돈이야 네게두 있엄직하구 설혹 없다쳐두 내게나 어머니게 실속대두 말하면될것아니냐. 하말 마을사람들 말짝으두 늬가 귀신이 접살리지 않어두……」

「…………」

「너처럼 약은사람이 그런짓을 하면 네. 신세를 망칠줄은 알겠지? 하물며 보통사람의 집과도 달리 서 그런 가도가 으리으리한 집에서 며누리가 시어머니몰래 쌀독에 손질했다고 해봐、그 며누리가 다시 그 집밥을 먹어볼가。좀 씨언히 터러놓고 얘이해 보렴으나」

그러나 연희의 얼굴빛은 차츰 더 흐려지며 머리를 더 숙으릴뿐이였다。

나는 그가 속깊이 괴로워하는것을 드려다 볼수

있었다。결혼수전부터 생갈은 맑은 청미를 잃어가든 연희는 시집간 연후 맛날때마다 큰 불행한살림에 들어간것처럼 말이 적어지고 수색이 노 얼굴에 서려있었다。나는 연희의 건조한 기질을 무한 사랑하였건만 그는 차츰 성길이 침울해 가는것이었다。 연희의 이런 변동이 내게는 섭섭하고 가슴아픈 노릇이었다。그때 나는 연희의 어쩌면울것도같이 오뇌하는 기색을 보며 더 매웁게 말할수는 없었다。나는 란원하였다。

「연희야 남의속도 좀 살펴주렴」

그러지 않고는 못견딜 사정이 있다든지 혹은 네 마음이 불순해서 그랬으니까 (이때 연희는 나를 뚜ㄷ지게 쳐다보았다) 아무 뉘우칠것두 부끄러울것두 없을게다 만은 부모의 속이나 낯을 생각해보렴。나같은거야 너를 위한다면 얼마나 위하겠니만 네가 그렇는것이 내속을 이만치 상케할적에는 다른사람이야말해 뭘 하겠니? 대체 네게는 귀신도 모를 한 흠이 있는것같구나。어렸을때처럼 청미가 짱짱치를 못하구……뭐이그렇게 부족하구 설어서……그래봤자 결국 머리끝한대태두 빨니 세구 네모양이 굿어지는줄을 모르니……」

고개를 숙으렸든 연희가 가다금 나를 쳐다볼때마다 그의 두눈은、무었인지 애소하는것 같었다。그것은 닥고 닥긴 물속의 수정처럼 아름다운 눈이 아니라 슬픔이 가득한 눈이었다。 연희의 그동자를 보며 나는 어떻거든지 그에게서 그를 괴롭히는 설음을 물이쳐 주고싶었다。

「내가 너를 얼마나 사랑하고 너를 위해 상심하는줄을 안다면 너두 숨기지말고 말해주렴 도움이 될지 아니 어서 응 그까짓 이번일보다 밥서부터 네속에 더 뭐이 있는줄 안다。그걸 알고싶구나!」

그렇나 연희는 대답은하지않고 급작히 두손으로 얼굴을 막싸고 흐늑흐늑 느껴울기 시작하였다。나는 종시 연희에게서 그의 젊은때를 그렇듯 검웋게 흐리게하고 있는 그 비밀을 뒤켜못내고 말었다。 다만 연희는 아래와같은 말을 하고는 종시 입을 닫어매고 말었든것이다。

「오라버니 그렇게 작구 놀지말어 주우• 오라버니께다 말해서 될수 있는 일이면야 상급 말안했겠우。아무거두 어쩔수없는 일이구 또 아마 오라쟎으면 다 꿈이 될것갔구!」

서울에 올라가서도 나는 무시로 연희의 비밀을 뜰러내려고 여러가지로 골을 짜보았으나 결국 나로서는 풀수없는 수수꺼기었다。다만 연희는 그의 남모을 얻을려 숫가지 얻는다는것을 얻었기 때문에 연회의 뒤에도 무슨 정사(情事)가 있지않은가고 후속하였을뿐이었다。

내뒤를 묻 따라올라온 아버지의 편지에는 아래와 같은구절이 있었다。그것은 나를 완전히 침울하게 만들었다。

「……너는 혹 알런지 모르기에 묻는것이다。도모지 함구불언(緘口不言)이니 부모된 우리는 부지곡절하고 걱정만해야 되는것이 유감이다 이대로 연회가 혼자서만 그렇게 침통해 하다가는 어찌될지 알수없다。여게대한 너의 의견을 숨김없이 전해주었으면 좋겠다。 그리고 경운이는 급기야 작일 명을 맞었다。박명한것이 가엽기는 하다마는 두고 고생하기보다 오히려 그를 위해 다행일가 한다。그자는 몸이 성하면 어느때까시나 인심을 소란케 만들것이고 골백번 주리경을 처도 굽치않을헤니당자를 위해서나 여러사람을 위해서나 조사(早死)한것이 불행중 다행한 일일가한다 막상 죽고보니 그가 석방될때 걸도려준것이 해롭지않은 일이였든것같이 생각된다」

四

어머니가 급병으로 위독하다는 전보를 받은것은 서울에 올라온지 달포밖에 안되였을 때였다。전보를 받으주고 나가 얼마나 놀라 떠났든지는 도저히 써낼수는 없다。

북행차에 몸을 실고 고향으로 네려오든밤 나는 악몽에 들뜬사람 같었다。내게는 기차의 다름질이 참을수없이 더단것 같으면서도 일편 이한밤이 영원한것이었으면 이 기차의 줄다름이 무한이 계속하였으면 싶었다。나는 밤새 불길한 예감과 맛드렸지만 종시 그것을 물러칠수는없었다。어머니의 주검—그것이 너무도 뚜렸이 내게는 보였기때문에 나는 현실에 그것을 대할까 두려워했든것이다。

아니나 다르랴—어머니는 벌서 저나라의 손이되시었었다。어머니는 화기불통(和氣不通)으로 서너시간 들복다가 어쩔사이없이 도라가시었다고하다。

하소할곳 없는 슬픔이 뼈를 긁는것 같었다。나는 몸이 타버리는듯한 실망속에서, 어머니의 상사를 치루었다。명도 줄듯한 서름이었다。

어머니는 우리의 사설묘지(私設墓地)에 묻쳤다。나는 가끔 어머니의 무덤을 찾어가서 지난날의어머니의 사랑을 회상하며 명상에 잠기군 하였다。

솔나무 꼭대기 그의 높은 가을하늘을 훌러가는 구름쪼박을 바라보며 나는 얼마나 인생의 무상과 세상의 허무를 한탄하였든가! 가을바람이 노송을 쇠—쇠—울릴때 창창한 송림이 물결같이 흔들릴때마

때 나는 끝없이 깊은 애상에 파묻켜버리는 것같었다

이날도 나는 무덤앞에 앉어 소나무사이로 달을 우러러보매 밤이 지새는줄을 몰랐다。 무시로 바람은 숲을 울렸다。

구슬픈 밤이였다。 머리를 돌려 나는 무덤을 굽어보았다。 무덤은 말이 없었다。

「아, 이것이 인생이든가!」

인생은 주검이다。 주검은 영원한침묵이요 공허(空虛)다。 무었으로써 인생을 달리 설명할수 있으랴。 삶은 순간이요。 주검은 영원이다。 순간에서 무었을 찾을수 있을것인가。 내게는 인간의 삶이란것이 너무도 찰나적인것 같고 이 번개와같은 순간속에서 깊은 의의를 얻어볼수는 없는것 같었다。

얼마후에 나는 미여지는듯한 가슴을 부둥키고묘지를 떠났다。 우중충한 솔사이길이 더욱 머리를무겁게 하였다。 솔숲을 나서서 달빛이 개천우에서 뛰놀았다。 개울은 전에없이 맑은듯 싶었다。 바위에 올라 끝임없이 지저귀는 개울물소리를 들으면 나는 끝없이 때가는줄을 몰랐다。

땅이 꺼질듯이 한숨 지며 나는 머리를 들었다。 흐르는 수면에 어머니의 모습이 나타남을 보았을때 국도로 시달핀 정신을 지탱할수 없었기 때문이었다。

그렇나 다음순간 나는 깜짝 놀라며 개울건너저—편 언덕공동묘지를 응시하였다。 새무덤의 앞에 사람같은 흰것을 보았기 때문이었다。 그것은 언제까지나 움직이려 하지않었다。

오래보고 있을수록 나는 뜨거운 동정이 이며남을 어쩔수 없었다。 그 새무덤이 누구의것인지 모르간하나 무덤 앞에서 밤이 깊는줄을 모르는 사람은 역시 나와같은 슬픔이 있지않을까 하였을때 나는 동료의 정을 느끼였다。 저렇듯 꼼작않하고 앉었을제는 가슴인들 얼마나 미여질것이랴。 나는내 심정에 빛여 미루워 생각하였다。

나는 바위에서 내려 개천을 건너 숲을 헤쳤다 나를 이끌고 가는것은 동료의 불행에 대한 억제할수없는 인민의 정이었다。 그렇나 묘지에 가까히 가며 그것이 여인인듯 싶었을때 나는 몇번 주춤거렸다。 마침내 그것이 부인이라고 확인하였을때 한동안 오도가도 못하고 망서리였다。

뒤미어 콩밭가운데 멍하니 섰는 자신을 깨닭고 나는 어쩌는수없이 언덕으로 올라섰다。 그 소복한 부인을 불과 십여간의 간격을 놓고 보았을때 떠욱 그 여인이 내 인기척에 홱 머리를 돌렸을때 나의 놀램을 어떻게 써야 좋을것인가。 그 여자도

나만 못하지않게 놀랐음은 말할것도 없다.

어느사이에 나는 성큼 두사람사이의 묘를 뛰여넘어 그의 앞에 섰다. 연희는 머리를 숙였다.

나는 그가 나를 올려보기를 기다리다가 그무덤의 새로운 묘표를 읽었다.

「××김씨경운지묘」××(金氏景雲之墓)

이미 이 여인이 연희임을 알어본 순간부터 내마음속에는 애상이 사러지고 대신 놀라움이 가득해졌다. 묘표를 보자마자 나는 이성의 속삭임에 귀를 기우릴 틈도없이 나도 모르는새 주먹이 번쩍 들려 연희의 뒤! 광포를 울렸다. 나는 분노의 절정에서 회들회들 떨렸다.

「이 미친년아! 밤중에 여길 무었하려왔어?」

연희는 그만 내 발길에 딱 엎드려졌다 어깨가 들먹들먹 파도쳤다. 나는 숨가뿌게 헐덕이었다. 한동안은 씨근씨근하는 나의 숨소리와 연희의 흐느끼는 우름소리뿐이였다.

그렇나 동생의 물결치는 어깨를 노려보며 차츰 나의마음은 주잖었다. 성이란것은 오래 가지고 있을수 없는것이었고.

「이 바람든년아 아난밤중에 여게는 무었하려와 앉었어?」하였지만 말소리는 한결 부드러웠다.

연희의 설명을 듣고서야 알만치 둔감한것은 아니다. 이미 몇해전부터 연희의성미가 침울해진 까닭을 나는 묘표를 읽는순간에 해득해 버렸다. 일시야수와같이 마음이 격한것도 연희의 비밀이 너무도 갑작히 밝어졌기때문이었다.

연희는 몸을 이르키였다. 그의 눈물어린 얼굴이 나를 민망스럽게 치어다 보았을때 자비심이 나를 휩쓰렀다.

「오라버니는 선생이 그렇게 불상하게 죽어서 어떻게 명명寞속에 파묻처두 상금 미운 생각을 못버리우?」하고 연희는 울든품과는 달리 펵은며무지게 반문하는것이었다. 연희의 말이 내게는 예리한 칼날이었다. 이미 그전 서울에서 경운이가 죽었다는 아버지의 편지를 받었을때 경운이의 생전에는 어쨌든 그가 다시는 우리와같이 말하고성내지못할 다른나라에 가버린이상 아무런 미움도가지지 마리라 하였든것이다. 그의 생전에 가진나의 모든 악감을 불질으리라 하였다.

「연희야 그러면 너는 경운이를 사랑했든것이로구나?」

「그럽요 오라버니. 이제야 숨겨서 뭘 하겠우 나는 선생을 존경하다못해…」하며 나를 처다보는 연희의 눈에는 어린새로운 물방울이 달빛에 구슬인듯 싶었다.

「존경하다니 아무래두 네소리는 모르겠구나。존경할 만한 사람이 뭐 있느냐? 여기서 공연스리 여러사람을 충동시켜 남까지 못쓰게 만드는 부랑자를 무었을 보구 존경한단 말이냐?」

「나같은거야 아무것도 모르니깐 선생처럼 잘액이할수 없지만 돈이 많어 배불리 먹고 좋은입성을 입고하는 사람들은 우리의 하는일을 리해할수도 없을뿐더러 오히려 나몰한다고 선생은 늘말했다우。선생이 이런말을 할때마다 나는 낯이 뜨끈거려 나며 방안을 돌아보다가 그만 고개를 숙이고 말었다우。야학방에는 청념파 나처럼 값진옷을 입은 부자자식은 하나두 없었기때문에 부끄러웠지。오라버니는 좋은 읍성을 입고 어때 부끄러워 했는가구 물었지만 내가 부끄러워한 그 심정을 모르고는 선생의 말대로 선생의 하는일을 리해할수는 없는기라우。더군다나 존경할수는…」

「거 알구두 모를 소리다。잘입으면 부끄럽다니…거 무슨 도개비 비범밥같은 소린지 모르겠다。원」

이렇게 나는 총명스럽게 말을 흐지버려 치웠다 물론 나는 연희처럼 살뜰히 경운이를 존경할 이유를 몰랐지만 수시 안다처도 수긍하지는 않었을 것이다。그것은 경운이에게 대한 연희의 사랑을북돋는것이되기때문이었다。부질없은 일이라 믿었다。

연희는 『무덥을직혀보며

「선생의 깨끗하고 어진마음을 모르는사람은 다 오라버니처럼 선생의 말만 나도 코우슴 치구해두 그렇다구 남이야 어쩔수 없는일이지만 오라버니가 선생을 알어못주는건 암만해두 답답해。죽으면서두 저때문이 아니구 여러사람때문에 고생만 하든사람을 칭찬을 못한들사나 미워하는걸 보면 선생의말이 꽉 맞어—이 세상에는 아무래두 서로 마음을 줄수없는 사람들이 따로따로 갈려있다구」

불현듯 이때 내마음에는 이렇게 연희가 경운이를 사랑하였을제는 혹 그에게 몸을 밪여슬런지도 모른다 또 경운이두 연희를 진정으로 사랑하였을까 어쩌면 연희의 짝사랑이나 아닐가 하는 의심이 이러났다。

「그러면 왜 그렇게 경운이를 존경하고 사랑하였으며 죽어도 그와 사러보자 못하고 마음없는데 시집가서 제풀에 늙느냐 말이다?—

연희의 날카로운 시선이 내속을 뚜러보려 하였다。나는 꾸짓는듯이 엄연하게 그를 굽어보았다— 그를 책합에 털끝만치도 거짓이 없는듯이。연희의 두빰을 하염없이 눈물이 주르르 흘렀다。괴로운 침묵이다。 가슴팍에 못을 박는듯한 아픔이

나를 욱박질렀다。

바람은 연해 잔듸를 스쳤다。 연희의귀ㅡ밑머리가 바람에 나붓겨 내종에는 그의 얼골의 눈물에 걸붙었다。 그는 다시 경운이의 무덤을 향하고 입을 열었다。

「나는 어쩐지 선생을 그렇게 그리워하면서두여려사람한테 더군다나 선생에게 내마음이 알려질가버 무서웠다우。 아무래두 선생은 내사랑을 받어줄것 같지않기때문에 혼자서만 속을 앓었지 그러다가 내 혼사가 여게저게서 된다된다 하는바람에겁이 더럭나서 기어히 선생과 말은 해보리라구 마음먹구 있는데 하루저녁은 청님이 감기를 맞나 야학에 못나오게 됐서요。 그날저녁 야학이 파하자 나는 선생을 손짓해가지고 앞에서서 개천뚝에 나갔어요 그때 내 진정을 말했드니 선생은 놀라지두 않구 말합디다ㅡ당신의 마음요 벌서부터 알고고맙게 생각한지가 오래다구。 그렇지만 자기는어느때까지나 여러분을 위해 살것이오 그러는데낙과 기쁨을 얻겠노라구。 결혼할생각은 절대로없으니 당신에게는 어떻게 미안한지 모르겠으나자기마음이 굳게 결정된것이니까 나때말구 단렴하라구 합디다。 그소리를 듣자 나는 어떻게 설었든지 당장눈물이 쏟아질것같에서 말한마디 더 못하구 집으로뛰여드러왔다우 곡간뒤에서 싫건 울다가 루마루에올라서 부엌문을 열며 미심결에 개천뚝을 내다보니까 선생은 그때껏 아까 그자리에 꼼작도 않고우둑허니 서있겠지! 그런일이 있음당부터 내겐 기쁨이라군 없어 아무일두 다 귀치않구。 한편으로 선생이 그냥 괫심해서아무데두나 시집을 가버릴 생각이 났다우。 그렇지만 아무리 선생을 잊어버리자구 해두 그렇게는 않되구。 한쪽으론 선생두 그렇게는 말했지만 나를 사랑하면서 남몰래 나처럼 쓰린가슴을 어루만지는것 같에서 불상해 견딜수 없었드라우。 그러면서두 선생만 마음에 두구 다른데 시집안갈 용기는 없었어요ㅡㅡ」

여게까지 말했을때 어머니의 상사를 치루기에놀품없이 축주군해진 연희의 얼골은 실룩실룩 떨렸다。 그러나 그는 치마짜락에다 코앞을 훔치고서 말을 이었다。

「난 내속을 선생밖엔 모르는줄 알었드니 청님이 어떻게 눈치 챘겠지。 시집갔다 사흘만에 돌아오니까 청님이 나와둘만 있을적에 이럽디다내ㅡ잔치ㅅ날 자기가 마을 소패네 (청년들)게다 선생과 한번 잘 먹고 정신없어 노래보래고 술과 쇠고기를 감쪽같이 돌려주었드니 그것들이 커이들끼리만 커먹고 하는말이 경운이는 암만 찾어도 종일 어디갔는지 없더가 해질무렵에야 뒤ㅅ동산에서 내려오는것이 어때 그런지 눈이 부었드라구 나는청남의 그 얘기를 듣고는 선생도 나를 사랑했든것을 알었지 그리고는 더군다나 늘 선생이 그리워서 잊을내야 잊지못하고……」

나는 연희의 말을 의심할수는 없었다。그의 이약이에 거짓이 없음을 의심치않는 동시에 나는뒬뒬히 목속에 숨어드는 감격을 이루 참을나위 없었다。

연희는 람스럽고 아릿다운 처녀였다。풋병아리처럽 누구든지 품에 간직하고 싶게 귀여운 처녀였다。그의 어여쁨에 매혹치 않을 장사가 없을것이니 경운인들 얼마나 속깊이 그를 사랑하였으랴! 그렇건만 차저드는 사랑을 손을 들어 막는 그심정이 내게는 보히는뜻 싶었다。범하려면 범할수있는 누이를 깨끗한대로 놓아주었다—얼마나 고마운일이냐 높은 뜻이냐。

경운이는 누구보다도 참된사람일지 모른다。우리보다는 훨신 진실하게 살다갔는지도 모른다 하였을때 나는 그의 무덤에 머리를 숙으릴뻔하 였다。

그러나 나는 아직 연희에게 마지막 물음이 있음을 깨닫고 그를 향해 걱정스러히 물었다。

「그러면」 너는 어느때까지나 이 무덤을 찾어울군합 테냐 너의 사랑이어떻게 한스런것이고 사랑하는 사람이 아무리 슬픈주검이 됐다처도 너는 이미 그의 생전에 남의 안해된 몸이요 그 남편이 죽을듯 살듯 너를 사랑하고 있는터에…」하였을때 연희는 두손에다 얼골을 묻고 흑흑 느꼈다。나의 물음이 그의마음을 새로히 아프게 하였음이 분명하다。 나는 말을 이어 그를 더 괴롭힐수는 없었다。한동안의 침묵이 지나고 연희의 우름섞인 말소리가 정적을 깨트렸을때 나는 어머니가 계신 건넌산을 바라보며 귀를 기우렸다。

「참말 남편은 나를 사랑한다우。그렇지만 선생같이 마음이 크고 깨끗한이를 사랑하든 나는 남편이 한갓 쌍되게만 보혀서 사랑할수도 존경할수도 없는걸 그때두 그때두 이젠 다 소용없는 일! 오늘처럼 여게서 싫건 울어 속을 다 찾어버리구 내일엔시집으루 갈 작정이었다우。남편은 미친사람처럼 날마다 사람을 보내 나를 오라구 하니까 가주기만하면야 죽었다 살어난것처럼 좋아하겠지만 이모는얼마나 외롭겠우!」

나는 진심으로 경운이의 무덤에 머리를 숙으리었

다 가엾은 사람일지언정 미워할사람은 아니로구나 하였다。 그렇다 얼마나 외롭고 한많은 무덤이될가 연희가 어느때까지든지 이 무덤을 잊지않겠다고 하였든들 나는 이렇게 눈물까지 짓지는 않었으리라。 나는 순정으로 연희와함께 경운이를 생각하며 울었다……

밤이 깊어갈수록 달은 더욱 더 교교하게 빛났다。유정한 밤이였다。

우리는 무덤을 작별하고 묘지를 떠났다。 밤나무재를 넘을때 연희는 잡는마음을 내려다보며 감회깊이 외였다。

「이렇게 떠나니 저것보우。 내게는 꼭 마음이 죽은것만 같에 선생이 사러있을때는 사러있든 마음이선생같는 사람、 다시는 없으려니 하면 난……」

「어째 영영 없으리라오리라구 믿니? 세상일을 누가 안다드냐? 경운이의 령혼이 내게와 떠러저서 내가경운이처럼 마을사람들의 존대를 받을지두 모르는 일이다」

뜻하지않고 나는 이렇게 말해버렸다。 연희의 의심스런 눈총을 받으며 호엔스러히 마을을 굽어보는 내였다。 그러나 나어 나는 마을사람들을 생각하고

「혹 촌사람들이 싫치않고 농군들을 사랑하게된다면야……」

五

벌서 그런일이 있은지 한해가 지났다。 실로 나는 이 한해동안에 무척 인간다워졌다고 생각한다。 무었보담 나는 일년전까지는 원수같이 미워하든사람들을 사랑할줄 알게된것이다。 지난 한해동안 나는 구역이 나서 그 표제(表題)조차 읽을세라고하든 많은책을 탐독하였다。 흔히 나다니는 말짝으로 사실 서적은 내게 존귀한 정신의 양식이 되여주었다。 나는 편견(偏見)과고루(固陋)에서 깨었다 보다 나는 새로운 인간이 되였다고 자랑못할것이있을까。

바른 삶이 내게는 환―히 보힌다。 나는 제이의 탄생을 느낀다。 그렇듯 사갈시하는 많은 책이 내게 단 하나의 바른인생을 밝혀주었나。나같은 조고만 인간에게 무슨 큰것을 바랄수 있으랴만은정직히 살다죽을 각오는 있다。 그렇고 보니 그들의 사랑도 헛되지는 않은것이다。 열매없는 사랑는 아닐것이다。

이글을 쓰는 지금 내눈앞에는 나의 고향이 여러 마을사람들이…경운이며 연희가 또 경운이의무덤이 어지럽게 어른거리며 글손을 멈추게 한다。하는수없이 올 팬삽간 놓고 어저게 온 연희의 편

지나 또 한번 펴보기로 하자。

그리운 라버님에게날가는것은 흐르는물과도 갈다고 하드니 벌서둘국화도 다 시들고말었음니다。저는 그적게 해산할 핑게를 하고 친가로 도라왔음니다。아직두몸을 풀자면 한달은 더있어야 할줄알지만 김선생의 첫기일에 꼭 그묘를 찾으려고 거짓말을했읍니다。어제가 바로 선생님의 기일이 아님니까。양력으룬 벌서 지났지만 음력으룬 윤달이 들었기때문에이렇게 늦어졌읍니다。어제새벽 복이어머니의 곡성이 참말 애처렵게들렸음니다。저도 자리ㅅ속에서 그소리를 들으면서남몰래 눈물을 흘렸음니다 마을사람들 더군다나야학군들이 선생님을 잊지마려주기를 진심으로 빌었읍니다。참말 선생이 죽은지두 벌서 한해가 됐구나。내남없이 섧음이 많은 세월이 빨으기두 하다청님도 자리에서 일어나며 퍽은 슬프게 이렇게 혼자말했음니다。마을사람들이 어떻게 선생님의 기일을 보냈는지자서한것을 저는 모름니다。그렇나 피뜩 들자니 언제든지 사람좋은 길돌이네 아주버니가 어른들을 몇분 몰여앉지고 술을 노누며 선생님의 생전애기를 한숨섞어 하드라고 합디다。종일 저는 청님과함께 집안에 드려앉어 끈임없이 지난얘기를 하며 지냈읍니다。 그리고 저녁이지난후 작은집으루 놀려나갔다고 청님을 속이고공동묘지도 찾어갔읍니다。저는 묘표에 기대여서 선생님의 무덤을 바라보다가 또 어쩌는수없이 울고말었읍니다。 이 둥근 흙속에 그 착하는 선생님이 파눈쳐게시다고 생각하면 우리가 산다는것이 다 허무한 일같이 느껴졌음니다。큰오라버니나 어머니가 도라갔었을때 판앞에서목이 메여 울면서도 꼭 판속에서 그이들이 부시시일어날것만 같든것처럼 이 무덤속에서도 선생님이흙을 허치고 나올것만 같았읍니다 그려나 종시무덤은 말이 없이 저의 눈물만 자어냈읍니다。

내종에 저는 오른편 노송이 자옥한 우리의 사설묘지를 건너다보며 오라버니를 생각하였읍니다。제가 선생을 깨끗하게 사랑한것을 리해하여주시고 또 오라버니가 선생을 없우히 녁이는것이 잘못일뿐더러 오히려 존경하게 되였다는 오라버니의 편지를 생각했읍니다。땅속에서 깔줄 모르시는 선생이 이것을 아신다면 얼마나 좋아하실까 고 생각하니 저는 기뿌고도 슬펐음니다。

알외우고 싶은말은 태산같읍니다만은 너무 길어저서 다음편지로 밀우겠읍니다。그저 오라버니가 객창에서 무탈하시기만 축원하며 부탁은 파히 한짜가많치않은 책을 끈치마시고 보내주시기를 바랄뿐입니다。세간(分家)나서는 무었이든지 남편과함께 보게되였읍니다。 저의 성화에 못견디여 근자에는 남편도 즐겨 책을 읽게 되였읍니다。책 읽는일처럼 좋은일이 또 있읍니까?도라가신 선생처럼 책을 밥보다도 즐겨하는 사람이레야 착해진다고 저는 늘 믿고 있다우。회월이십팔일 면 옥님

北國의 女人

〔四〕

池 奉 文

무엇이 무서울것이냐! 만다다른사람에게는 칼이나 총이나 그위 아모것이라도 무서울것이 없다。내가 목숨을 받치고 덤비는데는 거산이라도 능히 물여 칠수가 있다는 신염으로 나는 잡아 다리를 묻을 벼락가치 내어치며

「누구냐?」

고 외마디 소리로 목이 찌어지라 하고 질렀읍니다。무서울것이 없다고는 하며서도 몸전체는 삽발로 떨리이며 가슴은 두방망이 질이나 하는 드시 두군 거리었읍니다。얼마동안은 아모것도 보이지않고 아모런 소리도 들리지 않으리만치 전혀 의식을 이러 버린것같았읍니다。다시 정신을 가다듬고 눈을 주먹으로 몇번이나 부비고 난뒤에 밖을 내어다 보았올때 나는 나도 모르게

「으악!」소리를 내이고 뒤로 몇발자옥 주침하고물러 섰었읍니다。

그겁은 그림자는 열러제친 문짝을 쥐고 문턱에 빼디고서있는 것이였읍니다。

「으하하!」

나는 또한번 내입에서 이려한소리가 재지려지게 나왔읍니다 그리고 무엇을 물리치랴고 죽을 힘을 다하야 삿대질을 하였읍니다。그다음 나의 옷이 찢기는것을 알자 나는 또 급해서 소리쳤읍니다。순간 내입에는 철석같은 주먹이 드려 다왔읍니다。숨을 통하지 못하리만치 입을 틀어막은 뒤에는 죽일뜻이 위협을 했읍니다。나중에는 몸부림을 치다가못해서 애걸까지 하여 보았나이다。그렇다고 손아귀에든 새를 노아줄리가 있겠읍니까 결국 나는 단 한사람에게만 제공하야 나려오든 절개을 깨트리고야 말었읍니다。

분하여서 참을수가 있어야지요。발버둥을 치다못해서 어디이라고 정한배는 아니였지만 한납 듬뿍 무러뜯었나이다。이놈을 죽이여야한다。생명을 뺏는다 하더라도 한번 더럽힌몸에 속시언할 구멍이야 있을리있겠읍니까만 그렇다고 나는 그대로 내버려둘수는 없었읍니다。나는 또 달여 들었읍니다。그리고 역시 아모데나 문청물고 늘어졌었읍니다。

「애개개!」하고 사다이는 맥없이 나가떠러짐을 보았읍니다。그때 나는 대체 이놈이 왼놈일가 하는 마음으로 석양을 찾어불을 확 그어보니 놀라지 마십시요。내남편이 처음으로 가지게된 형이였읍니다。믿는 나무에 끔이핀다고 하기야 하였지만 누가 이렇게까지 변래성을 이르킬줄이야 상상인들 하여 보았을것이 겠읍니까。남부동 성부동 이라고는 하겠지만 그래도 형이니 아우니 하잘제에는 의지로 라도 동기라는것을 끌어다 부친것이 아니겠읍니까。그는 왜해필 형이니 아우라는 형식을 만들어놓고 이렇게까지 도덕에 어그러지는 일을하였을까요。그럴것입니다。그도 그의 우멍한 피에하나였을것입니다。아니 그의 천명한두뇌에서 우러나 온썩묘한 술책이 였을것입니다。그가 그아까운 물자를 드려 우리를 동정해 온것도 나의호감을사기위한 술책이 였겠지요。행용 동정을 함비하고 자진해 나오는 사람의 심리를 해부 해본다면 반다시 그리면에 그보다 더큰리욕이 숨어있다는 것을 지음비로소 깨달은 배는아닙니다。

그러나 그러나 나는 철모르게 믿어왔읍니다。어디로 보든지 예의지국의 혼울갖인 사람들이요양반이 많은나라의 사람들이니 도덕과 윤리가 얼마쯤 사라있는것으로믿어왔읍니다。때는 흐르고변천되는것이니까 그에따르는 사조는 알수는없는일이지만 그렇다고 형이 아우를모를이없고 아우가 형을모를리야있을것이갯읍니까 어째든 세상은 고약한 세상입니다。두번 사며볼 욕심을 갖어볼세상은 못될것입니다。조곰도 양보하야 용서할수없는 세상입니다。예수쟁이가 행용말하는바 말세이라고나할까요。

나는 생각할수록 그분이머리 끝까지 치 밀어서 눈은 날카러워지자 두손은 부르르 떨리면서 모빌목을 치든 식칼을 덥석 잡아쥐게 하였나이다。

「요놈!」하는 소리는 아래웃니가 부드득 하고 갈리는 그사이를 타고나오는것이 였으나 오로지그 사나이 혼자만을 가르처 하는말이 아니요 세상에 던지는 아우성이 였으며 손에들었든 식칼은 한번 머리우로 번적취켜들자 획하고 내던진것도 온갓사나이들에게 절으는 신경이였읍니다。순간 내가내던지는 칼이였으며서도 참아 눈을 꽉부르뜨고 볼수가없는 일이여서 치마폭으로 자지러지는 눈과얼굴을 싸고 휘도라 섰읍니다。도라서며서도 그사나이의 거추가 궁금하여서 얼핏되도라 보았을 때에는 아모것도 보이지 않는것이였읍니다。칼만이 죄없는 방바닥에 가서 모로 꼬처있을 뿐이였읍니다。나는 그칼을 다시 빼아듣었읍니다 그리고 미친것 같이 밖으로 내다랐읍니다。콩하고 나잡바지는것이 정면 철용이려니 했드니 내몸이 뜨럭에서 내려구른것이 였읍니다。다시 정신을 가다듬어서 주위를살펴볼때에는 새로 적막을 느끼게 하였을 뿐이며야위워진 곰옴달이 흐미하게 힘없는 빛으로서 조소하는듯 하였읍니다。

「참 기막히는 세상이다!」

나는 의심없이 깊은 확신있는 어조로 부르지졌읍니다。

「게걸거리어서 소용이 무엇이냐!」

나는 이때 세상이라는 것을 생각하다가 제 처지를 도라보고 제가 세상에게 놀림을 받는 분푸리를한다면 게걸거리는 수 밖에 만 도리가 없다는것으로만 밀어왔읍니다。그러나 게걸거리여서 소용이무엇이냐는 것을 새삼스러히 늦었을때 배곱흔 사람의 마음은 배불은 사람의 마음보다도 몇배더수양되였고 보담더 건전하다는 것을 믿게 되였읍니다。여기에 배골는 이를 위하야 만장의 기도를 토할 결론도 생기게 되였읍니다。내가슴에 한컴붐이 반작하고 타오르기 시작하였읍니다。이렇게 명확한사상의 선이 내머리를 스치고 지나가자 내눈으로부터 눈물이 우박같이 쏘다젔었읍니다。그것이 나의 심장으로 부터 이날밤까지 거기부터 있든많은 나뿐것 많은 어리석은것 많는숨은것 많은 더러운 것을 씨서 버리는것 같았읍니다。

―一―

이입이 있은지도 사흘이나 지나서 남편은 도라왔옵니다。몇번이나 별으고 별으고 그날밤에 이며난일을 숨겨오자고 했었지만 내가 세상에 하나만을 믿고 나려오는 남편까지 속이는수가 없어서

고슴도치같이 꺼치래가지고 덜덜떨리는 이사이로 은근히 이야기하야 들였옵니다。

「가자! 또가자 어디로든지 또가자! 지극히 한심한 세상이다」

그는 저주가운데 아모폭력도 없고 아모 악의도없었옵니다。대체로 그성음의 전체가 몹시 암팡지기는 하였옵니다。

살림사리를 독독터러 경매하였옵니다。모도 해서 오원을 작만하고 현금삼원 합처서 이원이 모자르는십원을 갖이고 자기혼자만 이세상에 존재할 특권을 갖이인 철용이에게갚어 주었옵니다。우리는또다시 벌거숭이가 되였옵니다。도부를 떠나서 방방곡곡이 도라다니는 동안 이사곳을 보아 두었다는 K촌을 향하야 떠났옵니다。K촌에는 종린이가 살고있는것을 보고왔다는 것입니다。삼사년전에 고향에서 쪼낌을 밟고 드러온종린이라면 잘 아시겠지요。한고장사람이니 함께 사러보자고 몇번이나 엿모판을 붓들고 이야기 하드랍니다。농사를 짓게하여 줄터이니 오라고 하였답니다。가을까지 대어먹을 양식은 지주(地主)호인에게 말하야 대어주기로 하였답니다。전같으면 여간 기뻐할일이 아니였옵것이지만 이제부터 살어갈수있다는데도 그렇게 대수로이 생각되지는않었옵니다。대체로 세상을 너무도 냉정하게 비관하니까 그런지는몰라도 또무슨일이 있지않을까 하는생각이 앞을서며 공연히 두려워만 지는것 같았옵니다。하여간에 K촌을찾어가기는 합니다 험한산을 넘고 중국사람의 집앞에 지날때마다 짓고내닷는개에게 쪼끼면서 커다란 배암이 기어가는것처럼굼틀굼틀 하게 기다랗게 놓여있는 좁은 길을 것고 있었옵니다。겨울 날에 해는극히 짝어서 하로에 대어가지 못하고 중간에서 재우지 못하겠다는것도 못드른쳑 하고 구지봇짐을 나려놓고 어떤 길가 집에서 하로밤을 쉬이고서는 그이튼날 또하로를 거러K촌을 찾어갔었옵니다。

그날밤부터 농막(農幕)이기는 하지만 전체집이하나생기였고 양식은 지주왕가(王哥)에게 꾸어왔옵니다。몇달만에 처음으로 배를 불려도 보았고 맛뜻하게 머처럼 두다리를 뻗었고 쉬여보기도 하였옵니다。

이리하야 또다시 우리는 농사꾼으로 변하고 말었옵니다。

봄은 이땅에도 찾어왔읍니다。온삽동 끊끊얼었든호수와 강물을 사랑하는 어머니와 같이 따뜻한 입김으로 녹여주면서 졸졸 졸졸 물소리치며 흐르는 산게수를따라 게곡을 넘고 프릇프릇 새움이 도라나는 평원의 해묵은 잔디밭을 지나 이마을 저마을 꽃가지를 피집고 숲울속에서 떨고 있는새들을 품속에 안고서 발자최 소리도 없이 봄은 찾어왔읍니다。

포곡새소리돈 이땅에서도 들여왔읍니다。망종을재촉하는 그새소리에 발을맞추며 우리는 괭이를돌어 밭한편 구석에서부터 파기 시작 하였읍니다。남편이 팔에 힘놀 잔뜩 드려 괭이로 땅을곽찍으면 한덩이의 흙이 뒤집혀 집니다。그러면 나는 남편의 뒤를 따라 파놓은 흙덩이를 호미로 깨트리고 골랐읍니다。한평 두평 일구어진 밭에는 씨를뿌리게 됩니다。그한낫에 씨가흙속에 파무처서 싹을내이고 싹이 차차 자라서 나종에는 많은 열매를 매저줄 것을 끝없이 기뻐하며 구실땀을 아끼지 않고 부즈런이 일하였읍니다。

우리가 평일에동경한생활에 세례를 오날에서야 처음으로 받은듯 하였읍니다。

남편은 조곰도 게을니 하지않았읍니다。언제든지용기를내어 일하였읍니다。나도역시 남편이 언제든지용맹을 내이는 일꾼이 되기를 바라면서 언제 든지 남편에 뒤를 따라다니며 그의 뒤추종하는사람이되였고자하였읍니다。밭은다 갈렀읍니다。씨는 다뿌렀읍니다 소(牛)를 몰고 간것도 아니요 오로지 손과밭이 활동을 하야 며칠, 가리밭을 가러엎은 것입 니다。주먹같이 툭툭붉어진 손바닥으로 괭이자루를 잡고 우뚝허니 서서 씨뿌려논 밭을나려다 보며 남편은 길게 한숨을 쉬면서 말 하였읍니다。

「생명을 얻으랴는 노력은 크기도 하다」。괭이로 돌맹이를 파서 도랑우에로 올여놓으며 남편은 또말했읍니다。

「게누가 이런것을 좋아서 하겠느냐 먹고 살야니까 죽지못해 하는게지…」

밭가에 나앉어서 장작가비같이 굵어진 손가락으로노란 조밥덩이를 웅켜들면서 또말하였읍니다。

「누구던지 이러한 일을하면 먹고 살수가 있을까--」

한숨을 지었읍니다。그러며서도 한편으로는 기빼하는듯하며 장래에대한 생활을 꿈꿈면서 일을계속하였읍니다。

봄은 늙은 꽃자리에서 초록의 새엄이 도라올랐읍니다。이미 욱어진 수양과 백양은 벌서노타가났읍니다。해빛은 빈틈없이 살이지고 하날에는 호탕

하든 옻안개가 버서지어 맑은빛이 떠 도랐읍니다。온갖곡식은 한치 두치 자라 바람불리는대로 간열미게 포로로 떠됐읍니다。한쪽이라도 속구어 내기는 아까웠으나 그렇다고 총총 세워둘수도 없고해서 주머이 마음대로 드나들게쯤 약한놈은 뽑바내던졌읍니다。사이를 적당하게 속아내 그뒷날 부터는 확실이 자라올러 오는것이 보였읍니다。며칠이 지난뒤에는 다시 북을 도두워 주었읍니다。일기가순조롭고 때마쳐 비가 나리면 옷적옷적 자라올으는 것입니다。어째든 온갖정성을 다드리여 한쪽이 라도 헛되이 하지않고 길렀읍니다。그러는 동안에 또한 시절은 넘어갔읍니다。드르릉 드르릉 모기불에 쫓기여나온 모기가 앵하고 불올활트려드는걸 손에든 집부채로 날리면서 집세기에 담은맨발이 밤이슬에 축축이젔는 풀숲 소술길을 걸웜려면 어디서 이런 소리가 그윽히 들여옵니다。무엇으로 형언할수 없는 가느다란 고흔 소래는 확실이 귀뚜람이 소리였읍니다。얼마 아니가서 가을이 올것을 밀어졌읍니다。오빠가 지금 살고게시는 곳에서는 흔이말한는것이지요。초저녁 마당에 멍석을 펴고누어서 하늘에서 흘으는 은하수(銀河水)가 정면으로 보이기를 고대하고 기다리겠지요。은하수가 똑바로 누어있는 입으로 흐르면 오래지 않어 햇곡을 먹을수 있다는것으로 누구나 헛소리 삼아하는 말이겠지요。나도 몇번인가 뜨럭에 누어서 하늘을 처다보고있었읍니다。한이삭 두이삭 멀숙하게 자란 대궁에서 이삭이뽀죽이 내어 미는것을 볼때 말할수 없이 기뻤읍니다。저것이 장차우리의 생명을 이어줄것으로 생각하면 자식에 지지않으리만치 귀엽읍니다。한톨이라도 에이지 않오랴고 이쪽으로 다르고 저 쪽으로 다음질치고 떼지어 나러오는 새들을 열심으로 쪼쳤읍니다。그러는 동안 가을은 도라 왔읍니다。농가에서 가장 기뿌고즐겨 할추수기는 도라왔읍니다。온갖 정성을 다드려 고이 갓군 귀여운 곡식은 일년간에 한한 농부의 노력과 신고에 대한 당연한 대상으로 걷어 드리게되였읍니다。지금 우리는 생각하였읍니다。신고와노력에는 반드시 공(功)(?)이 있다는것을 깨다렀읍니다。

얼마나 기빠하였겠읍니까。얼마나 그쾌락을 느꼈겠읍니까。더구나 짜트리든 지음에 얻는 수확이니 그얼마나 즐거워 하였을것이며 그얼마나 반가워하였겠읍니까。

앞뜰에는 망치만큼한 누런 조이삭이 데굴 데굴 굴러있고 뒤뜰에는 오쟁이 마다곡식 가득가득 차있었읍니다。이것을보고 누가 기빠하지 않을것이겠읍니까。그러나 우리는 기빠하기는서래 차디찬입 가장

[illegible] 한숨을 [illegible] 고민수단에 첨가를 폐치못하게 되였나이다。이게 또 무슨 심한모순이였을까요。일년간이나 내어다 먹은장리 쌀을 아니갚을 도리가 있읍니까。토지를 빌여준 사람에게 도지를 아니하고 견디여내는 방책이 있을것이겠읍니까。그들은 곡식을 걷어드리기도 전에 채금청수에 눈이 빩애서 도라다니는 것이며 시기가 도라오기만 고대하든 지주는 작료회수에 조곰치라도 사정을 보여주지 않었읍니다。그렇게라도 뒤가 없이 툭터러 갑기나 했으면 몸이나 것든 하겠는데 그도 다 갑지못하게 되니 래년에 또보자하고 돌며 매여주는것이 또한 걱정이였읍니다。슬몃이 생각이 났읍니다。옛말에 부즈런 하면 잘살수 있다는것은 어떤놈에 잠꼬대 였다는 것을 결국 우리네의 근노와 신고는 채귀의 람욕을충족하고 지주의 쾌락을 위한 그것이였다는 것을 나는 기탄없이 말하고 싶었읍니다。우리는 가을（秋收）이 끝나자 마자 빈손을 털고나서게 되었으며 갑고 남은 채무에 무거운 짐을지고 나서게 되였읍니다。별수없이 새해의 좋은수를 바라고 또다시 먹서리를 걸머지고 연대보증인에게 한잔술먹인 뒤에 고리대금업자를 찾어가게 되는 것입니다。선뜻한마디에 드려준다면 오죽이나 좋으리요 만은 [illegible] 찾어갈때 마다 빈손으로는 갈수가 없으니까 무엇이나 손에 사들게 되며 그리다가도 쌀한말장리라도 못웃게되면 헛수고 뿐이 아니라 얼마간에 없는 돈만쓰고 나앉게 되는수도 없는 배아니지만 얼마간 얻는데도 그리 신통하지는 못합니다。결국、그몇말장리로 얻기는 얻었다해도 그간쓰게된 돈을 제하고 노력의 대상을받는다 하면 동그라니 얼마먹어 보지못하고 빗만지고 말게됩니다。하여간에 우리는 또 한해 속아살지않을 수가 없게되였읍니다。번연이 속는줄 알며서도 또한해 신고 하지않을수가 없게 되였읍니다。

一三、

또한해는지나갔읍니다。별수가 없을 것이라는것을 생각하지 않은배도 아니였읍니다 마는 도라간 해와 조곰도 다름이 없었읍니다。별수 없으리라는것으로 게을리 한것도 아닙니다。노력과 신고는 몇배이상이 였을것이며 정성은 전에 몇십배에 비할배가 아니였었을것입니다。그는 걷어드려온 곡식의 증수로서 밝히 증명할수 있는 것입니다。도라간해에 비하야서 얼마 더 한것도 아니 지만 일기불순하고 오래계속한 작마로 인하야 훨신감수 될것이로되 단 한말이라도 늘었다는것은 이 동리에서 우리 뿐이였다고 하니 그만큼 되게 하기까지의 노력과 정성은 이로 말할수가 없는 것이었읍니다。

남편은 말 하였읍니다。이번에 처음으로 얻은 경험으로서 하는 말이 아니었을 것입니다。두고두고 이야기 하랴든것일겝니다。

우리는 몸담아돌곳조차 파괴당한드시 이제는 서서 있을곳도 없다。의지하야 살가나갈 아무것도 없어졌다。아니다。우리뿐이 아니다 뭇사람들이 그중에 몇몇은 제외하고 다한가지로 그러할것이다。그는 한가지의 리유가 있을것이다。현실이 우리를 그렇게 맨드러내어논것이다。앞으로 역시 이현상대로만이 계속한다면언제까지든지 소사날 구녕을 찾이못할것이다。가자 가자 사회가 자기를 물리해하고 용납하지 못할때 사람과 세상을 저주하며 자포자기하야 일생을 비참이도 막어버리는 자살자의 행동을 취하자는것은 아니다。오직 우리가 거러 가야만 할길이있다。나는 번연히 알며서도 이때까지 세상에서 고통과 비애 많은난관을 돌파하고 다같은 사람을 짓밟브며 사러온것이 죄스럽다。내혼자만이 기쓰고 살라 하느니보다 먼저 사람들을 구해놓고 볼일이다。건방진 말같을것이다。제한몸도 추단을 못하는 놈이 남울 구하겠다고 비웃을 것이다。그렇다 내자신으로서도 주저하는 말이다。그러나 나에게는남이랒지 못할……가 있고……가있다。부디내가 하랴는 일에 그대는 말유하지마오。그대로 나를 추중하는사람이되여 주오。

그후부터 남편은 어디로 가는지어스름 황혼이 도라오면 살며시 문을닷고 나가서룩룩하고 닭어회를 치며 피교하고 울때이면 피곤한몸을 억지로 끌고 드러오곤 하였읍니다。어떤때에는 삼사일이나 계속하야 드러오지 아니하는 때도있고 오래간만에 남편의 품에 안겨자려니 하고그옆에서 자다가보면 그자리는 말못잖 냉기가차르르돌뿐 어느틈에 나가버리였는지도 모르게 나가곤하였읍니다。아주 현실에 대하야서는 불출실 하였읍니다。따라안해에게 대한 애욕도 그는 이저버린듯하였읍니다。

그가 밤이면 가는곳!

나는 잘알고 있었읍니다。

어떤 협악한 ××의 산 사람이 된것을 나는잘알고 있었읍니다。××에 가입하고 비와 바람도해, 아리지않고 생명을 좌우하는 험한 ××에 서게된것도 잘알고 있었읍니다。지금은 오르지 밤으로만 나가게된다 하지만 얼마아니가서 밤낮을 헤아리지않을것도 잘알고 있으며 나와 그사이는 차차버러질 것도 나는 잘알고 있었읍니다。

또한해는 그렁저렁 지나갔읍니다。농사를 짓기는 합네 하며서도 그에 전역은 드리지 않었읍니다。

[illegible] 일만은 충실히 하였읍니다。

동리사람들이라도 그가 지금은 무슨 홍재를꾸미고 있는것같이의심하리만치되였읍니다。

그때는 세번 이마을에와서 맞는 가을이였읍니다。 여니때같으면 잘되였든 잘못되였든 한해 힘드려지어논 농작물이니 빗올갑고 고자라든 도조주다갑흘길이 막연하든 거두어 드려놓고 헴올 하였지만 찬서리가 나리고 강어름이 어러도 그냥내버려두는것이였읍니다。 지주 그리고 빗쟁이는 날마다 성화같이 보채였지만 그는 배를 툭툭 탕기고 앉어있는 것이였읍니다。 정 그리 몸달거든 너이들 손으로 걷어가라는드시 느물 거리었읍니다。 날세가좀사나운날 밤이였읍니다。 생전에 처음보는듯한 바람이 지상의 일절의 제도를 부러날릴듯한 기세로불든날 밤이였읍니다。

남편은 앉었다 이러서며 이러섰다 앉으며 때로는나를 물그럼이 처다보는 그눈에는 생전에 보지못하든 눈물을 흘리고 있는것이 였읍니다。 무엇을말하랴고 할뜻할뜻 하며서도 참아 입밖으로 내이지못하고 그냥 걱 꿉참아버리는것이、 한번 두번세번올 지나치는듯 하였읍니다。 숨며시 손을 내밀어등을 쓰다듬어 주다가도 이럴때가 아니다 나는모든것에 차거워야 한다 하며 돌아서는 그 표정은몸시 괴로운듯 하였읍니다。 얼마동안 방안에서 섬네이다가 그는다시 밖으로 나가더니 되드려와 앉으며

「내 이번길이 무사할지 모르니 외롭다 생각말고 때만기다려 주오 나는 이밤이 새기전에 산으로 가야할 몸이라오」

그는 울뜻울뜻 하며서도 어디인지 용감 스러운태도가 보였읍니다。 그러할것입니다。 인정으로 본다면 그는 울러야 할것입니다。 일하는데 있어서는보다더 모든사물에 냉정하여야 할것입니다。

밤은 어느때나 되였는지 바람은 여전 요란스럽게 부러왔읍니다。 잉앙하고 무엇이 나려가는것같았읍니다 딱딱하고 나무가 부러지는듯 하였읍니다。 갑작이 마을의개는 지저왔읍니다。 저소리를 듣는가남편은 귀를 기우리면서 무엇을 신기하게 듣는것처럼。 말은 하였지만 나는 드를수가 없었읍니다。

「저 북소리 저나팔소리」

그래도 나는들지 못하였읍니다。

「이제는 가야한다 시간이 되였다 자―그리면도라올때까지」 남편은 문을여므라했읍니다(次號完)

안 개 속

林 和

하늘 땅 속속드리
먹우에. 먹을 가라 부었다
발뿌리 조차 안 뵌다만
나는 아즉 외롭지 않다

비가 흩뿌리드니
우뢰가 요란코
번개가 날카롭고
드듸어 내 잠자는 마을
뭇집 들창이 캄캄라
길가 불들도 꺼젔다
별도 달도 …………

밀물처럼 네가 쓰려와
다시는 불도
내일낮도 없을듯 하드라만
나의 마을 사람들은 태연드라!
앒울다토아 깜북 깜북

어데 들창이 희미하나
흐득임을 보아
오므러졌다 펴는 불속이 분명타

길가는 나그네들이
나뷔떼처럼 불갓으로 찾어든다
볼이 패이고 뼈골이 들어났다
별빛보다 흐미한 들창이
그들에 려력한 고난을 비친다
정녕 몇사람을
너는 험한길우에 죽였을게다

네손은 아귀가 세고 끈끈타
북석 힘을 주어 움키면
아무것이고 다 부혀잡히리라만
모래알 처럼
손까락틈을 새는것이 있으리라
파 쥐면 쥘사록 틈이 번다
안개 끼인 밤에는
호롱불이 보름달 같으니라

물론 나그네들이야 집도없고 길도 멀다
그대신 희망이 팍 찼드라
눈동자는 굴속 같아야

찬첨 봄이 별같고
가슴은 한층 밝아
밤새도룩 환히 아름답드라
내야 눈마저 흐리다만
아즉 외롭지 않바

(끝)

信義室

李 洽

信義室은 고요한마음
信義室은 나의 것엄마!

꿈엔들 잊으랴 아쉽고 보굽하라
동모야! 山川아!

앞개울에 아가샤꽃피고
뒷동산에 쏫쭉새울고

國望山같은 큰맘에 안겨

아츰이면 해뜨자 들로 나아가고
迦葉山같은 熱情에 잠겨
저녁이면 내일을 마련하고
가난한 우슴은 흘러도
가난한 우슴은 흘러도

내故鄕 信義室은 아름답고
내故鄕 信義室은 平和하였나니
어이다 나는 他關에 뒹그는고
보고지고 十年이 서러워라
도라가리 마음만 바뿌고
발길은 까마득하여 望鄕曲만 읊어라

詩集「未完成의 悲劇」에서

차라리 너는 浪漫하다

柳 致 環

낮게 낮게 흐린 한울은 먼 물알로 나려깔리고
바다로 왼롱 일어 초조히 波浪에 설레노니
膨湃한 風雨를 指呼에 안은
내 이 陰寒한 眺望의 岸頭에 서건대

오오 게집에여
죽을듯이 愛惜든 그 思想도 한 愚話였다。
내 이미 自身을 辯護할 思想을 잃고
寒々한 絕望에서 오직 氷山처럼
烈々한 逆情의 自虐만이 자란한 無賴輩。
내게 부디치는것 모조리 바쉬어 질지니
이제 大陸을 노리는 鬱々한 颱風이여
어찌 그 海上에서 逡巡만 하느뇨。

暴風雨의 큰 俺襲을 警戒하야
높이 山腹에 퍼덕이는 붉은 旗旛!
오오 너는 차라리 그렇게 浪漫도 하다。

深夜二題

金 朝 奎

(其 一)

水仙인양 百合인양 構圖하여 보아도
밤이면 찾어오는 네얼굴은 외롭다

深夜의 집웅밑은 울듯 울듯—

지금은 卷煙의 여윈꼬리를 享樂하기에도 지쳤노니
感性은 시들고 窓은 暗鬱해지고 意圖는 깨여지고 思想은 肉體보다도 파리하고

밤—海圖는 視覺거편으로 몰려간다。

(숨은 海岸線이며 固化한 風景이며)
美麗하든 이야기는 濃霧속으로 숨고
원숭이의 憤怒마저 우숨처럼 풀어진다

아아 허이현現實에 塑磨된 個性의角度
나를 美化하든 젊은浪漫期도 깨여젔다
傳說과 神話를 잃어버린 곰팡이쓸은 知性은
오늘도 安易로운 生活을 倦怠로이 씹고있노니

(其 二)

눈을 감으면
찢어진 心象으로 더운氣流가 흐른다
깔어앉은 안개에 街路燈이 부─옇게 부푸는밤
너는 구두소리 외로이 울고갔느니라。

丁丑二月

孤獨과 不安

鄭 昊 昇

어제가 三分前인 이방안에
죽엄을 재촉하는듯 한老婆의 가쁜 숨결이
온갖苦悶에 시달리어가는 이가슴속으로 파고슴일때—
時計마저 心思궂게 뚝딱뚝딱 啄木鳥인냥
이心臟을 쪼아놓아
恐怖에떨며 疲困에 시달리어가는 心思야
잊처지지 못하는 아롱진 그날
汽笛소리에 넋을잃고
머르니 아물아물 사라저가든 네손수건만이
—잡힐듯—잡힐듯—
오!玉아!
追憶은 꿈!
希望도 꿈이런가!

갈피못잡아 설레는마음 하도 답답하야
老婆의 주름진살에 무러들봐도
그것은 끝없는 秘密이라는 듯이
님에게 보내려다 꾸겨버린 便紙와같이
꾸겨진 얼골은 벙어리처럼。

그 고은 손길이 길드려놓은
밤깊게 나뭇불 사라지려는 火爐변두리를 어루만지며
이어저가든 우슴에 매디매디를 더듬어보는 슬픔
靑春의슬픔 물그림이 老婆에 주름살을 헤이고
나의가슴 한밤중 火爐불처럼
깜박 깜박
全力을드린 내所望 灰가될가 두려워 몸부림친다。

살어질리없어 용소슴치는 不安에
그래도 아즉 남어있는 실낱같은 未練이
거울에다 내얼골을 비초이고
老婆의 얼골과 번가려보니

까마귀 상판떽이를한 表情에
아죽도 남어있는 젊은피에 흐름을 찾어놓고
얼골과 마음이 거이같이 저윽이한숨은 쏟아노나
외로움은 이몸을 떠나질 못하는구나

외로움과 不安이 煩悶을 짜낼때
精神을 수습한 나의귀 재바르게도
날카롭게 이러는 神經을 주저안켜
그소리는 柊柏나무가지로 꽃봉오리 실고가는
봄바람에 발자최 소리라하야
님에 발자최는 몇번이고 失望만을 실어오나
그래도 무었을 였드를나 설레는 귀야
希望에 실마리는 아득도 하구나
담넘어온 소솔바람은 作亂구럭이
문풍지를 울리고 내마음마저 울리는구먼
부르릉 이를갈며떠는 문풍지
마음대로 안되는 내마음과 같은게지

나만이 부르든 玉아!
火爐불 피우든 玉아!
香氣 그윽히 나붓기든 때무든 저 이부자리우로
네 幻影만이 얼른얼른
火爐불이 시들어도
이부자리속이 그리 탐탁지가 않고나。

前에는 고 입김으로 炎炎하든 이부자리였고
疲困을 풀어주고 추위를 녹여주든 고 몸둥아리로
來日을 準備하든 安息터였었지
至今쯤
너에 탐스러운 젓퉁이에 부벼대는 얼골에임자는 누구냐?
아! 외로이 이부자리를 바라보는 눈알에 쌍심지가 돋아
너와그에게 맛보게할 苦悶을 그리어보나
나의苦悶을 당해볼만한 아려줄만한 苦悶조차없고나
아아 나의가슴을 봐차버릴줄이야
머-ㄴ이 남실거리는 理想을 두손벌여 잡으려고

너의情이 똑똑 떨든 눈초리로
나의 왼 몸을 축축하게 적셔주며
어깨와어깨로 의지하여 거러가든 나의힘아!
나에게 第一貴重한 것아!
수건흔들고 오마든 期約을 버리고
虛榮에 잡힐줄이야 잡힐줄이야
네 意志가 좀더 굳었던들
내오늘밤 靑春이 아가워서
머리카락을 쥐어뜨드며 뒤궁굴지도 않었을것을
으—ㅇ 至今껏 거러온길을 더럽혀 줄줄이야
우리에 거든길을 더렵혀버린 玉이
나에게 希望을주든 玉이
나에게 苦悶을주는 玉이
아하! 이즐래야 못잊는 나에靑春인 玉아
저 老婆에 젊은時節이 몇分前이 였든고
머지않어 내얼굴도 주름질게다
滿足도 瞬間瞬間 맛만보며 삶다는 靑春이

이밤 홀로—火爐변두리에 기대여 이부자리를 바라보는 瞬間
움주리고 놓치못한情에 얄미웁도 외고
문풍지 쥐여뜯어 입에물고 잴강잴강 씹으며
갈피못잡아 조급한마음 새삼스러이
불안어 보았으면
오오 玉아!
고 조고마한 주먹으로 이가슴을 두드려주렴
등잔불은 까불까불
내마음 아는듯이 고개를 끄덕일때
벽우에 그네뛰는 내그림자야 不吉하다
이마음이 못났다고 비웃지마려다구

—(끝)—

故鄕

趙 世 林

불미ㅅ골 골안에 뻐꾸기 어둡게 울어

앞개울 버들가지 無聊한하로해도 길었다
虛氣진 어린애들 陽地쪽에누어 하늘만보거니
휘느러진 버들가지 물오름도 부지럽서라

땅에붙은 보리싹 자라기도前 단지밑굵는 삽팁사리
풀뿌리 나무껍질을 컷줄삼아 부황난 얼굴들이여

옆집福順이는 七百兩에 몸을팔아 分넘친 自動車를 타드니
아랫마을 長孫비는 머나먼 北쪽길 서글푼쪽백이를차고

어제는 개똥할머니 굶어죽은 송장이 사람을 울리더니
오늘은 마름집고깐에 도적이 들었다는 소믄어돈다。

文章·虛構·其他

金 南 天

一、文 章

푸로레타리아 作家의文章이 나쁘고 尙虛·寬山等의것이 名文章이라는 말은 이지음 흔히 돌아가는 말이며 大端히 常識化된 話題인듯싶어 이에 對하야는 左右新舊를 莫論하고 疑心을갖어보는 분조차 드믄듯하다。그뿐만아니라 새로 小說이나 隨筆을 쓰기시작하는 분들中에서 尙虛等의 文章을 模倣하려들고 追隨하려애쓰는이도 大端히 많다고한다。

그러나 지금 젊은作家들이 이같이 이미 大成하여있고 그러기때문에 늙어갈려는 過程에있는 이의文章을 따를려고 하는데 나는 頑強하게反對하는者의 한사람이다。

「푸로作家들의 創作態度는 좀더새로운 文學的精神과 그것의 內容에 依하야 規定된다。이文學的精神과 情熱이 判異한以上 이것의世界를 그려내는文章은 이것에 드러맞는 새것이여야 할것이다。한가지內容을 表現함에 가장適當한 文學語로 가장알맞는 文章으로서 一家를 建設하는날까지 그는 素朴하고 未熟한 文章을 써나갈것이다。이苦難을 廻避하는 作家는 藝術을餘技로 생각하는 者이다。

그러므로 푸로作家는 惡文章家라는 皮相的인 비방에 떨리지말고 自己의 獨特한文章의길을 內容과떠남이없이 닦어나가야 할것이다。

「東京」文壇을보아도 事實은明瞭하다。德富蘆花와 大町桂月等式의 名文章은 지금은겨우敎科書속에서 그 形骸를찾어 볼수있을뿐 確實히 어떤現代的文學家의 隨筆이나 紀行文에서도 그의 追隨者를 찾어내일수는 없다。

그들이 時代의 反映하는 새로운內容에 相應하는 文章과 文學語를길르기爲한 苦難에찬 險峻한 行路를 헛되히 廻避하였다면 그들이 오늘날쓰고있는 文章은 如前

히「自然과人生」이고「不如歸」에지나지 못할것이다。그러나 우리들이 恒常읽고 보는배 지금의 日本文學이가지고있는 文章은 그런것들은아니다。

이곳에서는 아직도 鷺山의隨筆이 中等學校敎科書아닌 大評論家의입에서 젊은作家들이 배워야할 名文章으로 推獎되고있다。그곳과 이곳의 年歲의 差異라면 또한 모르거니와 그만것을 분간치 못할뿐도 아닌이들이 剽竊와 비방을 거듭하야 젊은 作家들의 새로운 文章의 鍊磨를 방해함은 慨嘆할일이라고 생각한다。

二、虛構

無影의創作集「醉香」속에있는「나는 보아잘안다」를 읽으며 나는 半年前에본 루네、크렐의「西쪽으로가는幽靈」이라는 映畵를 聯想하였다。周知하는바와같이「나는 보아잘안다」는 죽어서 共同墓地에간지 석달이나되는 男便이 그의 안해의行狀을 記錄하는것으로 되어있고 크렐의映畵는 城속의幽靈이 英國으로부터 米國으로 달려가는것이 그리어져있다。

素朴한物唯論者는 흔이 이것을가지고 그의藝術的價値判斷에 이르기前에「엉터리없는헛소리」라는 斷定을내리우기쉬웁다。죽은송장이 말을하고 산사람의뒤를따른다면 그것은 靈魂의不滅을 是認함이요 幽靈이賣買되는것亦是 이것의存在를前提치않고는 있을수없는일이다。그러므로 이것은 엉터리없는 迷信이며 헛소리라는것이 그들의辯이다。따라서 이것은 非唯物論的이오 同時에民衆에게 害毒을주는 作品이므로 藝術的인作品이 못된다고한다。

勿論 藝術에있어서 리알리즘이 어떠한것인것을 理解하는이는 이러한 荒唐한判斷은 嘲笑의對象으로 밖엔 안될것이나 나는 뜻밖에도 많이 이런것에 疑心을가지는이를 보고있으므로 이곳에 잡소리가되는 줄을알면서도 이야기해볼 必要를느낀것이다。

要는 藝術的眞實이란 虛構에依하야 具現된다는것을 理解하면 足하다。그러므로 幽靈이 買賣된다는것이 問題아가니라 이虛構우에 暴露되는 英米資本主義의 리알리수틱한 樣姿만이問題로 될수있는것이다。죽은송장이 魂이있어서 세상에남어있는 妻子의뒤를 따를수있느냐가 問題가아니라 이虛構우에서서 내여다보는「눈」이 客觀的眞實을 따고들어갔는가、그리고 그의「눈」이 讀者의앞에 펼처놓아주는 안해의行狀이 래알한가 아닌가가 問題인것이다。

그러므로 나는無影의「나는보아잘안다」의 속에서 共同墓地의世界를 가끔描寫하는것을 大端히 눈에거실리게 생각하였다。共同墓地에 카페가있느니 그곳에서 술을먹고 戀

愛를 어떻거는니 하는、쉬節이 間間히기울때마다 나는 눈을찌푸렸다。이것은 妻의行狀을 따르고있는 리알리스틱한 觀察을 흐리게하고 鈍하게한다고 생각하는 까닭이다。

三、映 畵

映畵의이야기가 나는이 말이지 나는 이지음 映畵를보고 돌아오는길에는 늘 이것의勢力과 文學의將來와를 함게생각해보는것이 버릇같이 되었다。文學藝術에 歷史는 二千年에가까우나 映畵藝術의 내력은 活動寫眞時代까지를처서 四十年未滿이다。그러나 映畵常設館이 都市에만 있는데 不拘하고 映畵의 鑑賞者는 文學의 그것을 훨신 凌駕하고있다。그러므로 어떤外國映畵監督의 말과 같이 一文學의讀者를 映畵는 앞으로 十年以內에 全部 빼앗고마를 것이다」라든가 或은「떠스토에프스키ー의 罪와罰을 읽을려면 晝夜로읽어도 三日은 걸리지마는 피엘슈날과 피엘무란살은 이것을 한時間半이면 數千群衆에 보일수 있었다」等等의 豪言壯談이 何等의眞實味없는 말이라고 한다처도 한번다시 도리켜생각해봄에는 足한것이라고 생각한다。

映畵는 지금 音響의몬타ー주를제것으로함에 依하야 對話와 音樂을 마음대로 驅使하고있다。文學이하는 微妙한 性格의 描寫를 아직未熟은하지만 어렵지않게 해내치고있다。二千年間洗鍊된 文學의 讀者가 읽고도 理解하기힘들든 文學에나타난 人物의 心理와 性格이 映畵에서는 어린아이들에게까지 똑똑하게 알수있을만큼 뚜렸하게 그려저있는 것을 가끔볼때마다 이대로 進步해나갈 映畵의 將來를 輕率하게 豫言치 못할듯이 생각키이는것이다。

映畵는 文學의 領域을「文學的씨나리오」(或은읽히우기爲한 脚本)으로 侵犯하고 있을때 文學은「映畵小說」이라는 墮落된 文學的짠르에 依하야 映畵의일을 씨서주고있다。생각해보면 事情은 明瞭하다。「文學的씨나리오」는 앞으로 더욱더 發展하야 眞摯한文學讀者를 掠奪해버릴때에 映畵小說의 時代遲한 三流雜誌우에서 少女小說의一部分을 形成함에 끄칠것이다。그러므로 文學하는 사람들의 映畵에對한 關心이 映畵小說로 表現되는것은 적지않은 不幸이다。

倦怠禮讚

金 晉 燮

人生의 倦怠란 大體 어데서 오는者이냐?—그것을 果然 어느뉘가 알리오만은 그러나 그것이 우리앞에 오매 이人生은 猝地에 貧相해지고 猝地에無色彩해지고 猝地에索然해지고 猝地에 疏遠해지는바 저 呪咀할 人生倦怠란 大體 어데서오는者이냐? 左顧右眄, 어떠한方法으로 살핀다해도 이世上의 貌樣은 그다지 심심하여보이지는 않는다。恒常 언제든지 大地自然은 奧妙한 神秘와 至美한景觀을 감초이고있는 것이며 人生의 生活이라 할지라도 그것은 또한 언제든지 情熱과 鬪爭과 愛着과發展에 가득하야 말하자면 天國的으로나 또는 地獄的으로나 이는 참으로 比할곳없이 興趣깊은 演劇에 屬한다。할수있다。이宇宙와 人生이 前日에있었든 그대로 依然히 多彩하고 多端한 狀態에 있어서 存在하고 있음에도不拘하고 아니, 事實에있어서는 날이 감을 따라 이世上은 그華麗함과그 微妙함을 더하여가고 있음에도不拘하고 여기한번 저 理由모를 倦怠의 感情이 우리를 支配하게되면어쩌된까닭인지 이世上이 今時에 그 아름다운 魅力을 잃는듯 보임은勿論이요 그 節奏에 應하야 노래하든 우리의 心臟은 문득 音樂을中止하고만다。그때 이제는 벌서 우리를 刺戟하는 아모것도없고 우리를 질겁게하는 아모것도 없고 우리를 맞아주는 아모것도 없는, 文字그대로 平凡하고 어두운 이따에 날려다니는건 무어냐 하면 그것은 오즉 시드른 落葉뿐이오 굴러다니는건 무어냐 하면 그것은 오즉 灰色의 砂礫뿐이오 길고 더디게 발목을 끄을고가는건 무어냐 하면 그것은 오즉 저空虛하고 支離하기 짝이없는 時間뿐이다。그러나 생각하면 나는 여기서 이以上 生의 倦怠가 우리에게對하야 果然무엇을 意味하며 그리하야 倦怠란 結局 諸君의마음속에 있는것이오 決코 이世界속에 存在하는者는 아니라는等의 主張을區區히 陳辯할 理由를 갖지않는듯 보인다。웨냐하면 우리는 不幸히도 이러한 慰安없는 狀態를이미 우리自身의 胸中에 품고있는것이며 或은 그렇지않은 幸福한 境遇에는 우리는 너무도 容易하게 그것을 우리周圍에서 發見할수있기때문이다。그러므로 特히 近代의詩人들이 筆舌을같이하야 倦怠를 人生苦의 하나로서 指摘하고있으며 甚之於「쇼ー펜하우에르」같은 이는그의 有名한 厭世哲學의 根本原理를 이人生苦의우에 두고있음을 보아도 우리는 이를 조곰도疑心할이없이 차라리 當然타고까지 생각하고있는 것이다。사람이 生에 對하야 倦怠를 느낀다는것은 어떤意味에있어서는 無常한 現世에 對한 確乎한自我의 精神的優越을 實證하는 것으로서 흔이 이것은 主로 精神的生活을 營爲하고있는 教養있는사람의 免할수없는 아름다운 宿命이라고도 말할수있다。그러므로 事實에있어서도 또한 現代의많은 사람이人生苦로서의 이倦怠의 感情에 사로잡혀 어찌할바를 알지못하고있는 姿態를 사람에게 보이고있는것은 이르는바 이러한 精神的優越이 그들로 하야끔그리되게한 點에서 우리는 一方으로 그들에게 敬意를 表하는同時에 그러나 그러한 高尙한 精神을 오히려 感動식힐수있을 만콤 이世上이 恒常 低俗과 平凡을 脫치못하고있다는 點에서는 그들에게 同情의 念을 우리는 禁할수없는 者이지만 내가 여기서 한번 特히생각코저하는것은 무엇보담도 우리現代人이 오늘날과같은 이러한 速度의 時代에 處하야서도 오히려 前代人이 經驗하였음과같은 그와같은 人生苦를 倦怠의感情을 通하야 맛볼수있느냐하는 點에 있다。나는사사로히 다음과같은 생각에 머리를 기우뚱거리는 瞬間이 각금 있다ー

「萬一에 感情의 時代的變遷이라하는것이 있다면 우리의 倦怠感이야말로 잘 時代를 區分하고있는 것이나아닐까? 우리는 우리의人生의 意味를 예前같이는 그렇게 嚴肅하게 討究하지않는것과같이 우리는이제 倦怠를 倦怠로서 느낄 時間을 가지지못하는것은 아닐까? 前世紀의 사람들에겐倦怠는 얼마나큰苦痛이였을지모르나 그러나 우리들에게는 倦怠가주는 이稀貴한 閑暇는 實로 얼마나 큰快樂인가」하고。

「詩人의 倦怠는 黃金色으로 빛나는 倦怠다。그러므로 사람은 詩人에게 너머同情하야서는 아니된다。노래하는者는 그의絕望까지를 詩化할수있는것이다」란것은 아나톨、프란

스와 말이지만 나는 이러한詩人的魔術을가지고 安虛한 時間的苦壓으로서의 倦怠를 詩化禮讚하라는者는 決코 아니다。 차라리 나는生活의 鐵槌는 바야흐로 激烈하다。우리는 꿈꿀사이가 없다 고 말한 칼、손허르의 見地에 서서 素朴한 一精神勞働者로서 우리의 惶忙한生活에 宗敎的靜寂을 提供하는 安閑한 時間的解放으로서의 倦怠를 限없이 頌美하려는者에 不過하다。사람이 或은이러한 나의 企圖를 無謀타하야 眼鼻莫開의 現代的動亂속에도 倦怠로서의 倦怠는 依然히 存在한다는 것을 主張한다면 나는 그러한 種類의崇嚴한 倦怠의 苦惱에 參與할 수없는 나의 精神的鈍感과 時間的繁忙을 오히려 多幸타 되일수밖에 없다。이러하야 여기 내가 單純히 우리人生이 營營逐逐、果然무엇을求함인지는 알수없으나 如何間 모든 것이機械와같이 旋回치않으면아니되는 焦急한 時代的速度속에있어 우리에게 唯一한 安息의 機會를 保障하여주는 이倦怠를 禮讚함은 大端히 自然스러운일이면 일이였지 이것이 嶄新한 行動이라든가 또는逆說的態度가 아님은 두말할것이 없다。

그리하야 勿論 이 너머도 激烈한 速力에 狂奔하고있는듯 보이는現世紀의 精神이라할지라도 우리의 極度로 疲勞한神經에 奇蹟的緩和의作用을 배풀며 우리의새로운思想새로운行動에 對하야 恒常 飛躍的地盤을 빌여주는 커 말할수없이 尊貴한 狀態에 一偏의 頌辭을 부치려하는 우리의 心懷를 決코 妨害할수없을 것이다。고달푸고바뿐 生活에 大槪는 눈코를 뜰사이가없는 사람이때에있어 激甚한 活動과는 가장 멀뿐 아니라 正히 相反되는 한個의 狀態에 한동안 머물울수 있다는것、말하자면 이르는바 忙中閑으로서우리앞에 문득 나타나는 이倦怠!이는 참으로 荊棘에 찬 人生의 生活속에 숨긴 一服의 鎭痛劑요 거츠를더로 거츠러진 人生의庭園에 間間히 소사나는 한폭이의 薔薇花에나 비길者이니 倦怠의 이恍惚한行列을엇지사람은 두손으로 마지라하지않고 도로혀혼이이를 괴롭다하며 이를 심심타하야 멀니避하랴하는고? 그러나 나는 이倦怠의 狀態를 限없이 사랑하는 者이다。 이속에 나는앉어 或은 나는그속에 누어 아모것도 생각지않음은 勿論이오 무엇인가에 對하야 생각할 野心조차 갖지않고 더러 담배나 피여물고 입에서 나오는 紫煙의 歸趨나삺핌이 事業이라면 또한 事業일때 世上의 喧騷는 이제는 벌서 먼곳에서의일이오 우리는 기다리는 아모것도가지지않고 또는 우리를 찾는 아모것이없을때—이러한때에 우리가 全心的으로 經驗하는바倦怠의 快感無窮의 逸樂은 참으로 큰것이니 이는精神의 體操라고나 부를수있을까? 웨냐하야 이것은 우리가 흔이 마당에 서서 아침의 新鮮한 空氣를드리마실때의 肉體의 그것과 그 陶醉의 氣分에있어서 서로 共通되는 點이 있어보이기 때문이다。「聰明한頭腦에는 怠惰는 存在치안는다。나는 어떤사람들에 게는 空虛하게 보일지 알수없으나 倦怠속에 빠저있을때같이 工夫가된적은 없다」는것은 레이몬、라디게의 말이오「倦怠속에、깊은 倦怠속에 우리는가장 잘 우리生活을 맛볼수가있다。倦怠를 理解하는사람은 언제든지 어딘지 取할곳이있다。平凡한 快樂보담도 차라리 倦怠가 낫다」는것은 르미、드、구-르몽의 말이지만 우리는 設使 銳利한 才操를갖지못하고 또 그들과같은 詩人的心境에는 到底히接近키어려운者라 할지라도 이倦怠의 神聖한 狀態를 愛撫하라는 點에서는 그들에게 지고저하는者가 아니다。이리하야 우리가 甘美한 倦怠에 몸을맡기기爲하야 熱烈히 要求코저 하는것은 現實이 許諾하기보담은 보담 잦게 이大國의 恩寵이 우리머리에 내립시오 하는點에 存在하시만은 不幸히 「生活의 鐵槌는 바야흐로 激烈하다。」우리는 倦怠를받을 時間이없는것이다。사람은 여기서 忌憚없시 나의 天來의 怠慢性을 指摘할수있을지도 모른다。그러나 萬一에 그 怠惰가 그사람의 무슨營養이 될지를 알수없는 境遇에는 單純히 그 性質만을 가지고排斥할수는 없는일이다。確實히 큰怠惰는 非難되여야할 사람의 납분 屬性에 틀림없다。그러나 조고만 怠惰는 反對로크게 讚揚되여야할 物件이라그나는생각한다。웨 그러냐하면 큰怠惰가사람을 內的으로 外的으로 痲痺식히며 魯鈍케하는데 對하야작은怠惰는 우리의 日常生活이 그煥急함과 그 喧騷함을 가지고 우리를 恒常威脅할때 그것은 우리를救濟키爲하야 門을 여러주는 避難所의 安金辨이되기때문이다。그러므로 사람은 假令 年末賞與金이 조곰도 控除됨이없기를 期하야 出進하는곳을 每年精勤함도바랄만한일이지만 더러는 倦怠에안기고 小閑을 찾어 갈곳을 故意로 闕함은 精神의 一段의飛躍을 爲하야 더옥 바랄만한일입을 반듯이 알아야한다。말이 났으니 이런機會에 萬一 내自身을 告白함이 容赦될수있을것같으면 말하자면 나는 이따위 性情을가지고 어떤 외만곳에서職業을 받들고있기때문에 아즉것 金額의賞與金이란 받어본일이없는者이지만 그러나 언제든지 缺勤만하고는 부러있을 수없는 내게있어서의 하나의 적지않은 苦痛은무어냐 하면 그것은 내게 드러오는 原稿의 注文이다。그것이 내게있어서 적시않은 苦痛이되는 第一의 理由는 아죽은 내가「에크리―르」하는것을 職業으로 삼을수는 없다는것이오 第二의 理由는原稿의 注文이 드러오자 곧 或은 밤과밤의 고요한時間과 말하자면 눈오고、또는 비나티는 日曜日의午後에 가질수도있는倦怠는 흔적이없이 다러나버리는데있다。그렇다고 그러한 注文에 應하야 된나의조고만 文字的寄與가 나의本職과 나의 사랑할倦怠를 犧牲하야도 조곰만큼 어떤種類의 外部的反應도 있을수없다는곳에 그것이적지않은 苦痛이되는 第三의 理由가 있다。프리―스들리는「文學者란 決코 그의 勞働을 그칠수없는 者이다。쓴다는것은 作家에 있어서는 그의 生活의 조고만部分에 不過할뿐이오 그가 그의冊床앞에 않게되였을때에는 말하자면 그의 勞働은大部分 完了된것을 意味한다。어떤作家도 일즉이 休暇를가진일은 없었다」고 일즉이 말한일이있지만 나같은사람의 處地에서만 하드래도自己에게온 些細한 原稿의 注文이사람을 실금실금 拷問하는 酬酌이란 決코 輕蔑할것이 못됨은 勿論이다。實로 이注文을 解決치못하는 동안엔우리는 성한사람이 아니다。이리하야 나는 오래동안 倦怠의 愛撫속에 앉어보지못하고 개야미같이 부지런하고도 가난한、이러한 晝夜兼行이 몇번이고繼續될적엔 果然이것이 무엇을 意味하는가를 反省하여 볼때같이 氣分이 憂鬱하여질때는 없는것이지만 나는 本誌로부터不意에原稿의 注文을 받어놓고보니別로 記錄할만한 時事는 보이지않고 天性이怠惰한탓으로 오즉 倦怠의喪失을 두려워하는마음에서 이를 禮讃하기 始作하였다。그러나 果然이 頌文이 어느程度에 이르렀는가를 무름은 이제 나의 關일배만인가한다。여기 끝 내가 이 禿筆을 던지기만하면 當分間 夜業의 豫約은 없는듯하니 사랑스러운怠惰的陶醉는 이미 나를 기다린지 오래였을지도 모르기때문이다。

―(끝)―

아침해빛

嚴興燮

요지음은 아침에 일어나기가 죽기보다도 싫다。

그렇지 않어도 아침잠이 많은나인데다가 해가 훨신길어지고 밤이 짧어진 요지음 아침이란 여간큰勇氣를 찾지않고는 대뜸 잠자리에서 일어다질못한다。

집사람이 머리맡에서 밥이떡이되겠다고 양앙대는 소리가 어렴픗이 들니면서 부러 나는이마ㅅ살을 찡그리며 겨우눈을 떠본다。

그러나 다시 눈시울이 스르르감겨지곤 졸음음이 왼전신을 혼몽하게 휘돈다。

이러는통에 時計치는 소리가 나면 선듯귀가 뜰핀다。

그러나 그것도 여덟번쳤을 境遇에는 또다시 눈시울이 감겨지지만 確實이 아홉時 일때는 이를 악물고 이불을 박찬다。

이불밖에 空氣도 요지음은 그다지차지않다。

窓에 밝은 해빛이 나려 빛오인다。

窓內을열고 마루로 나오면 해볕은 따뜻하게 얼골을 간질은다。

北岳山 마루턱은 어렴픗한 안개가 떠돌고 山비탈 길거리엔 [illegible]가 방울멘 아이들이 두셋式 짝지며 해찰을 부린다。

「봄이다ㅡ」

나는 어느틈에 나도모르는 사이에 이렇게 중얼 거려진다。

약간 쌀쌀한듯한 아침바람이 기때문에 들깼든잠이 스르르깨이고는하나 해빛이 두러웁고 맑고 굵어그대로 해볕인 마루에 쓰러저 한숨 더자고 싶기도하다。

뻣뻣한 눈시울에 두러운 해빛이 부디치자 갑작이 이마ㅅ살이 찡긋해지며 덮여진다。

눈을감고 해를向해서 深呼吸을하노라니 [illegible]밑에서 졸졸졸 개울물흐르는 소리가 들린다。
음달진데서 어름과 눈이녹은것과 요지음 몇번 뿌려준 봄비 방울이 한데 모여 개울로 흘러나리는 소리다。
들앞에 생두 울타리가지에는 이슬방울이 며롱며롱 해볕에 어리며 眞珠알같이 반작인다。
처마 끝에서 이따금「투-ㄱ」하는 소리가 난다。
물방울이 떠러지는소리다。
개울가 언덕 수양버들가지가 요지음와서는 갑작이 기름이 올나엽은 초록빛을 띠였다。
타올을 엇개에 걸치고 치솥을물고 왈비 양치컵을 하나들고 뒤ㅅ山으로 오르니 뒤축 꺽긴 運動靴속으로 얼었다녹아 부푸러 오른 모래석긴 흙덩이가 발바닥을 약간 간지른다。
며칠전 까지도 더운물이 아니면 세수는 커녕 손도 씻지않든 게으른 내버릇도 웬일인지 요지음와서는 廉恥가 생긴보양이다。
바위ㅅ등을올라 샘물터로 굽어드니 아모도 건드리지 않은 맑은물이 졸졸졸 돌틈에서 나려흐른다。
샘물에 손가락을 잠그니 몹시리가치이면서 精神이 확돈다。
세수를하고 나니 氣分이 突變한다。해뜨기前 일죽일어나지 못한것이 아까울만큼 께그름해온다。
突變된 氣分으로 솥밖새를 지내藥물터를 나려가니 藥샘물은 김이 모랑모랑피여올은다。
요지음 藥샘물은 더한층맑고 깨끗하다。
無色、無臭가 맑은물의 特徵이라 하나 한컵떠서 손에드니 果然마시기가 앗아까왔큼 향기로운 내암새가 코를 찌른다
이 瞬間갑작이「自然」에對한 感謝가 뛰며 나온다。
李服터에 끝없는 한컵의 冷水를 마시는것은 胃腸이弱한 나같은 사람뿐만 아니라 날마다 精神勞働에 疲困한 사람들에게 좋은 保健法이 될수있고 그날하로 동안의 氣分을 明朗케하는 가상 값[價]들지 않는 藥이 될수있다。
컵을입에 머기가 바뿌게 배ㅅ속이 씻길것같이 시원하다。
더분하든 배ㅅ속이 모다 씻겨나리는것같다。해볕은 더 두터워올라 솥가지 사이로 흘ㄴ빛인다。

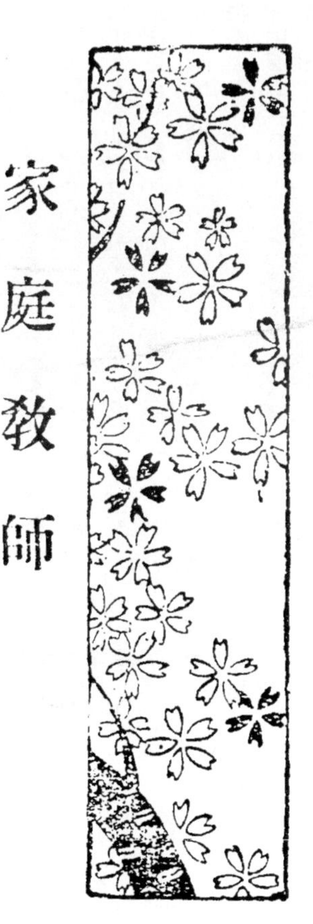

家庭敎師

朴世永

말을 잘 모르고는 作家는 될수 없는 것이다。나는 가끔 作品을 읽는 때 이 作家는 말을 좀더알아갖이고 있으면 좋겠다는 生覺이 나기도한다。

말처럼 어려운것은 없다。詩와小說, 여기에對한 말의限界로 어느程度까지는 우리가 認識할만큼 確然히 存在해있다고 본다。詩의用語는 古文的이라면 小說의 用語는 俗語的이라할가 如何間 言語의 存在를 各層의 人物로하여금 모조리驅使하게 하는것이 作家의 任務일것이다。어느말을 잘料理하고 못하는데에作品의 人物의 性格이 죽고 사는것이다。그러므로 用語如何로서 能히그 性格을 살릴수있게 되는것이다。

比較的 民村과 宋影은 말엔 能한 作家라고 하겠다。그러나 宋影君는 우리집엘오면 그能한말을 쓰지못하고만다。그것이란것은 나의 어머니는 말에對해서는 言語學者以上으로 豊富히 아시는까닭이다。아닌게 아니라 가끔 내가 드러도 모를말이 많다。

宋君이「이봄이가기전」의 原稿를맞어버리겠다고 집에와서 며칠입가치잔엽이있다。우리어머니는

「여보게 자네는 아들이라고 쓸담배한봉 안사오네 그려 밤낮빈말로는 배가 터지지」하시며 말을건느시였다。

「어머니 가마니겝쇼。이원고 마치면 정말 흠북하게 사다디립죠。」

「자네소리 듯기시려」핀잔을 주는것같이 말슴하시였다。

宋君은 새벽부터 隨筆하나를 써서 某社에 갖다 주겠다고 午正때쯤갖이고 나갔다。

「어머니 보세요 조금있다가 정말 사오겠으니요。」

때마츰 興燮君 이왔다。燮과나는

서時까지 宋君이 오기를 기다려도 아니온다。그리하야 우리들은「또속았다。例의 宋君 버릇에」하면서 과실을먹고 있었다。

거기반 다 - 저녁때나 되여서 宋君의 발소리가 들린다。두손엔 무언지 봉지를 잔뜩끼고 들어온다。몇뭉치는 안에다 내려놓는것같고 두어뭉치는 우리방으로 갖이고 온다。

그 옷는 주름살、過히 나므래지 말라는 表情이다。鎭과나는 宋君의 愛瞞에 넘어가고 마렀다。

그사 이 실과하고 나마까시나 먹게들、참 박、어머니、담배 사다 드렸다。두봉이나 인제는 극성마나님이 뭐라고 못그러시겠지」

저녁 반찬거리나 좀 사왔니」

「그럼 안사와자 스기야께압 일원어치나 사왔다。」하며 나시 팔뚝막기 將棋를 시작했다。終日 흐렸든 날이 밤에야 - 개였는지、남쪽하늘에 별의떼가 흩깃띠였다。구수한 냄새가 하로종일 우리들의 愛鄕을 쓰러갖이고 가버리는듯 하였다。우리는 저녁을먹고 나가려 하였다。벌서 이氣色을 아시고 어머니는 宋을보고

「왜 또 뜬 솔개미 모양으로 왜들나가나 그냥놀 자지」

「어머니 인제는 아들노릇잘 했지요。그전에 못사다린것까장 해서 둘이나 사다디렸으니까요。」송은 너털우슴으로 우섰다。

「아닌게 아니라 잘먹었네。」

宋影君과 나는 말의 큰 不足을 느끼지않을수 없다。이새와서는 나도 비로소 認識을 했는지 지나가는누구의 말이라도 허수이듯는 법이없게 되였다。더욱 나의 어머니의 말슴을 적어두기위하야 日記帳하나를쌌다。十여년이나 日記를 쓰지않는 내가 著作年譜와 俗語를써두기 爲하야 自由日記冊을 擇한것이다。

그러므로 나는 내의 어머니는 도한 나의 家庭敎師의 存在로서 餘生을 보나시게 된것을 기뻐한다。

「아 - 거룩한 나의 어머니여 단신의 말의 씨를 하나도 버리지말고 빠려주소서。그리하야 쌓이 더나게해주소서。」하고나는 말하는것이였다。

-(丁丑 三月)-

一人一文

作家는「個性」云云의 金看板밑에 多婬한不貞女의 行實을 뉘우쳐야 할께다。文學樣式의 階級的統一이라고하는것이 언제어느때부터 作家의個性을 除外했으며 언제어느때부터作家의 各異한創造的道程과 그特殊性을 無視、放逐했드란 말이나!「個性」을 밉기로 節操없는 行脚을繼續하는 大小의 形象은마치「戀愛의自由」를 口實로 桃色路線을 轉輾하는 有閑마담의잇트와도같다! 생각만 해도 진저리가 쳐지지를 안는가!

評家와 作家

安含光

評家는 自家의正當性을 大衆앞에「押し賣り」하기爲에、먼저 確乎한 信念의 持續性을 가지라。이리하야 自家見의 正直한 披瀝으로서 大衆앞에 그判斷을 期待림이 좋다。輕操한 朝變暮改 - 이를 오[illegible]녀 社會內商密生云云으로서 安當化하려는「트릭」을랑 제발 森을다침이좋다! 이런「트릭」이야말로 영리한 處世道임에는 틀림이없을지나 藝術家의 신세리티―는 이러한 市井的인 俗物을 미워할줄을 아러야 할께다。

×

漁民文學의擡頭를促함

李北鳴

文學藝術뿐아니라 어떠한藝術部門에있어서도 新領野의探求와 그藝術的創造는 當然한歷史의過程이 아닐수없다。이것은 藝術의 보다高度의 辨證法的發展이며 同時에歷史의公式的樣姿다。

現下朝鮮文壇을 管見하건데 漁民文學이 가장未開拓平野로서 等閑視되여있는듯한 感이不少하다。우리는 이것을 不幸한現象이라 아니할수없다。

都市中心의 文學에對하야 漸次로 厭症을느끼게된 大衆은 新味의文學에서 그들의 文學的營養을

攝取하기를 猶豫하는것이다。日本文壇에서 우리는 이주렷한 傾向을 볼수있지않은가!

漁村에의 着眼과生活的探求 海上勞働者의 慘憺한 生活…이것은 農民文學이나 工場文學보다 못하지 않은 重大性으로 우리에게 賦與된 課題가 아니면 안된다。

우리들의 少數의 作家에게서 漁民文學이 製作되기는 하였으나 그것으로는 우리는 漁民文學의 溫床을 삼을수는없다。

朝鮮文壇人은 勿論 이제부터 文學部門으로 들어오려는 젊으니들은 漁民文學에 深信한 關心을가지고 處하며주기를 바란다。이것은 朝鮮文學의 明日을 爲하여서도 自身을 爲하야서도 重且大한 問題다。

봄과 나

金南天

봄은 一年中에서 가장 나를 支配하는 季節이다。그러므로 그것은 熱情에 불을달어 나를 空想에로 나르게하는 가장魅惑있는 季節이기도하다。空想의날개에 몸을맛겨 玄海灘을 건느게 한것도 봄이였고 偉大한 夢想에 부풀리어 學業을 中斷하고 서울로 도라오게한 時節도봄이었다。다시 年넘는 故鄕서의 蟄居生活을 뿌리치고 文學修業을 生活속에 세워볼려는 勇氣를준것도 봄 이러하야 봄은 恒常나에게 靑春을 가저오게하면서 다시 이봄을맞게하고있다。

이봄엔―이러고 生覺해보니 그前날의 봄이주든 것과는 同一한熱情이면서도 社會的으로는 적지않게 微溫的인듯하다。이봄부터는 創作을한다。이것은確實히 夢想의 季節이 가저다주는 熱情이기에는 너무도 貧弱한것이기 때문이다。한봄 또한 봄을 넘는동안 나는 靑春을喪失하는가보다。

志操

朴芽枝

봉황은 竹實이아니면 먹지않고 梧桐이아니면 깃드리지안는다하오。허나굼주리면 썩은쥐라도 먹고 집이없으면 가시덤풀에라도깃드리는 새가있소。참으로 슬픈일이오。

×

女王의禁苑에핀 장미꽃향기를따라 미친듯이나러드는나비와같이 새날의새人間을 向하야 피엿는밭을옴겨다가도가문뚝 진흙속에 모이를찾는 도야지

短評·隨想·隨感·直言

가 되여바리는 사람도있소。 참으로 애석한일이오。

×

世上은 티없는구슬같이 맑고깨끗한 處女의 純潔을사랑한다하오。허나 초동의발이미처보지못한 벌판에 홀로핀 百合같이 淸高한 詩人의志操는 오히려 비우스려하오。 참으로 寂寞한일이오。

×

나물먹고 물마시는 淸貧이야 누구인들 願하겠소마는 굽힐줄모르는 志操를나는 사랑할뿐이오。

—(三月六日)—

人의 高貴한 名譽를 嫉視하는 行動을 삼가자。

文人과 謙遜

洪 曉 民

朝鮮文人과如히 謙遜이 缺如된 人間은없다。自己잘란맛에 산다는 俗諺이야 있지마는 이것은 無敎養의 部落을向하야 懲戒하기爲하야 된反語가아닌가 그럼에 不拘하고 朝鮮文人은 謙遜는 커녕安動의 自尊이 너무많은것이다。文壇×××氏 金文輯은 말할것도없고 所謂某某氏라는 評論家들은또는 小說家들은 阿諂하기爲하야 아니自己의 實益을 圖謀하기爲하야 先輩를 뒤로몰고 푸대접하고 後輩라도 어느方面에 있어서도 그만못한 사람을 앞에다 내세우는데는 자못熱勢도 甚한배있지마는 그阿諂을받는 人間이 또 可觀으로서 依例히當然의것으로 思考하는데는 文壇의混亂은 勿論이오。噴飯을 不禁하도록 可憎하다。이러려거든 文學을廢業하고 차라리 그사람에게로가서 部下노릇을 하는것이 나찌않을까!

藝術과 名譽

安 懷 南

우리는 名譽를 얻을랴고 애쓸必要가없다。藝術家란 有名해지면 墮落하기쉬웁고 또 그것은 벌서 어느程度로 不潔해지고만것도같다。값이 있으면 自然히 이름이난다。톨쓰토이는 平生 有名해지는것을 끄리었지마는 그는萬人의 우에서있게되었다。우리들의 名譽란것도 眞正 이런意味의것이 아니어서는 안될것이다。우리는 이만치 謙遜해지자 그리고 더욱톨쓰토이까지를 誹謗하는 것같은 他

落書家의 痼疾

金 海 剛

나는間或 自殺的인 詩評을쓰는 一部의論客을본

다。詩一篇을똑바로 評釋할만한 聰明한 識見을가지지도못하였으면서 누가어려운 作文이나 했을까! 장히 못맛당한듯이 입맛을다시어가며 비위에거슬리는 逆情을함부로 배아터버리는 분이계시다。

이것은 完全히 顚動해버린 文壇操行點丙밖에더못마질 落書家의痼疾이다。허쓰데릭한 發作을 어떠한 醫術로써 除去시킬까가 問題다。섯불리 손을대다가 일만 커질려는다면 이게야말로本意아닌 致命傷을 끼치어만줄뿐、일즉이 病理學을 涉獵치못한것이 커욱이寒心만 될뿐이다。

이런말을 여기에 쓴다고 一部의高踏的인 論客이여! 過히怒發치는마소。

적어도 글이라고 써서 發表할때에는 衷心、誠意와 雅量을 가저야한다。아무렇게나 끄적인다고 그것이다 글이될수 있다면 別問題지만 내집안 私事로운 逆情을가지고 남에게까지 낯붉힘을 해서야 쓸일인가。正當한 文壇의 收穫을 얻고저할진댄 쭈경이 한포기라도 誤植이없도록 深甚戒心일바이다。

單한篇의 짧은詩라도 그것을 評價할때에는 誠意있는 作家以上의 卓越한 識見과 優美한 敎養이絕對로 必要한 것이다。

安閑할處置가못됨

韓 植

一面으로본다면 우리文壇、文人에게 있어서 처럼問題가없이、春風駘蕩한곳은없다고 하겠다。아니問題는 相當히있겠지마는 그를 마지못한 格으로評論家가한번은 取扱하고는 뒤스짐을 지고는、모르는 치하며 作家에 있어서는 그것들은 어듸를 지내가는 風波인 가는모양으로 我不關焉의 態度를取하고 있는것은 어쩐緣故일까? 그러한 泰然自若한 格式은 果然東方禮儀之國의文士답기는 하다마는 우리 文學建設에 있어서는 何等의 도움이 못되는것이다 바야흐로、커便의 危機를 說明하고 있는때에 벌서 우리들 足下에는 무거운 現實이닥처오고있다。言語의 民族的性格을 爲하야 싸워야하며、힘써야할 말의選擇、文壇諸氏들의 覺悟와 認識은 果然얼마나 한가 危態危態함을 마지 못하겠다。抽象的理想論이 아니라、文人의現實的生活에 있어서 死命을制하는 問題가 襲來하고있는때에 文壇全體文藝界全體에 있어서의 一大覺醒을 必要로하며 安閑할處置가 못될줄 알어야 하지않을가 何等의 風波도없고。또그렇다하야 何等의 統一한 認識조차없는곳에 무슨情熱과 傾向이있겠으며 어찌權威와 建設이있을까요 인제야 바로 文藝人들은 그들의 多年의 建國을 顚覆하야 가지고 朝鮮文學建設과 擁護에있어서 百般의奮發이 있지않으면안될것이다。散亂한 諸風景으로부터 創造的意欲을 必要로 할것이나、우리文學任在의 背水의陣을 쌓지않으면안될 時期에到達하였다고 생각한다。文壇諸氏의 驥尾에付하야나도 精進을 거듭하여야 하겠다

이런것을生覺함

鄭 人 澤

昨日의 一秒와 今日의 一秒를 識別할사람 金과 돌을 추릴수있는 사람——眞正한 朝鮮文學을 臨하야는 이것이 必要하고 이런 사람이 必要하지나 않은가—요새는 몰래 이런것을 생각합니다。

朝鮮文壇의早老症

姜 鷺 鄕

요사이 尙虛와芝溶의 隨筆에서 제법늙은 소리가 노라난다。이것도 朝鮮文壇에서만 볼수있는 現象이라면 그뿐이겠으나 아직 三十代에 앉어가지고 그런 無軌道的早老症을일부려 작만한다는것은 좀 考慮할일이다。其實、挽歌를 기다리는 마음도 아니련만 그러므로 옆에서 보기가 좀 苦笑롭다。八十歲가되고 百歲가 너머肉體만은 비록 生物學的으로 늙어질지언정 藝術家의마음만은 永遠한靑春을 保持해야된다。빗두러진 優越感을 一掃하고 제한몸이 運命하는 그瞬間까지라도 間斷없이 作家的努力을 繼續함이 참된 藝術家의 使命이아닐가 永遠한 靑春 그것은 永遠한 生命을 意味한다。靑春을 자랑하는 歡喜? 이以上 더 큰 幸福이 또 어듸 있을까?

「지—드」有功!

蔡 萬 植

「지—드」라고 하는사람은 팟시슴이 무서워서 左向左를 했다고한다。그런데 이두레의 어떤사람들은 니니고있든 콤미니슴이 무서워서 그「지—드」게로 歸依를했다。뭇소리나나 히틀러는「지—드」한테 木杯一組씩은 贈呈해야 할것이다。

短評●隨想 • 隨感•直言

반쪽의 哲學

金 文 輯

日前 梨專에 卒業式이 있다기에 어떤親舊를 딸아新村엘갔었다。내가처음으로보는 米國式卒業式이라 자못 興味스러웠음뿐더러 一種朝鮮的感想에서 나온 興奮조차 느꼈다는게 바른 告白이다。歸途ㅣ博士의 案內로 尙虛, 一石과같이 食事를 대접받는 자리에서 어떤 말끝에 나는 다음과 같은 一言을 披露한것이었다。

「난 金活蘭氏를처봤는데 찬불(冷火)같은 그의 女傑風情은 실상은 뜨거운 어름(熱氷)같은 그의 女人的孤獨의 逆表現이 아닌가고 문득 느꼈어요—!」

「반쪽」의 哲學은 또한 나에게 藝術形式의 어떤 方法論한構을 숣게한것이었다。

体面損傷

韓 曉

現今우리文壇에는 人格으로 排除되어야할 人間이퍽많습니다。自身의文壇的地位를 憑藉코 새로 나오는 新人들에게얼토當토않은 傲慢을 부리는것과또는 남을엉터리없이 中傷하는것을 例事로하는따위의 아니꼬운 自稱評論家가있읍니다。貴誌에서 가장아니 그러한 評論家의 作亂을 目擊합니다。이것은 貴誌를 爲해퍽슬픈일입니다。더욱 그러한 人間들에게는 良心도아무것도 없다는데에서 貴誌의 體面이 如干損傷되지 안습니다。

評壇小感

韓 仁 澤

리아리즘이 擡頭되자「이테오로기—는 藝術의墓地다」라고 某氏는 氏獨特의 怪論烽을들었다。이것은勿論리아리즘의ABC도 모르는 無識한放言이니까 우리는 氏의文學에 對한 見識에 없는것을 斷言할수가 있지만 여기에對한 非를 論하는 評論家가없으니 常用語가되다 싶이 된 우리文壇의 混亂度謂를 여기에서도 볼수가있다。複寫(ヤキマシ)評論을 發表하면서 가장自己가博識이고 大家然하는 非良心的인 評論家(?)들에게는 그러한 企待를갖이는것볼어 어리석은 일이지만 私的感情을 辱說評論(?)을 쓰기에만 汲汲하지말고 批評할수있는 많은 問題를 論議研究할것이 우리文壇이얻는 利得이많은것이 아닌가 某氏

와같이 리아리줄도 「모르고 이떠오르기 라는것도 어떤것인지 모르는 評論家이라면 別問題이지만—

直言

白鐵

요지음의 文壇은 個人의 交誼로서 群雄割據의 傾向이 濃厚하다。누구누구를 指名해서 말할것이 아니라、爲先 내自身부터 그런傾에 끌리어드러가는 것을 스스로 느낀다。過去의 文壇이 階級問題를 中心하고 對立이된 現象같은것은 도리혀 理解할 社會的根據가 있었으나今日과같이 個人的分立의現象에 對하야는 何等의必然的인 理由를 是認할수 없다。萬一그個人的分立이라는것이 交誼에 基礎를 둔것이아니고 各己의 才能과 研究方面에따라서文學의 各領域을 分擔하는 意味라면 얼마든지 讚成할傾向이지만 그렇지도않고 純全히 交誼中心의文化現象이라면 이것은 文壇의 雰圍氣를 邪惡케하고 文學에發展은 混亂케할뿐 하로바삐 그傾向을 고처가저야 할것이다。

×

成功과失敗

張赫宙

무슨 일이든 그일을크게 이루었다는 사람이면 누구나 여러가지 苦難과 복잡한 주위의 저해에이기어나。가랴고 얼마나애를 썼을까 하는것을 요새 자조 느껴지고 깊이 생각이 듭니다。그런 苦難을 뚫고 나가면 多幸어려니와그렇지 못하면 무근거한 비방과 조소만이 그때의 머리우에 가시관이되기 쉽다는것도 똑똑이 알어집니다。

編輯者게에주는글

韓 雪 野

朝鮮文學誌가 돌맞이한다는것은 朝文社의 慶事라는것보다 차라리 一般文學人의 慶事라고 할것이다。나는일즉 朝文社는 同人的인感이있다고 하였으나 그것은 나의 朝文社의 對한어떤 데리케트한 私見을 말한것이오 朝文社의 文學의對한 態度가 全幅的으로 그렇다는말은 아니였다。

文學의 混沌期에있어서 오직 文學의 孤壘들 지켜온것은 「朝文」하나뿐이라고 생각한다。또 純文學雜誌로서 가장壽命을 오래 持續한것도 「朝文」이라고 생각한다。

純文學誌는 維持될수가없다고 말하는 사람이있으나 朝文社는 志와誠으로 그說을 否定하여버렸다。더욱이稿料도 못주면서 그만치 버티여나온意氣는 크다아니할수없다。

純文學誌라고 決코 維持되지못하는 것이아니 라고 나는생각한다。아무리 이른바 末世라도 그가운데는 非末世的인 新生의싹이 約束되여있는것이니 萬一 그싹의 成長에 맞는 것이라면 그것은 그싹의 支持를 받는것이오 따라서 存在할수있는것이다。

그러므로 慾을 말히면 앞으로 그싹에 沿하는 自己批判下에서 發展을 企圖해주기바라며 그리히아 文學誌의 氣息을 크게히 여주기바란다。

그리고 이것은 朝文社에서도 集慮하고 있는바겠으나 앞으로 稿料를주도록하기를 바란다。이것은 文人의實 文的希望에 迎合한다는것보다 오늘의 文人의生活파 떠여서 생각할수없는 問題이므로 稿料없이는 좋은作品을 쩌내리스트에게 빼았길것이며 그.리되면 不可不 作品을 精選하지못하는 彌縫的編輯을 하지않을수 없게될것이므로서다。

金 海 剛

「朝鮮文學」이 싸온健全한 成長을衷心感謝한다。續刊一週年을 맞는오늘그의 業績은큰것이다。

무엇보다도 營利的인立場을떠나 純

文 壇 消 息

金文輯氏 얼마전에 上京하여다가 다시 大邱로나려가섰다고。

韓曉氏 咸興으로부터 요저음은 咸州에 가서게시다고。

李無影氏 小說集「昕香」出版部紀念은지난 三月十四日新興寺에서 開催하였다고。

金光燮氏 外數氏는 淸津에서 文藝誌「豆滿江」을發行하겠다고。

李 李箱氏 肺炎으로오랫 동안신음하시다 本月二十日東京에서永眠하섰다고

李箕永氏 昌成町三八로 옴기섰다고。

朴八陽氏 滿鮮日報社에 入社하섰다고

韓雪野氏 扁桃腺炎으로 手術까지 하시였다는데 요사이는 差効가 좀있는듯하시다고。

金裕貞氏 지난二十九日 廣州에서 哀惜히도三十歲를 一期로하야 逝去하시였다고。

廉想涉氏 今般 每日申報를 辭職하섰다고。

金南天氏 扁桃腺炎으로 얼마동안 苦

全히 健實한 우리의文學을 키워가고 저 努力하는 그鮮明한 態操가좋다。號를 거듭할수록 体裁와內容이 着着 充實整頓해지는 것과 文學誌로서 가저야만하는 純一한 志操를 놓침이없는것이 또한좋다。健全한明日의 文學을 樹立하기위하여 新人의培養을 目標로하고 아낌없이 많은紙面을 提供하는것이 더욱이좋다。

흔이는 編輯者의 偏僻된 優越感과營利的인狡猾한 術策으로써 新進銳氣의 文學靑年을 無限하고 甚至於는 책부피만을 엄부렁하게만들기위하야 이미 쓰레기桶에 처박혀버린 낡은作品들을 뒤저다가 揭載하여놓는 唾棄할만한賣名的인 低級한 雜誌를 볼수있는오늘 朝鮮文學과같은 步武가堂堂하고 使命이번듯한 文學雜誌를 가졌다는것이우리文壇에있어서 한개의 誇然한 자랑이 아닐수없다。

이것은決코 입에부른讚詞가아니다。

우리는 보다더한 期待와 渴望을 「朝鮮文學」編輯者에게 가지고있기대문이다 꿈임없는 健鬪와自重自愛가 있기를빌면서 續刊一週年을 맞은 編輯者외기쁨을 우리는한가지로 느낄수있으믈 또한 自矜하는바이다。

洪 曉 民

續刊一週年을 祝賀하오며 編輯하시는이의 꾸준한努力에 敬意를表합니다。日後로도 더욱發憤하시와 朝鮮文學의 建設을爲하야 健鬪하심을 빌고저합니다。編輯에있어서는 兄臣의많은 成案이있겠지만은 날노써 한마듸한다면 朝鮮文學의權威를 세우고 水準을높이하도록 努力하기를 希望하는것입니다。量的으로 羅列하기보담도 더욱 質的으로 假令二三篇의 創作이라도 問題될만한것을 揭載하기를바람니다。그다음으로는 評論을좀더많이 실으도록하오며 研究論文 作家研究 朝鮮文學史 思索 文化에關聯된 論文 等의 廣範圍에對한 考慮와採擇이있기를 바람니다。또는 座談會 作家의 生活訪問記等의 모든方面에 있어서 가장 緊要하며 現實的의諸問題가 가장興味

生하시다가 近日에는 回復되신듯。

李無影氏 蓬萊町四丁目二一八의八로옴기셨다고。

崔仁俊氏 身病으로因하야 休學하시고 鄕里로 가신듯

朝文포스트

貴誌는 朝鮮文學임을 잘압니다。個人의 活字商이 아니오 또 商業術이 아님을잘알고 있습니다。

萬一 여기 어느浪人에게 무게있는 原稿가 있으며도 機會或은 돈과因緣이 없는때문에 그대로 주물르고 만있다면. 貴誌는어찌하겠읍니까? 勿論返還을 條件으로하고 貴社의 要求가있다면 付送도 할것읍니다。

朝鮮文學을 建設함에는 가장 적은 모래알도 필요할날이 있을것입니다。

間島 金 尙

×

저는 日前에 先生任께 有益한 말삼을 많이 듣어서 퍽기뻤읍니다。

先生任 이어떤사람으로서는 文學에 뜻을 두고 여러번 先輩를찾어가서 우리文學에對한것을 무러보았는바 先

있게 取扱되기를바람니다。좀더 技術을부터시고 적어도 餘白이보이지않고 컷드라도있어야 하지않소。그렇다고 街上에파는 雜誌를모양으로 울긋붉읏하란 말은아니외다。改造社에서 發行하는「文藝나」大衆 新潮社에서 發行하는「新潮」만은 해야하지않소。깨끗하고도 그럴듯하게 컷드도넣고、餘白없게하고 線도넣고。

安 懷 南

編輯者에게 드리는말이라고해서 쓰게되는 이러한글은항용 쓸데없는 작소리가 되기 쉽습니다。고연한 공치사와마음에없는말 더구나 이런것이 活字化하야 一般에게 끼치는 弊害가많은것은 實例로써도 어지간히 月諸한바입니다。그래서 나는 이글을以上더敷衍하고 싶지는않습니다。

韓 曉

좀더 文壇的動向乃至文化的 時事問題에關한재ㅡ내리스트한 觀察이必要합니다。假令어더한 理論的對立이 모다 激化된다든가 또는 討論을 要할만한文壇的事件을 모다 迅速히들어 具體的으로 解明하여야할 雅量이必要합니다。우리文壇에는 아직討議되어야할 議案이 다른나라文壇보다 훨신많다고 생각됩니다

張 赫 宙

私私로도 감정에흘으지말고 늘 高度외、文化創造에 立脚해서 일하시기바랍니다。低級하고 野卑한재ㅡ나리즘에빠지지마서야합니다

鄭 人 澤

日本文壇이 일슥이 瀧田樗蔭을 가졌섰다는 것은實로 幸福스러운일입니다。

朴 芽 枝

編輯者에게 드릴 二三苦言이 없는바아니나 깨끗한 文學誌하나없는 우리社會에서 그만콤이나마 誠意있게 글고나오는 朝文編輯者에게는 오주感謝할따름이오 앞으로 더욱 더욱 힘차게 더욱새롭게。

生任처럼 指導性을 가진분은 여태 文어뵈옵지 못하였나이다。

先生님 믿습니다。朝鮮文學界의 爲大한將來를 믿습니다。그리고 後輩는을爲하야 힘써努力하여 주시기를 비나이다

先生님 詩一篇을 보내나이다 直接갖이고가서 評을받었으면 좋겠읍니다만내누나 躊躇하여서 郵便으로 보내나니 좀 잘보아 주십시오。來來康寧하심을바라옵고 이미失禮하겠읍니다。

安東 邊 思 甲

×

「朝文」三月號는 고맙게 받어읽었읍니다 언제나 꾸준히 活動하여 주시는 여러분의 努力에는 참으로 感謝함을 마지안습니다 무었보다도 南天氏의 創作을 여러해만에 對한것이 더욱이 朝文에서 對한것이 참말반가웠읍니다。지난번 二月號에 실린當選小說「그늘밑사람」近來에보기드문力作으로읽었읍니다。앞으로이러한 숨은寶貨를많이 캐여내주시기를 바랍니다。달마다 늑기는 것이지마 評論이적은

(一九八頁에續)

嚴興燮

朝鮮에서 一年以上雜誌가 계속된다는것은 퍽 어려운 일로되~있다。

더구나 營利를 目標로하지않은 純文藝雜誌인 貴誌가 이제 續刊一週年紀念을맞이한은 實로雙手를 들어 慶賀할노릇이다。

먼저 그동안 編輯에 經理에 힘쓰신鄭人澤 趙寀文 兪烏風여러분의 努力에 感謝를 드리며 貴誌編輯에 關하야 몃가지의생각고있는 비를 披瀝할가한다。

一、좀더 動的編輯術을가진것

지금까지 貴誌는 너무 續刊當時붙어 꼭 같은 靜的編輯方策을 取해오지나 않었나생각된다。目次製版이나 內容記事配置이 거이號마다 꼭같은 판에박은 編輯솜씨이기 때문에 첫재讀者의 好奇心이나 感情變化를 刺戟하지못한다。

아모리 高級讀者를 相對하는 文藝雜誌라 하더라도 號마다 讀者의 感情을새로운 世界로 誘導못하고 刺戟못해서는안된다。

二、中間讀物 海外名作等 編輯內容이 多彩的이여야한것。

지금가지 貴誌는 「創作」만을 너무 많아실어나려온 傾向이보인다。創作을 많이실는 것도좋으나 中間讀物 번역物等의 양염을 넣지않고는 雜誌로서너무「地味」한 느낌을 갖게된다。

三、新人의作品은 責任있게 紹介할것

文藝雜誌가 단하나인만큼 貴誌에投稿作品이 많은줄안다。그中에도 「創作」이 每月平均 四五十篇이나 들어온다는 말을드른듯싶다。이많은 原稿作品을어떻게 取扱하느냐? 가큰問題인줄안다。勿論編輯者가 考選할줄아나 그보다는 좀더 責任과 權威를세우기위하야 先輩作家들의 嚴密한 審査를通해서 發表해주는것이文壇을 爲해서나投稿한분을 爲해서나 有意義한일일가한다。

四 編輯顧問을둘것。

俗談에사공이많으면 배파선 한다는 말이있다。그러나 雜誌編輯에만은 한사람의 사공만으로는것츠른 世波를 順調롭게 노질못한다。評論家 創作家 詩人 飜譯家 畵家等各層의 活動的인 中堅層에서 編輯顧問을 十人쯤 두다면 編輯에 對한 좋은 새意見이얼마든지 號마다쏟아저 나올것같다。

×

이밖에도 몃가지쓰고싶은 말이 있으나公開할것이 못됨으로 略한다

爲先以上의 몃가지만이라도 앞으로 實行했으면하고 編輯者에게 忠實히바란다。

姜鷺卿

原稿料도 原稿料려니와 爲先 무었보다도 校正을 좀 잘보시오。그만한 誠意는 編輯者로서 응당 가저야할턴데 朝文誌의 校正은 점점 無誠意해갑니다。이대로 나가다간 編輯者의 常識조차 疑心하게되는 境遇까지 있게될것입니다。

그리고 編輯이 每달 一律的인것갔습니다。視角을 다른데로 돌려도보시오。

金南天

編輯方針을 變更하야 從來의 따분

하고 千篇一律的인것은 一切刷新할것 淸新하고 時事的인 評論을실고 適當한文藝思想家를 二三人式모아 文化的 諸現象에對한 合評 座談會等을 紙上으로 公開하고 좀더文學하는 사람들과 그의諸君들은 社會的諸現象과 交涉시킬것。好適手를 選擇하야 論爭을 시킬것。作家의 生活記錄을 揭載하야 文學家의 生活과 時代와를 密接하게 交涉시킬것。等等。이렇게하면 部數도 버쩍늘어 稿料支拂하고 收支가맞을지도알수없으며 同時 이雜誌가갖아고있는 文學的社會的役割도 훌늉하게 施行될것이다。

李 北 鳴

一、年二回의 新人特輯號를發行하라。

二、「朝鮮文學」賞을制定하라。

三、作家의生活에關心을가지라。

四、校正을잘보라。

安 含 光

對內的으로 貧弱하고 對外的으로不利한 情勢가운데서나마 七顚八倒를하면서 「朝鮮文學」의 「오날」의 生命을維持해왓다는것에 對하야 編輯者 및 關係者諸氏에게 誠心으로 謝意를 表하는 同時에 앞으로 그情熱과 理智의 全緊張力이 「朝鮮文學」에 對한 사랑과 結婚하야 헤여짐이없기를 바라며 具體的인 編輯푸란에 對하야는 編者 임이精神을가다듬어 用意한바있을지라 내 이곳에 蛇足을加하고싶지는않다。오즉 長壽하라。

蔡 萬 植

別로 注文은없읍니다。如意치아니한 財政으로 그만큼 꾸준히 每月 내놓는 誠心을 感服합니다 다나갈으면 그짓을하고 앉었지못할것같어서。

韓 仁 澤

唯一한 藝誌인까닭으로 많은企待를가지고있이면서 每號받어든때마다 「좀더」라는 말이나가됩니다 앞으로 이입비릇을 고처주도록 努力하야 「좀더」의 內容을뵈여주십시오

金 文 輯

私感으로써 公器를 어쩌지 말것。함부로 月旦을 하지말것 가장 눈밝은 벙어리 寫眞機같은 白痴 話題의奴隷 沈默의 雄辯 家等等이어야 할것。以上와 말은特히 某學藝部記者 李源朝氏에게 보내는 忠告。

本紙編輯者 池奉文氏 에게보내는忠告는 純文學雜誌엔 그것으로서의 저나리즘 이있는것을 個性的으로 發見해낼것。저―나리즘의 基本槪念은 斬新한 變化에있고 斬新한變化의 目的은 오직「재미있다」는데 있는것이븐 일것。저―나리즘을 떠난 文學은 골을 떠난고기라 存在權을 享有치 못한다는게 文學自體의 現代的命題다。

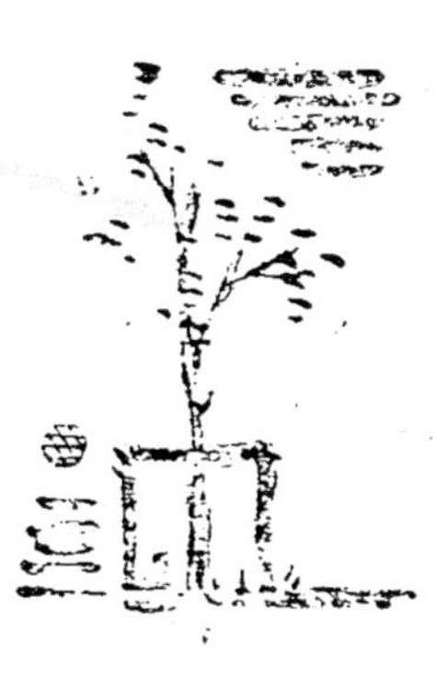

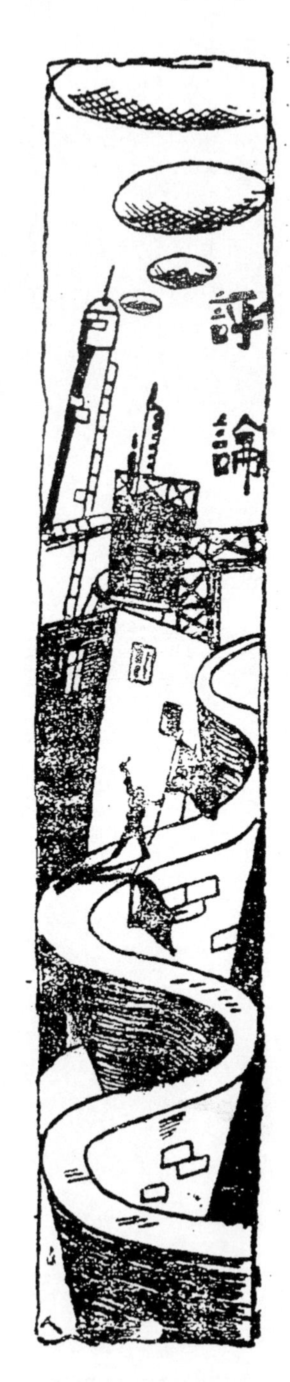

푸ー쉬킨의레아리즘의特徵과로만티즘

―그研究를爲한若干의스켓취―

韓 植

一

月前 푸ー쉬킨의 死後百年記念祭가쏘벳트聯邦에 있어서盛大히擧行되였다함은 그때의 어느뿔조아新聞조차「何如튼한사람의 文學者의百年祭가國家의 一大事業으로써 全目的으로 이와같이 大規模로 擧行된일은 아마世界史的으로보아서 처음되는일이다」라는말을 揭載하면서 報導한데빛위어 넉넉히알수가있는것이다。 그러나 그와같은 一大祝典도 다만그날뿐의 祭祠로만擧行된것이 안이다。 實노二三年前부터 그에對한準備가 되어왔으며 끌키ー를委員長으로한 記念事業의하나로써 푸ー쉬킨綜合記念研究團이組織되여있었든것이다。 再昨年에있어서도 벌서푸ー쉬킨百年祭記念論文集이 刊行되고있었든것이다。 그리하야 그의全面的의研究와 再評價의探索이 繼續되고있는것이다。 또兼하야 [illegible]譽하고 巨大한 文化遺産으로써의 그를全面的으로研究하는 方針에있어서도 얼마만큼徹底하며 熾熱한것이라는 事業은 그들의研究題目을 一瞥하면瞭然한일이다。

이때까지와같은 푸ー쉬킨의 政治的効果性와 그의社會學的等價物로써만의 論爭이라든가 또××이되기前까지 例컨댄그의 生誕百年祭에서 專制審議된것같은「基督敎徒로써의 푸ー쉬킨」出版者로써의 푸쉬킨등등 傍系的註釋的研究或은 逸話集같은 技藝에關한것뿐으로 充滿되였든것에 比較하면 今日의全體로써의 그의綜合的研究가그時代와의 聯關밑에서 그의業蹟이發掘되며 그의레아리즘의 內容의具體化가 闡明되며 過渡期에있어서의 矛盾에싸인 詩人으로써의 藝術的價値가分析되며 로시아現文壇에있어서의 그의聯關과 남겨준意義에對하야 많은宣揚을보게된것은 크게注目될바라고하겠다。

×

昨年一年內의 文學新聞만을 보드라도거의每號에 푸쉬킨의 페이지가 占有하야 그에關한 大小論策이 揭載안한적은없었든것이다。昨年度初期의 第二號에있어서 벌서 푸ー쉬킨研究機關으로써의「푸ー쉬킨니스트」에對하야 아세래바아놉우스키ー가쓰고있었으며 그後 메인호르드가「스페이드女王의 上演에關하야」論함이있었든것이다。

그後로도 連續하야 恒常그에對한 討議가旺盛하고 있었든것은 勿論이니 三十八號에는 베 메ー랔가「푸쉬ー킨의 政治的進化」에對하야 세루게옙후스키ー가「쯜키ー는 如何히해푸ー쉬킨을 보았든가」를 썼으며 또그紙面의푸ー쉬킨의 페이지에있어서는 비, 데스낫키ー가「푸ー쉬킨과 同時代人」을 썼으며푸ー쉬킨의未發表의 詩『폰、삐친의 생각」을 揭載하고있었든것이다。五十號에는 다시 베・메ー랔가「푸ー쉬킨의 否定面과 肯定面에關하야」五十六號에는 길보・친의「푸ー쉬킨의 政治的自由의 理想에關하야」二面까지 連續하였으며 昨年十月에나온 六十號에는「푸ー쉬킨과쯔아의 文藝政策」六十九號에는 「푸ー쉬킨의無評論七十一에는 쯜키ー와푸ー쉬킨의特輯號로써 세루게옙후스키ー가「푸ー쉬킨의비오크랍디ー」詩人아렉크산돌가「푸ー쉬킨의政治的理論에關하야」의論文이실녀있다。또 昨年十月出版의 文學批評誌를좀였보와도 詩人아렉크산돌의「靑銅의騎士」푸ー쉬킨의 意義에關한論爭에對하야 베린스키ー研究家로써 有名한 에・마케놉후의「푸ー쉬킨과 뻴죠아지ー」라는 卷頭論文이실이며있는것이다。 이와같이하야 한文學新聞 한卷雜誌를 大略였보드라도 以上과 같은研究論文題目등을 抽出할수있는것이니 그에 對한研究熱이얼마나 膨脹하고있으며 多方面으로 直擊히發展되고있는가를 推測할수가있는것이다。

「동무여！믿으라！
얼마안있어 우리들의 마음을울니우는
幸福의별이 하날에번쩍일때
로시아는 깊은잠으로부터깨리라！
그리하야 專制政治의 廢墟우에
우리들의 이름이記錄되리리！」

이詩는 푸―쉬킨의 그의親友며 또한로시아의 三十年代의 哲學者의한사람이였든 차라―엡후에・데이로트한一八一八年에 준詩篇中의一節인데 그때로부터 바로一世紀가지내간오늘날 그의 이와같은 詩의豫言대로 모든것이 的中되고있다는것에 對하야 우리는 驚嘆안할수없는것이다。

二

그러나 그當時의그의 生活하였든環境은 참으로困難한時期였든것이다。나포레온의侵入後 神聖同盟의成立 아렉크산돌의 反動政治의晴澹한 바―바리즘의開始 이와같은雰圍氣가운데서 저有名한 데카부리스트事件이 모든歷史的變動의 諸事件밑에서 條件된生活의 複雜은 그로하여금 그의出身階級모양으로 安逸姑息하지못하게하였든것이다。그는間斷없는 로시아의바―바리즘의 政治와文化의狀態와싸우면서「우리나라에는 敎育바받은 國民이없다「우리」나라에서는 文學은 國民要素가되지못하고있다」라고하는悲痛한現實의 肯定에서도 그의肯定的美의 體驗者라굳굳하고 毅然한態度를 그어느물건으로써도 交換하지않었든것이다。後日에있어서 조아―自身이擔當하든 檢閱아래에서도 몇번의流謫과 監禁同樣의身勢로써도 그의높은理想과불타는 未來에의 翼求는조곰도 屈服함이없었든것이다。데・부라고이는 이에關하야 簡潔하게 다음과같이말하고있다。「푸―쉬킨의生活과 創作은 農奴的社會를解體식힌 資本主等的諸關係와 發達의諸條件밑에서 具體化하였든것이다。그것은甚大한 社會的躍進(地主的 貴族의沒落 뿔죠아지의 生長 政府機構의 官僚化)와 政治的大事件(一八一三年의 戰爭 十二月黨事件 니코라이統治에있어서의反動)을生産케하였든것이다。푸―쉬킨은 舊門閥的貴族에屬하면서도 일임이自己의 階級의經濟的의基礎로부터 分離하였으며 主로文學上의 報酬로써生活하였든것이다。푸―쉬킨의 生活의 이두가지特殊性은 그當時에있어서의 그의社會的地位를 決定하였다。그의生活의 動力과 그의 創作의進化를蓄積하였다。」

이와같이하야 푸―쉬킨은 그의苦難의 世紀에서生活하면서도 모든時代的情熱에 어김없이 感動하면서 自己生活의 드라마를 그感動에따라 아모躊躇없이形成하였든것이다。그가 스스로 政治的事件에 參加하였든일은없었으나 또손소로그것들을自己의 破邪顯正의 펜의힘으로 表現하지않었을때는없었든것이다。初期의「自由의頌歌」「農村」으로부터 爲始하야 十七世紀의 農民叛亂의 指導者를노래불렀다는 理由밑에서 그當時發表를 禁止당하였든「스텡카・라―진의노래」一八二七年의回想集「아리온」「시베리아」등의無數한詩篇은 그의現實的條件을깨트리고 나아가든筆鋒의 餘勢를說明하고 나머지있는것이다。勿論 그가 그와같은人間的自由의 歌手였으며 封建的農奴制度에

反抗하여 로시아民衆의 解放을思想하였다고 할지라도 그가完成된政治家였으며 黨派에屬한이만처 堅固한무었을가지고 있었다고하는것은아니다。 도로혀 우리는 에누아카도라벨후스키ー의말하는바와같이 政治家로서의 푸ー쉬킨을 云謂하는것을 그렇게重要한 問題가아니라고 생각한다。 다만「로시아의生活에있어서 非常한動搖가 襲來하였을때에 政治的見解와 熱情과의滿潮와 退潮와下降과를 作品가운데 反映식힐수가있었든것은 그當時의詩人가운데서는 오직그한사람뿐이였다」는데에서 그의 리아리스트藝術家로서의偉大한 業蹟을바라보고저한는것이다。 데카부리스트事件後로는 로시아의文學世界뿐만아니라 로시아의 모든知識階級에게 미처온 큰打擊은 그들로하여곰 一片의自由도 바랄볼수없는 處地에敗退케하였오며 諦觀的立場에몰려서지안이치몯하게하였다。 모든批判的知性과 科學的精神은餘地없시卑怯과 神秘主義의領域에 그자리를 讓渡하였든것이다。

더욱 니코라이의現實과 타ー탈的檢閱은 조고마한새색도未然에 摘發하고말었든때였든것임에도 不拘하고 오직푸ー쉬킨만은 그의非凡한 個性의힘과 不屈한精神力을가지고彷徨하는 모든 薄明을깨트리고 艱苦에쌓인 呻吟을거듭한結果灰色의 濃霧를헤치면서 將來의로시아文學의 健實한創始者의 榮譽를질머질만한 現實主義의 基礎를닦았으며 그리하야 三十年代의文學界의 完全히 리ー드하는것이되고야 말었든것이다。

三

푸ー쉬킨이 로시아 리아리즘을 처음으로 確立식혔으며그自身이 世界文學史上에있어서도 훌륭한레아리스도詩人의한사람이라하는 말에는틀림없다。 그의藝術을가르처「形式과內容의調和」「客觀的態度」「아름다운現實의詩」라고부르는것같은 諸特徵을具備하고있다함에는 勿論하고異議가있지않다。「言語의正確高潔」「쟌루의 形成及典型的諸性格의創造」등의 諸點을列擧하기에는 그다지어렵지않다。그의諸作品의라이트모ー팁에있어서 人間精神의高貴性을爲하야 時代의颱風에 몸소抗議하여온 自由의歌手로써 一貫한 레아리스트의 格을發揮持續하였든것은그의 作品을年代順으로 읽어보면 一目瞭然한일이다。 그의가장훌륭한理解者이였든 베린스키ー의다음과같은말은 그의意味의眞髓를 指摘함에있어서 適切한言辭이라고하겠다。「푸ー쉬킨의創作境에는 荒唐無稽 空想 虛僞 空漠한理想과 같은分子는 全혀包含치않었다。徹頭徹尾, 現實的精神에 充滿하여있다。 그는人生의 顔面에紅粉을바르지않고 自然을本來의 아름다음그대로 再現하여보인다。 푸ー쉬킨의 創作은恒常하늘(天)이있으나 그러나그는 恒常땅(地)의 氣運에浸透하는것」이라는말은 참으로 暗示깊은말이라고 하겠오니 우리들의 興味를大端고는것이다。

우리가注意하지않으면 안될것은 그러고 내가 여기서 指摘하고저 하는것은 卽 이 하늘(天)이 그의創作을 畵龍點睛하는것이람을 말하고저하는것이다。 그는亦是 말의眞正한 意味에있어서의 例컨댄 今日의 綜合的레아리즘에있어서와같이 로만티즘을 忘却하였다고 볼수가없는것이다。 모든評論家의그에게 賦與하는 렛델「아름다운 現實의詩人」이라는 말이야말로 그의特徵의푸로파이며 明勇음 兼有한「人生肯定의 氣分表現者」라는 말이야말로그의 로만라「를 內包한레아리즘」을 成功케한바이며 끌키ー의그것과같이 時代的差異와歷史意味는 달리하드래도 다같이今日의쏘벳트文學에 連絡되는 거룩한血族의 한系譜라고생각되는바이다。

그가 섹스피어의作品에 親露하야 그影響을받은 最初의史劇「보리스·코토놉」(一八三〇)을쓴後에 그自身의 다음과같은 말의眞意를 우리는 理解하지않으면 안될것이다。「나는悲劇을 한편써서 大段한滿足을느끼고있다。 그러나 이것을 發表하는것은 恐怖스러운일이다。 우리나라의卑怯한趣味는 眞正한 로만티즘에 描當할것같이못하다」라고한것과같이 그에있어서의 로만티즘은 一貫한휴마니티의發露로써 精神的貴族主義의놉이에까지 맺었다고볼수가있는것이다。 勿論하고 바이론風의로만티즘과의 訣別 일즉한일이며 一八三二年에쓴 오네ー깅中에서 렌스키ー를自殺식허게함으로써 外國으로부터 移入한로만티즘의 運命은 이미極盡하였든것도 그의作風의證明하는바이다。 初期에있어서의 그의로만티즘의大部分이傳說的 民謠 民話등을 背景으로만 化하였든것임에는 틀림없으며 자랑스러운人間을讚美하였다고하여도 그는단지受動的의 個人主義的의그것임에 不過하였든것이다。 수펭카·라ー진의例이야기에感動하야 라ー진라같은 英雄을讚美하였으며 라ー진의 憤怒와 悲哀를그냥그대로 自己의몸소로感得하였다고볼지라도 그는아직時代의 發展과歷史의 本質에對하야 많은認識과意欲을거둔한것은 못되였으며 그의反抗의 內容이本能的이아니고 現實的으로 如何히地上에 反映될것이람에對한 正當하고 明白한생각은없었다고 생각되는것이다。 그러나 그와같은 初期의 허로이즘과 人間的自由에[illegible]本能的의姿態는 後期에있어서의 리아리스틱한 現實的把握의進展을따라 漸漸다른傾向의 로만티즘에 轉換하였다고볼수가있으니「보리스·코토놉」을 前後한 그의 리아리즘의 發展에서證明되는것이다。 그의 가장많은叙事詩가운데서가장最後에쓴 「靑銅의騎士」 에서 우리가보는바와같은그의集團主義와 個人主義의 葛藤같은 레ー마의捕捉은 後日의로시아文學에 있어서의큰問題를 이르키는것같은 意味까지를 包含하는것이다。 그의 리아리즘이 單純한 루리비아리즘과 민듸퓨주아리즘에서 踊踏함이 아님을알수가있는것이다。 그리하야 그의리아리즘에 內包한 로만티즘은決코 受動的의그것이아니며 現實과人間을 妥協식히는따위의 로만티즘이않었든것이다。現實生活에 對한人間의高貴性을强化하였오며 現實로부터의 逃亡을企圖하는 神秘主義의 假面을 쓴 假裝한 바이론級의 로만티즘이아니였다。

그리하야 그의 리아리즘에있어서는 그가「眞正한로만티즘」이라는 用語를쓰이만치 進步的로만티즘을 內包하였든것이며 그것은 또 그의 리아리스틱한作品의 傾向과 조곰도 矛盾되지않은 로만티즘을 創造하였든것이다。이와같은 眞正한로만티즘을 內包한리아리즘이야말로 그의特徵의主要한 키-노-트이니 이와같은 點을忘却하고서는푸-킨의리아리즘을 具體的으로 理解할수가없으며 따라서 今日의쏘벳트文學에있어서의 直接의連結을 解得하기가어려울것이다。

그는貴族主義文化의 絕頂에있었으며 生理的으로도 貴族이였지만은 恒常 庶民으로써의 生活感覺을 가지려고하였든것이다。「우리家系」가운데서「나는 로시아의 한市民이다」라고 말한것같이 無冠의貴族으로써 自己의態度를 確言하였든것이다。「奴隷根性을버리고 高貴하고가장不羈한精神的所有者」로써의 矜持야말로 精神的의아리스트크랏트의 한사람을 맨드는 연고이며 그의自由스러운精神의光芒한 에쓰푸리를 恒常發揮한 理由이라고할것이다。그의피(血)가운데潛在하고있는 精神的高貴性은 꼭 農奴같은奴隷의 存在와野蠻性의 合理化를許諾안하는 根本的理由이며 그와같은高貴性을蹂躙하자고하는 現實的條件에對하야 勃起한 데카부리스트의 反抗에共感하는 理由이였으며 그와같은 悲劇으로써 끝난事件의 人間行爲의 아름다운 美-만의發露에 同感을가지지아니치못하든것이다。그의藝術의本質은 이와같이하야 精神的아리스트크라시-의 理想으로부터 로만티즘을 現實的데모크라시-의 生活로부터 리아리즘의길을 探求하였든것이라고볼수가있다。

四

푸-쉬킨을 무었보담도 먼저 로시아의國民的詩人으로서그의巨大한 功績을云謂하고있는것은 어쩔수없는일이다。쯔루게네프도「푸쉬-킨의詩의本質 모든特性은 우리國民의特性本質에一致하고있다라말하였다」世界的文豪가 그어느누구를勿論하고 世界的으로되는것은 무었보담도먼저 그가胎生한國土의 特質과言語를 完全히表現하며 그나라의獨特한意味에있어서 가장優秀한 性格을創造하는 사람이아니면 안될것이다。即그와같은 國民的個性을 發揮하고國民文學者로써 가장優秀할때에는 또한世界的水準에도 다다를수가있을것이다。眞正한意味에있어서는 作家의國民性과 全人類性은서로 孤立한카테고리-에屬하는것이아니라도로혀동對立의 統一의瞬間을 形成할할수가있는것이다。

勿論 그때의國民的이란 意義에는 쇼-비니스틱한種族的 이데-와 또現實의 神秘化를企圖하는 類의宗敎的槪

念으로부터말하는 것이아니라 歷史의正當한 捕捉과現實의眞實을發見하는 意味에있어서라는것을 이저서는안될것이다。勿論하고 現在와같은 瞬間에있어서는 더욱國民性과 人類性가운데에는 矛盾됨이았은것도 이저서는안될것이다。

그러나 現在에있어서도 그矛盾은 永遠히反對되고 마는것이아니라 때때로 소포크렛스、딴테、섹스피어 피ー테、롤스토이의때와마찬가지로 그와같은 두立場을統一한 形態에서도 바라볼수가있는것이니 兩者間에 萬里長城을 쌓는 理論에는나는 贊同하는수가없는것이다。作家가 가장날카롭은 리아의스트이면 歷史的現實의 眞實을洞察한 사람일것이니 그의階級的特性의때와 마찬가지로 國民的特性도亦是 그가 明確히表現되며 國民的性格을 如實히 形象化하며훌륭한 詩文學을創造하였다고 할것같으면 곧 그때에는그는 그의國民性의 좁은枠을버서 人類的의領域에 가까히날수가있는것이다。勿論 여기서는 國民性의細細한 데텔스를除外하고는 그를 階級的諸特徵과 並行性을 같이하고있다는데對한 論究는다음機會에밀우고 푸ー쉬킨의 問題를 좀더 闡明하고저하는바이다。푸ー쉬킨이 로시아文學의獨立的意義를 宣揚하고 世界文學史上에 賦與한로시아文學의地位의 獲得등에關하야 크나큰役割을다하였다함은 누구나다아는바이다。 고ー골이가 「푸ー쉬킨中에는 로시아의 自然 로시아의精神 로시아의言語 로시아의性格등마치렌즈의凸面에 나타나는것처럼 깨끗하게明確한 아름다음으로써 反映되고있다」라는 말에는조곰도틀림이 없다。그러나 이와같은 그의로시아的의모든特性 응당性하게생각하여 燥急히 쇼ー비니스틱한 種族的카테고리ー로 團束하여버려서는 안될것이다。그가다만 國民的의一般概念의 立場이라든가 바이론風的衆愚의 感情으로써만 말하였으며 詩文學을 創造하였든것이 아님을 알必要가 있다。「우리나라의最大의 詩人푸ー쉬킨은 로시아는 呪咀받은나라이라고 부르지젔으며 그가 友人에게한 便紙가온데서는나는 (푸ー쉬킨) 祖國을 徹頭徹尾 ·憎惡한다ー라고 쓰고있는것이다。그의祖國에對한 悲憤은 祖國에對한 深切한마음과 愛情으로부터發生함임에는 틀림없으나」라고골키ー는 正當히말하였다。그리하야 그의種族的一面만을 抽象化하야 愛國主義者로만드는것은 그의死後 니코라이가 「우리는 폭ー쉬킨을說明하야 基督敎徒로써 죽게하는데에 大段한힘을 드렸다」라는 宗敎的態度와 마찬가지로 徒勞의 行爲라고하겠다。(白系로시아의 푸ー쉬킨記念은 大槪이와같은 見地에서 그들의편을들는만한 그만을抽出하야가지고 이讚仰하려하는것이니 부질없는 니코라이의 白日夢을꿈꾸는 그들로써는 當然한일이라고하겠다。)

그와反對로 쭈루게네프의말대로 우리는푸ー쉬킨을對比하야 뽀ー톨大帝를 連想할수가 있는것이니 그들은함께消化하야 모든西歐的의것을 精力的으로吸取하야 그消化

하였으며 그를同化하였든것이니 아모두려움이없이 敎養파知識을 他國으로써부터 無限히移入함을 躊躇치안했든것이다。「푸ー쉬킨은 中心藝術家 로시아人의生活의한가운데에 가장뚜렷하게 서서있는 사람이였다。 그의特色은 다른形式을 取하여다가 自己의물건을맨드는 커强烈한힘을 堅持하고있었든것이다。 이러한힘을 外國人들은 同化力이라는名稱으로부른다」「우리들은 섹스피어・호메ー로스 피ー테와아울러 世界的이라는 意味에있어서 푸ー쉬킨을 國家的詩人이라고 呼稱할수가있지않을가。 國家的이라고말하든지 世界的이라고하든지 이두가지말은 時時로서로 一致하는 것이다」이것은 쯔두에의푸ー쉬킨記念講演中에서한 意味깊은말이다。(獨自의로시아 文學을 建設하기爲하야 스스로 歐羅巴文學의 深奧한世界에까지 깊이파고드러갔든積極的푸ー쉬킨의努力이야말노우리들에게 가장適切한敎訓을끼처주는것이다)

五

베린스키ー는 過去의文學에關聯하면서 過去를完成하야 마참내 새로운文學의 基礎를据置한푸ー쉬킨을 몇줄기의支流의물을 받으면서 바다에흐르는 大河에比較하였든것이다。

그와같은 藝術的天才의大河는 볼가의흐름과같이 이제야 바야흐로 새로운 로시아의 文學界에 無限한遺産의흐름을 注入하고있으니 그는그自身으로 쓴 碑銘「萬歲……젊은이들!내가보지못하는새로운 種族들!」의손소로하여 곰擧行된自己의 盛大한祝典을볼진대 肥沃된地下에서 感慨無量을마지못하였을것이다。

昨年一箇年間에 大로시아語로刊行된 푸ー쉬킨全集은一千二百萬部이며 各聯邦民族語로도 三十萬部가飜譯되야買盡되었다고하니 平均一箇月間에 百萬部以上식되였는세음이다 이만으로도 世界文學史上에있어서 아직까지 보지못한 現象이라고하겠다。 그리하야 그가百年前에「나는銅像을세웠다」라는詩篇가운데서 노래한다음과같은 豫言的句節을 完全히實現하게되었다고 볼것이다。

나의 名聲은偉大한로시아全土에傳播하리라。
모든 民族들이各自의 國語로써 나를부를것이다。
자랑많은 스라부의子孫도
핀ー란드人民도
지금은아직未開한 쯤구ー스族도
曠野의동무인칼무익크人도

×

「어름(氷)아래에서도 물(水)은흐른다。」푸ー쉬킨詩中의 이一句는 그에게一貫하는 휴ー마니즘精神을闡明하는것이다。

「루넷산스」와 新휴마니즘論

林 和

一

所謂 新「휴마니즘」論이 「루넷산스」를 問題삼는 것은 內外의 共通한 現象이다。

昨年中 東京文壇을 시끄럽게 하든諸「휴마니즘」論도 擧皆「루넷산스」와의 關聯을 이야기하고 있었으며 우리文壇의 同論輸入者들도 이「테―마」를 飜覆하였다。

그러면 웨 現代「휴마니즘」이「루넷산스」를 問題삼는가?

簡單히 말하면 「휴마니즘」이라는 人間性의 尊重이나 人間 或은 個性의 自由를 「모―토」로하는 思想이 現代에 固有한 創案이아니라 前에 存在했든것의 復興繼承改革이라고 생각되는 때문이다。

卽 「루넷산스」라고 불려지는 十三―五世紀間에 「휴마니즘」思想은 文化의 中心性格으로 開花한일이있었다。

周知와같이 그것은 近代文化의 燦爛한 黎明이오 올뿐만아니라 人間이 歷史上에서 眞正한 自己存在

를 自覺하고 偉大한 文化的 創造的能力을 發揮해 본一時期였다。

그럼으로 近代人에게는 이저버릴수 없는 靑春時節이었으며 喪失된 愛情처럼 恒常戀戀한 憧憬의對象이되었었다。

그러나 近代社會나 文化의 正常的 發展의 오래인 甘夢가운데서 이時期가 다시 關心의 對象으로 意中에 떠오르지는 않었다。

繁榮과 隆盛의 結項을걸는 近代文化가 이時期를 곳하여 再省할 必要란 그리없었다。그들이 瞬間瞬間經驗하는 現在의狀態는 그들을 充分히 滿足시켜었다。

그러나 歷史가 過渡期를 體驗하고 人間生活이나 文化의 낡은傳統이 激烈한 變動이나 危機에 處하였을때 華麗하든 靑春時代는 각금 意表에 올랐었다。

佛蘭西革命의 思想家들이 希臘의 諸神과 더부러 「루넷산스」人의 靈魂을 招喚한것은 正히 이例의 것이다。

그러나 佛蘭西社會가 自己의 近代的 發展의 새로운 順路를 밟기시작하면서 부터 이神들은 뒤느저 近代的變革을 經驗한 獨逸로 招到되었다。

歐羅巴의 安靜이 形成되고 보다 뒤늦게 近代的發展의 路程으로 東洋社會가 登場했을때 이神들은 希臘과 「루넷산스」는 佛蘭西 獨逸的 近代의 새로운 靈魂과 더부러 멀리 印度洋을 건너 東洋을來訪한것도 周知의 일이다。「루넷산스」精神이란 마치 近代的解放의 全能한 神처럼 歐羅巴로 부터東洋에 이르기까지 到處에서 개선하면서 새로운世界史의 길을 開拓한것이다。

그러나 到處에서 「루넷산스」 「루넷산스」하면서 開拓되어 三四百年동안 泰平의 盛夢을 누리든새로운 世界史의 局面은 마침내 한개 根本的인 危機를 맞었다。

去番의 世界大戰은 分明히 近代社會나 文化가全般的인 解體道程을 迎接하였음을 告示하였다。歐羅巴의 滅亡이나 世界의 危機가 思想家 藝術家의입으로 絶叫된것은 決코 偶然이 아니였다。

이文化란 바로 三四百年前 우리가「루넷산스」라고 부르는 精神이 開拓한 그것이 延長이였다。

이곳에서 文化나 生活의 危機의 問題란 그前의 어뇌時期에 그거라고 全然 다른 深刻性에서 사람들에 思考中에 떠오르게 되었다。

웨 그러냐하면 延長된 「루넷산스」文化、即 近代社會文化가 精神的 守護神으로 만들든 「루넷산스」精神自體의 危機앞에 「루넷산스」그대로의 方法

을 가지고는 到底히 危機를 打開할 現實性은 없었음으로……。

要컨대 佛蘭西革命時代、獨逸改革時代 처럼 「루넷산스」 그것은 그대로 危機克服의 處方이될수 없다는 事實이 此等文化人에게 明白히 된것이다。

그럼으로 그前「루넷산스」와는 달은 그러나「루넷산스」와같은 文化와 그것으로 因하야 다시 自己의 繁榮을 가저다줄 새로은 方法이 考究되기 비롯한것이다。

大戰以後 危機哲學이라고 불려지는「쉬펭글러」젠헐레」其他 思想家의 손에依하야 復興의 廣場으로 招魂된 니체 헤겔等一聯의 前代思想의 復興現象은 모두가 이事實을 證明하는것이다。

그러나 幾多의 思想家들의 心力을다한 前代思想의 招魂도 近代文化의 深化한 危機를 救하지는못했다。

戰爭이지낸지 十有餘年 危機는 改善되기는 커녕 一層深化하였고 그만치 前代思想의 復興現象은 終熄됨이 없시 繼續하였다。

最近 高調된「팟시즘」의 世界的危機下에 自由主義와 다음으로「휴마니즘」이 復興되었다。

自由主義나「휴마니즘」復興은 本質的으로는 個性者의「헤—겔」「니—체」復興等과 區別되는 一面을 가지고 있음이 그特色이다。

「니—체」「헤—겔」等의 復興이 前代哲學의 觀念論的側面을 改惡強調하야 팟쇼的 國民을 準備한대신 後者는 成熟된 팟시즘의 強壓下에 個性의自由 思惟의 自由 批判의 自由等現代 知識人의 自己擁護思想으로 表現되었나。

이러한 自由란 勿論「루넷산스」란 一時期가 中世와의 鬪爭가운데서 取得한 近代的解放의 膳物이었다。

그러나 「루넷산스」에 依하야 始作된 近代社會文化는 自己自身의 青春時代까지를 侮蔑해야만 存續이 可能할만큼 切迫한 狀態가운데 處한것이다。

이러한 狀態下에 從來 그主導的 支配者가 아니라 그支配의 一從屬者層에 不過하엿는 知識人이個性的 自由를 要求하는 現代的 意義가 이關係中에 表現됨은 極히 自然한일이다。

即 知識人의 自由欲求나 人間性 擁護의 本質이 「루넷산스」期에 보는바와 같은 早期資本 主義的 限界를 넘지못하매 他力 그럼에도 不拘하고 國民主義的 個性無視에 對하야는 一定한 對立者로서의 意義를 喪失치 않음이 그것이다。

본래도 自由主義論으로 부터 「휴마니즘」論에 이르는 論議過程에 이 中間階級性은 明白히 나타나있다。

政治觀念으로서 自由主義가운데 表現된 思想은文化觀念으로서는 「휴마니즘」으로 飜譯되는 것이다。

自由란 槪念이 如何한 自由 誰何의 自由를 具體的으로 鮮明치않음과같이 人間性이란 말도 如何한 誰何의 內容을 똑같이 抽象한말이다。

오즉 兩者가운데 個人、或은 個性의 自由尊重이란 思想만이 確固함을 알수가있다。

그러나 周知와같이 現代社會가운데 眞正히 個人個性이 自由를 享有할라면 하나의 根本前提인 個人의 社會的存在의 樣式을 如何히할가가 解決되어야한다。

그럼으로 個性을 社會關係의 總體中에서 보지않는 個人的 自由論이 窮局에있어 半端의 自由思想을 免치못하는 것이다。

여기에 不可避的으로 現代「휴마니즘」論이 아무리避할라 해도 抽象性가운데 떠러지는 理由가있음은더러 그模範인「루엣산스」를 全혀 自己流의 恣意와 遍見으로 評價가는 宿命的理由가 있다。

事實 現代「휴마니즘」은 그「루엣산스」觀가운데 自己의 大半의 本質를 曝露한다。

二、

우리는「휴마니즘」이란 思想이「루엣산스」期휴마니즘으로 부터그 借用物이란것은 곳하여 눈기를避한다。

그러나 하나의 復興으로서 自己思想의 歷史的源泉을 說明하는 態度에는 注目을 要한다。

「위 그러나하면 個性의 自由다든가 人間性의擁護라든가 文化와 創造的 自由의 擁護라든가는 人間의 一般的 要求를 思想內容으로 하면서도 自己를 「휴마니즘」이라고 부른것은 唯獨 知識人 뿐임으로이다。

푸로레 思想文化論을 보면 이事實은 明白한것으로 周知와같이 그들은 知識人과는 全然달는 名目으로 自己思想을 부르고있다。

그러다고해서 現代唯物論이 牛飮馬喰 主義다든가 法則尊重의 形而上學이라든가「휴마니즘」만큼 人間性을 尊重치않는다고 생각함는 可笑로운 俗見일다름이다。

現代唯物論은 文化問題에 있어 일부러 自己思想을 人間性의 側面에서 表現하라할때 끌키가 使用한것과같이 푸로「휴마니즘」이란 槪念을 쓴다。

勿論 이것은 군색한 表現이다。그러나 「휴마니즘」이란 우에「푸로」란 冠辭를 부침은 決코 不自然한 免質的造作이 아니다。實로 「휴마니즘」의

抽象的 內容의 危險性을 看取하고 있는 때문이며 人間解放이 그社會的 存在様式의 解決을 前提한다는 深刻한 內容性을 强調하기 爲함이다。

그럼으로「뿌로」「휴마니즘」은「휴마니즘」一般論뿌로「휴마니즘」따는「휴마니즘」이란 言句以外에何等의 共通點을 가지고 있이않다는 끝키의「휴마니즘」論이「루엣산스」復興과는 오히려 對立하는思想임을 알수가있다。

事實 現代的條件가운데서 人間이 解放되기 爲하야서나 또는 文化危機를 克服키爲하야 우리는 다시「루넷산스」의 過去로 도라갈 義務도없는 것이며 그것을 再興시킬 必要도없다。

뿐만아니라 歷史란 꼭一回만 있는 反復 不可能의事實이다。

따라서 次代人이 前代로 復歸한다는것은 事實에서가 아니 單只觀念에서 돌아가는 것이요 前代의復興이란 恒常現代의 必要가운데서 生起하는 現象에 不過하다。

비록 如何한 區別과 差異를 前提하든지 間에現代「휴마니즘」이 自己의 思想一過에「루넷산스」復興의 一席을 準備하는限 그것은「루넷산스」精神의延長으로 그들이 對立할라는 文化와 相通한 一脈이 殘存해있음을 이얘기 하는것이다。

即 現代文化危機에 臨한 文化에 根源的 克服하에서 現代「휴마니즘」은 出發하는것이 아니라 그一部分의 承認과 肯定우에 若干의 改良을 施할따는데 不過한것이다。

박구어 말하면 近代社會가 知識人에 必要한 程度의 自由를 許容한다면 새삼스례히「휴마니즘」論이 시끄러히 擡頭하지않어도 좋은셈이다。

勿論 이論斷은 現代「휴마니즘」論의 否定的인側面을 極端的으로 追求한 結果이다。또한 이러한弱點은 程度의 寡多를 不拘코 現代「휴마니즘」論의宿命的인 本質이다。

그럼으로 現代「휴마니즘」論은 正當히도 自己를「루넷산스」期「휴마니즘」의 한 復興物으로서 그것과의 血緣關係를 維持하는것이다。

엇재서「루넷산스、휴마니즘」은 復興 되어서는안되는 것이며 또再興할수 없는것인가?

다름아니라「루넷산스」란 現代社會의 先驅인 商業資本主義가 封建的 中世로 부터 自己를 解放할랴고、鬪爭한 時機이며 現代社會文化를 危機에處케한條件을 作出한 最初의 原因인때문이다。

即 그것은 常識的으로 생각하는 바와같이 全人類的 解放도 아니었고 全人間의 自覺도 아니었으며 오직 市民的社會 人間의 解放過程에 不過하였

갔다。

그럼으로 市民階級이 中世로부터 解放 됨으로서 社會文化를 進步케한 歷史的 事實이 오늘날에 다시 있을수도 없는것이며 또한 現代文化를 危機로 이끄든 內的矛盾의 最高의 原因을 가지고 그結果를 救할수도 었음은 自明한 일이 아닌가?

그런때문에 今日의 文化危機를 克服하고 새로운 文化創造의 길을 打開할 方途는 今日의 現實에即하야 그가운데로 부터 必然的으로 導出되는 었던 길 이것은「루넷산스」的 人間解放이 갖은 一面性과 自己矛盾의 否定우에서 出發할것이다。이思想에 있어「루넷산스」는 連續的으로 復興되는 것이아니라 辨證法的으로 止揚되며 批判的으로 繼承된다。

그럼으로 이思想은「루엣산스」的 精神과 方法으로 만드러진 近代社會로부터 自己存續의 全要件을 敢得치 못하고 그것을 오히려 自己發展의 桎梏이라느끼는 特徵에 人間群 가운데 비로서 發生할수있는것이다。

이 人間群의 立場만이 홀로 歷史的일수 있으며 따라 客觀的일수가있다。

「루넷산스」를 單純히 否定될 過去라고 論斷해버리는것이 아니라 그것이 人類文化의 寄與한 偉大한 價値를 認定하고 그것을 繼承하야 發展식힌다。

同時에 그限界를 明確히 設定하며 矛盾을 摘發하고 否定될 部分을 闡明하야 永久히 蘇生될수없는 歷史過程 가운데 抛棄케 하는것이다。

이過程中에는 不分明하고 抽象的인 아무것도 없을뿐더러 그行爲는 現實的과 歷史的 發展의 必然性우에 立脚한만큼 恣意的이고 偏見的인 人爲性과는 一毫의 關係가없다。

歷史는 그들의 앞에 全혀 하나의 自明한 過程으로서 明澄한 姿態대로 觀察된다。

그러나 歷史發展을 그 自明한 있는대로의 樣相에서 把握할 資質을 缺한人間의 立場 卽「루넷산스」를 그質的 止揚에 立場에서 把握치못하고 어느部分에서이고 그것의 延長과 結付되어 있는 立場에서 그것이 把握될때 歷史의 眞實한 姿態는恣意와 偏見으로 歪曲되고만다。

如何한 意味에서이고 自己의 現代的 立場을「루넷산스」의 復興가운데 찾을랴는 모든 思想은 이恣意와 偏見을 歷史現實가운데 持入하는것이다。

오늘날 進步的 文化思想의 하나라고 볼「新弃마니즘」論에서도 우리는 어恣意와 偏見의한 表現을 發見하는것이다。

三

우리論壇에「휴마니즘」思想을 輸入한 두사람의論客 金午星 白鐵兩氏가 다가치 이歷史僞造의 素朴한選手이었다는 事實은 決코 偶然이 아니다。웨 그러나 하면「루넷산스」를 얼마나 正確히보않느냐 하는 程度는 끝 現代「휴마니즘」의 進步性價値評價의 尺度가되는 때문이다。

事實 이상하게도 루넷산스를 僞造하면 僞造할수록 그「휴마니즘」論은 觀念論과 抽象性을 增加해간다。

아마도 歷史僞造의 度合이란 現實가운데 그들이 非合理的인 姿意와 偏見을 持入하는 度合과 正比例하기여문인가 한다。

歷史를 僞造하는 手段으로 現實을 歪曲하고 現實을 歪曲하는 手段으로 人間解放이란 實際問題를 더한층 眞正한 人間解放의 길에서 離脫시키는것이다。

金白兩氏의 「루넷산스」觀을 보면 이論壇이決코 獨斷이 아님이 證明될뿐아니라 歷史觀이 現實解決과 銳利하게 關聯됨을 알수있다。

「現代의 「휴마니즘」的 傾向은「루넷산스」 의 「휴마니즘」과 같이「單히」 「藝術家的激情」에서 絕叫되는것이 아니고 人間生存을 再建하랴는 今日人의 「파로쓰」가 自體의 理論的 또는人生觀世界觀的基礎를 獲得하랴는 理性的 省察과 結付되어 나타나고 있음에 우리들의 關心을 끄는 것이다。

金午星氏「네오휴마니즘」問題(朝光十二月號)

別로 註解를 必要로하지 않을 이 引用文中에 讀者는놀랄만치 素朴하고 概念的인 對位法이 借用되었음을 볼것이다。

一言으로 말하면「루넷산스」의「휴마니즘」이 狹逸한 藝術家的 激情의 所産인 反面에 現代「휴마니즘」(金氏의 用語例를 따르면 「네오휴마니즘」?은 廣汎한 人生觀世界觀的 產物이란것이다。

要컨대 「루넷산스」가 藝術로서 表現한것을 現代「휴마니즘」은 哲學的으로 論理化하는곳에 새로운 意義가있다는 것이다。

藝術形象을 哲學論理로 一般化할때 겨우 새로운 意義가 있을따름이라면 「네오휴마니즘」은 本質的으로 「두넷산스휴마니즘」과 달은點은 없지않는가?

아무데를 찾어보고 아모리 金氏의 論理를 發展시켜도 藝術이 哲學으로 飜譯되는外의 差異는없다。

萬一 氏等의「네오、휴마니즘」이「네오」를 百個 더붙처도 結局「루넷산스」의 그것과 本質的으로區別이 없는 限「네오휴마니즘」은 現代 文化危機를 招致한 最初의 原因을 가지고 그結果를 克服할랴

는 無意味한 思想이 아닌가?

不幸히「네오、휴마니즘」理論構成의 出發點인 上部와 對位法은 이러한「넌센스」우에形成된것이다。뿐만아니라「루넷산스」의「휴마니즘」과 本質的으로 同質物인 人間解放、人間性의 奪還等의 陳腐한 內容을 新衣裝가운데 싸기爲하야 眞正한「루넷산스」를 膺造함으로써 自己의 어색한 對位法을 만드러낸것이다。

다름아니라 한아의 世界觀的 意義를갖는 世界觀的運動으로서의「루넷산스」의「휴휴마니즘」을狹隘한 藝術的 反面가운데 歪曲하면서 그것에 比하야 훨신 無價値한 네오 무엇을 廣大한 思想과같이表示할 僞裝을 案出한것이다。

周知와같이「루넷산스휴마니즘」은 神의理念가운데 自己를 疎外한 人間性을 奪還하였다고 하야 그自體가 밝서 보는 바와같이 豪壯한 世界觀上의 鬪爭을 反映하고 있을뿐더러 루넷산스는 이말들의 意味하는것보다 훨신 廣汎하고 또偉大한 世界觀的轉換이었다。

「루넷산스」에依하야 神의 婢僕으로부터 人間은 自己로 歸還하였을뿐더러 一地方 一國民의 歷史는 비로서 眞正한 世界史의 雛形로 登場하였고 哲學藝術科學은 비로서 그本來的 發展路上에 올라 眞正한 意味의 哲學 藝術 科學이 되지않었는가?

더욱이 一希臘 一羅馬 一東洋의 文化는 루넷산스를 通하야 비로서 世界文化로서 可能性을 獲得하였다。

나는 일즉이 우리 미제라블한 朝鮮의 휴마니스트外에「루넷산스」를 單純한 藝術上現象이라고 評價한 著作을 읽은일이 없다。

世間에서 狹隘한 印象主義 批評家라고 指稱하는 페터의「루넷산스」論에서도「르넷산스」藝術의 特性을 廣汎한 時代精神과의 聯絡이라든가 生活的 哲學的 科學的 運動과의 不可分的 關係에있다고 論斷하였다。

有名한 獨逸의「루넷산스」史家 「뿌룩크할트」의「伊太利文藝復興文化論」을 보아도 國家、産業、交通、宗敎、藝術、哲學은勿論、甚至於는 風俗、衣服 個人의 化裝에까지「루넷산스」的 現象을 指摘하고 있다。

비록 伊太利「루넷산스」의 代表的藝術家「딴테」나 따뷘치같은 個人에 例를 考察한대도 이 見解는 到底히 維持될수없다。

「神曲」의 作者는 同時에 君主制論、俗語論、水陸論의 著者이었으며 新興市民黨의 [illegible]指揮하야 生地「푸로렌스」市를 追求當한 程度의 政治家이었다。

다뮛치는 偉大한 畵家이었을 뿐만아니라 數學者機械學者 築城家 演出家 生理學者이었고 近代物理學의重要한 功獻을한 自然科學者이었다。

個個의 別人에 依하야서만 아니라 全혀 一個人가운데 몇개相異한 實踐과 學問領域이 綜合되어있었다。

「이點이 「루넷산스」人을 綜合的巨人 多方面的天才라고 부르는 所以이며 「루넷산스」를 하나의藝術史的 現象이라 보는見解가 一個人에 例 그나마 典型的 藝術家의 境遇에도 妥當치 않을것이다

그러면 「루넷산스」文化는 科學藝術實踐이 有機的으로 綜合되어 있었느냐 하면 무었보다 한개世界支配의 休制로서의 市民社會가 亦是千年間 世界를 支配한 封建制度에對한 全혀 全世界史的 闘爭過程 新興하는 社會階級은 科學藝術政治等 모든것을創造할 必要가 있었스며 科學 藝術 政治等 모든것을打破할 必要가 玆存했었다。

이過程 가운데서 모든領域은 不可分的으로 聯結되지않을수가 없었다。그럼으로 一個藝術上의 運動도 政治的 意義와 結付되어 있었고 一個 政治的實踐 科學的實驗도 藝術과 哲學上의 課題와 分離될수없었다。

로 綜合되었었느냐 하는것은 別個의 問題이며 世界觀的 社會的 運動이 위 「휴마니즘」이란 文化觀念의 形態를 呈하였었느냐 하는것은 또한 別個問題이다。

「엥겔쓰」는 「루넷산스」的巨人의 生誕可能性을資本主義的 分業의 未發達가운데 求하였다。

即思考하는 人間과 行爲하는 人間 享樂하는 人間과 勞働하는 人間과의 距離가 發達한 資本主義社會에 그것보다 훨신 近接的이었음으로 現代政治家 思想家에 比하야 훨신 分業의 影響을 덜받어었다고한다。

이條件은 그들로하야금 펜과 劒을 아울러가지고時代의 行動에 參加케 하였으며 그들의 性格가운데 行爲의 熱情과 思索의 誠實을 巨人的으로 綜合식힌것이라한다。

이만한 程度로 이問題는 滿足하고 다음 問題로옴기라。

身分關係中世의를 所有關係 資本도 代置한 市民階級의 解放運動이 어때서 第三의 媒介形態인 敎養關係로 自己를 表現했는가 하는것이다。

周知와같이 「루넷산스」精神의 典型的觀念은 「휴마니즘」이고 「휴마니즘」은 人間의 價値評價의 尺度

「루넷산스」人의 價値意識은 貨幣 만이 아니라 오히려 敎養에 置重하였다고 봄이 거짓없는「루넷산스」觀이다。

그러면 貨幣 即 物質的富를 가지고 絶對的인價値標準으로 삼는 市民階級의 現實과 矛盾함이 아닐까？따라서 「루넷산스」와 그 觀念的表現으로서 「휴마니즘」을 市民的 인것이란 評價함은 唯物史觀의 虛構가 아닌가？

그러나 一見 矛盾하는것과 같은 이事實은 우리 金午星 白鐵氏等을 雀躍喜케 할망큼 不可解의 矛盾은 아니었다。

「삐-콘」은 말하지않었는가？

「아는것은 힘이다」고……。

「루넷산스」人에게있어 敎養있다는것은 곧貨幣를 獲得할수 있는 現實的前提이었다。

새로운 新商路의 開拓을 爲하야 天文學 地理學이 生產力의 伸張을 爲하야 物化學이 富의 蓄積을爲하야 經濟科學이 商業都市의 擁護 植民地獲得을 爲하야 軍事科學이 貴族과 市民의 無差利의 闡明을 爲하야 敎會와 神의 支配를 打破키 爲하야 人文科學의 各各산(生)함이었다。

다음으로는 歷史的情況의 特殊性이 作用하고 있다。

封建社會自體內에서 發生成長한 商業 資本主義는 아즉 公然히 身分關係를 所有關係로 代置할만큼 成長되지 못했었고 一般的 現象이 되지못했었다。

十三-四世紀에 그들은 겨우 地中海沿岸 諸都市에 自己의 脆弱한 支配를 樹立함에 지나지않었다。

그들은 封建領主와、敎會의 激烈한 抑壓下에있으며서도 아즉 權力的으로 그것의 勝利할수는 없었다。

十八世紀의 오래인 絶對主義가 오히려 貴族과市民에 妥協政權이었음을 讀者는 想起해야할것이다。

그러므로 早期市民人이 貴族의 出生 門閥等의 자랑과 宗敎的壓力에 對하야 現實的 敎養의 優越이란 間接의 型態로 對立한것이다。

뿐만아니라 實際的으로 門閥이나 宗敎에 對하야 人文的敎養이 훨신높은 現實的 價値를 發揮하고있었다는 事實은 結局人間의 價値意識을 身分宗敎로부터 敎養으로 移行시킬것이다。

이基礎우에 早期市民人의 思想은 人文主義라는外形으로 表現되었으며 藝術的이 아닌 希臘羅馬文化에로 探求의 눈을돌린것이다。이곳에서 古典的 古代와 古代文化에의 復興現象이 喚起된것이며 이時期를 指稱하는 「루넷산스」라라는 槪念이 形成된것이다。

그러나 古代에의 復歸나 古典復興이 單純한復歸再興의 現象이나 하면 全然 그렇지않었다。

이것을 單純한 復興現象이라 생각함은 白鐵氏와같은 皮相觀俗流論者나 敢히 主張할바이다。敎訓을 爲하야 白鐵氏의 可驚할「루넷산스」論을 引用해보라。

나로보면 그文藝復興期의 「휴마니즘」이라는것은 古代社會와 그人間의 鄕愁的 行動이었다」

이것은 新春曉頭「朝光」誌에실린 白氏의 「월컴 휴마니즘」이란 甚히愉快한 表題의 論文中一節이다。

이 獨斷論도 例에依하야 恣意와 偏見으로 造作된主觀的 對位法의 産物이다。

自己의 無內容한 見解에다 人類文化의 未來를建設키爲한듯한 무슨 積極的外裝을 施設하는데「루넷산스」의 莊大한 前進運動는 하나의 보잘것 없는 復古主義로 斷定해버리는것 처럼 簡便한 일은없다。

그러나 歷史란것은 噓言者에임이 채 다룰기도前 事實의 손벽으로 그빰을 갈기는것이다。

「루넷산스」다시 말하면 勃興하고 있는 商業資本主義가 古典的古代와 古典文化의 復興現象가운데 自己 發展의「모멘트」는 發見한 理由는 嚴密히다음의 理由때문이다。

古代는 「伊太利의 生活과 同一한 基本[illegible] [illegible]達 [illegible] 우에 正히 商業資本과 貨幣經濟의 基礎우에든 때문이다。古典的인 氣分、理想、制度、哲學、詩歌、藝術의復活은 當時 伊太利人에게있어 至大한 社會的 意義를 가지고 있었다。그것은 첫재 古典時代가 敎會的、宗敎的、禁欲主義的인 封建的世界觀을 打破하는데 有力한무기였든 때문이며 둘째로古典文化가自己의 政治理論「이데오로기」 또는 藝術的 形象을가지고 經濟的 轉換의 影響下에 貨幣經濟와商業資本主義發達의 影響下에 伊太利에서 形成되고있는 새로운 生活과새로운 世界觀을 보다 容易히組織할 可能性을 供給했기 때문이다。(「푸리ー체」「歐洲文學發達史」

한 文化의 傳統이나 模倣、或은 再考에는 이러한 鐵과같은 社會的 共通性과 歷史的必然性이 支配하는 法이다。

우리 朝鮮의 開化主義者들이 基督敎나 日本內地文化를 輸入模倣한것은 決코 敎會의 支配나 朝鮮의 植民地化를 爲함이 아니도 周知事가 아닌가?

그들은 朝鮮社會의 近代的 發展과 自主的 繁榮을 企圖한 新興階級의 이데올로기들이었다。이와 마찬가지로 伊太利「루넷산스」人에게 있서 封建社會와 敎會支配와의 現實的鬪爭의 必要에있어 또한

文化의 反省은 必要하였다。

이見解를 確證하는것은 近代社會 文化의 全歷史的事實이다。

近代自然科學은 決코 希臘自然哲學의 單純한 再興이 아님은 勿論, 近代藝術 文學과「호-머」「쏘포크레스」「아리토파네스」「아테네」羅馬의 民主共和制와 現代政治는 全然비슷도 안한것이다。

오즉 近代社會는「루넷산스」를通하야 古代로부터 鐵을 받어 劍과機械를 맨든것이다。

萬一 市民社會의 前進途上 그것이 有力한 도음이되지않는다거나 障害가 된다든지 하였다면 如何히希臘羅馬라 할지라도「루엣산스」는 一瞥도 던지지않었을것이다。

이러한 現實的 必要와 社會的 基礎의 共通性이 潛伏해있을때 비로서「루넷산스」人은 本能的 銳感을 가지고 希臘羅馬에로 向한것이다。

그러나 希臘이나 羅馬는「루마산스」人에게 偶然히 發見된 寶物이나 主觀的恣意 或은 單純히 포리티한 便宜物로서만 取擇된것은 아니다。

希臘羅馬는「루넷산스」人에게 再發見되지 않으면 안되었었으며「루넷산스」人은 希臘羅馬를 꼭發見치 않으면 안되었었다。이點은 上記 부리치의 叙述에서 滿足한 解答을 求할수있으나 우리는다시 부리치가 看過한 一面을 考察하지 않으면 아니된다。그것은 뿌뤼멜十八日에서 資本의 著者가 披瀝한 市民社會란 그本性上 英雄主義에도 自己牲犧에도 適當치않다는 思想이다。

이見地에서「루넷산스」의 古代復興을 反省할때 거기에는 市民的 古代再興의 顯著한 制限과便宜性이 나타난다。

「르넷산스」時代는 希臘古代와 같은 英雄이없을뿐더러 오히려 人爲的 幻想으로서 英雄主義的氣分이 나타났든 現象을 看取할수가없다。

亞米利加를 發見한 컬럼버스나 最初로 世界를一週한 바스코다가마의 行爲는 窮局에 있어 商業路新植民地開拓이란 狹隘한 商人的 根性을 가지었었음에 不拘하고 그自身이 나또 傳記作者들이나 다같이 그들을 全人類의 幸福을 爲하야 苦難과싸혼 英雄과같이 表象하고 있다。

分明히「컬럼버스」의 北米大陸 發見은 亞米利加印度人의 滅亡의 開始였고「바스코 다가마」의 希望峰航路開拓은 黑人의 大量的 奴隷化過程의 開拓이아니었는가?

어듸에 全人類的 行爲 即 眞正한 自己 犧牲과 英雄主義가 있는가?

오히려 西班牙나 伊太利의 小數 手工業者나 商人

의 利潤追求를 爲하야 많은 人間의 不幸을 招來한 侮蔑할 利己行爲가 아니었든가?

「루넷산스」의「휴마니즘」이 全人間 人間性一般을 解放하였다 함은 하나의 自己欺瞞이었으며 行爲者自身이 느낀 感激도 根據없는 自己幻想이 아니었든가?

事實 그러하였다。

「自己以前에 支配하고 있든 階級에대신하야 出現한 新階級은 自己의 目的을 貫徹키 爲하야 自己의 利害를 社會成員 全體의 共同利害로 敍述하는것이다。即 觀念的으로 表現하면 自己思想에 普遍性의 形式을 賦與하고 그것을 唯一의 合理的인 普遍妥當的인 思想으로 敍述치 않을수 없게된다。」―(「더있체 이데올로기」)。

이것은 말할것도없이 打破될 對象에對하야 自己의 勢力을 一層廣汎하고 强固하게 만드는때문이다。

上揭書의 著者는 이것을「幻想的共同性」이라 부른것으로 代語의 自由平等의 概念「루넷산스」語의 人間解放 人間性擁護等의 表象이 바로그것이다。

그럼으로「루넷산스」의「휴미니즘」이 希臘으로부터 古代的 英雄 古代的 人間精神을 借用 한것은 한낱 社會的 基礎의 共通性에서 뿐만아니라 이幻想的 共同性의 實現을 爲하야 古代가 가장 適切했든 때문이란 다른半面의 理由가 있다。

即 希臘神話的 乃至「호메러스」的 人間이란 社會全體의 利害와 個人의 利害가 分裂되어 있지안코 氏族關係란 未發達한 社會關係 가운데서 原始的으로 統一되었든 時代의 產物이었기때문이다。

우리는 希臘的 人間가운데서 眞正한 英雄何等의 自己欺瞞 自己幻想이없고 幻想的이아닌 現實的共同性가운데 生生하게 움즉이는 英雄의 性格을 發見할수있는 것이다。

그럼으로 古代希臘人에 對한 古代英雄의 意義役割關係를 가지고 市民的英雄의 全市民社會 成員에對한 그의意義役割關係를 代辯키爲하야 古代는 復興된 셈이다。

그러나 產褓에서 부터 全體와 個人間의 不調和도 特徵化되어어있는 市民人에게 古代英雄의 性格은 現實的으로 妥當치 않었었다。

그럼으로「루넷산스」에있어 古代英雄主義는 幻想的으로 借用된것이다。

即 虛僞의「모라―리」를 通하야 改造된 古代英雄과 古代人의 精神이 그들의 外衣가됨에 不過하였다。

事實에있어 全古代的 性格은 市民的으로 歪曲된것이다。

이點이「루넷산스」的 古代復興의 重要한 內容과 하나인 人爲性 便宜性의 本質로서 屢述과 如히그 後의 全近代社會를 通하야 希臘英雄은 一人도 生誕치않었다는 事實이 이것을 證明한다。

市民的 英雄主義의 이人爲性에 不拘하고 文學的 幻想으로 그것을 現實化할라는 企圖가 如何히 無慘하게 끝났는가는「카모엔스」의 敍事詩「류—좌드」볼렐의 作品「앙리아—드」에서 그適例를 볼수가있다。

「류—좌드」는 航海王 바스코「다가마」의不自然한神話化이었고「앙리아—드」는「이리아—드」의 藝術的改惡에 不過하였다。

그럼으로 이便宜性 人爲性은 그뒤 全近代史가운데 公然한 不調和를 拙劣한 觀念으로 一般化 할라든 市民的 社會文化의 最初의 傳統을 만드러냈것이다。

自由 平等해도 支配人과 給仕는 平等하지는 않었고 人間性 個性해도 雇主앞에 傭人의 人間性과個性이온전할수는 없었다。

때라서 이人爲性 便宜性은「루넷산스」人의 偶然한 發意에 根據없는 恣意의 所産이아니라 一貫한 社會史的 乃至 文化史的 法則性의 確乎한 制約下의 發生한것이다。

年前 朝鮮日報의 發表된 朴致祐氏의 優秀한 論文現代哲學과 人間問題가운데 表示된「루넷산스」의古代復興觀은 明確히 이便宜性의 歷史的 必然性이看過되었었다。

希臘에로라는 標語가 반듯이 必要했든것도 아니오 設使 堯舜에로라든지 檀君에로라고 해도 本質的 意味에서는 全然 無關하였다」라든가 或은 希臘에로라는 標語는、單純히 한개에 슬로간에 不過한 戰術的 意味以外의 아모런意味도 가짐이없든지 等의 觀察은 便宜性을 重視하는 남어지 그歷史的 現實性을 無視한것이다。

周知와같이 歷史上에나타난 人間 行爲의 便宜性은 必然性의 一側面이며 때라서 그本質은 어듸까지 內部的 現實性에서 理解되어야 한다。

이問題는 文化史에서 여러가지 意味로 重要性을 띠인것이나 이제까지 大部分 看過되어옴이 通例이었다。

藝術史의 「푸리—취」的方法의 缺陷이란것의 主要內容의 하나도 이것이다。그러나 本稿에서 이것을 詳論할수는 없다。

四、

以上 論述의 若干의 槪括을가지고 小論을끝막자。

勿論新「휴마니즘」論은 어째서「루넷산스」를 歪曲하였는가가 必要한 結論이다。그것은 우리가 입이 指適한바와 같이 그들이 史實가운데 持入한恣意와 偏見을 客觀化眞理化하기 爲함이며 말할것도 없시 그目的은 自己들의 持論인新「휴마니즘」의眞理性을 證明하는데 있다。

그때문에 「루넷산스、휴마니즘」은 如此 如此한 缺陷個로 新「휴마니즘」은 이러이러한 完成物로서 自然히 前者의 缺點이 後者의 長點과 比較對照된다。

歷次 우리가 指適한 그들의 素朴한 形式論理로 假構된 對位法은 이러한 自己論明을 爲하야 實로 有能한 意義를 演하였다。

그러나 그들의 意圖와는 反對로 이 對位法의 論理는 全然 虛僞의 모리—부에 構成되었든만큼 新「휴마니즘」論의 非眞理性의 證明으로 結果하고말었다。

即「루넷산스」가 古代人間 精神을 借用할제 付加한 幻想的 共同性을 百倍 더 誇張하야 今日人앞에提出한것이다。如何히 誰何에의 具體性을 推象한 漠然한 人間性 「모나—키」的個性의 擁護가 그것이다。

人間의 具體的 生存樣式이 個人이라면 個人의現實的生活樣式는 社會이며 社會의 歷史的存在樣式은 矛盾性에있다는 內容이 一切로 不向에 週付되어버렸다。

이것은 「루엣산스」에는「휴마니즘」으로 十九世紀에는「포이에르바하」哲學으로 二十世紀에는 實存哲學 人間學等으로 表現된것이다。

同一한 人間一般의 概念이 歷史의 經過를 따라 相異한 內容을 內企하였음은 上記의 例에서도 充分히 看取될 것이다。

即「루넷산스」期에는 市民的 自己解放의 表現으로 十九世紀獨逸에서는 急進的 唯物論의 市民的 局限性으로 그러고 二十世紀에 와서는 보다 더後期性을 呈하나。大槪로 小市民、知識人級의 自己表現의 方法으로 變遷되었다。

그러나 如何한 時代 如何한 哲學에서를 勿論하고 古代希臘을 除하고는 모누 自己欺瞞과 幻想的共同性의 現實化手段으로 採用되었음은 不變의事實이다。

人間存在의 社會的前提 物質的 內容等을 不問에붓침으로서 그들은 自己의 利害를 全社會成員人間一般의 利害로 叙述한것이다。

그럼으로 人間一般의「네오」또는「네오、네오」무슨이즘等으로 百番爺拔한 外裝을 고치고 急進性을 付加한대로 幻想的共同性을 必要로 하는 人間群의 立場과 絶對的으로 分離하야 人間의 問題를 提出

할수는 없는것이다

이例로 金午星氏等이 人間의 主體性 行爲性 能動性 創造性 其他等等의 魅力에찬 槪念을 亂用하면서 結局上陸한 思想的港口는 저조라한 獨逸小市民의觀念論「하이데까」哲學이었음을 想起하면 足하다。

그리하야 金氏는 現代唯物論 白氏는 新興文學攻擊에있어 現文壇의 雄이되었다。

勿論 名譽로운 일이나 우리는 氏等이 實存哲學 近處로부터 借用해온 人間의 無制約的 創造性 行動性의 理論的 本質을 눈지않을수가 없다。

即 理性에도 歷史의 必然性에도 社會의 客觀性에도 拘束되지 않은 單純한 本能的激情的 行爲性의 內容에 關하야 말이다。

萬一 人間이 아모런 前提없이 無에서 空手로歷史를創造한다면 本能과 激情으로 足하리라。그러나 現實의 人間은 歷史는 그만두고 册床을 한아創造한대도 木材와 연장鐵具等이 있어아하며 木材를爲하야는 伐木 伐木을 爲하야는 森林이 있어야하고 사람이 그것을 버일줄 알아야한다。

똑같치 연장도 鐵、鐵鑛、採鑛、製鍊、鐵工業이必要한것이며 最後로 이모든것을 綜合하야 册床을만들 人間이 存在해있어야한다。

그럼으로 歷史를 創造하기 爲하야는 第一의前提로 人間이 살아있어야 하고 第二를 人間이 살아가기 爲하야는 生活資料를 生產해야 하며 그것을 繼續해야 하고 이最初의 反覆에서 歷史는 시작한다。第三으로 그것의 歷史的 持續을 爲하야 다른 人間을 生殖해야 한다。

이것이 人間存在、歷史創造의 三前提로 歷史는 이條件의 時空的 持續이며 그가운데서 個個人은 지나간 時代와 現存한 狀態의 制約下에 生活한다。

創造는 이歷史와 現實이 만드러낸 可能性을 實踐하고 새로운 可能性을 產出하는 感性的 人間의 行爲的 結果에 不外한다。

그럼으로 우리는 絶對로 이前提로 부터 自由로울수 없으며 오르지 觀念上에서한 그것을 超越할수있을뿐이다。

萬一 現實的으로 이 前提를 脫出한다면 그는 임이 彼岸의 天國의 住人으로 變한 때이나 그러나 金午星 白鐵氏等과 같이 本能과 激情만으로 살수는 없지않은가?

그것은 두個의 境遇에서만可能하다。

一은 文化社會物質的 生產一切를 體得치 못한 人間以前 動物的 人間 即 類人猿과같은 現代에 와선 임이 化石化된「씨난도로쓰」的 意義밖에 안가진 存在에서。

二는 金白雨氏에서와같이 있는것을 없다고 想代하고 歷史의 必然性이나 社會의 現實性을 그本來的 發展理路로 부터 相異한 方向으로 있을라는反社會歷史的 實踐에서 또한 可能하다。

그러나 이것은 人間의 本能激情에서 사는方法은 아니다。 오즉 人間과 다른歷史的 現實的 方法으로 살라는데 不過하다。

그證據로는 氏等은 本能 激情뿐만이아니라 맛좋은 飮食을 먹고 어엽븐 女子를 사랑하고 그러기爲하야 우리俗人처럼 原稿를 팔고 冊을읽고 藝術理論哲學까지를 現在欲求使用하고 있이않은가?

金、白氏等이나 우러俗人이나 이點에서는 조금도 달은것이 없고 오즉 思想이나 世界觀의 內容이若干 틀릴 뿐이아닌가?

이곳에서 氏等의 本能激情은 普通의 意味가아니라 한개 世界觀 思想의 內容으로 높어저있음을 비로서 理解할수가있다。

理論、法則性 대신에 個人의 本能激情을 이리하야 氏等은 屢屢히 實로번번히 저 팟쇼哲學의 先驅者 니체의 權威를 拔用한다。 意味深長한 일이다。

그러타고 나는 네오휴마니스트 諸公을 팟쇼라고 妄斷할만큼 愚鈍하지는 않다 오즉 現代唯物論憎惡에있어 相當히 나치스宣傳相 괴벨스博士와 각갑고 現社會 認識에 있어 佛蘭西「휴마니스트」들과 넘으나 相距가 멀다는 點을 讀者와같이 記憶시길 뿐이다。

西歐「휴마니즘」이 多分히 社會的 個人主義라면 朝鮮「휴마니즘」은 多分히 動物的 個人主義로 볼든것이 아닐까?

「루엣산스」는 二十世紀的인 動物的 個人主義에 比하야는 넘우나 人間的이였든 理田 이것이 그들로하야금 現實의 特色있는 歪曲을 敢行시킨것이 아니라면 幸甚이다。

바라건대 이다음 論述에는 거드의 蘇聯行記를 잘 利用할것을 諸公들에게 勸하며 本稿에서 未及한點은別稿에서 求하도록 讀者에게 希望하며 붓을놓는다。

(丁丑二月)

휴맨이즘의 現代的意義

—그의 槪念規定에 對한 若干의 感想—

韓 曉

휴맨이즘!

그것은 벌서 單只 인테리겐챠 及 一部文壇人들에게있어서만의 問題가아니다。

그것은 今日에 있어서는 보다 廣汎한 民衆自體의 問題이며 同時에 보다 廣汎한 勤勞大衆全體의 利害關係에 關聯된 問題인것이다。

그럼으로 그것은 그의槪念規定에 關한 아무런復古的 懷古的偏見도 容認하지안는 同時에 또한 아무런 抽象的價値判斷도 必要로 하지않는것이다。레ー닌은 다음과 같이 말하였다。

「抽象的眞理라는것은 存在하지안는다。眞理는 언제나 具體的이다」

이러한 具體的인 眞理探求의 思索的欲求에 依하야서만 우리는 眞正한 意味에 있어서의 휴맨이즘의槪念을 規定할수가 있고 또한 그의全面貌를 말할수가있는것이다。

歷史上에 있어서의 휴맨이즘은 本質的으로는 한개의神話였다。그것은 人間의 質的完成이라는 아름다운 夢語에 依하야 이른바 全知의「天才」에對하야 實行못할 約束을 約束해온것이다。

그리고 그約束은 그自體로서 即아리스트테레스로부터 스피노자에 루넷산스로부터 꺼―테에 이르는사이의 한개의 嚴然한 歷史的 途程을 創造하고 있는것이다。

그러나 이러한 歷史的途程에도 不拘하고 그외全知의天才에 對한 約束은 今日에 至하야서는 完全히空虛라는 헷델의속에 槪括되지않으면 아니될 運命에 빠지고 말었다。

그아름다운 夢語의 歷史的 途程은 今日에 至하야 그의 本質的素面을 自己暴露하지 않으면 않이되는 悲慘한 過程이 되였다。

그것은 虛僞는 언제나 그虛僞의 自己暴露를 不可避하는 時機에로 到達된다는 苛酷한 眞理의한개 表白的 事實임에 지나지안는다는바의 어쩔수 없는 反證인것이다。

그리하야 우리는 今日의 이곳 現實에 있어서이러한 虛僞의 過程으로서의 滋味롭지 못한 表白的 事實을 不絕히 目擊한다。

그것이 이른바「네오휴맨이즘」論이라는 怪奇외夢語인것이다。

이夢語가 夢語인 所以를 解明하기 爲하야 서는 우리는 구태여 精力을 다해 論難할 아무런興味도 느끼지 않는다。

그것은 벌서 그것을 通讀한 讀者가 全部 그論理가 夢語以上의 어처구니 없는 囈語이라는 것을 確實히 理解있을것임으로 서이다。

그럼으로 우리가 至今 그論理에 對한 若干의反駁을 試하는것은 決코 그가夢語인 所以를解明하려는 興味減少의 事實을 履行하려고 함이아니고 眞正한意味에 있어서의 휴맨이즘의 現代的 意義를規定하는데에 그巨大한 欲求가包含되여 있는것임을 미리 말해두지 않으면 안될것이다。

× ×

人間을 奪還하라!

人間을 法則의 束縛으로부터 버서나게 하라이것이 오늘날 이곳現實에 生存하고있는 젊은 휴맨이스트들의 絕叫인듯싶다。

그리고 그들은 이즘「휴맨이즘」問題가 理性과法則을 尊重하는 主知主義에 反抗하고 人間을 行動의 觀點에서 統一的으로 把握하려는 傾向을 極히 正當하다고 肯定하는것이다。

그리하야 現實的으로는 온갖 客觀的法則의 切迫

으로부터 人間의 生存을 擁護하고 文化的으로는 온갖 法則的 思惟와 闇黙으로부터 人間의 創造的自由를 確保하자는것이 그들의 重要한 特徵이고 本質的인스타일 인것이다。(朝鮮日報所載 金午星氏의 비오、휴맨이즘論」 參照)

우리는 여기서 그들휴맨이스트들의 論理의 中心的欠陷을 보고 思想의 毁傷을보고 思想의 世界에 對한 効果의 滅殺을 보았었다。

悟性과 客觀的制限과를 그렇게도 깨끗이 分離하는 그潔癖에는 實로 놀라지않을수없다。

그러나 眞正한 意味에 있어서의 휴맨이즘은 決코 이러한 潔癖에 追從되지않는것을 엇지하랴?

今日에 있어서의 眞正한 휴맨이즘의 要求는決코 悟性과 客觀的 制限과의 分離에 있는것이 아니라 도리어 그의統一에 있는것이다。

果然 오날에 있어서 우리가。(客觀自然社會)의諸法則에서 分離된 如何한 人間을 想像할수가 있을것인가?

그들은 人間을말하고 그외이름에 依하야 그들의 論理的體系를 세울려고 애쓰나 그人間이란 정말어떤것인가 함에對하야서는 아무것도 말할줄을 모르는것이다。

그들에게 있어서는 단한번도 人間 그것의本質이 正當한 科學的 見地에서 論議된일이없는것이다。

그들은 언제나 그들自身의 暗語와 夢語와 秘密의世界에 人間을 끌어넣고 客觀的 諸制限에 對한 無原則한 敬遠을 敢行하고 있는것이다。

客觀的 諸制限이야 말로 오늘날이 世界의 殺戮의禍를 받어 보지못한 그들 젊은 휴맨이스트들의 아름다운 決鬪의 對象이요 또한 푸르죠아文明에있어서의 人間的 品位의驚異할 失墜에面하야 그들의 最大의 不快라 最大의 嫌惡를傾注케하는 恐怖의 唯一한對象인것이다。

그리하야 그들은 存在의 客觀性을 無視하고 人間의 主體的能動性을 宣揚하는데 거위無意味한反覆을 敢行하고 있다。

그러나 客觀的 存在의 속에있어서의 諸對立이統一과鬪爭 對立物의 同一性과 交互滲透만이 人間的存在를 規定하고 그에게 自己逆動即 이른바能動性과 發展에 衝動을 준다는 嚴然한 事實을 엇지하랴!

그들의 아모러한 로직的思考도 아모러한 레토릭的辯釋도 오직 이對立物의 葛藤의 法則을 超克할수없는한가지 人間的表象 임에있어서랴!

諸對立의 鬪爭과 統一그리고 그의交互滲透의 法則은 今日휴맨이즘論의 가장根本的인 決定的 規

定性이된다는것을 그들은 全然理解하지 못하는것이다。

「實體는 主觀이다」 이러한 絶對者의 自己同一性의 承認에서 犯行되는 해결에의길 主觀에 依하야 客觀을 構成하지 않으면 아니된다」는 칸트理性哲學에의길 이러한 觀念哲學의 殘滓에의 追隨가 그들의 最後의 逃避策인것이다。

그러나 金午星氏는 이러한 理性主義에의 抗拒를 그論文의 冒頭에서 勇敢히 宣言하고있다。그럼에도 不拘하고 그宣言은 도리어 理性主義에의 合流를 胚胎하는 『反作用의 모멘트로 化하였다。

그것은 氏의 存在의 客觀性을 無視하려는 自己逃避的 發展의 어쩔수없는 副産物이다。如何한 境遇에있어서 든지 人間의 實踐이며 認識은 絶對的。으로 客觀的事物에 依하야서만 喚起되여지는 同時에 그의嚴然한 反映인것이다。

그럼으로 그것은 決코 온갖法則的思惟의 重壓으로부터 人間의 創造的 自由를 確保하고 人間의生存을왼갖 客觀的法則의 切迫으로 부터 擁護하자는 懷疑的 夢語의 空虛性을 受容하지는 않는것이다。

그것이 그들의 아나—키—한 論理的遁辭에도 不拘하고 그들의 理論的體系의 根底에 理性 主義의 [illegible]

는 事實의 反證인 同時에 一方으로는 虛無에서의 創造」라는 니최及 쉬스토포等의 讚美에는 昂進이미리豫約되여 있다는事實의 卒直한 告白인것이다。

그들은 人間의 個性或은 能動性의 誇張的喚言을 가지고 唯物論의 機械說的根底를 拒否하기에 거우自目的發惡을 敢行하고 있는것이다。엥겔스는 그의著 自然辯證法의 속에서 다음과같이 말하였다。

「運動하는 物質을 考察할때에 最初에 우리들의눈에 띄우는것은 個個의 運動 個個의 物質相互의交互聯結 그의相互制約性이다」

그럼으로 우리는 如何한 境遇에있어서든지 客觀的實體에 依하야 實踐되는 創造的 表象그들의 말을빌면 人間의 能動性을 그對象 即 物質의運動과分離해서 말할수가없을 뿐아니라 同時에 또한 分離할수도 없는것이다。

一定한 物質的 條件은 왼갖人間的活動의 前提이다。라는 嚴然한 鐵則이어찌 후맨이즘論에 있어서만例外일수있으랴!

全世界歷代의 大思想家及 大哲人의 名論 卓說의價없는 反覆暗誦보다도 鍾路의 夜市나 本町通의 차구료店舖의 때무든 宗敎書籍의 金言警句의 秩序없는 羅列보다도 오히려 이짤막한 語句의眞理가 그 [illegible] 眞理性있는 偉大한 哲言이랴!

그럼에도 不拘하고 이땅의 철없는 휴맨이스트들은 다음과같이 말하는것이다。

「社會란것이 人間의 社會인 限에서 人間의能動性을 前提로하지않고 그社會의 새로운 發展을생각할수없는 것이다」

이얼마나 稚氣친 囈言이랴

그들에게 있어서는 人間의 能動性이라는것이 언제나 第一義的인것이 되여 있는것이다。

그리하야 그能動性에 依하야서만 社會는 變化되고 創造되고 發展된다는 것이다。

그들에게 있어서는 社會組織의 根底인 生産關係야 어떻게되든 말든 그러한것은 全然 社會發展上 아무런 必要도없는 路傍의 石으로 되여있는것이다

그리고 그들은 唯物史觀을 容觀的法則의 絶對視라는 名目밑에 概括하고 그것이 因果的生起의 認識과 目的定立과의 사이에 全然根本的으로 差別이 있는것을 無視하고 있다고 獨斷하는것이다。

金午星氏는 이렇게 말한다。

「法則的思惟는 理性 또는 社會의 法則의앞에서 人間의 絶對服從을 命令한다。 그러나 쉐스토프의 말과같이 죽엄이란 事實이 「二二는四」와같이 不▯의 自然法則이라고 하여서 우리는 죽엄에도服從해야 할것인가 人間의 生存은 오히려 死란 自然法則으로 부터 生을 擁護하는 決鬪가아닐까 나종에는죽엄이란 法則앞에慘敗하드라도慘敗 그때까지死란法則에서 生을擁護하 려는것이 人間이라할것이다。」

果然 그럴까。……

生을 擁護한다는것 人間이生存한다는것 그것은정말因果的生起의 法則과 對立된것일까?

萬一 그렇다면 因果律에는 두가지 種類가 있어서 그하나는 自然法則的인것이고 또 하나는 目的論的인것 卽能動的인것이 안이면 안될것이다。

그들은 이렇게 稚氣한 二元論的夢語를 가지고唯物史觀의 敬遠을 敢行하고 있는 것이다。

그것은 첫재 人間의 肉體的屬性과 精神的屬性과를 全然區別하고 또한 그것을 嚴密한 事物的差別로서 看做하려고하는 칸트流의 觀念的思考에 沈染되여있으며 그러고 둘재로 이러한 分晰的區別을 가지고 人間의 能動性이 因果的 連結性과 相容되지 않는 意志自由性을 保持하고 있는듯이 假裝하고 一方으로는 因果的法則의 普遍妥當性을 承認하면서도 도리어 그것에서의 跳避處를 찾어서 거기에依하야 矛盾을避하고 마츰내 形而上學的意志自由를絶叫하기에 이른것이다。

人間이 死란法則앞에서 生을 擁護한다는것 그것은 決코 周圍의 物質的條件과 分▯된 自由意志의 表象은 아닌것이다。

왜그러냐하면 우리는 物質的 諸條件에서 無緣된 如何한「生」도 想像할수가 없는까닭이다。人間의 有機體中에는 그細胞의 一部에「死」라는 不可避的인 過程이 過程되고 있는것이다。그럼에도 不拘하고 人間은 恒常삶에 對한愛着을 커바릴줄모르는 것이다。그것은 人間의 살려는 意志가한개 嚴然한物質的 慾望인까닭이다。

「生」이라는 人間의 根本的生存權이 物質的諸條件과 無緣될수없는以上살려고 하는人間의 意志도또한 한개物質的慾望이 되지않으면 아니될것이다。그럼으로 死의 法則앞에서 生을 擁護한다는 人間의 意志는 모든自然의 威壓에서 人間의 自由를奪還하려는 無原則한 觀念的迷妄속에 있는것이 아니라 도리어 그의 前提에 物質的慾望이라는 어쩔수없는 因果性을 帶同하고 있다는 事實의속에 있는것이다。

더욱 死라는 한개의 結果가 없으면 人間의生도 또 生을 擁護하려는 自由意慾도 없을것은 必然의理이다。

이것은 因果律이라는것이 두가지 種類가 있을수 없다는 事實의 確證인것이다。

이제 우리들에게 問題되는것은 如何히하야 因果的連結속에 精神及意志가 能動되는가 하는 問題이다。

如何한 境遇에 있어서든지 우리는 肉體的屬性과 精神的 屬性과를 區別하는 形而上學的 態度를 踏襲해서는 아니되는것이다。

從來의 唯心的 哲學은 人間의 生活過程에 對하야 그의 精神的方面만을 說明할려고 하고 그의外面에 對해서는 秋毫의觀察도 必要로 하지안는것이다。

그리고 또獨斷的 唯物論은 오직 肉體的인 機械裝置만을 보았다。即 그는 人間을 純然한 한개의 機械로만 觀察하고 그內部의 諸作用은 언제나한가지로 外部에서의 運轉을 通하야서만 顯現될수있다는것이다。

그러나 우리는 이러한 偏向의 그어느것도 容認하지않는것이다。도리어 우리는 이兩者의 偏頗性을 一個의 生活過程의 統一의속에 融解하려는 것이다 그리하야 우리는 精神的動力에서 一步 深入하야 그것을 움즉이게 하는 根本原因을 追究하지 않으면 아니되는 것이다。

그럼으로 맑스는 다음과 같이 말하였다。

「人間은 自然의 材料에 對하야 그自身이 한개의自然力으로서 能動한다」고…

이것은 人間이 自然力을 그自身의 生活에 必要하

게 占用하려는 데서 胚胎되는 人間과 自然과의사이에 있어서의 一過程인것이다。

그리하야 이것은 人間이 그와 自然과의 同化를 그自身의 行爲에 依하야 媒介하고 規定하고 制約하는바의 一過程인것이다。

이에依하야 보면 明白히 또한 判然하 다른自然力에對한 關係에 있어서 同一하게 한개의 自然力으로서 觀念되여 있지만 그러나 그럼에도 不拘하고 그것은決코 機械的인 힘으로서가 아니고 意識的으로 規定하고 또한 制約하는바로서 觀念되여있는것이다。

그럼으로 그것은 人間의 能動性은 躊躇없이 認定하고 있으나 그能動性과 因果律과의 連結을 形而上學的으로 解釋하는 機械的 分離의 偏向은 秋毫도 受容치않는것이다。

例를 한가지 들어보기로 하자。

우리는 凶상틈이 되면 地方의 農民들이 食糧이 없어서 草根木皮로 延命한다는 新聞記事를 흔히 接할수가있다。

人間이라하는것이 다른四足獸와 달라 草根이나 木皮로서 延命할수 없다는것은 너무도 常識化된事實임에도 不拘하고 農民들이 그것을 얻기 爲하야 山이나 들로 나간다는것은 무슨緣故일까?

그들에게 萬一 飢餓라는 物質的條件이 없었든들 그들은 何必 草根木皮를 얻으려 山으로 가지는않을것이다。

그럼으로 農民들의 食糧이 欠乏되였다는 事實은 現實의 社會制度가 胚胎한 不可避한 事實이며 또한 飢餓라는것은 食糧의 欠乏이라는 物質的條件에서 胎産된 不可避의 事實인것이다。

그리하야飢渴의 感은 먼저 現存하는 精神力을 刺戟하야 食料를求하려는 慾望을 喚起시키고 따라서 그精神力은 四肢를 能動시켜 食料를 얻을수있는 場所로 步를 옴기게하는 것이다。

人間의「살려고 하는意志」는 結局人間으로 하여금 人間의 食料아닌 草根木皮까지 慾求하게 하는 것이다。

그럼으로 因果의 連鎖는 動物의 頭腦의속에 道入되는것이고 또한 考慮及意志力은 即 이連鎖의 關節로서 顯現되는것이다。

現實의 資本主義的經濟組織이 農民의 生活을 極度로 威脅하야 그들에게 飢餓의 恐怖를 意識시키고 同時에 그飢餓에서의 唯一한 救命策으로서 人間의 食料아닌 草根과 木皮를 人間으로하야금 慾求케한것 이러한 事實의 根本的 動因은 原則的으로 物質的 條件속에 있는것이다。

그러하야 그의生活樣式은 全然判異한 形態를가지고나타나게 까지 되는것이다。그것은, 一見原始的生活樣式에의 歸還인듯 하기도 하다。

이러한 原始的 生活樣式에의 歸還 이것은 決코 그農民自身의 意識的意圖의 表象도아니오 그의能動的精神의 高揚된, 形態도 아닌것은 勿論이다。

그것은 死라는 法則이 없으면 生이라는것이 있을수없는것과 마찬가지로 人間의 如何한 意識的作用도 客觀的諸條件에서 胚胎되는 必然的表象以外의 아무것도 않이라는 儼然한 法則的規定性인것이다。

그러므로 레닌의 말과같이 法則의 槪念은 世界過程의 統一及聯結 交互依存性及全體性의 人間에依한 認識의 一段階인것이다。

말하자면 自然社會及思惟等의 諸現象을 그의全般的聯關에서 認識하고 各個個의 事物의 本質을 그本質의 發現과의 統一에 있어서 認識하는데 있어서만 우리는 이른바 客觀的法則과 人間의 能動性과의 眞正한 統一과 理解를 얻을수가 있는것이다。

即 人間의 意識的인 行爲에서 因果論的 으로는 必然的인 그리고 目的論的으로는 全然意圖內에 있지안는바 副産的 結果가 生成된다는 事實의 認識이러한 認識論的 根底우에서 지않는 限에있어서 우[illegible] 것이다。

그리하야 自然과 社會와의 辯證法的 統一을確立하고 그統一의 밑에서 兩者의 왼갓 差別과 社會現象의 왼갓 質的特性을 考量하지 않으면 아니되는것이다。

그럼으로 社會的 人間이란 單只 生物學的으로만 考察되는 有機體가 아니며 또 社會만 이러한有機體의 總體가 안인것이다。

社會生活은 社會에만 特性을特徵化식히는바의 固有하고 兩全의 一切의自然에 比較하야 社會의 特殊한 社會的聯結及合法則性을 介하야서만 認識되는것이다。

그러나 그와同時에 우리는 人間의 社會的 歷史的生活의 特殊한 聯結及法則은 自然의 一般的法則과의 統一의 속에있는것이라는것 그리고 이一般的法則에서 絶對로 離叛된것이 아니라는 것이다。

主觀的인 目的도 價値도 아닌 眞正한 社會發展의 原因乃至 法則의 客觀的認識만이 現代에 있어서의 客觀이즘의 槪念規定에 가장正當한 指針이될것이라고 나는 생각한다。

×

여기서 우리는 좀더 問題에核心에 들어가서 自然의 一般的法則에 基한 人間의 能動性과 그의社會生活의 特性을 究明하지 않으면 아니될것이다。

맑스辨證論의 속에 이러한 何節이있다。

「人間은 [illegible] 自然에 [illegible] 하야 活動하고 그것

을 變更하면서 同時에 自己自身의 本性 까지도 變化식힌다。 그는自己의 性質속에 睡眠되여 있는 能力을 展開시키고 此等의 作用을 自己 自身의 支配力에 從屬식힌다」

이 古典的인 一節의 속에서 맑스는 人間의 社會的活動勞働過程을 如何한 形態의 社會生活에 있어서도 가장 一般的인 가장 單純한모맨트로서 人間生活의 永久的인 自然的條件이라고 規定하고 있는것이다。

自然的 實體로서의 人間은 한개 自然力과 한가지로 自然物에 對立하고 있는것이다。

그럼으로 自然的 過程으로서 考察되는 人間의勞働은 人間이 自己의天然의 器官 손 발 머리 等等) 을活動시켜 人間과 爾余의 自然과의 사이에 物質代謝가 施行되는 過程인것이다。

다시 말하면 人間은 그의自然的 生存을 爲하야 必要한 形態로서의 自然物을 取入한다。

그러나 그의 身體에屬한 自然力의 運動을 밟어서 實行되는바 人間과 外的自然과의 사이의 物質代謝의 이自然的인 過程에는 이미爾余의 一切의自然其他의 動植物等의 有機體에서 實行되는바 物質代謝와는 根本的으로 判異한 人間勞働의 質的特性이 發生되는것이다。

이 質的特性은 社會的勞働이 한개의 意識的過程 一定한 目的에向하는 人間의 意志의 發露이며 人間은 그의行爲에 依하야 自己와 自然과의 사이의物質代謝를 媒介하고 規制하고 調節한다는 點에있는것이다。

그럼에도 不拘하고, 이땅이 휴맨이스트들은 自然的法則과 人間的實踐과의 사이에 融解되지 못할 어떠한 鋼線을 그어놓고 人間의 自由를 奪還하라고 絶叫할것이다」

이것은 完全히 個性偏望의 空虛한 形而上學的叫喚이며 因果律의 沒却에서 犯行되는 二元論的 夢語인것이다。

人間의 如何한 能動的行動도 人間의 如何한 自由意志도 人間과 自然과의 物質代謝의 法則을떠나서는 있을수없는 것이다。

그럼으로 今日 휴맨이즘이 人間의 解放을부르짖고 그의 自由의 變遷을 宣揚할때 오로지 人間의 能動性만을 그第一義的인것으로 推擧하는것은 한개의無意味한 넌센스이다。

왜그러냐하면 人間의 如何한 能動的活動도 因果法則의 領域外에서 敢行될수가없는 同時에 또한그럼으로서 그것은 嚴然한 自然과의 사이의 物質代謝를 媒介하고 規制하고 調節하는 特殊한 社會的

質을 包含하고 있는까닭이다。

人間은 能動한다。그러나 그는 아무런必要도 없이 無條件으로 能動하는것은 아니다。

그가 能動할때 그에게는 그가 能動하지 않으면 않이될 客觀的必要가 이미生成되여 있는것이다。

이러한 外界의 刺戟이 없이 人間은 決코能動할수가 없는것이다。

그럼으로人間은 衣食住其他에對한自然的慾望이 없이는 決코아무런勞働도 하지안는다。勞働은 人間生活에있어서 그生存의第一根本的않것이다。

그러나 그것亦 人間으로하여금 그그렇게끔만든 外界의刺戟이없이는 있을수없는것이다。

그리하야 勞働은發展하면서 人間의自然的本性에對하야 反作用을 喚起한다。그것은生物學的種屬으로서의人間의 最終的 形式을 促하고 그의 自然的慾望의發達을 促하는 것이다。

따―윈은 人間種屬의 動物的起源 即類人猿에서의 進化를 確立하였다。그러나 이進化의 過程은 決코 人間有機體의 自然에의 純生物學的 順應過程으로서 施行된것은 아닌것이다。

그것은 人間의 勞働의 發達과 同時에 그勞働의 實踐에서 施行된것이다。

그리고 人間이 直立步行하는것도 다른動物과 달라 人間의「손」이 顯著하게 다른 勞働機能에 專門化된까닭이다。即 複雜化하는 勞働作業에의「손」의 順應 그의發達의 所爲에 있어서만「손」은 現在와같은 形態를가지게 되는것이다。

이와마찬가지로 人間의 아모러한 行動에의 慾求도 아모러한 創造的意志도 그것을 必要로 하는어떠한 物質的 條件이없이는 想像할수가 없는것이다。

「마르로」가「人間은 創造함으로서만 自己를防禦할수가있다。」고 말한것도 自己를 防禦해야만 할必要한 어떠한 物質的 條件이없이는 이러한 絶叫를 宣揚할수가 없는것이다。

마르로의作 征服者의 主人公갈린이 이러한 絶叫를부르짖게되기까지에는 實로 그의 各樣의 活動을通한 嚴然한 客觀的必要가 槪存한 까닭이다。

여기서 우리들의 意見은 人間의 創造的 表象은 언제나 그自身한개만을 想像해야 된다는 主觀論者 李甲基等의 見解와 人間에의 歸還을 現代 文學의 新課題로서 推揚하는 人間論者 白鐵等의 辯釋과 그리고 이兩者의 辯護와折衷을 主要目標로하는 多元論者朴英熙等의 自己辯明等과 辛辣히 對立되지 않으면아니되는 것이다。

그들의 論理는 언제나 理論과 實踐과의 分離를 超越할뿐아니라 人間의 創造的限界性에 對한 哲學

的槪念의 規定을 無視하고 있는것이다。

그러하야 그獨自의 見地로서 觀念論에도 唯物論에도 제멋때로 接近할수있고 또 疏遠될수 있는 正體不明의 畸型的論理를 提起하고 있다。

이것이 이른바 折衷主義的 遁辭이라는 것이다。

더욱 最近휴맨이즘을 論難한 白鐵의 論文은 그의 主要한 意圖가 휴맨이즘의 具體的 論議를爲함에 있음에도 不拘하고 도리어 非具體的인 抽象的 文句의 羅列로 一貫되고 甚至於는 휴맨이즘을 文學的 主流로서 確立하려는 意圖의 表面化까지 敢行한것은 實로 苦笑할바이라 하겠다。

그것은 우리들의 理論的 領域에 있어서 折衷主義라는것이 이미 一聯의 體系로 僞造되려는 그前夜에있어서 벌서 具體的眞理와 離緣의 宣告를밤고 있다는 事實의 卒直한 反證인것이다。

眞正한 意味에있어서의 人間解放。人間尊重을 그 根本的 目標로하는 휴맨이즘은 現代에 있어서는 그들젊은 휴맨이스트 들의 熱情的인 千說萬語에도 不拘하고 벌서 아무런 抽象的인 槪念規定도 容認하지 않는것이다。

그것은 人間性의 奪還이라는 行動主義의 根本的 絕叫가 單只 封建的束縛에서의 人間解放을 부르짖은 루넷산스期의 휴맨이즘와 槪念踏襲에 끊어질것이아니라 오날의 生活的 悲慘에서 剝脫된 數百萬勤勞大衆의 人間性과 그自由의 奪還을 主要 目標으로 하지않으면 않이된다는 事實의 强要인것이다。말하자면 今日의 機械分業의 非人間化作用에 抗하야 新興勢力에 依한 人間性獲得의 樞和要求 即이때까지의 形式的인 解放을 眞正한 實質的인 解放에依하야 克服止揚할수있다。이러한 휴맨이즘運動만을 現實은 强要하고 있는것이다。

그럼으로 그것은 現實이라는 一定한 時代에있어서의 그全面的 把握의 認識條件을 前提로 하지않으면 아니되는 것이다。

거기에는 아무런 觀念論的 作爲도 受容되지않을뿐않이라 또 아무런 抽象的 文句羅列도 必要로認定되지안는것이다。

現代에 있어서 이러한 全面的認識의 條件을具備하고 있는것은 오로지 辯證法的 唯物論뿐이다。唯物論이 模寫說明根底를 떠나서는 우리는 아모런휴맨이즘도 말할수가 없오며 또한 그의아무런 槪念도規定할수가 없는것이다。

그럼에도 不拘하고 이땅의 휴맨이스트들은 客觀的法則의 絕對視라는 名目밑에서 唯物論에對한 無原則한 敬遠을 敢行하고있는것이다。

그리고 더욱 그들은 唯物論의 陣營이 漸次로崩壞

되여간다는 어처구니 없는絶叫까지 叫喚하고 있는 것이다。

그럼으로 그들은 人間의 能動性이라는 것을 오직 主體的理智의 發現이라고 밖에 觀察하지 못하는것이다。

人間이 能動할때 그로하야금 能動하게끔만든 客觀的인 必要條件을 그들은 全然모르는것이다。

이것이 이른바 群自指衆과 마찬가지의 空虛한翻弄인것이다。

그들은 물(水)을보면서도 그물속에 捿息하고 있는 고기(魚)의 存在를 否認하려는 瘋狂院의 稚漢들인 것이다。

그들은 這間의 歐洲의 人民戰線運動이 反팟시즘을目標로한 콤민테룬 大會의 決議이라는것을 全然 理解하지 못하고 그것이 도리어 奔맨이즘 그들이 말하는 奔맨이즘에 依하야 指導된다는 理由로서唯物論의 陣營에서의 轉向된 形態이라고 斷定하고있는것이다。

이것은 完全한誣告이다。이러한 誣告까지도 敢行하지않으면 아니될 그들의。苦衷도、어지간 하련만은 그러나 그것이 水中生魚의 事實을 모르는것과 마찬가지에 철不知한 夢語인것은 벌서 속일수없는 事實이다。

×

이제 우리는 奔맨이즘의 世界觀的 根底에 關한 좀더綿密한 討議를 示할時機에 到達하였다。

그리고 文學上에 있어서의 奔맨이즘은 眞正한意味에있어서의 社會主義리알리즘의 一環으로 把握되고 宣揚되지않으면 아니될것이다。文學的主流云云의 論說은 白鐵流의 人間이 할법한 囈語이다。그러한 囈語의 反復으로서는 決코 아무런 奔맨이즘의[illegible]正한 그리고 具體的인 論議 그것은 確固한唯物論的 立場에 있어서만 또한 現實과의 冷情한實踐的交涉에 依하야서만 可能한것이다。

그럼으로 우리는 소시알리스틱리알리즘의 一環으로서의 푸로레타리아 奔맨이즘을 提唱한다。

여기에 있어서만 奔맨이즘은 그의 現代意義를 最大限으로 發揮할수가 있을것이다。다시 機會있으면 푸로레타리아 奔맨이즘에의 具體的인論理의勝利를 起稿할것을約束하고 이만 擱筆한다。

―(끝)―

薔花紅蓮傳의 硏究

金 台 俊

이 一文은 일즉 骨子만을 다른 紙面에 發表한바 있었으나 다시 詳細히 敍述하야 그 遺漏를 補하려한다

一、著作과 및 그 作者

薔花紅蓮傳의 漢文本 原本은 全東屹의 著 嘉齋集속에 있다。原本에 依하면 그 梗槪는 거우 近日 京鄕에 流傳하는 한글本과 틀림이 없다。

「順治中 平安道 鐵山에 ―」「全東屹로 鐵山府使를 삼어 그 일을 處理하고」「歲代寅賓日 古潭爾 朴慶壽 謹書」

等等의 句가 首尾에 있으니 薔花紅蓮傳에 담겨있는 事實은 順治年間 即 孝宗年間(1644-1661)에 (아마 一六四九己丑) 平安道 鐵山에서 생긴 繼母下의 悲劇이였든것이요 全東屹은 全羅道鎭安縣生으로 孝宗二年(一六五一) 辛卯에 武科에 及第한後 宣傳官으로서 六品으로 興德縣監을 지난後 孝宗七年丙申(一六五六) 八月 水使李益達의 水軍練習이 暴風雨때문에 覆沒

될것을 豫言하였다가 朝臣의奏上으로 鐵山事件解決의 大命을받고 翌年에 都護로서 左右水使 捕將까지되었다가 다시出仕하야 捴戎使로서 三道統制使까지 陞하였었다。그리하야 肅宗五年己未(一六七九)에는 그가 三道統制使 兼慶尙右道水軍節度使로 있을적에 優渥한論書를 받었는데 그跋尾에

「嗟有姜大公 窮八十達八十 我東方全東屹 窮四十達四十 豈不美哉」라는 弄說같은 이야이가 쓰여있다。아마그는 七十六歲를 一期로 歿時까지 統制使로있었든 것같다。아마 이漢文本 薔花紅蓮傳은 肅宗二十四年 戊寅이아니라면 英宗卅四年戊寅(一七五八)十二月에 潘南 朴慶壽의손에 叙述된것을 알것이다

朴慶壽氏는 全東屹보담 그리後輩는 아닌것같으나 자세한 傳記는알수가없다。 薔花紅蓮傳의 原著者는 朴慶壽라는것만을 알수가있다。다만 그後 퍼敷衍해서한글로 번역되여있다。그것이 이야기책으로 變하기는 더後代의일인듯하야 別로文獻에도나타나지않으니 純祖 哲宗以後의 번역일것이다。

二、薔花紅蓮傳의骨子

지금으로 부터 三百年도前;옛이날이였다。鐵山裵座首의 안해 張氏가 애처로운 두딸을남기고 病으로서 世上을떠났다。座首는 그큰처에서 妖惡한 許氏를 마저後室을 삼었더니 許氏는 멍텅구리 三兄弟를 나어 그長男을 이름지여 장쇠라고하였다。繼母許氏는 벌서 前室이나은두딸 薔花 紅蓮을매우미워하야하루밧비 죽여버릴계교를하고 있었다。하로는 쥐를잡어서 털을빼고 피칠을해서 薔花가 잠자고있는이불속에넣고 座首에게 落胎라고 참소하야 곧그날밤에 장쇠를 嚴命하야 薔花를말에싫고 外家에가자고 핍박하야 데리꼬 深山幽谷을 지나서 다달으니 中秋八月보름달이 뚜렷하게 비치운못이였다。장쇠의 肉迫으로 薔花는 몸을 물에던지니 난데없는 호랑이가 나와서 장쇠의다리를 베여먹었다。이상한꿈에 잠놀깨인紅蓮은 薔花의죽은 자취를알고 靑鳥의案內를받어 또한 그못가에가서 언니죽은곳올차저 몸을던젔다。兄弟의怨魂은 자조 府使의公廳에 나타나서 伸寃하여 달라고 哀訴하니 새로 도임한 府使는 오는쪽쪽 氣絶해서 죽는다。새로 拔擢되여온 府使정동호가 비로소 그寃魂의말을듯고 裵夫婦와 및그落胎를 가저오라고 命하였다。落胎를解剖하니 理論보담證據! 쥐똥이 많이나온다。府使는 곧許氏를 버히고 그兄弟의遺骨을 잘埋葬하였다。그후座首는 다시 그큰처의淑女尹氏를 장가들어 그兄弟의 後身인

사랑스런雙女를 낳어서 그와 同日同時에雙男을 낳은平壤리련호의 두아들과 結婚하였다。

三、朴慶壽의原著本과 한글번역本의差異

朴慶壽原本은 도모지 修飾이없는 敍述이다。朴本은 府使 全東屹의行狀처럼 된만큼 繼母의惡을 기록하는 一面에 金東屹의 가록한 處決을 칭송하였다。거기는「靑鳥의案內」도없고「호랑이가 장쇠의다리를 베여먹은일」도없고 紅蓮이가 꿈으로써 兄의죽음을 알지도 않었다。

兄弟의寃魂 나타나는 場面같은곳도 좀더 深刻하게 하려고 한 자취가 顯著하다。

그後室尹氏가 그兄弟의 後身의 二女를나어서 그와 同年同月同日에 平壤서 낳은李련호의 두아들과 婚姻하였다는것도 끝은喜劇으로 맺으려는 當時小說의常套가 보인다。다른 小說에는 많은男女를 낳고 富貴功名 大團圓 結緣이 보통인지라 結末의 纖弱를 救하야 이처럼 虛構를꾸민것은 한글本의 그만한進步를 보여주는것이다。

한글本은 朴慶壽著 漢文本을 基礎로하고 많이修飾을 加해서된 小說이다。

四、이小說은 鐵山郡座首의 實談을 基礎로하고

靈應傳이거나 竇娥鬼(元曲)같은데 볼수있는 寃魂의 公廳出現說話와 淑香傳 晉唐小說等에 볼수있는 靑鳥의길 案內等 傳說을 傳會해서 이른繼母小說이니 무릇 封建社會의 家族에있어서 繼母의殘虐이란흔히있을일로서 日本의落窪 佳吉 秋月 伏屋 美人較岩屋草子 朝姬 花夜姬도 이에屬할것이지만 조선에서도 콩쥐팟쥐 鄭乙善 張風雲 魚龍傳等 繼母小說이적지아니하다。

대체 繼母라면 맛당히「惡」의 權化처럼 생각하게된것은 東洋封建時代의 家族制度에 附帶한必然的產物이 아니면않된다。家族制度는 夫婦를單位로한것이지만 옛날에는 우에 시父母를 모시고 곁에누이동생들과 시兄弟를 거느려서 그複雜한 世帶의一員이되여 한갓暴君같은남편 또는 毒蛇같은媤母의 重壓에 呻吟하는 主婦로서의「안해」의 存在가 있을뿐이니 시집사리의 苦楚가 簡單한것이 아닌데 더구나 男系社會에있어 남편의地位가 높고 남편은荒淫無度한짓을 마음대로하니 안해된 主婦의不平이한두가지가 아닐것이다。더구나 없지없지되여 그남편의 後室이된 無情한 婦女가 죽은 前室에對한 憎惡와 남편의 愛情의 分散에對한 猜忌와 母女間에 互讓치 않으려하는 雅量없는 다툼이 날이지날스록. 度를加하야 來終에는 前室所生의 子女를 加害하려고 하는데 니르는것이니 이것은 거위우리社會의 茶飯事라고 하여도過言이 아니라。

이런題材를 가려서 繼母小說을 지은것은 그意圖가 一은 勸善懲惡에 ―다른一은 婦女消閑의具에 供코저 한것일것이다。

李朝末葉―純祖 哲宗 李太王―當時에 니르러서는 從來에 보든 多數한漢文本이 모다 이야기책으로 變하였다。 많은이야 이책은 다시 一變해서 演劇으로 變하였다。 此一篇도 그많은이야기책中에서 選拔된 良書였든것이다。 한개의 繼母小說로서만 아니라 古代小說의 全面을 通하야 이만큼 結構와敍述法이 整頓된것도 적다。 但 한繼母事實의 叙述인지라 그를 通하야 그當時의 社會性의 一片을 볼수는 있으되 歷史性考察의 對象까지는 되지않는다。

—(了)—

(一五[illegible]頁에서續)

것이 쓸쓸하드군요 이번 林和氏의주시는 斷片은 어디로보든지 有意하다고 生覺합니다 詩歌들도 많이실어주시기祝합니다

明川 太敬燮

謹啓先生님 安寧하십니까 貴誌逐日隆盛하여감을 못내致賀합니다 愚弟의 拙作어둠의나라로써 貴誌紙面을더럽임을사례합니다。 一次先生님을 訪問코자하오나 하는것없이奔走함으로써 뵙지못합니다 愚弟는 今番京城某鑛山科를 卒業하옵고 今月末頃에 朝鮮의 奧地인 咸南長津으로 드러가게 되였읍니다 荒凉한 曠野海拔三千尺의 高原地帶입니다 ―를 開拓하야 地下資源開發을할 일군이 되였읍니다 이제로붙어 當分間은아마 拙作이나 붓을잡을 餘暇가없을것같습니다 長津가서 몇달지내면 좀자리가 잡히겠지요于先 默作一篇을 先生께보내오니 많은 批判을 해주시시요 제가 科學을 배였아오나 弟의갈길은 文學方面이올시다 素質의 有無는不拘하고 文藝에 獻身할 覺悟를갖이고 있읍니다 先生님내내 貴體健康하옵시기를비오며 貴社諸氏의 健康과貴誌의 길음이더욱堅實하기를 비오며 이만擱筆합니다

서울 홍식 배

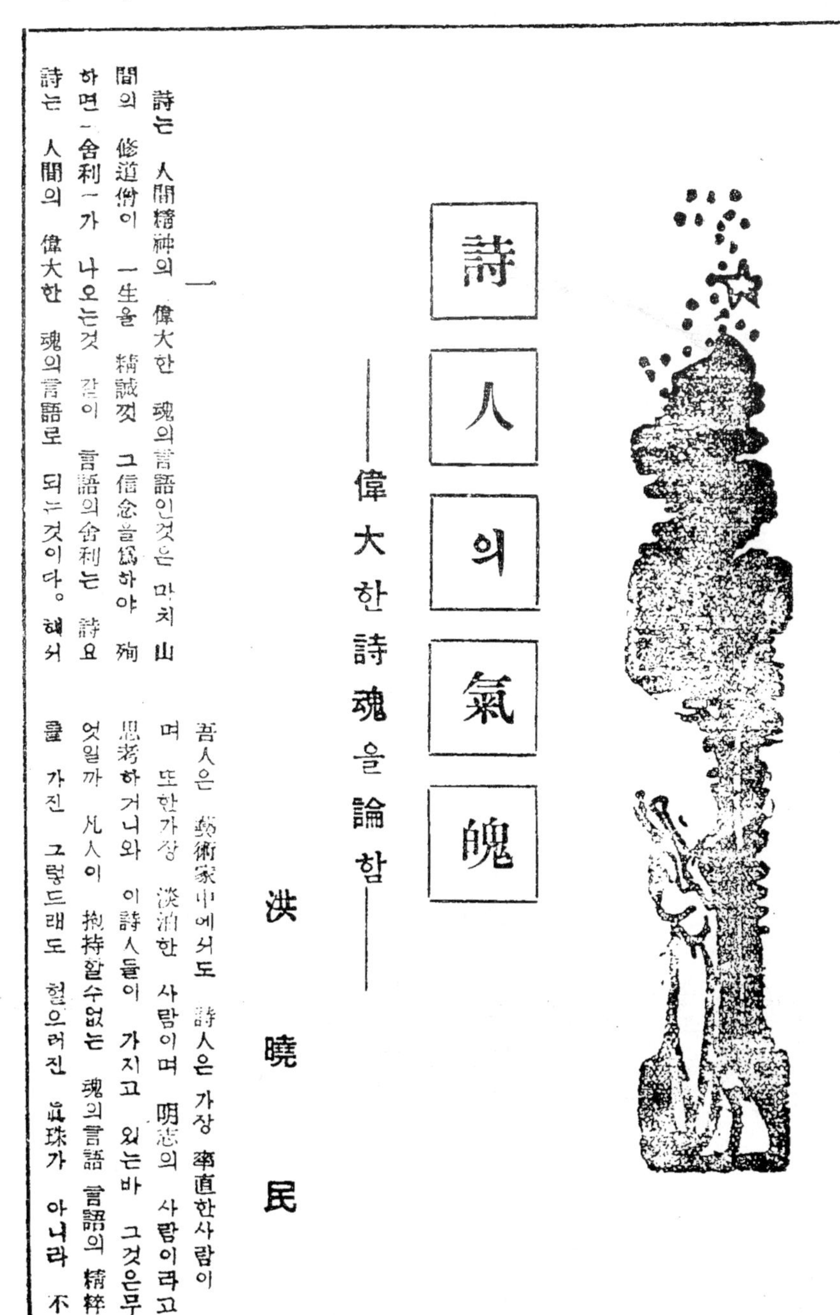

詩人의 氣魄

—偉大한詩魂을論함—

洪曉民

一

詩는 人間精神의 偉大한 魂의言語인것은 마치 山間의 修道僧이 一生을 精誠껏 그信念을爲하야 殉하면 「舍利」가 나오는것 같이 言語의舍利는 詩요 詩는 人間의 偉大한 魂의言語로 되는것이다。해서

吾人은 藝術家中에서도 詩人은 가장 率直한사람이며 또한가장 淡泊한 사람이며 明志의 사람이라고 思考하거니와 이詩人들이 가지고 있는바 그것은무엇일까 凡人이 抱持할수없는 魂의言語 言語의 精粹를 가진 그렇드래도 헐으러진 眞珠가 아니라 不

滅의 神經에 피인 夜光珠인것이다。이燦爛한 夜光珠의 光彩가 發散될때 그곳에는 人間의 魂은美的生活이 무엇인것을 알며 이美的生活을 爲하야 吾人에 提供할바 그心과 魂이있는것을 안다 「톨쓰토이」는 「藝術은 사람과 사람을 매저주고 親해주는것이다」라고 한意味에 말을 하였지마는 實로히 詩는 人間의 魂과魂을 結交시키는 것으로서 文學藝術속에도 가장 偉大한것은 詩文學이며 이가장偉大한 詩文學을 生케한 詩人 더나가서는 詩人이 呼吸하던 그詩魂은 人類가 存在하는 最終日까지 이것은 人間의 魂과 魂을 結交시길것이며 昇華시길것이다。昔者에 東洋의 大聖孔子도「詩는可以興이며 可以觀이며 可以羣이며 可以怨이며 邇之事父며 遠之事君이오 多識於鳥獸草木之名이라」하였고 進하야는「興於詩하며 立於禮하며 成於樂이라」하신 外에 그아들 伯魚더러「周南 召南을 아는가 사람이周南 召南을 모르면 담(墻)을 마며어 슨(立)것 같다하시고「子與人歌而善이 어던 必使反之하시고 而後和之러시다。한「論語」의 記錄을보 드래도 얼마나 人生과 重大한 聯關이있는것은 多言을 要치않으나 吾人은 그보다도 詩를 產出하는 詩人의 魂 또는 詩人의 氣魄을 알고싶다。다시 말하면 詩는 人生에게 다시없는 必要한 그것임은 말할것도 없으나 그人生과 重大한 關係를 가진 詩를 產出한 詩人 그리고 그詩人들의魂 進하야는 詩人들의 氣魄을 생각할때 詩魂의 偉大함과 詩人氣魄의 宏大함을느낀다。해서吾人은 一個의詩 一個의歌謠를 對할때에도 먼저 詩人의 心血의 傾注를 생각하고 進하야詩魂과 그氣魄을 云謂하게 되는것이다。

그러면 이제 吾人이 論하고저 하는것은 詩를論하야 詩人을 論하고 詩人의 氣魄을論하고저 하는것으로 于先世界 文學史上 偉大한 詩人 「게ㅣ테」「하이네」「바이론」의 詩魂의偉大함과 그氣魄의宏傑함을 筆者의 主觀에 불이어 縱橫으로 觀察하고 檢索하려고 한다。幸 이一文이 朝鮮詩壇의 一顧의 價가있게 된다면 筆者로서는 이만한 光榮이없을것이다。

一

明治文壇의 巨將이었던 高山樗牛氏는 當時倫敦에 가있든 姉崎嘲風氏에게「아아 哲學이 무엇이냐 智識이 무엇이냐」이憂鬱의世上에서 그苦悶을 脫出하려면 道가 三個이니(Long lone earhy dneath ormadness Ah myfriend which Shall I choose?)라 하야 그는 懷疑의 眞心을 吐露함과 아울러 이世上에서 暫時라도 憂鬱을 잊고 平和한 心臟을 所有하려면 眞實로오배도록 사랑하거나 일즉 죽거나 미치는것이아니면 아니되는것을 말한것이다。 그런데 나는 가장 幸福스러운것은「長久하사랑」하는것이 第一일것이다。라고 말하고 싶은것이다。 또한 이말은 이世間의 哲學者라 智識階級에만 局限되는것이 아니라 좀더廣範圍의 亘한 人間社會의 適切한 一個의 箴言이分明하다。 그런데 筆者가이말을 웨引用 하느냐 하편 獨逸 「와이말」의 貴公子 「게ー테」는 「長久히사랑」한 範疇속에 드는한사람인 까닭이다。

獨逸의 前無한 詩人(게ー테)는 그當時에 獨逸뿐 아니라 勃興하는 루넷산쓰의 後를 繼承하며 偉大한 詩人인 同時에 科學者다。 허나 그는 近世 唯物論을 根據로한 科學者는 아니오 어디까지나 神을 凝視하고 神을 尊敬한科學者다。「게ー테」는自己自身이 말한바「神은 把握할수없다。 다만 抵觸해볼수만 있을뿐이다。」 한것같이 그는 神을 把握하려고 하지않었다。 一面 自然科學을 研究하고

自然科學을 研究하는 남어지에 많은發明을 가지였으나 近世 唯物論者와같이「神은곧自然」이라는 곳에서는떨어지지 않었다 이것이「게ー테」로하여금 獨逸의 偉大한 詩人이되고 進하여는 全世界的으로 偉大한詩人이되게 하였는지는 모르지 마는「게ー테」는眞實로 神의 存在를 肯定 하는것은 勿論그는如上의 말과 같이 神을把握 못하는 것으로 안것이다。 그리고 그는 自己가 製作하는「創作」이自己 의 自力으로 되는것이 아니라 어떤偉大한 힘의歷力에 依하야되는것 같이 생각한것이다。 곧「詩的形象의 背後에 隱遁하야 自己를救援하였다」라는 말을하게 쯤된것이다。 詩的形象의 背後에 隱遁해있는 未知의力은「게ー테」로 하여금 「詩의世界」로 나가게 한것이며 並하야 今日 世界詩人中에 偉大한 사람으로 맨든것이며 더나가서는 愛의 化身같이도 된거이다 그리고 이詩人의 氣魄이 偉大함을 이詩人의 詩를 吟味할때 凡人으로도 感知하게 할수있는것이다。「게ー테」의 背後에는 分明히 神이 있었고 神이있어도 愛의神이 있어서 그는 一生을 長久한 愛의 生活로「終始한것이다。眞實로 愛의生命은 無限하며 비롯한 곳도 있고 끝난곳도 있없다「愛의存在는 不定하며 있는곳도 없고 없는곳도 없다허나 사람은 다만 一線의 詩의흐름(流)에 依하야그 消高한 光彩의 反射함을 瞥見할뿐이다「(高山樗牛」의 말과도같이「게ー테」는 神에게서 獨特한 愛의情熱을 禀賦해받은것이다。 그래서 그의「創作」은 모든것이 愛의情熱의 躍動인것이다。 웰텔의 슬픔도 그렁고 「파우스트」도 그렁고 「마리엔빠ー드의哀歌」도 그런것이다。

그러나 이러한 愛의情熱의詩人「게ー테」에게도 여

러가지 苦悶이있고 煩惱가 있었다。저 偉大한作品「파우스트」도 亦是 그自身이었든것이다。곧「파우스트」란 人物은 實로히 戲曲의主人公으로서 價値가 있을 뿐아니라 人間으로서도 優秀한 個人이다。一度 享樂의世界에 浸入하였다가 美的敎育과 社會牽仕中에서 局制를 본「파우스트」는 實로히「게ー테」그自身에 不外한것이다」(「山岸光宣」)라고 말한것으로도볼수있는 同時에 그는 自己自身이 偉大한浪漫精神의 所有者요 神이 稟賦해 준바 愛의 情熱의所有者이었으나 저같이 苦悶하고 懊惱하였든것이다。허나 終심에는 그가 稟賦해받은바 大詩人의 氣魄이 이를 克服揚棄시킨것이다。

그러면 이 大詩人게ー테는어느때 가장 많이 煩悶하고 懊惱하였든가。「게ー테」의 이煩悶과 懊惱에對하야「호엔슈타인」을 말한다。

「게ー테의 生涯에있어서 三度 그의胸中의 分裂이 惹起하야 生이나 死이나 하는 激烈한 決戰이 있었다。그것은 무엇이냐하면 그의 存在의基礎를 震滅한 體驗의 하나는 小說로서 웰텔의슬픔이오그 다른 하나는 戲曲으로서 닷소요 또다른 하나는抒情詩로서 마리엔빠ー드의 哀歌로 表現되었다고 하여 此三個를「게ー테」生涯의 情熱의 三部曲이라고 일름붙이는 것이다。」

이로써 보드래도 그는 일즉죽거나 미치거나 이 兩個를 하지아니한만큼 長久한 愛의 所有者이었으나 亦是 한때는 저와같이 煩悶하고 懊惱하였든것이다。그래서「웰텔의슬픔」은 字字句句가 愛의失敗한 사람의 告白이요이우에 더한것이 없었고 「파우스트」가운데에도 「내가슴에는 슬픈것에도 두개의 魂이잠자고 있어 서로 떠나려하고 背叛하려고 한다 하야 가슴속에도 두개의 離叛의 魂이있어 그를괴롭게 하였든것이다。그리고 「게ー테」는 그스스로詩와 眞實中에 自己의 氣魄과 또 그의 詩魂을 率直히 告白한배 있었든것이다。곧「이리하야」내가生涯를通하 떠나지 못하게 되었든 傾向은 비롯하였든것이다。即 나를 欣喜하게하며 懊惱하게하며 或은 그外나의 말을 움죽인것을 한개의 形象으로또는 한개의 詩로變하며 이리하야 그것에 對한 自己의 態度에 始末을 붙이며 그것에 從하야 外界의事物에 關한나의 理解를 修正하며 同時에 또한 나의內心에 安心을 與한다는 저傾向이 비롯하였든것이다。이러한 才能은 不絕히 極端으로부터 極端에 달아 나는 性情을 가진나에게는 다른何人보다도 必要하였든것이다。이러한 까닭으로 나의손으로된 世上에 알려진 모든것은 한개의 커다란 告白의 斷片에 不過할것이다」하고 말한것이다。「게ー

테」는 이마만큼 率直하고 또한 自己의詩魂이 어떻게 되는것임을 吐露한것이다。「게ー테」는 이마만큼 率直하였기때문에「나포레옹」을 만났을때「나포레옹」은「게ー테」를알어본것이오 獨逸人으로는 가장 優秀한것을 말한것이다。

그리하야「에프、슈레겔」은「게ー테」를 讃美하기를「現代及 我國民의 美的文化의特性은 注目할만한 한개의 偉大한 徵候에依하야 表示되였다。「게ー테」의 文學은 眞의藝術、純粹한美의曙光이다」라고까지 말한것이다。

그러면「게ー테의 氣魂 또는 그의詩魂은 어떻게 組織되고 體系한것이냐 할것이다。그것은 먼저도말한바와도같이「게ー테」自身이 말한「詩的形象의 背後에 隱遁하야 自己를 擬하였다」라는말과「사람은 憧憬이 없이는 살수없는것이다」라는말과「眞의憧憬은 生産的으로서 새로운 좀더 좋은것을 創造하지 아니하면 아니된다。」는것으로「게ー테」의「眞의憧憬」은 結局 彼此에 表가되며 裡가 되어 저偉大한數많은 不朽의名作을 많이낸것이다。끝「게ー테」는 一面 自然科學者이면서 神에對한 嚴肅한信奉者로서 또는 獨逸的强靭한、人格者로서 그數많은詩篇들은 그氣魂과 그詩魂밑에서 製作된것이라고 하기에 足한것이다。

「一切의 無常한것은
다만 比喩에 지나지 않는다。
미치(及)지 못한것도
이끝에는 事實로 될수가없구나。
名狀해서는 아니될것도
이곳에는 이미 갔(行)구나。
久遠한 女性은
우리를 天上으로 引導한다。」(大意)

이것은「파우스트」가 天使떼에 引導되어 昇天하였을때 「클레첸」이 또한 그를 맞고 聖母「마리아」에게 紹介할때 天使는 그를歡迎하며 저렇게노래한것이다。「이는 끝 게ー테 스스로가 自身의 오래동안 해내려온 生涯의 變遷과 發達의 形跡을回顧하면서 發한 凱歌에 不外하다」(「山岸光宣」)한것으로보드래도 그는 神의 偉大한 救援의힘(力)을믿었고 더나가서는 眞에對한 憧憬이되었고 이것은終乃에는 偉大한 詩魂이되고 또는 不朽의 名作이된것이라고 생각한다。「오오 偉大한「게ー테」의 氣魂이며 지금도 當身의 詩篇은 우리들의 脈搏을試驗하고 있오이다」하고 싶은것이다。

三

最大의「아이로니、어프、페이트」(Irony of fate)로찬「하인리히、하이네」는 吾人에게 무엇을말하는가。

「하인리히, 하이네」는 그의 血統에依하면 東洋人이오 出生과敎育에依하면 獨逸人이오 또 다른部面에 있어서의 敎養은 佛蘭西人이오 精神에있어서는「게-테」를 除하고는 다른如何한 獨逸詩人보다도 强한特色이 있는 世界主義者라고 말한「푸란데쓰」의 言說과같이 「하이네」는 一個의 獨逸詩人이아니라 原來부터 그는 世界的詩人의 素質 끝 그의 氣魂을 가지었든것이다。

「새로운 歐羅巴文學은「노아」의 箱船과같이 豊富하였다。夥多한數의 驢馬와 犬과猿은 全然말할것드없고 狂暴한動物及馴致된 動物, 王者와 같은獅子와 힘세인수리(鷲) 여러가지態과 白雪과같은 白鳥賢巧한狐 虛榮心이强한孔雀, 憧憬하는것같은 夜鶯等을 抱容하고 있다。그리고 一匹의羚羊도 包含되었다。

(中略)

羚羊은 조심스럽게 사람에게 어여쁘게 보이나如才는없다。몸의 安全을 感하였을때에는 彼女는快活하고 懸鼓를 奏와하였다。그리고 恒常敏捷하고 優美하였다。彼女의 本質은 優美하다。「베니, 이스라엘」이라고 呼稱하는 羚羊의 一族이다。「하인리히 하이네」는 이一員에 틀림이 없다。」(푸란데쓰)著「十九世紀 文學主潮第三卷九四四頁參照) 함과같이「하이네」는어여쁜羚羊이었다。 또한 이어여쁜羚羊의 氣魂은 저은「노아」의 箱船을 질거하지 않었다。그는 不絕히 自由를 憧憬하고 叫呼하였다。허나 끄는 敢히 그箱船을 破壞하거나 離脫할 氣魂은 없었다。그는「게-테」를 가르처「열매없는꽃」이라고 하고 非難하면서 「하이네」는 青年獨逸의 潑剌할 氣魂은 高揚하였으나 果然「하이네」는 열매를 맺인꽃이든가?「하이네」는 實로히「近代의「아리스토파네쓰」는 捕捉하기어려운 雜多한要素에影響하였든 것이다。그의 全生涯는 封建社會의 崩期로부터 資本家社會의 確立에 그리고 이確立으로부터 그의 矛盾이 爆發되는 時代까지 걸치었다。封建的 로맨티의 崩壞分裂의 過程으로부터 뿔조아的 寫實主義이 勃興時代까지 걸치었다。이것을 一言으로 하면. 그의 生活은 正히封建社會 資本社會그리고 黎明이 비롯하는 未來社會의 三時代의呼吸하고있었든것이다。그러므로 그의藝術은 이三時代의崩壞— 生成— 그의 內的矛盾의 具體化이었으며 權化이었다」라는 高冲陽造의 말과같이 하이네는 콤뮤니스트도 아닌同時에「스리스찬」드 아니다。그는 한개의 自由主義者이오 世界主義者이면서도 그의臆病은 勇敢이없었다。또한 그의氣魂도 이러하여 그의詩는 때로는

「뿔조아 階級은 武器를 取하고 僧侶들은 鐘을

亂打한다。

道德的國家의 집主人들은
財産이 危態롭게 될까바서。」

하는 極히 傾向的이오 階級的이오 階級的인 篇篇이있는가하면 그렇지도 아니하다。그는 또이러한 詩도 있는것이다。

「처음으로 사랑을 하는사람은
幸福이 없드래도 神이다。
幸福이없어서 또다시
戀愛하는 사람은 道化者。」

라고하야 自己를 道化者에게 比喩한이일이있는것이다。詩人「크라이스트」는「나포레옹」에對하야「世界의 狂亂者의 머리에 彈丸으로 뚫는사람이 없는가」함에 對하야 그와는 正反對로「나는 皇帝를이 世界의 사람을 보다。」하고「나포레옹」을 본것을 無上의 光榮으로 녁인것이 憂慮에있는것이다。이런點에서 본다면 「하이네」는 非愛國者인지 모른다 吾人의 보는바「하이네」는 그當時「제네레숀」이産出한 時代的詩人인 同時에 矛盾의詩人이다。그래서 「하이네」는 極端의感受性과 極端의 官能과를 調和해얻었다。끝 가장 偉大한 智性的敎養과 安價한 性惡的嘲笑와를 同時에가지고 있었다。깊은 純粹한情緖와 같은情緖를 直後에憫笑하는 마음을함께 갖고 있었다」(「라바링」)라고 말하게되는 것이오 그는「아이로니 어프 페이트」의 終始하는 不規則이또한 그의 背後에서 肉迫하였든 것이다。同時에 從妹「아마리」에게失戀을 當한것은 그의 性格마저도깊은 「아니로니」에 빠지게 된것이다。

「두사람은 퍽도 사랑해 숨켰다—
厥女는 娼婦、厥男는 盜賊이였다。
男子의 惡業을 생각할때마다 언제든
껄껄거리며 웃고 계집은 寢臺에가 궁글른다。

×

낮에는 하는일없이 시시덕거려 해를보내고
밤에는 男子의가슴우에 안기어 잠자는것이다。
男子가 拘引되어갈때에도 끝 뒤에서
계집은 窓을 바라보고있었다。—껄껄거려우스면서

×

—오 面會를 와다오 나는 참으로
이世上에서도 저世上에서도 네가 없어서는
暫間이라도 가만있을수가 없다。」
사나이의 말에도 계집은 우스면서 적은머리를흔들었다。

×

아츰六時 그는 높은 絞首臺에 올려갔다。
七時 새로운墳墓의 芝土는 마르기(乾)시작하였다

八時 재집는 붉은술을 알콱알콱마시면서 떨떨거리어우스면서 노래(歌)를 부르고 있었다」—

以上의 引用한것은「하이네」의 諷刺詩의 方面에서 하개의 例를 든것이어니와「하이네」는 이와같이 才氣와「아이로니」가 橫溢한것이다。그래서 自己스스로를 浪漫主義의 最後의 詩人으로 自任한때도 있는것이다。끝「機智에豐富한 佛蘭人이 일즉이 나를 脫走한 浪漫主義者라고 呼稱하였다。나는 精神的으로 모든것을 非常히 좋게생각한다。그리고 이 命名은 惡意를 가지고 한것은 아니라고 생각하며 돌리어 이것은 나를 매우 喜悅하게 하였다。그것은 適切한말이었다。浪漫主義를 攻擊하였음에 不拘하고 내自身은 恒常浪漫主義者이었다。그러고 내自身이 豫想하였든것 보다도 좀더 높은 程度의浪漫主義者이었다。내가 獨逸에 있어서 浪漫主義의文學趣味에 가장 致命的인 打擊을준後 浪漫派의꿈나라에 滿開한 푸른꽃에 對한無限의 憧憬이 또다시 내自身을 襲擊하였다。그리고 나는 魔法에 걸린琴을가지고 노래하엿다。그것은 浪漫派의 最後의 自由스러운 森林속에서 의 노래이었든것을 내가알고 있다。나는 浪漫派의 最後의 詩人이다。獨逸의古抒情詩의 流派는 나를가지고 終局하고 同時에近代獨逸抒情詩인 새로운 流派가 나에 依하야 열린것이다。

나의 이二重의 意味는 獨逸의文學史 에 依하야承認될것이다」라고 一八五三年에 始作하야 同五四年에 끝막은 하이네의 著書告白의 冒頭에는 如上의叙述이 있는 것이다。「하이네」는 上記와如히 最後의 浪漫主義者이면서 同時 最初의 新浪漫主義者라고도 할수있는것이다。—하이네—의 氣魄 또는 그이 詩魂도 非浪主義者는 아니었든것이다。最初 에는浪漫主義를 非難하고攻擊하였었으나 究竟 그가찾어낸것은 浪漫主義었었고 또한 最初虛飾的으로 一八二五年 宗教的洗禮를 받었으나 그것은 實利的理由밑에서는 背教의 行爲를 겁침없이한것이다。그래서 푸런데쓰—같은 사람도「하이네는 政治的 詩人으로서 革命的이라고 생각하고 있다。그리고 또그랬었다。그러나 그의 政治的情熱은 專혀 中世期的 狀態及中世期的 信念에 向하고 있는것이다。그는 眞正으로 反教命的이 었으나 또한 眞正으로 民主主義를 信奉하지 않었다。」(前揭書 一〇八頁參照)라고한다。그리고「하이네」는 晩年「나는 부끄러울 것없이 또는생각한대로 祈禱하며 號泣할수가 있었다。나는 最高한 神前에 원사리 나의마음을 披瀝하며 우리들이 自己의 妻에게도 숨기든것을 밥먹듯 하든것이 많을것을 그에게 打開할수가 있었다라고하야 神에게로 復歸한것이다。「하이네」의 氣魄은 究竟

偉大한 浪漫精神에依한 政治的 自由를爲하야 데모크라시를 爲하야 또는 全世界中心의 리베라리즘을 爲하야 奮鬪라바링 함에 不外한것이 그리하야 하이네는 그詩魂의 雄偉宏大함에 比하야 그自身의悲慘한境遇와 함께 矛盾의 表現者이오 「아이로니」의 化濃된 諷刺家이였든 것이다。곧 그는 現實의 世界에 있어서 모든革命의 熱烈한 同情者이며 僧侶와 帝王의 罵倒者이며 感情에 世界에 있어서는 薔薇와 百合의 園丁이며 夜鶯의파트론이며 理念의 世界에 있어서는 헤겔辯證法의 蜘蛛의 巢를얻는 손이였다。그는 때로는 千里眼을가진 豫言者이며 또때로는 比類없는 無智를가진 俗物高沖陽造이었든것이다。何如間「하이네」의 詩人된氣魄은 全世界를 雙肩에 민듯한 自己의 十字架를 擔負한 한사람 인것이다。그래서「하이네」의 氣魄과 그의詩魂은 矛盾의 統一이라는 새로운 形態에 屬할것이다。그러고 그의不滅의 自由라는 精神은 그가 逝去한後에도 墺地利의 老帝「푸랜쓰요세호」陛下의 皇后「엘리사벳트」陛下의 偉大한 愛護를 받게되도록 된것이다。實로히「하이네」는 自己가 出生한 獨逸國內에 한개의 記念像을 못가짐에 反하야 世界的으로 그는 自由의 記念像을 가진것이다。紐育埠頭의 屹立한「自由女神像」을 物質的 存在라면 世界的進步的 人間에게는 이精神의「自由像」인「하이네」가 潛在해 있을것이다。「오오、偉大하다。「하이네」의 氣魄이여 世界의 文人에게는 無形自由男神像「하이네」가 잠자고 있을것이다」라고 나는敢히 말하고저한다。

四

「詩의 世界속에 나포레옹!이는 十九世紀의 英國의 偉大한 浪漫主義者「바이론」卿의 別名이다。英國의 浪漫主義는 당이는 湖畔詩人들에게서 비롯한다。허나 眞正한 浪漫主義는「바이론」에 있어서「알파」요「오메카」다。이것은 곧「바이론」과湖畔詩人과를 比較考察하는것은 퍽 興味를 깊게하는 것이다」라고「쫀、니고르」는 말하면서「바이론」傳에 아래와같이 말하고있다。

「바이론도 湖畔詩人도 最初의 出發點에 있어서는 偉大한 浪漫精神이 그의詩의 根本으로 되어있다。「바이론」에있어서는 이것은 이미 說明도 不必要할만큼 明白한 要素로 되어있으며 湖畔詩人에 있어서도 그首領이라고 指目될만한「워쓰워즈」논 그의 初期에 있어서는 偉大한 浪漫精神에 陶醉되어스스트佛蘭西 革命의 陣地를遊覽하고 올만큼 偉大한 浪漫的精神이 그들의 詩情에 最初의 點火를 한것은 否定할수없는 事實이다。또한 바이론도 湖

畔詩人도 그의 社會的及個人的 感情에있어서 커佛蘭西의 近代的 大才「잔、작크」「룻소」로부터 顯著한 影響을 받고있다。「바이론」의 浪漫主義도 湖畔詩人의 浪漫主義도 적어도 그當初에는 룻소의 浪漫主義로 부터 開眼된것이다。그러나「바이론」과 湖畔두詩人들과는 根本的인 相違가있다 그리고 漸次로 環境中에 開眼되어 옴을 從하야 그 곳에서 漸益넓은 距離를 낸것이다。「워쓰워즈」의「自然에돌아가라」의 感情은「카우퍼ㅡ」에依하야 先驅되고 바이론의 그것은 번즈의 依한 까닭이다。ㅡ(「쫀、니고르」著「바이론傳六六ㅡ六七頁)라고 한것은 보드래도「바이론」의 偉大한 浪漫的精神의 詩魂을 번즈를 그基礎로한것이다。그리고 湖畔派의詩人은 多少靜的인 浪漫的精神이 움즉이고 있다면 白熱과같은 情熱이끌른 浪漫的 精神은 끝 動的인 그것은「바이론」에 依해서만 볼수있는것이다。

그래서 獨逸의「게ㅡ테ㅡ」를 비롯하야 많은文學者들은「바이론」을 가르처 「쉑스피어」以來의 英國의 第一의 詩人이라고 까지한것이다。「바이론」을 英國本土에서는 그의 在世時에 한번人氣에 올려가 떨어진 以後 그는 거의惡魔派의 首領같이指目되어 카라일같은 文學家도 그를 가르처 그는한사람의 陰氣에찬 外華者라는 좋지못한 批評을 내린것이다。허나 그가 最後로 希臘獨立을 爲하야客死함으로부터 그는 다시 英本國에서도 偉大한人物로 追仰하게 된것이다。「바이론」은 亦是많은 文學史家들이 말하는 바와같이 家系는 훌륭한 詩人으로 誕生하였으나 그의血統은 나쁜詩人이라고 함과같이 그의父親은 放蕩癖이있는 傲慢한 貴族이오 그의母親은 半狂氣에 怪癖「스런」女人外에 그의母親의 不注意로 因하야 그를跛者로 맨든것이 바이론으로 하여금 陰鬱한 性格의 所有者로 한것이었다。또한 이陰鬱한 性格은 그當時에 巨大한 潮流이었든 浪漫精神과 附同될때에 偉大한 大氣魄을 부려넣은 詩篇이되어 當時 全歐羅巴의 胸襟을 震撼시키였든 것이다。그리고 英本國에 있어서는 한때 人氣의 絕頂에까지 가게하였고 「바이론」이貴族院에 入하야 吐露한 處女演說도 誇張되어 宣傳되었으나 元來「바이론」이 가지고 있든바 貴族的푸라우드ㅡ끈 血統影響은 거의 驕傲갔가웁는록되었든것이다。허나 若干의驕傲와 浪漫을 가지고는「바이론」은 묻허질것이아니었으나 人氣의沸騰에 反比例하야 擴大되어간 放縱生活 그것은 火焰에다가 魚油를 注入한것같이 그는 豪奢하고 華麗한가운데、諸美人의 社交의對象、進하야는 愛의對象이었다。萬若에「바이론으로」하여금 女色에게 耽溺되지아니하었든들 英國에있어서도 그는 人氣를 不失하였을것이다。또「바이론」으로하여금 財產에對하야 明眼이었든들 女色의耽溺을 이로써 防遏하였을는지도 모른다。허나「바이론」은 父祖에게서 받은血統과 文人不愛錢이라는 宿命的因緣은 드디어 英本國에있어서 安住하지 못하게되였을때 持參金을 相對하고結婚하였다。그러다 그女子는 不幸히도 持參金이없는女子이었고 그의妻가된「밀뱅크」는 또한「바이론」의名聲에 無思慮한結婚을 한結果는 兩人에게 最初부터 悲劇의種子를 付植시키었든것이다。恒常人氣가있는者이 結婚하면 그때에 벌서 人氣는 多少減少되는것이 定則과같은 世間의人心인데 이것은 持參金을 相對로하고 結婚한것도 人氣의 減少의 原因이 될것인데、持參金이 있는 줄알고 結婚하였다가 持參金이 없을때 그人氣가더 減少될것은 想像하기에 不難하다。또 世間에 債鬼들은「바이론」이 持參金가진 女人과結婚할진댄 債金은 不難히 回收될줄안것이 이것이 不能할때「바이론」을 가엽게보게된것이오。父祖에게서 遺傳받은 貴族的「푸라우드」는 안으로 妻에게 憤怒를 풀러하였고、「바이론」夫人은 또한 이에對하야 反撥한結果는 各居하는結末을짓고「바이론」은 英本國을 뒤로하고 長途의旅行을하게 된것이다。그래서「바이론」의 畢生의大作叙事詩「촤일드、하로드」는 亦是「旅行의詩歌」일것이다。그리고 一面 天才들이 가지고있는 旅行癖은「바이론」으로 하여금 大陸의 悠遠한 王者와같은 旅行을 敢行하도록 燃燒시키었든것이다。그래서 그는 旅行中에 從者를 數十人식 데리고 다니는것은 勿論이오、「나포레옹」皇帝가 常用하든 型의四輪馬車와 中世紀에쓰든 낡은宮殿을 擇했든것이다。허나 이곳에는 낡은 封建主義血統이 다시 새로운 近代主義로 變하야 움즉이었든것이다。이에對하야「쫀、니고르」는 말한다。

「大抵 天才中에 고요히 一箇所에 執着하여 家庭生活을 질겁께하는者와 그렇지않는者가있다。바이론은 本來 그後者에 屬하는者이다。그와같은 型의性格에있에서는 그속에있는 깊은 敏感性과 流動性이 恒常動搖되고 있기때문에 一定의羈絆에 拘束될수가 없는것이다。그는 根本的으로 動的인때문에、또는不絶히 流動變化하도록 天才를 賦與하여있는까닭이다。生의經過의 瞬間瞬間에 無上의喜怒哀樂을 感하면서도 같은곳에는 오래있는것을 勘耐치못한다。如何히 善美로 생각하는것이라도 좀 停滯해있을것 같으면 그의心理에는 忽然 倦怠가生한다。倦怠로부터 批評이生한다。批評으로부터 嫌惡가生한다。嫌惡가 推積하면 現在의 境遇를 爆發시킨다。爆發시키어가지고는 다음生活로 流轉해간다。이傾向은 바이론이가지고있든 近代主義(mondonis)의 核心인것이다。」(前揭書八一頁)라고 말하고있는것이다。

「바이론」은 債務와威信을 維持하기爲하야 英本國을 離去하는一面 이러한 近代主義가 伏在해있었다허나 그의性格은 傳來받은地位와 不世出의 詩才는가는곳마다 歡迎을 받었다。또한 가는곳마다。社交의 中心人物이되었고, 가는곳마다 偉大한詩篇을 產出하였다。또는 一方으로 女色의 耽溺하며 때로는姦夫와같이 生活하는일까지 種種있게된것이다。그리고 亦是英本國에서 追放됨과같이 詩人「쉘리」를 맞나서 그는 勇氣를 더얻었고거의 知己로許하였다。허나「바일론」은 獨自의詩境과 獨自의事業型이기때문에「쉘리」와 合同하는것은 如一히 되지않었다。그러다가「쉘리」가 伊太利「피사」海岸에서 船遊하다。長逝한後「바이론」은 世上의 虛無함을 感知하는同時 다시 여러곳으로 옴겨 다니었다。그리고 이렇게 轉轉하여 旅行하는 가운데에서「맨푸래드」「최일드, 하롤드」「돈, 판」等偉大한詩篇을 낸것이다。

그러나「바이론」은 그가 가지고있는바 偉大한氣魄은 일즉이「나포레옹」皇帝가 戰敗해 돌아간「워터로ー에」至하야「거기 섯거라? 어쩐까닭이냐하면네발(足)은 이제 一帝國의死灰우를 밟고 서있다」하고 노래부른 그러한것이 그의 全精을 支配하고있었든만큼 그는 希臘의 獨立運動이 勃發하야 土耳其帝國이 不利할때는 無限히 心中으로 喝采하였다。그러나 希臘의 獨立軍이 不利하고 그안에서 內訌이 일어날때 旅行이라 계집이라, 詩라 詩人의名譽를 弊履와같이 放棄하고 夜暗에 土耳其巡洋艦을숙이어가며 希臘獨立軍에 加擔하였고 貴族體質과 無理의過勞는 그로하여금 病席에 눕게하였으나 그의精神은 이偉大한氣魄으로 꽉 드러차「前進하라, 前進해?」하는 司令官의 命令을 口吻하면서 一八二四年四月十九日 夜半에 永眠해 버린것이다。그러고最大의 情熱의詩人에對하야 希臘獨立軍은 그의年齡과꼭같은 三十七發의 禮砲를 發師하고 그의長逝를哀悼하는 希臘市民은 撤市를한다。葬所를 自國에다하겠다고 固執하는等「바이론」의 出生보다도「바이론」의 結婚보다도「바이론」의 逝去는 가장 偉大한 歎聲裡에 自國으로 돌아와 돕히게 된것이다。「바이론」은 兩個의詩人「게ー테」나「하이네」보다도 이點에있어서는 더偉大하다。「바이론」이 希臘獨立軍을 론기爲하야 敢然이 일어난것은 무슨勝算이있거나 謀略이있어서 일어난것이 아니다。그는戰爭도詩라는 氣魄에서다。싸움은 끝[illegible]魂의發露라고 본것이다。果然 詩는 情熱이없이는 못쓴다。大詩人의

氣魄은 이런곳에서도 나타나고 있는것이다。「오! 偉大하다! 「바이론」의 氣魄이여! 情熱이여! 그는 自己한사람의 詩魂으로써 世界를 對敵한 것이다!」라고 나는 呼唱하고 싶은것이다。

五

여기까지쓰니 相當한紙頁을 使用하였다。더쓸 餘裕가 너무나 없게되었다。끝으로 한말하고 저하는것은 朝鮮의詩人은 그氣魄이 너무나 적고困陋함을 痛感한다。반듯이 今日의 朝鮮詩人으로 하여금 政治詩人이되고 熱情詩人이되라고 하는것은 아니다。쉬 그리 한個의 自然을 노래하는 詩에서라도 覇氣와 野心이 없느냐。詩는 사람의 糧이다。耶蘇는 麵麭로만 生을 營爲하는것이 사람의 할일이아닌것을 敎訓하지 않었는가 從하야 詩도 사람에게 豊富한 糧食이다。糧食이라도 粗雜한 口腹을 充足시키는 糧食이이다。사람의 美的生活을 充足시키는 糧食이다。그렇거늘 朝鮮의詩人은 果然 무었을하고 있느냐。言語를彫啄하여 아로새기는것도 좋으나內容없는 彫彫은 朽木을 彫啄하는 愚擧以上이아닌가

朝鮮의 詩人은 모림직이 覇氣찬 詩篇을 보내라 그리고 다시금 詩에 돌아오도록 民衆에게 偉大한詩篇을보내라。朝鮮의民衆은 平凡한 氣魄과 詩魂을가진 蒼苔가낀 詩篇에 滯症이 났다。小曲도좋고、抒情詩드좋고、叙事詩도좋고、甚至於는 世上을 嘲弄하는 諷刺詩도좋다。朝鮮에 詩壇이 있은 以來 果然 吾人의 胸襟을 噴開하게하고 吾人의 脈搏을 鼓動하게한것이 몇이나되는가。그러나 最近의新進詩人에게는 漸次로 覇氣橫溢하고 野心滿滿한것을 볼수가있다。貧困이오고 苦難이 오드라도 偉大한氣魄과 씩씩한詩魂을 가짐으로써 오늘날까지 이朝鮮에 詩文學의 姿이 피지못한것을 피게할수있을것이다。또한 이것이 現代 朝鮮詩人의 使命이다。詩人도 分明히 現代의 英雄인것이다。이러한 氣魄을 가지라 이러한 詩魂이라야 民衆을 鼓動시길것이다。

—(끝)—

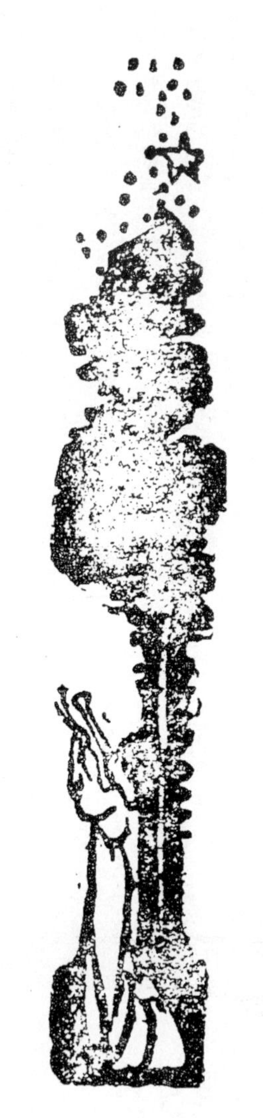

女流作家總評

「님」된孤獨을반쪽하는槿域의合唱隊

花豚 金文輯

외로운 섯달 대목ㅅ날밤 문닫고 홀로「반쪽」의 哲學을 序說한지 벌서 四旬이 넘었으니 빨르다 세월이여 인저 네나이 몇인고?

한살 나이를 더먹은罪로 그동안 小生은 가진風波를 다격섰었소이다。恨하노라 그대들 女人들이여 적어도 그대들은 小生과같은 罪없는 子息에게 繼母맞게할「素質」을 갖었기때문이오。그뿐이라 그대들은 失禮이지만 껍데기 한꺼풀만벨기면 끝不見의 고기덩어리에 지나지못하는 외람한 반쪽들이면서도 小生같은 일많은 사내로하여곰 한平生을 두고 그대들의 그怪常한 궁둥이에따같은 수수꺽이를 찾아야 된다는事實은 그 얼마나한또 吾人의 괴로움이겠소。

이렇게 써먹는小生을 뉘「점잔치못하다!」「非紳士的이다!」라고들 辱하지 않겠소마는 그러나 小生은 그따위 所謂二流讀者(名色)이 文壇人의 七割이여기에 屬하나)를 相對로 글쓰지는 않는바이니 사모판대하고 便所에가서 볼일 못보고 그냥 나오는白晝의 傍偶와 반다시 燕尾服을 입고서야 마누라 곁에 누(臥)으면서도 해마다 낳는 아이가 例外없이 음질모자에매독眼鏡을벗티고 나온다는 不可思議의 人格者의 무리들—此種一聯의 朝鮮的紳士들이야 뭐 라고 구지람을 하든지간에 元來가 賤骨인듯한 小生은 賤骨一流의 고집과 배ㅅ장으로 小生自身의 不幸한 반쪽의眞理를 排泄하므로써 그대들— 或은 반쪽을 幸福해온지도 모르는 그대들 女人의 貞操를 더럽힐여고 하니 이것이 다름아닌 本稿序說에서의 小生의 約束이라 거기서 일커더 「永遠의女性」—을 그린다고 했음은 이몸이 刑務所엔안갈 어떤方式으로 그대들 全部를×하겠다는 不天之痴漢의 宣言이였든 것이요。

×

그래 어느분 부터를 먼저 끌라잡을고? 한눈에 보아하니 모도들 반쪽식 들입니다。반쪽이 아니였든들 그대들 에겐 月偶의 洗禮가 없었을것이고 그것이 없었었든들 또한 그대들에겐 孤獨이 없었을것이오。孤獨! 洗禮의孤獨을 宿命받은 가엾은 결례。뿔뿔이 헤어진 애처러운 그대들 반쪽의 合唱隊。알토는 어디서 이받을 혼자울며 쏘푸라노는 또 누구를 딸아 길없는 벌판을헤매고 있는것이요? 콘트랄토 메조푸라노、 리릭、 뜨라마틱、코로라치오…에트셋트라의 巧音美聲의 歌手들은 당다。그러나 반쪽식들인 그들 칸소네티스터—들은 孤獨의 주머니—안타까운 祭床에 기름을 부어부어 남은반쪽을 찾아뿔뿔이 제各己의 발길을 彷徨 하고있는게아닐까?

—完全에의 祈願「하나」에의 切望。이宿命앞에 무릅을 끓는 그 꼴들이 진실로 結婚의 眞理를 悲劇 는 그들 반쪽動物의 몬양들이요。그 몬양(ザマ)을 몬양해보인뒤(跡)가그들의 그림 아니 그들의 貞操아니 그들의 藝術이라 할진대 惡魔와같이 나는 그들을 冒瀆하리라 貞操를 짓밟아 氣絶케하리라。

사랑은 액김없이 빼았는다는 말이 케케묵었다면 반쪽인 나는氣絶에 이르기까지 나의 남은 박쪽식들인그들을 ××할테니이렇게나 말할까。

陽春三月××日。여기는어떤著名한 學者의 書齋다。神聖한 이房에서 외람한이무슨짓이냐! 에라! 良心이 원수란거다。옆에서 잡자고있는 저學者님 저키적은 詩人이 잠을 깨기前에 나는내할일을 다 하고는 自首하리라。

事實인즉 이땅의 이른바 女流作家의 太半이 옆에누은 저친구의 弟子들이다。(MadE IN) [illegible]의 〃렛텔이 朝鮮의 全女流作家의 머리에 붙은것은 지난날의 挿話 호랑이 담배먹든 그時節의笑話다。名譽롭진 못하나 一面의 眞相을 傳하는 野談의 한句節인것만은 事實이다。

그러나 때는 바로 女流作家論이 雨後의 무엇같이소사나는 昭和十二年때는 바로한許家가 반쪽의貞操劍尖을 宣言하는 季世의 文學期。三年을지내면 아이도 세살을 먹는 오늘 이날에 어찌十年前 社堂 랄랄이가 大京城府民館손님을 瞪目케할거냐。

×

新世代의 女流作家！다음世代의 閨秀한분을 먼저 잡아내나니 그의이름을 白菊喜라한다。

그대 未知의 반쪽 白菊喜란 處女님！흰 국화의 기쁨을 누리려고 이땅槿域에 태어났든가。그대는 菊花、가을의 菊花 江邊에핀 너 가을菊花는 白夜의 눈물을 기뻐하누나。그대의 꽃 한송이를 따게하소。며칠前、빠쓰타고 水原가서 마중나온 YC 란친구닮아 山莊과같은 밤길의 그집에를 들렸더니 文匣위에 이룬지어新家庭이란 혼잡지 한卷이 놓여 있었드구나。반쪽의 孤獨을 分泌하는 몇두름의 女人群을 한눈으로 두루 살필제 白菊喜란 그대 이름 유달리 빛났어라！떼여보니「밤」이요 어두운 그밤은 또한 친구의 喪中의 슬픈하루밤이었으니 아마도 나그네의 感傷은 誇張도 했을게요마는 밤을직혀 홀로「밤」을 울고있었든 小生의꼴을 그려나 님은 嘲笑친마오。

한마음이 「빛」과「어둠」의線을 넘나든다。

뭇生娛 조바심치나 헤처도 속골을 밀물이로다
나무ㅅ내(木香)던 낡은배ㅅ전에
남몰을 글자를 쓰며운다
울어도 옷어도
밤은 말이 없고……

「밤」

明暗의 境界線을 彷徨하는 江邊菊花의 애닯은 넋아 怪妖와 神秘의 숲을 소리없이 헤치고 헤처서오니 님고장 그드한 寂漠이었든가？ 배ㅅ가에서 울며쓰든 남몰을 글자를 내가아노니 내가아노니……

女流詩壇에서 珠玉의 名篇을 골른다면 寡讀한小生으로서는 우선 노래를 잡아올리지 않을수없소。어미없는 슬픔을 등에다지고 暫間水原이란고올로 感傷의 길손간 描者의 收穫은—이위에 또 무었을 더 바라리요 물론 小生은 詩를評할 資格은없소。그러나 小生自身만은 그資格을 小生에게 許諾지 않는다면 世上의 누구에게！더구나 朝鮮의 다른 어떤친구에게 그權利를 讓渡할겐가 말슴이요。

小生 그대菊喜님에 關해서는 全然白紙이외다。코가어디붙은 鬼神인지 그도 모르외다。다만 조히위에서 그대의 詩를 이前에 두세篇읽었올뿐이오마는 不幸히도그는 그대의 譯詩와같이 大端할 물건은 아니였었소。그러나「밤」만은 主人몰으게 冊장을떼서 (나종에告白은했

나)의 모켈에 넣어올만큼 小生을 魅了한것이였소 小生의 서투른第六感에 맡으면 그대는 我泣を濡れて 게(蟹)와 작란한 石川啄木의 影響을 어느구석에서 相當히받었소그려。藝術家가 누구의 영향을 받었다는것은 그러나 毫末의 不名譽도아니니 安心하시라、天下의 大藝術家로서 先人의 影響을받지않고 虛空에서 뚝 떨어젔다는例는 이야기에도 없으니까。그대의 말없는「밤」은고은 自意識을 彼岸하려는 此岸光景이요。俗諺에 知って終へばそれまでよ란 말이있소마는 나무ㅅ내나는 그낡은배에 몸을실어 등등形而上의 彼岸世界로 떠나갓든날그대 菊音님은 希望없는 서푼짜리處女。一그렇소、哲學의前夜、그럼、그게좋은게요。문득생각이나오—…元來가 黃金으로서된것、그는 놀랄만한 加工의 逸品이였다!」이말은 뽀잔케 (BERNARD BOSANQUET) 가 그의美學史에서 泰西의 實際的文藝批評의 嚆矢라고 引用한 바아키레쓰의 방패를 觀賞하는 이리앗드의 한句節이요마는正말 님의「밤」은 黃金으로서된 놀랄만한모 加工의逸品이였다고 蛇足함으로서 小生은 그대를 論爲하는 最初의 사내가되는 이리앗드의 榮譽를 얻을가하오。

허나 초상난 水原친구집에서 發見한 이逸品에는 아기레쓰의 방패엔 없었을듯한 흠이하나 아직그대로 붙어 있음을 가르치지 않을수없으니 이는 小生의 슬픔이기보다 기쁨이요。……한마음이 넘나드는 그地域은빛과 어둠과의 두나라의 國境線上이요、이境遇、光明과暗黑과의 意識線은 不分明함이 當然하고 또 그 不分明한 境界線을 손더듬어 찾으면 찾을수록 漸漸더 模糊해저 가는데에 이詩의 餘韻과 深度와의 交響味가 効果될것아니요? 그렇다면 위 빛과 어둠을 애써 截斷하야「빛」과「어둠」이라고 劃然하게 그두나라를 手錠으로 結縛을 했노? 대수롭지않는것 같소마는 記號「─」이것 하나가 있고 없는것에딸아 한사람의被告가 監獄으로 가고 않가고가 決定되는 것이요。

하지만 小生은 例컨대아리스트토ㅡ톨이 音律만을 詩의 基本生命이라고 固執한結果 (〃POETIC〃及〃RHETORIC〃 엠페드크레쓰를 如何한 種類의詩人으로도 헤아리지않었다는 옛이야기를 꿀으는 배는아니요。小生의 現覺的感受性을 괴롭게한 그 두 쌍(双)의자름쇠로밤미아마 그대菊音님의 音樂的幽玄性에 陶醉한 小生의그한때를 過少評價하려고하는 華商心理는 아니요。오직「밤」의 詩的반쪽의 孤獨度가 多少不足했음을 小生스스로가 안다까워할뿐이요。

×

新世代의 花園에서 또한쪽 꽃나무를 뽑아내듯 이한폭이름지어、永淑님이라하오。

處女文壇에 있어서 韻文에 菊喜님이 계신다면 散文엔 永淑님이 계신다할까。님의姓은 張氏라하오。女子의姓字로써 小生은 張ㅅ자를 그리 좋아하지않소。中國냄새가나서 인지는몰으오。그러나 그이름「영숙」은 또이얼마나 조선의 수집음이며 香기로움일까。 그리고보니 果然張永淑님은 唐韓의 瑞氣를 한몸에 타고난 才媛인가하오。

昨年봄이었을가。 삽지「中央」에서 題하야「微風의微風」이란 글한篇을 읽었소이다。筆致와 內容을보아 必是이는 女子의 글이라 朝鮮에도 이만한 才氣있는 女子가 있었었든가?—한少女微風의 봄날을 散策할제 鍾路네거리를 縱橫하는 끝不見의 꽃두룸 人間 눈을 찌푸려 마음의 침을뱉고 뱉으면서 輕快한 페이브멘트를 方向없이 흘으는동안 어느듯 自己도 몰으는 瞬間에스스로 公主가되여 두활개에 날개가나고 치마자락에 꽃피는채—幻想의 꽃동산을 날라宮殿안 깊은一室에 발을 머무니 거기가 다름아닌 街頭의 어떤 茶房이였었소그려。茶房의 春色을 感情하는少女批評家、그의이름이 後日의 그대 永淑님일줄은 小生도 모르고 그냥 感嘆했을뿐이 었었소。

「징영숙」—그대이름을 악기겠소、님의 處女를 尊愛하겠소。誤解치마소 後日의 그대라함은「池邊의神話」를 그린 그대를 말함이요「아버지를」말하는 그대를가르침이외다。

시리어스의 演說의 最後의 한토막으로써 뜨라마틱한 피나—레를 맺은 修辭學이 옛날希臘에 있었든것을 님은아시유?

「나는 말하고 諸君은 들었다。이제야 萬事는 諸君의 手中에있으니 스스로 그를判斷하라!」

이얼마나 스팔타精神의 華麗함이겠소、含蓄에 넘치는 丈夫의 한숨이겠소! 그러긴하오마는 스팔타의 丈夫도 希臘의 哲人도 못되는 외로운小生은 短兵이急한 格으로 얼른빨리 있는대로의 所懷를 다 터러 보이지않고는 그대의 判斷을 그대와 그대들 一聯의 반쪽群像에게 함부론 맺길수없다오 —微風의微風!맞아보지못한이런 바람을 부러보인 그대는 아름다웠었소「그바람을잡아두지못한 小生은 무슨재조로 여기서 다시그놈의一陣을 이르커보일것이요。라군허지만 設或 또 이집벽장구석에서 한조각 그바람이 부러나온다 할지라도 別수는 없을게요。作品이좋다는것은 異性의 境遇와같이 無條件的인것이 아닌기요?(기요는 경상도의賤語요) 어떤 公式을세워 지기에맞으니 좋다 맞잖으니 언잖다는流는내몸이 호흘流는아님네다(네다는讃訟사투리)

센츠베리—를 近代文藝批評史上의 루—델이라하면 過讚일진 모르오마는 그외有名한 批評條件에는 이러한

條目이있었든것이 記憶되며오———「너는 네 좋은것을좋아해라AND그 좋아한다는 事實이 곧 너의 批評事實이다。」果然 小生은 그대의池邊의神話를 좋아했고 그대아버지 늙은牧師를 그리는 그대눈을 좋아했었소。이위에 또 무슨 批評이있겠소마는 所懷가 未盡이니 좀더참아주시구려。

—『검푸른 하늘은 엷은 낮잠에 반눈만뜨고 푸른새 한마리 동녁으로 푸르르 날려갔」을제 삽같이 지나치는 머리홍크러진 異常한 女人에觸發되어 저절로 발거름이 빨라졌든 그대는 얼마하지않아서 三間남짓한 어떤못에 떠있는『하얀옷입은 한處女의 屍體』를 發見했도만—하드니,

잘자라 못속의 處女
百合花 薔薇花 너를 둘러 피였고

이렇게 唯美的인呼吸을 쎈쓰한 그대는 亦是 꿈꾸는 少女라發作的으로 오빠를 부르짓는 그대목소리 귀여웠었다。

—오빠!나는 함렡에 나오는 處女 오필리아의 죽엄을 제일 사랑해요 나도 죽으랴면, 아니억지로라도 봄에 그리고 뱃꽃이 쌓인못우에 꽃으로 엮근 冠을쓰고 머리는 풀어헤치고, 또 하얀옷을 입고, 못속에 비치는 저 꽃을 찾어뛰어 들어가겠어요……。

그러나 萬若 이 耽美主義의 템페라멘트를가진 少女의 純情스러운 感傷을 浪漫하는데서 이른바 池邊의神話가 끝났다면 이몸의 남에의 評價는 오빠前에 막음질 했을것이요。 小生의 注目은 오로지 그末章에 달렸읍데다。가로대—

미친女人처럼 새벽에 거자로 달려갔든 그女人은 巡査와 마을 사람들을 다리고 왔다。높이 떠오른 太陽은 못가에 고요히 나려앉었든 妖精들과 나의 아름다운 幻想을 깨뜨려 버렸다。陣痛이 심해서 지난밤 참다못하야 房문을 박차고 뛰어나와「긴못」속에 빠저 죽은것이라 한다。못속의 魔術로써 永遠한 열여덟의 處女로 보이든 그美의 化身을 巡査와 마을 사람들이 건저내어 砂場에 눕혔을때 그것은 地獄에서나 볼수있을 醜物의 象徵이었다。아름다운 꿈을꾸든處女는 그가 아니고 나였다。그의 살결은 해볓에 끝어 짓뭉은 구리빛이요, 배는 부풀어 더운틀에 쪄내인 도야지와같은 아아 四十가까운 女人! 주리고 헐벗어 괴로운 世波에 시달린 여러 어린것들의 어머니었다 한다。

어찌 놀라지 않을까。 그대의 나이 꽃인진 모르나 그대의 눈은 깊이 人生을 洞察했었소。女人의 正體와 그의 入水에의 眞實을 밝힌 이章을 읽음으로, 오빠!를 부르든 그대의 作家的 構成力을 吟味한 小生은또 그더운불에 쪄내인 도야지 같은 四十醜物이 幻想에빠졌든 그대 自身의 象徵임을 암남하고 있음을 認識하는

때서 그글이 動機되었다는 숨은 事情까지를 吟味한다우! 님!多情多恨한 理性의 處女님! 아니 이게 무슨말이냐!—허지만 비록 오래지 않아 님의 肉體가 그와 世波에 허무러질지라도 할렐루야, 아름다운 님 處女이 글에 살지나……

—듣건대 그대는 演劇을 잘한다 하오。그래서 小生은 未出現의 例의文人劇을 準備할때 同人인 그대의 師匠님을 通하야 그대를 모셨소。廢墟와같은 어떤會場에서 最初요 아직까지는 最後인 그대의 얼굴을 분주한 눈으로 단 한번 보았구료。情熱을 갈(磨)고 갈아 神秘로운 꽃두봉오리 님 눈에 맺혔드구나。生의 왈바 아닌 그꽃을 恨하노니 願컨대 그대永淑님 寡作의 象牙塔자랑마시고 大膽한 駄作을 洪水해 보시구려。人生은 짧고 글을 쓸 時間은 더 짧지않우?

却說 이때에 微風에서 浪漫의 氣質을 香取하고 아버지에게서 안타까운 리아리즘을 感觸한 小生은 다시池邊에서 심볼리즘 조차를 味賞했으니 그재조 아까워하오 그 人間 애처러워라。님을 꽃피게할者—오직 님뿐이오니 池上의 醜物되시기前 S。O。S 님을 님 自身에게 解放시키우。

LADY OF THE MERE
SOLE SITTING BY SHORES OF OLD ROMANCE
—WORDSWORTH—

—그를 서러워 하오。이왕이면 한마디 苦言을 던지나 봅시다。마치 湖邊에 홀로 앉은 默想의 이 아름다운 女人 모양으로 그대 永淑님은 너무나 그대글을 凝視하기때문에 도리혀 그대文章은 音樂의 律動性을 잃고말었다는 것이요。더바로 말한다면 한뿔때를못버섰다。아니 脫皮를 못했었다。

—이苦衷은 人生을 體驗치못한 하나의 님에겐 過酷할진 모르오마는 그대의 作家的成長에 딸아 早晩間悟道할 藝道의 숨결뿐것만은 事實이요。例컨대「검푸른하늘」에서「푸르른날러갔다」까지의 一行은 再吟味 해봐요。좋게말하면 彫刻的 일게요마는 彫刻으로선 너무婉韻性이 없소。스타일의 유니—크 한맛은 나이를 먹어야 分泌되는 表情素이긴하오 마는 적어도 文章音律의 彈力性(이글에서는 리리시즘)을 좀더 갖어야하오—處女의 쇠사슬을 좀더 풀어 너줄한말도 말이될가요?아니 하고보니 그말이 名言이요! 小生 곰곰히 思惟컨댄 當然한 不幸으로 亦是 그대에겐 레—벤(生活)이不足하오。 이말을「좋은언잖음」이라군하오마는— 菊喜님과 脫線競走나 해보시구려。以上 女流文壇의 香기로운 두봉오리요。

×

處女가 流行하니 또한분 處女— 이번은 毛允淑님을

찾아 올립시다! 哲學博士님의 令夫人 允淑님은 알아도 또 무어? 分娩臺上의 苦痛을 公開한 女流詩人 毛님은 알아도 處女라는 毛某님을 아지못한다고 떠드는이는 亦是二流讀者요. 몰노니 淑님 어디로보면 그대는 人妻요 어디를보면 그대는 또 既産女이요? 野生의 處女-범벅에 解放된 奔放의 未通馬-수놈을 모르는 處子-말이란 뜻이지요.

님의 우름은 曠野를 波響케 하고 님의 코ㅅ소리는 樹林을 떨치게하오. 壯하오 그 音量, 橫城의 독개비들이 혼이나서 흩어져 다러나는구나.

정말 님의 詩聲은 소리가 너무커서 그게 病이요. 病은 病이나 人妻인 님의 處女病이라 限없이 小生은 그病을 그리워 하오. 큰 크고 怯쟁이 아닌놈 없는것같이 소리큰 詩人 好人 아닌者-없는法이니 슬푸다! 아푸다-하고 九天이 震動토록 외쳐부르는 님의목소리 몸건대 일천만 이땅 반쪽을 두고 님만한 好人을 또 다시 찾어볼 겸을없음 가베-말이 났으니 말이지 님은 일천만 다른반쪽 가운덴 小生과같은 님以上의 好人도 없잖아있오마는 같은好人이래도 男好人과 女好人은「반쪽」의 解法와같이 그 表現形態를 極的으로 對分하는가 봐요.

그대는 자실대로 나이를 자시고 받을대로 批評받은 既顯의 詩人아닙니까. 이제 小生이 새삼스레 그대를붓잡아쥐고 前擧의 두處女님 모양으로 안타갑게 이끌어 길을 밝혀드릴 必要는 없이다 그렇다면 친구의 情誼로 어디 하나 속 시원한 농담이나 하잣구나! 하고 始作한글이 이項임은 그대便이 더잘아시는 文壇事情일것이겠아와 언제가 그대 同僚들과 一室에서 맞났을 적에의 그대의 請도 없잖아 있었든더라 추워드리기보다 깎아 내리우는게 이마당에서의 小生의 禮節이요 또한 趣味인가 하오니 이말은 다음에 展開될 다른 모든 中堅女人들에게도 共用됨은 勿論이외다.

지금까지의 말투리는 님을 깎아 내린말인지 추워올린 글인지 小生도 잘은 모르오. 그렇다면 어그럽은 二流畵家의 所産임이 分明하고나! 이제 二流氏 다시 먹물며 漫畵커니와 그대 允淑님은 公主보다 幸福된안잠재기요 天使보다 罪없는 女看守로다. (一主文의 由來를 描寫하오면 구수한 允淑的餘韻이 날라갈가 봐서 이냥 둘가 하노라)

却說 이때 하옵고 小人이 읽은 限에서는 님의 如何한 詩篇보다도 「梅花頌에서」란 한페ー지의 隨筆이 그대 便文壇을 빛내였었오 昨年어떤 許筆에서 抽象的인 다른 어떤 느낌으로써 님에게 散文에로 轉換하시라고 敢히 勸해 올린 小人의 觀察은 아까 이집안房에서 주셔온 흔잡지에서 이글梅花를 읽고 決코 그릇된 觀察이 아니었는것을 깊이 깨다른 바이요. 詩를

옴을케 그대는 永遠의 處女였었오。허나、處女아닌 女人이 永遠의 處女란것은 씌이지못할 자랑이기도 前에 못들지 못할 부끄러움이외다。한번 그대가 散文에 붓을 세울제 數發있는 한 婦人이 처량하게 誕生하거든─。

그때 그대는 아마도 文壇隨一의 能辯家던게요。머리칼흐터려 同僚와 맞오앉인 님 모습은 詩人다운 訥辯家였오。수집은 無言의 情熱家로만 보이여야 風景이 調和될 그대 允淑님이 한번 化粧을 하시옵고 公席에 起立하시와 卓子를 뚜들겨 高喊을 칠제로─자─룩셈붉가 어디로 逃亡하며 씽거─ 夫人이 어느便을 向해서 코를 쌰잡이 쥐었단 말인고? 따좌같은 鬪草였。칼날같은 그대 입에서 새ㅅ파란 女權論이 한두름의 베─벨을 窒息 시키드구나!하느님!오─그때의 우리 允淑님에게 아푸다!슬푸다하는 野生處女 말(馬)의 눈물詩를 읽어듣기소서!

公主보다 幸福된 그대 안잠재기여!그러나 님을사랑하는者 小人을두고 또 어디있을가 봐요。주무시유、님에겐 꿈이 였으려니 曠野의 꿈이 있으려니 그꿈이小人의 꿈꾸는바 永遠의 女性의…뫕고 완편 궁동이작쯤은 되려니……、建築學이 알구보믄 小生의 專門이라우。궁둥이의「따테일」─완편「따테일」이 毛님 입진대 바른편「따테일」은어느님이랴?

×

處女文壇에서 菊富님을 對比시켜 永淑님을 내었으니 女史文壇에선 毛님과 對比시켜 貞熙님을 잡아 세우는게 적어도 建築學的으로는 좋을듯하외다。

崔氏貞熙님。 그대도 女流作家인지 아닌지를 小人은 잘 모르오。 그러나 그대만큼 이름있는 반쪽님 女流作家가 아니라하믄 그럼 이땅에서 그소리들을 반쪽님뿐이나 되겠오?

解求、李君의이름을 듣추는건 좀 어떨지 모르오마는 얼마前 어떤 宴會의 延長에서 갑북醉한 그는 무스말끝에 「너貞熙가 小說쓸 女子ㄴ」줄 아느냐?못쓰네 못써!」 小生對答이 曰 ─ 푸로이드流로 解釋하믄 말이야。응?그건 자네의 未練이란 걸세。깨끗하게 表現한다면 그건 자네의 希望이란거야!」허니 興奮했을적에의 例의 君의純情으로 피ㅅ발을 올려 외질려 갚는말이「뭐? 未練? 希望? 애! 자네는 아직 貞熙란 女子는 몰라!小說을 못쓰는게 오히려 정희의 푸라이드야!」「애!내말이 그말이야! 정희가 小說을 쓰고 않쓰는게 네겐 첫문제가 아니냐、所謂(女流作家가 아니었든 옛날 東京時代의 그處女는 넌、허허허!아직두 그리고 있단 말이야!어때?」「오히려 그게 別問題야!貞熙의 性格이 이마당에선 첫問題야!─「아닌게 아니라 그도

큰 문젠 問題야。허지만 네가 알時節의 정희의 性格과 떨 몰라진 以來의 그의 性格판 딴판으로 달려젔단걸 아마 넌 모를걸세。그런데 말이야 더 비교인事實엔 오히려 네가 알 그 時節의 貞熙性格이 요즘의 정희 성격보다 훨신 더 小說家의 資質을 갖었든 거라고 난 認定하네—」「그러니까 結局 貞熙는 小說못쓴다는 結論이 나지않나!」

同行한 興燮과 琪燮의 두君은 듣는지 않듣는지 재미 없다싶이 막상 안주만 집어 생키는것이 였오。小生은 語調를 가라 大略 다음과같이 다시 말을 이었었오。

—事實 난 貞熙의 이렇다는 小說을 求景은 못했다 첫재 環境이 나뻤고 둘재 文壇이 나뻤다。五六年前 내가 東京서 朝鮮短篇을 하나 紹介하려고 텍쓰트를求했을적에 서울서 無影이가 周旋해보낸 一여러卷 雜誌가운데 「正當한 스파이」란 小說이 한篇있었는데 그게 나중 朝鮮와서 읽고보니 女流作家 崔貞熙의 作品이었다。이 正當한 스파이外에 나는 아직 貞熙의 小說을 읽지 못했지마는 바른말이지 이건 도모지 女學生의 作文이 되다만「代物」(シロモノ)였다。그러나 이되다만「시로모노」에서 적실히 나는 그의 才幹을 發見한 하사람이다。萬若 作家的條件 即 그의文學的修業의 環境이 좋았고 似而非의 펜키的 푸로文學이 그때의 文壇을 황칠하지 않었드라면 貞熙는 工夫만 했으면 그만한 才幹으로써 充分 오늘날 우리文壇에 값사지않은 많은 作品을 냄긴 作家가 되었을 것이다。운운。

三十이 못되여서 님은 벌서 情熱을 잃었오。잃은게 아니라 그의 現實的條件이 님의 情熱을 制裁하고 있오。그 制裁아래서 적은 몸부림을 치고 있는동안 歲月이 흘러 어느듯님에게「애달프 가을花草」를 쓰게한 것이아니요?

나는 사람에게 미움을 받습니다。어릴적엔 귀엽다는 이도 있고 사랑해주는이도 있드니만 철(?)이 들어서는 누가 날보고 귀엽다 사랑스럽다 하지않습니다。내모양이 점점 가을의花草처럼 시들어가는 탓도 있겠지만 그보다 더 重大한 原因은 어릴적—남들이 귀엽다 할시절—에 갖었든 꼽고 아름다운 마음을 잃어버린 까닭입니다。

이렇게 스스로의 지난날을 哀惜하면서 애달픈 가을花草는 오늘의 제 모습을 그려보이오。

나는 종종 꼽지못한 내마음을 꾸미고저 無限한努力을 디립니다。하지만 怜悧한 世上사람들은 내얼굴에서 내마음을 잘 찾어냅니다。해서 때때로 나는 거울에 비치는 내얼굴。그중에서도 내感情을 가장 잘 들어내는 눈을 한참식 눈흘기는 일이 있읍니다。그러나 피곤해진 瞳孔이 오히려 나를 붓잡고 무었을 이야기 하려는 때문에 나는 황당히 거울을 던지고 말어버립니다。

나는 그래도 나보다 착한이들의 본을 뜨려는 마음을 끔지못한마음을 꾸미려는 努力보다 적게 가집니다。 그度數가더甚한정도에 이르면「누가 善한 사람이냐?」고 호령을 치고 싶습니다。

요따위로 反撥끼인 呼吸으로 이네 人生을 뒤저거린다음 임은 軟한 목소리로 發語을 하시오。그 最後의 끝은。

―나는 다시는 쇠잔해가는 내눈을 나무람 하는짓을 하지않겠읍니다。

半페―지밖에 않되는그대의 이 隨筆 한篇을 가르처 小人은 어느나라 女流文壇에 내놓아도 부끄럽지 않을 글이라고 發表된 그當時 어떤 印象評에서 말한일이있었오。小生의 이果敢한 斷案의 裏面에는 勿論 省略된「條件」이 있었든 것이오。그 條件을 이제야 蛇足커리오마는 「애달픈 가을 花草」는 씨을 小說을 못쓰게한 님의 結婚의 哀史라는―님 自身도 아직 意識치 못하고있는 潛在事情의 表現이였다는것을 透察하는 限에서만 小人의 評價가 容認되는 것이오。

물론 文章으로서의 이글에는 修辭學的 未洗鍊이 없잖아 있오。가령「無限한 努力을 디립니다」란 語法은 시골敎會의 傳道夫人의 말투요。말이 났으니 말이지님은 亦是 都會人은 못되오。허지만 님의 슬픔은 都會人 못되는데메있는게 아니고 시끌女 못되는데에 있을게요―이건 名談이요。시굴엔 벌판이있고 벌판엔 Wica가 있기때문이요―

와일드! 이平凡한말은 그러나 東洋에는 없는 西洋말이요 없으면서도 이말 와일드를 음소味得하는 資質에 있어서는 西ㅅ쪽 사람들 보다 우리네 東쪽 사람들이 더 많이 가진것이 事實이며 東洋사람 가운데서도 貞熙님같은 반쪽님이 가장 안타깝게 幻想하고 있을人間靑[illegible]이 아닐까 하오。어떠하오?

몇일 하지 않아서 그의 오래前부터 벼르든「凶家」란 小說이 出世를하오。應當 失敗의 作, 적어도 님本來의 天分의 發露는 아닐게라는 小人의 妄發된豫想이 豫想의 根底는 一年前부터 作의 構想을 님스스로의 입으로부터 듣고 敢히 알기때문 이라는데 있오이다。…

莫論하옵고 貞熙님―코―빠디스? 어디로 가려하오? 世上이 매정하니 님의 꽃 시드려만 가려는지요? 「헤라크리트스」의 一言을 보내오니 "ПA TA pEI!" 東洋哲學으로 改解하오면 그는 萬物의 流轉을뜻 함이요。그렇다면 이 얼마나 깊은 宗敎이겠오 수수꺽기 이겠오。드디어 풀지못할 수수꺽기를 姙娠한채, 그대 한숨 언제나 끝이려라나?

生活의 革命!님의 課題는 이것뿐인가하오。

文學隨感

尹崑崗

批評과批評家

우리 文壇에도 權威있는 批評家가 하나쯤 있음직한일이다。

勿論 이렇게 말한다하야

「그러면, 作家、詩人은 不必要하나?」 고 하면 또한 그러한것도 아니다。우리가 要望하야 마지아니하는것은 作品을쓰는 作家、詩人보다도 오히려몇거름 뒤떨어졌다고 말할수있는 우리들의 「批評文學」을 생각하고 또한 그것의 役者인바 批評家를 말하는것이기때문이다。

만약 이것이 못믿을 소리로 들린다면 우리의 저一너리스트 諸公들은 모름직이 조고만 紙面과 手苦라도 베풀어 作家、詩人들에게「作家、詩人 自身이 쓰는批評」을 쓰도록 請托하야 보라!

그것은、다른것은 그만두고라도 요사이의 批評家들의 評的레벨과 對比하야 보기爲하여서도 意義있는일일것이다。

한作品을 놓고 各各 다른사람의 두批評家가 그것을 評하는것도 자미있는 일이어든 하물며 한개

외 作品을 놓고 하나는 批評家 또하나는 作家、詩人 自身—|이렇게 두개의 批評을 써놓게 한다면 그것도 자미스러운 일일것이다。

大體로 「批評」이라는것은 한사람의 한사람으로서의 評的力量에서 빛어나온것임은 두말할것도 없는것이니 그렇다면 「批評」은 文學作品을 創造하는 것과는 特異性을 가지고 있다고 말할수있다。

그러한 意味에서 近來 批評家 朴英熙氏가 「文學외本道」는 「創作에만 있다」고 絕叫한것은 참으로 不可思議의 評句가 아닐수 없었다。

文學을 하는사람—더나가서는 藝術을 하는사람의 職分은 分—만의 말과같이 人間의 深奧에 빛을집어 넣는데 있다고 말할수 있겠으나 其實 藝術을 한다는것」—「文學을 한다는것」— 이것은 그렇게 쉬운일도 아니요 또한 끝을 바라볼수있는 일도아니다。

藝術家를 앞에 세워놓고 윌리암, 뿌레—크의 흉내를 내어 『世界를 한개의 모태알(砂粒)로 보고 時間을 한송이의 꽃으로 보고 無限을 自我의 掌手에 움켜잡고 永遠을 한時間속에 捕捉하라」고 命令을 나리고、또한 過去의 맑스主義 古典批評처럼 作家、詩人에게 一般的 認識과 藝術認識의 特殊性을 分別하는 눈(眼)을捕捉하게할 寬大한 理解와 참된意味의 高度化된 思想性과 政治性을 認識시키는 힘(力)을 주지못하는 곳에 「훌륭한 藝術」의 生誕을 바랄수없다。

덮어놓고 다박을 當하는 눈치ㅅ밥」손에 간얇인 生命을 維持하여 나려오든 온갖 文學的 名句中에 미켈란젤로의 다음과같은 文句도 다시금 口味를붙여보는것도 辱되는짓은 아니리라!

「完全하게 創造하려는 努力처럼 心靈을 깨끗하게 하는것은 없다。

文學과 技巧

文學과 技巧더나가서는 技術이라고 불리워지는文學表現의 重大한 一問題!

우리는 이것에 對하야 再考할 必要性을 느낀다。

單只 技巧만을 爲한 文學!그것은 끝까지 文學作品의 價値로보아 얇는 地點에 놓인다—라고하는 것은 技巧는 그것이 單只 그것을 爲하야 있게될때 技巧以外의 아모것도 될수없음으로아다。

×

文學作品의 技巧를 神化하는 內容退治 萬能患者들은(所謂 『技巧流』)여기에 反旗를 들른지 모르나 事實에있어 文學의 文學으로서의 生命은 決코 技巧에서 찾일수없는 커—다란 오로지낱이틔—가 그것우에 놓여있는것이다。

×

藝術의 技巧를 主로 造形的表現과 音樂的表現의 두가지로 大別할것이므로 造形이라고 말 할지라도 「그림」이나 「彫刻」이나 「文學作品」과는 各各 그 表現의 特質을 달리하고 있는것만도 事實이다。

假令 렛싱그의 말과같이 봐아질의 詩에 表現된 「라오－꼰」은 法衣를 떨치고 首巾을 쓰고있으나 彫刻家들의 손으로 만드러진 彫刻 「라오－꼰」은 裸體그대로 되어있다는것！그리고, 이와같이 한개에 그서도 文學에는 衣裝을 가추어 表現되고 彫刻이나 그림에는 裸體그대로筋肉그대로 表現되었다는 것！

이러한것들을 가르처 表現의 特殊性이라고 말할 수 있다고해서 이것이 곧 「作家는 남이 하지않는 것을 그려야 된다는」 俗된 個性論의 어머니가 될 수는없다！

×

다른 아모것도 아니요, 바로 그것이 文學作品일 때 그것이 文學으로서의 옷을 가추지못한것도 文學이 될수없고 또 옷만 곱게입은 「문둥病女」가 決코 美人이 못되는것과같이 內容없는 文學도 文學이 될수없다는 常識化된 言語！

이렇게 말하면 한개의 모래를 사랑하야 그것을 그리는것이나 한개의 조개껍풀을 사랑하야 그것을 그리는것이나 다아 한가지 社會的이 아니냐고 어린애같은 소리를 떠버리는 사람밭이 노 대밭할른지도 모르겠으나……

×

言語의 힘을 빌어 心象의 形成을 表現하는 한개의詩를 여기에 놓고 볼지라도 그것이 첫째 言語以前의 活字羅列이라고 한다면 얼마나 우수운일이랴？

言語가 音樂的인 文章일때, 다시말하면 言語에 참된 律動과 旋律이 있는 文章에는 意味에도 또한 반듯이 거기에 深遠한 맛이 숨어있는 것이다。(카알아일)라는 말은 內容과 形式의 참된 融和點에서만 훌륭한 藝術이 生誕될수있다는 뜻이 숨어있다！

×

새로운것을 탐내어 얼토당토않는 技巧를 부리는 廻轉캄메라式詩가 金起林氏와 그 亞流들의 손에서 빚어나오고, 怪物이라고 떠드는바람에 멋도 모르고 活字連累를 일삼는 李箱氏流의 詩(?)가 「才能없는 隨筆보다도 못한」 橫行하는것은 世紀末의 奇型文學의 表現밖에 아모것도 아니다。

落伍의談

近年來에 우리 批評文學의 元老格인 朴英熙氏와 또한 精力있는 批評家 白鐵氏를 비롯하야 李甲基等이 제各己「過誤」를 벗기爲한 反撥的行爲를 取하게된것을 덮어놓고 나물할수 없을만치 過去의 이地域의 文學的 코—스는 啞流的氣分에 充滿되고 俗朴한 政治主義의 假裝物에 不過하였다。

그러므로 우리의取할바는 다—만 그들의 取한바 過誤의 淸算態度가 더러웠고 藝術家로서의 포—ㅈ가 너머나 軟弱、卑劣하다는 것을 反駁하고 辱하는것보다도 도리혀 그들에게 앞서 나아가 眞摯한 態度로 自己批判과 過誤의 淸算을 게울리하지 말어야 되었다。

그러한 意味에서 朴、白、李等 諸氏의 「反撥의的」이 되어있는 林和氏로 取할바의 길은 그들을 非難하는것 보다도 自主의 反省과 過誤의 率直한 淸算과 新方向의 指示가 아니였든가(?)생각된다。

三十年代에 비롯한 俗된 이데올로기—를 文學우에 生으로 假裝 시키었다고 까지 過度한 反撥을 그들에서 正面으로 攻擊받는 林和氏에있어서이랴!

過誤가 過誤인것으로 알려질때 그것을 깨끗하게 씨서버리는것은 藝術家의 일에서뿐 아니라 보다더 現實的인 政治的인 일에서도 없지못할일이다。

元來 批評家는「裁判官」의 行勢를 하고 作家는「被告」의 身勢에 忍從하였다는 말—그리고 文學의 길은 끝까지 文學獨自의길이 있다는 말—그러므로 文學者와 政治家와는 다르다는 말—그러고 藝術家는 藝術도서의 特異한 才能과 技倆이 必要하다는 말—이것들은 그것을 말하는 사람이 비록 뻘조아 文學者요 反動文學者라 할지라도 그것이 正當한것이라면 우리의 頭腦와 認識의 주머니는 그것을 받어드리기에 조고만躊躇을도 必要가없다!

일즉이 포리얀스키—는 푸로이드를 말하야 다음과갈이 暴露한일이 있다。

푸로이드는 뻘조아요 理想家이므로 探知하기를 不欲한다는 極端의 態度는 도리혀 奇怪하다。

엇짜 文藝批評家가 게다가 맑스의말과 政治的語句만을「入門書」와 물건너 月刊誌等에서 주어讀譯하야「批評家」라는 일홈을「押賣り」하는—이地域에는 늘 게속되어 나라나고 있으며 그들은「남이 쓰니 나도」하는式의 不良한稚氣를부리는것이 事實이라면 포리얀스키—의 以上의 形言은 그들을爲하야 둘도없는 敎訓이 되리라。

미쳔을 털고보면 文學槪論 한冊도 못읽고 남의 作品이라고 쇠롱읽은 일이없고 읽을려고하지않는 人間이 許多 하다는것을 잘 알고있는 우리는 이부러라도 좀더 眞摯하게 文學을생각하여 보기로하자!(舊稿)

醉香讀後感

墮落된創作風潮에 反省

金南天

우리文壇에서 가장 무게있는 中堅作家를 든다면 누구보다도 李無影氏를 들것이다 年前 東亞日報에 連載되여 數많은 問題를 이르킨「地軸을 돌리는사람」「醉香」「나는보아잘안다」等의 諸作이 合集되었다 이等作品은 駄作「안퓨레」에 허덕이며 오히려 鬱然하던 우리 創作界에 巨大한 刺戟이 될것이며 內容으로나 形式으로나 墮落한 現在의 創作風潮에 再反省의 機會를 주었이다。醉香은 모름직이 前進하는 歷史의香氣다。

無影이 그린三女性

嚴興燮

「地軸을 돌리는 사람들」등의 女主人公「惠卿」「나는보아 잘안다」의 女主人公「惠卿」「醉香」의 女主人公「醉香」이 三女店이야 말로 社會的 性格을 完備한 現代朝鮮의 典型的女性들이다。그들은 다함게 귀여운 存在다。그들을 안다는것만으로도 讀者의 任務는 다한것이다。

大膽한無影

李洽

五尺小軀의 君이것만 그의大膽에는 實로 놀랐다。無影의 作品의 大槪는 原稿로 通讀했으나 처음「地軸을 돌리는 사람들」과「나는보아 잘안다」를 起稿했을때 나는 實로怯을 냈든것이다。「일어나」「사랑이냐」이두 問題作을 잡고 長論을 始作했기 때문이다。더욱이「나는보아 잘안다」는 共同墓地에서 自己의妻요 同志였든 女性의心理解剖를 試驗한것이므로 더욱不安했던것이다。數次斷念시키려고 했으나 無影은 드디어 이를 이루어 이렇듯이 成功했다。나는 오직 無影의大膽에 驚愕하고 있을뿐이다。

銳利한解剖力과 健實味

李箕永

李無影氏는 作家로서 小說과戲曲에 있어 兩者의金棒을 쥐고있는 名手이다。한作家로서 小說과戲曲뿐아니라 詩評論까지 兼한 多方面의 才士가 달리도 없는것은아니지만 그들은 大槪 한쪽이 기울고 그마음 모든 方面에 不徹底한 點이많은데 作家無影氏는 그러지않고 兼全한데 敬服할수있다。그러하야 그의作家的手腕과 銳利한 解剖刀와 같이 現實의心臟을 剔抉하는 健實味를 나는 高價로 사고싶다。

우리文壇의稀貴한 作家無影

林和

朝鮮文學이 最良의傳統이그 社會性에있음은 重言을要치않으나 無影은 出發點으로부터 이傳統의 가장 誠實한把握者의 主人이었다。더욱 時勢不利로 大小作家들이 主觀과技巧化의 邪路로 기어들어가는 現在 그의毅然한 勇氣는 尊敬에 値하는 바가있다。「醉香」中에 收錄된「地軸을 돌리는 사람들」로부터 近作「乳母」等에 이르는 諸作은 最近朝鮮現實의 一縮圖로서 높은 意義를 가졌을뿐더러 讀

者로하여곰 明日의大朝鮮文學을 建設할 커다란 礎石들을 親히 味讀할機會를 얻었어다

實로 無影은 苦難과 正面을 맞붙어 將來할大藝術文學建設의길을 開拓하고있는 우리文壇中稀貴한 作家의一人이다。

「醉香」은 어떠한 意味에서도 前進하는 文學史의 確固한 里程標의하나이며 이로부터 生誕할 文學의 避할수없는 母胎일것이다。 萬一文學作品가운데서 손끝에 才弄을求할 讀者라면 最初부터 이冊을열 必要가없다. 오직 文學가운데서 우리들이 刻苦精進하는 呼吸을 들으라는 讀者만이 이冊가운데 뛰고있는 作者의 높은 脈搏이傳하는 眞正한意味를 解得할수있을것이다

現役作家에게큰 敎訓

韓 雪 野

無影이 眞心的인 作家인것은 누구나 肯定하는바다 또 그와같이 그眞心을 固持하는 作家도드물다 初期의無影은흔히 그로데스크한 事實과엑센트리한 素材를 取하는 傾向이있었다。 우리 거저 對하야 不滿을表한 일이있다。 그러나 그것은 尙異同伐異의 精神으로한것이아니이라 實로 無影의 作品을 理解함이 不足하였기 때문이였다。

無影은 그러한 特殊한材料를 가지고 누구보다도 거게 現實性을 賦與하는 놀라운天品을가지고있다 또그러한 材料를 取하는것은 常識的이오俗流的인데에 抗하는 그의底力의 一面에있는 것이니 이것은 常識과 文學에 滿足하는 現下一般作家에게 있어서는 큰敎訓이매 또 그만치 無影은 特異한 存在이기도하다。

그의 處女出版에 際하야나는 군어「醉香」하나를 들어말하고 싶으지않기때문에 그이 作風을 簡單하나마 點描하는데 그치는것이다。

眞實한휴매니스트

李 石 薰

無影의「醉香」이 인제야 出版되였나요。 통新聞雜誌를안보고 지냈드니 정말「外人部隊에온것같습니다 편지를 보고 비로소알었읍니다

無影은 文壇에서 제일먼저 사影、오랜친구외다。 이제多年間의貴한 所業一部分이「醉香」한冊으로 나타나게된것을 衷心으로기뻐 합니다。 읽어보지못했으니 뭐라고「讀後感」을 쓸수는없으나 平素의創作活動으로보아 는眞實한「휴매니스트」의 한사람이외다。 이社會를 바로보려고애쓰는 誠實함과熱情을 無影만치갖인作家는 그리많지 못합니다。 아모조록版을거듭하야 많이팔리기를 祈願합니다。

숨어잇는太陽의 存在

洪 曉 民

나는 無影創作集「醉香」을 받어읽고 이러적은 斷想을일으키였다。 「太陽은 숨어가도 亦是偉大하다。「리‥메」는 말과같이 無影이비록 그이름은 影子가 無한그것인지 몰라도 그의眞의影子는 이「醉香」외創作集만 놓고보드래도 그의藝術이 얼마나 吾人의잠자는良心과잠자는 時代意識을잡아일으키지는 몰은다。 無影의藝術的眞心은 마치「숨어가는 太陽」의 存在라고 말하고 싶다 從하야 朝鮮文壇의 李無影의 存在는 넘우나 뚜드러진 存在다。